シャムのサムライ

山田長政

Daisuke Ban

幡大介

実業之日本社

目次

主な登場人物

山田仁左衛門《やまだにざえもん》（長政《ながまさ》）　大久保《おおくぼ》忠左《ただすけ》の元六尺
木屋半左衛門《はんざえもん》　長崎の豪商・木屋久右衛門《きゅうえもん》の弟
長谷川権六《ごんろく》　長崎代官
城井久右衛門《きいきゅうえもん》　秀吉に騙し討ちにされた城井鎮房の親族。武士
津田又左衛門《つだまたざえもん》　長崎の商人
オークプラ純広《すみひろ》　アユタヤ日本町の頭領
市河治兵衛《いちかわじへえ》　オークプラ純広の副将
岩倉平左衛門《へいざえもん》　オークプラ純広の元配下
今村左京《さきょう》　オークプラ純広の元配下
伊藤久太夫《きゅうだゆう》　名無し殿の子
プラー　仁左衛門の象使い
ヨゾウ　奴隷

金井七蔵《ななぞう》　奴隷
源蔵《げんぞう》　五島の漁師の子
九郎《くろう》　長崎の商家の子
甚三郎《じんざぶろう》　長崎の商家の子
ロマン・西　宣教師
武富長右衛門《たけとみちょうえもん》　カンボジア日本町頭領
井上正就《まさなり》　徳川幕府の朱印管理者
土井利勝《としかつ》　徳川幕府の老中
オークヤー・カムペーンペット　ムーア人（アフリカ北西部のイスラム教徒）の商人
シャイフ・アフマド・クーミー　カムペーンペットの右腕

オークプラ・ナリット　ナコーンの行政副長官
タンヤラット　王家の元侍女。仁左衛門の妻
オイン　仁左衛門の息子
エーカートッサロット王　マラリアで崩御
ソンタム王（インタラーチャー親王）　エーカートッサロット王の死後即位、王となる
シーシン親王　ソンタム王の弟
オークルワン・マンコン　シーシン親王の侍臣。猛将
ライ　ソンタム王の従兄弟
チューターティラート王　ソンタム王の息子
アーティッタヤウォン親王　チューターティラート王の弟

〈シャムの大臣〉
大蔵大臣　オークヤー・プラクラン
民部大臣　オークヤー・マハートタイ
兵部大臣　オークヤー・カラーホーム
宮内大臣　オークヤー・シーウォラウォン
司法大臣　オークヤー・ヨムマラート

〈シャムの貴族序列〉
第一位　オークヤー
第二位　オークプラ
第三位　オークルワン
第四位　オーククン
第六位　オークパン

『シャムのサムライ　山田長政』シャム周辺地図

装丁　岡 孝治
装画　ヤマモトマサアキ

シャムのサムライ　山田長政

第一章　南海の波濤《はとう》

一

慶長十六年（一六一一）、一月——

風向きが変わった。仁左衛門《にざえもん》にもはっきりとわかった。

「水主《かこ》ン衆！　仕事ったい」

親仁《おやじ》が大声を上げる。甲板に立った逞《たくま》しい男。この船の頭領だ。百二十人の水主たちを差配している。褌《ふんどし》一丁だけの半裸。丸太のように太い腕を組んで帆柱の先端を見上げていた。

親仁が睨《にら》んでいるのは小旗だった。潮風に吹かれて激しくたなびいている。風の向きと強さを知らせているのだ。

小旗には〝丸に木の字〟の印が染められてあった。長崎の豪商、木屋久右衛門《きやきゅうえもん》の持ち船だ。

「帆ば、右片開きにすっとよ！」

命令一下、帆から伸びた縄を水主たちが摑《つか》む。力を合わせて一斉に引く。帆桁《ほげた》が船体の右側へ大きく迫《せ》り出していく。向きの変わった風を存分に受けて船の速度が上がった。

荷を満載して深く沈んだ船体が海面を切り裂いて進んでいく。船は全長十五間（二十七メートル）、八十万斤（積載量四百八十トン）の大船だ。水押《みよし》（舳先《へさき》の下部）が海のうねりを乗り越えるたびに真っ白な波が立った。

仁左衛門は陸で育った男だ。大海原に出るのはこれが初めてだった。長崎の港を発ってはや三月。船の仕組みもわかってきた。風はいつも真後ろから吹くわけではない。斜めや横から風が吹いていても、帆の張り方と、舵《かじ》の使いようで、前に進むことができる。

それにしても蒸し暑い。これが本当に二月の気温なのか。仁左衛門が生まれ育った駿河国《するがのくに》では富士が真っ白な雪をかぶっていることだろう。

――ずいぶんと遠くにまで連れてこられちまったずら。

柄にもなく感傷に浸っていると、唐突に背後から声をかけられた。

「お侍、あーたもすっかり海ン男ごたあるねぇ」

仁左衛門は振り返る。若い男が立っている。

汗みずくで働く水主ではない。麻の小袖と半袴をきちんと着けていた。

豪商、木屋久右衛門の弟で、名を半左衛門《はんざえもん》という。二十歳前後の年格好だ。ツルリとした人形のような顔だちで一重まぶた。涼しい顔で薄笑いを浮かべていた。

「いきなり風向きの怪しなってぜやか。じゃっど水主のようさばけとうと」

親しげに話しかけてくるのだが、長崎の方言がきつくて聞き取れないことがある。

九州の人間は、顔の彫りが深くて眉毛や体毛が濃い、という思い込みが仁左衛門にはあった。だが、目の前の男は色も白くて雅びやかな顔だちをしている。仁左衛門のほうがよほどに厳《いか》つい面相で、肌の色も黒い。

ともあれ、過ちは正しておかねばならない。「半左衛門さん」と、目の前の男に呼びかけた。

「オレっちは、もう侍じゃねぇずらよ。牢人ずら」

牢人は侍ではない。元の身分は侍、という意味だ。百姓町人の出身でも、武士の家に仕官が叶えば侍となり、侍でも主家を離れれば百姓町人になる。

半左衛門は白い歯を見せて笑った。

「なんば言うとさ。あーたは徳川家の重臣、大久保様の御家来じゃなかとか」

〝あーた〟とは貴方という意味だ。ぞんざいな二人称は〝わい〟であるから〝あーた〟には多少の敬意が籠《こ》められている。

仁左衛門が仕えた大久保《おおくぼ》治右衛門《じえもん》忠佐《ただすけ》は『徳川にその人あり。蟹江七本槍《かにえしちほんやり》』と謳《うた》われた猛将であった。沼津二万石の領主に封じられている。今をときめく徳川家康《とくがわいえやす》の家中であれば、なるほどたいしたものなのだろうけれども、しかし言い難そうに仁左衛門は続けた。

「オレっちが命じられたお役は、六尺《りくしゃく》ずらよ」

駕籠《かご》を担ぐ者を俗に六尺という。身長が六尺を越える者にしか務まらない仕事だからそう呼ばれた。仁左衛門も身の丈が六尺以上あった。

「なんのなんの。お殿様の御輿《みこし》をかろうていたのなら、たいした御身分たい」

〝かろう〟というのは〝担ぐ〟を意味する長崎弁だ。半左衛門は朗らかに笑っている。

「あーたのその押し出しなら、大御所様ご直参の旗本だっち名乗っても、信用されるばい」

仁左衛門は体格が優れているのみならず、容貌魁偉《ようぼうかいい》。駕籠かきで鍛えた肉体は筋肉の塊だ。数えで二十二歳（満年齢で二十歳）だが、三十過ぎに見られることも多々あった。

「長崎を離れて一月たい。ここは千里の海の彼方とよ。あーたがお国で何をやっとったのか、なんてこつは、誰にもわからんと。旗本でも、侍大将でも、好き勝手に名乗ったがよかばい」

半左衛門の軽薄な笑みを目にして、仁左衛門はちょっと嫌な気分になった。

「嘘をつくのは、好かんずら」

「なんば言うちょっと。嘘でも本当になるのが商いたいね。否、嘘を本当にするのが、良か商人たい」

「商人は人を騙す、言うずらか」

「その了見は間違ごぅとるばい」

木屋半左衛門は目を海原に向けた。口元にはあいかわらず軽薄な笑みを浮かべている。

「オイたちが目指しとる先……シャムの国では、蘇木《そぼく》いうもんが採れったい。これがもう、山や野原でいくらでも採れっと。シャムの国では薪にするいうぐらいで、なんの値打ちもなか。ばってん、こン木ば長崎まで運んだ途端に、千金の値がつくったい」

蘇芳《すおう》という染料の元として珍重される。

「沈香《じんこう》も同じたい。シャムでは川の泥の底に沈んどっと。素人目にはただの枯れ木にしか見えんたい。そいを拾いあげて長崎まで運べば、数寄者の茶人やお大名が、千両の値で買い取ってくれゆっぞ。ただの枯れ木がお宝に変わるったい」

半左衛門は人が悪そうな笑みを浮かべる。目はまったく笑っていない。

「海を挟んだこっち側と向こう側とでは、物の値打ちが変わっとよ。人も同じことたい。取るに足りない六尺も、海を越えれば侍大将になる、いうこともあるったい」

馬鹿なことを言うとるずら――と仁左衛門は思った。

故郷の駿府《すんぷ》で世話になった豪商の勧めもあって、この船に乗ってしまったが、木屋の世話になっているのがだんだん不安になってきた。

帆が風を受けて大きな音を立てた。彼らが乗る船は福建《ふっけん》で造られたジャンク（木造船）だ。帆は網代《あじろ》で作られており、割竹の芯（バッテンと呼ばれる）が何本も横に入れられていた。

帆を固定する綱が風を切ってビュウビュウと鳴いている。

親仁がやって来る。ジャンクの船体は弓のように反っているので、客人たちの居間がある後部へ来るには、坂になった甲板を上ってこなければならない。

「半左衛門どん」

親仁は木屋半左衛門に声を掛けた。海に目を向けながら言った。

「西貢《サイゴン》の南を無事に抜けたと。シャムの海に入ったとよ」

親仁は仁左衛門にも目を向けた。

「お客人にも、わかっとやろうか？」

そう言われれば海の色が変わったような気がする。海の色に淡い緑がかかったように感じられた。風と波が穏やかだ。仁左衛門は大きく頷いた。

「船の揺れが収まって、ありがたいことずら」

高砂《たかさご》（台湾）の港を発ってから、追い風を受けて船は南東へ走り続けた。海上を渡る風は恐ろしく強かった。船は左右に激しく揺れて、仁左衛門は何度も転んで肩や背を打ちつけた。こんな強風が続いていたなら、いずれ船は覆《くつがえ》ってしまうのではあるまいか——などと怯えたものだ。

だがその風も弱まった。船で進むには具合が良いように思われた。

そう思ったから思ったままに口にすると、親仁は意地が悪そうに笑った。

「なんば言うちょっとか。強い風は船乗りにとっての天佑神助《てんゆうしんじょ》たい。風が弱まるんは、地獄の閻魔《えんま》がオイたちの首に、手ば、伸ばしてきたようなもんたいね」

秋から冬にかけて、東シナ海では北東から南西に向かって風が吹く。日本を発った船は、帆を張っているだけで東南アジアまで達する。

ところがこの時、南半球では南東から北西向きの風が吹いている。北半球の風とは真逆だ。つまり赤道付近に達すると風と風とが打ち消し合ってしまう。人知では予測しにくい風が吹く。

などという話を、親仁は仁左衛門に語って聞かせた。傍らでは半左衛門が笑っている。

「親仁、こんお人に船の話ば言い聞かせて、どげんすっと？」

親仁は真面目な顔で答えた。

「コンお人は見どころがあるったい。鍛えれば、一角《ひとかど》の船乗りになるったいね」

「まっことと残念じゃが、コンお人は長谷川様が先に見込んだお人たい。勝手に船乗りにされたら長谷川様がお怒りになるったいね」

「長谷川様が」

親仁は渋い表情になった。

長谷川家は長崎を仕切る豪商だ。

豊臣秀吉《とよとみひでよし》が天下人だった頃には豊臣家のために働き、関ヶ原合戦の後は徳川家康に接近した。当主の左兵衛は妹を家康の側室に送りこむことに成功した。家康の御用商人に出世して、長崎代官

――すなわち徳川幕府の長崎支配を請け負うまでに出世している。

長谷川の名を出されては、依怙地《いこじ》な親仁でも自我を折らずにはいられない。それでもなお、諦めきれない様子で仁左衛門をチラチラと見つつ、

「船乗りになれば役立つ男じゃちいうに、商人なんぞに育てるいうんか。長谷川様も人を見る目がなか」

ブツブツと文句を言いながら舳先の方へ戻っていった。

半左衛門が意味ありげな横目を向けてくる。

「目利きが見ればわかっとよ。あーたは沈香のようなお人たい。今は泥水に浸かっとるばってん、そのうち芳香ば、放ちだすったい」

船は西へと進んでいく。空には巨大な入道雲がいくつも立ち上がっていた。

風向きが変わるたびに親仁は大声を張り上げた。水主たちは命令一下、指図に従って帆の向きを変え、舵を切り直した。

仁左衛門は帆柱の先を見上げている。旗の流れる向きは目まぐるしく変わった。

その時であった。

「南蛮船だァ！」

帆柱の見張り台で水主が叫んだ。右舷の彼方を指差している。

「どこン国の船じゃ」

水主たちは一斉に右の舷側へ走った。手すりから身を乗り出し、海原の彼方に目を凝らす。

背の高い仁左衛門は、水主たちの頭越しでも海原に目を向けることができた。

一隻の船が海上にあった。三本の帆柱を持つ大型船だ。それぞれの帆柱には白い帆が二段に張られている。舳先から斜めに突き出た柱にも一枚の帆が広がっていた。

西洋人のガレオン船だ。長崎や高砂の港でこの大型船を何度も目にした。

真っ黒にチャン（防水塗料）が塗られた船体は、さながら堅固な城壁だ。大砲を打ち出す狭間の扉がいくつも並んでいる。海に浮かんだ城のごとき巨船が、今、仁左衛門たちの目の前を通過しようとしていた。

「おおっ、見てみぃ！　こっちィ舵ば切りよった！」

水主たちがどよめいた。

ガレオン船がゆっくりと回頭し、こちらに向かって来ようとしている。

「八幡《ばはん》ば、しょっとか！」

八幡とは海賊行為のことだ。ガレオン船はこちらを襲って荷を奪おうと企んでいる——そういう意図が感じ取れたのだ。

ガレオン船の船体の砲門扉が開かれる。大砲がヌウッと押し出されてきた。

大砲のひとつが、いきなり白煙を噴き上げた。直後、仁左衛門たちの船の後ろに巨大な水柱が立った。轟音が船を揺さぶる。水柱の海水が滝のように降り注いでくる。甲板に立つ仁左衛門はまともに潮水を浴びた。

「うわあ！」

仁左衛門は悲鳴を上げた。大砲が火を噴くのを見たのは初めてだ。

しかし水主たちは、何をされたのかを理解している。

「くれっき！（やる気か）」

「こっちからもくれゆうぞ！（くらわせてやるぞ）」

怒り心頭、下層甲板に下りて行く。大砲を引き出し、筒先をガレオン船に向ける。船倉の最下層にしまってある砲弾と火薬樽を引っ張り上げねばならない。大忙しだ。

親仁が水主たちをかき分けながらやって来た。

「待て待て、早まるな！」

舷側《げんそく》から身を乗り出す。

「あん船、どこの旗ば上げちょるか、見えっとか！」

老年に差しかかった親仁の目では見えないらしい。

仁左衛門はガレオン船を凝視した。横に細長い旗が帆柱の先端で靡《なび》いていた。

「橙《だいだい》、白、青の旗色ずら」

仁左衛門が告げると、親仁は安堵《あんど》の顔つきとなった。そして水主たちに向かって叫んだ。

「ありゃあ和蘭《おらんだ》船だァ！」

橙白青の旗はオランダの海洋旗だ。〝VOC〟の旗が掲げられ、オランダ東インド会社（Verenigde Oost-Indische Compagnie）船籍の商船であることを示している。だが、この時の仁左衛門にはまだ、アルファベットを読むことができない。

「和蘭の商人は、みんな、徳川様のご家来衆だぞ！」

新興国のオランダは日本との通商路を開拓するため、辞を低くして徳川家のご機嫌を取っている。臣下の礼をも厭《いと》わない。急いで国力を充実させないとスペイン＝ハプスブルク帝国によって攻め滅ぼされるおそれがあった。なにふりかまっていられなかったのだ。

「〝朱印の旗〟ァ、揚げっとよ！」

「おう」と応えた水主が船尾の船室に入っていく。油紙に包まれた何かを大切そうに抱えて戻ってきた。

包みを肩に掛け、帆柱の縄を摑んで上っていく。あっと言う間に柱の先端に達すると、包みを開いて、大事にしまわれてあった旗を広げた。

旗の乳《ち》を二箇所で縄に結んで取りつける。旗は風を受けて大きく広がった。

真っ白な旗が南洋の空でたなびく。中心には真っ赤な丸が染められてあった。

仁左衛門は息をのんで、その美しさに見惚《みと》れた。


「あれが朱印の旗ったい」

木屋半左衛門の声がした。いつの間にか横に立っている。

「コン船が、徳川様の御用船じゃちいう印たい。あん旗の、ひとたび目にしようものなら、オランダ船じゃちいうても、手ぇは出せんと」

徳川家が貿易商人に渡した判物（印の捺《お》された書状）を朱印状といい、朱印状を携《たずさ》えて交易する商人を朱印商人、その商船を朱印船と呼ぶ。朱印船が海賊船ではないことを徳川家が保証し、さらに交易の便宜を図ってくれるよう、諸国の大官に依頼していた。

オランダのガレオン船でも、なにやら動きがあったようだ。

帆が巻き上げられた。船速を落とす――という意思表示だ。砲門の大砲が引っ込んで、扉が順次、閉じられていった。

カンカンカン、と、鐘の音が聞こえてきた。オランダ船の甲板で打ち鳴らされているのだ。

「こっちも、銅鑼《どら》ァ打ち返せェ」

親仁が命じると、水主の一人が甲板上の櫓《やぐら》に入って、銅鑼を叩き始めた。

船と船との挨拶なのだ、と仁左衛門は理解した。


オランダ船は回頭すると帆を張り直して去っていった。青い海上に真っ白な帆を広げた姿は美しいが、大砲を打った瞬間の恐ろしさは忘れられない。

(あの砲弾をまともにくらったら、この大船でも、無事じゃすまなかったに違ぇねぇずら)

白地に紅丸の旗を見上げた。あの旗のお陰で命拾いをした。

隣では半左衛門が薄笑いを浮かべている。

「徳川様のご威光は、たいしたもんたい」

徳川家の御用船だと知れれば攻撃されない。仁左衛門は身を震わせながら頷いた。

「まったくだで。徳川様は、てぇした御方ずら」

半左衛門は、今度は本気で笑った。

「徳川家は、あーたが仕えちょったご主人じゃなかか。なにを他人事みたいに言うちょっとか」

仁左衛門は更《あらた》めて〝朱印の旗〟を見上げる。白地に紅丸が目に染みるようだ。

「あの丸は……餅ずらか？」

家紋の白い丸は餅を示していることが多い（この時代の餅は、四角い切り餅ではなく鏡餅）。あるいは碁石《ごいし》の図案だ。

しかし紅い丸では意味がよくわからない。

仁左衛門の疑問に半左衛門が答えた。

「朱印状は、白い紙に朱肉で判ば、捺してあるったい」

だから朱印状なのだろう。

「白地に紅の旗は、朱印状を見立てたもんたいね」

白が紙、赤は印判、という解釈だ。

その時、「うんにゃ」と首を横に振りながら親仁がやって来た。話が聞こえていたようだ。

「あン紅丸は、お日様たい」

力強く断言した。

「日本《にっぽん》は〝日が昇る国〟たい。昔からそう言われちゅうが。やけん紅丸はお日様たい」

親仁は得々として語り、鼻の穴を大きく広げた。自分の知識に自信を持っている。

だが仁左衛門は、それ以前にわからないことが多すぎた。

「ニッポンとは、なんのことずらか」

すると親仁と半左衛門は顔を見合わせて笑った。

親仁が答える。

「日本いうんは、あーたが生まれ育ったクニのことたい」

「オレっちが生まれ育ったのは駿河国ずら」

「あーた、駿河国のどこの生れだ」

「駿府ずら」

「駿府のどこたいね」

「馬場《ばば》町ずら」

親仁は「ウン」と頷いた。

「長崎ば来て『オイは馬場町から来た者たい』と言うても、どこの馬場町か誰にもわからんたい」

「そうずらな」

「そいと同じこったい。駿府の生まれじゃ言うても、海を隔てた異国《とつくに》の人にはわからんたい。せやけん、長崎も駿府も江戸も大坂も、全部ひっくるめてオイたちが住んどる国を『日本』と呼ぶったい」

「日本……」

「そうや。あーたはシャムでは日本人と名乗るったい。シャム人からは『イープン』と呼ばれとうと」

——イープン……。

仁左衛門は朱印の旗をいま一度、見上げた。

「日本は、日の下にある国」

「異国はみんな日本から見て西にあるったい。じゃによって、どこの国から見ても、日本は、昇るお日様の下に見えるったい」

「なるほど」

仁左衛門は「よしっ」と大きく頷いた。

「オレっちは、あの旗をお日様だと信じることにしたずら。あの旗のお陰で命拾いをした。だから今日から、お日様がオレっちの守り本尊ずら」

親仁と半左衛門は再び顔を見合わせた。半左衛門が呆れ顔で言う。

「まーた、えらいもんば守り本尊にしたもんたいね。南洋の太陽は、やさしゅうなかとよ。焼き殺されんように気ィばつけんね」

仁左衛門は聞いていない。とり憑かれたような顔つきで朱印の旗を見上げていた。

二

朱印船は長い航海を終えて陸《おか》の見える場所に達した。だがその〝陸〟は日本人の考えるそれとは大きく異なっていた。海との高低差がほとんどない。

見渡す限りの大湿原。西を見ても東を見ても、北を向いても南を向いても、山の姿はまったく見当たらない。西の地平に巨大な夕陽が沈もうとしている。湿原から濃い霞《かすみ》が立ち上って夕陽の色を映していた。

夕空のただ中を鳥の群れが、けたたましく鳴き交わしながら飛び過ぎて行く。

朱印船は巨大な河を遡上《そじょう》し続けた。帆は下ろされて、代わりに櫂《かい》が何本も船体から突き出していた。櫂が水を掻《か》くたびに、大きな船体がゆっくりと進んだ。

仁左衛門は、シャム国の雄大な景色を眺めて感慨に耽《ふけ》る――どころではなかった。

薄暗い船室に閉じ込められ黙々と櫂を漕いでいる。同じ船内に裸体の水主たちが何十人も働いていた。皆、全身が汗みずくだ。汗の臭いが充満して息もつけない。

(河に入って、今日で三日目だ……)

意識を遠のかせながら、三日前の景色を思い出そうとした。

この国の平原は広い。海のように広い。三日前、船は海峡に入った――と思っていたら、そこはなんと河口だという。仁左衛門は驚いて川の両岸を見た。川幅は少なくとも五百丈（約一・五キロメートル）はあるだろう。

この国の都《みやこ》（首都）は河を九日間も遡《さかのぼ》った先にあるという。

駿府や沼津では、舟で河を遡ればたちまち渓流に達して行き止まりとなる。長崎だって同じだ。河を九日間も遡上する――という話がまったく理解の外だ。しかも朱印船のままで河を進んだ。

日本では外洋を行く船と、河を行き来する高瀬舟とでは形状が違う。高瀬舟は船底が浅くて平たい。川底に擦らないようにするためだ。喫水《きっすい》の深い海船《うみぶね》のまま通行できる河とはなんなのか。川幅も広いが川底も深い。

その日からはもう、ひたすらに櫂を漕ぎつづける。河は北から南へと流れている。季節は冬で風は東北から吹く。その風に乗って日本から航海してきたのだが、河に入れば逆風だ。帆の力で遡上はできない。漕いでも漕いでも上流へ進んでいる気がしない。

（駕籠かきのほうがよっぽど楽だったずら）

仁左衛門は、心の中で泣き言をもらした。

＊

頭上の甲板から大きな声が聞こえてきた。

「関所たい！　舵ば切らんね！」

水主たちが一斉に顔を綻《ほころ》ばせた。

「ようやっと、バーン・コークに着いたったい」

などという声が聞こえた。

「漕ぎ方やめぇ」

親仁の指図が飛ぶ。皆は一斉に漕ぐのをやめた。

「碇《いかり》ば投げぃ」

船の舳先と船尾のあたりからドボンドボンと水音が聞こえた。碇が川中に投げ落とされたのだ。

船は少し流されてから停止した。

仁左衛門は甲板に上った。暗い船内にいたので瞳孔が開いている。夕刻だというのに目が眩《くら》んだ。シャムの太陽は眩《まぶ》しすぎた。

木屋半左衛門が涼しげな顔で立っている。櫂漕ぎは免除されていたらしい。肩ごしに振り返ってニヤリと笑った。

「やあ、あーた、イスクラボんごたある」

イスクラボとはポルトガル語で奴隷《どれい》を意味する。汗まみれの半裸体と乱れきった髷《まげ》を見て、南蛮人に使役されるイスクラボのようだ、と言われたのだが、仁左衛門には意味がわからない。

目が眩しさに慣れた途端に、シャムの景色が視界一杯に広がった。

大河が蛇行しながら延びている。夕陽に照らされた川面は黄金色の大蛇のようだ。小波が立っている。夕陽が反射して、まるで蛇の鱗《うろこ》のように煌《きら》めいていた。

川岸に林がこんもりと見える。小城が建てられていた。

「バーン・コークたい」

バーンとは村の意味で、コークは植物の名前であると半左衛門は教えてくれた。

一七八二年にラーマ一世が遷都して以来、二十一世紀に到るまでタイ王国の首都として君臨する大都市、バンコクも、一六一一年のこの時にはまだ、コーク（アムラタマゴノキ）の林が生い茂る砦《とりで》に過ぎない。


「バーン・コークはメナムの関所たいね」

川にも関所が置かれる。

「メナムってのは、なんずらか」

「こん河のこったい」


メナムはタイ語で〝川〟という意味の普通名詞なのだが、タイ人（シャム人）はこの川をメーナームと呼ぶ（この当時はまだチャオプラヤー川という名はつけられていない）。

ともあれ仁左衛門は「メナム川」だと理解した。

地平が霞んで見える。所々に尖塔があった。

「あれは、お城ずらか」

「こん辺りにある大きな建屋は、みんな寺ばい」

それは仏塔《チェディー》なのであった。仏塔といっても日本で見かける五重塔や三重塔とはまったく違う。兜《かぶと》鉢《ばち》の頂《いただ》きに九輪を立てたような形をしていた。

それは黄金色に輝いていた。金無垢ではあるまい。金箔を張ってあるのだろうけれど、そうだとしても大量の金が使われたのに相違ない。

駿府でも江戸でも長崎でも、ここまで豪奢な建物は見たことがない。

「シャムでは、黄金《こがね》がえーかん（たくさん）採れるずらなぁ。大福長者《かねもち》の暮らす国ずら」

金の鉱山がいたる所にあるのに違いない。そう思ったのだが、半左衛門の答えは違った。

「採れんたい」

仁左衛門は首を傾げた。

「黄金が採れんのに、どうして黄金で飾ることができるずらか」

「あの黄金は異国の商人から買ったもんたい」

「黄金を買う？」

「買う、というより交換たい。この国には黄金を差し出してでも交換したいお宝があっとよ。太閤様は熱心に黄金ば送って交易したと。今では徳川様が交易ばしとうと。うちらがそん先手ば、務めとうと」

半左衛門は顔をニュウッと近づけてきた。

「気ィばつけんね」

半左衛門は薄笑いを浮かべつつ声をひそめた。

「シャムの地でも、江戸の将軍家と大坂の関白家は火花を散らし合っておっと」

バーン・コークの砦から船が数隻、漕ぎ寄せて来た。左右に三十丁の櫂がつけられている。左右合わせて六十人で漕ぐ船だ。当然に船足は早い。舳先と船尾が金箔の像で飾られていた。ヒンドゥー教の神像だが、知識の乏しい仁左衛門にはわからない。

船の真ん中には屋根つきの小屋が据えられてあった。柱や屋根に金箔が施されている。中には冠をつけた男が座っていた。

「お殿様ずら」

船の上から見下ろしていたら、どんな仕置きを受けるかわからない。仁左衛門が慌てていると半左衛門が苦笑した。

「慌てるな。あいつは関所の小役人にすぎんたい」

「だけんど、黄金の船に乗っていなさるずら！」

日本でそんな贅沢ができたのは、十一年前に死んだ太閤秀吉ぐらいのものだろう。

半左衛門は涼しい顔だ。

「シャム国ではあんくらい、珍しくもなか。金箔なんぞはすぐに見飽きて、ありがたいとも思わんようになるったい」

仁左衛門はますます頭が混乱してきた。

「シャム国は、恐いほど、大福長者の（豊かな）国ずらな……」

「そん通りたい。そうやけんオイたちは、大海原を押し渡り、遥々と商売に来たと」

関所の船は朱印船を取り囲んだ。役人の乗った船が横付けされる。小役人が黄金の屋根の下から出てきて、朱印船に向かって呼ばわった。言葉の意味はわからないが、やたらと尊大な顔と口調だ。役人の周囲には槍や鉄砲を手にした兵の姿もある。恐ろしげな顔でこちらを睨んでいた。

仁左衛門は緊張している。半左衛門が「案ずることはなか」と言った。

「あの小役人を束ねる大官は、オークヤー・プラクランという大官やが、そん男は日本人と昵懇《じっこん》の仲たい。貢ぎ物もようけ奉《たてまつ》っとる」

「けんど、おっかない顔をしとるずら」

「金箔の船も、冠も、厳めしげな顔も、異国の者ば、畏《かしこ》まらせるためたい。シャムの人は何事につけても、見た目を物々しくさせるのが好きったいね」

半左衛門は船端から身を乗り出して、船上の小役人に挨拶した。長々しい挨拶をシャムの言葉で述べる。この時の仁左衛門には何を喋っているのか、わからない。

後にシャム語に堪能となった仁左衛門は、この挨拶の言葉の意味を知る。

ただひたすらにシャム国王を褒め称えているのだ。生き神様で生き仏様のシャム国王を慕って来たので、どうか神聖なるシャム国への入国を許してほしい、と訴えかけていたのであった。

三

川を遡ること九日目にして、ついに朱印船はシャム国の首都、アユタヤに到着した。

シャム国の南部は広大な平原だが北部には険しい山地もある。山地から平原に向かって、なだらかな微高地が延びていた。その微高地の南端に首都のアユタヤがあった。

微高地をさらに堅固に固めるため、町の周囲には高さ二丈（約六メートル）の城壁が巡らせてある。城壁の外側は川だ。メナム川が町をぐるりと取り巻いている。

「難攻不落ずらな」

仁左衛門が武家奉公で聞き知った言葉を漏らすと、半左衛門が笑った。

「こん城壁は、敵兵に備えるためではなか。出水（洪水）から町を守るためにあるったい」

「ほう。そんなに水が溢《あふ》れるんずらか」

「今は冬じゃけん川面は低いけんど、夏になれば一丈（約三メートル）は水嵩が上がっとよ」

シャム国では十一月から翌年の四月までが乾季、五月から十月までが雨季である。

「あれば見んね」

半左衛門が川岸を指差した。民家が立ち並んでいる。

川の泥の中に高い木の柱を立てて、柱の間に床を張っている。壁は割った竹を横に並べて作ってあるようだ。屋根としてニッパ椰子《やし》が葺《ふ》かれてあった。

黄金の寺院が建ち並ぶ国の首都にしては、ずいぶん貧しげな佇《たたず》まいだ。

「あん床は、水嵩に合わせて上げ下げができるようになっておるったい」

どういう意味なのか、咄嗟《とっさ》には話が飲みこめなかった。屋根と壁と床（すなわち家のまるごと）を上下に動かすことができる仕掛けなのだ、と、半左衛門は、仁左衛門が理解できるまで説明した。

一丈も水位が変われば、確かにそういう仕組みも必要だろう。

川面には、また別の種類の家があった。竹を組んで作った筏《いかだ》を水面に浮かべ、その上に小屋を建てている。煮炊きも筏の上で行っていた。

「あれは明国人《みんこく》の家たい」

仁左衛門は「ううむ」と唸った。

竹筏の家が川岸を埋めつくしている。いったい何千人の明国人がこの地で客商（行商人）をしているのか。

駿府、長崎、高砂《たかさご》（台湾）、交趾《コーチ》（ベトナム）、港のいずこにも明国の商人がいた。東アジアで最大の経済力を誇っていた。

「アユタヤでも、いちばん威を張っとるのは明国人ずらか？」

「いや、そうでもなか」

半左衛門はニヤリと笑った。

「明国人は商売上手ばってん、商売しか、せんとよ」

「商人が商売しかしないのは当たり前の話ずら」

「シャムでは話が違うとよ。シャムの王様は日本人とポルトガル人ば、可愛がってくださる。明国人は王様ばようけ儲けさせる。ばってん、日本人とポルトガル人は儲けさせるだけではなか。もっと大きな役目ば、王様に捧げ奉っとうよ」

「それはなんずら」

「軍兵たい」

どういう意味なのか。問い返そうとしたその時、半左衛門が急に上流を指差した。

「おう、迎えの船が来てくれたとよ」

仁左衛門も目を向ける。小舟が十数隻、こちらに向かって櫂を漕いできた。

朱印船から二本の綱が投げられた。小舟はその綱を拾い上げて艫《とも》に繋ぐ。数珠つなぎになって綱を引いて、朱印船を港まで引き込んでくれるようだ。朱印船のような巨船は小回りが利かない。入港に際しては多くの小舟の力を借りねばならない。

小舟の漕ぎ手は全員が髷を結っていた。日本人だと一目でわかった。

「こんなに大勢の日本人が、こんなに遠くの国で暮らしとるズラか」

異国の大河で一糸乱れず舟を漕ぐ男たちの姿に感動さえ覚える。

半左衛門は「ふん」と鼻を鳴らした。

「アユタヤには日本人の町があっと。三千人の日本人が暮らしておっとじゃ」

「そんなに！」

もはや日本と同じではないか。心強い。顔を綻ばせた仁左衛門に、半左衛門は冷たい目を向けた。

「喜んではいかんとよ。その大半は敵たい。そう心得ておかんといけん」

「敵……？」

「日本の黄金を使うて鉛や硝石《しょうせき》を買い占めとったのは太閤様や。アユタヤには太閤様の恩顧を受けた者たちがたくさんおると」

ニヤリと笑う。

「あーたは徳川様の御配下やろが。きっと、命ば狙われっとうよ」

仁左衛門は豁然《かつぜん》としておのれの立場を理解した。豊臣恩顧の者たちから見れば、確かに、仇敵徳川の先兵に違いない。

「とんでもねぇ所に連れてこられちまったずら……」

「あーたが徳川様の御配下だからこそ、長崎奉行の長谷川様は、あーたを船に乗せたとよ。ここは、腹ば括るしかなかとよ」

仁左衛門は頭を抱えた。


港は川岸にあった。泥の岸辺に木の杭が打ち込まれて桟橋が作られている。水位が一丈も上下する川なので、石積みの船着き場等、恒久的な港湾設備を作ることが難しいのであろう。

無数の船が停泊している。ヨーロッパのガレオン船とフスタ船が合わせて四隻、大型のジャンクが三十隻ばかり、他に数えきれないほどの小型船が繋留《けいりゅう》されていた。

長崎や高砂の安平も大きな港であったが、アユタヤの規模には敵わない。

メナム川は――河口から九日間も遡上し続けたにもかかわらず――二百丈（約六百メートル）もの川幅があった。いましも桟橋を離れた大型ジャンクがゆっくりと回頭を始めている。仁左衛門たちの朱印船より大きな船だが、それでも悠々と旋回できるだけの川幅があった。

港を見下ろす場所には砦が建てられている。城壁の上には鉄砲を掲げた異国人たちが立っていた。こちらに鋭い目を向けていた。

木屋半左衛門が手を振って、大声のポルトガル語で挨拶した。それから仁左衛門に目を向けた。

「あん男たちはクロム・ファラン・メンプーンたい。ポルトガル人の鉄砲衆たいね」

「ポルトガル？　あの砦はポルトガルに攻め落とされたずらか？」

この頃になると日本人も、イスパニア人（スペイン人）、ポルトガル人、エゲレス人（イギリス人）、オランダ人をきちんと区別している。南蛮人で一括りにはしない。

「そういう話ではなか。ポルトガル兵はシャムの王様に雇われとるったい。驚くことはなかやろ」

仁左衛門はよほどに驚いた顔をしていたのだろう。半左衛門は不思議そうな顔をした。

「日本でかて、港では牢人衆が雇われとる」

「そう言われれば、そうだけんど、異国のお人が雇われている姿を見たことはないずら」

「王様が雇うとるんはポルトガル人だけでンなか。日本人も雇われとうと」

「日本人が！　それは誉れ高いことずら」

「喜んでおってはいかんと。ほとんどは関ヶ原牢人たい。徳川様に負けて御家を取り潰されたお人たちたいね」

「ええっ」

仁左衛門は顔に喜色をのぼらせたり、恐怖で真っ青にさせたり忙しい。

半左衛門はいつもの薄笑いを浮かべた。

「せいぜい気ぃばつけることや。長崎の商人衆があーたをここに運ぶのにだって元手がかかっとる。あーたにすぐに死なれでんしたら、元が取れんこつ、なるったい」

いったいなにゆえこの地に連れてこられたのか、長崎の豪商たちが何を企んでいるのか、まったくわからず仁左衛門は大きな身体を震わせるばかりであった。

舟が漕ぎ寄せられてきた。金箔の神像を飾った舳先《へさき》。チャンが塗られた黒い船体。金箔の小屋を載せている。ここでも冠をつけた役人が乗っていた。

その周囲を小舟が十隻ばかりで警戒している。銃を手にしたポルトガル兵がそれぞれ十人ずつ乗っていた。

半左衛門が説明する。

「冠をかぶっとるお人はプラ・ピパット。シャム国の政所代様《まんどころだい》や」

室町幕府で財政を担当していた人物を政所という。その次官が政所代だ。

シャム国の政所――すなわち大蔵大臣はオークヤー・プラクランと呼ばれている。中国人は〝大庫司〟と表記した。シャム王家の蔵の管理者、という意味だ。

プラ・ピパットはプラクランの下にあって、港の出入荷を監察している。

そんな大官をシャム人の兵ではなく、ポルトガルの兵が護衛している。

半左衛門の説明が続く。

「アユタヤの港の関守を請け負うておるんはポルトガル人たい。我々イープンにとってポルトガル人は、何事につけ、目障りな相手や」

朱印船から縄ばしごが下ろされる。シャム国の大蔵次官は慣れた様子で上ってきて甲板に立った。

年齢は三十歳ほどだろうか。冠の下の髪は短く刈ってあった。白い麻の詰襟半袖シャツを着ている。下半身はパー・ヌンという布を巻いている。シャムの伝統衣装で膝下までのズボンに見える。

半左衛門が両膝を揃えて座った。正座を崩した横座り（日本の女性がよくする座り方）だ。腰がクネッと捩《よじ》れるわけだが、これがこの地の〝正座〟なのだった。

半左衛門はシャムの大官に敬意を示し、深々と低頭した。親仁も水主たちも横座りになって一斉に平伏する。慌てて仁左衛門も真似をした。

「やあ、立って、木屋半左衛門」

なんと大蔵次官は日本語で語りかけてきた。

「オイたちの仲に、遠慮は、いらなかぞ」

片言だが十分に通じる。半左衛門がシャム語で答えた。

「おお、空と大地の神の如き王。その名声は天上に達し、光り輝く太陽のごとく、身分の卑しき我らにも分け隔てなく、陽光のごとき友愛を授けて下さいます。我らの頭上に高く掲げられたる偉大なる王よ。そのご威光をもって此度もよい商いをさせていただきたく、日本より千里の波頭をも、ものともせず、偉大なる王の統治する神国に慕い寄ってまいりました」

長々とシャム語で挨拶すると、シャムの大官は満足そうな微笑みで応えた。

「よくぞ参られた、我らの偉大なる王の友人たちよ。して、こたびは何を運んできたのか？」

「黄金を三千両、白金を千五百貫。他には金物と什器《じゅうき》を少々」

「それは良い！」

露骨に喜びを表した。大官らしからぬ俗っぽい態度と表情だ。宮廷の重臣としての体裁を一瞬失念してしまうほどの宝物を、朱印船が持ち込んだからに違いなかった。

「……お、王もお喜びであろう」

慌ててしかつめらしい顔を取り繕った。

「このわしが王に奉り、よしなに披露目をしてつかわそうぞ」

「ありがたき幸せ。なにとぞプラ・ピパット様のお力をもって、我らをよろしくお導きくださいませ」

半左衛門は深々と低頭した。

王様への仲介によって大蔵次官の懐にはどれほどの金銀財宝が転がり込むことであろうか。大官がわざわざ船まで迎えに来るのだ。かなりの実入りとなるのに違いなかった。

仰々しい挨拶が終わり、朱印船は桟橋に接舷された。荷下ろしが始まる。日本の男たちがやってきた。褌一丁の姿だ。水主たちと挨拶を交わし、にこやかに働き始めた。

その様子を甲板の上から木屋半左衛門とプラ・ピパットが見下ろしている。

「スタット親王は、先日、王の命により、そのお命を縮められた」

大蔵次官がシャムの言葉で伝えた。

半左衛門はシャム語に堪能だ。仰天したが、顔には出さずに小声のシャム語で問い返した。

「親王様が処刑されたとは？　いったい、どのような罪状でございましょう」

「罪などない」

「それは、いかなるお言葉で」

「王はカイ・チャップサン（マラリア）に罹《かか》っておられるのだ。もはや正気は失われた」


マラリアはシャムで猖獗《しょうけつ》した病気であった。蚊に刺されることが原因でマラリア原虫に感染する。原虫が血液内で増殖すると患者は高熱を発し、幻覚や幻聴に悩まされる。原虫が脳に入って増殖すると完全に正気を失い、やがて死亡する。

この時代にはマラリア原虫は発見されていない。シャムではマラリアの原因は沼地に潜む妖怪（ピーと呼ばれる）の祟《たた》りと考えられていた。


いずれにしてもスタット親王は死んだ。王の後継者が王によって殺されたのだ。王自身も間もなく死ぬ。マラリア末期の死からは誰も逃れることはできない。

「王が崩御したなら、一騒動は避けられぬぞ。王都で騒乱が起こるやも知れぬ」

「あなた様は我らの後ろ楯にございまする。一命を賭してお守りいたす」

「頼りがいのあるイープンじゃ。サムライは強い。まこと、頼りになる」

大蔵次官はニヤリと笑った。

むしろ、この男が率先して騒動を起こそうとしているのではあるまいか。王の死による混乱を悪用して、何事かを企んでいる顔つきであった。

「じゃがのう、このわしが一番の目障りだと思うておる相手も、またイープンなのじゃ。あれを見よ」

大蔵次官が目で促した先には、一目でそれとわかる日本人の一団があった。髷《まげ》を結い、袖無しの小袖に袴を着けて、腰にはこれ見よがしに長い刀を差している。先頭に立つのは巨漢の武士。四十半ばで戦国往来の古強者《ふるつわもの》といった風情だ。

半左衛門も苦々しげな顔つきとなった。

「市河治兵衛《いちかわじへえ》でございますな……」

その名で呼ばれた古強者が、居丈高な態度で荷揚げ場に踏み込んでくる。

朱印船から艀《はしけ》への荷卸しが続く。働いているのは水主たちだ。仁左衛門も手伝っている。金銀というものは鉄や銅より比重があって、とにかく重たい。運ぶのに骨が折れる。

金の千両を納めた箱はひとつで二十キログラムを超える（小判の純度によって重さが変わる）。丁銀（銀の延べ棒）は一箱に十貫が納められる。約三十七キログラムだ。

親仁が声を嗄《か》らして指図している。

「気ィばつけんね！　川底は深かぞ。しかも底は泥水たい！」

喫水の深い外洋船が停泊できるほどの水深があって、川の水は濁っている。落として沈めたら最後、見つけ出すことは不可能に近い。

金銀を納めた箱は注意深く艀に移された。メナム川はゆったりと流れているが、作業をしているすぐ近くに巨大な船が何隻もある。船体が揺れると大きな波をかきたてるのだ。

「波が来るぞォ！　箱ば押さえろ！」

男たちは箱にしがみついて踏ん張る。箱は落下を免れたが、男たちが何人も落水した。

苦労の末に、積荷を載せた艀は荷揚げ場にまで漕ぎついた。荷揚げ場でも褌一丁の日本人たちが待ち構えていて、一斉に威勢よく、箱を陸地に運んでいった。

仁左衛門はここでも荷揚げを手伝った。

「お侍さん、こんなことまでやらせちまって、すまねぇなぁ」

水主たちに声をかけられ、仁左衛門は照れくさそうな顔をした。

武士らしい名前を名乗っているが、奉公先での仕事は六尺だ。「お侍」などと呼ばれると嘘をついているような心地となる。

仁左衛門は太い腕で額の汗を拭い、空を見上げた。

――オレっちは、もう日本には戻れねぇ。シャムで生きてゆくしかねぇずら。

できる仕事ならなんでもやって、食事と塒《ねぐら》を確保しなければならない。そう腹を括っていた。

艀と荷揚げ場を何度も往復する。重たい箱を肩から下ろし、注意深く積み上げて、大きな息をついたその時であった。

「やいやいやいッ！」

やたらと威張った声が聞こえた。驚いて顔を向ける。大柄な武士と供侍の集団が踏み込んできた。

供侍の一人が大声を張り上げた。

「市河治兵衛様の荷検《あらた》めだ！　箱の蓋ァ、残らず開けやがれっ！」

市河治兵衛が傲然《ごうぜん》と腕を組んで立ち、険しい眼を水主たちに投げつけている。

戦場で人を殺しながら生きてきた者に特有の目つきだ。人間を人間だと思っていない。『刃物を一振りすれば物言わぬ肉塊になる』と考えている男の目だった。肉食獣よりもおぞましかった。

朱印船の親仁が市河たちの前に立ちはだかった。

「ご無体ば、なさっとう！」

海の男は、戦国武将よりも恐ろしい自然の脅威と戦っているので度胸がある。

「なんの道理ばあって、荷検めば、なさっとよ？」

市河治兵衛は答えず、無言で親仁を睨みつける。お供の侍が代わりに答えた。

「日本町《バーン・イープン》の頭領はオークプラ純広《すみひろ》様じゃ！　日本町の商いはオークプラ様が宰領《さいりょう》する――そうお定めになられたのはシャム王様じゃぞ！　うぬめら、シャム王様のご下知に従えぬと申すかッ」

なにやらこの国の御定《おさだめ》に関わる難儀が起こっているようだ、と仁左衛門は理解した。

木屋半左衛門が船から下りて走ってきた。いつも澄まし顔の男にしては珍しく、額から汗を流している。

「お待ちくだされ。こん船はもう、プラ・ピパット様の御検分を頂戴しておりますとよ。プラ・ピパット様の御前での無体は、プラ・ピパット様のご面目を損ねることになるったい」

その大蔵次官が船の上に立ち、こちらを見ている。

それでも市河治兵衛の主従は臆さなかった。

「オークプラ純広様にお指図をくださるのはプラクラン様じゃ。プラ・ピパットとて、プラクラン様のご意向には逆らえぬはずじゃぞ！」

プラクランは大蔵大臣。プラ・ピパットはその次官だ。仁左衛門には理解不能な遣り取りだったが、半左衛門は理解している。

半左衛門は渋々と折れた。

「プラ・ピパット様のお指図を仰いで来るったい。暫時、お待ちくだされ」

市河治兵衛は無言で大きく頷いた。

半左衛門は朱印船に戻る。その間、荷揚げは中断だ。仁左衛門は、やることもなく立ちすくんでいる。

強烈な日差しが降り注いでいる。仁左衛門は空を見上げた。

と、その時だった。町の中から鐘の音が聞こえてきた。途端に不思議なことが起こった。凶暴な目で睨みを利かせていた市河が地べたに跪《ひざまず》いたのだ。首《こうべ》を垂れて瞑目《めいもく》する。首から下げていた十字架を両手に持って指を組んだ。

鐘は連打され続ける。市河は鐘の鳴るほうに向かって敬虔《けいけん》に祈りを捧げた。

――キリシタンずらか。

仁左衛門は理解した。かつては駿府にも教会があった。キリシタンの姿は見憶えている。この地にも教会があり、市河は信者なのに違いない。

それにしても市河の変貌ぶりには驚かされる。人殺しを厭《いと》わぬ戦国武将の市河と、神の救済を求めて祈る市河。どちらが市河の本性なのか。

鐘の音が止むと市河は立ち上がった。殺伐とした武将の顔に戻った。

半左衛門も戻ってきた。

「プラ・ピパット様のお許しを頂戴したとよ。荷検めをお受けするったい」

半左衛門は市河に答え、つづいて水主たちに命じた。

「箱の蓋を開けっとよ」

男たちが箱を開けていく。箱の中には金銀の地金や刀剣、漆器などが収められていた。当時の日本は金銀の産出で世界を圧倒し、また、刀剣と漆器の品質は東アジアで第一だとの評判をとっている。

市河の供侍が宣告した。

「これらはプラクラン様のお口添えをもって国王様に披露される！　異議の申し立てはあるまいな？」

異議があっても口に出せる状況ではない。荷揚げ作業は市河とその配下の手に委ねられた。

「ええい、退け、退けィ」

仁左衛門も手荒に押し退けられた。褌《ふんどし》一丁で働いていたので、侍の身分だとは思われなかったらしい。

その時であった。「パオーン」と凄まじい大音声が響きわたった。仁左衛門はギョッとして目を向けて、さらに仰天した。

巨大な獣がのし歩いてくる。家屋の一軒分を超える大きさだ。丸太のような足で歩を進めるたびに河岸の軟弱な地面が波うった。左右の耳は襖《ふすま》のように大きい。顔の真ん中から何かが長く伸びていた。その何かを頭上高くに振り上げると、またも「パオーン」と大声で鳴いた。

仁左衛門は顔色を真っ青にさせた。

「と、虎か！　それとも龍か！」

南国には危険な猛獣がいる、という知識はあった。

「みんな、逃げるずら！」

目を剥《む》いて叫ぶが、周囲の者たちに焦った様子はまったくない。この場で慌てふためいているのは仁左衛門だけだ。

市河の供侍が声をあげて嘲笑した。

「象も知らんのか」

市河の配下は一斉に笑う。それればかりか、朱印船の水主の中にも笑った者がいた。

――ぞ、象？

巨大な獣は荷揚げ場に入ってくると静かに足を止めた。背にはシャム人が跨《また》がっている。そのシャム人の言うことには従っている。見た目は恐いが存外に大人しい生き物であるらしい。

市河の供侍が命じる。

「金箱と銀箱を象に積めっ。きりきり働けッ」

荷揚げ場の男たちが言われた通りに運ぶ。象使いが足で象の首の辺りを擦ってやると、象は足を曲げて身を低く伏せた。賢い生き物だ。象の背には荷を乗せるための鞍《くら》が取りつけられていた。

朱印船が運んできた荷はさしもの巨獣をもってしても、一度に運びきれる量ではない。象使いは象を立ち上がらせ、回頭させて、荷揚げ場から外へ出て行った。

別の象が入って来た。荷は次々と運び去られていく。三頭目、四頭目の象も、荷揚げ場の外で待機していた。

木屋半左衛門は「ふん」と鼻を鳴らして、憎々しげな笑みを浮かべた。

「豊臣方め、好き勝手していられるのも、今のうちだけったい」

仁左衛門に顔を向けた。

「この地での、あーたの身の振りようば、考えんといかんたいね」

「どうすればええんずらか」

「会わせたいお人がおっとよ。そんお人を頼ればよか」

半左衛門は不穏な笑みを浮かべた。

四

床の上に一人の男が座っていた。月代《さかやき》を剃り、髷を高々と結い上げ、眼光は鋭い。歳は四十代の半ば。色が黒く、頰が瘦せこけていた。顎が長く、ひげの剃りあとが青々としている。蒸し暑い。だが男は肌を露出せず、桔梗《ききょう》色（青色）の小袖と袴を着けている。

――この御方は、まことの武士ずら……。

仁左衛門は直感した。

高砂の港では、武士を自称する者たちを大勢見かけた。誰も彼もが腰に刀を差していた。しかしそのほとんどは騙《かた》り者だ。日本の国外に出たのを良いことに、「我こそは高名な侍大将なり」などと嘘八百を並べている。

だが目の前の男は違う。立ち居振る舞い、顔つき、口調、すべてが赫《かっ》々《かく》たる武将のものだった。

――こりゃあ、気が抜けんずら。

主君たる大久保家の恥とならぬように振る舞わねばならない。仁左衛門は両手を握り拳にして床の上についた。折り目正しく低頭する。

「オレ――否、拙者は伊勢山田の御師の末葉にて、山田仁左衛門と申す武士にござるずら」

目の前の男は返事もなく、険しい目で睨んでいる。仁左衛門は、この蒸し暑さなのに冷や汗を滲ませた。

日本町の家屋もシャムの庶民の家と変わらない。地面に立てた柱に横棒を渡し、縄で縛って固定して、そこに横板を這わせて床とする。壁は割れた竹を並べて作ってある。屋根裏はない。ニッパ椰子《やし》で葺《ふ》いた屋根が下から見えた。

床も屋根も隙間だらけで外の光が差し込んでくる。男の膝の前に日本製の塗り盆が据えられ、その上に一枚の書状が置かれていた。

それは仁左衛門が大久保忠佐《おおくぼただすけ》から拝領した感状であった。


感状とは、抜群の働きぶりで主君を感動させた、という証明書である。『お前の勲功《くんこう》に感動した』と主君の署名入りで書かれてある。加増や報償を求める際に提出したり、あるいは牢人になった時、他家への仕官（再就職）に使われた。


男は感状を一瞥《いちべつ》した。ひげの剃りあとの青い長い顎を撫でながら、なにやら考え込んでいる。

「其処許《そこもと》は、沼津城主、大久保忠佐様の御家中なのだな」

仁左衛門は正直に答える。

「放逐された身でござるずら」

「放逐じゃと？　それは、どうであろうな。俄《にわ》かには信じがたい」

皮肉な笑みを浮かべる。この男が初めて見せた表情だった。

「お疑いずらか」

男は「うむ」と頷いた。それから長い顎をクイッと戸外に向けた。

「この町には『主家を放逐された』と称する者たちが大勢いる。其処許も港で目にしたであろう。市河治兵衛の姿を。かの者は加藤清正《かとうきよまさ》の侍大将であった。清正よりキリシタンの棄教を命じられたことに堪えかねて、禄を離れ、逃がれてきた――などと申しておる」

加藤清正は熱心な法華経信者だ。そしてキリシタンの禁令は、秀吉の生前から始まった国策であった。清正は秀吉の言いつけに従順である。

しかし、仁左衛門は驚いている。

「それだけの理由で侍大将の身分を捨てて、海の彼方に移り住むことができるんずらか」

「無論のこと、嘘であろう。『主君と仲違いをしたゆえに禄を離れた』など公言するは古来よりよくある策じゃ。人を油断させるための虚言なのじゃ。畢竟《ひっきょう》、市河は、清正の密命を受けてシャムを訪れ、鉛や硝石の買いつけをしておるのに相違ない」

「鉛と硝石……？」

「この国では鉛と硝石が採れる。鉛は鉄砲の弾になる。硝石は弾薬《たまぐすり》の素だ。大坂の関白家も駿府の大御所様も、鉛と硝石がどうあっても欲しい。だからこそシャム王の御前に黄金を山の如くに積んで、鉛と硝石とを手に入れようとしている」


慶長五年（一六〇〇）、徳川家康は関ヶ原の合戦に勝利し、その三年後、征夷大将軍、すなわち天下様となった。

しかし大坂城には豊臣秀頼《とよとみひでより》が健在である。江戸と駿府の将軍家と、大坂の関白家とで天下の覇権を競っている。いつか必ず大合戦になる。と、日本中の誰もが確信し、怯えていた。

どちらの陣営にとっても欲しい物は武器だ。鉄砲の製造に必要な軟鉄（日本では鋼鉄は作れるが軟鉄が作れない）と真鍮《しんちゅう》、鉛と硝石を大量に輸入しなければならない。

さらに鉛は銀の精錬のためにも必要だった。当時の日本はシルバーラッシュで、銀は主要な輸出品である。鉛はどれだけあっても足りなかった。

「清正が手に入れた鉛や硝石は、大坂の秀頼の許に運ばれる」

男の眼光がますます鋭く尖っていく。

「この地で大坂に味方するのは市河ばかりではないぞ。日本町の頭領は、オークプラ純広というのじゃが……」

オークプラはシャム国の貴族の階級だ。貴族の階級は六階級あるのだが、そのうち上から二番目だ。たいそうな出世といえる。外国人を貴族に列するシャム国王の度量の広さにも驚かされる。

「純広は亀井茲矩《かめいこれのり》と文を通わせておる。おそらくは亀井の家中だ」

亀井茲矩は因幡国《いなばのくに》、鹿野《しかの》城主で、秀吉が織田家の武将だった頃から秀吉に従っている。豊臣恩顧の大名としては古株の一人だ。

「アユタヤに来るまで、金箔張りの仏塔を目にしたであろう。このアユタヤの寺院も宮殿も、皆、黄金で輝いておる。その黄金は故太閤が送った物だ。故太閤は日本の金山で採れた黄金をもって、シャムの鉛と硝石を大量に買いつけたのだ」

大量の黄金と引き換えになるほどの弾薬が大坂方の手に渡っている。そして大久保忠佐たち徳川方は、その大坂方と戦をしようとしている。

——沼津も駿府も、攻め潰されちまうずら！

仁左衛門の故郷には家族や親族が暮らしている。男は仁左衛門の顔をじっと見つめている。

「話が飲みこめたようじゃな。左様。徳川方は危急存亡の秋《とき》にある。徳川方が勝つか負けるか、我らのこの地での働きにかかっておるのだ」

仁左衛門は思わずゴクリと喉を鳴らした。それから男の顔を凝視した。

「あなた様は……徳川方のお味方なので？」

男は陰鬱な顔つきのまま頷いた。

「わしの名は城井久右衛門《きいきゅうえもん》。秀吉によって騙し討ちにされた城井鎮房《しげふさ》の親族じゃ」

城井家は鎌倉時代から続く名門武家で、豊前国《ぶぜんのくに》の大名であった。

駿府の紺屋《こんや》の倅《せがれ》だった仁左衛門には、よくわからない話だ。だが、豊臣家に怨みがあることだけは伝わってきた。

「山田殿よ、わしはそなたに手を貸そう」

「手を、お貸しくださる、とは……？」

「徳川家はこの地より豊臣方を一掃したいのであろう。そのためにお前はアユタヤにやって来た。違うか」

なにゆえそんな大仰な話になってしまうのか。

城井久右衛門が怪しく光る目で凝視している。殺気が全身から迸《ほとばし》っていた。ここで「違う」などと答えようものならこちらが斬りつけられてしまいそうだ。

なんと答えたら良いかわからず、仁左衛門と城井は無言で見つめ合う格好になった。

＊

数日が過ぎた。その間、仁左衛門は何もすることがなく、無為にアユタヤを歩いて回った。

否、よく歩き、地形や町並みを見て回るようにと木屋半左衛門より言いつけられていたのだ。

アユタヤの市街《ムアン》は隆起した丘陵の上にある。東西に約二十町（一町は一〇九メートル）、南北に十町ばかりの楕円形をしていた。円を描いて蛇行するメナム川によって囲まれている。川の流れが水堀の役割を果たしていた。人の手で掘られた運河もあって、完全に外界から隔てられていた。

市街の周囲には低湿地が広がっている。水運の便と水捌《は》けのために太い運河が何本も掘られてあって、結果として川で隔てられた曲輪ができあがっていた。

仁左衛門はかつて長良川の輪中《わじゅう》を見たことがあった。それに似ていると感じた。

それぞれの輪中に交趾《コーチ》人、マレー人、ポルトガル人、明国人などなどが、町《バーン》を作って住んでいる。

日本町はアユタヤ市街の南、メナム川の東岸にあった。川を挟んだ対岸がポルトガル町で、北にはオランダ町とその商館が置かれていた。

川や運河に橋は架けられていない。移動は舟を使って行われた。舟がなければどこにも行けないが、舟さえあればどこでも行けた。城壁で囲まれた市街にさえ、役人の詮議もなく水路を使って入ることができた。

市街に舟で入るには、城壁の下に開けられた穴門を通る。市街にも水路が碁盤の目のように整備されていた。

無数の船が運河や水路を行き来している。いったいこのアユタヤには何隻の船があるのか。間違いなく千を超えるだろう。

日本町から乗せてもらった小舟を下りて、シャム人の船頭に明国の銅銭（この時代の国際通貨である）を払っていると、背後で「パオーン！」と吼声《おたけび》が聞こえた。仁左衛門は仰天して背後に跳んで逃げた。

象が河を押し渡ってくる。足を進めるたびに大波が立って、周囲の小舟が揺さぶられた。

象は水路から上がる。巨体から川の水が滝のように流れ落ちた。

象の数も多い。木屋半左衛門が言うには五百から六百頭が飼われている、とのことであった。

仁左衛門は、この地で象が飼育され、乗物や荷運びとして使われるわけを理解した。〝船がなければどこにも行けない〟が、象だけは別だ。

象は運河や水路を押し渡ることができる。深い河なら泳いで渡り、浅い水路は川底を踏んで歩いていく。象は人を乗せたまま、あるいは荷を積んだまま、陸から川中へ、川中から陸へと、自在に移動ができるのだった。

象の首の上には象使いが跨がっている。象の耳を足で蹴ったり擦ったりすることで操っている。

牛や馬も荷運びや騎乗に使われていたが、あまり役には立たないようだ。日本とは風土も風習も大きく異なる。

──駕籠かきなんか、なおさら役に立たねえずら。

この地で生きて行くのに相応しい仕事をみつけなければならない。

五

毎日毎日、仁左衛門は歩いた。この地では子供も象に慣れ親しんでいる様子だが、仁左衛門は象の巨体が怖くてならない。象に出くわさないように注意しながら市街を進む。大勢の人々と行き交った。誰が数えたのかは知らないが、十五万人がアユタヤで生活しているとのことだ。

商人たちは、人口をきちんと調べてから売り物を運び込む。明国やオランダや長崎の商人たちが

「十五万人分の商品が売れる」と口を揃えて言っているのだから、確かに十五万人が生活しているのに違いない。

シャム国の人々は、パー・ヌンという布を一枚腰に巻いただけの姿で歩いている。

女も腰布を巻く。上半身に布を巻いている者もいた。長い黒髪を頭の上で巻き上げて、金色の簪《かんざし》で留めている。庶民ですら金箔の簪を所有することができるのだから素晴らしい。

みんなで微笑みを浮かべている。甲冑をつけている者など一人もいない。油断だらけだ。

——太平楽な国ずら。

戦国の遺風を引きずる日本国とは比べるべくもない。


市街地の北に宮殿があった。さらなる水堀と城壁によって囲まれている。五基の大きな塔が建っているようだ。どの塔も金箔によって燦然《さんぜん》と輝いていた。

さすがに宮殿内には入れない。二つの門は武装した兵たちによって守られていた。

一隊はポルトガル人の銃隊である。宮殿の警固も請け負っているらしい。

もう一つの宮殿警固隊は日本人によって構成されていた。日本人は一目でわかる。髷を結っているからだ。小袖を着け、袴を履いている。日本人は異国でも自分たちの風俗、風習を変えようとはしない。

宮殿の門の前では、具足（雑兵の簡易な鎧）を着け、腰帯に刀を差し、手に槍を持った日本の男たちがうろついていた。豊臣家の息がかかった者たちだろう。仁左衛門の素性が知れたら面倒だ。

仁左衛門は物陰から様子を窺った。しばらくすると城門が開いて、一人の男が出てきた。

年の頃は五十歳ぐらい。肥えた身体を日本の鎧で包んでいる。眉が細くて瞼が厚い。腰に帯びた太刀は黄金の拵《こしら》え。尊大な態度と顔つきであった。

オークプラ純広だ。頭には、兜の代わりにシャム国の大官だけが許される冠をつけていた。

「皆の者、よぅく見張れよ」

兵を叱咤《しった》する大声が、水堀を挟んだこちら側にまで聞こえてくる。

供侍の一人が銀色の箱を恭しげに掲げた。純広が片手をつっこむ。粽《ちまき》のような何かを摑み取ると口の中に放り込んだ。

クチャクチャと嚙む。別の供侍が壺を持って歩み寄ってきて、壺の口を差し出した。純広は嚙んでいた物を、ペッ、と壺に向かって吐き出した。

キンマだ。ビンロウの種と石灰をキンマの葉で包んで嚙む（ガムのような嗜好品だ）。麻薬の効果があるという。

シャム国にとっては伝統ある文化で、貴族に就任する際には王より〝キンマ入れの箱〟が下賜される。序列第一位の貴族、オークヤーは金箔の箱。第二位のオークプラは銀箔の箱だ。それより下位は木の箱だった。

純広は、おのれがオークプラであることを示すために、銀箱を持たせたお供を引き連れて、これ見よがしにキンマを嚙んでいる。

――いけ好かない男ずら。

仁左衛門は腹の底から嫌悪した。

朱印船が苦労して運んできた金銀や売り物を、自分の手柄のような顔をして王に披露した。それだけでもむかっ腹が立つ。

この国では、外国の商人は持ち込んだ資金や売り物の一部を税《チャンコープ》として王に納める。純広が税を持ち込めば、王は純広を「役に立つ奴だ」と思し召して寵愛《ちょうあい》するだろう。豊臣方の勢力がこの地に力を扶植することになる。徳川方にとっては面白いことではない。

＊

陽光の下を半日も歩き回れば、暑さも祟《たた》って疲労が溜まる。仁左衛門は日本町に戻ることにした。水路に面した道を歩いていると、

「サワンコッ！　サワンコッ！」

王宮の方角から男の叫び声が聞こえてきた。血相を変えたシャム人が走ってくる。

道沿いの家々から大勢の人たちが「何事か」と言わんばかりの顔つきで飛びだしてきた。

「サワンコッ！」

男は叫びながら走り抜ける。道に出てきた人々の顔色が一斉に変わった。

——何が起こったんずらか。

仁左衛門まで不安になった。どんな時でも呑気に微笑んでいるシャムの人々が恐怖や不安の表情を浮かべている。なんと、その場に膝から崩れ落ちる者までいた。

なにか途方もない事件が起こったのだ。仁左衛門は日本町に急いだ。

渡し舟の船頭がなかなか見つからず、メナム川を渡るのに苦労した。船頭たちもどこかへ隠れてしまったようだ。

ポルトガル商人の荷船に便乗させてもらい、ようやく川を渡って日本町に入った。日本町も騒然

としていた。鎧兜で身を固めている者までいた。仁左衛門は階段を踏んで城井久右衛門の家に入った。高床式であるので必ず階段を上らねばならない。

大きな窓の向こうに城井が座っていた。痩せこけた長い顔を沈鬱そうに伏せている。城井はこちらに気づいた。だが、窓を挟んで喋る作法はない。割った竹を並べて作った扉の前に膝をつく。

「城井殿、山田仁左衛門ずら」

「お入りなされ」

許しが出たので扉を開けて、板敷きの間に踏み込んだ。急いで座る。立って物を言う作法はない。山田仁左衛門は武士ということになっている。武士の暮しはなかなかに面倒だ、と仁左衛門は思った。

「アユタヤは、市街《ムアン》も町《バーン》も騒然としておったずら。いったい何事が起こったのか、あなた様はご承知ずらか」

「承知しておる。王が崩御した」

仁左衛門は両目を見開いた。

「それは確かなお話ずらか」

「聞けばわかる。シャムの役人たちが『サワンコッ』と叫んでおったろう」

今も表の通りから、その言葉が聞こえている。

「死んだという意味だが、王か王妃が死んだ時にのみ使われる言葉だ。王の病が重いことは知っていた。早晩、崩御なさると誰もがわかっておったのだ」

城井は王宮の方角に座り直して両手を合わせ、黙禱した。

それから仁左衛門に向かって座り直した。

「崩御なされたエーカートッサロット王はこの国のすべてを――ことに異国との商いを、一手に仕切っておわした。人傑であった。その御方が亡くなったのだ。この国は大黒柱を失ったに等しい。しかもだ」

城井は陰鬱そうに両目を閉じた。

「王は熱病《カイ・チャップ》で正気を失われて、お世継ぎのスタット親王を殺してしまった。よって、ただ今、この国には王位を継いで政《まつりごと》を采配できる御方がいない」

「大変なことになったずら」

「そなたも武具の支度をするがよい。何事が起こるか、わからぬ」

城井の背後の壁際には鎧櫃《よろいびつ》が据えられ、甲冑が置かれてあった。刀も、いつでも手に取ることができる場所に掛けてある。なるほどこれは一大事なのだ、と、仁左衛門は理解した。

仁左衛門は城井の家を辞して、自分の塒《ねぐら》の小屋に向かった。

「刀か……」

入り口の莚《むしろ》をくぐって小屋に入ると、柱に立て掛けてあった刀を手に取った。

大久保忠佐から拝領した刀だ。大柄な仁左衛門の体軀に合わせて常寸（二尺三寸）よりも三寸長い大刀だった。日本を出国してからまだ三月も経っていない。はたして実戦で使用することになるのであろうか。

「オラは駿府の紺屋の倅で、駕籠かきずらよ」

仁左衛門の身体は激しく震えた。

＊

夜になった。アユタヤは市街にも町にも篝火《かがりび》が焚かれて騒然としている。王宮からの使者であろうか、誰かが走る足音がひっきりなしに聞こえていた。

疲れきっていたが眠りは浅い。仁左衛門は悪夢にうなされた。


「しっかりせんかッ、紺屋の悴め！」

強烈な一撃が肩に撃ち込まれた。仁左衛門は「ギャッ」と叫んで地べたに倒れた。背中をさらに打ち据えられる。頭を足で踏まれて地面に顔を押しつけられた。乾いた土の臭いがした。

大久保忠佐の江戸屋敷。下人や馬が出入りをする広場だ。空にはどんよりと厚い雲が広がっていた。

「どうした。立てッ！　そんなたわけたことで殿の六尺が務まるかッ」

仁左衛門はよろめきつつも、竹の棒を握って立ち上がる。目の前には六尺の仲間たちがいる。巨漢ぞろいで年長者ばかりだ。

仁左衛門も体格は良い。生まれ育った馬場《ばばん》町では向かうところ敵なしの餓鬼大将だった。だが、自分と同じぐらいの体軀があって、喧嘩や戦に慣れた大人には敵わない。

「鍛え直してくれる！」

六尺が手にした竹棒の先が、目の前にビュッと突きつけられた。仁左衛門は歯を食いしばった。打たれた全身が痛む。汗と泥が目に入って滲《し》みた。だが、逃げることはできない。逃げだしたくない。

竹の棒を握り締める。勇気を振り絞り、「やあっ」と声を上げて打ちかかった。

即座に手首を打たれた。激痛で竹棒を取り落とす。前のめりになったところで額を打たれた。

「馬鹿めが！」

さらに足蹴までくらわされ、仁左衛門は再び転倒した。打たれた額が割れた。鮮血が顔を流れている。地べたにポタポタと血が飛び散った。

六尺が大声で罵倒する。

「易々と倒れるな！　剣の稽古にならぬぞ！」

仁左衛門の怪我をいたわる様子はまったくない。

平和な時代の駕籠かきではない。殿様を輿で担いで戦場を駆ける。

日本の国土は山あり谷あり川と湿地ありで、馬の蹄《ひづめ》で行ける場所ばかりではない。荒れ地では殿様は、神輿のような輦台《れんだい》に乗って指揮を執る。乱戦の際には駕籠かきたちは、片方の手に武器を持ち、敵を打ち払いながら進退せねばならない。六尺たちの武芸に殿様の命がかかっている。

そういう理由であるから、先達（先輩）から武芸が伝授されるのは当然である。しかし、仁左衛門に対する仕打ちは稽古の範囲を超えていた。

仁左衛門は大久保忠佐に気に入られている。だから嫉妬されているのだ。稽古にかこつけて殺してしまいたい。あるいは、仁左衛門が逃げ出すまでいびり抜く。そういう心づもりだろう。

——殺されるずら……！

仁左衛門は直感した。戦国の遺風の残る殺伐とした世の中だ。強さは正義であり、弱さは悪だった。殺される人間は弱いのが悪い。強くなろうと努力しなかったのが悪いのだ。自業自得である。などと誰もが考えていた時代だった。

現に今、仁左衛門が殺されそうになっていても、誰も助けてくれない。

――死にたくねぇ！

心の中で絶叫した。仁左衛門は立ち上がった。この死地から逃れるには、目の前の男を倒すしかない。男はニヤニヤと笑っている。仁左衛門の目がカッと見開かれた。

「うおおっ！」

大きく吼《ほ》えると突進し、体当たりをぶちかますつもりで思い切り、竹の棒を叩き下ろした。確かな手応えがあった。それから後のことは覚えていない。夢中で叩き続けた。血が飛び散って顔にかかった。

別の六尺が叫んだ。

「このたわけがッ！」

竹の棒を振りかぶっている。仁左衛門を殴ろうとしているのだ。仁左衛門は肩からぶちあたってその男を弾き跳ばした。男が態勢を崩したところへ容赦なく竹棒の連打をくらわせる。またしても血が飛び散った。仁左衛門は大きく肩を上下させた。息が荒い。足元には二人の男が転がっていた。

他の六尺たちは息をのんで言葉もない。仁左衛門がジロリと目を向けると、一斉に後ずさりした。

「そこまでじゃ」

制止の声がかかった。主君である大久保忠佐が供侍を連れて入ってきた。血まみれで立つ仁左衛門と、倒れた二人に目を向けた。

「ふん。よくぞ、してのけたものだ」

褒めているのか怒られたのか、よくわからない。いつもの難渋そうな顔つきであった。

「荒稽古はこれまで。手当てをしてやれ」

倒れた二人は仲間の六尺の肩を借りて長屋へ運ばれて行った。

うなされて、自分の唸り声で目が覚めた。ひどい寝汗をかいていた。

夜明けが近い。空が白み始めている。

六

二日後、エーカートッサロット王の崩御が公式に発表された。

日本町の河岸で水主《かこ》たちが車座となり、飯の焚き出しを食っている。

「どなた様が次の王様になるんやろな？　親王様は殺されちまったんだべ？」

シャム国の商売は国王が元締めをやっている――という事実は、末端の水主でも知っている。遥々《はるばる》海を渡ってきて「王様が死んでしまったので商売になりませんでした」では困るのだ。皆、困惑の表情で椀の粥を啜っている。

「殺された親王様とは別の若君がいなさる、ってぇ話ったい」

一人の水主が訳知り顔で語りだした。

「お寺に入って坊さんば、していなさる、ってぇ聞いたったい」

「そないな大事、誰から聞いたんや？」

水主たちの生国は様々だ。様々な方言で語り合っている。訳知り顔の水主が唇を尖らせて答えた。

「オークプラ純広様に決まっとぅと。今日もお城で評定ったぃね」

王宮では大官たちが集って協議をしている。日本町の頭領《ナーイ》のオークプラ純広も貴族に列しているのであるから、当然、その会議に加わっているし、純広の周辺から王宮の情報も漏れてくる。

「そいじゃあ、その坊様が還俗《げんぞく》なさるのか」

「他に若様がいないんやったら、そうなるんやろなぁ」

「早いところ新しか王様ば決めてもろうて、商売ば始めてもらわな困るなぁ」

水主たちは口々に言いあった。


問題の若君、インタラーチャー親王が宮廷に呼び戻された。師の僧の許しを得て還俗し、王室の船に乗ってパネートの地に向かった。

シャム国王は代々、パネートにある宮殿で即位する。そういうしきたりである。

親王の船は王の御座船に準ずる大きさで、百人の漕ぎ手が乗っていた。舳先は神聖な鳥の彫刻で飾られ、眩《まばゆ》い金箔が貼られている。船体も櫂も艶やかな黒漆塗りだ。親王の席は金箔の天蓋のついた神輿のようになっていた。

お供の貴族も同じような船に乗る。皆、天蓋つきの小屋に座り、仏塔の形をした金箔の冠をつけていた。王室警固の親衛隊が兵船に乗って前後を固める。王宮がそっくりそのまま移動するのだ。

総勢で二千人が随行した。荘厳な光景であった。

アユタヤの庶民は地べたに平伏して見送った。貴族も廷臣も庶民も、誰ひとりとして言葉を発しない。すべては無言の内に進められた。

警固の主力は外国人による義勇隊だ。最新式の銃を携えたクロム・ファラン・メンプーン（ポルトガル人銃兵隊）と、日本の甲冑に身を包んだ日本人部隊がそれであった。

ポルトガル人の隊長とオークプラ純広が馬に乗って川岸を進む。二カ国の兵隊が、親王の船に合わせて行進していく。

＊

インタラーチャー親王はパネートの宮殿に入った。

即位の儀式を取り仕切るのは四人のバラモン僧だ。シャムは仏教とヒンドゥー教を国教としている。大切な儀式はすべてヒンドゥー教の思想に則って、バラモン僧の指導によって行われた。

王家に仕える貴族と役人が数百人、板敷きの広間に正座していた。宮廷での正装は上衣と腰布だ。頭には麻布製の尖った帽子を被っている。これから何度も叩頭《こうとう》（床に額がつくほど深く低頭する行為）するので、帽子が落ちないように紐を顎の下で結んで固定していた。

広間の奥には一段高い床があり、金箔の玉座が安置されていた。背景の壁には孔雀を模した金箔の後背が置かれている。バラモン僧の合図で廷臣たちが一斉に叩頭した。四人の美女にかしずかれながらインタラーチャー親王が入室してくる。壇上にあがり、玉座に腰を下ろした。

王だけが使用を許される肘掛けに腕をのせる。王権の象徴である剣と団扇が飾られた。バラモン僧の手で金の冠を戴いて、王の即位が宣言された。

大きな器の中にバラモン教の神像と剣が置かれる。この剣は王権の象徴だ。バラモン僧は神像と剣に静々と水をかけてゆく。水は器の中にたっぷりと溜まる。水は小さな器に小分けにされて、臨席する貴族や大官、役人たちの前に置かれる。彼らはその水を新王とバラモン教の注視する前で一息に飲まねばならない。この際に噎せたり、吐き戻したり、飲みにくそうにしたりすると、謀叛の兆しがある、あるいは王を補佐する資格がないとされて処刑される。

王族、貴族、大官、下級の役人にいたるまで、王家に仕えるすべての者たちが王に対する忠誠を誓った。かくしてシャム王国第二十二代国王が即位した。

シャムでは身分が変わると呼び名も変わる。インタラーチャー親王はソンタム王と名を改めた。めでたい席ではあったが、一人、ソンタム王だけは、めでたさにそぐわぬ殺気を放っていた。その目には復讐の炎が燃え盛っている。憎しみの目が大臣の一人に向けられていた。

王の即位式は滞りなく済んで、新しい王がアユタヤの王宮に入った。全国民に対して新政の開始が宣言される。知らせを受けた諸国の商人たちは愁眉《しゅうび》を開いた。シャム国ではすべての取引は王の管理下で行われる。王が決済をしてくれて初めて売り買いや、荷の積み出しができるのだ。

シャムの庶民も安堵の顔つきだ。市街はようやく落ち着きを取り戻した。

だが、その平穏も三日と続きはしなかった。

＊

朝、仁左衛門が塒から起き出して、日本町の通りを歩いていると、顔見知りとなった水主の一人が血相を変えて走ってきた。

その様子があまりに異常だったので、仁左衛門は呼び止めて訊ねた。

「なにか、あったずらか」

「仁左衛門さん、大変や。王様ん御殿でお手打ちがあったとよ！　殺されたんは大庫司《プラクラン》様や！」

プラクランは王家の宝物蔵の管理人にして大蔵大臣。

アユタヤ王国の政府は、民部《みんぶ》大臣オークヤー・マハートタイ、兵部《へいぶ》大臣オークヤー・カラーホーム、大蔵大臣オークヤー・プラクラン、の三大臣の主導によって運営されている。そのうちの一人が王によって誅殺《ちゅうさつ》されたのだ。

仁左衛門たちがアユタヤに着いた時に、港まで朱印船を迎えに来たプラ・ピパットはプラクランの部下である。市河治兵衛がプラ・ピパットを黙らせて朱印船の金銀に手をつけることができたのも、プラクランの後ろ楯があったからだ。この国の港では誰もプラクランには逆らえない。

そんな権力者が処刑されたというのか。何かの間違いだろうと仁左衛門は思った。だが。

「プラクラン様の骸《むくろ》は、鹿の門で、磔《はりつけ》ば、されとっと！」

鹿の門は王宮の門のひとつだ。死体を晒すのは処刑が行われたことを公表するためであろう。

「オイは木屋の若旦那さんに知らせなならんよって」

水主は走り去った。

ともあれ自分の目で確かめようと思った。仁左衛門は舟に乗って市街に向かった。


死体は門前の広場の柱に吊るされていた。首と両手足を切断した後で、藤の蔓《つる》を使って縫いつけてあった。わざわざ切ってから繋ぐのだ。なんとも無惨な刑罰である。

――あれは確かに、プラクラン様ずら。

即位式の際に、船に乗ってパネートに向かう姿を見た。冠をつけて黄金の天蓋の下に座っていた。あれから三日。こんな無惨な姿に変じてしまうとは。

シャムの庶民が無言で死体を見守っている。日本ではこんなとき、誰もが勝手に騒ぐものだが、この国では誰も口を利かない。仁左衛門は急いで踵《きびす》を返した。日本町に戻らねばならない。

ところが仁左衛門は、なかなか日本町に入ることができなかった。日本町から出ようとする侍たちで船着き場がごった返していたからだ。腹に胴丸を巻いた兵たちが喚《わめ》きながら押し出してくる。手には槍を持ち、腰帯には刀を差していた。火縄銃を担いだ者もいた。

総勢で二百人は集っているようだ。オークプラ純広の配下だろう。日本兵は王室に雇われて宮廷の警固を担っている。国王からの陣触れ（招集令）が届いたのだろうか。

甲冑姿の市河治兵衛も見えた。加藤清正の侍大将だった男だ。戦国往来の古強者《ふるつわもの》。大声で何事か下知している。渡し舟がやって来た。兵たちが我先に船に乗り込もうとする。舟が傾いて何人かが川面に落ちた。市河が激昂して叱りつけた。

その時であった。

「おい、山田殿」

背後から声をかけられた。振り返ると民家の陰に城井久右衛門の顔が見えた。

「オークプラたちに見つかってはまずいぞ。こっちに来い」

何が起こっているのかわからないが、ここは、わけを知る城井に従ったほうが良さそうだ。仁左衛門は民家の裏手に回って、城井のそばに身を潜めた。城井が訊ねる。

「どこに行っておったのだ」

「鹿の門の磔を見てきたずら。確かにプラクラン様の骸だったずらよ」

「左様か。木屋半左衛門殿がお主に話があるようだ。ついて来てくれ」

身を屈めたまま裏路地に踏み込んだ。民家の間に細い水路があって小舟が隠されていた。日本人の水主が一人、不安げな顔つきで待っている。城井が乗り込み、仁左衛門も続いた。水主は櫂を漕いで舟を出した。

舟は迷路のような水路を縫って進み、メナム川に出た。大河の中程に木屋の朱印船が停泊していた。流されないように碇を六つも河中に投げ下ろしてあった。

小舟は朱印船に横付けされる。縄ばしごが下ろされた。城井と仁左衛門は甲板に上った。

木屋半左衛門が船室から出てくる。城井は半左衛門に向かって報告した。

「オークプラ純広と市河治兵衛が兵を動かし始めてござる」

半左衛門は「ふん」と鼻を鳴らして、意地の悪そうな笑みを浮かべた。

「今頃になって挙兵しても遅か。プラクランは死んどうとよ。何もかもが手遅れたい」

まるで自分がプラクラン殺しの首謀者、のような口調ではないか。

それから仁左衛門にも顔を向けた。

「待っておったとよ。こっちば来んね。引き合わせたい御人がおるったい」

船尾には高楼があって、身分の高い乗客が使う部屋があった。部屋の中にはスペイン風の卓《テーブル》と椅子が並べられ、大蔵次官のプラ・ピパットがワイングラスを片手に座っていた。髪を短くきれいに刈って、背筋もまっすぐに伸ばしている。いかにも有能な役人らしい風姿だ。ヨーロッパ風の詰め襟シャツが似合っていた。

木屋半左衛門が仁左衛門のことを紹介する。

「プラ・ピパット様、こちらが山田仁左衛門殿にござる。徳川将軍家に仕えてござる」

「ほほう。江戸の大君のご家来か」

プラ・ピパットは流暢な日本語を喋った。さすがの英才。優れた語学力で出世を果たしたのに違いない。日本国の事情にも通じているようだ。

「豊臣の大君は二十万の兵で朝鮮を攻めた。恐ろしいことだ。シャム国としては、豊臣家を快く思っておらぬ。今後は江戸の大君に味方をしたい。よろしく伝えてもらいたい」

そんな身分ではないのだが、この場は話を合わせておいたほうが良さそうである。

「我が主に書状で伝えまする」

大久保忠佐へ報告することを約束した。禄を離れたとはいえ、手紙ぐらいなら読んでくれるだろう。

それともう一人、髷を結った日本人が陪席している。歳は三十ぐらい。錆茶色に染めた小袖を着ている。四角い顔で肌は色黒。髷は大髻《おおたぶさ》に結い上げている。髪の一本一本が太いので髷が巨大になってしまうらしい。

仁左衛門を見て低頭した。ボサボサの大髻が大きく揺れた。

「それがしは長崎の商人、津田又左衛門《つだまたざえもん》でござる」

長崎の訛りはない。本当に商人なのだろうか。口調は武士のものである。

木屋半左衛門が笑顔で紹介する。

「津田殿は、尾張の織田様のご苗孫なのだ」

織田家の分家は、本家と同じ姓を名乗るのを遠慮して津田姓を名乗ることが多い。

織田一族も今ではかなり没落していて、末葉が商人に転じていても不思議ではない。だがしかし、信じることも難しい。仁左衛門自身もいつの間にか徳川家の大身旗本みたいな身分をでっちあげられているわけだし、津田もまた、シャムの大官の信用を得るために身分を偽っているかもしれなかった。

仁左衛門と城井も卓を囲んで椅子に座る。大蔵次官はご機嫌な様子でグラスを傾けた。ここから先はシャム語での会話だ。

「豊臣家は明国人をたくさん殺した。明国人は豊臣家を憎んでいる」

朝鮮において明国軍三十万は豊臣軍二十万と激戦を展開し、膨大な戦死者を出した。この大戦争は東アジアの全域に衝撃を与えた。合戦では大砲や火縄銃が大量に使用された。弾薬の原料となる鉛と硝石はシャムの主要輸出品だ。シャム人も日明両軍の情報収集に余念がない。日本人が考えていたよりもずっと多くの国々が、秀吉の戦争に関わりをもっていたのだ。

大蔵次官はワイングラスを見つめている。

「我が国の港に出入りする明国の商人もまた、豊臣家を嫌っておる。すなわち日本人《イープン》を嫌っているのだ。しかしわたしたちシャム国は、日本との商いを増やしたいと思っている。明と日本の仲が悪いままでは困る」

東アジアの海を支配しているのは明国の貿易商人たちだ。明国商人に睨まれたままでは交易もままならない。

「良き話もないわけではない。昨今、豊臣家はめっきり落ち目だ。そうでござろう？　山田殿」

大蔵次官のシャム語を半左衛門が日本語に通訳した。仁左衛門は急に話を振られて驚いたが、動揺を隠して、

「いかにも。仰せの通りにございまする」

と答えておいた。

有能なる大蔵次官は、通訳がなくとも仁左衛門の言葉を理解した。ワインで口を湿らせてから、

半左衛門を相手にシャム語で続ける。

「死んだプラクランは、この道理がおわかりではなかった。いつまでも豊臣家に加担しようとしておった。愚か者だったのだ」

空になったグラスに木屋半左衛門がすかさずワインを注ぐ。追従の笑みを浮かべた。

「プラクラン様は新王の怒りを買ってお手打ちに……。今後のシャム国の商いを一手にご差配なさるのは、あなた様……」

大蔵大臣プラクランが刑死したのだ。職を継ぐのは、この次官となるはずだった。

大蔵次官はニヤリと笑ってグラスを口に運ぶ。

「左様に上手く事が運べば良いがのぅ」

半左衛門が身を乗り出した。

「我らにお任せくださいませ。新王ご即位の祝宴にかかる費《つい》えを、王の御前で、あなた様より、我らにお命じくだされ。我らはいかなる無理難題でも慎んで承りまする。むしろ無理難題を吹っ掛けていただきたい。その様をご覧になられた王は、あなた様こそ頼もしき大官なり、と、お感じになられましょう」

「ふむ。じゃが、日本人にそうまでしてもらっては、後々のことが恐いの」

「鉛と硝石を豊臣方には売らず、我ら徳川方にのみ、お下げ渡しを願いまする。我らの願いはただそれだけにございます」

大蔵次官は笑みを浮かべて頷いた。

川岸のほうから喧騒の気配が伝わってきた。兵たちが大声を上げているようだ。大蔵次官はチラリと目を向けた。

「オークプラ純広の兵が騒いでおるようだな」

木屋が同意する。

「頼みの綱のプラクラン様に死なれてしまい、驚き慌てております。ですが、いまさら騒いだところでどうにもなりますまい」

「王命による処刑に異議を唱えることは許されぬ。この喧騒はかえって好都合。騒ぎを起こした不忠を咎め、シャム国よりの追放の勅令を下すことができよう。豊臣方の日本人《イープン》を追い払うのじゃ」

「良きご思案！」

するとここで武士の城井が首を傾げた。長い顔に憂悶《ゆうもん》を浮かべている。

「オークプラ純広の配下は強者揃い。追い払うのも難儀かと心得まするが」

大蔵次官は余裕の笑みを崩さない。

「ポルトガル人銃兵隊《クロム・ファラン・メンプーン》がおる。それに、いざとなれば我が王は、二万の禁軍（王直属軍）を動かすことができるのだ」

城井は納得した。大蔵次官は不敵な笑みを浮かべる。すかさず木屋はお追従を口にした。

「オークプラ純広とその一味、あなた様の手のひらの上で弄ばれておるも同然にございまする」

二人は声を上げて笑った。

大蔵次官はグラスを空にし、木屋はお酌を続ける。

「されど……、いかなる罪状で、プラクラン様は誅殺されたのでございましょう」

「うむ」と大蔵次官はグラスをテーブルに置いた。

「過日、先王は、スタットン親王を処刑してしまわれた」

マラリアによる錯乱だと誰もが理解している。

「先王に悪しき讒言《ざんげん》を吹き込んだ者がいたのだ。その讒言を信じた先王は、無実のスタット親王を処刑してしまった――」

「まことで！」

「……と、そのように、新王のお耳に吹き込んだ者がいる。だが、それもまた讒言であるぞ」

大蔵次官は不気味な笑みを浮かべた。

「讒言を信じた新王は、兄君を殺された仇討ちとしてプラクランを処刑なされたのじゃ」

半左衛門はその意味を理解して愕然となった。城井も、津田も、驚きいった顔つきだ。シャム語のわからぬ仁左衛門だけが蚊帳の外だ。

半左衛門は、問わずもがなのことを質した。

「プラクラン様を陥れる讒言、どなた様が新王のお耳に吹き込んだのでございましょうな」

「さぁて、誰であろうな。……さて。騒擾《そうじょう》を鎮めて参るとしよう。わしは王宮に戻る」

城井がすかさず腰を上げた。

「道中は剣呑。お送りいたす」

大蔵次官は「無用だ」と答えた。

「船着き場にポルトガル人銃兵隊を待たせてある」

大蔵次官は朱印船を下り、小舟で岸に渡っていった。木屋は笑顔で見送った。そして仁左衛門たち三人に顔を向けた。

「豊臣方を追い払うぞ。ポルトガルの力を借りたのでは面目が立たんばい。徳川に与《くみ》するオイたちの手で、豊臣方ば、このアユタヤより追討すっと」

城井と津田は「うむ」と力強く頷いた。

仁左衛門は、

――とんでもない国に連れてこられちまったずら……。

などとかなり怖じ気づいている。

――日本を遠く離れた異国の地で、豊臣方と合戦をするんずらか。

どうしてこんなことになってしまったのか。まったくわからない。

七

日本町に戻るのは危ないと言われて、その夜は船上に泊まった。

大蔵次官と約束した書状もしたためねばならない。商家の跡取りだったので読み書きぐらいはできる。文机を借りて筆を走らせたが、揺れる船内では上手く書けない。

対岸の喧騒は続いている。明日は忙しくなりそうだ。仁左衛門は早めに床を取ることにした。そしてその夜も悪夢を見た。


江戸は草深い田舎だった。職人や商人が暮らす町も見当たらない。夕暮れになると人気も途絶えて、狸や獺《かわうそ》が徘徊した。

そんな寂しい江戸の町を大久保忠佐の駕籠が進んでいく。日も暮れた。空は茜色から群青に変わり、星が夜空に瞬いている。駕籠の前を徒士侍が歩む。家紋の入った提灯を下げていた。

駕籠かきの仕事にも慣れてきた。肩には大きな胼胝《たこ》ができて、棒をのせても痛むことはない。

「何奴ッ」

突然、徒士侍が叫んだ。

仁左衛門はギョッとして足を止めた。前方に広がる闇の中から黒覆面の男たちが何人も出現し、足音もけたたましく駆け寄ってきたのだ。

「大久保忠佐！　覚悟ッ」

刀を抜いている。提灯を下げた徒士侍が最初の餌食となった。

「お、お駕籠を守れ……！」

徒士侍は最後の力を振り絞って叫んだ。駕籠に曲者《くせもの》が突進してくる。逃げなければ殺されると本能で察した。だが同時に、

——殿様を置いて逃げることたぁできねぇずら！

という思いも、頭を過った。

曲者の一人が大上段に刀を振りかぶった。

「キエーーーッ！」

奇声とともに斬りつけてくる。仁左衛門は身を伏せた。地べたの土を握ると曲者の顔を目掛けて投げつけた。

曲者の顔で土が弾ける。目潰しになったようだ。振り下ろされた刀は駕籠の棒に当たって食い込んだ。仁左衛門は四つん這いで逃れる。武器がない。戦場ならば六尺も具足と刀を貸与されるが、平時はまったくの丸腰だ。

仁左衛門は倒れていた徒士侍《かちざむらい》に駆け寄った。彼の腰にあった刀を抜く。落ちた提灯が燃えている。抜き身の刀に炎が反射してギラリと光った。視界がカッと赤く染まった。

——死にたくねぇんだ！

稽古の時も殺されたくない一心で先達たちを半殺しにしてしまったが、今もまったく同じだ。恐怖と怒りで全身の血が沸騰した。大久保忠佐が駕籠から転がり出て来た。腰の脇差しに手を掛けている。曲者がそこへ斬りつけようとした。

仁左衛門は吼えた。

「オレっちの殿様に悪さァするんじゃねぇぞ！」

駆け寄って曲者を背中から斬った。スッパリとは切れない。斜めに食い込んだ刀が肉に引っかかって止まった。馬鹿力で斬りつけた刀が曲者の背中に刺さっている。引き抜こうとしたが抜けない。

「でぇえぇいっ！」

仁左衛門は足蹴にして曲者を倒した。刀が抜けて、それと同時に血が噴き出してきた。仁左衛門の顔にブシャッとかかる。

「おのれッ」

別の曲者が叫んだ。刀を突きつけてくる。突き出されてきた刀の峰を仁左衛門は刀でぶっ叩いた。剣術の心得は乏しくとも怪力はある。仁左衛門は滅多やたらに刀を振るった。

「大久保の家中が刀を抜いたぞッ」

「引き上げだッ」

曲者たちが叫んでいる。仁左衛門の顔を目掛けて目潰しを投げつけてきた。辛子の粉が入った紙の包みだ。粉が飛び散ってたちまち視力を奪われた。喉に入って噎《む》せる。息がつけない。その隙に曲者たちは逃げていく。仁左衛門が斬った男も仲間に背負われて去っていった。大久保忠佐の家来たちは追いかけようとしたが、目潰しを投げてくるので迂闊《うかつ》に近づくこともできなかった。

静寂が戻った。六尺の二人と徒士侍の一人が倒れている。供侍にも怪我をした者がいて、顔を歪めて片腕を押えていた。

大久保忠佐が難渋そうな顔つきで倒れた者どもを見下ろしている。仁左衛門に目を向けると、

「大儀であった。その刀は鞘に納めろ」

と命じた。

＊

大久保の屋敷に戻ると、夜中にもかかわらず目付の侍が六尺小屋までやって来た。

「山田仁左衛門は、どこにおる」

険しい面相で質した。目付は家中の侍の不行跡を監察する役目を負っている。

仁左衛門が「オレっちずら」と答えると、ついてくるように命じられた。目付の武士は仁左衛門より頭一つ分は背が低い。下から睨み上げてくる。

「貴様、刀を抜いたそうだな」

「抜きましたが……」

「この大たわけがッ！」

いきなり怒鳴りつけられた。仁左衛門には叱られる理由がわからない。刀を抜かずにいかにして戦えというのか。

目付役所の地べたの上に仁左衛門は座らされた。縄で縛られてこそいないが、これは罪人の扱い

だ。目の前には一段高い床がある。大久保忠佐が座っている。膝の前に文机を据え、大蠟燭の明かりを頼りに書状をしたためていた。筆を走らせながら仁左衛門に向かって言う。

「江戸の御府内では、いかなる理由があろうとも、抜刀は御法度なのじゃ」

なぜ。と思ったけれども問い返すことはできない。大久保忠佐は語り続ける。

「うぬが曲者を退治するために刀を抜いたのは〝理《り》〟じゃ。されど、非理法権天《ひりほうけんてん》と申す通り、理は法には勝てぬ。大御所様がお定めになられた〝法〟は、理《ことわり》にないといえども尊ぶべき法なのじゃ」

紺屋の倅の仁左衛門には、何を言っているのか、わからない。しかし自分が大御所家康の決めた掟に触れたことだけは理解できた。

「大御所様のお祖父様とお父上は、陣中で家臣に斬り殺されてのぅ。それ以来、徳川家では陣中の抜刀は重罪なのじゃ。江戸の御府内は将軍様が陣する城じゃ。よって抜刀は重罪」

「オレっちが刀を抜いたことが、そんなに悪ィことだって仰るずらか！」

忠佐はジロリと目を向けてきた。

「そうだ。大逆だ。悪くすると、わしの家はお取り潰しとなろう」

「えっ……」

仰天して声も出ない。小便を漏らしてしまいそうだ。

忠佐は口惜しそうな顔で、それでも強がりの笑みを浮かべた。

「我らは嵌められたようじゃのぅ。この一件、わしを取り潰すための策略と見たぞ。おおかた、本《ほん》多《だ》正信《まさのぶ》あたりの企てであろうよ」

徳川幕府では、大久保一族と本多一族との間で権力闘争が起こっている。

「間もなく本多一派による詮議が始まろう。口惜しいが、逃げの一手しかない」

「オレっちは、どうすればええんずらか」

「だから、逃げろと申しておる。江戸に留まっておったなら、うぬは公儀目付に捕まって死罪じゃ」

忠佐は文机の上で書き上げた書状を持って、ズカズカと歩み寄ってきた。

「せめてもの餞《はなむけ》じゃ。感状をつかわす。取れ」

忠佐の一命を守るために見事な働きぶりを示した――と墨書してある。どこかの大名家に仕官しようとする際に役に立つはずだ――と忠佐は考えているのだろう。

「銭もくれてやる。いずこなりとも逃げよ」

銭緡《ぜにさし》の三本を添えて感状を差し出してきた。

感状がどれほど役に立つのか、仁左衛門にはわからない。しかし銭の大切さはわかった。

「ありがたく頂戴するずら」

伏し拝んで受け取った。


その夜のうちに仁左衛門は江戸から逃げ出した。こういう時に逃げ込む場所は生まれ故郷ときまっている。駿府だ。間の抜けた話で、本多正信の膝元に逃げ込んだわけだが（正信は駿府の大御所家康の老中）それがかえって良かったらしい。誰にも見咎められずに駿府の町に入ることができた。

仁左衛門は豪商の太田四郎右衛門を頼った。仁左衛門から話を打ち明けられて、太田四郎右衛門も困惑した。厄介払いをせねばならぬと考えたのか、

「西国へお逃げなされ」

そう勧めて、駿府の港から西国へ向かう船に乗せてしまった。

仁左衛門は海上を西へ向かった。尾張の宮か伊勢の津あたりに送られるのだろうと考えていた。仁左衛門にとっての西国とは、その程度の認識しかなかった。ところが船が着いた先は長崎だった。長崎を牛耳る豪商の長谷川権六《はせがわごんろく》の屋敷に送り届けられてしまったのだ。

太田と長谷川の間でどんな協議がなされたのかはわからない。仁左衛門は朱印船に預けられて、シャム国まで航海することになってしまった。

大声が聞こえて目を覚ました。

「大変じゃ！　オークプラ純広が王宮に攻め込みおったぞ！」

仁左衛門はガバッと跳ね起きた。船内でも水主たちが騒ぎ始める。

船窓から朝日が差し込んでいる。

八

メナム川はまるで川面に油をひいたかのように、ゆったりと波うっていた。

小舟がこちらに漕ぎ寄せてくる。船上には津田又左衛門の姿があった。織田家の親族を自称する武士だ。ボサボサの大髻と錆茶色の小袖が目立つ。朱印船から投げ下ろされた縄ばしごを伝って甲板に上ってきた。木屋と城井久右衛門が甲板で迎える。津田が戻るのを待っていたのだ。仁左衛門も少し離れて見守った。

「ソンタム王が捕らえられたでのん。オークプラ純広の人質となっておわすぞ」

津田も焦っている。大髻を揺すりながら早口の尾張弁で告げた。木屋半左衛門が問い返した。

「間違いのなか話やろうか」

「王宮から逃げてきた女官やバラモン僧たちが、口々に、そのように喚いておるでの。まず、間違いはにゃーよ」

「王宮のご様子は、どげんだったと？」

「すべての門にはオークプラ純広の手下どもが布陣しておるで。具足姿で、背には合い印の旗を立てておった。合戦をも辞さぬ面つきだで。大手門には市河治兵衛の姿もあったわ。甲冑を着け、大槍を抱えておったでのん」

　加藤清正の侍大将がそんな姿で睨みを利かせているのか。さぞや恐ろしいに違いない。

「シャムの大官たちの出入りは、できておっとか？」

「何人《なんぴと》の出入りもできにゃーよ。もっとも、入ろうとする者もおらぬでのん。役人たちは皆、おのれの屋敷に隠れ潜んでおるで」

「オークヤー・カラーホーム様はどげんなっとる。どこばおっと？」

　オークヤー・カラーホームとは兵部大臣のことだ。王室親衛隊の指揮官を兼務している。

「行方がわからにゃあ。カラーホームだけではないでの。大官たちは皆、市街《ムアン》を離れて、いずこかの町《バーン》に身を潜めたらしいでの」

「この大事を目の前にしながら逃げおったとか。とんだ弱腰たいね」

　仁左衛門は黙って話を聞いている。逃げた貴族たちの気持ちがわかるような気がした。

　ここ数日、歩き回って目にしたシャムの人々は底無しの太平楽だった。いつでも笑顔を浮かべていて、異国人が水路や道を行き来しても詮議すらしない。それどころか王家の警固をポルトガル人銃兵隊に任せている。長い平和が招いた油断だ。戦に対する備えが欠けていた。

一方、王宮を占拠した日本兵たちは、戦国の遺風を引きずっていて、いつでも頭に血を上らせ、目を逆立て、殺気立っている。全身から血と硝煙の臭いを漂わせている。

シャム人からは地獄の悪鬼にも見えただろう。恐れて近寄らないのも頷けた。

──日本人のオレっちだって、近寄りたくなんか、ねぇもんなぁ。

仁左衛門はそう思った。

城井が「ううむ」と唸っている。ひげの剃りあとの濃い、長い顎を撫でながら考え込む。その腕は鎖帷子《くさりかたびら》と鉄の手甲に包まれていた。合戦装束だ。身体を動かすたびに鎧の金具が音を立てた。

「純広め、王宮に討ち入るとは、だいそれた真似をしでかしおったな。拙者もそこまでは予見できなんだ。純広は先王の引き立てで貴族に列した身であろうに。なんたる不敬か！」

木屋が「ふん」と鼻を鳴らした。

「そいだけ豊臣方が追い詰められとぅ、いう話たい。シャムで産する鉛と硝石は豊臣方の手に渡らんようになったとじゃけん。大蔵次官様《プラ・ピパット》は、豊臣方に与する日本人ば、シャム国より追い出してくれようと──」

そこまで言ってから、ハッと顔色を変えた。

「プラ・ピパット様は、ご無事なんやろうか？」

津田の太い髻が揺れた。沈鬱な表情で首を横に振る。

「逃げてきた女官たちが言うとったで。純広は『プラクラン様の仇討ち』を公言し、讒言をもってプラクラン様を陥れた大官たちの数名を斬った、という話でのん……。おそらくプラ・ピパット様も──」

終わりまで聞かずに木屋は呻いた。

「斬られたんは、オイたち徳川方に誼《よしみ》ば通じて、鉛と硝石ば、卸してくれるよう図ってくれよったお役人様たちやろうな」

城井が「くそっ」と悪態をついた。仁左衛門も身震いしながら聞いている。

織田家や豊臣家は、有無を言わさぬ軍事力（すなわち暴力）で相手を圧倒することで天下を取った。その気風は今でも豊臣方の中に残っている。問題が発生したなら武力で脅して（もしくは殺して）意のままにしようとする。

一方の徳川家は家康の性格を反映してか拙速《せっそく》を嫌う。じっくりと根回しをして事態を好転させようとする。良く言えば穏健だ。悪く言えば愚図だった。

ただ今のところ木屋半左衛門たちは純広の〝拙速〟に振り回され、完全に遅れを取っている。

「されど……」と城井が長い顔を傾げた。

「純広たちは、向後《こうご》はどうするつもりなのだろう？　徳川方に味方する大官を皆殺しにしたからといって……王を虜にした罪は消せぬぞ。いずれにせよ純広たちはこの国におられぬようになる。いま、シャム国にある鉛と硝石をすべて大坂に送り届け、その弾薬をもって大坂方は、乾坤一擲《けんこんいってき》の大勝負を徳川方に仕掛けるつもりなのか」

「そげんこつなら、なおンこと、荷ば渡してはならんたい。王様ば、お救いせば、ならんとよ」

木屋は唇を尖らせた。

津田又左衛門は、自分の従者を呼んで鎧櫃《よろいびつ》を持ってこさせ、具足姿に着替え始めた。鎖帷子に袖を通しながら言う。

「オークヤー・カラーホームと王家の軍兵がおらんのでは話にもならぬでのん。ポルトガル銃兵隊の出陣を願うしかにゃーよ。木屋殿、そこもとはポルトガル語も喋ると聞いたでの。ポルトガル町に行って話をつけてきてはくれまいか」

「そいは、よくなか思案たい」

木屋半左衛門は袖の中で腕を組み、難しそうな顔をした。

「オイたちが今、一番に案じねばならんこつは、こいことで王様と大官たちが『日本人は信用ができん』言うて、日本との商いば停止《ちょうじ》してしまうこったい。じゃによって、純広は、オイたち日本人の手で討ち取らねばならんとよ。日本人の手で、囚われた王様ば、お救いせんといかん」

「王様をお救いできれば、王様は我ら徳川方に信を置くだろう。逆に豊臣方を憎むであろうな」

城井がそう言うと、津田が大髻をゆすって首を横に振った。

「我らは兵が足りにゃーよ！　王宮に陣した純広の兵は二百五十を下らぬ」

後の取り調べによって叛乱日本人の総数は二百八十名と知れる。

アユタヤ日本町には三千人の日本人が住み暮らしていた。配偶者や子供を含めてその数だ。二百八十人の成年男子とその家族が敵側に回った今、日本町で新たな兵を募ることは難しい。

木屋にも妙案はない様子だ。表情にいつもの冴えがない。もちろん、仁左衛門には軍略など、あるはずもなかった。

一人、城井久右衛門だけが明るい顔だ。長い顎をクイッと突き出して微笑んだ。

「其処許らは心得違いをしておるのではないか？　なにも我らは、純広の軍兵に完勝せねばならぬわけではない。王お一人を救い出せば良いのだ。我が胸中に策がある。聞いてくれ」

城井は声をひそめて語りだした。

＊

オークプラ純広の副将にして加藤清正の侍大将、市河治兵衛は、具足の草摺《くさずり》を鳴らしながらアユタヤの王宮を歩き回った。

「篝火《かがりび》を絶やすな！　わずかでも闇があってはならぬ！　隈なく照らし続けるのじゃ！」

兵たちを叱咤して回る。王宮の門を巡回し、気の弛んだ兵を見つけたならば容赦なく拳でぶん殴った。兵の数が足りない。夜になっても交代で休ませることもできない。この王宮はあまりにも広すぎる。二百八十人の兵は――木屋半左衛門たちから見れば大軍勢だったが――王宮を占領し続けるにはあまりにも寡兵であった。

城壁が低い。門も、見た目こそ立派だが、敵の猛攻を凌ぐことのできる造りになっていない。だからこそ王宮に攻め入って、楽々と占拠することができたのだが、攻守が逆転すると、頼りないことこのうえもなかった。


シャム国の国庫には豊かな産物や金銀が山と積まれている。それなのにかくも無防備であった理由は雨季にあった。雨季になればアユタヤの周囲は一面の湖沼と化す。田圃の水深が三メートルにもなるのだ。敵の軍勢が野営できる状況ではない。

アユタヤは、乾季の間だけ籠城《ろうじょう》し続ければ敵を退却させることができた。だからこその太平楽であり、無防備なのだ。

市河が王の宮殿に向かうと、高床へと通じる階段の上にオークプラ純広が座っていた。いかにも総大将らしい甲冑姿で、床几《しょうぎ》にドッカと腰を据えている。夜になっても蒸し暑い。肥満体の純広は満面に汗を滴らせていた。

市河は階段の下で片膝をついて低頭した。

「諸門は厳しく固めておりもうす。門外に敵の姿はございませぬ」

純広は「うむ」と頷いた。

「大儀。くれぐれも油断いたすな」

「御意。されど……兵どもの疲れが溜まっております。戦意を保つことができるのは、せいぜいあと二日かと」

「案ずるな」

疲労しきって士気を阻喪《そそう》した兵は役に立たない。敵の攻撃を受けたなら、たちまちにして崩れる。

純広は自信たっぷりに答えた。

「兵の気力が尽きるより前にソンタム王の気力が尽きようぞ。眠ることも許さず、休むことなく、責めたてておるのだ」

市河は眉根を寄せて質した。

「王は、ご署名なされましょうか」

「署名させるのだ。気力が萎えて、弱気になれば、王は必ず署名する。そのために敵を退けねばならぬ。『誰も助けに来てはくれぬ』とわかれば、王は望みを絶たれ、我らに助命を乞うしかなくなるのだ」

「王の署名の一枚で、何が変わりましょうや」

「シャム国では国王は生き仏だとされておる。国王の言葉は絶対だ。国民は絶対に従わねばならぬ。ソンタム王ご自身も、一度《ひとたび》署名をしたからには、誇りにかけて約定を守らねばならぬのだ」

純広たちはソンタム王に対して三カ条の要求を突きつけた。ひとつ、スタット親王を讒言《ざんげん》し、処刑に追い込んだシャム高官四人の身柄の引き渡し。ひとつ、日本人の商業特権付与。ひとつ、上記二条の約束を保証するためシャムの高僧を人質として差し出すこと、である。

一国の王に対して一方的に要求を突きつけるとは無礼であり無体だ。ナニ様のつもりなのか、と、この国にいた人々は、シャム人も、諸国の商館人たちも、驚き呆れたに違いない。

秀吉の豊臣政権は、朝鮮や明国はもとより、天竺（インド）までをも占領しようと目論んでいた。口先だけの大言壮語ではなくて、本気で計画を進めていたのかも知れない。もしもそうだとすれば、シャム国の占領も計画の内で、良心が痛むことはなかっただろう。

「ここ二日が勝負の分かれ目となる。兵どもを励まし続けるのじゃ」

「心得申した」

市河は低頭して巡回に戻った。

市河が南の城門に向かって進んでいくと、松明《たいまつ》を手にした兵が向こうから走ってきた。血相を変えている。

「ご注進！」

市河の前で膝をつく。

「ポルトガルのガレオン船がメナムを遡って参りまする！」

「なんだと。この夜更けにか！」

下流にガレオン船が停泊しているのは知っていたが、夜中に商船が移動するはずがない。座礁の危険があるからだ。船にとって良いことなど何もない。

夜中に移動するのは奇襲を目的としているからに違いない。まずい事態となった、と市河は思った。シャムの兵は恐れるに足りない。長い平和で弱体化している。戦国を生き抜いた日本兵の敵ではない。だがポルトガル銃兵隊《クロム・ファアラン・メンプーン》は違う。戦いに慣れた強兵だった。

市河は鎧を鳴らしながら走り出した。


アユタヤの王宮内には五基の高い塔があった。神聖なる仏塔だが、高い階層に安置された仏像までは階段で上って行けた。そこに見張りの兵を置いてあった。拝跪所《はいきじょ》に配置された兵が市河に気づいた。そして彼方を指差した。

「ガレオン船は、あれにございます！」

市河は振り返って遠望した。灯火を煌々《こうこう》と炊いたガレオン船が近づいてくる。砲門の扉はすべて開かれていた。船内の明かりが四角い形に洩れているので、それとわかる。

兵が不安げな声をあげた。

「かの辺りには日本町がございまする。ポルトガル船は日本町を襲う魂胆に相違なし！」

「卑怯な！」

王を人質に取ったは良いが、今度はこちらが家族を人質に取られる心配が出てきた。家族を見捨てて王宮を占拠し続けろ、と兵に命じることは難しい。市河は階段を駆け下りた。下の広場に日本兵が集っている。皆、不安げな目を向けてきた。市河は彼らに命じた。

「かくなる事態を予見して、多くの船を船着き場に集めておいたのだ！　妻子を乗せて逃がせ！　落ちつく先はペッチャブリーだ！」

ペッチャブリーはマレー半島の付け根付近にある町だ。占拠するのに都合の良い城があった。王宮の占拠に失敗した時は、その地へ逃げようと考えていたのだ。その用意が役に立った。

「行けッ。町の者たちを逃がし終えたなら、すぐに戻って参れ！」

兵たちは「ハハッ」と答えて走り去った。

九

その頃、仁左衛門たちはアユタヤ市街の外側を北に向かって進んでいた。

王宮は市街の北端にあって、メナム川を隔てた対岸からもその城壁がよく見えた。

岸辺の草の陰に、仁左衛門、城井、津田は身を潜める。城井が「純広の配下が動き出したぞ」と小声で言った。

「木屋殿の頼みを聞き入れて、ポルトガル船が日本町に向かったのに相違ない。フン。謀叛の者どもめ。たまらず兵を二手に分けおった」

松明の群れが王宮を出て行く。城壁が低いので軍兵の動きが丸見えだ。

ドーンと発砲音が聞こえた。ポルトガル船の砲撃に違いない。

城井が長い顔をしかめた。

「窮余の一策とは申せ……、ポルトガル人どもは強欲無比じゃ。これを奇貨として日本町を略奪するのに違いないぞ」

すると何故か、織田家の末葉の津田がニヤリと笑った。

「我らの積荷をプラクランに持ち出されたことが、かえって幸いだったでのん。我らの荷は大庫の中だで。ポルトガル人に奪われる心配はにゃーよ」

この物言いには城井も思わず噴き出した。

仁左衛門は、これから討ち入りだというのに、軽口を叩いて笑いあっている武将二人が信じられない。反撃にあって死ぬかも知れないのに。

仁左衛門は、生まれて初めて甲冑を身につけた。全身の金具が音を立てている。武者震いではない。本当に震えているのだ。

頃合いやよし、と思ったのか、津田が大髻を揺らして立ち上がった。

「皆、身体に白襷《しろだすき》を巻きつけるでよ！」

背後の闇の中で「応！」と声が上がった。闇の中に朱印船の水主たちが百人近く潜んでいたのだ。木屋がどこからか集めてきた具足に身を包んでいる。その上から白布の襷を、胸と背中で交差するように巻きつけた。

津田は皆に言い聞かせる。

「白襷の者は味方だで。襷をしていない者は敵だでの。見間違うでにゃーぞ！」

仁左衛門も急いで襷を巻きつける。万が一、解けたりしたら味方に斬りつけられてしまう。念入りに固く結んだ。

朱印船の親仁がやって来た。歯を剥き出しにしてせせら笑っている。

「オイも若い頃は『五島の鬼』ば、悪名で呼ばれた倭寇《わこう》だったと。久方ぶりの斬り合いたい。腕が鳴るったいね」

水主たちの本性は倭寇でもあったのだ。

奇策を用いて敵勢を分断させることができれば十分に勝機が得られる――と、城井と津田は考えていた。しかし、と、仁左衛門は首を傾げた。

「河は、どうやって渡るんずらか」

城井が長い顔を仁左衛門に向けた。そして答えた。

「抜かりはない」

背後の木々が揺れた。振り返った仁左衛門は仰天した。象が姿を現わしたのだ。象使いが背に跨がっていた。

城井は説明する。

「我らは象に乗って河を渡る。オークプラ純広と市河は諸門を固めるために兵を配している。北側から河を渡って乗り込んでこようとは思うておるまい。さぁ、皆、乗れ！」

象は十頭が用意されていた。一頭の象に五、六人が乗る。象が二往復すれば全員を渡すことができる。

「山田殿、将軍家御旗本のお主が先陣を切れ」

城井に促される。仁左衛門は、

――オレっちも、象に乗るんずらか！

尻込みしたくなったのだが、ここで臆したならば、大恩ある大久保忠佐に恥をかかせることになる、と、思い直して覚悟を決めた。

「よし！　今宵の皆の働きは、拙者が江戸の上様に伝えようぞ」

精一杯、武士らしい口調で叫ぶ。自分でも、よくもこんな出任せが吐けるものだと呆れた。大言壮語して自分を鼓舞していなければ、たちまち臆病風に吹かれそうなのであった。そうとも知らぬ皆は、歓呼の声で答えた。

象は、象使いの指図に従って前足を曲げた。大きな身体が前屈みになる。前足が肘を曲げた形で差し出されてきた。象使いが仁左衛門にシャム語で語りかける。前足を踏み台にしろ、と言っているらしい。

仁左衛門が象によじ登ろうとすると、

「待たれよ」

城井が呼び止めた。懐から何かを摑んで差し出してきた。それはキリシタンが首から下げる十字架《クルス》であった。仁左衛門は首を傾げた。

「オレはキリシタンではねぇずら」

「魔よけだ。きっと良く効くぞ。胸に下げて行かれよ」

よくわからぬが、戦に慣れた者の言うことには従っておいたほうが良さそうだ。仁左衛門は鎖を首にかけた。

おっかなびっくり足をかけて、象の背中によじ登る。象の肌は意外にも、搗《つ》きたての餅のように柔らかくて温かかった。象の背には荷運びの鞍がつけられている。転落の心配はなさそうだ。

大髻の津田はその大髻を解いて兜を着けた。兵たちに向かってくれぐれも念を押す。

「エエな、我らは白軍だで。白の襷を良く見ろ。徳川は源氏。源氏の旗は白だでの」

するとなにゆえか城井が呆れ顔になった。

「そこもとは織田家の分家だという触れ込みではなかったのか。織田は平氏。平氏の旗色は赤じゃろうに」

「黙りゃーせ、この、贋《にせ》鎌倉御家人め」

仲が良いのか悪いのか、よくわからない。軽口を叩き合う余裕が頼もしく感じられないこともない。

象使いが象の耳を両足で蹴った。象が歩みだし、川の中にザンブリと身を投じた。仁左衛門は振り落とされないように鞍の手すりにしがみついた。

闇の中、象の群れが大河を渡っていく。日本町の方角から盛んに発砲音が聞こえてくる。船の大砲ではなく火縄銃の音だ。純広配下の日本兵とポルトガル人銃兵隊が交戦しているらしい。

仁左衛門は焦りと恐怖と、それらが入り交じったわけのわからぬ感情に襲われた。居ても立ってもいられない。

象はゆっくりとしか泳げない。死地に向かっているのに象の上では何もすることがない。この待たされる感覚が辛い。心臓が破裂しそうに高鳴って正気を失ってしまいそうだ。

城井と津田は別の象に乗っている。暗くてよく見えない。倭寇あがりの水主たちも一言も声を発しない。この静寂も辛かった。

「落ち着くったい」

後ろに乗っていた親仁が仁左衛門の肩に手を置いた。

「そんなに逸《はや》ってどげんすっと。急いで死ぬことはなか。ゆっくり行くのがよかとよ」

逸っているわけではない。落ち着きを失っているだけなのだが、仁左衛門を武士だと思い込んでいる水主たちは、何かの誤解をしているようだ。

象は巨体に流れを受けて、だいぶ下流に流されたところで対岸に辿りついた。滝のように水を流しながら岸を上った。目の前に切り立った壁がある。宮殿の外壁だ。

水主たちが一斉に鉤縄を投げた。城壁の上に鉄の爪を引っかける。親仁は縄をきつく引いて、確かに食い込んだことを確かめた。

「八幡《ばはん》の時は、こうやって相手の船に乗り込むとよ」

八幡とは海賊行為のことだ。

「行け」と親仁に命じられ、水主たちは縄を頼りに登っていく。じつに素早い。手慣れている。

親仁は腰の刀を背中の襷に差し込んだ。腰に差したままだとよじ登るときに邪魔になる。なるほど、襷にはそういう意味があったのか、と、仁左衛門は感心した。城井や水主たちの用意周到ぶりには驚かされる。豊富な実戦経験を積んでいるのだ。一方の自分は右も左もわからない。

——置いてかれたら生き残れないずら。

仁左衛門も慌てて刀を背に差すと、縄を握り締めた。

城壁の上から王宮の建物群がよく見えた。篝火が煌々と焚かれて金箔張りの壁や柱を照らしている。屋根は急勾配で、二重三重に重ねられていた。尖塔を戴く建物もあった。日本では見たことのない様式だ。いちばん大きな建物が朝廷で、いちばん豪華な建物が王の御館《みたち》に違いない、と仁左衛門は推察した。

城井が刀を腰帯に差し直しながら言う。

「二手に別れよう。我らは右手から、お主たちは左手から回り込む。良いな」

仁左衛門に告げるなり石段を駆け下りていく。津田も続いた。仁左衛門は茫然となった。こんな所に置いて行かれてしまうとは。

「さぁて、オイたちも行くったい。御大将、下知ばくれんね」

親仁に言われる。仁左衛門は歯を食いしばった。臆した姿を見られたなら徳川家と大久保忠佐の体面に泥を塗ることになる。その一心で立ち上がった。全身の鎧が音を立てた。

「城井殿のお下知の通りだ！　行くぞ」

武士のように叫び、城壁の石段を駆け下りる。重い鎧を着けているのに、足がフワフワとして、宙に浮いているかのようであった。

――ああ、浮き足立つとは、こういうことずらか。

などと仁左衛門は頭の片隅で考えた。

王宮の構造がわからない。自分はどこへ向かって走っているのか。とにかく王の救出が第一だ。より豪華な建物を目指して走れば、いつかは王の御前に辿りつくだろう、と、不確かな予想をもとに駆け回った。

「敵だァ！」

日本語が聞こえた。槍を構えた兵の二人が駆け寄ってくる。オークプラ純広の配下だ。仁左衛門はギョッとなった。光る槍先が禍々《まがまが》しい。恐怖で全身が震えた。

一方、水主たちはスルスルッと無造作に前に出た。親仁が敵兵の前に立つ。突き出された槍を刀でガッチリと受けた。同時に別の水主たちが左右から襲いかかる。多勢に無勢だ。敵兵は一度に何度も斬りつけられて悲鳴を上げた。

もう一人の槍兵も同様にして呆気なく倒された。倭寇は本当に恐ろしい。無駄のない戦いぶりだ。仁左衛門の手出しが必要な場面は一瞬もなかった。

「御大将、進むとよ」

親仁に促されて、さらに王宮の奥へと踏み込んで行く。そして仁左衛門は庭園に積まれた死体を発見した。

「オークプラ純広に殺された、シャムの大官たちずら」

すでに腐敗が進んでいる。庭園で焚かれた松明が、飛び交う蠅を照らしていた。

骸《むくろ》の顔を恐々と覗いた仁左衛門は「あっ」と叫んだ。

「プラ・ピパット様ずら！」

徳川を贔屓にしてくれた大蔵次官が死体となっている。木屋半左衛門たちが予見した通り、オークプラ純広によって討たれたのだった。

「酷いことをするずら……」

「他人様の死を悼《いた》んでおる暇はなかと。下手すりゃオイたちもああなるったい」

倭寇あがりの親仁は人の死を見慣れている。確かに今は感傷に浸っている場合ではなかった。

仁左衛門は走り続けた。広大な王宮内の敷地には庭園もあり、市街よりも幅が広くて真っ直ぐな道もあり、多くの御殿と寺院、仏塔もあった。

いったいどれほどの建物があるのか。どの建物に王が捕らえられているのか、まったく見当もつかない。

とある御殿の前に差しかかった時、建物の中から日本兵が数人、飛びだしてきた。

槍を構えて突進してくる。仁左衛門は焦った。今は親仁の姿がない。離れた所にいる。

槍が突きつけられてきた。仁左衛門は咄嗟《とっさ》に刀で受けた。槍穂の根元の千段巻に当たった。

――打ち払って押し返して、相手の腰が崩れたところで、返す刀で斬りつける。

などと大久保屋敷で受けた稽古を思い出す。だが、打ち返すまでもなかった。倭寇の子分たちが寄ってたかって襲いかかって、敵兵を膾《なます》斬《ぎ》りにした。

武芸稽古と実戦とでは勝手が違う。正々堂々と戦う、などという局面はまったくない。手強い相手は取り囲む。卑怯だと罵られようが、勝ったほうの勝ちだ。

敵の日本兵は思ったよりも少なかった。ポルトガル船で日本兵を引きつける、という策が当たったのだ。そのうえ王宮の彼方からも騒ぎが聞こえる。城井と津田たちも戦っているのだ。敵勢は三分されている。

仁左衛門は敵兵が走り出てきた御殿を見た。ここにわざわざ兵を配して守っていたのだ。王様がいるのかも知れない。

階段を駆け上る。生まれて初めての戦だ。もちろん恐い。恐いけれども、この恐怖を終わらせるために急いでケリをつけたい。そういう思いが勝っていた。

建物の中に飛び込むと、柱の陰に隠れていた敵が斬りつけてきた。今度は刀だ。仁左衛門は自分の刀で力任せに打ち払い、咄嗟に拳を突き出した。敵兵の顔面に拳が食い込む。鼻の砕ける手応えがあった。敵兵は鼻血を吹いて倒れた。

広間の奥にもう一つの階段があり、さらに奥へと通じているようだ。柱には金箔が貼られている。いよいよ敵の本丸か。

階段を駆け上ると、奥の扉が内側から押し開けられた。観音開きの扉だ。扉を開けた者がそこにいた。仁左衛門は刀を大上段に振り上げて――ピタリと足を止めた。

扉を開けたのは金の冠をつけた十歳ぐらいの男児だった。円《つぶ》らな目で仁左衛門を睨みつけている。手には小さな剣を握っていた。

王か！　と思ったが、すぐに違うと気がついた。ソンタム王は御歳十九。こんな子供ではない。

すると王家の一族か。

「日本人《イープン》め！」

少年が斬りつけてきた。仁左衛門は慌てて避ける。少年の殺気は本物だ。

——日本人は、誰も彼も、敵だと心得違いをなさっておわすずら！

仁左衛門は急いで刀を背中に隠して、階段を退いて下り、段下の床で平伏した。

「御敵ではございませぬ。王を救いに参りました」

日本語が通じるとも思えなかったが、言上した。

言葉はわからないが、態度と口調で察したのだろう。少年はホッと息を吐いた。そこへ親仁が走ってきて同じように平伏した。シャムの言葉で語りかけた。

親仁と少年が言葉の遣り取りをする。仁左衛門には何を喋っているのかわからない。親仁が何かを問うと、少年は東の方角に向き直って合掌し、低頭し、何事かを告げた。親仁は少年に向かって低頭した。それから小声で仁左衛門に伝える。

「王様の居場所ば、教えてくださったと！『早ぅ助けに行け』とのお言葉たい」

王は生き仏だと考えられている。居場所を示すのにも指差したりはしない。王の居場所に向かって合掌することで教えてくれたのだ。

仁左衛門は少年に向かってもう一度平伏し、尻を向けないように後ずさりして建物を出た。

「こっちばい！」

親仁が走る。仁左衛門と倭寇の子分衆も走り出した。

この少年は後に、仁左衛門の人生に大きく関わることとなるのだが、この時の仁左衛門はまだなにも知らない。

十

「親仁殿は、シャムの言葉が使えたのか」

親仁が来てくれて助かった。親仁は答える。

「大坂の太閤様が奥船（東南アジア向けの貿易船）を出す前に、シャムと商売ばしとったのは琉球だったとよ。オイはその頃からの船乗りたいね」

「たいしたものだなあ」

「商売相手と口ば利けんようで、商売人ば務まるわけがなかぞ」

もっともだ、と仁左衛門は思った。

一行は走り続ける。大きな尖った屋根が見えた。軒下にまで金箔が貼られている。大量の篝火に照らし上げられて輝いていた。ここに王がいる、とその輝きで示してくれているかのようだ。

宮殿の正門には楯と土俵《つちだわら》が並べられ、日本人の雑兵が五人ほどで守っていた。

門前に並べられた松明が仁左衛門たちの姿を照らし出す。

「敵じゃあ！」

雑兵が叫んで銃を構えた。

銃口が火を噴く。仁左衛門も、親仁も、水主たちも、一斉に地べたに伏せた。

「戻れ、戻れッ」

親仁が叫んで、背後にあった建物の陰に皆で隠れた。敵兵は遠慮なく撃ってきた。弾が当たって壁が弾ける。仁左衛門は頭も上げられない。

親仁は不敵にせせら笑った。

「侍め、小ぃさか鉄砲玉でパチパチ撃ってきよっとは、はかのゆかん仕事ばするったい」

腰に下げた革袋を開けて、何かの玉を摑み出した。

「こげんこともあろうかと、濡れんよう気ぃつけて持って来たとよ。見ちょれ！」

懐にいれてあった懐炉《かいろ》を開けると中の火縄を取り出した。息を吹き掛けると先端の火が明るく燃えて火の粉が飛んだ。玉から伸びる導火線に火縄の火を移す。

「焙烙玉《ほうろくだま》ったい！　皆、伏せっとよ！」

注意を促してから投擲《とうてき》した。焙烙玉は敵の陣地に投げ込まれて爆発した。楯が吹き飛び、悲鳴が上がる。焙烙玉はモンゴル軍（元寇《げんこう》）が日本にもたらした武器だ。以来、日本の海賊は焙烙玉を研究し、使いこなした。倭寇が得意とする武器であったのだ。

「斬り込むったい！」

親仁が命じて水主たちが建物の陰から走り出る。土俵を飛び越え、躍り込んで、敵兵にとどめを刺した。

さらに敵兵が数十人、宮殿から走り出てきた。親仁が投げた焙烙玉で一度に五人が吹き飛んだ。水主たちが勇敢に斬り込んで行く。

仁左衛門も宮殿の庭を走った。

「ソンタム王はいずこッ！　お助けに参りました！」

日本語が通じるはずがないのに、叫ばずにはいられない。

建物の中からバラモン僧が出てきた。日本人同士が斬り結ぶのを見て、助けが来たと察したようだ。なにやら大声で呼ばわっている。王の居場所を知らせてくれているらしい。仁左衛門は階段を駆け上る。バラモン僧が喚いている。何を言っているのかわからないのがもどかしい。

観音開きの扉が開いている。仁左衛門は内部を覗き込んだ。大広間の奥に段があり、椅子が置かれて若い男が座っていた。

――あの御方がソンタム王か！

ようやく見つけた。息せき切って踏み込もうとして――足を止めた。とてつもない危険を察したのだ。

ビュッと槍が突き出されてきた。仁左衛門は横っ飛びして避けた。さらに槍が繰り出される。仁左衛門は転んだ。尻餅をついて、さらに転んで逃げた。槍先が床にズカッと食い込んだ。

仁左衛門は急いで立ち上がると、刀を抜いて構えた。

目を凝らす。壁も柱も金箔張りの広間の中に鎧武者が仁王立ちしている。槍をブンブンと左右に振り回し、左足を前に踏み出して構えた。

――市河治兵衛ずら！

湊で目にした肥後加藤家の侍大将。槍を構えた姿には微塵の隙もない。百戦錬磨の武功者だと一目でわかる。

「小わっぱ、推参なり！」

槍を突き出す。仁左衛門は刀で受けたが、弾き返すどころではない。市河の槍はとにかく重い。仁左衛門は受けきれず、無様に吹っ飛ばされた。真後ろが階段で、そのまま転がり落ちていく。しかし転んだお陰で命拾いをした。市河の槍が空を切ったのだ。階段を転げ落ちていなければ串刺しにされていただろう。

仁左衛門は地べたまで落ちた。市河が天狗のように跳んで来た。

「ドワーッ！」

槍先の一撃を辛くも受ける。と思った直後、その槍が仁左衛門の足を襲った。足を打ち払われて、仁左衛門はもんどりをうって転倒した。

「覚悟ッ」

市河が必殺の突きを繰り出そうとした――その瞬間、仁左衛門の胸で金箔のクルスが光った。

市河が「むっ」と唸って目を見開いた。

「貴様もキリシタンなのか」

市河が一瞬、ためらいを見せた。仁左衛門は刀を思い切り、市河を目掛けて投げた。

「ぐわっ」

市河が呻く。刀の切っ先が喉を貫いていた。仁左衛門は躍りかかる。柄を握り直すと、力を籠めて深く刺した。市河の腰が崩れる。仁左衛門が体を浴びせると、もつれ合うようにして二人同時に倒れた。仁左衛門はなおも柄に力を籠めて、ついには相手の首を圧し切った。

兜ごと首を掴み上げ、全身の力を籠めて大音声を発する。

「市河治兵衛、討ち取ったァ！」

掲げた首から血が滴る。周囲の者たち――斬り結んでいた水主と敵兵――が一斉にこちらを見た。篝火で照らされているので、市河の首を見間違うはずもない。

仁左衛門はもう一度《ひとたび》、吼えた。

「徳川家侍大将、大久保忠佐が郎党、山田仁左衛門、市河治兵衛を討ち取ったり！」

敵兵がどよめいた。

「市河様が討たれた……！」

主将を殺されて戦い続ける兵はいない。たちまち戦意を喪失させると、我先に王宮の外へと逃げて行った。

ソンタム王が階の上に姿を現わす。それに気づいて仁左衛門は、慌てて膝をついて平伏した。

王は市河の首を目にすると、ひとつ大きく頷いた。

＊

夜が明けた。アユタヤの町の至る所から白い煙が立ち上っていた。メナム川にはポルトガルのガレオン船が停泊している。砲門は開かれたままで、日本町に睨みを利かせていた。

王宮は仁左衛門たちの奮戦によって奪還された。どこかに潜伏していた兵部大臣オークヤー・カラーホームがシャム兵の数千を率いて市街《ムアン》に入城する。アユタヤは二日ぶりに王都の機能を回復させた。

余燼《よじん》のくすぶる市街の大路を城井久右衛門と木屋半左衛門が歩んでいく。木屋は普段の装束だが、城井はいまだに甲冑姿だ。仁左衛門は二人の後ろに従った。

「オークプラ純広はどうなった」

城井が木屋に質した。木屋は答える。

「川船ば連ねて逃げよったとよ。ペッチャブリーの城に向かっとるばい」

ペッチャブリーはアユタヤから南に下り、河口を抜けて海を渡った先にある。

「みすみす取り逃がすとは、なんたること。ポルトガル兵は何をしておったのか」

「逃げ足の速かことで、ガレオン船では追いきれんかった、と、言うとる」

「本当は日本町の略奪に夢中だったのであろうよ」

木屋は否定しない。無言によって同意したのだと思われた。それから足を止めて振り返った。仁左衛門に目を向ける。

「ペッチャブリーの城に立て籠もった日本人は、オイたち日本人の手で追い払わねばならんとよ。これより先はポルトガルの手ば借りとうはなか。借りば大きくなりすぎったい」

戦いはまだ終わっていない、ということか。

「嫌でもオイたちが戦うことになっとよ。今度の戦で山田さぁもようわかったじゃろう」

何について「わかっただろう」と言われたのか、わからない。木屋は喋り続ける。

「いざという時に、シャム兵は、まるで役に立たんとよ。シャムの軍兵はシャムの貴族が差し出しとるとじゃが、貴族衆が王のために戦うとは限らんとよ」

兵力を私有する有力者たちの統制に苦慮させられるのは、日本の国でも変わらない。世界中、どこの国でも同じであろう。

「この国で、殺し合いば厭《いと》わぬのはポルトガル人と日本人だけったい。明国人の数は多いばってん、根っからの商人じゃ。商売にしか、やる気を見せんと。労多くして益の少なか合戦なんぞ、見向きもせんたい」

城井も話に加わってくる。

「そこで先王は日本人の牢人たちを銭で雇って王宮の警固を任せたのだ」

その結果、オークプラ純広たちによって易々と王宮を占領されてしまったわけだ。

「困ったこったい」と木屋が眉根を寄せる。

「今、ソンタム王の胸中では、日本人への憎しみが渦を巻いておることやろう。日本人追放令が出されたら大事ったい。やけんオイたちは、純広の一党ば、この手で攻め潰して、王の信任ば、取り戻せねばならんとよ」

なるほど。だからペッチャブリーへの出陣なのか。

「戦に長けた倭寇あがりの水主ば、急いでかき集めて送っとうよ。あーたたちは一足先にペッチャブリーに向かってほしか」

城井は「心得た」と答えた。

木屋は日本町に戻ろうとして、振り返った。

「山田さぁ」

さぁとは〝様〟の訛である。

「王様が、あーたのことば、お褒めたい。大儀であった、とのお言葉を頂戴したとよ」

仁左衛門は「ああ……」と声を漏らした。

自分のような取るに足らない人間を、シャムの国王が褒めてくれたというのか。全身の血がカッと熱くなった。自分でも可笑しくなるくらいに感動してしまったのだ。

木屋が去っても、仁左衛門は感動で立ち尽くしている。

「山田殿」

城井が長い顔を向けて声をかけてきた。なにやら憂悶に満ちた顔つきだ。

「剣呑だな。気をつけることだ」

「な、なにが剣呑ずらか」

「忠義の心は人を殺す。其処許のような若い者は、ちょっとしたことで『あの御方のためならば死んでも良い』などと思い極めて、本当に死地に飛び込んでしまう。そうやって死んで行った者を、わしは何人も見てきた」

「な……」

感動に水を注《さ》されて、仁左衛門は少し不快になった。

「何を言っておられるのか、わからねぇずら」

「まぁよい。行くぞ」

河岸の湊に川船が用意されている。水主たちが槍や鉄砲を積み込んでいた。ペッチャブリーに向けて出陣するのだ。

「お待ちくだせぇ」

仁左衛門は懐をまさぐった。城井が振り返る。仁左衛門は十字架《くるす》の首飾りを突き出した。

城井がフッと笑った。

「護身のお守りだな。効き目はあったか」

「覿面《てきめん》に、あったずら」

「それは良かった。デウスの神の御利益もまんざらではないな」

「市河治兵衛はオレをキリシタンと見て、殺すのを躊躇ったずら。オレはそこにつけこんだずら」

「だから、なんじゃと申すか」

「市河の信心につけこんで市河を討ったずら。神をも欺く振舞いずら。罪深いことをしてしまった、と、悔やんどるずら」

「ふん」と城井は鼻を鳴らして、ちょっと考えてから答えた。

「デウスの神が其処許の命を救ったのであろう？　神が決めたことだ。其処許が悔やむことではない」

「オレはキリシタンじゃねぇ」

「デウスの神がまことにこの世を見守っておるのであれば、悪いキリシタンを罰せずにはおるまいぞ。市河はデウスの目から見ても許しがたい悪行を行ったのだ。だからデウスは、其処許に手を貸して市河を討たせた。これこそ神罰だ。そう考えればよかろう」

城井は十字架を受け取って懐に入れた。

十一

ペッチャブリーの城館は丘陵の上にあった。

城井や津田たちは砦を攻めあぐねた。城井たちが攻め寄せて行けば鉄砲を放つ。気温も湿度も高く、容赦無く体力を奪われる。日本兵もシャムの軍兵も疲労困憊だ。

「まぁよい」と、城井は楽観的な物言いをした。

「籠城が長引けば敵は餓える。弾薬もそろそろ尽きよう」

兵糧と弾薬を補給する手段がない。純広勢を支えているのは、日本町を脱出する際に持ち出した米と弾薬だけだ。備蓄が尽きれば降参するしかない。

ある日の夜。仁左衛門の陣所に、秘かに二人の男が訪ねてきた。雨の中、泥を踏み分けてきたらしい。刀も持たず、顔まで真っ黒に汚れていた。

泥だらけの二人は仁左衛門の前で膝と両手をついた。

「拙者、オークプラ純広の配下にて、岩倉平左衛門《いわくらへいざえもん》と申す」

泥男が名乗りを上げた。

「関ヶ原の敗戦で改易となった小西行長《こにしゆきなが》の家中にござった」

「……さ、左様でござるか」

シャムには没落した名家の人士が多過ぎる。本当かどうか、確かめる術もない。

岩倉が朋輩を紹介した。

「これなるは宇喜多《うきた》家牢人、今村左京《いまむらさきょう》」

今村が顔を上げた。泥だらけの顔の中で目玉だけが白い。今村が質す。

「ご貴殿は、徳川家の侍大将の郎党であると伺った。そは、まことか」

正しくは、徳川の侍大将の駕籠を担ぐ六尺だが、こんな所で正直に白状するのも馬鹿馬鹿しい。

「いかにも。徳川家蟹江七本槍の一人、大久保忠佐が郎党、山田仁左衛門とは拙者のことだ」

使い慣れぬ武家言葉で名乗った。

ともあれ、泥だらけでは人相もわからない。仁左衛門は二人に水をかぶるように促した。水主に頼んで水桶を持ってきてもらう。水をかぶると二人の面相がようやく判別できるようになった。

岩倉平左衛門は髭面の大男。歳は三十代の半ばぐらいか。虎のような黒ひげが揉み上げで渦を巻いている。品の良い顔だちではないが気骨はありそうだ。

今村左京は二十代後半の整った顔だちの武士だった。宇喜多中納言の家中を名乗っても、疑われることはないだろう。

二人は更めて仁左衛門に向かって低頭した。仁左衛門は訊ねた。

「こんな夜更けにオレ、否、拙者をお訪ねのご用向きはなんでござろうか」

岩倉が答える。

「事ここに至って体面を取り繕うも無益。しからば有体に申す。我らは御陣に参じたい」

「降参する、ということずらか」

「いかにも左様じゃ」

岩倉はその場でドッカと大胡座をかきなおした。開き直った、ふてぶてしい態度だ。

「我らはオークプラ純広に加担したが、それはただの行き掛かり。純広や市河の世話を受けることなしには日本町で暮らしてゆくことはできぬ。純広と市河には一方ならぬ恩を受けた。そう思うたからこそ手を貸したが、我らにはシャム王への叛意などまったくない」

岩倉に続けて今村左京も苦しい胸の内を吐き出す。

「篭城しておったところで援軍が来るはずもなく、兵糧は乏しくなる一方だ」

仁左衛門は考えてから訊ねた。

「だけんど、あんたがたは大坂の豊臣家のために鉛や硝石を送っていたのではなかったずらか。我らは徳川方に与しておるずら」

今村は首を横に振った。

「関ヶ原の合戦から十一年が過ぎたのでござるぞ。いつまでも『徳川家憎し』でもあるまい。我ら牢人の中にはシャム人の女を嫁に迎え、子を生した者もいる。安寧《あんねい》に日々を過ごしたい、そう願う者も多いのだ」

岩倉平左衛門が濃い髭面を伏せて懇願する。

「なにとぞ、我らの降参をお許しくだされ。我らを許せぬと仰せなら、妻子だけでもお救いくださらぬか」

仁左衛門は腕組みをした。

「城には二百人の兵とその妻子が籠もっておるはずずらが、そのうちの如何ほどが降参を望んどるんだろうか」

「七十の兵とその妻子にござる」

それだけの兵数が寝返るのならば、彼我の戦力差は逆転する。ともあれ、仁左衛門の一存では決められない。

「あんたがたの御存念は承ったずら。降参を受け入れるか否か評定をしてくる。待っててくれ」

仁左衛門は水主たちに「よく見張っとくずら」と言って、城井と津田のいる陣所に向かった。

仁左衛門は二人の前で今の話を伝えた。

城井も津田も渋い表情だ。津田が大髻を揺すって首を振った。

「これは謀《はかりごと》ではにゃーか。降参を装って我らの陣所に乗り込んできて、寝込みを襲う魂胆かも知れぬだに」

そう言われれば、そうかもしれない。しかし仁左衛門は、降人《こうにん》の二人が嘘をついているようには思えなかった。

城井も顎を撫でて思い悩んでいる。

「日本人同士で殺し合っても、喜ぶのはポルトガル人と明国人だ。純広の手勢が寝返るのならば好都合。だがしかし、謀の疑いは拭えぬなぁ」

思い悩む二人に、仁左衛門はひとつの提案をした。

「降人たちに、兵を挙げろと命じてみてはどうずらか」

城井と津田が目を向けてくる。仁左衛門は続けた。

「七十の兵にペッチャブリー砦で挙兵させるずら。まことの降参ならオークプラ純広は大慌てで討伐せんとするはずずら。戦いの様子を見定めれば、まことの裏切りか、偽りの企てか、判別ができるはずずら」

津田が「うむ」と頷いた。

「まことの降参だと見極めたならば、我らが外から砦を攻めるだでの。純広は砦の外と内から挟み撃ちになって進退極まりゃーすよ」

いつでも憂悶に満ちて思い悩む城井も、ついに同意した。

「騙されぬよう気をつけながら、慎重に事を進めるのならば、それも良かろう」

「よし」と津田が大きく頷いた。

「山田殿、岩倉と今村とやらを連れて来るだに。事を言い含めて砦に戻すでのん」

岩倉平左衛門と今村左京は策を了解してペッチャブリー砦に戻った。

約束の日。陽が中天に差しかかった頃、城内から鬨《とき》の声があがった。

津田は錆茶色に塗られた兜をつけた。騒動の様子を見守っている。

「始まったでのん」

今のところは、本物の謀叛が起こっているように見える。鉄砲の音が盛んに聞こえた。弾薬は乏しいはずなので、偽りの謀叛であれば発砲は控えるはずなのだ。

「本物らしく見えるで」

傍らの城井に顔を向ける。慎重居士の城井は長い顔を傾げている。「まだまだわからぬ」と緊張を崩さない。

津田は城井に進言する。

「象を動かしてみてはいかがでのん」

「そうだな」

城井はシャム軍に使いを送った。

シャム軍の戦象部隊が動き出した。三十頭もの象の群れが地響きを立てながら歩き回る。象使いは象に吼声《おたけび》を上げさせた。戦象部隊には、敵の銃の射程には入らないように助言してあった。いうなれば脅しだ。大軍を動かして、いまにも攻め込むかのように装わせたのだ。

このようにして半時ほどが過ぎた。突然に津田が「ああっ！」と叫んだ。

「敵兵が逃げて行くだで！」

なんと、純広の手勢が城を捨てた。麓の水路を小舟に乗って逃走し始めたのだ。

「こりゃあかんで！　城井殿、我らは慎重になりすぎたで。追えッ、逃がすな！」

そう言いながら自身も走り出す。まさかこんなにもだらしなく負けを認めるとは思わなかった。

城井も呆れている。

「仮にもオークプラの身分にあった者が、なんたる弱腰！」

一度、負け癖がつくと、逃げることを恥ずかしいとも感じなくなってしまうのか。

「舟の支度をせいッ！　シャム軍には象で追うように伝えよ！」

そうこうする間にも純広勢を乗せた舟は流れに乗って下流へ、海へと逃げる。一方こちらは、咄《とっ》嗟《さ》には舟の用意ができそうになかった。

岩倉と今村はペッチャブリーの城館を占拠した。「鋭、鋭、応！」と鯨波《げいは》の声が聞こえてきた。

オークプラ純広は、隣国カンボジアの日本町を頼って逃げた。失意の内に、間もなく病死したという。

＊

徳川幕府、小姓組番頭《ばんがしら》、井上正就《いのうえまさなり》の屋敷は小石川にあった。天正五年（一五七七）生れの三十三歳（満年齢）。

老中の大久保忠隣《ただちか》や土井利勝《どいとしかつ》、本多正信、正純《まさずみ》父子に比べると、まだまだ無名の官吏である。ところがこの男、外国人や日本の交易商人の間では、つとに有名であった。オランダ商館は彼を称して〝将軍の朱印の管理者〟であったと、書き残している。

徳川幕府は、交易船のすべてに対して朱印状を携えることを要求した。幕府の許可のなき者は貿易ができない。外国船は入国できないし、出国もできない。

朱印状を発給する権限は、駿府の大御所、徳川家康と、江戸の将軍、秀忠にあった。だが、書類を整えて推挙するのは井上正就の一存である——と商人たちには信じられていた。

井上は後に、秀忠政権の老中に就任する。海外交易の権益はすべて、この男の手に握られることになる。

井上正就は自分の屋敷の書院に入った。客と対面するための広間として使っている。

下座には二人の商人が平伏していた。正就は堂々とその前を通って、一段高い壇上に座った。

「両名とも、長崎より遠路大儀であったな。面を上げよ」

商人二人が顔を上げる。一人は長崎代官の長谷川権六。長崎の豪商であったが、幕府の直臣（見做し役人）としての身分も付与されていた。徳川幕府の代弁者として長崎の町を支配している。もう一人は朱印船貿易商の木屋久右衛門。アユタヤで奮闘中の木屋半左衛門の実兄だ。

長谷川権六のほうが木屋よりも身分は上である。井上に向かって言上する。

「木屋の弟が、アユタヤより書状を送って参りました」

肩ごしに振り返り、木屋にチラリと目を向ける。

「井上様にご披露申し上げなさい」

「ハハッ」

木屋久右衛門は書状を広げて差し出した。井上家の家士が膝行してきて書状を受け取り、井上の手許まで運んだ。

井上は受け取って目を通した。その顔に蕩けるような笑みが浮かんだ。

「でかした！」

長谷川権六と木屋久右衛門が平伏する。声を揃えて「おめでとうございます」と言祝《ことほ》いだ。

井上は「うむ、うむ」と何度も大きく頷いた。

「大坂方の意を受けた商人どもをアユタヤより一掃できたことは、なによりめでたい！　これでアユタヤの鉛と硝石は、すべて我らの手中に落ちた」

長谷川が笑顔でお追従を口にする。

「弾薬はいかほど厳重にしまいこみましても、三年と持たずに湿気まする。大坂方が今、いかほどの弾薬を溜め込んでおりましょうとも、三年後には戦うことも叶わぬようになりましょう」

事実、この四年後に豊臣家は滅亡する。

「善哉《よきかな》！　きたるべき大坂方との戦、これで勝ったも同然じゃ！」

井上は再び書状に目を落とした。そして急に不機嫌となった。

「亀井茲矩と加藤清正の振舞いは許せぬ！　純広と市河なる者を使ってアユタヤの占拠を謀るとは！　大御所様ならびに公方様に申し上げ、きっと処罰してくれようぞ！」

「豊臣恩顧の大名方の企みを暴き、これを挫《くじ》いたのも、長崎の御朱印商人の手柄にございます。なにとぞお心に留め置きくださいませ」

「うむ。その方どもの働き、必ずや上聞に達しようぞ」

井上正就は事の次第を将軍秀忠に伝えるため、江戸城に向かった。

加藤清正はこの年の七月に、亀井茲矩は翌年二月に、謎の急死を遂げる。豊臣恩顧の重鎮で、海外交易に辣腕を振るった大名二人が世を去った。

第二章　日本人義勇隊《クロム・アーサー・イープン》誕生

一

数日雨ばかりが降っている。仁左衛門《にざえもん》は初めて経験するシャム国の雨季に打ちのめされている。

仁左衛門は雨に打たれながら稲穂を刈っている。顔を上げれば見渡す限りが湖沼であった。ここには道と集落があったはずだが、今は一丈（約三メートル）の水底に沈んでいる。村人たちは高台の集落に避難した。日本国なら大水《おおみず》（洪水）と呼ばれる大災害だ。ところがこの国では誰も慌てない。毎年この大水になるからだ。悠然と日々の暮しに勤しんでいる。

被った笠を大きな雨粒が叩いている。シャムの男たちは皆、腰布《パー・ヌン》一枚の半裸で過ごしているが、そのわけが理解できた。裸がいちばん快適なのだ。布は水を吸うと重くなり、身体に張りついて煩わしい。濡れた布には保温効果もないから着ているだけ無駄。それどころか邪魔であった。

一面の泥水の景色。小舟が盛んに行き交っている。板を張り合わせて作った田舟《たぶね》だ。農夫たちが乗っていた。泥水から稲穂が顔を出している。農夫は舟から身を乗り出し、鎌で稲穂を刈り取っていく。刈り取った穂は舟に積む。小舟を巧みに操りながら手際よく収穫していった。

これがこの国の稲刈りなのだ。シャムの気温は高い。稲にとっては最高の環境だ。稲は水位の上昇に負けずに生育し続ける。水位が一尺上昇すれば、茎は一尺三寸伸びる。青い葉を水面から上に伸ばして陽光を浴び続ける。

そんな調子で成長して、水位が一丈に達した頃、水面で稲穂となるのだ。稲穂の下には一丈の茎が伸びている。まったくもってこの国では、日本の常識は通用しなかった。

揺れる小舟の上での作業は難しかったが、どうにか日暮れまでには舟にいっぱいの稲穂を刈り取ることができた。舟を漕いで高台の集落に向かう。仁左衛門が刈り取った稲を村人が高床式の倉の中に運んでいった。

夕暮れの中、仁左衛門は空船を漕いで自分の塒《ねぐら》に向かった。大きなジャンクが三枚の帆を張ってメナム川を悠然と進んでいく。

――オレっちも、船持ちのご身分になりてぇもんずら。

シャムは造船業も盛んだ。木材の質が良く、船大工の技量も高い。シャムのジャンクは垂涎《すいぜん》の的だ。明国人の海商も、日本の朱印貿易商も、競って船を発注していた。

しかしである。大きな船の建造費は高額だ。

――百姓の手伝いの賃仕事じゃあ、千年働いたって買えるもんじゃねぇ。

日々、飢えないようにするので精一杯。それが今の仁左衛門であった。

シャムに来てから五カ月が経った。無為に過ごしていたわけではない。仕事を探して歩き回った。

シャムの産物のひとつに鮫皮《さめがわ》があった。鮫皮の表面はザラザラしている。日本刀の柄に巻かれて滑り止めとして使われた。雨や汗で濡れた掌はよく滑る。切り合いの最中に刀がすっぽ抜けたら死ぬしかない。命がかかっているわけで、鮫皮の滑り止めは高値で売れた。

売り買いをするなら、値打ちのわかっている物がよい。そう考えた仁左衛門は、鮫を求めて漁師の町に向かった。

鮫皮の原料は、実はサメではなくエイである（ツカエイなど）。当時の人々はサメとエイを分けて考えてはいなかった。クジラを魚だと認識していた時代だから仕方がない。

仁左衛門は漁村についた。エイを捕るには舟と底引き網が必要だと知って途方に暮れた。駿府《すんぷ》の生れだが実家は紺屋《こんや》だ。漁労の心得はない。言葉も通じない。

漁師が捕ってきたエイを捌《さば》いて鮫皮に加工することなら、できるかも知れない。そう思った仁左衛門は、水揚げされたばかりのエイを買い取った。まだ生きていてピチピチと跳ね回っていた。

不覚にも仁左衛門はそのとき初めて知ったのだが、エイの尻尾には刺があり、刺には毒があった。エイも必死である。決死の一刺しを仁左衛門にお見舞いした。

脚を刺された仁左衛門は高熱を発して三日も寝こむことになった。

どうやら鮫皮作りは自分には向いていないらしい。そう気づいた仁左衛門は他の仕事を探して歩き回った。鉛や硝石の採掘は王家の管理下にあって、身許の確かな者しか働けないようだ。船大工は徒弟制の専門職で、流れ者の日本人を雇ってくれない。結局のところ種まきと稲刈りの手伝いぐらいしかできなかった。

数日後。仁左衛門はアユタヤの日本町に戻った。稲刈りの季節もほぼ終わりだ。一カ月ぶりの日本町であった。

荷揚げ場では岩倉平左衛門《いわくらへいざえもん》と今村左京《いまむらさきょう》が働いていた。泥だらけになって力仕事に従事している。褌《ふんどし》一丁の姿で腰に刀も帯びていない。髷《まげ》を結っていなかったらシャム人と見分けがつかない。

岩倉平左衛門が虎のような髭面を綻《ほころ》ばせて挨拶してきた。

「やぁ、山田殿。ご壮健にて、なによりでござるな」

もう一人の今村は、笠をきちんと脱いで低頭する。この二人は、降参の仲介をしてくれた仁左衛門に恩義を感じているようだ。降参した七十人は河岸や港で働いている。オークプラ純広とともに逃げた兵たちも、何十人かは、秘かにシャムに戻ってきている様子であった。

仁左衛門は雨中で働く日本人たちを見渡した。

——王様のお怒りは、解けていないようずら……。

去年まで日本の牢人衆は王宮警固の親衛隊として重用されていた。隊長の純広は貴族に列し、末端の兵にいたるまで過分な給金を頂戴していた。

日本人部隊が解散を命じられて五カ月になる。王の怒りはもっともだ。日本人など二度と信用するものか、というお気持ちにもなっているだろう。かくして牢人たちは困窮している。

——ともあれ、城井《きい》殿の許に顔を出すか……。

仁左衛門が城井の屋敷にむかって歩きだすと、

「城井殿をお訪ねなら、お留守でござるぞ」

と岩倉平左衛門が教えてくれた。妙に屈託のない笑顔だ。何か良い事でもあったのだろうか。

「シャム王の宮殿にお呼ばれなされた。今頃は王の御前でござろう」

「ほう？」

仁左衛門は空を見上げた。陽の位置から時刻を知ろうとしたのだ。雨天で太陽は見えない。午後であることは確かだ。

シャム王は一日に三回、宮殿で謁見《えっけん》の儀式を行う。謁見を受ける者の身分や立場によって厳密に時刻が分けられており、外国の商館員や商人は早朝、貴族や大官は午後、と定められていた。午後に呼ばれたのなら商人としての扱いではない。シャムの政治や軍事に関しての諮問や通達があったのに違いない。

岩倉は髭面をニヤッと綻ばせた。

「日本町にご下命があるのに相違ない。我ら、ようやく日の目を見ることができそうじゃ」

オークプラ純広による王宮占拠事件よりこのかた、日本人は冷や飯を食わされている。この国の主要な輸出品目はほとんどが王の専売だ。こまごまとした品目も王の許しがなければ売り買いできない。王家の商業に対する政策は徹底している。庶民が相手の商店街《タラート》にも王様の直営店があったという。

オランダ商館員が驚きとともに書き残している。

オランダ人はアユタヤ王を〝商人王〟と畏敬を籠《こ》めて呼んだ。王のご愛顧がなければ、誰であっても、シャム国での商いができない。

＊

城井久右衛門が戻って来た。仁左衛門は家の前で待っていた。城井は仁左衛門の姿を認めると長い顔を綻ばせた。

「よい折に戻られたな」

ソンタム王への謁見は上首尾だったらしい。明るい表情を見ればわかる。城井はいつでも憂鬱そうな顔をしていて、仲間たちから心配性だと言われていた。しかしこの時ばかりは溢れる喜びを隠しきれないでいる。津田又左衛門《つだまたざえもん》も呼ばれた。今日も大髻《おおたぶさ》を結い上げ、錆茶色の小袖を着ている。先に座っていた仁左衛門を見て、

「息災で生きとりゃーしたか」

と尾張弁で言った。

津田と再会したのは三カ月ぶりだ。日本町の住人は散り散りばらばらになっている。

津田が座る。城井は窓を見ていた。

「まもなく雨季も終わるのぅ」

雨季が終われば乾季に季節が移り変わる。日本でいえば冬だが、この国は冬でも暑い。〝やや過ごしやすくなる、朝晩には涼しい風が吹く日もある〟程度のものだ。

「乾季になれば水が引く。兵馬を動かすことができるようになる」

城井は目をギラリと光らせた。戦国武将の顔つきとなった。

「戦じゃぞ、ご両人」

仁左衛門の鼓動が跳ね上がった。

津田は顔色ひとつ変えずに「ふむ」と言った。

「ソンタム王よりの陣触れかのん。我ら日本人に出陣をお命じになりゃーしたか」

「左様だ」

「いずことの戦かのん？」

「隣国。タウングー王家じゃ」

タウングー王朝はビルマ族を中心とした多民族国家でシャム王国の西に領土を広げている（現代のミャンマーにほぼ同じ）。ビルマ族を現地の人々はバーマ、バーマー、バンマーなどと発音する。バーマをイギリス人がアルファベットで表記したものを、日本人がローマ字訓みにしたものが〝ビルマ〟だ。

タウングー朝ビルマはアユタヤ朝の宿敵であった。一五四八年の第一次緬泰《めんたい》戦争以来、険悪な常態が続いている。

「タウングーの王は、ソンタム王を侮って兵を進めてきたようじゃ」

城井が王宮で聞かされた話を伝える。

「王家の代替わりにつけこんで戦を仕掛けるのはよくある話じゃが……こうなったことには、我ら日本人にも責めがある」

オークプラ純広が挙兵して王宮を占拠しソンタム王を虜にした。『アユタヤの新王はうつけ者』という悪評が近隣諸国に広がったのも無理はない。弱いと見ればすかさず軍事圧力をかけてくるのが、いつの世にも続く国際社会の現実だった。

「大水が引くのを待って王は我らに出陣をお命じになる。百里の彼方への長征じゃ。入念に支度をせねばならぬぞ。木屋半左衛門殿は刀剣や甲冑をかき集めるべくマニラに向かわれた」

日本の刀剣や甲冑《かっちゅう》は日本の重要な輸出品だ。南洋諸国の市場に多く出回っていた。それにしても、マニラの市まで買い付けに行くとは只事ではない。シャム国内にある刀剣、甲冑だけでは足りなくなると城井や半左衛門は考えている、ということだ。大合戦が予想された。

城井は、この戦に期するところがあるのだろう。

「我ら日本人、存分の働きを示し、王の恩寵《おんちょう》を取り戻さねばならぬぞ」

仁左衛門も大きく頷いた。王家の軍に雇われたなら、王家より給金が支給される。稲刈りで日銭を稼がずともよくなるのだ。「戦が恐い」などとは言っていられない。今の貧しい暮らしの先に待っているのは餓死だ。異国で野垂れ死にはしたくない。

城井の話は続いている。

「シャムの貴族が頼りにならぬことは王も先刻ご承知じゃ。ゆえに日本人の旧悪には目をつぶり、我らを使わざるを得ないのだ。拙者はこういう機会を待っておった。我ら日本人一同、タウングーの王に御礼を申し上げたいほどじゃのう」

珍しく軽口まで叩いた。となりに座った津田又左衛門が質した。

「ポルトガル人銃兵隊《クロム・ファラン・メンプーン》も同行するのかのん」

「ソンタム王は、クロム・ファラン・メンプーンにも、信を置いてはおられぬご様子じゃ」

「なにゆえ」

「タウングー王もまた、ポルトガル人の鉄砲衆を雇っておるらしい。戦になればポルトガル人同士の撃ち合いとなるが、そうなった時にポルトガル人がまともに戦うとは、とうてい思えぬ」

「そこで我ら日本人への陣触れか」

「役に立つは日本の牢人衆。ソンタム王が左様に叡慮《えいりょ》を下されたのならば、しめたものじゃ」

「いかにも忠義の働きを示さねばならぬでのん」

城井が仁左衛門に長い顔を向けてきた。

「其処許《そこもと》には先鋒の大将を願いたい」

徳川家の旗本、という誤解はいまだに解けていない。いきなりの大役を振ってきた。

仁左衛門にも否やはなかった。大手柄を立てて王宮の軍に取り立ててもらうのだ——と意気込んだ。

二

シャム王国の北西部には山地が広がっている。日本人部隊はその山中を進軍していた。

「景色のなかに山がある、というのは、良いものずら」

仁左衛門は大きく息を吸った。日本人として、気持ちが落ち着く。しかも山地は気温も低い。日本人にとっては居心地の良い土地柄だ。などと良い気分でいられたのはその瞬間だけで、仁左衛門は激しく左右に揺さぶられて、慌てふためいて鞍にしがみついた。

象の背中に乗っている。鞍が激しく揺れた。今まではゆったりと歩んでいたのに、急にどうしたことか。首には象使いが跨がっていた。仁左衛門はその背中に向かってシャム語で叫んだ。

「こ、こんなに揺れて、大丈夫なのかッ？」

象使いが振り返って笑みを浮かべた。

「峠道だからだよ。象も歩くのが大変だ。マンペイライイ」

マンペイライイとは「大丈夫だ」という意味だが、タイ人はひとつも大丈夫ではない状境でも「マンペイライイ」と口にする。

仁左衛門はますます不安になった。象使いは十五歳ぐらいの小柄な若者で、プラーという名であった。

プラーは両足で象の耳を擦ったり、軽く蹴ったりする。それだけで象を意のままに操ることができた。象は山道の灌木を圧《へ》し折りながら悪路を進む。象が切り拓いてくれた道を徒歩の日本兵が二十人ばかり従っていた。岩倉平左衛門と今村左京の姿が見える。二人は仁左衛門に恩義を感じて志願してきたのだ。手柄を立てて王宮警固の役目に戻りたい、などとも、考えているようだった。

仁左衛門にとっても二人の存在は頼もしい。二人とも関ヶ原合戦や、朝鮮での戦いに従軍した経験があるらしい。やがて象は山道の頂に立った。ここから先は下り坂。眼下の平野が見渡せた。

仁左衛門は象の足を止めさせると目を凝らした。遠くを戦象が歩いているのが見える。

「あれは……城井殿の旗印だな」

仁左衛門は目が良い。三つ巴紋《どもえもん》の旗を視認することができた。城井家の家紋だ。

ちなみに津田は赤い布地に永楽銭の旗印だが、その旗は見えない。

「敵と見間違えられたらかなわん。我らも旗を立てよ」

旗持ちの牢人に命じると、牢人は「はっ」と答えて旗を立てた。白地に赤い丸を染めている。朱印船の印だが、仁左衛門は自分の旗印にするつもりであった。

「我らは東から西へ攻め込んでいる。まさに昇る太陽だ。縁起が良いぞ」

そう言って、一人、満足そうに微笑んだ。

それから二日間、山道を進んでタワーイ（現・ダウェイ）という町に到達した。先着していた城井の隊と合流する。この町はタワーイ川の東岸に造られた港町だ。河口ではなく川を遡《さかのぼ》った所に港がある。

アユタヤのような大平原の只中ではない。山と山との間に広がる細長い平地に港があった。少しばかり日本を思わせる景色だ。ところがこの港町で活動している人々は、日本人とはまったく異なる風俗、見た目であった。彫りが深く、鼻が高く、目玉が大きい。頭に白い布（ターバン）を巻いた男もいる。飛び交う言葉はシャム語でもなければ、福建語や広東語（明国人の商人が使う言葉）でもなかった。

仁左衛門は少なからず驚かされている。港で荷揚げされる品々も日本ではまずお目に掛かれぬ珍宝ばかり。織物や壺、革細工などだ。港に浮かんだ船の形も違う。二本の帆柱に三角帆を張っている。辨喝喇海《べんがらうみ》（ベンガル湾・インド洋）の貿易を担うダウ船だった。

荷揚げ場に象が十頭ばかり引かれてきた。荷運びに使うのかと思ったら、そうではなく、そのまま栈橋を踏んで船内へと引き込まれていった。茫然として見ていると、異国の商人が近づいてきて、何事か喋りかけてきた。

プラーがシャム語に通訳してくれる。

「旦那の象を売ってくれ、と言ってるよ」

仁左衛門は首を横に振った。

「王から預っている象だぞ。断ってくれ」

王家の禁軍の戦象を貸与されていたのだ。プラーが答えると、商人は残念そうな顔をして去っていった。そこで初めて仁左衛門は、あの象たちは売られていくのだと理解した。この港の主要輸出品のひとつが象だったのである。

甲冑姿の城井がやって来た。甲冑姿の日本人はアユタヤの地では異様に見られるが、この港町では誰がどんな格好で歩いていても不思議ではないように感じられてしまう。

「だいぶ驚いているようだな。かの商人たちは天竺《てんじく》（インド）から来たのだ」

「天竺……」

国名は日本でもよく語られるが、その国の人を実際に見たのは初めてだ。

城井は、素直に驚く仁左衛門を見て、面白そうに笑っている。

「天竺よりも、さらにもっと遠い西の国から来ている商人もおるのだぞ。さて、オークヤー・カムペーンペットがお待ちだ。ついて参られよ」

港を見下ろす岡の上で金箔の屋根が光っている。この地の政庁だ。

＊

政庁の広間に置かれた椅子に太った大男がドッカリと座っていた。オークヤーとはシャム王国の貴族階級の第一位だ。大臣に相当する大官であった。

オークヤー・カムペーンペットは金の冠をつけていた。シャムの貴族にのみ許されるものだ。長くて白い布を身体に巻いている。布から出た首や腕の肌の色は黒かった。

オランダ商館員の記録には『オークヤー・カムペーンペットはムーア人である』とある。ムーア人はアフリカ北西部（現在のモロッコ辺り）のイスラム教徒のことだ。インド洋では古代からアフリカ人が船で貿易をしていた。現代でもスリランカにはスリランカ・ムーアと呼ばれる人々がいる。インド洋で交易したムーア人たちの末裔《まつえい》だ。オークヤー・カムペーンペットも彼らと同じ風貌をしていたはずである。

カムペーンペットは人の良さそうな笑みを満面に浮かべた。

「東の海から来た客人。西の海へよく来た」

つたないシャム語である。

城井と仁左衛門は床板に座り、手をついて平伏した。相手の身分はオークヤー。貴族階級の第一位だ。するとカムペーンペットは贅肉をゆすって笑った。

「ここ、王宮じゃない。礼儀、無用。わたし商人だから」

二人に立つように促した。テーブルに寄るようにと、手招きをする。

テーブルの上にはシャムとビルマの国土を描いた地図が置かれてあった。

「これ、わたしが作らせた。王宮にも、ないね」

自慢の地図であるようだ。

「わたしたち、今ここにいる」

地図の一点を指差す。

「ビルマ族、北から攻めてきた。アユタヤ王の土地、奪われたね」

片言なのだが、それゆえにかえってわかりやすい。仁左衛門も片言だから流暢なシャム語で語られると聞き取れないのだ。

「このままだと、ここの港も、取られちゃうね。わたしたち、追い出される。それ、とても良くない」

深刻そうに言ってから、仁左衛門たちを見てニヤリと笑った。

「でも、大丈夫。あなたたち、来た。日本《イープン》の牢人、とても強い」

それからカムペーンペットは部下を呼んで、母国語で何事かを命じた。カムペーンペットの母国語は、仁左衛門にはまったく聞き取れない。それからしばらく待たされた。カムペーンペットは、いたずらっ子のように笑っている。『日本人の驚く顔が早く見たい』と言わんばかりだ。

地響きが近づいてきた。政庁の床や屋根まで揺れた。何事かと思い仁左衛門は振り返った。シャムの建物は窓や入り口を大きく取っている。屋外の様子がよく見えた。

「あれは……！」

仁左衛門は瞠目《どうもく》した。政庁前の広場に象の群れが入ってくる。五頭や十頭ではない。百を遥かに超える数で、濛々《もうもう》たる土埃《つちぼこり》を上げながら行進する。前列の象が出て行くと後列の象が入ってくる。いつまでたっても象の行進は終わらない。

目論見通りに日本人二人が仰天している。カムペーンペットはますます上機嫌だ。

「ぜんぶわたしの象。わたし、象、三百持ってる。アユタヤ王、象、六百持ってる」

王の権勢と比較して無邪気に笑った。象は権威と富裕の象徴だ。さすがは貴族第一位のオークヤー、と評すべきか。

「この象で、ビルマの兵隊、やっつける」

城井も大きく頷いた。

「まことに心強い。もはや勝ったも同然でございますな」

カムペーンペットはカラカラと笑った。とことん無邪気な性格のようだ。

確かに象は強い。百を超える戦象が突進したなら、いかなる大敵でも粉砕できるに違いない。

「わたしたち、これから、ビルマ兵、たくさん殺す。二度とシャムに、攻め込まないようにする。これ、見なさい」

例の地図を指差した。

シャムとビルマの国境から南に向かって細長い土地が伸びている。マレー半島だ。

「あななたち、東の海の人。東の海を渡ってやってくる。わたしたち、西の海の人、西の海を渡ってやってくる。だけど、ここから先、行けない」

南シナ海の貿易船も、インド洋の貿易船も、マレー半島に邪魔されて行き来ができない。マレー半島に沿って南下して、マラッカ海峡を通り、シンガポールの南を抜ければ行き来が可能なのだが、この時代の船は帆船である。進むのに好都合な風が吹かないかぎりは進めない。

カムペーンペットたちイスラム商人は西風に乗ってやってくる。夏の間が追い風となる。ところがこの時期、南半球では東風が吹いていて、赤道直下では（原理上は）無風になる。

マラッカ海峡を航行しようと思ったら、都合の良い風が吹くまで、六カ月も風待ちをしなければならない。

そこでインド洋の貿易商たちは、マレー半島西岸の港で積荷を下ろす。そこからは陸路でマレー半島を横断する。マレー半島は南北には長いが、東西には短い。短い所では直線距離で五十キロメートルほどしかない。

荷は象に積んで運ぶ。あるいは橇《そり》に載せて象に引かせる。カムペーンペットが三百頭もの象を所有しているのには、こういう理由があったのだ。

南シナ海の海商たちも同じやり方でインド洋まで荷を運ぶ。

アユタヤ朝は東西の海の交易を仲介していたのだ。アユタヤは世界の商業にとって最も重要な位置を占めていたのである。

「ビルマ族の国は、この港の北にある。この港、ビルマのものになったら、わたしたち、東の海の商人たちと商売できない」

マレー半島の西岸をタウングー朝ビルマが占領したなら、東西世界の流通がマレー半島によって分断されることになる。カムペーンペットが自腹を切ってでも多数の戦象を動員したのには、そういうわけがあったのだ。

カムペーンペットは日本人二人の目を覗き込んだ。

「日本人、金と銀、売りに来る。わたし、金と銀、欲しい。タウングー王に邪魔させない。わたしたち、力を合わせる。いいね？」

「望むところにござる」

城井とカムペーンペットは互いの腕をガッシリと握りあった。

三

城井とカムペーンペットが率いるシャム軍はタワーイ川に沿って北進を開始した。

オークヤー・カムペーンペットは、持てる三百の象のうちの百を戦に投入した。その破壊力は絶大であった。もちろん日本兵も奮戦する。ビルマ兵の先鋒隊など鎧袖一触《がいしゅういっしょく》、無尽の野を征《ゆ》くが如くに進軍し続けた。

野営の陣地に兵舎が立てられる。建材は象に載せて運んだ。日本兵たちは四半刻《しはんとき》（三十分）もあれば立派な塒《ねぐら》を建てることができた。

辨喝喇海から雨雲が押し寄せてくる。小雨が降りだした。ニッパ椰子《やし》の屋根で雨粒が弾けている。

物見（偵察）に出ていた津田又左衛門が戻ってきた。階段を上って入ってくる。床の上には城井と仁左衛門がいる。日本牢人衆の本陣だ。

「タウングー王の兵はマルタバンに集まったでねぇ。威勢の良かぁ軍鼓を打ち鳴らしておるで」

津田は紙をひろげ、筆を取って地図を描きはじめた。なかなか達者な筆遣いだ。

マルタバンはインド洋に面した港町である。タウングー朝ビルマに攻略される前までは、アユタヤ王朝の支配下にあった。重要な交易都市であったのだ。

マルタバンの市街は大河に面して築かれている。洪水被害を防ぐため周囲に堤防を築いていた。堤防を城壁に見立てて、タウングー朝ビルマ兵の五百人ばかりが立て籠もっているのだと津田は語った。

城井は地図を睨みながら「ううむ」と唸った。

「籠城したか。港の周囲は大河と泥沼。守るに易く、攻めるに堅い。難儀じゃやな」

「敵兵の数は我らより多いでね。考えもなしに攻め込めば屍《しかばね》の山を築くことになりゃーすよ」

タウングー朝ビルマは五十年前、精強なる軍兵でインドシナ半島を席巻した。アユタヤ市街も陥落し、アユタヤ王朝は大きな苦境に追い込まれた。その後のタウングー朝は分裂や内紛を繰り返し、往時の勢いは失われたが、それでも兵の資質は極めて高い。槍や弓矢で戦うが、強兵揃いであるとの評判だった。

城井は首を傾《かし》げる。

「我らシャム勢よりも兵の数が多いのに、なにゆえ城に籠ったのか」

津田が答える。

「象が恐いのでにゃーか？　百頭を超える象には抗い得ぬでのん」

城井は鎖帷子《くさりかたびら》の腕を組んだ。長い顎を撫でる。考え事をするときの癖だ。

「平地に誘い出すことができれば勝ちを得ることもできようが……、立て籠もられたのでは手が出せぬ。ううむ困ったのう」

如何にすべきか。日本兵たちの表情は一様に暗かった。

オークヤー・カムペーンペットが日本人の本陣までやって来た。話を聞くと呵々大笑《かかたいしょう》した。

「敵が港町に籠った？　それならわたしたちの勝ちね」

白い歯を剝き出しにして笑っている。陽気な性格はたいへんに結構だが、城井は釈然としない。

「オークヤー様には、勝算がおありか」

「ある。任せておけ」

たいそう太った身体だが、その行動は迅速だ。即座に腰を上げて動き出した。海千山千の商人ならではの活力だろう。せわしない足どりで船着き場に戻り、金の天蓋つきの貴族船に乗って帰っていった。


翌日、オークヤー・カムペーンペットは大量のダウ船を動員して、マルタバンに通じる河口を封鎖した。インド洋の交易でカムペーンペットと取引のある海商たちが根こそぎ動員された格好だ。海商は大砲や鉄砲で船を武装している。もはや海軍と同じであった。

カムペーンペットは日本勢の本陣で高笑いした。

「小舟の一隻も、通さないね。マルタバンの港、荷を出すことも、迎えることも、できない」

兵糧攻めか、と仁左衛門は思ったのだが、単純に飢えさせる作戦とは、ちょっと違うらしい。

「交易できない港は、すぐに音をあげるね」

商業都市で力を持っているのは商人だ。商人たちが不満を募らせれば町は不穏な空気に包まれる。タウングー朝の将兵は、商人たちの裏切りや蜂起に怯えなければならない。しかも、そもそもの話、交易のできない港町など、苦労して占拠し続ける意味もないのだ。


数日後の早朝。

空はまだ暗い。東の地平が白みはじめた頃、仁左衛門の塒に今村左京が飛び込んできた。

「御大将、敵が動きだしたぞ！」

仁左衛門はガバッと跳ね起きた。対岸から象の鳴き声が聞こえてくる。川のせせらぎのような音も聞こえてくるが、これは波の音ではなく、敵の軍勢が渡河してくる音だ。心臓がドクドクと鼓動した。全身に血が流れて一瞬にして目が覚めた。

今村に指図する。

「牢人衆を起こしてくれ。オレもすぐに行くずら」

甲冑を取り出して身につける。象使いのプラーが手伝ってくれた。

プラーは仁左衛門のことが気に入ったらしく、身の回りの面倒まで見てくれる。先鋒大将が乗る象の象使いなのだから、大将に仕えるのは当然だと考えているらしい。仁左衛門にとってはありがたい話だ。

「象を連れてきてくれ。大きな戦になりそうだ」

「わかった」

プラーはこんな時でも笑顔で走り出て行く。『死ぬのが怖くないのか』と問えば『マンペイライ』

と答えるだろう。

仁左衛門は外に出た。東の地平は曙光《しょこう》で明るい。敵の姿が遠望できた。兵を満載した川船がこちらに漕ぎ寄せてくる。日本の陣で鐘が打ち鳴らされる。具足をつけた兵たちが川岸に集ってきた。

岩倉平左衛門の叫ぶ声が聞こえた。

「まずは煮炊きじゃ。敵が川を渡りきるまで時がかかる。その間に飯を食え！　戦が始まったなら、夜まで飯は食えぬぞッ」

＊

タウングー朝ビルマの兵は川船を連ねて押し出してきた。

仁左衛門たちは対岸から敵の動きを見守る。川幅は広い。海峡に見えるほどだ。ビルマ兵は声を揃えて櫂《かい》を漕《こ》ぎ、勢い良く押し渡ってくる。大きな船には象が乗せられていた。象の数も二十頭を超えるだろう。仁左衛門は身震いした。絶対に武者震いではない。恐怖で震え上がったのだ。振り返ると城井久右衛門と津田又左衛門がいた。ふたりとも、やや、血の気の引いた顔で押し黙っていた。この沈黙がまた、堪えがたいほどに恐ろしい。

「こ、こちらからも船を出すべきではねぇずらか」

仁左衛門は進言した。日本兵の中には倭寇《わこう》あがりの者もいる。船戦ならお手の物だろう。

すると慎重居士の城井が「否」と長い顔を横に振った。

「敵は、この地の水主《かこ》たちに船を操らせているはずだ。マルタバンは港町。敵の水主どもはこの地の川の流れをよく知っておる。一方、我が軍勢の倭寇たちは、この川を見るのも初めてじゃ。慣れぬ者が船を出せばたちまちにして激流に翻弄される。中州に乗り上げてしまうやもしれぬ。右往左往するところを攻め掛けられたなら、為す術もない」

津田も城井の意見に賛成のようだ。

「敵はこちらに攻めてくるんだでねぇ。水際で討ち取ればエエでや」

船から下りる時には、兵も象も無防備になる。そこを矢や鉄砲で攻撃しよう、という作戦を立てた。仁左衛門は戦に慣れた二人を信じるしかなかった。

タウングーの軍勢が鐘や太鼓を打ち鳴らしながら迫ってきた。こちらはジリジリと待っているしかない。

「オークヤー・カムペーンペット様の象隊はいずこに」

百頭の象の姿が見えない。城井は仏頂面で答える。

「カムペーンペット様は河口で船団を指図している。この河原には、我ら日本兵の二百五十しかおらぬ」

仁左衛門は仰天した。川面に目を戻す。押し寄せるビルマ兵は千五百人近くいそうだ。

慎重居士の城井は、たんに慎重なだけではない。こんな時でも冷静だった。

「タウングー勢には援軍が到着しておったのだな」

事前の調べでは、敵の総勢は五百人程度と見積もられていたのだが。

「しかも良い物見（偵察員）がおるようだ。シャムの陣中が日本兵のみとなったところを見定めて、攻めてきおった」

他人事みたいな顔つきで言っている。

「カムペーンペット様には急使を送ってある。使いが届きしだい、象隊を率いて戻って参られよう。

それまでの辛抱だ」

津田が大髻を揺らして「うむ」と頷いてから、仁左衛門にも目を向けた。

「ここを先途《せんど》と心得るがエエで。カムペーンペット様がご着到なさるより前に我らの陣が崩れれば、この戦は負けだでのん」

津田は大髻の髻を解くと、錆茶色に塗られた兜《かぶと》を頭にのせた。

「勝敗は我らの働きにかかっておるでのん。屍の山を築こうとも守り抜くでねぇ」

仁左衛門の震えは止まらない。

兵たちは下の河原で飯を食っている。「腹一杯食わねば、死んで餓鬼道に堕ちるというぞ。腹一杯食え」などと言い交わす声が聞こえた。


タウングーの船がこちらの河岸に着いた。舳先《へさき》から勢い良く突っ込んできて河原の泥に乗り上げる。ビルマ族の兵が左右の船端から飛び下りて腰まで川の水に浸かった。

それを見定めた岩倉平左衛門が大声を張り上げた。

「今じゃ！　矢を射よッ、鉄砲を撃てッ」

手にした陣太鼓を連打する。河岸の草むらから勢い良く矢が飛んだ。火縄銃の発砲音も連続した。

牢人衆は草むらの中に身を潜めていたのだ。敵を十分に引きつけてからの攻撃は、じつに有効だった。仇矢《あだや》や無駄弾がない。的確に敵兵を射抜き、撃ち倒していく。

ビルマ族の兵も弓矢で応戦する。彼らは革の鎧と鉄の兜で身を護っていた。前衛の歩兵は縦長で四角い楯を持っている。弓兵は歩兵の楯の裏に隠れつつ、矢を放った。

楯を持つ兵たちはなかなかに目が良い。飛来する矢を見極めて楯を上下左右に振り、矢を受けたり弾いたりした。

それを見た岩倉が命じる。

「山なりに矢を射よ！」

日本兵は矢を上空に向けて飛ばした。高く飛んだ矢は放物線を描いて敵の頭上を襲った。

ビルマ族兵は楯を頭上に翳《かざ》す。

すかさず日本の鉄砲隊の一斉射撃だ。楯を上に向けていたビルマ兵を狙い撃った。凄まじい銃撃がビルマ兵の腹に当たる。ビルマ兵は真後ろに吹っ飛んだ。

今村左京が率いる鉄砲隊は、撃っては急いで弾を籠める。

岩倉平左衛門は声を嗄《か》らして叱咤し続けた。

「敵は多勢じゃ！　岸に上られたら太刀打ちできぬぞッ。皆、死にたくなければ矢を射よ！　鉄砲を撃ち続けるのじゃ！」

ビルマ族の兵も矢を放つ。日本兵は草むらの中を秘かに横に移動する。ビルマ兵の矢をかわしながら、何度も猛射を浴びせ返した。

硝煙で視界が塞がる。朝日は高く上り、厳しい日差しが戦場を焦がしていく。

ビルマ兵を満載した船は次々と川を渡ってきた。船の上からも遠矢が放たれた。日本兵の潜む草むらに豪雨のような矢が降ってくる。悲鳴が次々と聞こえた。

日本兵は次第に押し込まれていった。ビルマ兵は数を頼りに敵前渡河を敢行する。次々と河原に上陸した。船の上には金箔の甲冑を着けた男がいた。タウングー朝の将軍だろう。将軍自らが突貫精神を示したのだ。ビルマ兵の意気は上がった。木の楯を持ち片手に槍を構える。将軍が大声で命じ、船上で太鼓と喇叭《らっぱ》が鳴らされた。

ビルマ兵が雄叫びを上げて河原を駆け上ってきた。岩倉平左衛門は背負った大太刀を鞘《さや》ごと引き抜く。鞘は払って捨てた。

「迎え撃てッ」

叫ぶやいなや自ら駆けだす。ビルマ族の隊列に斬り込む。突き出された槍を打ち払うと鋭く踏み込み、

「どりゃあああっ！」

大太刀をズンッと叩きおろした。ビルマ兵は革の鎧《よろい》を着けていたが、革ごとぶった切る勢いだ。

鮮血が噴き上がった。

「うおりゃあっ！　どりゃあっ！」

岩倉平左衛門は右に左にと大太刀を振り回した。鎧や兜を着けていようが頓着しない。兜の上から殴りつけると兜がひしゃげた。中の頭蓋骨は粉砕される。敵兵は口から血を吐いて倒れた。

今村左京も銃を捨てて長巻で戦っている。長巻とは大太刀に長い柄をつけた武器だ。短い薙刀のような形状だが、乱戦では薙刀よりも扱いやすい。そして恐ろしい切れ味だ。

「たあっ！　とおっ！」

長巻が一閃されるたびに敵兵の腕が斬られて飛んだ。血の雨が遅れて降ってくる。

日本兵は臆さず踏み込んで戦った。草むらからの奇襲でビルマ兵を仰天させ、一時、河原まで押し返すことに成功した。だが、そこへ船からの矢が飛んでくる。ビルマの将軍の叱咤を受けてビルマの兵も勇戦し続けた。

矢が今村の鎧に刺さった。鏃《やじり》が貫通し、今村は「うぐっ」と呻いた。

日本牢人衆は次々と矢で射抜かれてゆく。牢人衆がたじろぐのを目にしたビルマ歩兵はすかさず槍を連ねて押し込んできた。牢人衆は応戦したが数では勝てない。たまらず後退する。

ビルマの船から象が下ろされた。将軍が乗っている。象は太い足で泥をかき上げながら迫ってきた。象の突進には人間の力では抗《あらが》えない。槍を手にして立ち向かおうとした牢人が象の前足で蹴り飛ばされた。別の牢人に象の鼻が巻きつく。高々と持ち上げられ、放り投げられた。

「敵わねぇ……ッ！」

牢人衆は我も我もと先を競って逃げ出した。

「馬鹿者ッ、返せッ」

岩倉平左衛門が大声で叱るが効き目はない。ビルマの歩兵は雪崩のように迫ってくる。

河原から牢人衆が逃げ戻ってくる。刀や槍を投げ捨てた無惨な姿だ。

それを見た津田又左衛門が象の上で叫んだ。

「味方を救うぞ！　敵を蹴散らすだに！　進めっ！」

象使いが象に指図を送る。戦場では将は象の首に跨る。象の背には護衛の兵（助手）が乗り、一番後ろに象使いが乗る。お尻の上から象を操る。象は興奮して「パオーン」と雄叫びを上げた。城井を乗せた象と、津田を乗せた象が河原に向かって突進する。凄まじい地響きだ。

「旦那！　おいらたちも行くぞ」

象使いのプラーが仁左衛門の背後で叫んだ。仁左衛門の指図も待たずに象を走らせる。仁左衛門は象の首の上で激しく揺さぶられた。臆病風に吹かれていても、プラーが象を進めてしまうからには戦場に向かって突進するしかない。象の鞍には何本もの薙刀や投げ槍が挿されてあった。倭寇の親仁が助手だ。薙刀の一本を差し出してくる。仁左衛門は震える手で摑み取った。

戦象三頭の出現に戦場の混乱は頂点に達した。今度はビルマ族の兵が恐怖の悲鳴を上げている。

ビルマ弓兵の矢が飛んでくる。飛んできた矢が仁左衛門の兜に当たって弾かれた。あとちょっとずれていたら顔に刺さっていたかも知れない。

――仏よ、オレが死んだら浄土に連れて行ってくれ。

仁左衛門は腹を括った。戦わなければ生きて帰れない。薙刀を握り締め、力一杯に振りおろす。象の足元にいた敵兵を殴り倒した。敵兵の絶叫が聞こえた。

それからはもう、なにがなんだかわからない。視界に真っ白な霧がかかっている。仁左衛門は無我夢中で薙刀を振るい、遠くの敵には投げ槍を投げつけて戦った。

仁左衛門の象は勢い良く走り、敵の歩兵の隊列を蹴り倒した。仁左衛門の指示がなくともプラーの指図で敵兵をなぎ倒し、追い回した。

ビルマ族の将軍は激怒で顔を真っ赤にさせている。仁左衛門を目掛けて迫ってきた。

「旦那ッ、敵の象が近づいてくるッ！」

プラーが注意を促す。仁左衛門が目を向けたときには、もう、敵将は目の前まで迫っていた。

敵将の手には明の商人が売りさばいた偃月刀《えんげつとう》が握られていた。柄をブンッと唸らせて振り下ろす。仁左衛門はかろうじて薙刀で受けた。象と象とがすれ違う。

走る勢いがついた象は、すぐには止まれない。互いにしばらく走った後で振り返った。

仁左衛門は自分の薙刀を見た。柄が折れている。敵将の膂力《りょりょく》は凄まじかった。タウングーでも名のある武将に違いない。仁左衛門は薙刀を投げ捨てた。

「鉄砲をくれッ」

背後の親仁に叫ぶ。親仁がすかさず差し出してくる。すでに弾は籠めてある。

敵将は象を走らせる。こちらに向かって突進してくる。仁左衛門は銃を構えた。不安定に揺れる象の上だ。仁左衛門の心臓も喉から飛びだしそうになっている。緊張で視界は霞み、敵将に狙いがまったくつけられない。

仁左衛門は引き金を引いた。火挟みがガチンと下ろされて火縄を火皿に打ちつける。火皿の火薬が発火して、直後、銃身に籠めた弾薬《たまぐすり》に引火した。

ドオンと銃口が火を噴いた。敵将を狙って撃ったのだが、弾は外れて将の後ろの象使いに当たった。象使いが身を仰《の》け反らせて転がり落ちる。

象は狂奔《きょうほん》しだした。パオーッと高く鳴くと、前足を蹴り上げて棹立《さおだ》ちになった。

そこへ仁左衛門の象が突っ込んでいく。二頭の象がおもいきり激突した。たまらず仁左衛門は象の首から転落した。河原の泥に投げ出される。

「旦那ッ」

プラーが叫んだ。


「御大将！」

つづけて岩倉平左衛門の声がして、太い腕で抱き起こされた。気を遠のかせていた仁左衛門だったが、岩倉に揺さぶられて目を開けた。

「て、敵将は？」

痛む頭を振って敵の姿を探す。すると岩倉が得意気に胸を張った。

「ご案じ召さるな。すでに討ち取ってござる」

泥の上に敵将が倒れていた。その首には日本刀が刺さっている。仁左衛門が気を失っている間に岩倉が仕留めたのだ。

「旦那！　オークヤー・カムペーンペット様の船だ！」

象の上でプラーが叫んでいる。三角帆のダウ船が川を次々と遡ってくるのが見えた。無数の戦象を乗せている。さらには大砲も打ち放つ。川面に水柱が上がる。敵兵が慌てふためいて逃げ始めた。

「これで勝ったぞ！　御大将、勝ち戦でござる！」

岩倉が髭面を綻ばせた。だが仁左衛門には勝利の実感も喜びもない。

――死なずに、すんだか……。

力なくその場にへたり込んで、再び失神してしまった。

四

オークヤー・カムペーンペットの船団は一気に川を渡って対岸に戦象を上陸させた。日本勢の救出よりもマルタバン市街の奪還を優先したのだ。タウングー朝の兵は日本牢人衆との戦いで総出撃している。港町にはわずかの守備兵しか残っていない。その隙を突いたのだった。

牢人衆と戦っていたビルマ兵は戦意を喪失し、船に乗って逃げていく。牢人衆も川を渡った。カムペーンペットの本陣に向かう。

大髻《おおたぶさ》の津田は怪我を負っている。頭に晒《さらし》を巻いていた。血が滲んでいる。

「カムペーンペットめ、我らを囮《おとり》にしたのだのん。二百五十の日本勢が孤立していると見せかけて敵をおびき出し、その隙にマルタバンに戦象隊を進める。最初からそういう策だったに違ぇねぇだに」

　そうかも知れない、と仁左衛門も思った。

　城井は津田をなだめる。

「なんにせよ勝ち戦じゃ。その傷はどうした」

「矢がかすめただけだで。鉄砲で撃たれたのだったら、頭を吹っ飛ばされていたでよ」

「敵に鉄砲衆がなかったことが幸いだったぞ」

「まったくだで。なにゆえ敵方に鉄砲衆がいなかったのかのん？」

　この激戦、敵方が鉄砲を撃ってきたなら、日本勢の陣はひとたまりもなく崩されていただろう。

　石造りの寺院に入る。仏教の寺ではない。回教（イスラム教）のモスクだ。カムペーンペットはそこに陣所を置いていた。笑顔で日本人たちを迎えた。

「マルタバンの港の蔵、お宝いっぱい。日本人《イープン》とわたしで山分けするね」

　カムペーンペットはまったくご機嫌であった。

　マルタバンは元々はアユタヤ朝の港で、タウングー朝ビルマに忠誠など誓っていない。港町の真の実力者は豪商や海運業者たちだ。彼らにとっていちばん困るのは港が破壊され、自分たちの交易品が〝戦利品〟として強奪されることである。豪商たちは協議して降伏を一決すると、市街の門を開いてカムペーンペット勢を導き入れた。タウングー朝ビルマの兵は逃走し、カムペーンペットと日本牢人衆の勝利が確定した。

　タウングー朝ビルマ勢に鉄砲隊がいなかった理由はカムペーンペットの口から明かされた。

　タウングー朝でも鉄砲隊は、その扱いに慣れたポルトガルの傭兵に任されていた。ところがである。ポルトガル人の傭兵隊長、フェリペ・デ・ブリトが反乱を起こし、シエン（現・タンルイン）

という港町とその周辺地域を占拠した。ビルマの一部にポルトガル人の領土が出現したのだ。

かくしてタウングー朝ビルマ軍は鉄砲隊抜きで戦うことになってしまったのである。

＊

マルタバン市街の大路を戦象がのし歩いている。その後ろにはカムペーンペットの私兵――インド人や中東イスラム教徒やアフリカ人など多種多様な人々――が、それぞれの民族に伝わる武具を手にして行軍した。

迎え入れる港の人種も様々だ。マルタバンはアユタヤ朝の港だが、シャム人よりもインド人やイスラム教徒が目立つ。明国人の姿もある。町の中にはヒンドゥー教の寺院、イスラム教のモスク、仏教の仏塔、道教の廟《びょう》など様々な宗教施設が建っていた。

仁左衛門が景色に見とれていると、背後から城井に声をかけられた。

「何をしている。ビルマ族が残していったお宝を分捕りに行くぞ」

その背後を牢人衆が大勢で駆けていく。

「ソンタム王が十分な褒美を下さるとは限らぬのだ。戦の費《つい》えは自分で手に入れねばならぬ」

軍資金は占領地からの強奪で確保する。アユタヤ朝に限った話ではない。日本でもヨーロッパ諸国でも、この時代にはそれが戦争の常識だった。

仁左衛門は岩倉平左衛門や今村左京たち牢人衆を率いて港の蔵町へ向かった。

牢人たちは慣れたものだ。組頭が配下の者に指図する。

「扉にタウングー王家の封印がされている蔵は、すべて暴いて良いぞ！」

タウングー朝の軍勢が残していった物は、すべて勝者の物となる。

扉に打ちつけられていた封印が壊され、中にあったお宝が持ち出された。そこへ明国人の商人が駆けつけてきて、地べたに膝をつき、泣きながら訴え始めた。

この蔵は自分の物で、ビルマ兵に奪われた。だから返してほしい、と言っているようだ。

組頭は聞き入れない。

「ビルマ兵に盗られた時点で、もうお前の物ではない。それに第一、この蔵の中の物がお前の物だったという証拠はない！　我らの人情につけこんでお宝を横取りしようという魂胆だな？」

などということを早口の広東語でまくし立てた。組頭の主張も、戦場の論理としては〝正当〟なのだ。

仁左衛門は水路に目を向けてアッと叫んだ。

「象がいるぞ！」

背に鞍を載せたままで象が水浴びをしている。牢人たちは歓声をあげた。

「値打ちもんだぞ。逃がすな！」

岩倉平左衛門が慌てて制する。

「象を脅かしてはならんぞ。暴れだしたら手がつけられぬ。静かに取り囲むのだ」

その象はタウングー朝の鞍覆いを着けていた。兵は象を置き捨てにして船で逃げたのだろう。

「他にも象がいるかもわからない。念入りに探すんだ」

岩倉が言って牢人たちは蔵町の奥にまで踏み込んだ。

町の外れには古い水路があった。使われなくなって久しいようだ。土手は崩れて背の高い雑草が生い茂っている。今村左京が注意を促す。

「毒蛇がおるに相違ないぞ。気をつけろ」

毒蛇は水辺に潜んでいる。しかし欲に目が眩んだ男たちは意に介さずに踏み込んでいく。そして突然、「ああっ」と叫んだ。

「咬まれたんずらかッ」

仁左衛門は駆けつける。牢人が答えた。

「蛇じゃねぇ。こやつめが隠れていやした」

鎧の衿を牢人に摑《つか》まれて、一人の男が藪《やぶ》の中から引き出されてきた。ビルマ族の革の鎧を着けている。中年の貧相な顔つきだ。その表情は恐怖で歪んでいた。

「待ってくれッ、あんたたち日本人だろう？　オラも日本人だ！　命だけは取らねぇでくれっ」

確かに日本人のようだ。仁左衛門は質した。

「日本人がなぜこんな所にいるんずらか。タウングーの王に仕えておるのか」

自分たちもアユタヤ朝に仕えているのだから、タウングー朝に仕える日本人がいても不思議ではない。貧相な男は首を横に振った。

「ち、違うッ。オラは売られた身だ！　好きでこんなことをしてるわけじゃねぇ」

「奴隷《エスクラボ》ずらか」

家畜の身分に堕ちた人間。長崎を発ってシャムに着くまで、各地の港で多くの奴隷を目にした。

男は滂沱《ぼうだ》の涙を流しながら仁左衛門の足元に擦り寄ってくる。

「助けてくれっ、旦那、オラをお助けくだせぇッ」

「日本人の奴隷は他にもおるんずらか」

「いますだ！」

五

夜になった。牢人衆は港の陣所に戻ってきた。皆、表情が明るい。

ビルマの戦象三頭と珍奇なお宝を手に入れた。宝物は象の鞍に乗せ、あるいは兵がそれぞれに担ぐ。急に羽振りが良くなり、機嫌まで良くなった。穀物蔵から持ち出してきた米を煮る。酒が皆に回された。

景気よく歌って踊る男たちを尻目に、仁左衛門は厳しい表情で陣所を出た。向かうはオークヤー・カムペーンペットの陣所である。


「あなた、わたしの奴隷を寄こせ、そう言ったのか？」

燭台を挟んでカムペーンペットと仁左衛門が座っている。仁左衛門の訴えにカムペーンペットは、不思議そうな顔つきで耳を傾けた。

「オークヤー・カムペーンペット様は今日、港で多くの戦利品を手に入れました。その中に日本人の奴隷がいたはず」

「いたね」

当たり前の顔つきでカムペーンペットは答えた。この時代〝人間〟はもっとも普遍的な戦利品であった。悪びれる気にはならないだろう。

仁左衛門は身を乗り出した。

「日本人は我らの同胞にござる」

「あなた、どうしたい、言うか？」

「渡してくれ――とお願いするのはこちらの身勝手。ならば、相応の宝物と交換したい」

カムペーンペットも仁左衛門もシャム語は片言だ。片言同士でお互いに何を喋っているのか、目と耳と脳を働かせて理解しようとしている。それがかえって良かったのかもしれない。カムペーンペットは仁左衛門の言葉のみでなく、人柄までをも理解しようとしている。

「わたしとの商売、高くつくよ。わたし、値引きしない」

「わかりました」

「あなた、自分が損をしてまで、日本人、助けたいか」

「助けとうござる」

カムペーンペットはニッコリと微笑んだ。

「あなた、良きムスリムになれるね」

仁左衛門は少し悲しげな顔で笑った。善人だから人助けをしようとしているわけではない。

――オレだって、いつ奴隷になるか、わからねぇ身ずら。

鮫皮作りは上手く行かず、農民の種まきや稲刈りを手伝って日銭を稼ぐ毎日。いずれ立ち行かなくなって、自分の意志で自分の身を奴隷商人に売ることになる。

皮肉なことに奴隷になれば食事にはありつける。自分自身を養うことができない人間は、奴隷になって、ご主人様に養ってもらうしかないのだ。

よって他人事ではない。異国で奴隷となった人々を見捨てることはできなかった。

カムペーンペットは仁左衛門が分捕った戦利品について詳しく、執拗に質問した。紙を出して書き留めて、ウンウンと唸りながら思案して、ようやくに結論を出した。

「象一頭、香辛料三壺、錫《すず》一箱、これと引き換えね。よいか？」

確かに高くつく取引だ。逆に言えば奴隷はそれほどの高値で取引される商品だった。

「異存はござらぬ」


翌朝、仁左衛門は約束の象に壺や箱を載せてカムペーンペットの本陣に向かった。カムペーンペットは日本人奴隷の全員、二十三人を揃えて待っていた。

「あなた、良い象を捕まえたね」

カムペーンペットは満足そうだ。それから日本人奴隷を見て、

「わたしの奴隷、みんな年寄り。この取引、あなたの損よ」

そう言って笑った。

確かに日本人奴隷たちは揃って中高年であった。十二年前の関ヶ原合戦に敗れて日本から逃げた落ち武者たちに違いない。彼らは、この異国でも運に恵まれなかったのだ。

痩せこけた顔で目だけをギラギラと光らせている。ふてぶてしい態度と顔つきだ。手足には枷を架けられている。仁左衛門はカムペーンペットから受け取った鍵を使って枷を外した。

奴隷の中に、顔中にひどい火傷の跡のある者がいた。枷の外れた手首をさすりながら質した。

「お主は日本人なのか」

仁左衛門は頷いた。

「徳川の侍大将、大久保忠佐の家中、山田仁左衛門ずら」

「徳川の家来か」

男は憎々しげに顔をしかめた。

「こんな異国まで逃げてきたが、とうとう徳川方の擒《とりこ》となったか。わしもつくづく運がない」

「それは心得違いずら。あんたがたの進退はあんたがたの勝手ずら」

「なんと言う？」

「オレは、ただの物好きであんたたちを助けただけずら。後のことは好きにしたらええ」

唖然茫然とする奴隷たちを尻目にカムペーンペットに歩み寄る。

「世話になりました」

カムペーンペットが握手を求めてきた。

「よい商売できたね」

「お互いに」

がっちり握った手を振る。

「あなた、買いたい物、あったら、わたしから買う。わたし、買いたい物、あったら、あなたから買う」

これからもよろしくやろう、という意味らしいと受け取った。

「あなた、信義、重んじる。わたし、気に入った」

カムペーンペットは仁左衛門を誘って本陣としているモスクに入った。テーブルを挟んで座る。

日本人ならここで酒を酌み交わすのだが、カムペーンペットはイスラム教徒なので酒は飲まない。代わりにやたらと甘い菓子を薦めてきた。日本ではまだ普及していない砂糖がたっぷりと使われている。秀吉がコンペイトウを珍しがって麾下《きか》の大名に配った時代だ。砂糖菓子のご馳走は裕福なイスラム商人にとってもたいそうなもてなしだったに違いない。

おそるおそる菓子を食う。今までに経験したことのない甘さだ。たちまち水が飲みたくなったのだが、我慢した。

カムペーンペットは上機嫌で笑っている。

「早速だがニザエモン、わたしと一緒に荒稼ぎしないか」

「商売でござるか」

「ポルトガルの船、襲う。荷を奪って大儲けね」

八幡《ばはん》か。カムペーンペットの口元は笑っているが目は笑っていない。じっと仁左衛門を見つめている。

「日本兵、強い。頼りになる。一緒にやろう」

それはちょっとどうしたものか、と返答に困っていると、カムペーンペットが容易ならぬことを口にした。

「わたし、調べたね。ポルトガルの船、日本人の奴隷、乗せてる。コーチンの市で売るつもり」

「奴隷ですと？」

コーチンなどという地名は聞いたことがないが、つまり聞いたことがないほどに遠い場所まで連れ去られてしまう、ということだろう。

「やる気になったね？　あなた、兵、出す。わたし、船、用意する。ポルトガル船、襲う。あなた、日本人、取り返す。わたし、積荷、もらう。どう？」

やると答えるに決まっている。仁左衛門は立ち上がり、もう一度、カムペーンペットの手を握った。

六

夜の海を船が進む。二本の帆柱に三角帆を張った大型のダウ船だ。静かに海を渡っていく。海の彼方に港の明かりが見えた。オークヤー・カムペーンペットが握り拳の親指だけを伸ばして指し示した。彼の国ではこれが〝指差し〟に当たるらしい。

「あれがシエン。ポルトガル人が支配してる」

シエンはバゴー川の河口の近くにあった。

対岸にはダゴンという町がある。のちの大都市ヤンゴン（旧名ラングーン）だが、この頃のダゴンは小さな漁師町だ。当時の港と交易都市はシエンに置かれていた。

タウングー朝ビルマの傭兵鉄砲隊長だったポルトガル人、フェリペ・デ・ブリトはシエンを占拠している。もちろん彼一人の思い立ちではない。「インド洋に寄港地を確保せよ」という、ポルトガル本国の密命を帯びての暴挙であった。


「ポルトガルの船、夕方、港を出て、夜、海に出てくる」

「なにゆえ、夜に？」

「わたしたちムスリムの船に見つからないようにするためね」

見つけ次第に攻撃することではイスラム商人もキリスト教徒に負けてはいない。もっとも、イスラム商人は、スペイン・ポルトガル以外の民族、宗教の商人たちとは友好的に交易をしている。

「そろそろ時間ね。手筈通りにやるよ」

「心得た」

ダウ船から小舟が下ろされた。仁左衛門が乗り移る。小舟の櫂は倭寇の一人が握っていた。ダウ船を離れ、暗い海の只中を漕いで行く。やがて沖の海上に一艘の船が現われた。黒い帆を上げている。完全に闇に溶け込んでいた。

黒い船から縄ばしごが下ろされた。仁左衛門は梯子を伝って甲板に上った。

甲板には牢人衆の五十人ばかりが乗っていた。その中に見慣れぬ者を見つけた。顔にはひどい火傷の痕がある。カムペーンペットに譲ってもらった日本人奴隷だ。

「ともに戦わせてもらいたい」

男は仁左衛門の前で傲然《ごうぜん》と立ったまま言った。

「ポルトガル人に連れ去られた者の中に、存じよりの者がおるかも知れぬのでな」

それから顔の火傷をなでる。

「こんな面相にしてくれたポルトガル人どもに、一泡吹かせてやりたい気持ちもある」

「なにがあってそうなったんずらか」

「焼き鏝《ごて》を当てられた」

戦国往来の古強者で、不敵な面構えのこの男をおとなしくさせるには、それぐらいの仕置きが必要だったのであろう。

「其処許、名は」

「名など忘れた。好きなように呼べ」

奴隷にまで落ちぶれた身だ。栄えある武士だった頃の名は、人に知られたくないのだろう。

「わかったずら。それでは〝名無し殿〟と呼ぶずら。オレたちと一緒に来てくれ」

仁左衛門は、牢人たちに「進め」と指図した。船は静かに櫂を漕いで進みだした。遠くの海面に微かな灯が見える。

「カムペーンペット様の船ずら。見失っちゃあならねぇぞ」

カムペーンペットは白い三角帆を展開している。闇の中でも良く目立つ。二艘の船はつかず離れずの距離を保ちつつ、シエンの港を目指して進んでいく。

バゴー川の河口から一艘の船が出てきた。ポルトガルのスフタ船だ。カムペーンペットの言う奴隷船に違いない。スフタ船は三角の帆を揚げている。ガレオン船より小型の船であった。

カムペーンペットの船が大きく舵を切った。スフタ船に向かって突き進む。いきなり砲門を開き、大砲を撃ち放った。仁左衛門の船からも発砲炎と白煙が見えた。わずかの間を置いてドーンと大きな音が轟いてきた。

スフタ船の間近に水柱が上がる。スフタ船も舵を切り、せわしなく帆を上げ下ろしした。弾を避けるために回頭しているのだ。ポルトガル人の狼狽ぶりが、その操船から伝わってきた。

カムペーンペットの船は続けざまに発砲した。スフタ船も撃ち返す。囂々《ごうごう》と砲声が轟きわたった。

日本船の牢人衆は必死で櫂を漕いでいる。

「カムペーンペット様が敵の目を惹き付けているうちに近づくずら！」

仁左衛門も指図をしながら櫂を手にして漕ぐ。漆黒の帆が夜風を受ける。船の速度が上った。ポルトガルの船に、カムペーンペットとは反対の方向から近づいていく。

スフタ船の甲板で水兵がこちらを指差した。ポルトガル語の大きな声で喚いていた。

「くそっ、見つかったずら！」

　仁左衛門は櫂を握る手にいっそうの力を籠めた。スフタ船の甲板で銃口が火を吹く。ビューンと鉄砲玉がかすめて行った。この戦役《せんえき》が始まる前の仁左衛門なら、怖くてたちまち縮みあがったことだろう。今は恐怖よりも、怒りのほうが先に立っている。異国で窮乏する多くの日本人を目にした。自分自身がそうだった。奴隷商人だけは許してはおけない。

「漕げッ。敵の船は大砲をカムペーンペット様に向けてるずら！　こちらには撃ってこねぇぞッ。撃ってくるのは小鉄砲のみずら！　臆するな！」

　敵の砲兵が大砲をこちらに向け直すより前に接舷し、斬り込まなければならない。敵の銃撃の下をかいくぐり、激突しそうな勢いで漕ぎ寄る。

　仁左衛門の横で漕いでいた牢人が鉄砲弾をくらった。そのまま海中に転落する。小銃の射撃が激しさを増した。ポルトガル人も斬り込みを防ごうと必死なのだ。

　あわや、というその時、スフタ船の舷《げん》側が轟音とともに弾け飛んだ。甲板のポルトガル兵がなぎ倒される。カムペーンペットの砲撃が命中したのだ。

「今ずら！　鍵爪を投げよッ」

　一斉に鍵縄が投じられた。牢人たちがよじ登っていく。名無し殿が鬼の形相で船に乗り込む。雄叫びをあげ、手当たり次第に斬りつけた。ポルトガル人が鮮血をあげて倒れた。

　仁左衛門も甲板に登った。背に挿してきた〝朱印の旗〟を振る。斬り込んだことをカムペーンペットに報せて砲撃を控えてもらうためだ。

　背後からポルトガル兵が襲いかかってきた。仁左衛門は身を翻すと旗棹を相手の顔に叩きつけた。名無し殿が駆けつける。名無し殿はポルトガル兵に組みつき押し倒し、馬乗りになって相手の首をかき切った。

　大乱戦だ。帆柱の横に斧がくくりつけられてあった。絡んでしまった帆綱などを断ち切るための備品だろう。仁左衛門は斧を引き抜くと、かわりに朱印の旗を立てた。斧を構えて甲板を走る。

　船倉に下りるための扉を見つけた。案の定、鍵が掛けられてある。

　仁左衛門は扉に斧を叩きつけた。六尺の体軀の大男が渾身の力で何度も斧を打ちつける。頑丈な扉もついに破壊された。扉の向こうには階段があった。船倉に下りる。真っ暗で何も見えないが、複数人の息をひそめる気配があった。

「日本人がおるのかッ。助けに来たずら！　返事してくれッ」

　女の叫び声がした。

「危ないッ、避けてください！」

　闇の中からポルトガル水兵が短剣で襲いかかってきた。仁左衛門は斧で受けて、弾き返したところで斧の一撃をくらわせた。ポルトガル水兵がドオッと倒れる。危ういところだった。女の声がかからなかったら短剣で貫かれていたことだろう。

「他にも敵が潜んでおるんずらかッ？」

「もうおりませぬ。牢の扉はここです」

　仁左衛門は目を凝らしながら手さぐりで進む。扉があった。

「鍵は壁にあります」

　壁を手さぐりする。鍵が掛けられてあった。鍵穴も手さぐりで探して扉を開けた。

「外に出るずら。船で逃げるだ」

　囚われの奴隷たちが船倉を出た。女と子供と男たちの十人ばかりだ。例の女は武士の家の出であるらしい。皆に指図して励ましている。

「さぁ、逃げましょうぞ！　あと少しです」

憔悴した男に力を貸している。皆でわらわらと階段を踏んで甲板に上った。

甲板では斬りあいが続いている。いたるところが血まみれで、牢人たちは返り血で真っ赤だ。身分のありそうなポルトガル人が短筒を突きつけている。こっそり背後から近づいた名無し殿が斬りかかって倒した。

その姿を目にした女が叫んだ。

「お前様！」

名無し殿が目を剝いた。

「桔梗《ききょう》か……ッ？」

桔梗と呼ばれた女の背後から少年が駆けだしていく。

「父上ッ」

「おおっ、弥一郎《やいちろう》かッ」

名無し殿と妻女、そして息子が抱き合った。

カムペーンペットの船が急接近してきた。鍵縄を掛け、カムペーンペット配下のムスリム兵が乗り込んでくる。ポルトガル人はほとんど死ぬか重症を負っていた。

七

アユタヤ軍はタウングー朝ビルマに勝利した。奪われていた町や港を奪回し、ビルマ族の城砦を破却して凱旋した。

　マレー半島の峠を越えてメコンの大平原に帰還する。年を跨いでそろそろ雨季が始まろうとしていた。長閑《のどか》な田園風景の中を日本の牢人衆が進んでいく。救い出した奴隷の面々もいた。農民たちは田に種籾《たねもみ》を蒔いている。もしもアユタヤ軍が敗北していたならば、この地にはタウングー朝の軍兵が雪崩込んでいたはずだ。農村の暮らしは破壊され、人々は奴隷狩りの危機に晒されていただろう。仁左衛門は自分の勝利を誇らしく感じた。


　メナム川の支流、ターチェン川のほとりにスパンブリーがある。アユタヤ王朝の初代、ウートーン王が宮殿を築いたという古都だ。その町に差しかかった時、アユタヤからソンタム王の使者が駆けつけて来た。

　古都の宮殿で仁左衛門たちは使者と対面した。日本人たちが床にひれ伏し、使者が壇上から皆を睥睨《へいげい》する。使者はわかりにくい（日本人にとってわかりにくいのではなく、シャムの庶民にとってもわかりにくい）宮廷特有の言葉で喋る。まずは王の偉大さをいつものように褒め称えた後で「王のお言葉を伝える」と告げた。

　日本人たちはひれ伏して承る。

「城井久右衛門をオークククン・ソムサートに任ずる」

　オークククンはシャムの貴族六階級の第四位だ。城井は貴族に列せられた。

「日本の牢人衆は王軍に取り立てる。呼称を日本人義勇隊《クロム・アーサー・イープン》と命名する」

　城井と日本人たちはひれ伏して承った。

　ソンタム王は日本人の奮戦を嘉《よみ》したのだ。シャムの王宮の流儀に倣って、使者との会見は静粛の内に行われた。使者の一行がスパンブリーの門を出てはじめて、牢人衆は大歓声を上げた。喜びを爆発させる。「鋭、鋭、応！」の鯨波《げいは》の声が、いつまでも続いた。

オークン・ソムサート率いるクロム・アーサー・イープンは、金箔張りの軍船に乗ってアユタヤに入った。市民が歓呼の声を上げ、笑顔で手を振る。女たちは野山から摘んできた花弁を振りまいた。

「〝花の降る〟とは、まさにこのことじゃな」

栄耀栄華《えいようえいが》を極めることの慣用句である。

王より下賜された冠をつけ、金箔張りの天蓋の下に座った城井久右衛門は目を細めた。

王宮の庭に戦利品が運び込まれる。象が何頭も並べられた。城井久右衛門が甲冑姿のまま階段を上がって大広間に入った。甲冑姿なのは、王の軍命がいまだに解かれていないからだ。

広間には宮廷の大官が居並んでいる。正面の玉座にはソンタム王が座っていた。

庭に牢人衆が整列する。仁左衛門も無位無官なので地面に立った。宮殿の中に目を向ける。外の日差しの下に立つ仁左衛門からは、王の姿はぼんやりとしか見えなかった。

城井が広間で横座りとなって叩頭《こうとう》した。つたないアユタヤ王朝言葉で勝利を報告する。

「善哉《よきかな》！」

王が短い言葉で褒めて、戦勝報告の儀式は終わった。

戦利品は王家の蔵に納められる。大庫司《プラクラン》（ソンタム王に処刑されたプラクランの後任者）が目録を読み上げた。ソンタム王はひとつひとつに頷いて応えた。

戦勝報告の儀式が終わり、城井は御前から下がった。王宮の役人がやって来て、庭に控えた牢人衆に命じた。

「クロム・アーサー・イープン、退出してよろしい！」

牢人衆は王に向かって深々と平伏してから宮殿の門を出た。仁左衛門もそれに続こうとした。ところがそこへ別の役人が急いで走ってきて告げた。

「そこな日本人《イープン》、待つように」

仁左衛門は振り返って驚いた。なにゆえ呼び止められたのか。宮廷の礼儀に疎いので、知らないうちにとんでもない不敬を犯したのか。ともかくその場に拝跪《はいき》して低頭する。役人は質した。

「王よりのご下問である。慎んで答えよ。そなたは過日、賊徒、市河治兵衛を討ち取った者か」

「へ……、へい。そうですけんど」

漁師や農民との生活で憶えたシャムの庶民言葉で答える。

役人は「宜しい。ついて参れ」と命じた。

仁左衛門は広間の外の回廊に座るように命じられた。日本風に言えば縁側だ。扉と大広間を隔てた遥か彼方に王の姿が見えた。尊顔を直接見るのは不敬である。仁左衛門は急いで平伏した。

「日本人よ、名はなんと申すか」

王の近臣が問うてくる。なんと日本語であった。

世界の商業に関与するアユタヤ王は、各国の通訳を育てて身近に仕えさせていたのだ。

仁左衛門は平伏したまま日本語で答えた。

「山田仁左衛門と申しまする。伊勢山田の御師の末葉にございまする」

日本人でも理解できない者がいるであろう口上を、シャムの通訳はきちんと理解して王に通訳した。

王が何事か喋り、通訳が伝える。

「昨年の凶事の働きに重ねて、此度の働き、見事であったとのお言葉じゃ」

「過分なるお褒めの言葉を頂戴し、ありがたき幸せにございまする」

王が何事か、今度は長々と喋っている。知能に優れた役人でも通訳に難儀している様子が窺えた。

通訳が語りだした。

「王のお言葉を伝える。此度の戦、宮廷大官の中には、タウングーに日本兵を送ることを危ぶむ者も多かった。日本兵が負ける、と案じたのではない。日本兵は勝つであろうが、勝った後で、ビルマ族より取り戻した土地を自分たちのものとして占拠するのではないか、と疑ったのだ」

王が何事かつけ加える。その言葉を役人が伝える。

「王も、少なからず案じておった、とのお言葉じゃ」

これまでの日本人の悪行を思えば疑われるのは当然だろう。役人は通訳を続ける。

「よくぞ戻って参った、とのお言葉であるぞ」

「わしら、王様の土地をとっちまおうなんて、ちっとも思ってねぇ」

仁左衛門は片言のシャム語で答えた。庶民感丸出しの言葉づかいに王は少し笑ったようだ。役人に囁く。役人が仁左衛門に伝える。

「良き心がけじゃ。王は、お前を信じる、とのお言葉だぞ」

「ありがたき幸せ」

「ニザエモン！」

王の言葉が聞こえた。仁左衛門は「ははーっ」と平伏した。王が役人に囁き、役人が言葉を伝えた。

「オークパンに任じる。今後も忠節に励むように」

「オ、オークパン？」

仁左衛門は心底から驚いて、顔を少し上げてしまった。

オークパンは貴族六階級のうちの第六位だ。最下位とはいえども貴族は貴族である。

「王の御前であるぞ、顔を上げるな！」

通訳の役人に叱られて、慌てて平伏し直した。

「オークパン山田仁左衛門、下がって宜しい」

「ははーっ」

仁左衛門は三回頭を深々と下げて拝礼した。何がなんだかわからない。突然の幸運が信じられない。シャムの妖怪、ピーに化かされているのではあるまいか。

フワフワと地に足のつかぬ有り様で日本町の塒に戻った。どう見ても貴族に相応しい家でもなければ、姿でもなかった。

＊

翌日、仁左衛門は正式に王宮に呼ばれた。冠とキンマ入れの箱が下賜されて、シャム王国の貴族の末席に列せられた。

最下位のオークパンとはいえ貴族になった仁左衛門には給金が下賜されることとなった。

今までの塒とはおさらばだ。もう少し、まともな家屋を建てた。とはいえ日本町の内である。床も壁も屋根も簡素な造りだ。屋根はニッパ椰子葺きで、天井裏もなかった。

シャムの暮しはじつに簡素だ。衣服は腰布《パー・ヌン》一枚で足りる。

飯は水主たちの焚き出しを食えば良い。市場の水路に小舟を浮かべて食べ物を売りにくる者もいる。食生活がこの調子なので、家には窯も鍋も皿もない。

八

仁左衛門は毎朝、王宮警固の役目に出仕した。クロム・アーサー・イープンの副隊長格なので、それなりに立派な鎧を着ける。王宮の一角に兵舎の建物がある。壁は白漆喰塗りで屋根には瓦が葺かれていた。壇上にドッカと座って警固隊の報告を受ける。まるで大名にでもなったような気分だ。

鼻息も荒く踏ん反り返っていたら、いきなり大人物の訪問を受けて、仁左衛門は急に真っ青になった。

訪問者はオークヤー・シーウォラウォンであった。四十歳ばかりの貴族で、王家の分家でもある。ご丁寧なことに日本語の通訳官まで連れていた。仁左衛門との会話に齟齬《そご》があってはならない、という用心であろう。つまり、それほど重大な話がある、ということだった。

オークヤーは貴族階級の第一位。シーウォラウォンは宮内大臣と訳すべきか。王と王家の生活のすべてを管轄している。

そんな大官がやってきたので仁左衛門は激しく驚いた。

大蔵大臣のプラクランが来るのならわかる。日本との商売はアユタヤ王にとって大きな利益を生んでいる。だが宮内大臣がやって来る意味がわからない。いったいなんの用件であろうか。

ともあれ壇上から急いで下りる。床に跪《ひざまず》いて敬意を示した。

シーウォラウォンは当然の顔つきで壇上にあがって座る。通訳官はその横に立った。

「オークパン山田仁左衛門、慎んで承れ。王のお言葉を伝える」

――王のお言葉？

仁左衛門はますます動揺した。とにかく急いで拝礼の姿を変える。

正しく礼儀が直されたのを見定めてからシーウォラウォンが語りだした。例によって王を褒め称える仰々しい文言が長々と続いた後で、いきなり本論を宣告した。

「王は、オークパン仁左衛門に嫁を授ける」

長い前置きに比べて通達はじつに短い。しかしその内容は仁左衛門にとっては重大事であった。

あまりに唐突で想定外、かつ驚愕の事態だったので仁左衛門がうろたえていると、

「オークパン仁左衛門、王のお言葉であるぞ。慎んで承れ！」

通訳官に叱られた。この国では王の命令は絶対だ。王は仏の化身。仏が決めたことはその人の宿命だとして受け止める。

仁左衛門は「ははーっ」と三回、平伏した。

通訳官が宣告の内容に補足する。

「花嫁は王家の末葉に連なる娘だ。王は、それほどまでに、そのほうに信を置いている」

王家であるから家族や親族は大勢いるのであろうが、シャムに来てから間もない外国人に王族の

娘が嫁入りするとは。異例なことには違いない。

「その話、受けたのか」

城井久右衛門も愕然としている。

「お断りはできねぇずら」

「まあ、それはそうだが……。しかし王家の姫君とは」

ここは日本町。頭領《ナーイ》に就任した城井久右衛門、オークン・ソムサートの館だ。掘っ建て柱の家ではない。増水時にも水没しない高い基壇、漆喰の壁、豪華な重ね屋根を持つ立派な館であった。

城井は考え込んでいる。

「王家の姫様を迎え入れるとなれば、其処許の棲家も、ニッパ椰子の掘っ建て小屋、というわけにはゆくまい。王家に対する侮辱と受け止められてはかなわぬからな」

王家は体面を重んじる。姫の名誉を損なうことは許されない。

「いかがすればよろしいのでしょう」

「案ずるな。王族に相応しい御殿を建ててやればよかろう」

「そんな銭の持ち合わせはねぇけんど……」

「我らが建ててやる。木屋半左衛門も喜んで出すだろう。王家の姫君は、日本町の総出でお迎えせねばならぬ」

「ご面倒をお掛けするずら」

「何を申すか。この婚礼、日本町にとって願ってもない話じゃ。ソンタム王が日本人に信をおいてくださっていることを、シャムの大官や、諸国の商人に見せつけることができようぞ」

仁左衛門の新居が建てられた。日本町の一角に土が盛られて搗《つ》き固められて土台となった。頑丈な柱が建てられ、高い床も作られる。日本町が洪水に襲われても姫だけは決して水没させない、という決意を感じさせる造りだ。おかげで家に入るために、長い階段を上らねばならなくなった。

シャムにも吉日がある。僧侶に頼んで占ってもらう。占いの結果に従って仁左衛門は新婦を迎えた。

シャムでは通常、新婚夫婦の家は、新婦の実家の敷地の中に建てられる。婿は妻の実家に通って暮らす。しかし新婦のタンヤラットには父母の家がなかった。両親とも早くに死去していた。幼くして身寄りを失くしたタンヤラットは王宮で育てられた。王家の侍女（女官）として働いていたという。シャムの王家には大量の親族がいる。全員が王族や貴族の待遇を受けているわけではない。何代も前に宗家から分かれた末葉は、役人や女官として働くこともあったのだ。

——可愛らしい娘だな。

仁左衛門は思った。まだ幼さを感じさせる。よく顔を見たいと思ったが、俯いていてこちらには目を合わせない。

この結婚をどう思っているのであろう。もちろん王命であるから逆らうことはできない。

——末葉とはいえ王家の一族に生まれながら異国の男に嫁ぐのだ。本意であろうはずがない。

仁左衛門は紺屋の倅で駕籠かきだ。〝徳川の旗本〟というのは嘘だった。

——姫にとっては不幸なことだ。

などと頭のどこかで考えている。王家の姫と結婚できる喜びよりも、身分の釣り合わぬ自分の惨めさに苦悩せざるをえない。

仁左衛門は新婦を連れて日本町に戻った。町中が総出のお祝いだ。日本人ばかりか、明国人やポルトガル人、オランダ人までが物見に押しかけてきた。花嫁を乗せた舟は水路を通って新居の前に達する。しかしまだ二人は夫婦ではない。結婚式は翌日の早朝から始まる。

空が明るくなると、アユタヤ中の托鉢僧《たくはつそう》が押し寄せてきた。仁左衛門の屋敷では日の出前から大量の米が炊かれた。新郎と新婦は托鉢僧の椀に飯をよそって渡していく。托鉢に応えることは善徳《ブン》を積むことだと考えられている。仏のご加護を得て幸せな結婚生活を営むには大量に喜捨が必要なのだ。夫婦最初の共同作業は大変なのだ。

その後、部屋に入って、仏陀像の前で結婚式を行う。式次第を進行するのは僧侶なのだが、やりここでもバラモン僧とヒンドゥー教が大きな役割を果たす。額に三つの印をつけられ、聖水に浸けられていた糸が夫婦の頭を繋いだ。

結婚式は四日にわたって行われた。かくして仁左衛門は既婚者となった。

＊

所帯を持ったことで仁左衛門の生活は一変した。まず第一に家具が増えた。

清所（台所）に囲炉裏が作られる。シャムの囲炉裏は四角に組んだ木材の中に石灰を詰めて作る。その上に炉が置かれて火が入れられ、湯を沸かす土器が置かれ、さらにその上に米を入れた土器が置かれる。下の土器で湯が沸騰して、湯気で米を蒸すのだ。

おかずは焼いた川魚だ。焼挟《やきばさみ》（竹の棒を割った物）に魚を挟んで、火にかざして焼く。汁は香菜をたっぷり使った独特の味付けだ。

シャムは暑い。囲炉裏の傍で料理をするのは地獄の責め苦だ。幼い妻は囲炉裏の横に丸い籐椅子を置いて座っている。かいがいしく火の加減を見ては、焼挟の魚をひっくり返した。

そんな後ろ姿を見て、仁左衛門は心底から、愛しい、と感じた。

――なんとしても、幸せにしてやらにゃあならねぇ。

王族なのに自ら竈《へっつい》仕事《しごと》をやっている。内心では惨めな思いを抱いているのではないのか。王の決定を恨んでいるのではないか。

そんな仁左衛門自身の憂悶を払拭するためにも、妻を幸せにしなければならない。

飯は大皿によそって床に置く。仁左衛門はシャムでも日本式の食事をしていたので、シャムの食事作法にはなじみがない。しかし相手は王族だ。「日本人のやりかたで飯を食うぞ」などと図々しいことは、とても言えない。

皿の飯は右手の指で摑んで口に運ぶ。焼き魚も右手だけで千切って食う。汁は蒸し米を投げ込んで、濃いおかゆのようにしてから、右手の指で摑んで食う。左手は汚い物を触る時に使うので、食事には使ってはいけないとされている。

味付けはどうにも馴染めない。しかし妻も馴染めぬ異国人に嫁いできたのだ。文句を言ったら仏罰が下る。

異国人どうしの結婚なので会話がない。黙々と食べる。実に気づまりだ。

侍女は中年の女がひとりだけついてきた。王族といえども末葉。一人の侍女をつけるので精一杯なのに違いない。この侍女がまた無口な質《たち》で何も言わない。お喋りな女なら場も明るくなるのになぁ、などと仁左衛門は恨めしく思った。

言葉が通じないのが辛い。夫婦なのだから、なんでも言葉に出さねばならぬ。互いの気持ちが通じ合っているべきだ。仁左衛門は庶民の生れである。庶民のおっとうとおっかあは、なんでもあけすけに言い合って、笑ったり喧嘩したりしていた。それが仲の良い夫婦の姿だと仁左衛門は考えている。

――オレっちとタンヤラット姫もそのようにならねば。

仁左衛門の屋敷の周囲には日本人たちの棲家が建っている。大声で笑い合う声や、妻が夫を罵る声、夫が言い返す声が聞こえてくる。

それなのに仁左衛門とタンヤラットの夫婦生活だけが無言だ。

王宮として行儀良く育てられたからだろう、タンヤラットはいつでも静かだ。仁左衛門と目が合えば顔を伏せてしまう。だから表情で思いを伝えることもできない。仁左衛門はほとほと頭を抱えてしまった。

と同時に、恐ろしい疑念も頭に涌いた。

――タンヤラット姫は、このオレっちを、夫と認めていねぇんじゃねぇのか……。

末葉とはいえ王族だ。この国の至尊と繋がる血筋である。一方、仁左衛門は異国から来た流れ者だ。王命だから逆らえず、嫌々ながらに夫婦になった。だが、夫だと認めるつもりは毛頭ない。お姫様がそのように考えていても不思議ではない。

――オレなんぞ、お姫様の駕籠を担ぐのが丁度の身分ずら。

仁左衛門は内心で臍《ほぞ》をかみ続ける。

夜になった。仁左衛門の家は王族を迎えるために改築されたが、それであっても、さして大きな建物ではない。風通しを良くするため壁はないに等しい。部屋と部屋との間には薄い布を垂らしてあるだけだ。その布にタンヤラットの影が映っている。

侍女が灯火を消し、タンヤラットは寝台に身を横たえた。侍女は静かに去っていった。

仁左衛門はムクリと起き上がった。二人の寝室を区切る布を払いあげた。闇の中でタンヤラットが息を乱した。そういう気配が伝わってきた。寝台の上で身を竦めている。

「心配するんじゃねぇ。オレたちは夫婦ずら」

仁左衛門は日本語でそう囁きかけた。

——そうずら、オレたちは夫婦ずら。なにも案ずることはねぇ……はずずら。

心の中で繰り返す。今度は自分に言い聞かせるためだった。

タンヤラットは怯えている。仁左衛門だって怯えていた。夫婦としての交わりを拒絶されたらどうしようか。

仁左衛門はタンヤラットの寝台に膝をのせた。手を伸ばすと指先がタンヤラットの肌に触れた。しっとりとして冷たい肌だ。抱き寄せようとすると、タンヤラットが叫んだ。異国の言葉で、なんと言ったのかはわからない。だが、拒絶の意志を示したことだけははっきりとわかった。

仁左衛門は手を引っ込めた。

「すまねぇ。オレっちが悪かった」

日本語で詫びる。まるでお姫様に叱られた下僕だ。仁左衛門はすごすごと自分の寝室に戻り、寝台の上で頭を抱えた。

＊

翌朝、仁左衛門は日本町の湊に出た。新婚だからといって怠けてはいられない。仁左衛門は日本町の顔役で、湊に荷は山積みだ。

岩倉平左衛門が髭面を歪めてニヤニヤと下品な笑みを浮かべている。

「お頭、嫁様とは、どうだった？」

仁左衛門は軽口に軽口で返す気力もない。

すると平左衛門はなにを勘違いしたのか、ますます笑み崩れた。

「だいぶお疲れのようだな。姫様を可愛がるのも大事だが、しっかり寝ておかねば思わぬ事故《ことゆえ》を起こすことになろうぞ」

湊の仕事は力仕事だ。しかも細心の注意を要する。重たい荷の下敷きになったりしたら命はない。

仁左衛門はため息ついでに愚痴までこぼした。

「そういう艶っぽい話ならどんなにええか」

岩倉平左衛門はちょっと真顔になった。

「どうなされたのだ。姫様との仲が上手くゆかんのか」

「上手くゆくかどうかより、もっと前の話ずら。言葉が通じねぇんだ」

「おう。それはまずいのう。会話のない夫婦は別れると相場が決まっておる」

「やはりなぁ」

仁左衛門は何度もため息をもらす。新婚の夫の顔ではない。

「オレだってアユタヤの地下人（庶民）と話すことぐらいはできるずら。じゃが、王族や貴族は話す言葉が違うようずら」

アユタヤ王家には『王語』という特別の言語があったのだ。

平左衛門は「よぅし、心得た！」と自分の胸を拳で叩いた。仁左衛門は顔を向ける。

「よき思案があるのか」

「わしのカカァをお貸ししよう。通詞だ。わしのカカァは王宮で下働きをやっておったのでな、王族の話す言葉も、ちょっとぐらいならわかる」

「左様か。それはありがたい」

仁左衛門の顔色が明るくなった。しかしすぐに考え込む。

「……だけんど、夫婦の会話を通訳してもらう、というのも、なんともおかしな話ずら」

「一日も早く、この国の言葉を憶えることだ。ウジウジと悩んでおっても先には進めぬぞ」

平左衛門は大声で笑い飛ばした。

「お頭、王様が姫様をくだされたわけをお考えなされよ！　お頭に、この国で大になってもらいたいというお志たい。この国で大きな仕事を成さんと欲するなら、言葉を憶えるのが第一だ」

仁左衛門も苦笑して、頷き返した。

「いかにもお前の言う通りずら」

力が湧いてきた。くよくよと思い悩むなど、自分らしくない。

その時であった。象使いのプラーが思案顔でやって来た。

「旦那、変だぞ」

仁左衛門でも庶民の言葉ならば理解ができる。

「どうした」

「荷運びの人手が足りねえんだ」

戦場でのプラーは戦象を勇敢に操るが、平時の仕事は荷運びである。仁左衛門は湊の様子に目を向けた。確かに人の数が少ない。船から下ろされた荷が積まれたままだ。

「どういうことだ」

「わからねぇ」

プラーは悲しげな顔で首を横に振っている。


夕刻、仁左衛門が屋敷に帰ると、途端に大きな笑い声が屋敷の奥から聞こえてきた。

「平左衛門の女房殿か……」

女たちが和やかに歓談している。仁左衛門はちょっと気後れした。元駕籠かきという身分にそぐわぬ豪勢な屋敷であるし、王家の姫君もいる。最初から〝自分の家だ〟という実感に乏しかったのに、今度は自分抜きで皆が楽しそうにやっている。ますます肩身が狭い。

「帰ったぞ」

アユタヤの庶民の言葉で声を掛けると、奥から大きな声がした。

「旦那のお帰りだァ」

大柄で太った中年女が出てくる。

「お帰りなせぇ」

いままで大笑いしていたからであろうが、とにかく機嫌の良さそうな顔をしている。仁左衛門は確かめる。

「平左衛門殿の女房か」

「へい。フデと申しますだ」

それからフデは早口のシャム語でなにやらまくし立てた。仁左衛門には聞き取れない。

「すまぬが日本の言葉で喋ってくれぬか」

「それはいけねぇだ」

フデに即座に否定される。

「ここはアユタヤだべ？　なら、アユタヤの言葉で喋らねぇといけねぇよ。オラと旦那がなにを喋っているのか、姫様が聞き取れなかったら可哀相だべ」

「それはそうずら……。だけんどお前たちが喋っている言葉を聞き取れぬオレだって、可哀相だとは思わねぇか」

「そんなら一日でも早く、この国の言葉を憶えることだべ」

言い返す言葉もない。

「ところで、なんでそんな所に突っ立ってるだ？　さっさとあがれ。ここはお前ェ様のお屋敷だぞ」

どっちが〝屋敷の主〟かわからない。すっかりフデの独壇場だ。

その日の夕刻はきわめて賑やかであった。フデは大声でまくし立てつづける。よほどにお喋りな質のようだ。笑い話をしているようでタンヤラットまでもが口許を押さえながら微笑んでいる。

仁左衛門には言葉がわからない。妻とその侍女が笑うのを見て、どうやらここは笑うべきところのようだな、と察して笑う。皆の笑い声に一拍遅れて笑う。皆の顔色をキョロキョロと窺いながらひきつった表情で無理して笑う。

なんとも間抜けだと自分でも思った。

フデは大声でまくし立てる。

「姫様は、良い夫のところへ嫁ぎなされたぞ」

するとタンヤラットが笑顔をスウッと引っ込めた。仁左衛門もギクリとなる。

フデはまったく気づかぬ様子で喋り続ける。

「姫様の夫は、アユタヤで一番の男だぞ」

仁左衛門でも理解できる庶民の言葉で言い切った。

仁左衛門は（なにを馬鹿な）と内心で自嘲した。駿河の商家に生まれて家業も継がずに家出して、駕籠かき奉公をしていた男が、どうしてアユタヤで一番の男であるものか。馬鹿も休み休み言え、と言いたい。

フデのお喋りは止まらない。

「姫様、この男はいずれ日本町の頭目に出世なさるだ。気風も良い。度胸もある。頭も良い。王様もそこに惚れ込んでいなさるだ。アユタヤから手放してはならぬ。そうお考えになったからこそ王様は姫様をこの男に妻合わせただぞ。それぐらい王様からのご寵愛が篤《あつ》いんだぞ」

タンヤラットに言い聞かせているのだが、仁左衛門のほうが（うむ。そういうこともあろうかな）などと聞き入っている。

フデは断言した。

「この男は、今はしがない異国人だ。だどもいずれはこのアユタヤを背負って立つ大金持ちの大将軍になるだ。アユタヤ一の男になる。オラたち日本町の全員がついてる。安心していいぞ」

タンヤラットが納得したのかどうかはわからない。

だが仁左衛門は、なるほどそうか、と思った。

(今のオレは貧しい異国の流れ者。だけんど、この地で立身出世して、アユタヤでもそれと知られた金持ちや大将軍になれれば、姫との釣り合いも取れるずら)

目の前に光明が差した心地がした。そうだ。出世をするのだ。

「うんだ。オレはやるだぞ！」

南部の漁村で憶えた庶民の言葉で仁左衛門はそう叫んだ。タンヤラットと王宮からついてきた下女は、怪訝そうな目で仁左衛門を見た。


翌朝、仁左衛門はいつものように湊に向かった。

昨夜はフデのお陰で和やかな時間を過ごすことができた。だがしかし、夫婦の絆はまったく深まっていない。まことの夫婦になれる日がくるのであろうか。それとも王家の姫君は一生、心を閉ざしたままなのか。

——早く言葉を憶えることだ。さすれば姫の本心を聞き出すこともできるずら。

その時、ふと、足がとまった。「むむっ」と唸り声まで漏らしてしまった。

「湊に……人がいねぇずら」

荷置き場が閑散としている。正しくは日本人しか、いない。シャム人の姿が消えている。

小舟や象を操る現地人がいなければ仕事にならない。日本人たちだけが不満や不安を顔に覗かせている。仕事にもならずに突っ立っていた。

木の陰からプラーがちょっと顔を覗かせた。人目を避けて身を隠しているらしい。仁左衛門に目配せしてきた。何か伝えたいことがあるようだ。

仁左衛門はプラーに歩み寄る。プラーは、

「旦那、こっちだ」

と、さらに人目につきにくい土手裏の窪地に仁左衛門を引き込んだ。仁左衛門は巨体を屈めてプラーに顔を近づけさせた。シャム語でたずねる。

「シャム人の姿がないぞ。いったい何が起こったのだ」

プラーは引き攣《つ》った表情で答えた。

「みんな腹を立ててるだんよ。日本町の湊では働かねぇって言ってるぞ」

仁左衛門の眉根が寄った。無慈悲にきつい仕事はさせていないし、賃金の支払いも滞ってはいない。

「どういうわけでだ」

「旦那が王家の姫様と結婚したからだ」

「なんだと」

「みんな、旦那が、王家の名誉を傷つけたって言って怒ってる」

アユタヤにおいて王様は神聖そのものである。流れ者の異国人が王家の娘を娶《めと》ったことで、シャム人は王家の権威が侵害されたと感じたらしい。

本当だったらここで仁左衛門は憤慨、激怒するべきなのであろうが、仁左衛門自身、無理もない話だ、と思っている。自分自身がタンヤラットの婿には相応しくないと感じて気後れしているぐらいだ。

「旦那には恩義があるから報せに来た。だけど旦那と話をしているところを見られたら、オラまで仲間外れにされちまう。それじゃあな」

プラーは急いで走り去った。

「裏で糸を引いておるのはポルトガル銃兵隊《クロム・ファラン・メーンプーン》であるらしい」

日本町頭領の屋敷で城井久右衛門が言った。

「ビルマの戦でポルトガル兵は王の御前より退けられた。代わりに我ら日本人が台頭した。王はお主に王族の姫を娶らせるほどに、我らを贔屓にしてくださる。逆にポルトガル人からすれば煙たくてならないだろう」

城井の話を聞いて、岩倉平左衛門が髭を震わせて憤激した。

「それでシャム人を唆《そそのか》して、日本人につらく当たるように仕向けてるってわけですかい！」

岩倉は仁左衛門隊の副隊長格に出世している。湊では象使いたちを束ねる役目を仰せつかっていた。

「くそう、象使いたちめ、拳骨でとっちめてやる！」

「まぁ待て」と城井が止めた。

「お前の憤りはわかるが、この地で暮らす者たちと喧嘩をしてはならぬぞ。我らの立場がますます悪くなる」

「頭領！　ならば、どうしろと仰るんですかい！」

城井にも打つ手はなさそうだ。腕組みをして、暗い表情で考え込んでいる。

タンヤラットとの離縁は考えられない。王が決めた結婚だ。王の決定に逆らうことは許されない。

なんの良案も浮かんでこない。仁左衛門は立ち上がった。

「オレが行って、直談判してくるずら」

城井が不審な顔をした。

「行くとは、どこへだ」

「象使いたちが暮らす町へ乗り込んで、皆の心のわだかまりを解いてくるずら」

「それはいかん。敵の待ち構える中に飛び込んで行くようなものだ」

「敵ではねぇずら。一緒に仕事をした仲間ずらよ」

仁左衛門は頭領の屋敷を出た。岩倉がついて来ようとしたのだが、仁左衛門は止めた。

「お前は血の気が多いずら。喧嘩を始められては困る」

「お頭は、シャム人を仲間だと思うとるか知らん。確かに今まではそうだったかも知れんが、今はポルトガル人が裏で操ってるのだぞ。ポルトガル人は敵だ。お頭はシエンのポルトガル船を襲った。ポルトガル人はその怨みを忘れんぞ」

その通りであろう。ポルトガルの商人と銃兵隊は、日本人がフェリペ・デ・ブリトの船を襲ったことの意趣返しを企んでいるのだ。

それでも仁左衛門は行かねばならない。

――この程度の苦難を乗り越えられぬようでどうする。オレはアユタヤ一の男になるんずら。怯えてなどいられない。運命は自分の手で切り拓く。と仁左衛門は思った。

九

象使いや荷運びに従事する者たちが暮らす町は低湿地にあった。澱《よど》んだ泥沼に柱が打ち込まれ、その上に床が張られ、竹を編んで作った壁と棕櫚《しゅろ》の屋根が取り付けられている。足元の沼地からは不快な臭いが立ち上っていた。汚水が滞っているらしい。

蚊が飛び交っている。仁左衛門は腕にたかった蚊を平手で叩き潰した。汗ばんだ肌を平手で叩いた音が思いの外に大きかった。小屋の中から一人の男がヒョコッと顔を出した。そして仁左衛門の姿を見て叫んだ。

「日本人《イープン》だ！」

無数に建つ小屋の中から男たちが湧いて出てきた。小屋と小屋とは桟橋で繋がっている。下は沼地だ。男たちが橋板をガタガタと鳴らしながら駆け寄ってくる。仁左衛門が立つ橋板まで大きな振動が伝わってきた。

仁左衛門はシャムの男たちに取り囲まれた。仁左衛門のほうが頭一つ分背が高いが、さすがに気後れさせられる。

「皆、オレを見てくれ」

仁左衛門は勇気を出してシャム語で訴えかけた。

「皆も知ってる通り、日本人はいつでも腰に刀を差しておる。だが今日のオレは刀を持ってこなかった。戦うために来たのではないからだ。オレは、皆に危害を加えられるとは思っていないから、武器などいらぬ」

腰回りを見せつける。そして続ける。

「皆、日本町に働きに来てくれ！　皆が来てくれねば、日本人は皆、困ってしまう。オレたちを助けてくれ。頼む！」

シャム人たちは黙り込んでいる。無言がその場の空気を押し包んだ。仁左衛門はつたないシャム語で訴え続ける。

「なんとか言ってくれ！」

群衆の中から白髪頭の長老が出てきた。白い眉毛の下からギョロリと目を剝いて睨みつけてきた。

「日本人は信用できぬ。王宮に攻め込んだ。恐れ多くも我らの王を虜にした」

そうだそうだと男たちが拳を振り上げた。憎しみと憤りを仁左衛門にぶつけてくる。仁左衛門は両手のひらを突き出して訴えた。

「待ってくれ！　不届き者の日本人たちは、オレたち日本人の手で成敗した！」

「同じ日本人だ。信用できるものか！」

「同じ日本人ではないのだ」

日本は豊臣方と徳川方とに分かれて争っている。罪を犯したのは豊臣方の日本人で、成敗した城井や仁左衛門は徳川方だ。しかし、この差し迫った状況下で、そのように説明しても理解してもらえるかどうかはわからない。

別のシャム人が怒鳴る。

「イープンは金儲けに来てるだけだ！　儲けるだけ儲けたら日本に帰っちまう。それはいい。商人ってのはそういうもんだ。だけど、王家の姫様を奪うってのなら話は違うぜ！　オレたちの国の産物を買っていくだけの野郎に、姫様を取られてたまるものかよ！」

別の男も叫ぶ。

「姫様は売り物じゃねぇ！　なんでも金《きん》で買えると思うな！」

そういう誤解か、と仁左衛門はようやく理解した。

タンヤラットが実家ではなく、日本町で新婚生活を始めたのを見たシャム人たちは、日本人に拉致されたのだ、と勘違いをしたのだ。人身売買が当たり前に行われていた時代である。

「イープンは出て行け！」

「姫様を返せ！」

石が投げつけられた。仁左衛門はあえて避けずに受け止めた。

「信じてくれ！　オレはアユタヤ王に忠誠を尽くす！　その約束で姫様をもらい受けたのだ」

大きな石がこめかみに当たった。さしもの仁左衛門もクラッと意識を晦《くら》ませた。

「頭！」

背後で声がした。岩倉平左衛門と今村左京が抜刀して走ってくる。仁左衛門は慌てた。

「待てッ、来るな！　乱暴はならぬッ」

そう叫んだ直後、仁左衛門は大勢の腕で摑まれた。シャム人たちに担ぎ上げられて汚泥の中に投げ落とされた。

鼻にも口にも腐った泥水が流れ込んでくる。この地で暮らす人々の糞尿が混じっていた。岩倉と今村がシャム人たちを追い払い、仁左衛門に手を貸して引き上げた。仁左衛門は残橋の上で激しく嘔吐した。

仁左衛門はほうほうの態で自分の屋敷に戻った。途中の川で身体を洗ったけれども悪臭が全身にこびりついている。家に帰るなり、バッタリと倒れ込んでしまった。

その夜から熱が出た。吐き気が止まらず、さらには水のような糞便を肛門から噴き出した。吐いている時と脱糞している時だけ意識があるが、それ以外はほとんど気を失っている。にもかかわらず、頻繁に襲いかかる吐き気と便意のせいで眠ることもできない。ひたすら悶え苦しみ続けた。

「具合はどうなのだ。薬は飲ませたのか」

城井の声が聞こえた。見舞いに来てくれたらしい。今村の返答も聞こえる。

「熱がひどいのです。薬は、飲んだ先から吐き出してしまう」

吐き気が込み上げてきた。仁左衛門はうつ伏せになって枕元に腕を伸ばし、桶を引き寄せると胃の腑の物を吐き出した。こんなに吐き続けているのにどこからこれだけの汚物が湧いてくるのか、まったくわからない。

意識が朦朧としている。そのうち周囲が静かになった。いつの間にか城井も今村も帰ったようだ。熱帯の夜だ。全身から汗が滴り落ちる。にもかかわらず激しい悪寒に襲われている。寝台に誰かが近づいてきた。タンヤラットだ。またも激しい嘔吐が込み上げてきた。仁左衛門は桶をかき寄せて吐き戻した。

――なんとも情け無い姿ずら。

妻には決して見せたくない不潔な姿。ただでさえこちらは下賤《げせん》の身。あちらは高貴で清浄な姫様だ。激しく嫌悪し、忌み嫌われたに違いない。

――姫様、どうかオレを見ねぇでくれ。

そう訴えたかったが呻き声しか出てこない。そもそも言葉も通じない。

姫も去って仁左衛門は独り、朦朧と熱にうかされ続けた。そして仁左衛門は夢を見た。何者かが仁左衛門に跨がって激しく責めたてているようだった。

それは人のようでもあり、人のようでもなかった。靄《もや》のかかった不定形であった。

――魔物《ピー》か。

アユタヤの湿地に住まう魔物は人の命を奪い取る。その何者かが重くのしかかる。仁左衛門は口と肛門から汚物をまき散らした。

――オレはアユタヤのピーに殺されるのか。

身分不相応に王族の姫を娶ったからか。魔物の罰が下されたのか。これで最期か。命が終わるのか。怖い。嫌だ。仁左衛門はもがきながら冷や汗を滴らせた。

すると、その何者かが仁左衛門の顔を撫でた。仁左衛門はハッとした。

――違う。これは悪霊ではない！

慈愛が感じられる。芳しい匂いを漂わせてもいる。

実は、タンヤラットが寝汗を拭きに来てくれたのだが、仁左衛門は目も眩んで、そうだとはわからない。

――アユタヤの河神か。

仁左衛門は思った。

――オレは今、アユタヤの神の審判《ためし》を受けているのか。

本当にアユタヤの民に相応しい人物なのかどうかを試されているのか。仁左衛門は歯を食いしばった。

――アユタヤの神仏よ、御照覧あれ！　我は決してくじけはいたしませぬ。

息張ったことで体力が尽きて、仁左衛門は気を失った。

なにやら明るい。朝になったようだ。

喧騒が聞こえてくる。仁左衛門は嗄《か》れた声を出した。

「誰かおらぬか」

今村左京がやって来た。汚物まみれの寝台から離れた場所に拝跪《はいき》する。

「アユタヤの者たちが押しかけてまいりました。姫様を取り返すのだと息巻いております」

岩倉平左衛門も駆けつけてきた。

「憎っくき奴輩《やつばら》じゃ！　追い散らしてくれる！　なんなら刀にかけて切り伏せてくれようぞ」

「待つずら」

仁左衛門は止めた。

「乱暴をしちゃあならねぇ。我ら日本人は、アユタヤの者たちの力を借りねばやってゆけねぇ。此度のことではっきりわかったずら」

「ならばお頭、なんとする」

「オレが説くずら」

仁左衛門は寝台から這い出た。立ち上がろうとしたが足腰に力が入らず、その場にへたれこんだ。それでも外に向かって這っていく。

屋敷の前にアユタヤの男たちが集まっていた。日本町の湊で働いていた者が多い。

「姫を差し出せ！　日本人《イープン》は帰れ！」

「姫を出さねぇのなら門戸を突き破るぞ！」

「こんな屋敷、押し倒してしまえ！」

シャム語の暴言が最高潮に達した時だった。屋敷の中から仁左衛門が姿を現わした。

全身が汚物まみれで、目も頬も落ちくぼんでいる。肌は渇ききっていた。落命の危機にあることは一目瞭然だ。まるで悪霊のような姿である。息巻いていたアユタヤ人たちも息を飲み、どよめいて後退した。

仁左衛門は皆に向かって訴えた。

「皆、オレの姿を見てくれ。オレは今、アユタヤの神仏によって試されている」

何故なのかはわからない。自分でも驚くほどに流暢なシャム語が口から出てきた。

「見ての通りに、今、オレの身体からは汚物が溢れだしておる。これはオレが日本で授かり、この身に溜め込んでおった日本の血肉だ。それが今、溢れ出し、オレの身体から切り離されようとしている」

仁左衛門は意識も朦朧として自分がなにを訴えているのか、わからない。それでも口が勝手に喋り続ける。

「オレの命がアユタヤの神仏の試しに耐えられるかどうかはわからぬ。神仏に見離されたならばオレは死ぬ。だが、もしも生き長らえたならば、空っぽになったオレの身体に今度はアユタヤの水と食べ物が入る。オレの血肉はシャム人と同じになるのだ。皆、オレが神の試しに耐えられるかどうかを見届けてくれ！　オレがシャムの民となるか、それとも日本人として死ぬか、今が分かれ目であるのだ！」

そう言い切ったところで倒れ伏した。もともとが立っていられる状態ではない。

「神憑《つ》きじゃ！」

あの長老が叫んだ。

「確かにこの男は、神仏の試しを受けておる」

別のシャム人が長老に質す。

「ならば、どうする」

長老は真剣な顔つきとなった。

「審判を下すのは神仏だ。神仏を差し置いて我らが手を下すことはできぬ。皆の者、今日のところは引け。神仏の裁きを見届けようではないか」

長老の言葉に皆が納得したようだ。シャムの人々は敬虔《けいけん》である。急に静まり返って首を垂れた。見えない神仏に祈りを捧げている。

仁左衛門は今村たちに抱えられて屋敷の中に戻った。

十

仁左衛門は何度も生死の境を彷徨った。三日目の夜、これまでにないほどの高熱を発した。

――もはや終わりずら。オレは死ぬ。

気丈な仁左衛門でさえ諦めかけた。そして夜が明けた。

心地よい朝の風が肌を撫でる。仁左衛門はムクリと起き上がった。喉が乾いてたまらない。枕元の水差しを摑んで貪り飲んだ。そして大きな息をついた。よろめきながら立ち上がる。今飲んだばかりの水が、全身の隅々まで染み渡っていくのを感じた。力が蘇ってきた。

仁左衛門は屋敷の前の水路に出た。汚れた衣服は脱ぎ捨てる。水の中へと入っていく。川の流れで沐浴して身を清めた。

――良い心地ずら。

身が清浄になっていくに連れて心まで晴れやかになる。一息つくと猛烈に腹が空いてきた。台所には何か食べ物があっただろう。仁左衛門は自分の屋敷の門をくぐった。するとタンヤラットの侍女が出てきて目が合った。

侍女は激しく驚いた顔をした。屋敷の中に駆け込む。「姫様！　姫様！」と呼ぶ声がした。仁左衛門は困ってしまう。寝台で寝ていたはずの病人が外から帰って来たら、それは確かに驚くだろう。幽霊と間違えられたかもしれない。

タンヤラットが駆けつけてきた。仁左衛門の姿を認めて言葉を失くしている。仁左衛門も、なんと言葉をかければ良いのかわからない。外から帰って来たのだから、とりあえず、

「ただいま戻った」

と言った。

タンヤラットは顔をクシャクシャにして頷いた。

「よくぞご無事のお戻りを」

挨拶としては間違っていなかったらしい。なぜか妙に安心して、すると同時に腹がキュウッと鳴った。まったくもって下品にできている身体だ、と仁左衛門は思った。

「なにか、食べ物をくれぬか」

「はい。ただいま用意いたします」

タンヤラットと侍女は台所に向かう。食膳の用意が調うまで仁左衛門はすることがない。庭に出ると、転がっていた棒切れを拾い、木刀代わりに振り下ろした。


それから二日ばかり、仁左衛門は皆が呆れるほどに食い続け、食べるほどに体力を取り戻した。

岩倉平左衛門とその妻のフデもやってくる。フデは大声であけすけにものを言う。

「それだけ食えればもう安心だで。てっきり死んじまうもんだと思っとったのに、まっこと丈夫な身体だァ」

仁左衛門はシャム流に手づかみで米を口に運びながら頷いて見せる。

「もう安心して良いぞ」

それからチラリと目を横に向けた。台所の隅に椰子の葉で編んだ作り物が幾つも置いてある。仁左衛門の目には見慣れぬ物だ。

「なんだあれは」

フデが答える。

「河の神様への貢ぎ物だべ。蓮の花の形に編んで河に流すだよ。姫様は毎日、編んでは河まで持っていって、手ずから流していただぞ」

「なんのために」

「河の神様のお許しを得るためだべ。旦那の命が取られませんようにって、お祈りしていたに決まっとるべよ」

タンヤラットに目を向ける。タンヤラットはシャム人特有の微笑を浮かべたまま、恥ずかしそうに目を伏せた。

「夫婦でございますもの。夫の無事を祈るのは当然です」

仁左衛門の胸に熱いものが込み上げてきた。おもわず「おう！」と声まで上げた。

——異国から来た流れ者のオレのために、そうまで祈ってくれたのか。

すまないことをした、と、仁左衛門は思った。妻は夫として迎え入れてくれていたのに、自分は勝手に卑屈になった挙げ句、妻に愛されているのかどうかを疑っていた。

——まったくオレは駄目な男だ。

こんな腐った性根だから、アユタヤの神仏に試練を与えられたのだ。

「よし、タンヤラット、河神に礼を言いにゆこう。夫婦で挨拶に行くのだ」

仁左衛門は食事を終えるとそう言った。

数日前に投げ込まれた沼地に向かう。タンヤラットは、汚水と汚臭に満ちたこの場所に毎日通って供え物を流していたという。

汚い沼やドブ川にも神はきっといるだろう。仁左衛門にとっては夫婦の絆を結んでくださった有り難い河神だ。蓮の花の作り物を静かに水に浮かべると、夫婦揃って手を合わせた。

その姿をシャム人たちが見守っている。象使いのプラーが笑顔で駆け寄ってきた。

「旦那、良くなったんだな！」

仁左衛門は笑顔で頷き返す。

「アユタヤの神仏に許された。この地で暮らしても良いと認められたのだ」

長老が男たちを引き連れてやって来た。仁左衛門に向かって低頭する。

「姫様に叱られましただ。姫様は毎日祈りに参られました。そんな大事な御方を我らは、不心得にもアユタヤから追い出そうとした。我らの過ち、お許しくだされ」

「なんの。アユタヤの神仏がオレを試したのと同じように、お前たちシャムの民もオレを試したのだ。オレはシャム人の民となってこの国のために働く！　シャムで第一の男になって見せる。皆も力を貸してくれ！」

タンヤラットも高貴な王語で口添えする。仁左衛門には理解できなかったが、この場の者たちには理解できたらしい。

「お言葉、しかと承りましただ！」

長老が答え、皆が歓喜の声をあげた。

日本町の湊にアユタヤの男たちが戻ってきた。威勢よく働いている。

城井は首を傾げている。

「いったい何があったのだ。これまでは銭のために嫌々働く風情であったのに、今日はまるで自分の家の仕事のように気を入れて働いておるぞ」

仁左衛門は笑顔だ。

「アユタヤの神仏のお導きでございましょう」


仁左衛門の寝室は床ごと張り替えられ、寝台も新しいものに代えられた。その夜、仁左衛門は初めて妻と肌を合わせた。いまだ少女の面影を残した若妻は、仁左衛門の巨体と激しい愛情をけなげに受け止めた。激痛に呻いていた妻の身体を仁左衛門は優しく撫でた。

——なんと愛おしいのだ。

汗に濡れた肌は冷たく、しっとりとしていて、どこまでも柔らかだ。仁左衛門は妻の唇を吸った。

タンヤラットも夢中で応えてきた。

「タンヤラット、オレはシャムの言葉をもっともっと憶えたい。オレの胸中の思いをそなたに伝えるために、たくさんの言葉がいるのだ」

タンヤラットも頷いた。

「わたしも日本の言葉、知りたい」

タンヤラットは仁左衛門のために庶民の言葉を喋る。使い慣れない言葉だ。幼女のようにたどたどしい。だからこそ、絞り出される言葉のひとつひとつが愛おしい。

「フデが言ってた。あなた、日本町の頭領に、きっとなる。するとわたし、日本町の女房たち、束ねることになる。わたし、日本語たくさん知って、あなたの仕事、手伝う」

仁左衛門はタンヤラットを抱きしめた。

「オレは果報者だ！　そなたのためならば、この命尽きるとも惜しくないぞ」

激しい思いが日本語で迸《ほとばし》り出た。タンヤラットが聞き返す。

「コノイノチ……ツキルトモ……？」

「そなたをなによりも愛しておる、という意味だ！」

そうだ。自分の命よりも。

タンヤラットも仁左衛門の首に腕を回した。二人の熱い夜は夜が白むまで続いた。

十一

アユタヤの日本町には二種類の日本人がいる。商人と牢人だ。

商人は朱印状を携えて交易のためにやってきた。牢人は元武士で、日本では生活ができなくなった者たちだ。主に関ヶ原牢人とキリシタン牢人であった。日本での元の身分は牢人たちのほうが上だったであろうが、この地での羽振りは商人たちのほうが圧倒的に良い。自治行政などの実権も商人たちが握っている。戦国往来の古強者も合戦がなければ何の役にも立たない。

仁左衛門は港で働く者たちを眺めている。指図をしているのは商人で、荷を担いで運んでいるのは牢人だ。

津田又左衛門が荷揚げ場にやって来た。今日も大髻《おおたぶさ》を結い上げて錆茶色の着物を着ている。矢立の筆を走らせ、帳面に何事か書き込んでは、積荷を運ぶ指示を出していた。

——津田様はさすがに世の中が見えておられるずら……。

仁左衛門は感心した。

津田は本来なら、日本町の頭領となってもおかしくない身分だ。織田家の分家だと名乗り、戦では見事な采配を見せている。タウングー朝ビルマとの決戦では遺憾なく将才を発揮した。

だが津田は「わしは長崎の商人だ」と常々主張している。「日本町の頭領は武士がやれ」と言って、城井と仁左衛門に押しつけて、シャムの貴族に補任されることも避けていた。

確かに津田には商才があった。着々と身代を太らせている。先日は中古のジャンクを明国人から買い取って、船持ち商人に成り上がった。

——オレも、アユタヤで出世しようと思うなら、商いの腕を上達させねばならねぇぞ。

アユタヤは商人王の町だ。武士など、王宮の警固ぐらいしか仕事がない。それでは駄目だ。先が知れている。

象の鳴き声がした。市街《ムアン》に続く大路をのし歩いてくる。マレー半島の峠を越えて、インド洋の荷を運んできたのだ。

「おっ、あれはオークヤー・カムペーンペット様だ」

象の背に恰幅の良い貴族が乗っていた。

「ニザエモン。今日は何、持って来たか」

カムペーンペットはいつものように上機嫌で仁左衛門を迎えた。

ここはカムペーンペットの、アユタヤにおける商館である。熱心なイスラム教徒で知られていたが、建物はシャムにある他の建築と変わりがない。

「わたし、スペイン船から大砲、分捕った。買うか？　日本の大君（家康）、大砲たくさん集めてる。日本に高く売れる。違う？」

早口のシャム語で商売を進めてくる。

「なるほど、良い商売になりそうです。しかし……」

「どうした」

「日本まで荷を運ぶ船がなければ、どうにもなりません」

仁左衛門にできる商売は仲介ていどの規模だ。カムペーンペットは売り物の一部を好意で卸してくれるが、それを日本に運ぶことができない。だから朱印船の貿易商に買い叩かれてしまう。儲けは少ない。

「わたしは身代《しんだい》を大きくしたいのです。どうすれば良いのでしょう？」

仁左衛門の知る限りでは、カムペーンペットはもっとも富裕な商人だ。商売の秘訣を直接聞くのが早い、と考えたのだ。

図々しいにもほどがあるが、カムペーンペットは面白そうに目を細めた。

仁左衛門はなにゆえか長者に可愛がられる性質がある。一種の人徳であろうか。大久保忠佐やソンタム王にも気に入られた。カムペーンペットも〝可愛い奴だ〟と感じたらしい。

「元手は、あるか？」

「ございません」

「それなら投げ銀を求めればいいね。金持ちは、富、持ってる。借りればいいね」

投げ銀とは投資のことに他ならない。

「貸してもらえるのでしょうか」

「金持ちは、資産、増やしたい。だけど、勇気ない。海を渡るの、とても恐いからね。船乗りはたくさん死ぬ。誰でもそれ知ってる。だから金持ち、自分の代わりに船で商売する人、探してる」

そんな手があったのか。仁左衛門は目の開けた思いがした。

資本の銀はカムペーンペットが貸してくれた。銀七十貫。利率は百パーセント。商売が成功してアユタヤに戻ってきた時に、銀百四十貫を返済するという約束だ。

無理な利率ではない。それぐらいに貿易は儲かる。

仁左衛門はその日から精力的に走り回った。まずは自分の屋敷に岩倉平左衛門と今村左京を呼んだ。

「鹿皮を集めてくれ」

鹿皮は当時の日本人にとっての必需品であった。騎乗で野山を行く武士は脚に行縢《むかばき》を巻く。これは鹿の皮そのものだ。木の枝などで擦過傷《さつかしょう》や切り傷ができることを防ぐ。

鎧の装甲板をつなぐ縅糸《おどしいと》としても鹿皮は使われた。皮を漆で塗り固めれば頑丈で軽い鎧そのものにもなる。巾着袋や革羽織なども鹿皮から作られる。

もっとも必要とされたのは足袋の材料としてであった。綿布製の足袋が普及するより以前、足袋といったら鹿皮製だった。極めて丈夫で、毎日履いても二年は破れずに保ったという。

ところが。鹿皮は洗濯が難しい。というよりほぼ出来ない。洗濯もせずに二年も履き続けるわけだから、当然すさまじく不潔になる。臭いも強烈だ。

帝の住まいでは足袋を履くことが固く禁じられていた——という話は有名だが、それにはこういう、もっともな理由があったのだ。

ちなみに剣道の小手の掌に当たる部分に張られている白い皮が鹿皮である。

この時期、シャム在住の日本人たちは、鹿を捕まえては皮に加工して日本に輸出し続けた。オランダ人貿易商の記録によれば、一六一三年、日本の朱印船は四隻で十五万枚の鹿皮を日本に運んだという。俄《にわ》かには信じがたい数量であるが、膨大な鹿皮が日本に運ばれたことは事実であろう。

岩倉と今村は意味がわからず首を傾げている。岩倉が質した。

「鹿皮をどうなさる」

「わしが船で日本まで運ぶのだ」

「船はどうなさる」

「見つけてきたずら。マレーの船だ。船長《ふなおさ》は日本まで行っても良いと言っておる」

岩村はますます首を傾げる。

「マレー人？　日本まで行ける船乗りがいるのか？　そんな話は聞かぬぞ」

「船長は確かにマレー人だが父親は広州の海商だと言っていた。李大人《たいじん》にも顔が利くようずら」

李大人とは明国海商の大立者、李旦《りたん》のことである。当時、東シナ海と太平洋沿岸は李旦の支配下にある——と言っても過言ではないほどの威勢を誇っていた。

今村も端正な眉根を寄せている。

「朱印状を持たぬ船は、日本の港には入れぬ決め事でござるが」

「それも、李大人の力を借りる手筈となってるずら」

李旦は九州の島々に秘かに拠点を築いていた。家康が定めた法に触れる行為だが、徳川の政権は江戸と駿府にある。九州沿岸には目が届かない。九州には数千の無人島がある。しかも、取り締まるべき九州の大名たちは李旦と結託して私貿易を推進していた。

「日本まで運べば、あとはどうにでもなるずら」

仁左衛門は自信たっぷりに答えた。


忙しい毎日が続く。新婚なのに妻と語らう時間もない。翌日に出航を控えた夜、仁左衛門はタンヤラットを抱いた。タンヤラットは仁左衛門の耳元で質した。

「あなたは、日本に帰って、二度と戻らないと言ってる。本当か」

仁左衛門でも聞き取れるように、シャムの庶民の言葉を使う。仁左衛門は耳を疑った。

「誰がそんなことを言っている？」

「日本人《イープン》たち。あなた、日本の大君の家来。大君、もうすぐ戦争始める。だからあなた、日本に帰る。皆、そう言ってる」

「なにを馬鹿な。わしはシャム人になる。アユタヤの神仏に誓った」

妻を捨ててアユタヤを離れることなどありえない。そう説明すれば妻の悩みを取り除いてやることができるのだが、説明しようにも言葉を知らない。

――どうすればよいのだ。

仁左衛門は頭を抱える。そんな姿を見た妻は、ますます不安にかられてしまったに違いなかった。

マレーのジャンクが日本町の港に入ってきた。帆も船体も真っ黒に黒ずんでいる。古い船だ。乗っている水主たちも年嵩《としかさ》で、若いのは船長ばかりであった。

荷揚げ場では岩倉たちが鹿皮を詰めた箱を整えて待っている。岩倉が髭面をしかめさせた。

「頭、もっとマシな船はなかったのか」

仁左衛門は首を横に振った。

「カムペーンペット様が貸してくれた銭では、あの船を雇うので精一杯ずら」

仁左衛門としても、信用と実績のある明国の海商や、長崎の船に荷を載せたかった。しかしそれらは船賃が高い。売り物を運ぶために運送代をかければ、そのぶんだけ、売り物の仕入れにかけることのできる金額が減る。

――オレは大きく儲けたいずら。

アユタヤでも高名な豪商に成り上がり、タンヤラットに贅沢で誇りある暮らしをさせてやりたい。

そんな仁左衛門を岩倉と今村が眉をひそめて見ている。

船が桟橋に着いた。若い船長が下りてきた。マレー人特有の色黒だが、明国人らしい顔だちでもあった。岩倉たちの不信を、その顔つきから読み取ったらしい。白い歯を見せて愛想笑いをした。

「新しい船より古い船のほうが安心よ。こんなになるまで働き続けた、つまり頑丈ってことさ」

そう主張されると、確かにそれも一理ありそうな気がしてくる。

船長は呉三正《ごさんしょう》と名乗った。マレー人として名前も持っているようだが、そちらには愛着がないらしい。「おいらは広州の海商だ」と言い張っていた。商都アユタヤで商売をする者たちはシャム語を共通語としている。どの民族の出身でも片言のシャム語があれば足りた。

「さぁて、積荷はどれだね」

問われた仁左衛門が鹿皮の箱を示す。四つの木箱に合わせて五百枚の皮が収められていた。

呉三正は頷いて、船に向かって手招きした。マレー人の水主が桟橋を伝ってやってくる。荷を担ぐと船の中に運んで行った。

「それじゃあ乗ってくれ、仁左衛門旦那。今日は良い風が吹いてる」

風が吹かなければ何十日も港で風待ちさせられるのだ。良い風が吹いている時間は片時も無駄にしたくない。仁左衛門は岩倉と岩村に顔を向けた。

「それでは行ってくる。留守の間、日本町とタンヤラットを頼んだぞ」

桟橋を踏んで船に向かおうとすると今村が呼び止めた。

「野分の季節じゃ。海は荒れる。けっして無理はせずに、港で日和を待つことが肝要」

野分とは台風のことだ。赤道付近で発生した台風は季節風に乗って日本を襲うのだが、それと同じ風を使って帆船も東南アジアから日本へと航海する。

夏から秋にかけては最も危険な季節でもあったのだ。この時の仁左衛門はまだ、自然の脅威を甘く見ているところがあった。笑顔で手を振り返し、縄ばしごを伝ってジャンクに入った。

十二

凄まじい雨と強風が吹きつけてくる。仁左衛門を乗せたジャンクが激しく揺れた。

「帆柱が折れるぞッ。帆を畳めッ」

呉三正が叫んだ。強風が帆にもろに当たっている。帆柱が不気味な音を立てて軋んだ。マレー人の水主たちが帆綱を引いて帆を巻き上げようとしている。しかしその間にも船体は強風に翻弄され、大波の間でコマのように回った。

「駄目だッ、帆が下がらねえ！」

水主が叫んだ。綱と綱とが絡んでしまって、引けども引けどもまったく動かない。帆を畳むことができない。強風は帆を煽《あお》り続ける。船全体が斜めに大きく傾いた。甲板に立つ男たちが一斉に転んで、左の舷側板に叩きつけられた。

「このままじゃあ船が覆《くつがえ》っちまう！」

呉三正が悲鳴を上げた。こんな時に誰よりも冷静でなければならないはずの船長が一番にうろたえている。

斜めになって下がったほうの舷側には、容赦なく大波が打ち込んでくる。

「波に流されるぞッ、摑まれーッ」

誰かが叫んだ。仁左衛門は帆綱の一本にしがみついた。直後、大波に頭まで飲まれて完全に水没した。耳の穴が水で塞がる。轟々と海水が鳴っている。ゴボゴボと泡の音がした。

波が引く。仁左衛門は水から顔を出し、プハッと息をついた。目の前を一人の水主が流されていく。引き波に捕まってしまったのだ。仁左衛門は腕を伸ばして助けようとした。水主も必死の形相で腕を伸ばす。互いに腕を摑んだ直後に大波が来る。仁左衛門はまたしても水中に没した。水主の悲鳴は聞こえなくなり、泡の音だけ聞こえた。

船は転覆する寸前で踏み止まって、どうにか元の角度に復原した。仁左衛門は水主を甲板に引っ張り上げた。

「帆を下ろせ！　帆を下ろせ！」

呉三正が喚いている。水主たちは帆柱に上ろうとした。だが、水で濡れた柱や綱は滑る。船は激しく揺れている。振り落とされた水主が仁左衛門の目の前に落ちてきた。

こんな大嵐に巻き込まれるとは思わなかった。昨日、汕頭《シャントウ》の港を出た時には空はよく晴れ渡っていた。波が高く、妙に蒸し暑い風が吹いていたけれども、大嵐が来る、などとはまったく思い難い好天であった。

アユタヤを出航してから四十日あまり。呉三正の船は順調に航海してきた。カンボジアの南岸を通過して、明国の海に到達した。

あまりにも快調な航海で、呉三正も仁左衛門も、いささか調子に乗っていたのかも知れない。

汕頭港で出帆の準備をしていると、明国人の老人がわざわざ船に来て告げた。「これから嵐になるに違いないから出航を見合わせるように」と言うのである。その老人は、人生のほとんどを海上で過ごした者だ、と自ら語ったが、呉三正はまったく相手にしなかった。

「海の男も歳を取ると臆病になる。こんなに良い日和なのに、どうして嵐になるもんかよ」

波が高いのと風が蒸し暑いことを除けば、なんの異常もない。

「船を港に引き止めて、少しでも銭を落とさせようってぇ魂胆に違いないんだ」

船は、港に停泊している日数に応じて港湾使用料を課せられる。船乗りたちは港に入れば酒を飲み、女を買う。停泊の期間が一日でも伸びれば、そのぶん港町に銭が落ちる。

「無駄銭をくれてやるこたぁねえ。先を急ごうじゃねぇか」

呉三正はそう言った。仁左衛門も同感であった。

風は強いが南風だ。日本に向かって進むのにはうってつけである。強風も、かえって好都合。船の速度があがる。この風を逃してなるものか——と、仁左衛門も呉三正も思っていた。

ところがだ。天候は突然に暗転した。水平線に雲が多いな、と思っていたら、その雲が分厚い群れとなり、とてつもない強風に乗って押し寄せてきた。あっと言う間に空が真っ暗になる。強烈な風雨が叩きつけてきた。仁左衛門たちは台風に捕らえられてしまったのだ。

――あの老人は正しかった。言うことを聞いておけばよかったのだ。

いまさら後悔しても遅い。

「汕頭に船を戻そう！」

仁左衛門は呉三正に提案した。呉三正は「馬鹿抜かせ！」と怒鳴り返してきた。

「舵なんか切れるもんか！」

強風に翻弄されて舳先はグルグルと回っている。羅針盤の針も回り続ける。またしても大波が襲いかかってきて、船は大きく傾いた。

「帆綱を切れ！」

仁左衛門は叫んだ。帆が揚がったままになっているから煽られるのだ。

甲板に常備の鉈《なた》を摑んで綱を断ち切ろうとすると、呉三正が慌てて止めた。

「オレの船の帆を壊す気かよ！」

「命には代えられまい！」

仁左衛門は力任せに鉈を打ち込んだ。帆綱を次々と切っていく。帆が帆桁《ほげた》ごと落ちてくる。水主たちは腕で頭を覆って悲鳴を上げた。

「帆は海に投げ捨てるんだ！」

風を受ける物のすべてを船から切り離さなければならない。水主たちは力を合わせて帆を投げ捨てた。呉三正が悲鳴を上げる。この男にとっては、命よりも船のほうが惜しいらしい。

帆を捨てても船は激しく揺れている。波濤が凄まじく高い。水平線がまったく見えない。帆柱のてっぺんよりも高い波が壁のようにそそり立っている。

横波が甲板に押し寄せてきた。水主の一人がひとたまりもなく流される。それきり姿を消してしまった。悲鳴すら聞こえない。仁左衛門は綱にしがみつく。凄まじい水流だ。息がつけない。指が痺れる。

――ここで死ぬのか！

海で死ぬのが運命だったのか。意識が遠のく。諦観の黒い闇に呑まれそうになった時、タンヤラットの面影が脳裏に浮かびあがった。

――そうだ！　タンヤラットが待つ家に帰らなければ……！

タンヤラットのためならば命尽きるとも惜しくない、などと格好をつけていたけれども間違いだった。生きて帰らなければ駄目だ。

波が引いて顔が水の上に出た。仁左衛門は肺に入った水を吐いた。噎《む》せながら息を吸い込んだ。

「必ず帰る」と約束した。もしもここで死んでしまったら、タンヤラットは「夫は自分を捨てて日本の侍に戻ったのだ」と勘違いをするだろう。

――それは違うぞタンヤラット。オレがお前を捨てるものか！

仁左衛門は鬼の形相となる。全身の血が沸騰し、筋肉が大きく膨れ上がった。

その間も船は大波に揉まれ続ける。船体が大波の頂に突き上げられ、次の瞬間には波の谷底へと引きずり込まれた。このままでは船体が崩壊してしまう。

――なんとかしなければ！

仁左衛門は必死に思案した。

長崎を発ってアユタヤに着くまで、仁左衛門は船の上で生活していた。朱印船の水主たちの仕事ぶりを眺めていたのだ。

――木屋殿や親仁殿なら、こんな時、どうするか……。

そもそもの話、台風に突っ込むような不手際は犯すまい。けれども何か打つ手があるはずだ。

「碇《いかり》だ！」

オランダ船と砲戦寸前になった時、朱印船は四方の碇を下ろして船の揺れを減らした。揺れる船では大砲の狙いがつけづらいからなのだが、この状況でも同じ結果が得られるのではないか。

「碇を下ろせ！」

仁左衛門が叫ぶと、呉三正も「あっ」と叫んだ。

「そうだ、碇だ！」

大切なことを忘れていて、今、思い出した、という顔つきだった。

船首から二本、船尾から二本、合わせて四本の碇が水中に投じられた。負荷がかかって船の動揺が軽減される。旋回も止まった。呉三正は羅針盤を覗き込んだ。

「左だ！　左へ舵を切って進め！」

帆は捨てた。推進力は櫂《かい》に頼るしかない。仁左衛門と水主たちは必死で漕いだ。豪雨は降る。波も打ちつける。顔も身体も水浸しだが、皆、死に物狂いだ。

しばらくすると風雨が収まった。嵐を抜けたか、と思ったら、すぐにまた風雨が激しくなった。台風の雲は腕状に伸びている。そして渦を巻いている。腕と腕の間は風雨も鎮まるが、次の腕がやってくると再び強風に翻弄されるのだ。

櫂を漕がねばならないが、船底に溜まった水も掻き出さねばならない。休むことは許されない。

夜になっても漆黒の闇の中で櫂を漕ぐ。寝ている暇はない。誰かが海に落ちても気がつかない。

一昼夜、不眠不休の奮闘が続いた。次の日の昼、水主の一人が指差して叫んだ。

「陸だ！」

雨雲の間に島が見える。皆、疲労困憊していたが、息を吹き返して櫂を漕いだ。風も追い風だ。島にどんどん近づいていく。

「これで助かったぞ！」

仁左衛門が叫んだ直後に呉三正も叫んだ。

「いかん！　舵を切れッ、ぶつかるッ」

島を取り巻く岩礁に激突したら、船は木っ端みじんとなる。全員、岩に叩きつけられて死ぬ。

水主たちは急いで逆向きに櫂を漕ぎ出した。

第三章　豊臣家、滅亡

一

「ああ、日本の島影だ」

仁左衛門は感動とともに叫んだ。澄んだ秋空が広がっている。青い海と緑の山々が見えた。台風一過の快晴であった。何もかもが眩しく目に沁《し》みた。

――よくぞ生きて帰ったものだ……。

げっそりと痩せた顔で帆を見上げる。高砂《たかさご》（台湾）の港で手に入れた継《つ》ぎ接《は》ぎだらけの帆が風を受けていた。船体はあちこちが損傷している。帆柱も斜めに傾いていた。

二日間にわたった苦闘の末に、仁左衛門たちは暴風雨から解放された。一度ぶつかりそうになった島は澎湖《ぼうこ》島であった。仁左衛門たちはさらに東に流されて、高砂に漂着した。船の修理に十日を要し、怪我をした水主《かこ》を下船させ、代わりの水主を雇って、再出航した。

仁左衛門は茫然として日本の島影を見つめている。とはいえ感慨に耽《ふけ》っている場合ではない。鹿皮の売却先を見つけて、良い値で売りさばかなければならない。暴風を無事に乗り切ったものの、商人としては、これからが戦いの本番だった。

風が吹いた。秋風だ。

「さすがに日本の風は涼しいな」

小袖の衿を引き寄せる。半裸で過ごせる国ではない、ということを久しぶりに思い出した。そんな自分がなにやら可笑しくなった。


呉三正のジャンクは斜めに傾いたままヨロヨロと進んで、五島列島の港に向かう。

五島列島には明人倭寇が拠点を築き上げている。明人倭寇とは、日本（倭国）に拠点を置く明国人の海商、海賊のことだ。倭寇は東シナ海から朝鮮半島の沿岸を荒らし回った武装集団だが、その大半は明国人だった。日本人は二割ほどしかいなかったと記録されている。なにゆえ明国人が日本に拠点を置いていたのか、というと、それは明国の禁海政策に原因がある。

明帝国は内陸で暮らす人々によって建国された。彼らの目に、海の商人たちの繁栄と財力は脅威にしか映らない。皇室を圧倒するほどの大勢力に成長する前に潰してしまうにかぎる、とばかりに、海上交易を弾圧したのだ。

窮地に陥った海商たちは海外に拠点を求めた。海の向こうの日本などは絶好であった。明国の役人も日本にまで捕り方を出すことはできない。

倭寇は盗賊のようにいわれているが、それは一方的な見方に過ぎない。明国政府から見れば違法集団であるけれども、必ずしも略奪をしていたのではない。沿岸地域の産物が、いつのまにか消えてなくなっている。地元の人間が海商に売って儲けたのだが、役人に対して正直には言えない。だから「倭寇に略奪されました」と言って誤魔化すのだ。

五島列島は明人倭寇の楽土であった。島の海岸線は複雑に入り組んでいる。呉三正のジャンクは入り江のひとつに入った。小さな浜に港があって、いくつもの家屋が並んでいた。家は山の斜面にも建てられている。日本の為政者——家康や秀頼——の知らぬうちに、こんな町が造られていたのだ。

船は船着き場に着けられる。綱が投げられて繫留された。

仁左衛門は船を下りた。港では大勢の男たちが働いている。喋っている言葉は福建語か広東語だ。日本人もいるのだが（髷《まげ》と装束でそれとわかる）日本語では喋っていない。

盛んに商取引がされている。仁左衛門も買い手を見つけたかったが、今は、とにかく身を休めたい。立っているだけでも辛かった。

＊

翌日。仁左衛門は港の宿屋で目を覚ました。久しぶりに箸を使って飯を食う。ありがたく頂戴し、飯を食い終わった頃、思わぬ人物の訪問を受けた。

「……長谷川権六様？」

豪華な着物をまとった豪商が戸口に立っている。

長谷川権六藤正《ふじまさ》は長崎第一の豪商で、徳川幕府、長崎奉行の重職にある。民間の商人であると同時に幕府の役人だ。長崎の自治と朱印船の管理に辣腕《らつわん》を振るっていた。異国の商人は彼のことを「将軍の買い物係」と呼んでいた。

仁左衛門は二年前、主君である大久保忠佐を守るために曲者を斬った。お尋ね者の仁左衛門をシャムに逃がしてくれたのが長谷川権六であった。仁左衛門にとっては命の恩人だ。

権六は慇懃《いんぎん》に頭を下げてきた。

「山田様。ようこそご無事で日本にお戻りなされました」

仁左衛門は焦った。長崎一の実力者が、なにゆえ自分のような駕籠《かご》かき風情に頭を下げているのか。不思議を通り越して不気味である。何が起こっているのか。

「お、お手をお上げくだされ」

「とんでもございませぬ。山田様はいまやアユタヤの貴族様。山田様のご尊顔を拝し奉り恐悦至極《きょうえつしごく》に――」

なんと、そういうことになっているのか。

どう返事をしたら良いのかわからず、仁左衛門はうろたえ続けた。


宿屋の座敷で向かい合って座る。仁左衛門が上座に座っている。

「アユタヤ朝での山田様のお見事なるお働き、木屋半左衛門よりの書状によって長崎にまで伝わっておりまする。豊臣方に与《くみ》する者たちを討ち取りなされたこと、関ヶ原の勝利に勝るとも劣らぬ大手柄。これにて徳川様の勝利は疑いなしにございまする」

「大げさずら」

「大げさとは、ご謙遜が過ぎましょうぞ。この長谷川権六、山田様の御船が五島に入ったとの一報を受け、とり急ぎましてご挨拶に駆けつけて参った次第」

出世とは恐ろしいものだ。こうもあからさまに態度が変わるとは。

権六はアユタヤについて根掘り葉掘り、話を聞きたがった。情報も資産であるということを仁左衛門はまだ知らない。アユタヤ朝シャムについて、タウングー朝ビルマについて、インド洋を股にかけるイスラム商人について、語って聞かせた。

「なるほどなるほど、見事なる御勝利にございまする」「なんとも珍奇なお話にございまするなぁ」

などと権六は盛んに煽《おだ》てながら話を聞いた。仁左衛門はすっかり良い心地となっている。

「して、山田様。シャムよりお持ちになられた鹿皮は、いずこに？」

「呉三正の船に積んであるずら」

「売り手はすでにお決まりなのでございましょうか」

「いや。まだだずら」

「それでしたなら！」

権六が身を乗り出してきた。

「手前に買値を見積もらせてはいただけませぬでしょうか」

ああ、そうか。と仁左衛門は今頃になって思い当たった。長谷川権六に買い取ってもらえばいいのである。売り手を探す手間が省けた。

「願ってもない話ずら」

仁左衛門は腰をあげた。長谷川権六を港に案内する。

鹿皮を収めた箱は船倉にしまい込まれてあった。どれほど船が揺れようとも崩れないように縄できつく固縛してある。薄暗い船倉に下りる。嵐で波を被ったせいで、どこもかしこもヌメヌメと濡れていた。注意しないと足を滑らせてしまいそうだ。

長谷川権六が顔をしかめている。仁左衛門は箱の蓋の釘を、釘抜きを使って抜いた。蓋を開ける。

その瞬間だった。不快な異臭が鼻を突き、仁左衛門は、えづきそうになった。

「ああ、これはいけません」

長谷川権六は目で荷を検《あらた》めるまでもなく、言いきった。

「鹿皮は腐っております。これでは売り物になりませぬ」

「なんと！」

仁左衛門は箱に手を突っ込んだ。鹿皮を捲《めく》ろうとすると、その皮はドロドロに腐っていて、手で持っただけで千切れた。

権六は渋い顔つきになっている。

「鹿皮は、けっして濡らしてはならぬ商品なのでございます。しかしこの船は……」

船室の底だというのに、船材の隙間から外光が洩れている。

光が入ってくる、ということは、水も入ってくる、ということだ。

仁左衛門は、食ってかかるような勢いで権六に質した。

「この荷は、いかほどの値になるずらか！」

「一文の値もつきませぬ。早く捨てておしまいなさい。汚いこの船が、もっと汚くなるだけでございます」

仁左衛門はその場にヘナヘナと崩れ落ちた。アユタヤの港を出てから六十日。大嵐に遭って生死の間を彷徨《さまよ》い、二昼夜にわたって不眠不休で舟を漕ぎ、そんな思いまでしてようやく日本まで荷を運んだのに、すべては無駄だったというのか。

「そんな馬鹿な……」

いかつい肩を震わせる。涙が頬を伝い落ちていった。

二

雨が降っている。日本の雨は陰気で冷たい。

開け放たれた障子の外に長崎の港が見えた。ここは長崎奉行、長谷川権六の屋敷だ。琉球から取り寄せた畳が床に敷かれており、仁左衛門はそこに横たわっていた。

権六の好意で屋敷に招かれて逗留している。何もする気にならない。飯もろくに喉を通らない。そのうちに身を起こす気力もなくなった。景色は見事だ。長崎は、港と、それを囲む低山とで景観が構成されている。紅葉も始まっている。港に浮かんだ帆船の白い帆。それらのすべてが雨の中で煙っていた。

ドタバタと慌ただしい足音が近づいてくる。長谷川家の下女が現われて雨戸を閉めていった。雨が吹き込んでくるのに仁左衛門は戸を閉めようともしない。そこまで頭が回らない。

もっとも。仁左衛門はこの屋敷ではシャムの貴族だと紹介されている。貴族が働くわけがない。下女たちは「雨に気づくのが遅れ、とんだ不始末ば、いたしました」と詫びまで入れて、濡れた畳を拭いてから去った。

雨戸の閉じられた座敷は昼でも暗い。仁左衛門は闇の中で寝ころんでいる。

――投げ銀をいかにして返せばよいのか……。

鹿皮を日本で売った銭で返済するつもりだったのに、完全に目論見が外れた。一文なしになってしまった。

この時代の投げ銀（投資）は、遭難で貿易に失敗した場合には返済が免責される。しかしである。たとえ免責されようとも、一文なしになってしまったことに違いはない。信用も失った。貸元のカムペーンペットや、鹿狩りに従事した日本町の者たちは、仁左衛門を許してくれないだろう。

――タンヤラットが日本町で辛い思いをするに違いねぇずら。

仁左衛門自身もアユタヤに帰る手段を失った。本当に徳川方の足軽にでもなるしかない。タンヤラットと交わした約束も守れない。タンヤラットは『薄情な異国人に嫁いでしまった』と嘆き、悲しみ、仁左衛門を心の中で罵《のの》しりながら生きていくのだろう。

――借財のツケがタンヤラットに回されて、奴隷に売られたりしたら大変ずら……。

絶対にないとは言いきれない。仁左衛門はますます悩み、苦しんで、畳の上を転げ回った。

仁左衛門は呉三正のところへ掛け合いにも行った。船倉で水漏れを起こしたのが悪い。鹿皮を扱う貿易商たちは大勢いるのだ。皆、無事に日本に皮を運んでいる。つまり呉三正の船に問題があったのだ。

しかし呉三正は「自分は悪くない」と言い張った。「嵐が来ると言っていたのに出航させたお前が悪い」などと、責任をこちらに擦り付けてきた。終いには「なんなら李大人に裁定してもらおうか」などと言い出した。

明国海商の大立者、李旦《りたん》は、仲間内の論争の裁定をしている。だが、そうなると明国の言葉が喋れない仁左衛門は不利だ。呉三正が嘘の証言をしても「それは違う。本当はこうだった」と主張することができない。

東アジアの海を実質的に支配しているのは明国海商である。李旦の名を出されたら、仁左衛門は黙り込むしかなかった。

それでも少しばかりは罪の意識を感じたのか、呉三正は「これをやるよ」と言って、粗末な壺を突き出してきた。中に砂糖が入っている。それを売って当座の生活費にしろ、ということであるようだった。

砂糖もそれなりに高く売れる商品だ。呉三正とすれば、かなりの好意であったのだろう。

薄暗い座敷の中に長谷川権六が入ってきた。仁左衛門はさすがに起き上がって座り直した。権六も座った。

「お加減は如何ですかな」

仁左衛門のことを病人だと思い込んでいる。確かに仁左衛門は気鬱の病だ。

「山田様をアユタヤにお送りする手筈がつきそうにございます。アユタヤ行きの朱印状を求める商人がございましてな。朱印状は公儀《おかみ》から下げ渡されます。手前も駿府まで赴かなければなりませんが……」

朱印状は、駿府の大御所家康か江戸の将軍秀忠によって発給されるのだが、長崎奉行長谷川権六の仲介手続きを必要とする。長谷川家が権力を握る一因だ。

「アユタヤ行きの朱印船に山田様が便乗できるように取り計らいまする」

仁左衛門の表情は晴れない。

「ご好意はありがたいずらが、アユタヤに戻ったところで、皆にどう顔向けすればよいのか……」

「商売にしくじりはつきものにございますよ。一度や二度のしくじりでそんなに気を落とされていては……、おやっ？　それはなんでございましょうかな」

床に転がっていた砂糖壺に目を止める。

「見せていただいてもよろしゅうございますか？　ほう、これは」

「砂糖ずら。辨喝喇海《べんがらうみ》の人々は菓子にまぶして食うずらよ。売れば多少の値はつきましょうけれども……」

カムペーンペットの返済額にはほど遠い。日本町の皆に払う手間賃にもならない。

「売り物でございましたか。ほうほう。それでは手前が預らせていただいてもよろしゅうございましょうか。良い買い手を見つけてまいりましょう」

仁左衛門にとっては正直なところ〝どうでもいい話〟だ。適当に相槌をうつ。長谷川権六は壺を手にして出て行った。


長崎から江戸まで徒歩で旅すれば一カ月、船で急いでも十日ほどかかる。悪天候や逆風などで〝風待ち〟すればさらに日数が嵩んだ。長谷川権六が戻ってくるまで仁左衛門は何もすることがなく、無為に時を過ごした。無聊《ぶりょう》を慰めてくれたのは近在の若者たちであった。異国帰りの仁左衛門は珍しい存在だ。しかもシャムで貴族に立身したと評判を取っている。青雲の志に燃える若者が集ってくる。

中でも源蔵《げんぞう》という若者と、九郎《くろう》、甚三郎《じんざぶろう》の兄弟が熱心に通ってきた。三人ともが十代の後半で、源蔵は五島の漁師の悴《せがれ》だという。九郎と甚三郎は長崎の商家の子だ。仁左衛門の話を熱心に聞いて、大げさに感心する。仁左衛門も次第に楽しくなってきた。若者たちと話をしている間は、辛い現実を忘れることができたのだ。三人は「旦那がシャムば、帰るときには、オイたちも一緒に連れて行ってくれんね」と頼んだ。仁左衛門はいい加減に相槌を打った。

長谷川権六の帰りは遅い。江戸や駿府での折衝にも時間がかかるのであろう。百日ばかりが過ぎて、ようやく長崎に戻ってきた。

長谷川権六が離れ座敷の仁左衛門の許に挨拶に来た。

「山田様よりお預かりした壺にございますが……」

挨拶もそこそこに切り出す。

「銀二百貫で売れました」

仁左衛門は仰天した。何を言われたのか、よくわからない。

「砂糖に、そんな高値がつくんずらか」

「砂糖ではございませぬ。入れ物に値がついたのでございます。あの壺は宋胡録《スンコロク》でございましたよ」

シャム国にサワンカロークという町がある。窯業が盛んで陶磁器の名産地だ。宋胡録はサワンカロークの訛伝《かでん》であった。

「あんな汚らしい壺に、値がつくんずらか」

「つきまする」

長谷川権六は笑みを浮かべている。

「宋胡録も呂宋壺《ルソンつぼ》も、彼の地ではお百姓衆が台所で使うような品。村のどこにでも転がっている焼き物に過ぎませぬ。ですが、海を渡って日本にくれば値の張るお宝に変じるのでございます」

宋胡録や呂宋壺は茶人の間でもてはやされ、高額で取引された。だが、最初に日本に持ち込まれた時点では、砂糖や漆や薬などを入れる容器にすぎなかった。日本の数寄者《すきしゃ》（芸術家）の目に止まったことで、一気に値打物となったのだ。

「銀二百貫は、銭箱に詰めまして、表店に置いてございます。どうぞお受け取りを」

「まことずらか！」

これでカムペーンペットに借財を返せる。日本町の皆にも銭を配ってやれる。タンヤラットにも少しは良い暮らしをさせることができそうだ。

仁左衛門の大きな身体が喜びで震えた。目の前にかかっていた暗雲が一気に晴れた心地だ。

「それならば、これからは、あの壺を仕入れて持って来るのが良いずらか？」

そう言うと、権六は笑顔で首を横に振った。

「いえいえ。なかなかそう上手い話はございませぬ。この値での商いは、今回限りのこととさせていただきます」

「なにゆえ？」

「壺をお買いくださいましたのは、お上のご重役、井上主計頭《かずえのかみ》様。山田様の初商いと知って、御祝儀で、お買いあげくださったのでございます……」


井上主計頭正就《まさなり》は徳川幕府の能臣で朱印船貿易を取り仕切っている。アユタヤ朝の大庫司《プラクラン》に相当する。

数十日前。長崎を発った長谷川権六は駿府を経て江戸に入った。井上正就の江戸屋敷は小石川にある。権六は将軍秀忠に挨拶するよりも先に井上の許に伺候した。書院の広間で対面した。

井上の前には盆に置かれた宋胡録がある。井上は無造作に摑み取って眺めた。

「この汚らしい壺を銀二百貫で買えと申すか」

冷やかな目で壺と権六を交互に見ている。

「そのほうは、わしを馬鹿にしておるのか。いかに宋胡録とて、こんな古物、銀二百貫の値打ちはあるまい」

「さすがは主計頭様。お目利きでいらっしゃいます」

　権六は愛想笑いを崩さない。

「それなる宋胡録、壺そのものではなく、壺をシャムより持ち帰った御方に、銀二百貫の値打ちがあるのでございます」

「何者じゃ」

「山田仁左衛門様にございます」

　権六は山田仁左衛門の人となりと、シャムでの活躍、そしてただ今の彼の窮状について語った。

　井上正就はさすがの才人である。長谷川権六の意図するところを即座に理解した。

「その山田なる者に、銀二百貫で恩を売っておけ、と申したいのじゃな？」

「ご賢察の通りにございまする。山田仁左衛門、滅多に現われぬ出物。奇貨にございまする」

「奇貨おくべし、か」

　奇貨とは値打ちが暴騰する商品をいう。井上は思案している。

「シャムには奇貨が多いのう。蘇木《そぼく》、沈香《じんこう》、鹿皮、宋胡録。かの国では容易に仕入れることができるのに、日本では高値で売れる」

「山田仁左衛門様もまさにそのような御方。必ずや、井上様のお役に立ちましょう。銀二百貫では仕入れ値が安すぎるやもしれませぬぞ」

「申すことよ。あいわかった。そのほうがそこまで請け合うのだ。この壺、銀二百貫で買ってやろう」

「良いお買い物をなされました」

長谷川権六は満足そうに微笑んだ。

などという身も蓋もない話は、仁左衛門には、伝えない。

「井上主計頭様は、山田様のご窮状を哀れと思し召しになり、『アユタヤ日本町の副将が商売でしくじったとあっては面目が立つまい』と仰せになり、銀二百貫で借財を肩代わりしてくださったのでございまする」

辛い時には人の親切が身に沁みる。仁左衛門は思わず涙ぐんだ。

「なんとありがたい……。見ず知らずの拙者のためにそこまでしてくださるとは。井上様より受けた御恩は生涯忘れねぇずらよ」

「それればかりではございませぬ。井上様は徳川家よりアユタヤに送る黄金の二百両を山田様の宰領《さいりょう》に任せる、との仰せにござる。その黄金で彼の地の硝石をお買い求めくださいますように」

徳川将軍家の御用商人に任じられた、ということだ。

「なにゆえオレに、そこまでのご厚情を……」

「山田様は沼津様のご家来だった御方。すなわち徳川方ではございませぬか」

沼津様とは沼津城主、大久保忠佐のこと。そして徳川家はいよいよ豊臣家に対する最終決戦に挑もうとしている。戦争に必要な物資を十全に確保しなければならない。

「山田様のご活躍を頼みとなさっておわすのです」

「上様のご重臣様が、オレのような軽輩を、そこまで高く買ってくださるずらか」

仁左衛門の巨体が感動で打ち震えた。

「井上様より受けた恩義に報いるため、この山田仁左衛門、誠心誠意、働かせていただくずら！

井上様には、なにとぞ我が意をお伝えくだされ！」

権六は微笑みながら頷いている。

三

仁左衛門は、長崎の豪商、糸屋随右衛門《いとやずいえもん》が仕立てた朱印船に乗ってアユタヤに帰還した。銀二百貫と金二百両を携えている。天下の豪商になった心地であった。船も八十万斤（積載量、約四百八十トン）の大船で、船頭も水主たちも腕利き揃いだ。呉三正の船とは乗り心地も安心感も雲泥の差であった。

――大切な荷を預ける船を値切ったのが間違いだったずら。

仁左衛門はおおいに反省した。

――だけんど、そのお陰で井上主計頭様という後ろ楯を得ることができたずら。世の中なにが幸いするか、わからねぇものずら。

厚遇に報いるためにもシャムでの商売を成功させねばならない。船では長崎で知り合った若者、源蔵と、九郎、甚三郎の兄弟も水主として働いている。仁左衛門についてきてしまったのだ。

まぁ良い、と仁左衛門は気が大きくなっている。アユタヤの日本町には仕事がたくさんある。三人が労を惜しまずに働けば、きっと運が開けるはずだ。

――オレも働くぞ。いつかは船持ちの商人になるずら。

仁左衛門の胸中は、南洋の陽光のような希望で満ちあふれていた。

日本町の港に降り立つ。

「一年ぶりのアユタヤずら」

アユタヤ日本間の航海には三カ月、天候に恵まれなければ半年もかかる。さらに仁左衛門は長崎で三カ月も無為に過ごした。海外貿易には時間がかかり、危険も多い。

——シャムで安値で仕入れた品が、日本で高値で買い取られるのも当然ずらな。

などと仁左衛門は感じ入った。

若者三人と金銀の箱は港の役人に預ける。ともあれ急いで我が家に戻る。妻の顔が見たい。夢の中では何度も見たが、今日こそ本当に、この目で見、抱きしめることができるのだ。

「戻ったぞ、タンヤラット！」

大声のシャム語で叫びながら階段を上ると、その大声に驚いたのだろう、屋敷の中にいた赤ん坊が泣き始めた。

「これはいかん」

仁左衛門は一転、足音を忍ばせて扉を開けて、屋敷の中を覗き込んだ。

タンヤラットの侍女が赤ん坊を抱いてあやしていた。

「旦那様」

侍女は仁左衛門の顔を見て驚いている。船の上から便りを出す方法がないので、「これから帰る」と報《しら》せることはできない。家の者からすれば、いきなり帰ってくるわけだから、多少は驚くに違いない。

「ただいま戻った」

仁左衛門はそう言ってから、赤ん坊を覗き込んだ。

「どこの家の子だ？」

なにゆえ赤ん坊が屋敷にいるのか。誰から預かったのだろう。不思議に思って訊ねると、侍女も珍妙な顔つきになった。

「あなた様のお子にございましょうに」

「オレの子だぁ？」

仁左衛門は目を丸くさせてしまった。

――そうか、八カ月か！

去年の八月にアユタヤを出た仁左衛門は、今年の四月にアユタヤに戻ってきた。出帆前に秘かに懐妊していた妻が赤子を生むには十分な月日であったのだ。

「名は、なんというのだ」

「ございませぬ」

「オレの子が、名無しなのか！」

「父親たるあなたさまがお留守なのに、子に名前をつけることはできませぬ」

「あっ、そうか、そうだな」

取り乱している。仁左衛門はもはや何も考えられなくなって、赤子の顔を見つめた。

「頭、戻られたのか！」

ドヤドヤと男たちが押しかけてきた。岩倉平左衛門や今村左京、面頰《めんぼお》を着けて火傷を隠した名無し殿もいた。皆の鎧姿から察するに王宮警固の役に就いていて、仁左衛門が戻ったと聞いて急いで駆けつけてきたらしい。鎧の金具が擦れて耳障りな音を立てている。驚いた赤ん坊がけたたましい声で泣きだした。

それからが忙しい。仁左衛門はソンタム王に帰国を報告し、宋胡録を売って得た銀二百貫を報告して売り上げの中から税《チャンコープ》を納め、日本から持ち帰った黄金の二百両を披露して、硝石を売ってくれるように頼んだ。

オークヤー・カムペーンペットにも投げ銀の返済をする。カムペーンペットはインド洋の港に行っていて留守だったので、屋敷の家宰に渡して書状で報せた。

子にも名前をつけねばならない。仁左衛門はオインと名づけた。

この命名には日本町の者たちが呆れた。口の悪い岩倉平左衛門などは、

「それではまるでシャムの子ではないか。日本人の名をつけずともよいのか」

などと面と向かって苦言を呈した。

日本人たちが次々とお祝いにやってくる。その対応に仁左衛門とタンヤラットは追われた。

「やはり、日本の酒は美味い！」

クロム・アーサー・イープンの牢人たちが車座となり、朱印船が運んで来た日本酒を回して飲んだ。シャムにもアラク酒という蒸留酒があるが、日本人には評判が悪い。飲み慣れた日本酒の方が好まれる。

源蔵、九郎、甚三郎の三人は仁左衛門の家人になったかのように働いている。酒や料理の給仕に忙しい。醬油も持ち込まれた。焼き魚にかけて皆で舌鼓を打った。

しかしである。シャムの品物が日本で高値で売れる、ということは、日本の安酒もシャムでは高級品になる、ということだ。

——いったい誰が、酒や醬油を贖《あがな》ったんだべな。

仁左衛門は首を傾げた。

――何にせよ、宋胡録が高値で売れて良かったずら。

我が子の誕生と命名の祝いを盛大におこなうことができた。

――一文なしで戻ってきたなら、これほど歓迎はされなかったに違ぇねぇ。井上様と長谷川殿には頭が上がらねぇずら。

二人の恩に報いるためにシャムで全力を尽くそうと仁左衛門は誓った。

灯火の乏しい時代の酒盛りは昼間にやる。夕方になると皆、酔い潰れてしまう。男たちが広間の茣蓙《ござ》の上にひっくり返り、酒臭い息でいびきをかきはじめた。

「やれやれ。毎日酒盛りでは、こちらの身も持たぬな」

仁左衛門は奥の部屋に入った。タンヤラットが赤子に乳をやっていた。

「うるさくてすまぬな」

横に座りながら詫びる。タンヤラットは微笑みで答えた。

「皆が挨拶に来て、まるで王様の宮殿のよう」

「賑やかなのは好きか」

「寂しいよりはずっと好き」

仁左衛門は「うむ」と頷いた。

「オレはもっともっと偉くなる。大きな御殿で、大勢の家来にかしづかれながら暮らすのだ」

不可能なことではない。長谷川権六や井上正就を満足させる働きを示せば、彼らはいくらでも日本の金銀を送って寄越すはずだ。アユタヤ一の富商になることも夢ではない。

仁左衛門の身体に闘志が燃え上がった。

と、その時、侍女が足音を忍ばせてやって来て、扉の外の回廊に膝をついた。

「旦那様、お使いの者が参りましてございます」

「こんな夜分にか」

「オークークン・ソムサート様のご家来で……」

オークークン・ソムサートとは城井久右衛門のこと。日本町の頭領《ナーイ》に就任している。

「木屋半左衛門様が、オークークン・ソムサート様のお屋敷でお待ちしている、とのこと」

「城井殿と木屋殿が揃ってオレを待っているのか。ならば行かねばなるまいな。やれやれ、席の暖まる暇もないぞ」

タンヤラットに顔を向ける。

「すまぬな。遅くなることはあるまいと思うが……」

「王様と同じ。いつも人と会ってる」

「そうだな。偉くなるほど忙しくなる。喜ばしいことだと思わねばならん。行ってくるぞ」

仁左衛門は屋敷を出て、城井の屋敷に向かった。


城井の家では庭に篝火《かがりび》を焚いていた。夜に客を迎えるための照明だ。

——なにやら市河治兵衛を討った夜を思い出すずら。

はや、三年も前の出来事だ。

城井の執務室にはテーブルが置いてあった。木屋半左衛門と城井久右衛門が座っていた。ギヤマンのグラスでブドウ酒を飲んでいる。日本では珍しいこの酒も、東西通商の要、アユタヤではさして珍しいものでもなかった。

木屋は、いつものように、誠実さのまったく感じられない薄笑みを浮かべていた。

「お子の祝いに顔も出さんで失礼ばいたしもした。オイが贈った酒と醬油は、喜んでもらえたとじゃろうか」

あの酒と醬油はこの男からの贈り物だったのか。長崎の豪商だけあって、さすがに豪気なものだ。

「それにしても山田様《さぁ》、よくぞお戻りになられたとじゃ。日本での話ば、長谷川様からの書状で知りもうしたとよ」

「酷い目にあったずら。商売は難しいものずら」

仁左衛門もワイングラスを手に取る。

「井上様と長谷川様より受けた恩義に、いかに応えればええのかわからんずら」

すると木屋の目がギラリと光った。……ように見えたのは、庭の篝火《かがりび》の炎が揺れたせいだろうか。

「お二方のお助けば、すればよかかと。お二方はシャムから遠い日本におられると。シャムでやりたい事があってもできんばい。じゃけん、お二方がやりたくてもできん事ば、山田様が代わりにすればよかかとよ」

「つまるところ、何をすればええのか」

「大坂方との戦が、間もなく始まっと。大坂方は油断ならんばい。鉛と硝石、新型の鉄砲、大砲ば、熱心に買い集めとっとよ。このシャムからもずいぶん運ばれとるようたい」

仁左衛門は眉をひそめた。

「オークプラ純広たちを討ったことで、大坂方の手に荷が渡らぬようにしたはずずら」

「アユタヤには明国の商人、マレーの商人、カンボジア人、コーチ人、商人はいくらでもおると。

大坂方の依頼を受けて硝石を扱う者が、大勢おっとじゃ」

オーククン・ソムサート城井久右衛門も陰鬱な顔で頷いた。

「ポルトガル人は、我らに憎しみを向けておる。シエンの商船を襲ったせいだ」

奴隷にされた同胞を救い出しただけだが、ポルトガルからすれば海賊行為だ。

「知ってのとおり、アユタヤ第一の関を守っておるのはポルトガル人銃兵隊《クロム・ファラン・メンプーン》だ」

アユタヤを出航する商船は、まず最初にポルトガル人の川関所で荷検《あらた》めを受ける。関所の長官はアユタヤの貴族だが、実務を担当しているのはポルトガル兵だった。

「ポルトガル人は我らを憎んでおる、ということは大坂方を贔屓にする、ということでもある」

家康のカソリック嫌いも関係している。家康はスペイン、ポルトガルのカソリック教国を遠ざけ、プロテスタントのオランダや、新興国のイギリスに好意を示していた。敵の敵は味方だ。ポルトガルは豊臣家に接近することで、日本への影響力を取り戻そうとしていたのである。

豊臣家の依頼を受けた商人が荷を秘かに運び出す。川関所のポルトガル人が見て見ぬふりをして通す。このやり方でかなりの硝石、鉛、銃、大砲が豊臣の手に渡ったようだ。その総量は木屋でも把握しきれない。

「山田様《さあ》」

木屋半左衛門が仁左衛門の目をじっと覗き込んできた。

「もしも大坂方が徳川方に勝つことになれば、徳川方のあーたは、アユタヤにおれんようになっとよ。オークプラ純広みたいに追われることになるったい」

豊臣方の御用商人がアユタヤに雪崩込んでくるからだ。仁左衛門は苦々しい気分となった。ようやくアユタヤで成功しかけているというのに、また、苦難の日々に戻るのか。

妻もいる。子も生まれた。家族を守りながらの貧困は、身一つだった時とは比べ物になるまい。なんとしても今の暮らしを守らねばならない。愛する妻子のためだ。

「オレは何をすればええのじゃろう」

木屋半左衛門という男、話を持ちかけてくる時にはもう腹案が固まっている。仁左衛門にやらせたいことがあるから、声をかけてきたのだ。そうに違いない。

「山田様お一人に、ではなく、クロム・アーサー・イープンの総勢でやっていただきたい事があるとよ。川関所の役目ば、ポルトガル人から奪い取っと。オイたち日本人で川関所ば差配して、大坂向けの荷ば押えるとじゃ」

仁左衛門は困惑した。

「しかし、メナム第一の関は、アユタヤのお膝元にあるずら」

ポルトガル町と日本町は東西に隣り合っている。その間にメナム川が流れているのだが、クロム・ファラン・メンプーンの関所はまさにそこにあった。

アユタヤの王や貴族の目の届く範囲である。銃撃戦になったら音が聞こえるし、硝煙だって漂う。王宮から近い場所で外国人同士が戦争などできるものか。

「無論のこつ、戦はあかんとよ。秘策ば巡らせよぅと」

「どのような策ずらか」

「王様を味方につけっと。王様に『日本人に関守ば任せる』と言わせるように仕向けっとよ」

「王の御心を動かすことができるんずらか」

「否とは言えんようにすればよかとよ」

木屋半左衛門は冷たい笑みを浮かべている。

四

日本町の全域、全階層で〝冥加金《みょうがきん》の供出〟が始まった。商家や個人が溜め込んでいる金銭を集める。冥加金とはこの場合は、王家と朝廷の実力者に対する贈賄を意味していた。

日本人義勇隊《クロム・アーサー・イープン》に川関所を任せてもらいたい、という無理難題のごり押しだ。無理があるということは木屋や城井も理解している。だからこそ大量の賄賂が必要だった。

供出を命じられた者たちは不満たらたらである。けっして豊かな暮らしではない。銭の供出が困窮に直結する者も多かった。仁左衛門は町々を隈なく巡り、銭を集めて回った。岩倉や今村たち、配下の牢人衆を指図して走らせる。陋屋《ろうおく》の莚《むしろ》までまくり上げさせて、台所の壺をひっくり返し、貧しい者からも徹底して銭をかき集めさせた。

そうまでせねばならぬのか。と、自分でも疑問を感じてしまう。だが、それでもやらねばならぬのだ。

「川関所の関守になれば相応の役得があるずら。今の苦しみに耐えれば豊かな暮らしが待っておるずら！　耐え忍べ！」

関守には王家からの給金の他に、商人からの挨拶料や目溢《めこぼ》し料が入ってくる。仁左衛門は、

——皆を富貴にするためずら。

自分にそう言い聞かせ、心を鬼にして銭を集めさせた。

仁左衛門自身、宋胡録で得た儲けを皆の見ている前で供出した。率先してやってみせたのだ。日本町の牢人たちも黙って従うより他にない。

城井と木屋半左衛門は王宮に日参して陳情を続ける。大量の金、銀、銅銭がばら蒔かれた。城井や半左衛門たちにとってこの活動は、我が身の栄達のためではない。徳川家を勝利させるための戦いだ。徳川家から送られてくる資金が惜しげもなく注ぎ込まれた。『石造りの巨大な仏塔が金箔張りに造り替えられる』などと噂が立つほどに大量の黄金が動いたのだった。

しかし王の裁可は容易には下りない。王と朝廷の大官たちも警戒している。日本人を贔屓にすればポルトガル人が臍《へそ》を曲げる。ポルトガル人に挙兵されたならどうなるのか。ポルトガル人と日本人にアユタヤで戦争を始められても困る。

城井や半左衛門も焦り始めた。日本から届けられる書状は、東西手切れ（徳川と豊臣の決戦）が間近に迫ったことを告げるものばかりだ。

やがて辛抱と緊張は限界に達した。牢人衆は戦国時代の生き残りだけあって、短気で短慮であった。彼らは、貧しい暮らしに音をあげて、実力行使に及び始めた。

早朝、甲冑に身を包んだ牢人衆が日本町に集結した。腰に刀を差し、手には槍や鉄砲を持つ。背に旗を立てた者もいる。舟に乗り込んで市街《ムアン》に入ると、法螺貝を吹き、陣太鼓を打ち鳴らしながら行軍し始めた。

アユタヤは平和な町だ。タウングー朝ビルマの軍勢に攻め込まれたのは四十六年もの昔。その記憶を持っているのは数少ない老人ばかりだ。

一方の日本牢人衆は戦国時代の生き残りだ。日本人は恐ろしい。二十万の大軍で朝鮮半島に侵攻した。その事実は、東アジアの人々ならば誰でも知っていた。甲冑姿の男たちが軍鼓を鳴らして王宮の周囲を練り歩く。シャム人も、交易の商人たちも、震え上がって家の中に逃げ込んだ。舟に資産を載せて市街を脱出する者までいた。

騒ぎを聞きつけた仁左衛門は大急ぎで市街に駆けつけた。そして、土埃《つちぼこり》を上げて練り歩く牢人衆を見た。名無し殿の姿を認めて仁左衛門は詰め寄った。

「この騒動はなんずらか！　王よりの陣触れが届いたのか」

名無し殿は顔の火傷を隠すため、人前ではいつも面頬を着けている。表情はわからない。

「馬揃えにござる」

ぶっきらぼうに短く答えた。

馬揃えとは軍事パレードのことだ。主君に対する表敬として行われる。軍隊がよく訓練され、装備も整っていることを確認してもらう。他国に対して軍事力を見せつけるために行進することもあった。

「王が馬揃えを望まれたと言うずらか」

「我らの一存にござる」

「なにを言ってるずら？」

名無し殿は面頬の穴から鋭い眼光を向けてきた。

「王が我らにメナムの川関をお命じにならぬのは、我らの力にお疑いをもっておられるからに相違なし。そう思案して、我らは、我らの武者振りをご披露申し上げておるのでござる」

仁左衛門の面相がみるみるうちに険しくなった。

「王命もなく甲冑姿で練り歩くは、王を脅しているのと同じずら！　謀叛と受け止められても言い逃れはできねぇずら！」

名無し殿は返事をしない。言い訳もしない。ということはつまり、図星を突いている、ということだ。王を脅すつもりなのだ。

賄賂が効き目を発揮しないなら、今度は武力で脅しにかかる。牢人たちは仁左衛門を無視して行軍し続けた。仁左衛門は、日本町から連れてきた岩倉平左衛門と今村左京に命じる。

「皆をこの場から引き離すずら！　日本町に引き取らせるのだ！　この騒動の首謀者が誰なのか、厳しく吟味してくれるッ」

岩倉平左衛門は良い顔をしない。仁左衛門の命に従おうとはしなかった。今村左京が代わりに答えた。

「それは良くないご思案でござる」

「なにゆえずらか」

「兵が自らの思いで動く時には、将が兵に従わねばなりませぬ。さもなくば将は殺されまする」

「なんじゃと！」

「将の命に従わぬ兵は手打ちにされましょう？　それと同じこと。兵どもの思いに応えぬ将は、兵によって殺され、打ち捨てられまする。それがこの世の倣いにござる」

岩倉平左衛門も大きく頷く。

「古《いにしえ》に言う〝衆怒犯し難し〟とはまさにこのこと。一揆を力ずくで鎮めることはできませぬ」

「好き勝手にやらせておけ、と言うんずらか！」

今村が答える。

「王の叡慮《えいりょ》次第にございましょう」

紺屋の倅だった仁左衛門にとっては謎の理論だ。

夜になっても練り歩きは続き、翌日も早朝から開始された。そして二日目の夜となった。

仁左衛門は焦燥を深めている。オークヤー・チャックリー（首相）が動員令を発し、シャム兵の数千と戦象隊を招集した、という噂が聞こえてきた。

「これはいかんずら。どう考えても悪い方向に転がっているずらよ」

思案に思案を重ねた後で、妻の部屋に向かった。タンヤラットも不安げな表情を浮かべていた。

仁左衛門は妻の身体をそっと抱きしめた。そして覚えたばかりのシャム語で質した。

「そなた、王への御意は叶わぬか」

「参内せよ、と？」

「わしでは王の御前にまかり出ることは叶わぬ。身分が違う。されどそなたは王族。親族として王と話ができようか？」

「老后様には可愛がっていただいておりましたゆえ、老后様にお口利きを願えれば、あるいは」

老后とは先代王の后《きさき》のことだ。ソンタム王の実母である。今も王宮の一角で暮らしている。

「ならば頼む。このままでは王にとっても、日本町にとっても、良くないことになる。王の御心《みこころ》を確かめねばならぬのだ」

「わかりました」

タンヤラットは決然と頷いた。その眼力の強さに仁左衛門は少しばかり驚いた。たおやかで口数の少ない娘だと思っていたのに、意外に芯が強い。

——頼み甲斐のある顔つきずら。

そう感じた。

＊

「オークパン殿、こちらへ」

宮廷の女官が灯籠を手にしてやって来て、仁左衛門を奥へと導いた。

宮殿の外から喧騒が聞こえてくる。夜空の下で松明《たいまつ》が揺れていた。日本人の練り歩きは深夜になっても続いているのだ。

宮殿の一室の扉が開けられた。奥に寝台が置かれていて、若い王が腰掛けていた。

――ソンタム王だ。

仁左衛門は急いでその場に平伏し、三度叩頭《こうとう》した。

「おお、天空の神にも等しき神聖なる王よ――」

たどたどしい王語（宮廷の言葉）で挨拶を始めると、

「我が王は、挨拶は抜きでよろしい、との仰せにございます」

妻の声がした。タンヤラットは王の傍に控えていた。

ソンタム王が王語で喋った。それをタンヤラットが庶民の言葉に翻訳する。

「夜分の参内、大儀であるとの仰せにございます」

「火急の用向きにございます。ご就寝のところをお騒がせいたし、臣の罪は万死に値いたします」

タンヤラットが王語に翻訳しようとすると、王が片手を伸ばして制した。

「もう良い。朕が民人《たみびと》の言葉で喋ろう。そのほうが早い。オークパン、面を上げよ」

「ははっ」

「少し窶《やつ》れたようだな。日本に戻っていたと聞いた。二度とシャムには帰らぬかと思うておったが、よくぞ帰ってきた。嬉しく思うぞ」

王の言葉に仁左衛門の胸が熱くなった。

「我が王のおわしますアユタヤの地を離れて、臣が、いったいいずこへ参りましょうか。臣は生涯、王のお傍に仕えとうございまする」

「うむ」

「我が王よ」

仁左衛門は思い切って顔を上げた。不敬と知りつつ王の顔を見た。

「日本人義勇隊《クロム・アーサー・イープン》の振舞い、王はいかにお感じにございましょう。大御心《おおみこころ》を悩ましているのではございませぬか。臣は案じておりまする」

ソンタム王の表情は憂悶と怒りの色が滲んでいた。仁左衛門の目にはそのように感じられた。

「なにとぞ、大御心をお明かしくださいませ」

「オークパンよ。そのほうとて日本人ではないか。クロム・アーサー・イープンの振舞いについて、そのほうに語って聞かせることなどない」

「我が王よ！　日本人とて一枚岩ではございませぬ。臣がかつて、オークプラ純広を討ち、王の玉体をお救い申し上げたことをお忘れにございましょうか」

「忘れてはおらぬ」

「臣はタンヤラットを妻としておりまする。王家の楯となりて死ぬことも辞さぬ覚悟。なにとぞ臣に、大御心をお明かしくださいませ」

　ソンタム王はしばらく無言で考えてから、答えた。

「ならば申す。朕は不快じゃ。日本人の振舞い、許しがたい」

「オークヤー・チャックリーが、兵と戦象を動員したとの噂がございまする」

「噂ではない。朕が命じた」

「日本人義勇隊を討伐なさる大御心にございましょうか。アユタヤが戦場となりましょう」

「致し方のないことだ」

「そのような事、あってはなりませぬ。日本人義勇隊をすぐさま日本町に引き取らせまする」

「できるのか」

「日本人義勇隊には、我が王に対する叛意はございませぬ」

「ならばなにゆえ朕を恫喝する」

「日本人義勇隊は川関所の関守を王がお命じくださらないことを口惜しく思っておりまする」

「朕の意に黙って従うのが臣下の道であろう。不服を唱えるなど僭越《せんえつ》だぞ」

「いかにも僭越。いかにも短慮。されど、それが日本人の気性なのでございます。この気骨があればこそ、日本人は、命をも省みずに戦えるのでございます！　おのれの誇りに賭けて日本人は戦います る。王が日本兵の誇りを認めてくださらぬのであれば、日本兵は、王のために命を捨てて戦えませぬ！」

　ソンタム王は仁左衛門を凝視している。

「朕にどうせよ、と申すか」

「なにとぞ、日本人の言い分にもお耳をお傾けいただきたく、願いあげ奉りまする」

「メナムの関守を命じよ、と申すか。強訴するなどもってのほか。兵で脅されて『ならば任せる』などと言えると思うか」

「日本人の訴えをお聞きくださるだけで、よろしゅうございまする」

「ただ聞くだけで良いのか。『聞き届ける』とは言わぬぞ」

「日本人義勇隊の衷心をお知りいただきとうございまする」

ソンタム王は、また長時間の黙考に入った。そうしてから口を開いた。

「朕も、朝廷の大官たちも、日本人の心根を、いまひとつ信じられずにおる。だが、いますぐに兵を引くと申すのであれば、朕もお前を信じよう」

「ありがたき幸せ！」

「喜ぶのはまだ早い。〝訴えを聞け〟と申すが、それは司法会議の場で、ということになるぞ」

裁判にかけられて、有罪か無罪か、情状酌量の余地があるかどうかを測られる。有罪となれば、王を恫喝した罪で死罪となる。

「かまいませぬ。アユタヤが戦場となるよりは、はるかにましでございまする。臣が皆を説得いたしまする」

「ならば行け。夜が更けた。朕の眠りを妨げてはならぬ」

「速やかに、静かに、日本兵を引きあげさせまする」

仁左衛門は三回叩頭する。顔を上げたときにタンヤラットと目が合った。心配そうな顔をしている。大丈夫だ、と頷き返した。

仁左衛門は宮殿を出た。日本兵を説得するために走った。

五

　翌朝。王宮はシャム兵と戦象、ポルトガル人の銃兵隊によって取り巻かれた。仁左衛門は慄然となった。もしもこれらの兵力と日本人牢人衆が激突していたならば、アユタヤは火の海となっていたことだろう。

　──戦だけは避けにゃあならねぇ。だけんど……。

　日本人の面目も保たねばならぬ。日本の商人がアユタヤの地より放逐されることなど、あってはならない。

　──ひとつ道を誤れば、皆で食い詰めた挙げ句、奴隷にされちまうぞ。

　仁左衛門は肝の冷える思いで王宮の門をくぐった。


　宮殿には広い庭がある。革の鎧を身につけて槍を手にしたシャム人の兵が並んでいた。象も二十頭が引き込まれている。それぐらいに宮廷は広い。

　アユタヤの司法議会は九人の貴族によって運営される。中央の席を占めるのは五人のオークヤー（オークヤーは貴族序列の第一位）。うちの一人が司法大臣オークヤー・ヨムマラートで議長を務めた。続いて二名のオークプラ（貴族序列の第二位）。うちの一人は王の秘書長オークプラ・アーラック。さらに二名のオークルワン（第三位）によって、裁判の場が構成される。

　法律は、習慣法と成文法の双方が採用されている。義理人情の人治精神と法治精神とを天秤にかけて判決が下されるのだ。

重大な案件では王が臨席する。その場合には、王の意志が、法や習慣よりも優先される。

被告の日本人牢人衆、二百人が庭に立った。王宮を取り巻いて練り歩いた者たちだ。

日本町の総人口はおよそ八千人。シャム人の妻や使用人を除いた〝日本からの来航者〟は三千人と目されている。二百人はかなりの比率だ。

仁左衛門は〝騒動を鎮圧した功績〟が王によって認められ、被告の立つ庭ではなく、庭を取り巻く建物の屋根の下に席が作られた。焦燥しながら裁判の行方を見守っている。

仁左衛門の隣には木屋半左衛門の姿もある。裁判を見届けるために出廷したのだ。

バラモン僧が現われて王の入来を告げた。皆、一斉に平伏し、王を迎えた。王は広間の奥の玉座に座った。

「日本人義勇隊《クロム・アーサー・イープン》の謀叛の嫌疑について審議を始める」

司法大臣オークヤー・ヨムマラートが宣言した。

「偉大なる我らが王の御前である。決して偽証は許されぬ。偽証した者は、いかなる立場であろうとも王に対する不敬の罪で死罪となる。左様心得て証言するように」

王に嘘をついただけでも死罪となるのだ。それほどまでに王は尊い。謀叛の罪の重さなど計りようがなかった。

証言者が次々と入廷しては証言していく。舌鋒鋭く罪を訴えるのはポルトガル町担当の役人（シャム人）と、明国町担当の役人だ。

それぞれの外国町ごとに、通商、外交、通訳を担当する役人がいる。彼らは外国の商人たちと利益を共有していた。

ポルトガルと明国の商人たちは日本人の商業力に脅威を感じている。当時の日本はゴールドラッシュ、シルバーラッシュの真っ最中で、金銀の力を背景にして東洋経済を支配しつつあった。ポルトガル人も明国人も、アユタヤから日本人を追放することで国際貿易の主導権を取り戻そうと必死なのだ。

二カ国担当の役人は口を窮めて日本人牢人衆の無道を非難し続けた。

仁左衛門は宮廷の一角から苦々しげに見守っている。

――まずいずら……。

役人たちが訴える〝日本人の非道〟はすべて事実だ。反論や言い逃れが難しい。

九人の司法官たちも大きく頷きながら耳を傾けている。彼らが配下を使って集めた情報と一致しているからだろう。

日本町担当の役人は、日本人の弁護をする立場だが、まったく顔色がない。日本人を助けたいとは思っているだろうが、しかし日本人に肩入れしすぎると、日本人と同罪であると見做されて処刑されてしまいかねない。

数日前までの日本人は、王族や大官に賄賂を配りまくって、メナム川の関守就任を押し通そうとしていた。だが、その勢いは今ではまったく見られない。

長い評議の後で司法大臣兼裁判長のオークヤー・ヨムマラートが口を開いた。

「日本町牢人衆が私利私欲のためにアユタヤ市街を占拠し、我らの王を人質に取ろうとしたことは明らかじゃ。習慣と法、双方に照らし合わせて情状酌量の余地はない」

これは奥に控える王に司法官の結論を伝えるための物言いでもある。

「罪状は明白であると考える。我らの採決に異論のある者は、今、申し出るように」

ヨムマラートは宮廷に集まった貴族の全員を見回した。異議はどこからも出てこない。

「しからば――」

判決を下そうとした、その時であった。庭に控えた日本人の中から大音声が発せられた。

「異議の申し立てはござらぬ！　我が罪状は明々白々！」

その場の全員がギョッとなって目を向けた。仁左衛門も同様だ。

――名無し殿か！

顔に火傷を負った男が傲然《ごうぜん》と胸を張り、宮殿の奥の王を睨みつけている。息を大きく吸って、さらに音声を発した。

「我らの短慮によって我らが王の大御心を悩ませたもうたこと、申し開きのしようもない！」

口ぶりは猛々しいが、喋っている内容は従容として罪に復するものである。

ヨムマラートは「うむ」と頷いた。

「ならば刑を受けるが良い」

「王を悩ませた罪は甘んじて受けるが、謀叛の罪を受けることはできぬ！　我らに王への叛意はござらぬッ」

「ええい、黙れッ。命惜しさに虚言を弄すか！　見苦しい！」

「命を惜しむことなどあるものか！　我らは日本人義勇隊！　一命はすでに我が王に奉ってござるぞ！　これを見よ！」

名無し殿は懐に隠し持っていた短刀を抜いた。そしていきなり、自分の腹に突き立てた。

その場の全員が腰を浮かす。シャムの貴族たちが仰天した。

「なにをするッ、血迷ったか！」

ヨムマラートが叫んだ。名無し殿は歯ぎしりしながらヨムマラートを睨み返した。

「我が短慮な振舞いによって王を悩ませた罪は重い。よって我が手で我が身を死刑に処するものなり。されど、王への誠忠に偽りはない！」

名無し殿は柄に力を籠めて、グッ、グッと腹を真横に切り裂いていく。見守るシャムの貴族たちの悲鳴がますます大きくなった。

名無し殿は喘ぎながら訴え続けた。

「私利私欲のために王宮を攻めようなどと、思ったことはない！　その証として我が一命、我が手で断ってご覧に入れようぞ。王よ、とくとご覧あれ！　我らは王のご下命あれば、いつでも命を捨てまする！　王に疑いをもたれたならば、おのれの不徳を恥じて死にまするぞ！」

貴族たちのどよめきが大きくなった。

「我らは王に、我らの武威を認めていただきたかった……。それゆえの馬揃え。日本兵はポルトガル兵よりも意気盛ん。お役にたてる……そのことを認めていただきたかったのでござる。謀叛などとは心外……」

腹から血と腸《はらわた》が溢れ出る。名無し殿の顔から血の気が引いていく。名無し殿は刀を首筋に当てた。

「それがし、これよりは魂魄《こんぱく》となりて王家の弥栄《いやさか》を見守りまする……御免！」

刃を引いて頸動脈を切った。前のめりに倒れる。断末魔の痙攣が総身に走って絶命した。

皆は声を失った。ヨムマラートと八人の司法官は腰を浮かせたままで声もない。

ヨムマラートは王に顔を向けた。この場の処置をどうするべきか、王の意向を窺ったのだ。シャム国の裁判史上において前代未聞の出来事であった。

王が答えた。

「クロム・アーサー・イープンへの処遇は朕が決める。皆、大儀であった」

王が退席する。全員急いで平伏して三度低頭した。

＊

仁左衛門はその夜、王の私室に呼び出された。

「オークパンよ。日本人とは皆、ああいった者たちなのか」

仁左衛門は「いかにも」と答えた。ソンタム王は考え込んでいる。

「なにゆえに自分の命を大切にしないのか」

「おそれながらお答えいたします。日本人は命よりも誇りを大切にするのでございます。クロム・アーサー・イープンは、王の直近に仕える親兵であることを誇りといたしておりまする」

「自分の命よりも、朕に仕える身分の方が大切だと申すか」

「御意にございまする。日本兵はメナムの関守を拝命し、いっそうの働きをもって王家に仕えることを望みました。されどお許しが下されませぬ。それゆえに日本兵は、王が日本人の武威と忠節を信じてくださらぬのだ、と誤解をいたしまして、かくして短慮にも馬揃えを行ったのでございます」

「その短慮を詫びて自害したのか」

「御意にございます」

「朕が日本人を疑い続ければ、日本人は、これからも自害し続けるか」

「お疑いが晴れるまで何人でも腹を切りましょう。王のご信任を得て王宮の親兵を務めることこそが、彼らの誇りだからでございます。誇りを傷つけられたなら生きている甲斐もございませぬ。それが日本の武士でございまする」

王は、理解したのか、できずにいるのか、判別しがたい顔をしている。

仁左衛門の見るところ、ソンタム王は優れた知能の持ち主だ。頭が良い人物は、他人の意見には簡単に左右されない。結論は自分で出す。

「……夜も更けた。朕は休む。お前も下がれ」

「ははっ」

三回叩頭して下がろうとすると、呼び止められた。

「ところで、子が生まれたそうだな」

仁左衛門は驚いた。

「臣のごとき軽輩に子ができたことまで御存じなのですか」

「お前の妻は末葉とはいえ王族だぞ。朕が気にかけんでどうするか」

「仰せの通りにございまする。タンヤラットは無事に男児を産みましてございます」

「名はなんとつけた」

「オインと名付けました」

「日本人としての名は」

「ございませぬ」

王は微かに笑ったようだ。

「よろしい。シャムの臣民として大事に育てよ」

「ありがたきお言葉。タンヤラットにも伝えまする」

仁左衛門は王宮を辞した。

六

十日後、王の勅命が下った。日本人義勇隊の罪は問われず、のみならずメナム川の関守を命じられたのだ。

日本町は沸き返った。

「王が、我らの忠節を認めてくださったぞ!」

万歳の声が谺《こだま》する。皆が愁眉《しゅうび》を開いて沸き返り、躍り狂った。

仁左衛門は空を見上げた。

――名無し殿の葬儀をしてやらねばならぬな……。

王による判決が出るまで、名無し殿は謀反人の疑いをかけられたままであった。この国では謀反人の葬儀は許されない。墓地の穴に投げ込まれて、腐るに任されていた。

――日本町が許されたのは、名無し殿のお陰だ。

名無し殿の切腹が王の心を動かしたのだ。

仁左衛門は名無し殿の塒《ねぐら》を訪れた。昨日までは出入りを禁じる竹棒で入り口が封じられていた。

今日は忌中の張り紙がしてあった。

暗い家の中から名無し殿の妻女が出てきた。シエンの海上で助け出した女だ。妻女は仁左衛門を塒に入れる。粗末な机に仮の位牌が置かれてあった。シャムは仏教国なのでお香を手に入れることもできた。

仁左衛門は焼香する。妻と息子が涙をこらえて見守っている。

「葬儀は、日本町をあげて盛大に仕りまする」

一礼して去ろうとすると、入り口で妻女が仁左衛門の袖を摑んで呼び止めた。

「これを……」

鹿皮の巾着を突き出してくる。

「やはりこれは受け取れませぬ。お返しいたします」

仁左衛門は眉根を寄せた。

「なんずらか」

受け取って口を広げると、中には銀貨が詰まっていた。大金だ。

妻女は泣き崩れた。

「そのような物を残されても、わたしども母子は少しも嬉しゅうございませぬ。伊藤が無事に帰ってくることが、わたしどもの願いにございました！」

「なんの話かわからねぇずら。伊藤殿とは……名無し殿のご苗字か？　順を追ってお話しくださらぬか」

＊

日本人義勇隊を載せた船がメナム川を進んでいく。明国人のジャンクに横付けした。臨検のための牢人衆がジャンクに乗り込んで行く。

川岸に役所が建てられている。建物の中に木屋半左衛門がいた。板の間に机を据えて書き物をしている。仁左衛門が入っていくと挨拶抜きで喋りだした。

「こいば見っとよ。今日だけでも三隻の船で、大坂向けの荷ば、見つかったとじゃ」

臨検した船の持ち主と、秘密裏に運び出されようとした硝石、鉛、大砲などが列記されていた。

「オイたちが見逃しておったら大変なことになっておったとよ」

徳川と豊臣の決戦で、徳川方に銃砲弾の雨が降っていたことだろう。

仁左衛門は暗い声で質した。

「どうするずらか。取り上げるのか」

「オイたちが手加減したなら徳川方に死人が出っと。銃砲や弾薬を見逃すほうが非道ってもんたい」

木屋と問答していても仕方がない。仁左衛門は木屋の前にドッカと座った。いきなりに切り出す。

「名無し殿——伊藤軍太夫《ぐんだゆう》殿に勧めて、切腹させたのはお前ずらな」

「いきなりなんの話たいね」

「伊藤殿のご妻女より聞いたずら。馬揃えをやらせたのも、責めを負わせて腹を切らせたのも、お主の差し金だったずらな！」

「なんの話か、わからんたい」

「証拠は伊藤殿が切腹に使った短刀ずら。咎人《とがにん》として宮廷に入った伊藤殿が短刀の所持を許されるはずがない。それなのに伊藤殿は短刀を持っていた。宮廷に入った後で、短刀を渡した者がいる。それはお主に他ならねぇずら！」

「なんば言うとっとか。あの場には山田様《さぁ》もおられたとじゃなかか。山田様が渡したんではなかか」

「愚弄するなッ」

仁左衛門は激怒した。

「王や大官に金銀を贈っても川関を命じられぬと知って、次は馬揃えで王を脅し、その責めを伊藤殿に負わせて自害させたな！　そうまでして川の関守に任じられたかったずらかッ」

「山田様」

木屋の表情から笑みが消えた。

「山田様は、伊藤軍太夫様の衷心を踏みにじるおつもりか」

「なにを言う」

「伊藤様は王への忠節を示すために馬揃えを行い、詫びるためにお腹を召したのでんなかか？　山田様の物言いでは、まるで伊藤様がオイに誑《たぶら》かされた愚か者のように聞こえっとよ。王が、伊藤様に誑かされた暗君のように聞こえっと」

「それは……」

仁左衛門は絶句する。木屋はニタリと笑った。

「山田様には、井上主計頭様より受けた恩義がござったはずたい。大坂行きの荷ば、暴くのが、井上様の恩義に報いる道ではなかとやろうか？」

仁左衛門は黙り込む。木屋の目つきが鋭くなった。

「オイは、徳川様の御為になら、鬼にも魔にもなりもそう。その覚悟でアユタヤに来ておっとよ」

仁左衛門は何も言えない。木屋の顔に薄笑いが戻った。

「伊藤軍太夫様はアユタヤ日本町を救って下さった人傑たい。そんお子は、オイが確かに預りもそう。長崎の木屋でお育て申しますたい」

「ならぬずら」

仁左衛門は歯ぎしりした。

「伊藤殿の子に丁稚奉公をさせる気ずらか！　商人などにさせせねぇずら。この日本町で武士の子として育てるずら！」

「そいはご勝手じゃが、ばってん、もう武士の世は終わりたい。商人に育てた方が良かとよ？　オイたちの手で鉛と硝石、新式の銃や大砲が、将軍家の手にしか入らんように仕向けっと。そうなればもう、戦ばできる大名は日本にいなくなっとよ。戦がなくなれば侍もいらんくなるんが道理たい。こいからは商人の世になっとよ。……では、オイは忙しいので、これで」

木屋半左衛門は一方的に話を切り上げると川関所から出て行った。

＊

慶長十九年（一六一四）、すなわちこの年の冬——徳川家は豊臣家との手切れを通告、大坂冬の陣の火蓋が切られた。徳川勢は買い揃えた長射程の新型大砲によって大坂城を砲撃する。豊臣方には射程の短い旧式砲しかない。抵抗の手段もなく、和議に応じた。

さらに翌年の夏の大坂夏の陣。弾薬の尽きた大坂方は大規模な騎馬突撃を敢行した。一時は徳川方に対して優勢だったが、すぐに力尽きて大将たちは次々と討ち死にしていった。

豊臣秀頼と生母、淀《よど》君は、籾蔵《もみぐら》の中で自害。豊臣家は滅亡した。

半年後、冬の北風を受けて来航した朱印船によって、アユタヤの日本人は豊臣家の滅亡を知った。豊臣家に家を滅ぼされた城井久右衛門は空を見上げて黙していた。涙をこらえているらしい。

仁左衛門は荷を朱印船から下ろした。象使いのプラーに向かって言う。

「王にお納めする税《チャンコープ》はこれだけだ。大庫司《プラクラン》様の役所に運んでくれ」

「わかった。任せとけ」

プラーが象の足を屈めさせる。鞍に荷を上げた。仁左衛門も空を見上げた。

徳川と豊臣の決戦は短期間で終わった。おそらく日本人の誰もが、こんなに早く豊臣家が敗北するとは思っていなかったに違いない。

――その勝利のために、アユタヤでは多くの者が死んだのだ。

日本から遠く離れた異国の地で、オークプラ純広など豊臣方に与《くみ》する者たちが討たれ、あるいは伊藤軍太夫が死んだ。彼らの戦いと死を、日本人のいったい誰が気づいているのか。

仁左衛門の感傷を余所《よそ》に、今日もシャムの日差しは眩しかった。

第四章　日泰《にったい》国交樹立

一

巨大な船がメナム川をゆっくりと遡上《そじょう》してきた。二本の帆柱に四枚の帆。斜めに船首から突き出した柱にも帆がある。櫂《かい》は右舷に九本、左舷にも九本、合わせて十八本。砲門は片側に八箇所ずつ開いていた。さらには前方にも大砲の二門が並べられてあった。

船は日本町の河岸に着けられた。碇《いかり》を投げて停泊する。

「なんと大きな船だ！」

岩倉平左衛門が目を剝いている。驚いているのは岩倉だけではない。対岸にあるポルトガル町の住人や、川上にあるオランダ町と明国町の者たちまでもが川辺に集まり、それぞれの言葉で船の威容を評していた。河岸には日本町の住人たちが総出で船を迎えに来ている。歓声をあげて手を振った。若侍の伊藤久太夫《いとうきゅうだゆう》も目を輝かせた。

「このように立派な船は見たことがございませぬ！」

「さもあろう」

仁左衛門は得意満面で頷いた。

「チャイアーの船大工に造らせたのだ」

チャイアーはクイ岬にある職人街だ。国王の御座船や海船もそこで造られる。

「並の船ならば、どこでも造ることができようが、これほどの大船はチャイアーでしか造れまいぞ」

仁左衛門は大金を投じて、王家御用達の船大工たちに造船を依頼したのだ。鼻が高い。

「日本の和船とも明のジャンクとも違う。ガレオン船やダウ船の良いところを取り入れさせた。世界で一隻、わしだけの船だ」

船の形はヨーロッパのガレオン船に似ている。帆は白い綿布製。船体は黒いガラ・ガラで塗り固めてあった。ガラ・ガラは漆喰に亜麻仁油《あまにゆ》を混ぜて作る。〝スイス漆喰《しっくい》〟の作り方とほぼ同じだ。耐水性に優れ、硬くて頑丈。火縄銃の弾ぐらいなら楽々と跳ね返した。

岩倉平左衛門が髭面を綻ばせて叫ぶ。

「まっこと、日本町《バン・イープン》の頭領《ナーイ》に相応しき御座船でござるな！」

仁左衛門は口元を緩めて胸を張った。


大坂夏の陣で豊臣家が滅亡してから六年が過ぎた。西暦一六二一年。元和七年。山田仁左衛門、三十一歳の春だ。

仁左衛門は前年、日本町の頭領に推戴《すいたい》された。それに伴いソンタム王からはオーククン・チャイヤスンの欽賜名《きんしめい》（貴族としての爵位と名前）が下賜された。オークンは貴族序列の四位である。これまでのオークパンからは二階級の昇進であった。

——十年前、わしはお尋ね者となりシャムに逃れて来た。紺屋《こんや》の悴《せがれ》で駕籠《かご》かきの凶状持ち……。

それが今では船持ちの貴族だ。我ながら貫禄がついたことを自覚している。

日本町で取引される商品はすべて仁左衛門の裁可状が必要とされる。仁左衛門が許可しなければ売り買いできない。商人たちは——異国の商人たちも——仁左衛門のご機嫌を取るべく、日々、様々な宝物を贈ってきた。

さらに仁左衛門は、メナム川の川関守、河川流通の管理官に就任している。行き交う船の荷検《あらた》めを行い、王家の許しを得ていない商品や産物は容赦なく没収して国庫に戻した。悪徳商人たちに泣きつかれて目溢《めこぼ》しをしてやることもある。当然、高額の目溢し料が仁左衛門の懐に転がり込んだ。

日本国は相変わらずのゴールドラッシュ、シルバーラッシュだ。長崎奉行の長谷川権六と、老中の井上主計頭正就《かずえのかみまさなり》からは、金塊銀塊が商売の資本として送られてくる。

そして極めて重要なことなのだが、じつはこの時、明国では銅資源が枯渇していた。銅銭を作ることができない。それまでの国際通貨は明国の銅銭だったのだが、それが日本の金銀にとって代わろうとしている。日本がアジアの国際通貨の供給源になろうとしていたのだ。

アユタヤはアジアの商業の中心地。そして国際通貨の金銀は日本町の仁左衛門を介して流通される。国際金融センターの総裁となったに等しい。

仁左衛門は有り余る資金力を活用し、存分に商売を取り仕切った。インド洋のイスラム商人や南シナ海の明国海商、オランダ東インド会社の商館員達からも一目置かれる豪商へと成り上がっていたのだ。

「わしはこの船を〝浅間丸《あさまま る》〟と名付けた」

浅間とは火山の古語で、浅間神社は火山を御神体として祀っている。仁左衛門が生まれた駿河国では富士山がご神体とされていた。

「浅間神社はわしの氏神だ。わしを守護して下さる、ありがたい神様なのだ」

今日までの幸運は浅間神社の御利益に違いない。仁左衛門はそう信じるようになっていた。

「浅間丸！　良きご命名でございまする」

伊藤久太夫《きゅうだゆう》が目を輝かせた。切腹した伊藤軍太夫の忘れ形見だ。城井久右衛門《きいきゅうえもん》から〝久〟の字を、父から〝太夫〟の字を取って名乗りとさせた。育てたのは仁左衛門だ。日本町で暮らす侍たちを吟味して、学識や武芸に秀でた者を師とさせた。

薫陶に応えて久太夫は、まことに立派な侍に育っている。

――紺屋育ちのわしなど、思わず土下座しそうになるほどだな。

仁左衛門は心の中で苦笑した。いずれはこの日本町の副将に任じよう。折を見てソンタム王に推挙して爵位を下賜していただくことにしよう、などと思案していた。

皆で浅間丸に見とれているところへ、今村左京が、ひとりだけ陰鬱な顔つきでやって来た。

伊藤久太夫が成長したのと同じ歳月の分だけ、今村左京は歳をとった。端正な顔には皺《しわ》が増え、鬢《びん》の辺りに白髪が目立つようになった。

「頭領、城井殿が高熱を発しておられる」

仁左衛門は振り返って表情を曇らせた。今村は報告を続ける。

「薬師が申すにはカイ・チャップサン（マラリア）に相違ない、と。正気を保っていられるのはあと数日。もしやすると次の発作を最後に昏睡するやもしれぬ、とのことだ」

「良く報《しら》せてくれた」

仁左衛門は、この場のことを岩倉平左衛門に任せると、城井久右衛門の屋敷へ向かった。

前《さき》の日本町頭領、城井久右衛門が寝台に横たわっていた。げっそりと痩せている。目も頬も無惨に落ちくぼんでいた。まるで骸骨に皮を張りつけたかのようだ。それなのに体温だけが高い。高熱が病んだ身体を痛めつけている。仁左衛門は寝台の横に座った。

「……仁左衛門か」

城井久右衛門の目が細く開けられた。

「念願の船が届けられたと聞いた。まことにめでたい。わしからも祝わせてもらうぞ」

「日本町、待望の大船でござる。これで日本に帰れますぞ。あと少しのご辛抱でござる」

城井は微かに笑った。

「虚言を弄《ろう》すな。日本までの航海に三月……。わしの身体が持つはずもない」

城井久右衛門は昨年、マラリアを発症した。日本町頭領としての務めを果たすことができなくなった。王には自ら辞職を奏上《そうじょう》し、療養の日々を送っていた。

城井の命が旦夕《たんせき》に尽きようとしていることは明らかだ。それでも仁左衛門は励ました。

「ソンタム王は、江戸に使節を送ることに、ご同意くださいました」

「江戸とアユタヤとの盟約が成れば、シャムに我ら日本町のあることが上様のお耳まで届く……我らの働きが公儀の上聞に達する……わしにとっては宿願であった」

「城井様の名が天下に広まりまするぞ！　ここが踏ん張り処でござる」

「わし一人の誉《ほまれ》ではない。アユタヤ日本町の向後《こうご》の盛衰が、使節の如何にかかっておるのだ。忘れるなよ」

「決してしくじりは許されませぬ。我らも江戸の将軍、重臣様方への賂《まいない》を抜かりなく取り揃えておりまする」

「日本町からの使者は誰を遣わすのだ。徳川に仇なした落ち武者では上様の心証が悪くなる」

「伊藤久太夫を向かわせまする。伊藤家は鎌倉より続く名門武士……という触れ込みでございますゆえ」

「伊藤か。まだ若いぞ」

「無論のこと、長崎の朱印商人を副使としてつけまする」

「伊藤は表看板として、交渉事は商人たちに任せるのがよいな」

　シャムと日本の国交締結は日本町の悲願であった。日本町の牢人たちは日本から亡命してきた落ち武者で、それゆえに日本の政権の庇護を受けることができない。シャムと徳川幕府に国交が結ばれて、日本町の住人が徳川将軍家のお目見えとなれば、無国籍の流民状態から解放されるのだ。

＊

　ついに出航の日を迎えた。使節を乗せる船団は浅間丸と随船の五隻によって構成される。日本町の港に見送りの者たちが大勢集ってきた。

　城井久右衛門が戸板に乗せられて運び込まれた。城井はますます病み疲れて自力では船に乗ることもできない。それでも嬉しそうに微笑んでいた。日本町に目を向けている。

「今日で見納めだ。わしがこの地に逃れてきた時には一面の泥田であったのだが。よくぞここまで大きな町に育ったものだ」

仁左衛門は城井を乗せた戸板の横に屈《かが》む。

「城井様のご尽力のお陰にございますぞ」

「うむ、わしもよう働いた。後ろ髪を引かれる思いだが、そろそろ船を出してくれ。長崎で津田又左衛門が待っておるのだからな」

津田又左衛門は五年前、長崎に帰還している。豊臣家の滅亡を知っていよいよ本気で武士を捨てる覚悟を固めたのだ。シャムとの交易でたいそうな身代を築いているとの話であった。

「津田の奴め、わしが長崎に着くのが遅れると『城井の船は難破したのではあるまいか』などと案じるに相違ない。気を揉ませては可哀相だ」

城井が笑い、仁左衛門も笑った。仁左衛門は使節に同行しない。日本町に残る。城井は船室に入り、代わりに船長《ふなおさ》が歩み寄ってきた。

「到底、日本までは持ちませぬぞ」

遺体を運ぶことはできない。水葬にされる。仁左衛門は沈鬱な表情で頷いた。

「せめて御遺髪だけでも日本の寺に納めてやってくれ」

仁左衛門は縄ばしごを伝って桟橋に降りた。銅鑼《どら》が打ち鳴らされる。日本町の皆が手を振って見送る中、使節の船団は河岸を離れた。

元和七年（一六二一）八月、京都南禅寺金地院の住職、金地院崇伝《こんちいんすうでん》は、急な報せを受けて江戸城に呼び出された。崇伝は徳川家の外交顧問であった。日本の朝廷の故事や先例に通じている。のみならず漢籍にも通じ、中華王朝の伝統、法律、しきたりも諳《そら》んじていた。

外交文書の煩雑な書札礼《しょさつれい》は、一文字間違えただけで国交断絶や戦争に繋がる。日本の名誉を損なうことなく、外国の機嫌も損なうことなく、外交文書を制作する。そういう難儀な役割を幕府より仰せつかっていたのだ。一説によるとスペイン語やオランダ語も流暢に操ったらしい。当時の日本で第一等の学識を誇る人物であったことは間違いない。

江戸城の本丸御殿に入った崇伝は、老中、土井大炊頭《おおいのかみ》利勝の口から、容易ならぬ話を聞かされた。長崎にシャム王国の使節が到来した、というのだ。しかも使節はすでに長崎を発ち、東海道を旅しており、数日中には江戸に到着するはずだ、という。

江戸には急使でシャム使節の書状が届けられていた。「読めるか」と問われて差し出されたのだが、さしもの崇伝をもってしても、シャムの文字はまったく読めない。

正直に告げると、土井利勝は「通詞が同行しているから問題ない」と答えた。次に、もっと不思議なことを訊ねられた。

「山田仁左衛門長政なる者のことを、存じておろうか」

土井利勝はふくよかに垂れた頰と巨眼の持ち主だ。じっと崇伝を凝視している。

「山田長政？　いいえ。寡聞にして存じませぬ」

「シャムには本朝（日本）の者どもが暮らす町があるそうだ。三千人が住んでおるらしい」

「三千……でございますか」

ちょっとした大名家の城下町に匹敵する。土井は続ける。

「その町を治めておるのが山田仁左衛門長政であるらしい。彼の者はシャム王に仕えて四位《しい》の公卿に列せられておるとのこと」

「四位！」

崇伝ですら仰天した。

幕府老中は、日本の朝廷では四位に序列される。つまり山田仁左衛門長政は日本人の感覚では老中と同格だと認識されるのだ。日本の大名のほとんどは五位であるから、仁左衛門は中小大名よりも偉い。土井利勝と崇伝の顔色が変わるわけである。

利勝は問うた。

「いったい、いかなる素性の者なりや」

崇伝は、頭の煮えたぎるような感覚を憶えた。「知らない」ということは、この秀才にとって、死にも勝る屈辱だった。

氏素性もしれない者が、遠い異国で三千人もの日本人を集めてその頭領に収まっている。アユタヤ朝の高官に昇進している。外交顧問として「知らない」では済まされない。徳川幕府にとっても由々しき事態だ。

「早急に調べあげますする」

「うむ。上様はシャムの使節を引見なされる。長老もご臨席いただきたい」

長老とは崇伝に対する敬称だ。

「心得申した」

崇伝は答えた。崇伝の慌ただしい日々が始まった。

八月十一日に長崎に入港したアユタヤ王朝使節団は、同月二十六日、江戸に到着した。幕府は誓願寺を宿所として用意し、譜代大名の牧野《まきの》信成《のぶしげ》を接客担当とした。

誓願寺に入った使節は二十名。ソンタム王の正使はオークククン・ピチットソムバットとオークン・プラスートの二名。山田仁左衛門長政の使者として伊藤久太夫。他にアユタヤ在住の商人で、通訳も務める木屋弥三右衛門《きややそうえもん》などが従っていた。

さらに長崎の町からは、長崎奉行の長谷川権六がつけた通訳や護衛など、四、五十人がお供として従っていた。総勢で六、七十名であったと記録に残っている。


伊藤久太夫は、老中の土井利勝と対面した。山田長政からの贈り物として、鮫皮二本と塩硝二百斤（十二キログラム）を献上した。本当ならば仁左衛門は、かつての主君の大久保忠佐を取次役に頼みたかったに違いない。しかし大久保忠佐は八年前に死去している。「アユタヤの仁左衛門とは何者なのか」がわからなくなってしまったのには、こういう事情もあった。

江戸の町でシャムの使節は評判を呼んだ。「山田長政は織田信長の末孫であるらしい」などという噂も広まった。しかし金地院崇伝はさすがの情報収集能力で、山田仁左衛門が大久保忠佐の駕籠かきであったことを突き止めた。そして『異国日記』に書き残した。


九月一日。将軍秀忠はシャムの国使を引見した。ソンタム王から秀忠には、長剣、短剣、鳥銃、花縵《けまん》（仏具）、硯《すずり》などが贈られた。とくに目を惹いたのは象牙千斤であったという。これらの贈り物は秀忠の広間に並べられて披露された。

シャムの正史は薄く伸ばした金に鏨《たがね》で文字を打ち込んだ国書を秀忠に奏上した。金札《スパンナバット》と呼ばれる最上級の格式だ。シャム語では読めないとわかっているので、アユタヤ在住の明国人が漢語に翻訳した書状が付されていた。

秀忠はたいへんに満足して、日本とシャムの通商に同意した。

＊

シャム王国の使節に対し、強烈な興味を示した男がいた。徳川将軍家の継嗣《けいし》、家光《いえみつ》だ。のちに三代将軍となる人物である。一六〇四年生まれで、この時、満十七歳の若者だった。

「千里も彼方の遠国に、日本人の町があると申すか！」

江戸城、二の丸御殿の書院。井上主計頭正就が対面している。

　井上はシャム王国について答える。家光の前には地球儀が置かれてあった。家光は地球儀をグルリと回すと顔を近づけ、食い入るようにシャムと日本と、その間に広がる海を見た。

「故太閤が攻めた朝鮮よりも、ずっと、遠いのう」

「遠ぅございまする」

「これほど遠隔の地にも、日本人が住んでおるのだなぁ」

喜色満面で、はしゃぎだした。井上正就は貿易担当の重臣だ。次期将軍が異国に関心を持ってくれるのは好都合である。幕府が海外交易に力を入れれば、井上正就の権益も増大するからだ。

「シャムは宝の国にございまする。硝石、鉛、真鍮《しんちゅう》、錫《すず》、鹿皮、鮫皮、沈香《じんこう》、紅珊瑚《べにさんご》などが無尽に採れまして、我が国に送られてまいりまする。畏れながら若君様がお腰に召した短刀の柄《つか》、その鮫皮もシャムの産。おみ足に履かれた足袋も、シャムの鹿皮で作られておりまする」

「なんと！　遠国そうに見えて、こんな身近にシャムの産物があったか！」

「シャムとの交易、密にするにしくはございませぬぞ。若君様が将軍職にお就きあそばされた暁には、いよいよもって交易を盛んになさいますよう、この主計頭、ご進言つかまつりまする」

「あいわかった。望むところじゃ！」

家光は大きく頷いた。


井上正就は下がっていった。家光は高揚している。じっと座っていることもできずに窓に寄って障子を開け、シャムの使節がいるであろう本丸御殿の辺りを眺めた。

飛んで行ってシャムの国使と話がしたいが、それは、将軍である父の許しがなければできない。

老中の土井利勝が書院に入ってきた。彼が座るのも待たずに、

「大炊頭《おおいのかみ》！」

家光は叫んだ。屋敷の中で立って物を言う作法はない。次期将軍として、いささか不安を招く粗《そ》忽《こつ》さだ。

「大炊頭、わしは――」

「まずはご着座を」

「お、……おう」

利勝に窘《たしな》められて家光は座所に戻った。ドッカと腰を据えた。

「シャムの国使のこと、聞いたぞ！　我らの知らぬうちに、我が国の者どもが、たいそうな羽振りであるそうじゃな！」

家光は声が大きい。身を乗り出して鼻息を荒くさせている。一方の土井利勝は、不機嫌とも取れる顔つきだ。

「いかにも、左様でございまするな」

天下の老中が不快の表情を浮かべたのだから「この話題を出すのはまずいようだ」と感じるのが普通の人間だが、生憎《あいにく》なことに家光は若様育ちだ。他人の顔色を窺って行動する、という常識が身についていない。いよいよ興奮し、上気した顔でしゃべり続けた。

「三千の日本人がシャムにおり、その大将はシャムの貴族に任じられておる！　大炊頭、これは好機ぞ！」

「いかなる好機にございましょうや」

「知れたことよ。シャムの日本人を蜂起させよ！　山田なる者の蜂起に乗じて日本より兵を送ればアユタヤは容易に陥落する。たちまちにしてシャムは我らの藩屏《はんぺい》となろうぞ！　船を集めさせよ。すぐにも兵を送るのじゃ！」

土井利勝の顔がみるみるうちに険しくなった。

「たわけたことを申されまするなッ！」

巨眼を見開いて大喝する。家光の身体がビクッと跳ねた。座っていながらも腰の軸が外れたような格好だ。もしも立っていたならば間違いなく腰を抜かしていただろう。

実は、土井利勝は徳川家康の隠し子であった。二代将軍秀忠にとって異母兄にあたる。これは公然の秘密であった。伯父が甥を叱るのだから、なんの遠慮もない。

「た、たわけだと……。余を、たわけ者呼ばわりいたすか……」

家光は言い返したけれども、言葉に力がまったくない。

土井利勝はスッと怒気を静めて、静かな口調で諭し始めた。

「若君。天下に並ぶ者のなき権勢を誇った豊臣家が、たったの二代で滅んだ理由《わけ》を、いかにお考えか。故太閤が異国攻めに失敗したがゆえでござるぞ。寸土たりとも領地は増えず、諸大名の負債だけが残り申した。かくして豊臣家は天下の信を失い申した」

　土井利勝は家光を鋭く睨みつける。

「天下の覇権は、諸大名の忠節と、民の信頼があってこそ保たれるもの。忠節と信を失ったならば、徳川家も、たちまちにして滅亡いたしましょうぞ。若君は三代にして、この徳川家を滅ぼすおつもりか！」

「ほ、滅ぼすなどと……」

「海の外への出兵は、必ずや国を傾けまする！　故太閤のごとき一代の英傑ですらついに果たし得ず、家康公ですら手をつけようとなさらなかったのが渡海出兵！　それほどの難事！　たとえ冗談《てんごう》でござろうとも口になされてはなりませぬ！」

　家光は伯父に叱りつけられ、すっかり悄気《しょげ》てしまった。


　二代将軍の秀忠は、崇伝に対してシャム国王への返書を作成するように命じた。崇伝が認《したた》めた下書きを読んで満足そうにしていたが、突然に筆を取ると朱墨で下書きの一部に線を引いた。訂正を命じたのだ。

　そこに書かれていたのは山田仁左衛門長政を褒める内容であったが、

「素性も知れず、心底もわからぬ者を、我が家臣のように褒めるには及ばず」

　と秀忠は言ったのだった。

　日本町の者たちは祖国を慕い、徳川幕府を後ろ楯に頼もうとしていたが、秀忠は異国に逃れた牢人の面倒をみるつもりなど、まったくなかった。

九月三日、徳川幕府は崇伝が書いた国書をシャムの正使に渡した。徳川幕府からソンタム王への答礼として、金屏風、鎧、太刀、馬、銀二百枚などが贈られた。

ソンタム王としては満足できる外交成果と言える。使節団は長崎を経て帰国の途についた。

二

西暦一六二二年。――アユタヤ朝と徳川幕府の友好通商関係の締結から一年が過ぎた。


大雨が降っている。ニッパ椰子《やし》の屋根から洩れた雨水が寝床に滴り落ちてくる。家の外と内の区別はない。家の中まで豪雨だ。寝ていることなどできなかった。ヨゾウはムクリと起き上がった。

空が赤い。そろそろ夜明けだ。夜が明ければ穴掘りが始まる。やがて鐘を鳴らす音が聞こえてきた。焚き出しの朝飯だ。ヨゾウは屋根の下から出た。寝床はかたちばかりの高床式で、出入りには梯子を使わねばならない。地面に下りると足指の間に泥がムニュッと入り込んできた。ヨゾウは裸足だ。踏み込むと踝《くるぶし》まで泥に浸かった。

一面の泥の海。泥の色は赤い。歩を進めるたびに足裏にへばりつく。小石や砂利も交じっている。焚き出しの竈《かまど》の周りには幽鬼のような男たちが集っていた。皆、腰布一枚だけで、雨に打たれるがままに立っている。髪はザンバラに伸びているか、短く刈られているか、どちらかだ。

飯は蒸かしたヤム芋だった。焚き出しの役人から手づかみで渡された物を手づかみで食う。蒸したてで熱いのかも知れないが、ヨゾウの掌の皮は、足の裏のように固くひび割れている。熱い物に触っても熱いと感じない。柔らかいものに触っても、柔らかいのだと気がつかない。

掌には塩が一摘み、渡された。雨ですぐに溶けてしまう。ヨゾウは舌を伸ばして舐め取った。腕を流れる雨水まで惜しんで啜《すす》る。

芋は土をよく落とさずに蒸かされたのだろう。噛んでいるとジャリッと砂が残った。

立ったままの飯が終わるとすぐ山奥に追いやられる。乾季の間、山道だったそこは、今は渓流になっていた。赤い泥水が流れている。ヨゾウたちは川の道を伝い、崖を這い上る。その先にあるのが彼らの仕事場だった。

待ち構えていた役人に無言で鋤《すき》を渡される。ヨゾウも無言で受け取る。どこを掘れば良いのかわかっている。もう五年も、この労役に就いているのだ。

崖を掘り崩して、さらに深く穴を掘る。硬い岩にぶち当たると遮二無二鋤を打ち込んで崩す。崩した岩は、別の組の者たちが畚《もっこ》に入れて小屋まで運ぶ。小屋では鏨《たがね》で細かく打ち砕く。砂になるまで砕いた岩を渓流の泥水に笊《ざる》で晒す。

ヨゾウは黙々と崖に鋤を打ち込み続ける。時々、岩の間にキラリと光る物が見える。金の粒だ。

鋤を振り下ろし、岩を叩きながらヨゾウは思う。黄金を初めて目にしたのは……あれはいつのことだったろう。そうだ。大坂城の瓦に金箔が張られてあった。天守の頂で金の鯱《しゃちほこ》が夕陽に照らされて輝いていた。

何年前の話だ？　ヨゾウはもう、自分の年齢すら数えるのをやめている。思い出したところで、どうなるものでもない。

太閤様のお城では、金は、たいそう高貴に見えたものだが――。

そのとき突然、隣で岩を掘り崩していた男が倒れた。口から吐瀉物を吐き出している。食ったばかりの芋が消化されずに吐き散らされた。男は泥に顔を突っ込んで倒れた。

崖の坑道では二十人ばかりが穴を深く掘っていたが、誰も驚く様子はなかった。ドンヨリとした目を向けただけだ。

「もうあかんな」

誰かが呟く。ヨゾウも同じ思いであった。体力の尽きた者から死んでいく。胃腸が食べ物を受け付けなくなって、三日以内に死んでしまう。もう何十人も同じようにして死んだ。

役人がやってきて〝運び出せ〟と命じた。その言葉ならヨゾウも理解できる。金鉱石も「運び出せ」。倒れた奴隷も「運び出せ」だ。それ以外の言葉を、役人たちから聞いたことはなかった。

奴隷たちは黙々と仕事に戻る。

――太閤様のお城では……。

ヨゾウは思い返す。金はたいそう高貴でありがたい物に見えた。

だが金は、汗と垢まみれの男たちが岩の中から掘り出す。泥と吐瀉物と、垂れ流しの大小便にまみれた中から金の一粒が摘み出される。

日が暮れる前に仕事が終わる。塒《ねぐら》に皆で戻る。倒れた男がどうなったのか、わからない。飯場にも姿が見えなかった。山に捨てられて、今頃は、野獣の餌になっているのかも知れない。

飯を食った後、就寝までの短い時間が、奴隷たちにとって唯一の憩であった。小屋で囲まれた広場に竹で組んだ十字架が立てられた。奴隷たちが集って祈りの言葉を捧げている。

「ジュリアンのために祈りましょう」

司祭役の奴隷が言って、跪《ひざまず》いた奴隷たちがうろ覚えのラテン語で、神と子と精霊に祈りを捧げた。

ジュリアンとは何者か。ちょっと考えて思い当たった。倒れた奴隷はキリシタンであったのだ。数年間も隣りで働いたのに、そんなことすら知らなかった。

ミサは解散となり、奴隷たちはそれぞれの塒に戻った。ヨゾウが身を横たえていた屋根の下にも奴隷の一人がもぐりこんできた。

「ジュリアンはこの世での苦役から解き放たれて、デウスの御許へ旅立たれたのじゃ。めでたいことじゃ」

ミサの感動を引きずっている口調であった。ヨゾウは「けっ」と唾でも吐きかけたい気分だ。そんなにありがたい神ならば、なぜ、すぐに我らを助けに来ないのだ。

そんな悪態を心の中でついているとも知らず、キリシタンはヨゾウに入信を勧めてきた。救いのない奴隷の一生で、神だけが唯一、心の救いだと説いた。

ヨゾウはにべもなく断った。

「オレはキリシタンの極楽なんぞに行くつもりはねぇ。死んだら修羅道に堕ちるのよ」

「なんと罰当たりな。死んだ後も苦しむつもりなのか」

キリシタンの男は心底からヨゾウを哀れむ表情となった。

「お主のような者のためにこそ、天の主が必要なのだぞ？」

「馬鹿野郎」

ヨゾウは怒鳴り返した。

「オレにはすでに主がいる。お前にデウスという主がいるように、オレにも主がいなさるんだ。オレは生涯たった一人の主のためだけに命を捧げると誓った。そのお人の前で誓ったんだ。だから他に主はいらねぇんだよ！」

「人と神とは違う。人間の主君は神の代わりにはならない――」

「知ったこっちゃねえ。黙ってろ。もう寝るんだ」

ヨゾウはキリシタンの奴隷に背を向けた。


翌朝も朝から大雨が降っていた。坑道に水が流れ込んでくる。坑道の中で溺れ死んだ奴隷はたくさんいた。悲惨な死をヨゾウは見てきた。

鋤が硬い岩に当たった。岩肌に銅色の筋が走っていた。金鉱脈だ。役人に報せると役人がすっ飛んできた。聞き取れない異国の言葉で矢継ぎ早に命じる。どうせ「掘り出せ」と言っているのに違いないわけだ。

ヨゾウは鉱脈の岩を撫でた。実に硬い。これは鏨で割って崩していくしかないだろう。などと考えていた、その時であった。麓のほうから「わあっ」と喚声が聞こえてきた。続けて太鼓を打ち鳴らす音がした。ヨゾウはハッとして耳を澄ませる。パーンと乾いた音がした。

「鉄砲だ！」

聞き間違えるはずがない。地響きと喧騒がますます大きくなって近づいてくる。一人の役人が血相を変えて走ってきた。何事か大声で喚いている。役人たちが集まる。大声で叫びあい、脇目もふらずに山の中へと走って逃げた。

奴隷たちも集まった。ヨゾウは皆の顔を見回した。

「役人どもが何を喋っていたのか、わかる奴はおるか」

一人の男が頷いた。

「軍兵が寄せてくると言ぅておったぞ」

そうだろうな、とヨゾウは思った。騒音を聞けばわかる。軍鼓と鉄砲、鎧の金具の鳴る音まで聞き取れた。さっきよりずいぶん近くなっている。ヨゾウはさらに質した。

「どこの軍兵だ」

「クメール勢だと言ってたぜ」

「クメールというと、カンボジアか」

「ヨゾウ、さっさと逃げねぇと！」

「逃げる？」

確かに……逃げなければ殺されてしまうかも知れない。戦場の兵は見境がない。人を見れば襲いかかってくる。だが——、

「いったいどこへ逃げろっていうんだ」

奴隷に逃げ込む先などない。そんなあてがあるのなら、とっくにここから逃げている。

軍鼓がますます近づいてきた。戦象の鳴く声も聞こえた。

——とにかく、アレだけは、掘り返しておかなくちゃならねぇな……。

ヨゾウは鍬を手にすると塒に駆け戻った。塒の小屋の後ろに回る。泥土を掻いて小さな木箱を掘り出した。ボロ布で包んで腰に巻きつけた。

＊

アユタヤの繁栄は目覚ましい。日本からは続々と金銀が送られてくる。朱印船で運ばれてきた金銀はアユタヤの市場を介してインド洋と東洋の商業圏に流通していく。刀剣や甲冑の売り買いも盛んだ。日本では不要になった武具だが諸外国での需要は高まる一方だ。武器が求められるというこ

とは、国際情勢が不安定だということなのだが、山田仁左衛門長政は深く考えることもなく、長崎から送られてくる武具を売りさばき、儲けを出して、その利益を使って鹿皮や蘇木《そぼく》や沈香や、イスラム諸国の珍宝を買い、長崎に送り返して、さらに儲けを出していった。

アユタヤ王は早朝に外国の商館員たちを謁見《えっけん》する。午過《ひるす》ぎに朝議（国会）を開き、夕刻には実務を担う役人たちを謁見する。長政はオーククンの官爵を得ていたが朝議に参与できる身分ではない。日本との交易に関わる時には早朝に出仕し、日本人義勇隊《クロム・アーサー・イープン》の隊長やメナム川の川関守としての役儀について諮問を受ける場合には、夕刻に宮廷に出仕した。

オーククンとして王の御前に出る時には、長政もシャムの貴族の正装に着替える。布で作った冠をかぶり、上衣を着て腰布《パー・ヌン》を巻いた姿だ。

その日の夕刻、宮廷の広間に入った長政は、ソンタム王の面相がいつになく険しいことに気づいた。英邁《えいまい》なソンタム王は滅多なことでは怒らないし、怒ったとしても、表情に現わすことはない。午後の朝議でよほどに不快な話が上奏されたに相違なかった。

ソンタム王が脇に控えた側近に囁く。側近が声を張り上げた。

「オーククン・チャイヤスン。王の御前へ参れ」

長政が呼ばれた。長政は玉座の正面に膝行し、三叩頭《こうとう》して拝礼した。

ソンタム王が長政に向かって言う。

「オークン・チャイヤスンよ。朕はカンボジアを征伐いたす。左様に心得よ」

王はいきなりに開戦を宣言した。長政は驚いたが、同座する諸役人たちも同じように驚いた。誰にとっても寝耳に水の話だったのだ。

「騒ぐでない。静まれ」

側近が静粛を促し、王は鋭い目で一同を見回した。

「諸官にも異論はあろうが、朕の決意は変わらぬ。シャムの名誉と朕の面目に関わることだ。カンボジア王の無礼は許しがたい」

諸官の表情を見定めた後で、最後に長政に目を向けた。

「オーククン・チャイヤスン。そちの存念や如何に。思うところを述べよ」

長政はサッと平伏して言上する。

「王のご下命とあらば、臣に否やはございませぬ。兵馬を整え、武具を集め、きっとカンボジアを討ち平らげてご覧に入れましょう」

「その言や良し！」

ソンタム王は満足そうに頷いた。

「戦となれば、頼りになるのは日本人義勇隊じゃ。奮戦を期待しておるぞ！」

仁左衛門が「ありがたき幸せ」と答えようとした、その時——。

「ウオッホン」

と、わざとらしい咳払いを響かせた者がいた。王の発言が気に入らない、とでも言うような態度だ。諸官が驚いて目を向ける。静粛たるべき王宮では考えられない不作法だ。仁左衛門も平伏したまま目を横に向けた。

大兵肥満《だいひょうひまん》、全身が筋肉によって覆われた男が傲然《ごうぜん》と顔を上げている。

——オークヤー・ターイナーム将軍か。

シャム人きっての猛将だ。戦も強いがそのぶん性格も強情だった。ソンタム王がシャム兵を差し置いて日本兵を頼りとするのが気に入らない。そういう態度と表情を隠しもしていなかった。

「将軍、控えよ！」

側近が叱る。ターイナームは慎むどころか不貞腐《ふてくさ》れた顔で横を向いた。これにはソンタム王も苦笑いだ。王は英邁であるがゆえに、役に立つ者は上手にあしらう度量がある。

「一同の者、朕は勝報を期待しておるのだ。遠慮はいらぬぞ。一人一人が大将になったつもりで、競い合って励むように」

諸官は三叩頭して王に答えた。

御前より下がった長政は急いで情報を集めだした。カンボジアとの交易をしている商人たちから話を聞く。


カンボジアは漢語で柬埔寨と表記される。八〇二年、ジャヤーヴァルマン二世の即位以来、その地をクメール王朝が支配している。

栄華を極めたクメール王朝であったが、タウングー朝ビルマやアユタヤ朝シャムが勃興した後は衰退を余儀なくされた。王都も転々と移る。国内の郷紳《きょうしん》（地方有力者）を頼って動座を繰り返した。室町末期の足利将軍家に似ているだろう。シャムのアユタヤ朝に対しては属国として年貢を納めていたのだが、その年貢が送られてこなくなった。それどころか軍勢を催してラーンサーン王国（ラオス）に侵攻し、ナムノイ金山を奪取した。

長政は隣国の状況について、これだけのことを調べ上げた。そして腹心の組頭たちを招集した。岩倉平左衛門、今村左京、伊藤久太夫たちである。日本から連れてきた源蔵、九郎、甚三郎の三人も控えている。髭面の岩倉平左衛門が「フン」と鼻を鳴らした。

「一度は降参した隣国が、小癪《こしゃく》にも反旗を翻しおったのか。ソンタム王がご立腹なさるのも頷けるわい」

今村左京は腕を組んで考え込んでいる。

「あの物静かな王が、怒りを表に現わされるなど余程のことじゃ。もしやすると、ご不安なのではあるまいか」

アユタヤ朝の支配下にあった弱小国が、いつの間にやら他国に侵攻するまでに成長している。由々しき事態だ。隣国の強大化は自国の危機に直結する。

「不安にかられた王が、闇雲に兵を出すのだとしたら剣呑だぞ。えてして、そういう時には無理攻めをしがちだ」

髯面の岩倉が「ふんっ」と鼻を鳴らした。

「お主は昨今、城井殿に似てきおったな。心配性じゃ。我らのやる気に水を注すようなことばかり口にしおって」

今村は岩倉の悪態は無視して、長政に顔を向けた。

「王が無闇な采配をお取りにならぬよう、頭領が目を光らせておくことが肝要かと」

長政も「うむ」と頷いた。「それはそうだが」と続ける。

「カンボジアが弱国のうちに叩き潰しておくに限る、とお考えになられた王のお気持ちもわかる。手をこまねいておっては、それこそ今村の案ずる通りになりかねん」

ここで伊藤久太夫が、まだ少年じみた首を傾げた。

「カンボジアは、なにゆえ突然に威勢を取り戻したのでございましょう」

アユタヤがカンボジアに命じていた年貢は軽くない。国力、軍事力を損なわせるための苛斂誅求《かれんちゅうきゅう》求《きゅう》だ。徹底的に搾り上げていたはずだった。

長政は眼光を鋭くさせた。

「久太夫。よくぞそのことに気づいたの。カンボジアの兵力が強くなった理由……我らにとっても他人事《ひとごと》ではない事情があったのだ」

皆が聞き逃すまいと顔を近づけさせてくる。長政は声をひそめた。

「カンボジアの強兵の正体は日本の牢人衆だ。カンボジア王は日本の牢人を傭《やと》っておる。シャムとカンボジアが戦になれば、我らは日本の兵と戦うことになろう」

皆がギョッとした顔になった。

三

船団がメコン川を下っていく。

メコン川は王国を跨いで流れている。上流にラーオ人（ラオス人）のラーンサーン王国が、下流にはクメール王朝のカンボジアがあった。

船団にはカンボジアの兵が乗っていた。黒々とした鎧兜《よろいかぶと》を着け、顔は面頰《めんぽお》で隠している。槍や鉄砲を手にし、腰には日本刀を差す。面頰の穴から覗いた眼光が険しい。殺気だった眼差しを四方の川岸に向けていた。

船にはラーンサーン王国から分捕った戦利品も満載されている。金鉱山で採掘されたばかりの金。二頭の象。そして数十人の奴隷たちだ。その中にはヨゾウの姿もあった。奴隷たちは恐怖に震えて縮こまっている。やがて船はカンボジア領に入った。兵たちはようやく緊張を解いた様子で、面頰を外し、兜を脱いだ。

「やれやれ。ここまでくれば一安心だべぇ。まずは一息入れるべぇよ」

「うまくいったずら。これでカカァに美味い飯を食わせてやれるだぞ」

「ラーンサーン兵の腰抜けどもめ。我らを見るなり槍を捨てて逃げだしおった！　少しは歯ごたえのある相手かと思うたが、これでは武芸の見せ所もないぞ！」

皆で一斉に大笑いする。中年や老体の侍たちだ。髷《まげ》を結っているから日本人だとわかる。もちろん日本語で喋っている。

船はメコン川を下ってチャット・モックに到着した。十三世紀ごろにプノンペンと名付けられた港町だが、この一時期だけはチャット・モックと呼ばれている。流浪のカンボジア王の仮宮が置かれた町、ウドンは、ここからトンレ・サップ川を三十キロメートルばかり遡《さかのぼ》った北方にあった。

余談だが、日本食のうどんはウドンの町にちなむという説がある。カンボジアの外交使節が家康に〝ウドン地方の郷土料理〟を作って食べさせた。その料理がうどんの名で広まったという。

ラーンサーン王国から奪われた戦利品はチャット・モックの河岸に下ろされた。なぜならそこに日本町があったからだ。

「奴隷ども！　荷を下ろせ！　ぶっ殺されてぇのか！」

河岸に着くなり鎧武者が叫んだ。いきなり労働を強いられる。奴隷たちは疲労困憊だ。よろめきながら舟を下りようとすると、

「さっさと下りぬか！」

後ろから足蹴を入れられた。無様に河岸に転げてしまう。鎧武者たちは一斉に笑った。鎧武者の一人が無惨なことを言い放つ。

「働かぬ奴隷に用はない！　飯も食わせてやらぬぞ。野垂れ死ぬがいい！」

「お、お助けくださいッ」

奴隷の一人が鎧武者の足に縋りついた。

「拙者も日本人だ！　頼むッ、無下には扱わんでくれッ」

涙ながらに訴えた。

「日本人だとぉ？」

ひときわ美々しい甲冑を着けた男がやって来た。頭領であるらしい。

「日本人が、なにゆえラーンサーンの奴隷となっておったのかッ」

怒鳴り声で質す。この男の横で、別の鎧武者が叫ぶ。

「こちらはカンボジア日本町の頭領、武富長右衛門《たけとみちょうえもん》様だぞ！　神妙に答えよ！」

武富長右衛門は憤激している。

「奴隷どもめ、栄えある日本人でありながら、なにゆえ奴隷に身を堕としたかッ。日本人にあるまじき醜態！　恥を知れッ」

足蹴を何度もくらわせる。

「日本人のツラ汚しめがッ！」

「お、お助け……ぎゃあッ。ぐわあっ！」

奴隷は悲鳴を上げてのたうちまわった。鎧武者たちはそれを取り巻き、囃し立てている。嗜虐的な笑い声をあげた。鎧武者の一人がヨゾウの許にやってきた。

「やいっ。手前ぇも日本人か！」

ヨゾウは濁った目を向けた。もはや、何もかもがどうでもよくなりつつある。金鉱山の仲間が嬲《なぶ》られていても、心がまったく動かない。ザンバラに乱れた髪は髷も結っていない。陽と煤で焼けた顔はラーオ人より真っ黒だ。鎧武者は、ヨゾウを日本人だとは思わなかったようだ。

「働けッ」

ヨゾウは荷を担ぎ上げた。今夜の飯にありつくためには、そうしなければならなかった。

＊

「カンボジアとの一戦は、我らにとって無二の大戦となろう。日本町の持てる力のすべてを注ぎこまねばならぬのだ。左様に心得てもらいたい」

長政は木屋半左衛門に向かって言った。

ここはメナム川の川関所。付随して建てられた役所の中である。木屋は机に向かい、算盤を弾いて帳合をしていた。冷やかな目を帳面から上げて長政に向けた。

「それはできん相談たい」

「なんだと」

長政は耳を疑った。

「わしは日本町の頭領だぞ。わしの言に従えぬと申すか」

木屋は冷えきった顔つきだ。長政から目を逸らして帳面に目を落とした。

「無二の戦と言うことは、日本町の男衆ば、根こそぎ軍兵に仕立てなさるおつもりか」

「王は我らを頼りとなされておられる。ここが忠義の見せ所だ」

木屋は取り合わない。

「そもそも、オイたち日本人は、どげんな子細があってこのアユタヤに来ておると思うておっとか？　オイたちは商人たい。商売ばすったためにアユタヤに来ておると」

　木屋たち長崎の商人は、アユタヤの商業の振興と、日本の金銀を国際通貨に育て上げるために鋭意努力している。それ以外の仕事への関心は薄い。

「荷揚げや荷卸しには、多くの男手が要りようたい。兵に取られては迷惑たいね」

　長政はカッと憤激した。

「我らがアユタヤでの商売を許されるのは、ソンタム王のご信任があればこそだぞ！　日本人義勇隊が一命を賭して戦うからこそ、王は日本人をご寵愛くださる。我らに鹿皮や蘇木を卸してくださるのだ！」

「王が日本との商売に熱ばあげっとは、日本の金銀に関心がおありだからばい」

「我らの王を、計算高い商人のように申すな！」

「王は〝商人王〟と呼ばれとぅとよ。アユタヤを支えておるんは商業たい。あーたが日本人義勇隊ば率いて行くのは勝手ばってん、港の男衆を連れて行くことは許さんと」

「うぬの指図を受ける覚えはない！」

「プラクラン様に訴えて、プラクラン様よりお命じいただくたい」

　大蔵大臣のプラクランは商業の振興をなによりも大切にする。しかも官位は第一位のオークヤー。長政は第四位のオーククンだ。あちらの命令が優先である。

「あーたは、日本人義勇隊の働きばなくては王のご信任は得られんと考えとる。そうかもしれん。ばってん仮の話やが、日本の商人からの納税《チャンコープ》がなくなったとすっと、その時こそ王のご信任は、日本人から離れっとよ」

理路整然と言われると、長政には言い返すこともできない。

かくして長政は大軍勢を集めることができなくなった。王に対してなんと言って詫びるべきか、と悩んでいたのだが、言い訳をする必要もなくなった。日本人義勇隊の出兵が取り消されたのだ。シャム人の猛将、オークヤー・ターイナームが猛反対をしたのである。曰く、「敵国カンボジアにも日本兵がいる。同じ日本人の長政たちが真剣に戦うとは思い難い」と訴えたのだ。

十一年前にシャム王国は、タウングー朝ビルマに軍勢を派遣したが、その時にも同じ懸念が大官たちから発せられた。結果、ソンタム王はポルトガル人銃兵隊《クロム・ファラン・メンプーン》の派兵を取りやめ、日本人牢人衆を軍の主力として編成した。

シャムの大官たちは外国人を心の底では信用していない。役に立つから使っているだけだ。敵に寝返る可能性があるなら使わない。当然のことだ——と、長政ですら、思った。

夜、長政はソンタム王よりの呼び出しを受けた。

「すまぬな。日本人義勇隊は連れて行けぬこととなった。朕はお前たちの忠誠に疑いを持ってはおらぬのだが、大官の総意も、尊重せねばならぬ」

ソンタム王としても苦渋の決断であったことを窺わせる。

それよりも何よりも、王がわざわざ自分を呼んで真意を明かし、詫びてくれた、ということに長政は感激した。

「もったいないお言葉にございまする！」

平伏する長政の目から涙があふれた。

「我ら日本人が、大官たちの信を得ることができなかったのは、日本人に忠節が足りぬからにござ

います る! すべては我ら日本人の不徳! お詫びせねばならぬのは、我ら日本人にございます る!」

王は「うむうむ」と頷いた。

「そちの忠勤には期待しておる。じゃが、今回はターイナームに花を持たせてやれ。彼の者も久しく戦場に出ておらず、腕を撫《ぶ》しておるのだ。朕にとってはターイナームも可愛い臣。ターイナームを恨むことなく、力を合わせてカンボジアと戦ってもらいたい」

「我が王のご下命とあれば、喜んでターイナーム将軍を支えまする」

「頼んだぞ」

ソンタム王は満足げに頷き、長政は畏まりながら王宮を辞した。

――王もご苦労をなされておる。

生き仏と敬《うやま》われているけれども、やはり王宮も人間の社会。家臣には気をつかわねばならない。なんとしても王を支えねばならないと決意を新たにした。

「わしは、これよりしばらく、商売に励むことにした」

翌日の昼下がり。メナム川の川関所で長政は木屋半左衛門に向かって宣言した。

「日本町の頭領が商いに専心するのだ。異存はあるまいな」

木屋は帳面に走らせていた筆を止めた。

「異存はなかばってん、どげん風の吹き回しじゃろう」

「我らの王がカンボジアに親征するのだ。大軍が動く。大儲けできる好機だとは思わぬか」

「皆、そう思うておるけん、たくさんの舟が、荷ば積んで行き交うとるったい」

川の上を無数の舟が行き来している。

カンボジアとの戦争はシャム王国にとって久々の外征だ。国庫を開いて武器や兵糧が買い集められている。大金が動く。商人たちにとっては大儲けの好機だ。

長政は「うむ」と頷いた。

「わしは商隊を組んで王の軍勢につき従う。軍勢について回って、行く先々で矢弾や兵糧を売りつけるのだ。どうだ？　これならば文句はあるまい」

「まっこと、逞しか商魂たい」

「日本町の者どもを連れて行くぞ。良いのだな」

「たいへん結構な商いじゃと思うばってん、オーククン・チャイヤスン様」

「なんじゃ、改まって」

「矢弾や兵糧は、いかほど仕入れればよかやろか？　王の軍兵の総数は？　何カ月のご出征になるんやろう。それによって、仕入れる量ば、変わってくるとよ」

「それは……」

長政は絶句した。木屋は筆を走らせていた帳面を差し出してくる。

「こいだけ要りようたい」

「おおっ、すでに調べてあったのか。さすがは木屋半左衛門じゃ」

長政は喜んで帳面を捲っている。木屋は呆れた表情を浮かべた。

深夜。ヨゾウは塒からこっそりと抜け出した。集落の裏手に回り、大きな木の根許で穴を掘りだした。ラーンサーンの金鉱山から持ち帰った木箱をそこに埋めた。

「なにをやってる」

声をかけられ、ぎょっとして振り返ると奴隷の仲間が立っていた。

「ヨゾウ、お前はまだそんな物を、後生大事に持っておったのか」

彼は箱の中身を知っている。ヨゾウはムッと顔をしかめて作業に戻った。箱を埋める。

「これはわしの骨壺と同じだ。わしがわしの骨を埋葬するのだ。好きにさせておけ」

土をかぶせると塒に戻る。空では星が瞬いている。


長政はソンタム王の御前に出向いた。妻のタンヤラットも同行する。

王宮の居室への入室が許された。王は上機嫌に迎えた。

「タンヤラットよ。健やかそうで何よりだ。子は幾つになったかな」

タンヤラットとの間に生まれた子、オインは八歳（満年齢）になる。タンヤラットも肉置きが豊かになって貴族の妻としての貫禄が出てきた。日本語も操り、夫の仕事を助けている。

「タンヤラットよ。お前の夫は、いつも忙しく駆け回っておる。国を留守にすることもたびたびだ。朕の治世を助けるためだが、妻であるお前にとっては不満もあろう。朕からも詫びる。お前の夫を便利に使いすぎておるようだ。許せ」

タンヤラットは微笑みで答えた。

「我が夫へのご信頼、なによりの名誉にございまする。不満などあろうはずがございませぬ」

家ではけっこう不満を口にしているのだがなぁ、などと長政は思い、苦笑した。

いずれにしても、王たるものが臣下の妻に対して、軽口にせよ詫びを入れる、などということは滅多にない。タンヤラットは王家の人々に可愛がられている。

――わしへの信任の半分は、タンヤラットへの信任なのだ。

王家の娘を娶っていなければ、ここまでの出世ができたかどうかわからない。

談笑をしていると一人の老女が入ってきた。

「おや、タンヤラット。来ていたのですか」

「老后様」

タンヤラットは急いで向き直って叩頭した。長政もそれに倣う。

先王エーカートッサロットの后《きさき》である。ソンタム王の実母だ。タンヤラットは両親を亡くした後、王宮で老后に侍女として仕えた。老后から娘のように可愛がられていたという。

「王よ。今日はお願いがあって参りました」

老后は息子である王に敬語で語りかける。

長政とタンヤラットは下がろうとした。すると老后が止めた。

「すぐに済みます。帰るには及びませぬよ」

長政とタンヤラットは部屋の隅に控えた。王が母親に質した。

「いかなるお話でしょうか」

老后は部屋の入り口の方に顔を向け、「これへ」と命じた。外の廊下には侍女たちがいる。老后ほどにも偉くなると、どこへ行くにも大勢の侍女を従えて大行列を作るのだ。その行列の中から一人の若者が進み出てきて入ってきた。王の前で平伏して三叩頭した。

王が「むむっ」と唸った。

「ライか」

長政は、おや？　と思った。この若者、どこかで見たことがある。

ライはひれ伏したまま顔を上げない。老后は憐れみの目を若者に向けている。

「王よ。ライがあなた様にたってのお願いがある、と申しております」

この若者は老后に口利きを頼んだのだろう。ソンタム王も母親の依頼とあっては無下にはできない。

「聞こう」

ライは「お許しを賜り、ありがたき幸せ」と言ってから、切り出した。

「わたくしを、なにとぞ軍勢の端にお加えくださいませ」

ソンタム王は怪訝な顔をした。

「従軍を望むと申すか」

「一兵卒としてでもかまいませぬ。王のお役に立ちとうございます」

ソンタム王は即答しかねている。老后がすかさず口添えする。

「戦場では王の御身に危うきことがあるやもしれぬ。その時には王の身代わりとなって死ぬ覚悟だ、などと殊勝な物言いをしているのですよ。王よ、ライは十分に罰せられました。そろそろお許しがあってもよろしいのではございませぬか」

「だが、シーシンがなんと申すか……」

シーシンとはソンタム王の弟、シーシン親王のことだ。

「シーシンがなんと申しましょうとも、黙らせるのが王の権威にございましょう」

複雑な事情があるようだ。老后は続ける。

「ライの忠節に偽りはございませぬ。それはあなた様がいちばん良く御存知のはず。オークプラ純広めが謀叛を起こした際も最後までお側に仕えて……」

長政は心の中で「あっ」と叫んだ。

――あの時の子供か！

王宮に突入した長政を敵だと勘違いして斬りかかってきた。救出に来た者だと知ってからは、王の監禁場所を教えてくれた。

――あの子どもが、こんな若者に育っていたのか。

ソンタム王は母親の押しの強さに根負けした。

「わかり申した。ライよ、従軍を許す。じゃが、そのほうを良く思わぬ者は多いぞ。この従軍にもあれこれ申してくることであろう。そのほうは目覚ましき武功を立てて皆を黙らせねばならぬ。わかっておるな」

ライは叩頭して答えた。

「王の訓戒、身に沁みましてございまする。決してご期待には背きませぬ」

「よろしい。下がれ。……母上、これでよろしゅうございますな？」

老后は満足げな笑みで頷いた。二人揃って退出していった。

ソンタム王はふうっと息をついた。母親には苦手なところがあるらしい。長政に目を向けた。

「聞いての通りじゃ。あの者が従軍することになった。ライは向こう見ずで命知らずな若者だ。もしも戦死するようなことになれば母上が悲しまれよう。オーククン・チャイヤスンよ。万が一の時は、よろしく助けてやってくれ」

「心得ましてございまする」

長政は低頭して答えた。

ライという貴公子、長政に斬りかかってきた時の闘志が今もあるのなら、戦場で勇敢に戦うに違いない。しかし勇敢な人物ほど危険な場所に真っ先に飛び込んで、戦死してしまうことも多かった。

四

一六二二年冬。乾季が始まってからおよそ二カ月。平野の水が退くのを待って、シャムの国軍が動き出した。ソンタム王と王弟たちが率いる本隊は北方の陸路を侵攻する。オークヤー・ターイナーム将軍は水軍を率いて海路を進んだ。

攻略目標はカンボジア王の宮殿が置かれたウドンと、交易の中心地、チャット・モックである。

「まずはターイナーム将軍の水軍をもってチャット・モックを攻略する。ウドンを陸中に孤立させ、しかる後に陸より本軍が攻めかかる。カンボジア王を逃してはならぬ」

これがソンタム王が立てた戦略であった。長政にもターイナームにも異論はない。

日本町の河岸の役所。建物の外には荷運びの象と男たちが行き交っていた。ターイナームの先遣隊はすでにアユタヤを離れている。港は喧騒の只中にあった。

長政は日本人義勇隊の組頭たちを集めた。

「王が率いる本軍のことも心配だが、まずはターイナーム将軍を助けることにした。チャット・モックを攻め落とすことが先決だ」

今村左京がカンボジアの地図を見つめて「うむ」と頷いた。

「シャム勢がチャット・モックを押えたならば、カンボジア勢は身動きがとれなくなろう」

チャット・モックとは〝四本の道（水路）〟という意味だ。その名のとおりに四方に川が流れている。今村の言葉に頷きながらも、岩倉平左衛門は深刻そうな顔をする。

「チャット・モックを攻め落とすことができるか否かが、この戦の勝敗を握るわけじゃな」

「そのとおりだ」と、長政も同意する。

「ターイナームには手柄を立ててもらわねばならぬ。我ら日本人を目の敵にする男を助けるのは業腹じゃが、王にお勝ちいただくためだ。辛抱して務めてくれ」

「言うには及ばず」

岩倉が大きく胸を張った。

「ターイナームも業腹じゃが木屋半左衛門も業腹じゃ。我らのことを合戦しかできぬ阿呆じゃと思うておる！　ここは気を入れて矢弾と兵糧をターイナームに売りまくり、商人としても役に立つところを見せつけてやる！」

皆は一斉に笑い声を上げた。

笑い声が収まったところで伊藤久太夫が顔を向けてきた。

「頭領」

「なんじゃ」

「浅間丸を、なにゆえお出しになられませぬ」

日本人義勇隊の水軍旗艦、浅間丸は、桟橋に繋留したままで荷も積まれていない。

「十門の大砲を活かすは、まさにこの時と心得まするが……」

長政も渋い表情となった。

「軍船を動かすことは、木屋半左衛門が望んでおらぬ」

「なれど――」

「待て。半左衛門の申すことももっともなのだ。浅間丸がこの河岸で睨みを利かせておるからこそ、諸国の商船は川関所の臨検に従う。日本の軍船のすべてがアユタヤを離れれば、横着を決め込んで抜け荷を働く者も出てこよう」

日本人義勇隊の生活を支えるのは川関所で得られる役得だ。

「さらにじゃ。我らが軍船で乗り込めばターイナームが腹を立てよう。手柄を横取りする魂胆か、などと勘繰られても困る。ここは穏便に、荷船を使うに限る」

今回の日本人義勇隊の役割は、あくまでもシャム兵の補給を支えること、なのである。

「このわしが一番に不本意なのだ。皆も堪えてくれぃ」

長政に言われて組頭たちは、一斉に低頭した。

シャムの水軍がメナム川を下っていく。オランダの商館員の記録には三十から四十隻の軍船が戦争に投入されたとある。日本の商船も河岸を離れた。重い荷を積んでいるので船足が遅い。川の流れに揉まれてヨタヨタと舳先を揺らしていた。

＊

同じ頃、陸路をとった王家の本軍は無人の野を行くがごとくに進軍していた。ソンタム王は白象に乗って悠々と進む。黄金の冠を戴き、鞍もすべてが金箔張り。象に従う近衛兵も金箔の甲冑を着け、柄が金箔の槍を携《たずさ》えていた。

ソンタム王には何人もの弟がいた。弟たちも従軍している。それぞれが象に乗り、領地から抽出した兵を引き連れている。王家そのものが移動するかのような光景だ。

ソンタム王はアユタヤで五百頭の象を飼っている。この戦争には三百頭が投入された。戦場では突進攻撃を担当する。行軍中は荷物運びに使われた。

さらには馬の五百頭も投入される。荷運びの他に騎馬隊としても使われた。オランダ人の記録には、シャムの騎兵は錬度も装備も貧弱でヨーロッパの騎兵の敵ではない、しかし、カンボジアが相手ならそこそこ戦えるかもしれない、と書かれている。

騎兵や象使いも含めた総兵数は七千人。カンボジア勢を撃破するには十分な大軍であった。


平野の中を突き進む。蛇行して流れる河川を渡ろうとしていた、その時であった。

「敵だ！」

近衛兵の一人が叫んだ。彼方の丘陵を指差している。象使いがすかさず王の象を後退させる。鉄砲での狙撃を避けるためだ。象が急に下がってきたので兵隊たちが驚き、隊列を乱した。

ソンタム王が近衛兵に命じる。

「渡河は中止じゃ！」

川を渡りかけていた兵たちが慌ててこちら岸へ戻ってきた。全軍の進軍が止まった。

代わりに親王を乗せた象が前に出てきた。

「王よ、なぜ兵を進められませぬ！　敵は目の前にござるぞ！」

「シーシンか」

シーシン親王はソンタム王の弟である。ソンタム王はこの年、三十歳。弟のシーシンは十八歳だ。兄によく似て整った顔だちの貴公子であった。

「弟よ。無闇に兵を進めることはできぬぞ。今度の敵は我らのよく知るカンボジア兵に非ず。山田長政が申すには日本の将が指揮を執っている疑いがあるとのこと。かつてのようなカンボジアの弱兵ではない。何を仕掛けてくるかもわからぬのだ」

「なにを弱気な」

シーシンの言葉に王は瞬時に激怒した。

「弱気じゃと！　朕を罵るつもりか！」

場合によっては不敬罪で死刑もありえる。だがシーシンは素知らぬ顔つきで答えた。

「弱気と申したのは山田長政のことにござる。王よ。天空にも等しき至高の存在であるあなた様が、山田のごとき軽輩の妄言に耳を貸してはなりませぬ」

それからシーシンはその美貌を不愉快そうに歪めさせた。

「山田とて日本人ではございませぬか。山田こそ信用がおけませぬ。カンボジアの日本人と示し合わせておるやも知れませぬぞ」

「シーシンよ。そのほうは山田の人柄を知らぬゆえ、そのように悪しざまに申すのだ」

「王よ！　血を分けた弟よりも、日本人を信じると仰せになられまするか！」

「いや、そこまでは申しておらぬ」

「山田の献策と、この弟の忠節と、どちらに信が置けるか、とくとご覧くだされ。我らこれより、王の御敵を討ち取ってご覧に入れまする！」

シーシンは直臣たちに向かって「進め！」と命じた。

シーシンを乗せた象が川中に踏み込む。配下の騎馬武者や兵たちも勇んで川に飛び込んだ。一団となって向こう岸に這い上がる。

「攻めよ！」

シーシン親王は象の上で軍旗を振った。カンボジア兵に向かって自ら突進を開始した。

オークヤー・チャックリー（シャム王国の首相で国軍の最高司令官）が、王に向かって言上する。白髪の老臣だ。

「王よ、兵をお進めくだされ。シーシン親王が敵中に孤立するやもしれませぬ」

ソンタム王は「やれやれ」という顔をした。

「困った弟だ。だが見捨てるわけにもゆかぬ。兵を進めよ」

チャックリーが拝して命を受けて、

「全軍、進め！　シーシン親王に続けッ」

と叫んだ。


その頃。ターイナーム将軍の率いる艦隊は、インドシナ半島カマウ岬の南を通過してメコン川の河口に達した。河口からチャド・ムークまで、シャムの艦隊は櫓《ろ》を漕いで大河を遡らなければならない。長政は商船の船上にあって取り寄せた地図を睨んでいる。オランダ人が作った地図でオランダの単位で距離が記されてあった。

——河口からチャット・モックまでの距離は三十六オランダマイル（約二百キロメートル）か。メナムの河口からアユタヤまでの距離の、二倍もあるぞ。

メナム川の河口からアユタヤに至るまで、櫂《かい》を九日も漕ぎ続けなければならない。つまりその倍以上の日数がかかる、という計算だ。南風の吹く夏ならば帆に風を受けて進むことも可能だが、今は乾季の冬だ。船団は北風の吹く中を、北に向かって遡らなければならない。

――たいそうな難儀だぞ。こんなことで戦になるのか。

長政の心配をよそに船団はメコンの河口に進入した。進軍の合図の銅鑼が打ち鳴らされた。軍船は帆を畳み、櫂を出して漕ぎだした。四の五の言って思案投首《なげくび》している暇はない。ソンタム王の進軍より早く、チャット・モックを攻め落とさねばならなかった。

長政は船の後楼に立った。川岸から上がる一筋の白煙を認めた。

火事だろうか。それともカンボジアの農民が野焼きをしているのか。


メコン川の河口からチャット・モックまで延々と狼煙《のろし》台が築かれてあった。狼煙台には見張りの兵が常駐している。下流の狼煙台から煙が上るのを見たならば、持ち場の薪に火をつける。こうして狼煙が伝達される。二百キロメートルの距離を隔てているが、三時間もあれば、チャット・モックにまで敵の到来を伝えることができた。狼煙台を築かせたのは、カンボジア日本町の頭領、武富長右衛門だ。

チャット・モックにある武富の館に、兵の一人が駆け込んできた。

「頭領、狼煙だ！　頭領の睨んだ通り、シャムの軍船が攻め寄せてきましたぜ」

武富は「うむ」と頷いた。

「ウドンの宮殿に伝馬を走らせろ。『シャム勢襲来。我らはこれより軍船を出し、メコン川の敵を迎え撃つ』とな！」

「承知仕った！」

ウドンの宮殿にはカンボジア王チェイ・チェッタがいる。武富長右衛門はカンボジア王より日本町の頭領《サバンダール》を拝命していた。カンボジア王の将軍として合戦に望むのだ。砦の広間に甲冑姿の武将たちが居並んでいる。武富は武将たちを見回した。

「皆の者、聞いてのとおりだ！」

武将たちは不敵な笑みを浮かべていた。臆した様子はない。武富は満足して頷き返した。

「シャムの兵など物の数ではない！　じゃが、アユタヤ日本町の頭領は徳川の旗本、山田仁左衛門じゃ！　ゆめゆめ油断いたすでないぞ！」

山田長政は近隣国でも〝徳川の旗本〟だと誤解されている。武将たちが喚きたてた。

「徳川方など、恐れるものではない！」

「積年の怨み、思い知らせてくれようぞ！」

「今度こそ一泡ふかせてくれるわ！」

皆、立ち上がって拳を突きあげた。

武富が声を張り上げる。

「出陣じゃあ！」

「おう！」

一斉に陣屋から走り出た。小舟に分乗して河岸を離れる。川の流れに乗って進む。帆にいっぱいの北風を受けている。風は強い。まるで飛ぶような速さで河口を目指した。

五

シャムの大船団がメコン川を遡上していく。乾季とはいえ大河メコンの水量は多い。しかも船は、兵員や武器、大砲、象を満載している。全員総出で櫓《ろ》を漕いでもなかなか前に進まない。

ターイナーム将軍は旗艦の船尾楼に立っていた。焦りといらだちを隠せない。

「先ほどから、まったく進んでおらぬではないかッ」

そろそろ夕刻になろうとしているが、昼過ぎに船上から見た景色とほとんど変わっていない。同じ場所でひたすら櫂を漕ぎ続けているように感じられた。

この年のメコン川の水量は例年になく多かった、と、オランダ人の記録にある。北風も異常に強く吹いている。ターイナーム将軍にとっては誤算続きだ。

「王の進軍に間に合わぬぞ」

船長がやって来て進言する。

「そろそろ夕餉《ゆうげ》の刻限です。船を川岸に着けて投錨《とうびょう》します」

ターイナーム将軍はちょっと思案してから「待て」と言った。

「夜の間も交代で漕ぎ続けよ」

「なんと？　それでは兵の疲労が溜まりまするぞ」

「わかっておる！　致し方ないのだ。このままでは王の軍勢ばかりが突出し、ウドンの敵勢と真っ正面からぶつかることになってしまう。我らは敵の軍勢を惹きつける囮《おとり》でもあるのだ。王の御身を危険に晒すことはできぬ！」

無理は承知で王のために、と言われれば、船長に否は唱えられない。

「わかり申した。水主と兵に伝えまする」

川岸に着けようとしていた船の舵が切られて、川の本流へと戻った。

夜になっても水主と兵たちは櫂を漕ぎ続けた。船の至る所から櫂や船材のきしむ音がする。闇の中で息を合わせて櫂を漕ぐため太鼓が鳴らされた。象が苛立たしげに吼声《おたけび》を上げている。

シャムの兵たちは船倉で何度も寝返りを打っている。交代で就寝するのだが、太鼓が煩《うるさ》くてかなわない。眠りに就くことができなかった。

象が盛んに鳴いている。足を踏むたびに甲板の板が凄まじい音を立てた。シャム兵たちは辟易して耳を両手で押えた。突然に象使いが跳ね起きた。

「変だ……」

象の様子に異常なものを感じたのだ。梯子を伝って甲板に上る。

「オラの象よ。なんでそんなに怯えとるだよ」

象の鼻を優しく撫でる。すると象が、象使いの手を煩わしげに鼻で払った。いよいよ奇怪《おか》しい。

「象よ、お前ぇの目には、何が見えてるんだ？」

象使いは川面に目を向けた。そして彼も「ああっ」と大きな声を上げた。

川上から炎が無数に近づいてくる。それは軍船の舳先《へさき》に灯された松明《たいまつ》だった。

「て、敵だァ！」

チャット・モックから寄せてくる船が味方であるはずがない。


カンボジアの軍船がメコン川の流れに乗って迫ってくる。二手に分かれてシャムの船団を挟み撃ちにしようとした。ターイナーム将軍が甲板に走り出てきた。

「敵襲だとォ？」

舷側から身を乗り出して敵の姿を探す。その目の前を火矢がビュッとかすめた。無数の火矢が飛んでくる。

「将軍、危ないッ」

武将が駆け寄ってきてターイナームを押し倒した。直後、その武将の背に火矢が突き立った。

「ぐわっ！」

さらに何本もの矢が刺さる。ターイナームは仰天した。

火矢は帆柱や、畳まれた帆にも刺さる。帆が炎上しはじめた。

「舵を右に切れッ」

船長が叫んでいる。甲板が斜めに傾いた。船が回頭を始めたのだ。

右の川面からも、左の川面からも鉄砲の音が聞こえた。弾が音を立てて飛んできて帆柱や船楼に当たった。甲板にいる者は顔も上げられない。帆が燃えているが消火ができない。

象は柵の中で暴れる。象使いが鎮めようとしたが、まったく言うことを聞かない。巨体を揺さぶり、甲板を踏み鳴らし、船はますます大きく揺れた。

「鉄砲隊は何をしている！　撃ち返せッ」

ターイナームは叫んだ。軍船の甲板は三重の構造（三階建て）になっている。二層目の甲板には大砲が置かれてあった。火縄銃が発射される。ようやく反撃の開始だ。

ターイナームは舷側の上から顔を出して敵状を探る。攻めかかってきたカンボジアの軍船はすべて川船で小型だったが、素早く攻め寄せてくる。敵の船上には甲冑姿の日本武士が見えた。銃を撃ち放ち、矢をつがえて放ってきた。

飛来した矢が象使いを貫いた。象使いが倒れる。象はますます興奮した。柵を破って暴れ出した。甲板にいたシャムの船員たちを踏みつけ、鼻でなぎ倒す。シャム人は逃げまどう。象は舷側を踏み越えて川面に身を投げた。大きな水柱が立つ。船も激しく揺れた。

舵棒が大きく右に振られた。今の騒ぎで舵手は舵棒から手を放している。制御を失った船が斜めに傾く。川の流れに対して不用意に船体を晒してしまった。船はますます大きく傾いた。

「ぶつかるッ！」

誰かが叫んだ。ターイナームの旗艦は後続の船に向かって流されている。ターイナームは急いで舵棒にしがみつき、舵を戻そうとしたが遅かった。船と船とがぶつかって凄まじい音がした。ターイナームは衝撃で梶棒から吹っ飛ばされた。

カンボジアの軍船が近づいてくる。その船には大砲が載せられてあった。砲口をターイナームの船に向ける。轟音とともに砲が火を噴く。砲弾が命中した。ターイナームはまたも甲板で転倒した。カンボジアの軍船はシャムの船の間をすり抜けながら火矢を放ち、鉄砲を撃ち、大砲を撃った。シャムの船は次々と炎上し、互いに舵を切り間違えて衝突した。カンボジア勢は反撃を受ける前に素早く戦場を離脱する。メコンデルタの複雑な支流に逃げ込んで姿を消した。


遥か下流で長政たちは、ターイナームの船団の炎上を目撃した。

伊藤久太夫が長政に訴える。

「頭領！　我らも駆けつけましょう。ターイナーム将軍をお助けしなければ……！」

すぐさま岩倉平左衛門が「阿呆！」と罵った。

「我らの船は荷船だぞ。大砲も積んでおらん。みすみす火をかけられに行くようなもんじゃ」

長政も「うむ」と同意した。

今村左京は、いつものように冷静だ。

「船というものは、そうやすやすと燃え尽きたり、沈んだりはせぬものだ。頭領、夜が明けるのを待とう。敵の姿が見えぬのは危うい」

シャムの船団と距離をおいて、長政たちの荷船は川中に投錨した。

＊

夜が明けた。長政は船から小舟を下ろすように命じた。舟同士の連絡に使う伝馬船である。その舟で敵の様子を探らせた。物見（偵察）であった。

物見に出した今村左京が戻って来る。川岸に築かれた敵の陣地を見つけてきた。

シャムの船団は川中に投錨している。長政は伝馬船でターイナームの旗艦に向かった。

旗艦に近づくに連れて被害の様子がよく見えた。味方の船に衝突してできた破損がいちばん大きい。敵の大砲の弾は舷側に食い込んだままだが、さほどの被害ではないようだ。帆は全焼し、帆柱も焦げていたが、帆はどうせ北風で使えないので、このさい無視して良いだろう。

――炎が火薬樽に燃え移らなくて良かったな……。

火薬樽に火がついたなら、船体ごと吹き飛ばされたに違いない。火薬を入れた樽は船のいちばん下の船倉にしまってある。敵襲に気がつくのが遅れて火薬を揚げる作業も遅れた。皮肉にもそのおかげで大爆発を免れたのだ。旗艦から縄ばしごが下ろされる。長政は甲板までよじ登った。まだ煙の臭いがする。ターイナームが憮然たる表情で座っていた。

ここで何を言っても皮肉か嫌味にしか聞こえないだろう。長政は用件だけを切り出した。

「敵の様子を探ってまいりました」

急遽作った地図を広げる。砦の場所を描いてある。

「敵はシャムの船団が近づくのを待ち構えておりますぞ」

ターイナームは軽く一瞥《いちべつ》しただけで目を背けた。「ふんっ」と鼻息を吹いた。

「だからと申して進まぬわけには行くまい。王がウドンを攻めるより前に、チャット・モックを攻め落とさねばならぬのだ」

「おそらく砦には大砲が据えつけられておりましょう」

「なぜわかる」

「拙者なら、そうします」

「馬鹿馬鹿しい！　敵が同じ考えでいるとなぜわかる」

長政はターイナームに詰め寄った。

「船上の兵を岸に下ろして、先に砦を攻め落とすべきにござる」

「そのようなことをしている時間はない！　ただでさえ船は遅れておるのだ」

「大砲が待ち構える場所に船を進めることは――」

「ええい、黙れ！　貴様のことを、カンボジアの日本人と通じている――と申す者があるが、さては事実か！」

「なんと言われる」

「今の貴様の物言い、敵と通じて、わしの進軍を遅らせんと企んでいるとしか見えぬぞ！」

長政は怒るよりも呆れた。

「ならば、お好きになされませ」

伝馬船に下りて自分の荷船に戻った。

ここでもたついていたならソンタム王が敵中に孤立する、というのもまた事実なのだ。ターイナームの言い分も間違ってはいない。

――損害を恐れずに突き進むと言うのであれば、それも天晴れな忠節だ。

長政はそう思うことにした。


ターイナームの軍船は応急修理を済ませると、メコン川の遡上を再開した。今村左京が発見した砦は自然堤防の上に築かれていた。ターイナームは依怙地でも愚か者でもない。やるべきことはやる。砦を目掛けて砲撃を開始した。

砦の周囲で水柱があがる。堤防の土も弾け飛んだ。砲弾が当たったのだ。

だが、砦からはなんの反応もない。砦を見つけた今村でさえ、

「さては砦に見せかけた囮であったか……」

などと無念そうに言ったほどだ。

ターイナームも同じように感じたらしい。砲撃をやめさせた。砦の前を無防備に通過する。船の横腹を晒した。その時、砦に隠されていた大砲が火を噴いた。ターイナームの船が大きく揺れる。船体の木材が弾け飛んだ。

次々と大砲が火を噴く。五門の大砲が隠されてあったのだ。シャムの船団に続けざまに弾が当たった。ターイナームの船団も反撃する。長政は厳しい表情で首を横に振った。

「船の上から撃った弾は、なかなかに命中せぬ。常に揺れる甲板では狙いが定まらぬからだ。一方、カンボジアの大砲は堅固な地面に据えつけてある。勝負にならん」

伊藤久太夫が「ああ……！」と叫んだ。

「お味方の船が流されてまいります！」

船団が次々と流されてくる。川の流れに任せて退却を始めたのだ。

シャム勢は今日も前進が叶わなかった。オランダ商館員の記録には『ターイナームの水軍は、何もすることなく河口に留まっていた』とある。実際は何もしなかったわけではない。メコン川の増水と北からの強風、敵の奇襲に悪戦苦闘していたのだ。

六

長政は考え込んでいる。シャムの船団が進むためには三つの条件がいる。メコン川の水量が低下することと、北風がやむこと、川沿いに潜む敵勢を追い払うことだ。

――まだ乾季になったばかり。一月前まで雨季だった。水嵩が十分に引くには、あと二月はかかる。

長政は決断した。伊藤久太夫を呼んだ。

「日本人義勇隊を船から下ろす。ここから先は陸路を行く」

伊藤久太夫は何を命じられたのか、その意図が理解できない。

「そのような命は、ターイナーム将軍より受けておりませぬ」

「我らのみで行く。敵中を走破する。十人もいれば良かろう」

久太夫はますます混乱している。長政は重ねて告げた。

「船団の苦境をソンタム王に報せねばならぬ。何度も言うが、王の軍勢が敵中に孤立することだけは、避けねばならぬ」

「早馬でございまするか。されど、我らのみでの敵中突破はあまりにも危ういのではございませぬか」

「数は少ないほうが目立たなくて良いのだ。ターイナームの船団が敵の目を惹き付けておる。そこが付け目だ。さあ、急げ！」

伊藤久太夫は走り去る。長政はクロスボウを手に取った。

「わしはこれを持って行こう」

武士の生まれではない長政は、弓矢がどうしても苦手だ。なので西洋人から買ったクロスボウを大いに気に入っている。


夕刻、夜の闇が地上のすべてを包み始める。北風はあい変わらず強い。川岸に生えた草が吹かれてザワザワと音を立てた。長政は泥水を踏みながら静かに進む。日本の鎧兜を着けた姿だ。背後に従うのは伊藤久太夫と日本人義勇隊。全員が甲冑姿で無言であった。

しばらく進むと岩倉平左衛門が前方から戻って来た。

「見つけました。日本の牢人衆でさぁ。日本の言葉で無駄話をしていやがった」

「よし。手筈通りにやるぞ」

長政と日本兵は勇躍、進んでいく。草むらの中から日本語の話し声が聞こえてきた。

「やれやれ、武富様も人使いが荒いぞ。こんな藪蚊《やぶか》の飛び交う中で見張りとは」

ピシャリと打つ音がする。肌にたかった蚊を叩いたのだろう。

「焚き火もたいちゃならねぇとはな」

「敵に見つからねえための用心だ。辛抱しろ」

「だけどよ、酒も持たせちゃくれねぇなんて酷すぎるぜ。朝までどうやって暇をつぶせってんだ。

やってられねぇぜ」

長政は草をかき分けて、ノッソリと姿を現わした。敵の兵に向かって叱りつける。

「お前たち、頭領の悪口を申しておったな！」

突然に出現した鎧武者に怒鳴りつけられ、兵たちは仰天、慌ててその場に平伏した。

「悪口などとは、とんでもねぇ……！」

「確かにこの耳で聞いたぞ。言い逃れできると思うな！」

兵たちが土下座している間に、岩倉や伊藤たちが静かに敵兵を取り囲んでいく。

「貴様たちの組頭は誰だ。名はなんという」

長政が問い詰める。兵の一人が顔を上げて答えようとして、怪訝な顔つきとなった。

「……あなた様は、いったい、どなた様で？」

長政は腰の刀を抜いた。無言で兵の頭に斬り下ろした。カンボジア日本兵たちが仰天する。

「なにをなさる！」

長政は別の男の首筋に血刀を突きつけた。

「お前たちの組頭の名を教えろ」

周囲の草むらから岩倉たちが躍り出た。無言で襲いかかってカンボジア日本兵たちを殺していく。

長政に刀を突きつけられていた男は「ひいっ」と悲鳴を上げた。

「くっ、組頭は、井口大膳《いぐちだいぜん》と名乗っております……」

長政は切っ先を男の首に突き刺した。男はすぐに絶命した。

長政は刀の血を拭って鞘に戻した。

「こやつらの旗を奪え。ここから先は、井口大膳とやらの配下になりすまして進む」

伊藤久太夫が突っ立っている。いつもは機敏に行動するのにどうしたことか。

「久太夫、聞こえなんだのか」

長政は気づいている。伊藤久太夫は〝日本人を殺した〟ことに衝撃を受けているのだ。

長政とて、日本人同士で協力し合う関係が結べなかったのか、と思わぬでもない。

——いいや違う。わしはソンタム王の臣下なのだ。

アユタヤの貴族たちは、長政たちがカンボジア日本兵と結託するのではないか、と危ぶんでいる。

ここで長政たちがカンボジア日本兵に心を許せば、かけられた疑いは真実だったことになってしまう。

「我らはソンタム王の兵！　それ以外のことは考えるな！」

長政は皆に厳しく言い聞かせた。


長政たちは馬を奪った。蹄で走ることの可能な乾いた地面を探し、縫うようにして進んだ。途中、カンボジア兵に見つかると、

「井口大膳の使いでござる！　我ら、火急の報せで本陣に向かいまする！」

などと堂々とのたまって突破した。

殺した兵たちから奪った旗を背に差している。長政の手勢十騎は、行く手を遮られることはなかった。たとえ遮られたとしても一騎当千の強者揃い。カンボジア兵を蹴散らす自信もあった。

カンボジアも国土は広い。すぐに無人の原野となる。メコン川に沿って北上すればチャット・モック。さらにそこから北へすすめばウドンに達するはずだ。

——王は今、いずこまで進軍をなさっておいでなのか。

長政は焦りを隠せなかった。

一六二二年の年末に始まった戦争は年を跨いで続けられた。西暦で一六二三年になった。

ソンタム王が率いる本軍は快調に進軍し続けている。カンボジア軍に行く手を阻まれることはない。稀に敵の軍勢が姿を見せるが、戦象隊を突進させるとたちまちにして逃走した。まさに鎧袖《がいしゅう》一触《いっしょく》であった。

シーシン親王の活躍もまた目覚ましい。自身の象隊と兵を率いて奮戦している。

「進め！　進め！」

象の上から兵を励ます。シャム兵たちはシーシンの魅力にとりつかれたような顔つきで進軍する。

シャムの全軍がシーシンの覇気に酔っていた。ソンタム王の側近たちまで上機嫌だ。

「王よ、当初の目論見よりも早く兵を進めております。来月には、ウドンに到達いたすに相違ございませぬ！」

喜ぶべきことなのだろう。しかし王の表情は何故か苦々しげだ。弟のシーシンを睨みつけている。

シーシンは兵の歓呼の渦の中心にいる。

強い北風が吹いている。おまけに雨まで降ってきた。雨季はとうに終わっているはずなのに異常な天候が続いている。

「ターイナーム将軍の船団はますます遅れるに相違ない」

天を見上げた長政の顔を雨粒が打っていた。道には泥水が溢れている。ほんとうに道なのか泥沼なのか判別しがたい場所もあった。馬も難渋している。

「馬の足を急がせることはできぬな」

長政はジリジリと焦っている。物見のために先行させていた伊藤久太夫が戻ってきた。

「この先に川があり、河岸には船が繋がれておりました。髷を結った日本の武者が五人、鎧も着けずに乗っております。漕ぎ手は奴隷が二十人。油断しきっております」

伊藤の報告はいつも気が利いていて詳細だ。岩倉が長政に進言する。

「その早船を奪いましょうぞ。船で進んだほうが速い」

「わしも同じ考えだ。よし、久太夫、案内せよ」

長政たちは馬から降りた。身を屈めつつ問題の河岸へと近づいていく。

灌木に覆われた中に寂れた船着場があった。川船が一艘だけ見える。昼飯を炊くために上陸したのだろう。岸辺の焚き火に鍋がかけられていた。日本人は髷を結い、小袖や袴を着けているのですぐわかる。なるほど全員が油断しきっていた。岩倉は舌なめずりをした。

「船と一緒に飯も頂いちまおうぜ。美味そうな匂いをさせていやがる」

長政の配下の者たちが静かに抜刀する。長政は片手をあげて「ゆけっ」と振り下ろした。一斉に草むらの中から飛びだした。

「うおおおーっ！」

岩倉平左衛門が雄叫びを上げて突進する。カンボジアの日本兵は兜も鎧もつけていない。銃も槍も船の中だ。腰の刀まで帯から外した者もいた。たちまちにして血飛沫が上る。

這って逃げようとした敵兵の背中に岩倉が馬乗りとなり、とどめの一刺しを喰らわせる。敵兵は凄まじい絶叫を上げた。惨劇を目の当たりにした奴隷たちが腰を抜かしている。二十人ばかりいる。奴隷だとわかったのは左右の足首を縄で縛られていたからだ。

岩倉は奴隷の一人に血刀を突きつけた。奴隷は悲鳴を上げた。その場で急いで土下座する。

「こっ、殺さねぇでくだせぇっ！　わしらも日本人じゃ！」

岩倉は奴隷たちを睨みつけた。

「日本人だと？　どういうわけがあって、日本人がカンボジアで奴隷になっておるのか」

「わしらは大坂に住んどったんじゃ。スペインのカピタンに騙されて売り飛ばされた。マニラに連れて行かれて、それからあちこちに売られたんだ」

「大坂牢人か」

岩倉は長政に顔を向けた。

「頭領、どうなさる。奴隷とはいえカンボジアのために働いてたことにかわりはない。オレたちの姿を見られてしまったからには……」

「こ、殺さねえでくれッ」

「まぁ待て」

長政は岩倉を止めた。

「奴隷なら自らの意志でこの戦いに加わっておるわけではあるまい。敵と見做《みな》しては可哀相だ」

長政は竈の鍋に目を向けた。

「それよりも飯にしよう。炊きすぎて焦げ飯になってしまうぞ」

アユタヤ日本人義勇隊の面々は竈を囲んで車座となった。自分たちが殺した死体を転がしたままで平然と飯を食いはじめる。

「カンボジアの米も、なかなかに美味いものだな」

などと今村左京が言った。

一方、奴隷たちは一塊になって怯えている。長政は彼らに目を留めて、

「あいつらにも飯を食わせてやれ」

と命じた。

岩倉は飯をよそった椀を手にして歩んでいく。

「お前たち、これから我らの為に働くというのであれば、飯を食わせてやるぞ」

「いや、そうではない」

長政は立ち上がった。奴隷たちに向かって言う。

「お前たちはこれより先は好きにして良い。縄を切ってやるぞ」

長政は腰の脇差しを抜くと、奴隷たちの足を縛る縄を切った。

奴隷が長政を見上げた。四角い顔の中年男だ。

「お助けくださるのか……。なにゆえ」

「なにゆえかと問われても困る。わしはな、日本人が奴隷にされておるのが嫌なのだ。飯を食ったら、どこへなりとも立ち退くが良い」

奴隷たちは顔を見合わせた。四角い顔の男が土下座の姿勢に戻って語りだす。

「好きにしろ、と言われましても……。わしらには行くところがねぇ。日本には戻れねぇ」

男の首には、木を削って作った十字架が下がっている。

「キリシタンか」

キリシタンへの禁令は年々過酷さを増していた。そのうえ大坂の陣で豊臣家に与していたのであれば、ますます帰国は難しいだろう。

岩倉が長政に進言する。

「船の漕ぎ手は大勢いたほうが良い。こいつらに漕がせるのが一番ですぜ」

「うむ。皆、今は我らに手を貸してくれぬか」

四角い顔の男がおそるおそる、訊ねた。

「お殿様は、どこのどなた様なので？」

岩倉が代わりに答える。

「こちらの御方こそが、アユタヤ日本町の頭領、山田仁左衛門長政様である！」

「や、山田様……、あなた様が……」

奴隷の身分でも知っていたらしい。一同その場に平伏した。

ところがひとりだけそっぽを向いて大胡座《あぐら》をかいている男がいる。不貞腐《ふてくさ》れているわけではない。濁った目をしていた。

四角い顔の男が慌てて駆け寄って首根っこを掴み、無理やり頭を下げさせた。

「ヨゾウ！　この阿呆、お殿様にお礼を言わねぇか！」

「ヨゾウという名なのか。異国人か」

「いいえ、日本人でございます」

答えたのはヨゾウ本人ではなく、四角い顔の男だ。長政はヨゾウの前に屈み込んで、足の縄を切ってやった。

ヨゾウは「余計な世話だ」と冷えた声音で言った。

「オレは奴隷が性に合ってる。余計な真似はしねぇでほしい」

長政は首を傾げる。

「それはまた、面妖な物言いだな」

「武士ってやつは、忠義だとか忠節だとか抜かしやがる。オレはそういうものが煩わしくって仕方ねぇんだ。奴隷になって無理やり働かされてるほうが気が楽だ」

岩倉が「それもよかろう！」と叫んだ。

「気が済むまで櫂を漕がせてやるぞ！　ようし、飯を食ったら出発だ！」

椀の飯が回される。奴隷の身分から解放された男たちは大急ぎで飯をかきこみはじめた。

七

それから数日後――。

ソンタム王の快進撃は続いている。敵の姿はまったく見えない。王の側近たちは、

「カンボジア勢はターイナーム将軍が皆殺しにしたのではあるまいか」

などと希望的な憶測を巡らせた。もしもそうなら、まことに結構な話だ。戦争に勝ったも同然である。将も兵も笑み交わしながら歩んでいる。まるで物見遊山に来たかのような陽気さだった。

一人、シーシン親王だけが焦っている。この戦争で大手柄を立てて『アユタヤ朝にシーシンあり』という評判を得ようと目論んでいたからだ。シャムの王位は父から長子に継承されるが、王子が幼少の時に限って兄から弟へ継承される。そして今、ソンタム王の子は幼かった。シーシンとすれば、王位継承の好機だ。シーシン親王は次代の王としての名声を高めて、王位継承権を確固たるものにしようと目論んでいたのであった。

シーシン親王の侍臣、オークルワン・マンコンがやって来た。上半身の筋肉がはち切れんばかり

の壮士だ。常人の握力では扱いきれぬ大槍を軽々と携《たずさ》えている。シャム最強の豪傑だった。兵たちからは〝魔術使い〟と呼ばれている。人間業とは思えぬ速さで敵を薙ぎ倒していく。その卓越した武芸は魔術にも見える。軽く叩いたようにしか見えないのに、打たれた者が吹っ飛んでいく。

「我が主よ！　道案内の者を連れて参りました。この地の農民にございまする」

シーシン親王は象の上から見下ろした。カンボジアの農民が象の下で平伏している。恐れ入って声も出ないようだ。マンコンが農民の代わりに答える。

「この者が申すには、このあたりでは大小の河川が入り組んでおり、余所者が迷い込むとなかなかに難儀。しかし土地の者は、ウドンに抜ける道を知っておる、とのこと」

「なるほど。その者に道案内をさせようと申すのだな」

「御意にござる」

シーシン親王は農民に向かって命じる。

「道案内をいたせ。やり果せたならば褒美を取らすぞ」

農民は身を震わせて低頭した。

長政を乗せた川船は軽快に進んでいる。船は細長い形をしている。水の抵抗が少ない。速度が出た。漕ぎ手は奴隷から解放された者たち二十人。力強く漕いでいる。

夜には川岸に上がって休む。カンボジア奴隷だった男たちは近在の百姓屋に堂々と乗り込んで、

「チャット・モックの日本町より参った軍兵だ！　チェイ・チェッタ王のご下命を受けて援軍に駆けつける途上！　飯と寝床を用意いたせ！」

などとカンボジア語で命じて飯を出させた。

奴隷だった者たちも精気を取り戻している。出された飯を勢い良く食いだした。箸などないので手づかみだが、それはこの国では当たり前の作法である。

一人、ヨゾウだけが虚ろな顔つきで、土間の隅に座っている。

伊藤久太夫が飯の椀を手にして歩み寄り、ヨゾウの前に屈み込んだ。

「食え。腹が減っているだろう」

差し出すと、ヨゾウは素直に受け取った。しかし、食うでもなく、伊藤に目を向けている。

「……なんだってあんたたちは、このわしにいらぬ世話を焼くのだ」

伊藤久太夫は困った顔をした。答えるか答えまいか、考えた後で答えた。

「山田様は、日本人の奴隷を見て見ぬふりのできぬお人なのだ。かく申す拙者も山田様に助けられた。父母ともども奴隷として売られるところであったのだ」

「あんたも？」

「其処許は、元、武士であろう」

いきなり言われてヨゾウは顔を背ける。

「若造が、知ったふうな口を利くもんじゃねぇ」

「わかるのだ。其処許は拙者の父と同じ目をしておる。武士の身分でありながら奴隷に堕ちると、そういう目つきになるのであろう」

ヨゾウは顔を背けている。無言だ。伊藤は立ち上がった。

「拙者の父は、最後には武士として誉ある死を迎えることができた。すべては山田様のお陰だ。さぁ飯を食ってくれ」

伊藤は背を向けて立ち去った。ヨゾウはずっとそっぽを向いていた。

＊

ソンタム王の軍勢は低湿地に踏み込んでいく。先頭を行くのはシーシン親王の部隊で、道案内をするのは例の農民だ。そこは擂鉢《すりばち》の底を思わせる地形であった。足元は酷くぬかるんでいる。兵はもちろんのこと、象でさえ歩くのが辛そうであった。

ソンタム王は次第に不安を感じ始めた。側近の者を呼ぶ。

「なにやら嫌な予感がする。シーシンは確信があってこの道を進んでおるのか。質してまいれ」

慎んで拝命した側近が馬に乗って進もうとしたその時であった。四方で軍鼓の音がした。続いて喚声が聞こえてきた。

「あの太鼓と兵の声、味方のものか？」

ソンタム王が質す。騎馬兵が確かめるために四方に散った。兵たちが騒然としている。

「鎮まれッ」

と、首相兼軍司令官《オークヤー・チャックリー》が叱った。白髪の老臣だ。鋭い眼光を四方に向けている。軍鼓と兵の喚声はますます大きくなって近づいてくる。物見に走った騎馬武者が駆け戻ってきた。

「四方に敵勢！　我らはすでに囲まれておりまするッ」

「なんだとッ」

ソンタム王は目を剝いた。チャックリーも焦りを隠せない。

「場所がよろしくない！　四方は高所、我らは低地の底に位置しております！　王よ、高所へお移りください。我らが道を切り拓きまする！」

象の雄叫びが聞こえてきた。敵の象だ。鉄砲を一斉に撃つ音が轟いた。敵の鉄砲か、味方の鉄砲か、わからない。

シーシン親王も敵の出現に驚いている。密林に敵の旗と槍が立った。いつの間にか包囲されている。侍臣のマンコンが象に乗って引き返してきた。

「カンボジア兵にございまするッ」

「人目につかぬ低地を選んで進む我々に、なにゆえ気づくことができたのかッ」

マンコンはハッとして道案内の者を探す。姿が見当たらない。

「おのれ農夫め、敵の間諜《かんちょう》(スパイ)であったかッ。親王よ! ここは危うい! お下がりくだされッ」

象使いがシーシン親王の象の向きを変えようとした。しかし象は苦悶の嘶《いなな》きをあげるばかりだ。足が湿地にはまり込んでいた。泥はまるで糊のように張りついて、象の自由を奪っている。

敵の喇叭《らっぱ》が吹かれた。軍鼓も打ち鳴らされる。敵の襲来だ。矢が何本もシーシン親王の象を目掛けて飛んできた。戦象の鞍には矢を防ぐために革の幕が張られている。その革に矢が容赦なく突き立った。シーシン親王は激昂した。

「ええいっ、臆するなッ、押し返せッ」

飛来する矢を槍の柄で打ち払う。そのまま敵に突進しようとしたところを、マンコンに止められた。

「短慮はなりませぬッ。お退きくだされ!」

マンコンは自分の象を親王の象の前に進めて行く手を塞ぐ。そこへも矢が飛んでくる。マンコンの鎧に突き立った。

「ぬうっ！」

マンコンは激怒した。

「クメールの弱弓など、効きはせぬわッ」

長槍をブンッと振るう。カンボジア兵が茂みの中から姿を現わす。槍を構えて突っ込んできた。

マンコンは象使いに「進めッ」と命じると、槍を振り下ろした。

柄の長い槍は象の上からでも敵兵に届く。たちまちにしてカンボジア兵を殴り倒した。さらに槍先で敵兵の胴体を貫くと、

「うおおおりゃあっ！」

敵兵を貫いたまま槍を振り上げ、真横にブウンッと投げ捨てた。押し寄せてきたカンボジア兵の隊列に死体を投げつける。なんという豪傑か。カンボジア兵は恐れ慄《おのの》いて突進を止めた。

「今でござる！　親王よ、お退きくだされ！」

しかしシーシン親王は名誉にこだわる王族だ。一歩も退かぬ構えである。

「逃げることなどできようものか！」

マンコンは敵を振り払いながら叫び返した。

「逃げるのではござらぬ！　王のお側に駆けつけなされ、と申し上げておる！」

王の本隊は後列にいるのだから後退するのと一緒だが、シーシン親王の面目が潰れぬように、そう言った。

「王にも敵兵が殺到しておりましょう！　急いで駆けつけねばなりませぬぞ！」

「わ、わかった……！　ここは任せたぞマンコン！」

シーシン親王の象はぬかるみを脱すると隊列の後ろへと下がった。それを見届けてマンコンは槍の柄を握り直し、不敵な笑みを浮かべた。

「これでよい！　心置きなく戦えるというものだ！」

象を進ませ、敵陣に斬り込む。長い槍を大車輪に振り回した。さながら、波にぶちあたる大岩だ。白い波しぶきの代わりに真っ赤な血潮が噴き上がった。


マンコンが恐れた通り、カンボジアの大軍はソンタム王の本隊にも襲いかかっていた。

「王を守れ！　王を守れ！」

軍事大臣《オークヤー・チャックリー》と親衛隊の隊長が声を嗄《か》らして叱咤する。王の親衛隊はシャム軍きっての精鋭であった。自尊心にかけて応戦する。

「矢を射かけよ！」

チャックリーの命に従って、水牛の角から作られた弓を引き絞り、敵兵に矢を放つ。突進してきた敵の隊列を列ごと射倒した。

「高所を奪い取れッ」

チャックリーは兵たちに命じる。

「象隊を進めさせよ！　低地に布陣しておっては戦えぬ！」

戦象部隊が泥沼から這い上がった。丘陵地に向かう。シャム王国が強国となったのは戦象の数と強さがゆえだ。カンボジア兵も弓矢で応戦したが、象はただでさえ皮膚が厚いのに、さらに革や布の象鎧まで着けている。矢の雨をものともせずに突進する。

これで高地は確保できた――とチャックリーが安堵したのも束の間、灌木の中から雷鳴を思わせる音が轟いた。象に跨がっていた兵と象使いが次々と転落する。

「鉄砲か！」

数十丁による一斉射撃だ。

「このように統制の取れた射撃ができるのは……」

シャムの象隊の足がとまった。代わりにカンボジアの騎馬隊が突出してきた。騎兵たちは全員、黒々とした甲冑で身を包んでいる。兜の正面には金箔を張った前立があった。

「日本の兵だ！」

日本兵が馬に乗って迫る。日本騎馬隊の突進を援護するのは数十丁の鉄砲隊だ。発砲音が連続する。鉛弾が飛んでくる。シャムの軍勢に立ち直る隙を与えない。

シャムの兵たちは震え上がった。一人が逃げ出せば、周囲の兵もつられて逃げる。あっと言う間に全軍が崩れた。

「逃げるな！　戻れッ。王を捨てて逃げる気かッ」

チャックリーが怒鳴りつけても、もう、兵たちは言うことを聞かない。

王の白象も逃げる。王は「逃げろ」とは命じない。象使いが一存で逃げだしたのだ。象使いが勝手な判断で逃げだした、ということにして王の命と名誉を守る。

黒い甲冑の騎馬武者が泥水を蹴立てながら追ってきた。馬上から巧みに矢を放つ。王の命を狙っているのだ。

チャックリーが「王を守れ！」と叫んでいる。シャムの象隊が急いで王の白象を中心にして円陣を組む。

日本の騎馬武者は駆け寄りながら矢を放った。シャムの象隊も矢を射返すが、騎馬武者は恐ろしいほどに修練を積んでいる。放たれた矢が正確だ。象兵が悲鳴を上げる。次々と射落とされていく。

＊

長政たちは野原を急いでいる。従うのは岩倉や今村、伊藤たち日本人義勇隊九人と、カンボジアの奴隷だった者たち二十人だ。

「鉄砲の音だ！」

長政は叫んだ。干戈《かんか》の打ち合う音、兵たちの喚く声も聞こえた。

「戦場が近いぞ！」

長政はカンボジアの大軍を追ってきたのだ。長政はソンタム王との合流を目指していた。つまりカンボジアの大軍と同じ場所を目指している――ということになる。カンボジア勢の到来より先に、王に危急を報せることはできなかった。長政は「くそっ」と叫んだ。

伊藤久太夫が「あれを！」と指差す。

象が走ってくる。背には鞍を乗せていたが、象使いも武将も乗せてはいなかった。長政は象鎧の紋章を見て取った。

「シャムの象だぞ！」

象は逃げまどう。カンボジアの兵たちが数人で追いかけていた。象を追うのに夢中で長政たちの接近には気づかない。岩倉が察して言う。

「象を乱取り（戦利品）しようってのか。戦いは終わってないというのに、欲の皮のつっぱった奴らだ」

長政は、

「矢を放て」

と命じた。日本人義勇隊の面々が、携えてきた半弓に矢をつがえた。引き絞って放つ。矢はカンボジア兵に命中した。カンボジア兵は今ごろ気づいて、慌てて逃げていった。

長政は象の前に立ちはだかった。腕を広げて象を止める。

「天佑神助《てんゆうしんじょ》とはこのことだ。この象に乗って駆けつけようぞ」

岩倉が首を傾げた。

「頭領は、象を扱えるのですかい」

「見様見まねでなんとかするさ。今は王の御身が第一だ」

長政は象の首に跨がった。岩倉と今村が鉄砲と弓矢を手にして、後ろの鞍に乗った。

「南無三法、ありがたや！　薙刀《なぎなた》や槍があるぞ」

岩倉が言う。象の鞍にいくつかの武器が残されていた。

「行くぞ！　それッ、駆けろ！」

長政はプラーのやり方を思い出しながらシャム語で象に命じる。両耳を蹴った。象が雄叫びをあげる。地響きを轟かせて駆け出した。

伊藤久太夫と残りの日本兵は騎馬を走らせる。奴隷だった者たちは自分で走って長政を追った。

八

王が乗る象の鞍にも矢が立った。右を見ても左を見てもカンボジアの軍旗が立ち、カンボジア兵が雄叫びをあげている。矢は無数に飛んできた。今や、戦場に留まって陣形を組んでいるのは王を中心とした象隊の二十頭だけだ。

カンボジアに仕える日本の騎馬武者が迫る。カンボジア兵の数百人も攻めてくる。ソンタム王は刀を抜いた。自分の首筋に刃を当てようとする。オークヤー・チャックリーが慌てて止めた。

「お待ちください！」

「敵に辱めを受けるぐらいなら、朕は誇りとともに死ぬ！」

「早まってはなりませぬッ」

チャックリーは自分の象から王の象へ飛び移って、王の腕を摑んで止めた。

「ええい、放せ！　朕に生き恥をかかせるつもりかッ」

象の上で揉み合う。その間にもカンボジア兵は包囲の輪を狭めてきた。

「お待ちくださいませ！　あれをご覧あれ、ライ様が駆けつけて参られましたぞ！」

戦象に率いられた兵の一団が走ってくる。

「おお、ライか！」

老后のたっての頼みで軍に加えた若者だ。

老后の兄の息子（つまりソンタム王の従兄弟）でありながら罪を得て収監されていた若者は、戦場での手柄と引き換えに貴族に復帰できるという約束となっていた。それだけに命知らずだ。

ライ隊の到来に気づいて、カンボジア勢は包囲をいったん諦めて、迎え撃つ陣形に変わった。

「今ですぞ！　我らも陣形を整えましょうぞ」

チャックリーが部下の武将に檄を飛ばした。戦象と歩兵をまとめていく。ライの部隊は駆けつけてきた勢いのままカンボジア勢に攻めかかり、敵をいったん追い払うことに成功した。

長政たちも原野を駆けている。

「頭領！　あれに王の白象が見えまする！」

今村左京が指差して叫んだ。長政も遠望する。

「ご無事であったか！」

「だが、ずいぶんな劣勢と見える」

岩倉は呆れたような口調だ。

「シャムの大軍はどこへ逃げてしまったのだ」

近衛兵団の象隊と少数の歩兵、他にはライの部隊しか見えない。

「愚痴は後にしろ。王を救うぞ。我らは敵の横腹を突く！」

岩倉はますますの呆れ顔だ。

「一頭の象と三十人でですかい。しかも二十人はつい先だってまで奴隷だった連中ですぜ」

「やらねばならぬ！　命に代えても王をお守りするのだ」

一方、今村は冷静に敵状を探っている。そして気づいた。

「カンボジアの騎馬武者は日本の鎧を着けております」

岩倉も目を向けて「おう」と言った。

「武富長右衛門とかいう大将が率いる者たちだな。ならば退くことはできまいのう。シャム兵の前でならともかくも、日本の武士が見ている前で、卑怯未練な姿は見せられぬ」

よくわからぬ理屈だが、岩倉なりの矜持がかかっているらしい。

長政たちを乗せた象は突進する。長政は背負ってきたクロスボウを構えた。〝山羊の角〟と呼ばれるレバーを手前に引く。梃《てこ》の原理で弓弦をトリガーに引っかけた。クロスボウの硬い弓は手では引けない。それほどに強力だ。

矢を装塡《そうてん》して鏃《やじり》を敵に向ける。狙いをつけて引き金を引く。弦が弾けて矢が飛んだ。密集したカンボジア兵に当たる。前列の兵を貫通して後列の兵にまで矢が刺さった。

「凄まじい力だ！」

長政自身が驚いている。

岩倉と今村も鉄砲を発射し、矢を放った。

カンボジアの隊列がにわかに乱れた。突然に横合いから攻めかかってきた敵に仰天している。

「日本人《イープン》！」

こちらを指差して叫んでいる。

長政の象は敵兵の真っ只中に突っ込んだ。カンボジア兵が逃げまどう。逃げずに向かって来た者たちは長政たちの矢弾の餌食となった。象も興奮している。鼻を高く上げて咆哮し、太い前足でカンボジア兵を踏みつぶした。長政は重たいクロスボウを怪力で扱い、矢をつがえて、引き金を引いた。この強弩《きょうど》を扱うことができるのは六尺の体軀と腕の力があればこそだ。

岩倉は武器を長柄槍に持ちかえた。揺れる鞍の上に立ち、踏ん張って刺突を繰り出した。

騎馬の伊藤久太夫たちも奮戦している。刀を振るって象に近づく敵兵を追い払う。

長政は長柄の薙刀を手に取った。象の上から振り下ろし、群がる敵兵を薙ぎ倒す。敵の矢が飛んできて鎧に刺さるが、意に介さずに戦い続けた。

今村が叫んだ。

「頭領！　あれに味方が！」

象隊と歩兵隊が進軍してくる。軍旗を高く上げていた。

「シーシン親王だ！」

シーシンの別動隊が敵の追撃を振り払って引き返してきたのである。

長政の配下は俄然、勢いづいた。一方、カンボジア勢は、新たな敵の出現を知って後退し始める。

長政は伸び上がってソンタム王の本隊を見た。カンボジア勢の攻撃が止んだことで、隊列を整えようとしている。

「よし、王の許に参るぞ！」

長政は象の上から矢や鉄砲を放ち、敵を追い返してから、戦場を離脱した。


長政たちは象を中心にして戦場から離脱した。長政は「おや」と思った。奴隷だった者たちまでもが武器を手にしている。傷を負っている者もいたが、目を怒らせて歯を噛みしめてついてくる。

――あの乱戦でも逃げなかったのか。逃げても良かったものを……。

昨日までは卑屈な奴隷の顔つきだった。ところが今は、そうではない。

ソンタム王の本軍は湿地に陣を布《し》いていた。長政の象が近づいていくとシャム兵たちが槍を揃えて突進してきた。迎え撃とうというのだ。

岩倉が慌てる。

「いかん！　我らのことをカンボジアの日本兵だと心得違いしておるぞ！」

長政は兜を脱いだ。

「シャム兵よ、聞けッ。この顔を見よッ。我は日本町頭領、オーククン・チャイヤスンであるぞ！王をお助けするために参着いたした！」

兵の列の後から凛々しい甲冑の若武者が出てくる。長政と認めると兵に向かって、

「槍を引けッ。味方である！」

と怒鳴った。

「おお、ライ様か」

オークプラ純広の謀叛の際に邂逅《かいこう》した少年だ。いまは二十二の若者だが。

「オークン・チャイヤスン。参着ご苦労」

ライは、この窮地にあっても怯えた顔をしていない。

「王の許に案内する。ついて参れ」

長政たちは象を降りた。ライは長政を待たずにスタスタと先を歩いている。岩倉が唇を尖らせた。

「なにやら薄気味の悪い若殿だな。蛇《グー》のようなツラをしておる」

白い蛇《グー・カーオ》か。なるほどぴったりだ。と長政も思った。

＊

地面に敷物が広げられ、その上に金箔張りの玉座が置かれている。さらに天蓋が広げられていた。

ソンタム王は金の冠をつけてそこに座っていた。

——王よ、よくぞご無事で……！

長政の心が激しく揺れる。御前に平伏した。

「オークン・チャイヤスン。よくぞ参った」

王のお言葉がかかる。疲労の感じられる声だ。

――我ら臣下が至らぬばかりに、なんとおいたわしい……。

申し訳なさで涙がこぼれそうになった。

王が質す。

「そなたはオークヤー・ターイナーム将軍と行動を共にしていたのではなかったのか。……すると、ターイナームの軍勢が近くにおるのか！」

「畏れながらお答えいたします。ターイナーム将軍の船団は、いまだメコンの河口付近に留まっておりまする。臣は、ターイナームの苦戦をお伝えするために参ったのでございます」

王の顔から喜色が消えて、絶望の色に変わった。

「朕は敵中に孤立しておるのか」

「まだ間に合いまする。臣の胸中にはカンボジア兵を混乱させる策が――」

そう言いかけたところへ鎧の音を立てながら一人の貴公子がやって来た。王がその顔を見る。

「おおシーシン、我が弟よ」

「我が王よ、ただいま参着つかまつっ――貴様ッ」

シーシン親王が挨拶の途中で突然に激昂した。

「凶徒めが、なにゆえここにおるかッ！」

シーシン親王が睨みつけている相手はライであった。それにしても、神聖なる王への挨拶の途中で罵声を発するとはなんたることか。戦場で気が立っていたにしても、異常極まる振舞いであった。

ライのほうは白蛇のような無表情で低頭した。シーシン親王への挨拶の言葉はない。

今にも刀を抜いて斬りかかりそうなシーシン親王を、オークヤー・チャックリーがなだめる。

「親王殿下、王の御前でございまするぞ。お気をお鎮めくだされ」

シーシン親王は奮然としながら勧められた席に腰を下ろした。凄まじい形相でこの場の顔ぶれを見回した。

「ふんッ、王の御前に侍るのが、凶徒と日本人とはな！　信頼のおける者たちはどこへ行ったのだッ」

ソンタム王がわずかに眉を寄せた。

「口を慎め。ライも長政も信頼のおける者たちだ。我が弟だとて、朕の臣下を悪しざまに申すことは許さぬぞ」

弟を叱って黙らせてから、ソンタム王は長政に顔を向けた。

「策があると言いかけておったな。続きを申せ」

「はっ。慎んで申し上げまする。象をすべて野に放ち、王には馬でお逃げいただきまする」

その場の全員が不可解な顔をした。長政は続ける。

「カンボジアの兵は戦利品を求めております。さながら飢えた獣。そしてシャムの象は垂涎《すいぜん》の的」

先ほど目にした光景を伝える。

「象を放てば敵兵たちは、象を捕らえて我が物にせんといたしましょう。象を追い回すのに夢中になって、戦うどころではなくなりまする。その隙に王にお逃げいただきまする」

シーシン親王が怒鳴り返す。

「象隊は王を守る最後の砦ぞ！　それをみすみす敵の手に渡すとは！　さては貴様、やはり、カンボジアの日本兵と示し合わせておるなッ？」

「鎮まれ。我が弟よ」

ソンタム王はシーシン親王を制した。熟考してから、長政に質した。

「カンボジアの兵が象に夢中になれば良いであろうが、象を無視して朕に襲いかかってきたなら、なんとする」

「敵に向かって象を放つ時に、勢いよく走らせれば、それだけで敵勢を乱れさせ、追い散らすことができましょう。その隙に逃げまする」

「王よ！」

シーシン親王が王に向き直る。

「日本人の申すことなど取り上げてはなりませぬ！」

ソンタム王が問う。

「ならば弟よ。この包囲を脱する良策が、他にあると申すか」

九

長政は王の軍勢を三つに分けた。ひとつはシーシン親王の部隊で、シーシン親王が王の白象に乗って逃げる。敵に王の居場所を誤認させるための囮である。

もう一隊はライの部隊で、これも囮だ。ライが王の身形で逃げる。

王本人は馬に乗って騎兵とともに逃げる。

王が馬を寄せてきた。

「決して死ぬなよ。アユタヤでお前の帰りを待つ」

長政は低頭した。王は、オークヤー・チャックリーの騎兵隊とともにその場を離れた。

次にシーシン親王が白い象に乗ってやって来た。

「このわしに『王の代わりに死ね』とはよくぞ申したものだ、日本人め」

「囮とは申せ、王の代わりを務めることのできる身分のお方は、親王様をおいて他にはございませぬ」

「ぬけぬけと申すことよ。我が侍臣のオークルワン・マンコンがお前とともに残ると申しておる」

シャム随一の猛将が象に乗ってやって来た。不敵な笑みを向けてくる。

「面白い策だ。わしも踏み止まって、王と親王を逃がす時間を稼ぐとしよう」

「援軍、ありがたく存ずる」

長政たちが裏切らないように見張る役目を言いつかったのに違いないが、ともに戦ってくれるのであればありがたい。

シーシン親王は象を走らせた。西に向かって逃げていく。ライはすでにいずこかへ去っていた。

長政は王家の象使いたちに命じた。

「象を放てッ」

象使いたちは象の耳を蹴って走らせた。自分たちは急いで象の首から飛び下りる。百頭を超える象が一斉に走り出す。

長政は象と一緒に馬で走る。岩倉や今村たちも騎馬で走った。象を囃したて、斬りつけて敵陣へと向かわせた。

象の大軍に走り込まれたカンボジア兵は、最初は驚いて逃げまどった。次に、思わぬお宝の出現に歓喜した。群がって象に飛び掛かり、取り押さえようとする。最初に象の首に乗った兵が、後から来た者たちを蹴り落とす。たちまち大げんかが始まった。

敵の混乱を横目に見ながら長政は敵の象隊に肉薄した。馬上からクロスボウを構えて引き金を引く。射抜かれた敵将が象から落ちた。マンコンの象もやってくる。敵の歩兵を長槍の柄で殴り倒していった。

この場の戦いはマンコンと彼の部隊に任せ、長政は戦場の四方に目を向けた。漆黒の鎧武者が戦場を駆けていた。軍配を振り上げ、振り下ろし、大声で檄を飛ばしている。

「あれがカンボジア日本兵の大将か！」

長政は馬に鞭を入れた。敵の日本武将に向かって走る。

敵将は二騎の供を連れていた。お供の武者が長政に気づき、近寄らせまいと馬を寄せてきた。槍を突き出してくる。槍先をかわしてクロスボウの引き金を引く。矢が至近距離で敵の目玉に刺さる。頭蓋骨まで貫通した。敵の騎馬武者はたまらずに落馬した。

もう一騎の騎馬も迫ってくる。すかさず岩倉が前に出た。

「わしが相手だ！」

馬の鞍から身を投げて敵の騎馬武者に躍りかかる。二人は組み合ったまま地面に落ちた。二人一緒に転がりながら脇差しを抜いて、相手の急所を刺さんとしあう。

長政は、岩倉の勝負に目を向けている暇もない。敵の日本武将に迫る。矢を装塡し、片腕で構えて引き金を引いた。矢が武将に向かって飛んで行く。武将は素早く身を伏せた。矢をかわす。

敵将は見事な馬術で馬首を巡らせると薙刀を構えた。長政もクロスボウを背中に回して、代わりに腰の刀を抜く。

敵将が突進して来た。長政も馬を走らせた。敵の薙刀が振り下ろされた。長政は刀で受ける。ギインッと金属音がして火花が散った。長政は力任せに打ち払った。騎馬武者二騎が駆け違う。

敵将は急いで馬首を返して叫んだ。

「貴様も日本人かッ」

駆け寄ってきては薙刀を振るう。長政は刀で打ち払う。再び馬が離れた。敵将は「ふんっ」と鼻息を吹いた。

「我こそはクメール王の侍大将、武富長右衛門！　うぬは何者だッ」

長政も叫び返した。

「アユタヤ日本町の頭領、山田仁左衛門！」

「おうッ、貴様が山田か。噂はチャット・モックまで伝わっておるぞ」

武富は薙刀を下ろした。

「我らはともに日本人。殺し合ってもつまらぬ。どうじゃ、わしに手柄を譲らぬか。アユタヤ王の首を討たせてくれるのであれば、貴様をチャット・モックで身の立つようにしてくれよう」

「そのような話、聞く耳持たぬ！」

長政は馬を走らせ、刀で斬りかかった。武富は薙刀の柄で応戦しながら後退した。

「度し難い愚か者じゃ！　戦はシャムの負けじゃぞ！　アユタヤ王のために死ぬつもりか。日本から遠く離れたこんな所で！」

「問答無用！」

長政と武富は馬上で何度も斬り結んだ。武芸は互角。互いに決め手を欠いている。そこへマンコンの象が割り込んできた。武富は馬首を返した。

「勝負は預けるぞ、山田仁左衛門！」

「逃げるかッ」

長政が追おうとするとマンコンが「待て」と止めた。

「敵を追い払ったのなら、それで十分！　いざ、王の許に駆けつけようぞ」

長政は我に返った。今は王の御身が一番の大事だ。

戦場は大混乱で、カンボジア勢も陣形を成していない。すでにシャム勢はほとんどが戦場から離脱していた。長政たちも逃げ後れたなら、いずれカンボジアの大軍に取り囲まれる。

――日本人義勇隊は……！

岩倉や今村の姿が見えない。すでに逃げたのか、それとも討ち死にを遂げたのか。

「何をしている。行くぞオークワン・チャイヤスン」

マンコンが象を西へ進めた。長政もそれに続いて戦場から離脱した。


夜になった。闇がすべてを包み込んでいる。

伊藤久太夫は疲労しきった足どりで西の方角を目指していた。乱戦の最中、味方とはぐれてしまったのだ。気がついたら一人で敵中に孤立していた。遠くで炎が揺れている。喇叭《らっぱ》の音や太鼓の響きが風に乗って聞こえてくる。カンボジア勢だ。追いつかれたなら殺される。

伊藤は転んだ。転んだだけで気が遠くなる。太鼓の音が少しずつ大きくなってきた。敵は確実に迫っている。伊藤は立ち上がり、二、三歩進んでまた転んだ。今度は窪地の底まで落ちた。こんな所に土手があったとは。暗くてまったく気がつかなかった。伊藤は気を失った。

「おい、しっかりしろ」

誰かに肩を揺さぶられた。伊藤は腰の脇差しに手を掛けた。

「慌てるな。わしだ」

伊藤は目を瞬《しばた》かせる。

「……ヨゾウか？」

「おう。わしじゃ。しっかりせい。立てるか。肩を貸してやる」

伊藤はヨゾウにすがって立ち上がった。太鼓の音はますます大きく聞こえてくる。木々の間で松明が揺れていた。

「なぜ、お前がここにおるのだ」

ヨゾウはふてぶてしい顔つきになる。

「どこへでも好きなところへ行け、と言ったのはお前たちじゃろう。わしがどこにいようが、わしの勝手じゃ」

それはそうだが、この闇の中、たまたま再会したとは思えない。

「わしを追ってきたのか」

ヨゾウは何も答えない。代わりに、

「味方を見つけなくちゃならねぇぞ」

と言った。それは伊藤久太夫も同じ思いだ。

「だが、どうやって味方の居場所を探せばいいのか……」

「何を言ってやがる」

ヨゾウはますますの渋面だ。

「敵はお味方を追ってるんだ。敵の後ろにくっついて行けば、おのずとお味方の陣に追いつくだろうよ」

「なるほど……。だが、敵の後ろをついて行くのは剣呑ではないのか」

「剣呑に決まってるだろうが。さぁ、歩くぞ」

伊藤はヨロヨロと歩きだした。


「おい、起きろ」

ヨゾウの声で目が覚めた。肩を手荒に揺さぶられる。ちょっと一休みするつもりで座り込み、いつしか眠っていたらしい。ヨゾウは物見（偵察）に行っていたようだ。

「この先にお味方がおるぞ」

伊藤は苦労して立ち上がった。ヨゾウの後ろをついて行く。坂を上りきると視界が開けた。明るい松明の群れが見えた。

「……おお、あれがお味方か！　助かった」

足を踏み出すと、ヨゾウに腰帯を摑まれて引き戻された。

「阿呆！　あれは敵じゃ。旗をよく見ろ！」

「ならば、お味方は……」

「敵はお味方と睨み合っておるのだ。お味方の陣は、遥か向こうに見える松明じゃい」

目を凝らすと、奥の密林に炎がチラチラと揺れているのが見えた。

「あれは……間違いなく味方なのか」

「この目で確かめてきたわい。さあ、敵陣を避けて、回り込んで行くぞ」

ヨゾウは力強く歩んでいく。なんという体力か。

「お前は、お味方を見つけたのに、わざわざわしを呼びに戻ったのか。なぜ、そこまでわしに尽くしてくれるのか」

「とんだ思い違いだ。お前に尽くしてるわけじゃねぇ。こっちが勝手にやってることだ。オレはな、おのれ一人だけが……いや、手前ぇみてぇな若造に言って聞かせてもわかるめえ」

なにやら深い思いがあるらしい。

「無駄口は終わりだ。敵に気取られるからな、黙ってろ」

二人は藪の中を這うようにして進んだ。敵の歩兵の足音が聞こえる。カンボジア語でなにやら命じる将の声まで、すぐ近くで聞こえた。生きた心地もしない。

——ヨゾウは、こんな所を行って、わしを呼ぶために帰ってきたのだ……。

いろいろな感情が絡みあってきた。涙が止まらない。半時ばかり這い回って、ようやく敵陣を抜けた。シャムの軍勢が陣を張っている。軍旗を見ればシーシン親王の部隊だとわかった。ヨゾウも安堵の顔つきだ。

「よぅし、お味方に駆け込むぞ」

助かった、と思って立ち上がろうとすると、襟首を摑まれて押し倒された。

「くそっ、敵がいやがる！　息をひそめろ」

敵兵が闇の中をうろついている。

ヨゾウは空を見上げた。夜明けが近い。空が白くなりはじめていた。

「カンボジア勢め、どうやら朝駆けをしようって魂胆らしいな」

朝駆けとは早朝に攻撃を仕掛けることをいう。

「敵の本隊が押し出してくるぜ。ここが戦場《いくさば》になる。まごまごしちゃあいられねぇ」

「ど、どうするのだ……」

「敵兵はオレがぶっちめてやる。その間に逃げろ」

言うやいなや、ヨゾウは腰の短刀を抜いた。身を低くさせて敵に近づく。背後から摑みかかって首を刃物で切り裂いた。瞬く間の出来事だ。伊藤久太夫は茫然としている。

ヨゾウは敵から弓と箙《えびら》（矢を入れる袋）を奪った。箙の紐を腰に巻く。手振りで「行け！」と命じた。伊藤久太夫は転がるように走り出す。本当に転んだ。転んだだけで意識が遠のいた。

――お味方は、もうすぐ目の前だ……！

気力を振り絞って立ち上がる。背後で敵兵の声がした。見つかってしまったらしい。矢が飛んできて地面に何本も突き立った。伊藤は身を伏せようとして、また転び、四つん這いになった。

「なにをしてる！　行け、行けッ」

ヨゾウの声がする。弓に矢をつがえて射返していた。伊藤は振り返ってその姿を見た。ヨゾウが放った矢が次々とカンボジア兵を射抜いていく。

伊藤は必死に駆けた。味方の松明はすぐ近くだ。

伊藤が走ってくることに気づいてシャム兵が集ってきた。槍を構えている。

「日本人義勇隊ッ、オークンクン・チャイヤスンの手の者！　お味方でござるッ」

シャム語で叫ぶと槍が引かれた。

兵列の後ろから岩倉平左衛門がやって来た。

「久太夫。お前、生きとったのか」

岩倉もこの陣に逃げ込んでいたのだ。

「敵の物見が、すぐ近くまで迫っております！　ヨゾウも……！　敵を追い払わねば……」

伊藤はそこで気を失った。

ソンタム王の親征は大敗で終わった。シャム軍の戦死者は四、五千人。ソンタム王の兄弟が何人も討死にした。カンボジア勢は戦利品として象二百五十頭、馬四百五十四、捕虜七百人を得た。

オークヤー・ターイナームの船団も大損害を蒙《こうむ》った。コルネリウス・ライエルセン提督が率いるオランダ船団は、海上で、シャム人二十八人と日本人二十人を乗せて漂流中の船を救助している。その船は自力では航海できないほどの損傷を受けており、しかも救助後に沈没した。

ソンタム王と生き残りたちは、雨季に助けられてカンボジアから引き上げた。カンボジア勢は増水に足を取られて追撃することができなかった。

第五章　激突、スペイン艦隊

一

一六二三年、夏――。アユタヤ王の玉座の前に、王族、貴族、大官たちが列している。

「オークン・チャイヤスン、山田長政を、オークルワン・チャイヤスンに任じる」

王が宣告した。長政は三叩頭《こうとう》して受けた。オークルワンはシャムの貴族階層の第三位。オークンから一階級の昇進だ。対カンボジア戦争は無惨な敗戦であったが、長政の献策によって王は生きて帰還することができた。長政の功績が認められたのだ。

続いてライが王の御前で三叩頭した。ソンタム王は「うむ」と大きく頷いた。

ライも王の窮地にあたって、我が身をも省みずに駆けつけた。退却にあたっても奮戦し、王の逃亡を助けた。この功績で宮廷の侍従長に任じられた。ライは罪を犯して牢に収監されていた身だ。ソンタム王の母方の従兄弟とはいえ、この抜擢人事には宮廷の全員が驚いた。

シーシン親王が険しい目でライを睨みつけている。長政はそれを見逃さなかった。

王の謁見が終わり、長政が帰館しようとしていると、宮廷の回廊でオークヤー・カラーホームに呼び止められた。如才ない笑顔を向けてくる。

オークヤー・カラーホームはシャム王朝の兵部大臣である。当代のカラーホームは五十代の貴族で地方に広大な領地を有している。王族の血もひいている。身分も実績も申し分のない、シャム王国の巨頭であった。

「オークルワン・チャイヤスンよ。わしの部屋で一献傾けぬか。そなたの出世を祝いたい」

などと言っているが、本当は、二人だけの内密の話があるのだろう。長政に否やはない。長政にも申し上げたいことがあったからだ。

王宮の一角にカラーホームが執務するための建物があった。二人はそこに入った。

カラーホームは召使に酒を命じた。注がれた器を上機嫌で掲げる。長政の前にも杯が置かれた。アラク酒と呼ばれる蒸留酒だ。ペルシャから船便でもたらされる。アルコール度数が極めて高い。国際貿易都市のアユタヤでは世界中の産物が手に入るのだ。

「今のわしは、これが一番の楽しみでな」

目を細めて酒を堪能していたが、急に鋭い目つきに戻った。

「ただいまのシャムの有り様、酒に酔っていなければ耐えられぬわい」

「オークヤー・カラーホーム様のご辛労、いかばかりかと拝察いたしまする」

「難事ばかりが続く。王はターイナーム将軍を罷免《ひめん》して、地方に飛ばすお考えだ」

長政は正直に言って承服しがたい。

「船団がチャット・モックに侵攻できなかったのは、季節外れの大雨と北風のせいでございます。ターイナーム将軍の失策とは申せませませぬ」

「そんなことは誰でもわかっておる。じゃが、この敗戦の責任がターイナームになかったとすればなんとする？　出兵の命を下した王の失策、ということになるであろうが」

誰かに責任をとらせなければならない。ターイナームは王家の名誉を守るための生贄《いけにえ》にされるわけだ。

「軍兵も象も失われた。ターイナームは失脚した。頼りとなるのは日本人義勇隊ばかりだ」

「ご信任にお応えできるよう、日本町一同、励みまする」

「王は日本に使節をお送りなされる」

カラーホームは唐突に話を変えた。長政の表情も変わる。カラーホームが相談したかったのは、この件についてなのだ、と察した。カラーホームは続ける。

「日本の金銀と兵器をもっと送ってほしい、という依頼だ」

カラーホームは笑顔を浮かべた。

「王は、そなたたち日本人の働きを嘉《よみ》しておわす。日本人は頼りになる、と思し召しなのじゃ」

「ありがたきお言葉。心得ました。長崎にも報せ、仲介の労を取らせまする」

「うむ。頼んだぞ。……大きな声では言えぬが、スペインに不穏な動きがある。マニラやマカオに船団を集め、戦の支度を整えておるらしい。我らはカンボジアの敗戦によって多くの兵と象を失った。当然にスペインはこれを嗅ぎつけておる。スペインは狡猾《こうかつ》じゃ。必ずや我らの弱みにつけこんでまいろうぞ。アユタヤ王家の苦難は終わっておらぬ。むしろ、これからだ」

交易都市のアユタヤには情報が伝わるのも早い。スペインがどういう国であるのかも知っている。ローマ法王から〝世界中をキリスト教国とするように〟という勅命を受け、それを口実に世界中を侵略しまくっていることも理解していた。スペインはルソン島やミンダナオ島を占領し、それらの島々をフィリピンと名付けた。当代のスペイン王はフェリペ二世という。フィリピンとは『フェリペの土地』という意味だ。

「スペインとの戦争となれば、ポルトガル人銃兵隊が戦うとは思えぬ。悪くすればスペインの先兵として攻め込んで参ろう」

当時、スペイン王はポルトガルを併合している。長政はカラーホームに同意した。

「味方につけるならば、オランダの兵でございましょう」

オランダはプロテスタントの国で、宗教対立が原因でスペインから独立した。オランダとスペイン・ポルトガルとの仲は非常に悪い。

「うむ。そなたの考えを王に伝えよう」

カラーホームはアラク酒を啜り、

「少しも酔えぬな」

と、苦い顔をした。

＊

ヨゾウは重い荷を担ぎ上げた。足がよろけそうになるのをなんとか耐える。炎天下の荷揚げ場で働いている。陽光を遮るものなど何もない。象でさえ息を喘がせる酷熱だった。

船と桟橋の間には斜めに板が架けられている。荷揚げ場で働く男たちは列を作って荷を運ぶ。船が揺れれば板も揺れる。足元がおぼつかない。

船の上から船頭の罵声が飛んでくる。

「やいっ、手前ぇたちが運んでいやがるのは江戸の将軍様にご献上のお宝だ！　雑に扱うんじゃねぇぞ！　傷物にしやがったら手前ぇたちの手足の指をへし折ってやるからそう思え！」

船に荷を下ろした男たちは、ぶつくさと文句を垂れながら荷揚げ場に戻る。

「くそったれ船頭め、いつか海に投げ落としてくれるぞ」

「なにが江戸の将軍様や！　東国の成り上がりモンが威張りくさりおって」

ヨゾウは悪口には加わらない。屈辱も怒りもない。家畜のように命じられるがままに身体を動かし続けるばかりだ。徳川将軍への贈り物は荷揚げ場に次々と運び込まれてきた。アユタヤ朝は今回の外交に国の行く末を賭けている。贈り物は量が多かった。

ヨゾウは山積みの木箱に歩み寄る。荷を縛る縄を摑んで持ち上げようとした時だった。周りにいた男たちが一斉に平伏した。いったい何事か、と思い、ヨゾウは目を向けた。

髷を結い、袖無しの陣羽織を着けた男が荷揚げ場に入ってきた。配下の武士を引き連れている。眩しすぎる陽光のせいで黒い影にしか見えない。立ち上る陽炎の向こうでその影が揺れていた。

平伏した男たちが小声で言い交わしている。

「山田仁左衛門様だ」

「オークルワン様にご出世なさったと聞いたぞ。てぇした御方だ」

ヨゾウにとってはどうでも良い話だ。荷を摑んで肩に担いだ。仲間が、

「馬鹿ッ！　山田様にお辞儀しねぇか！」

と小声で叱った。ヨゾウは無視して歩きだす。

――お辞儀なんてもんは、人と人との間でするもんだ。奴隷にゃあ関わりねぇ。

荷を船に運び入れて、また戻る。山田仁左衛門様はまだそこに立っていた。ヨゾウは荷の綱を握った。この箱は一段と重かった。

「ヨゾウ」

声をかけられた。荷を担ごうと息張っている時に声をかけないでほしい。気合が削がれてしまう。ヨゾウは荷を下ろした。いったい誰が声をかけたのか、と思って顔を上げる。

こちらに顔を向けているのは山田仁左衛門だった。重ねて質してきた。

「ヨゾウとは、そのほうだな」

ヨゾウは無関心に山田を見ている。山田は朗らかに笑っている。

「憶えておるぞ。カンボジアで助けた奴隷だな。……いや、助けられたのはこちらのほうだ。助けてやった、などとは烏滸《おこ》がましい」

口数が多い。ヨゾウはお喋りと、お喋りな男が好きではない。

「何を運べとお命じだべぇか」

言われるがままに荷を運ぶのが奴隷だ。ところが山田仁左衛門は「違う」と答えた。

「カンボジアでは伊藤久太夫が世話になったそうだな。伊藤より聞いた。そなたが助けてくれなかったなら、とうてい生きて帰ることはできなかった、とな」

「なんの話だ」

「わしからも礼を申す」

山田仁左衛門は笠を取って頭を下げた。ヨゾウは顔をしかめた。

「お偉い殿様が、奴隷なんぞに頭を下げちゃいけねぇ」

「お前はもう奴隷ではないぞ。ここはアユタヤだ。チャット・モックではない」

「奴隷でいいんだ。性に合ってる」

「そなたは武士の身分だそうだな。伊藤が申しておった。戦場《いくさば》での進退、武具の扱い、見事なものであったと聞いたぞ」

「なんのことだかわからねぇ。その野郎は夢でも見てたんじゃねぇのか」

「シャムは危急存亡の秋《とき》なのだ。兵を集めておる。そなたを日本人義勇隊に招きたい」

「馬鹿ァ抜かせ」

ヨゾウはしらけた口調で答えた。

「オレは、侍が嫌ぇなんだ。奴隷のほうが性に合ってる。仕事の邪魔ぁしねぇでくれ。夕刻までに運び終えねぇと、飯を食わせてもらえねぇんだ」

「そんな酷い扱いを受けておるのか。許せぬな」

「いいからどいてくれ」

ヨゾウは荷を担ぎ上げた。顔が真っ赤に染まる。鼻息も荒い。

荷を運び入れて戻ってくると、もう、山田仁左衛門の姿はなかった。

仲間たちが二人、駆け寄ってきた。

「お前って奴は、とんだたわけ者だ。山田様に取り入る好機だったのによぅ」

「そうだべ。山田様はおめぇを武士だと心得違いなさっていたんだ。『やぁやぁ我こそは、どこその侍大将でござる』と抜かしておきゃあ、日本人義勇隊《クロム・アーサー・イープン》に取り立ててもらえたのによぉ」

ヨゾウは聞く耳を持たない。無視して荷を運んでいく。ヨゾウを罵る声が背中越しに聞こえた。

二

騒々しい足音がする。家光が畳廊下を渡ってきた。廊下に侍《はべ》る近習の者が平伏する。襖は近習が開ける係なのだが、家光は気が短い。自分で鐶《かん》に手を掛けて勢いよく開けた。

ズカズカと書院（床の間のある広間）に踏み込んでいく。上座にドッカリと腰を下ろした。

「両名、大儀！」

老中の土井利勝と井上正就が控えている。家光が入ってくるのと同時に平伏した。

窓の障子は開け放たれている。建築中で足場がかかった天守が見えた。大工仕事の音がやかましく聞こえた。

江戸城では元和の大改修が進められている。家康が建てさせた本丸御殿と天守閣は取り壊されて、あらたな天守と御殿が造営されていた。二代将軍秀忠は西ノ丸の御殿に移って政務を執る。それまで西ノ丸御殿では家光が暮らしていたのだが、父の将軍が入ったので御殿を譲り、この時期は家臣の屋敷で仮住まいをしていた。

家光が江戸城を出た（追い出されたように見えた）ことから『家光は廃嫡されて、弟の忠長が三代将軍に就くのではないか』などという噂が流れたが、もちろんただの邪推である。家光の立場はまったく揺らいでいない。

「シャムの国使が来たそうだな！　山田長政の船か！」

聞いている者の耳の張り裂けそうな大声だ。家光はどういう理由でか、会ったこともない山田長政を気に入っている。遠い異国にあって奮戦する長政に憧れを感じていたようだ。

「して、長政の口上や、いかに」

身を乗り出して井上正就に質す。井上主計頭《かずえのかみ》正就は、この年、念願の老中に就任した。徳川幕府の外交大臣兼、通産大臣である。シャムの人々が彼の職務をみれば、日本のプラクランだと認識するに違いない。

井上は慎んで答える。

「シャム国王よりの国書を持参してございまする。シャム国は隣国のカンボジアに懲罰の兵を発しましたが、天の利に恵まれず、苦戦したとの由にございます」

家光は「むむっ」と唸った。

「シャムには山田長政がおるはず。日本町には武士が数百もおると聞いたぞ。にもかかわらず、シャム勢が苦戦したと申すか。口惜しき限りじゃ！」

徳川譜代の旗本が戦に敗れた——みたいな顔つきで憤慨している。井上は続ける。

「シャムに攻められたカンボジア王もまた、日本の牢人を兵として雇っておりまするゆえ」

「なんじゃと？」

「先刻、長崎奉行の長谷川権六より急使が届きました。カンボジアの国使として武富長右衛門なる者が国書を届けて参った由にございまするが、この武富長右衛門がカンボジア日本町の頭領にて、シャム勢を打ち払った張本人らしゅうございまする」

カンボジア王も日本を味方につけようとして武富を遣わしたのだ。日本を舞台にシャムとカンボジアの外交戦が展開されていたのである。

「おお、なんと！　左様であったか。武富長右衛門、でかしおった。シャム王もこれには窮したであろうな！」

家光ははしゃいでいる。日本の侍が活躍したのであれば外交関係などはどうでもいいのだ。表情がころころと変わる。まるで五歳の子供だ。井上正就と土井利勝は渋い顔つきで見つめている。

井上は言上を続ける。

「まずはシャム王の国書について、で、ございまする」

「おう」

「シャム王は、カンボジアの将もまた日本人と知って恐懼《きょうく》なさいまして、日本の兵と心ならずも合戦をしたことにつき、上様に詫びを入れて参りました」

「シャム王も律儀な御方だなぁ」

「それに加えまして、援兵を送ってほしい、とも、伝えてまいった次第でございまする」

「シャムに援軍か」

本気で援兵を求めていたのか、それともただの外交辞令（お世辞）かはわからない。ともあれ家光は考える顔つきとなった。否、考えるというよりは、夢想に耽っている、というのに近い。

「送ってやればよかろう。なんならオレが援軍の将として海を渡り――」

「お世継ぎ様！」

大声を発したのはもう一人の老中、土井大炊頭《おおいのかみ》利勝である。

「将軍家跡取りともあろう御方が、軽々しい物言いは許されませぬぞ」

土井は家光の伯父である。家光は首を竦めた。

「なれど大炊、シャム王の願いを聞き捨てるのも義理が悪かろう」

「叶えることのできる話なら、叶えるのも信義でござる。なれど、できもせぬことを安請け合いするのは、人の道に反しまする」

「なにゆえできぬ。山田長政も武富長右衛門も海を渡って彼の地で戦をしておるではないか」

「牢人と将軍家とを同列に論じてはなりませぬ」

土井利勝からすれば、馬鹿も休み休み言え、というところだ。

「故太閤（豊臣秀吉）は、二十万の兵を送ったにもかかわらず、寸土の土地も獲得できず、それが故に豊臣家は滅んでござる。豊臣家と同じしくじりを犯してはなりませぬぞ」

「じゃが、大炊」

家光は諦めない。

「故太閤が攻め入った唐、朝鮮には一名の味方もいなかった。だから負けた。しかし我らは違う。シャム王という味方がおる。シャムには数千の日本人がおる。これを手がかり足掛かりとすれば容易に領地を広められよう。左様、カンボジアなど一呑みだ。武富長右衛門なる者を調略して味方につければ……」

土井利勝はカッと両目を見開いた。激怒したときの癖だ。

「それこそが、お心得違いにござる！　異国に住する牢人どもを徳川の味方と考えてはなりませぬ！　かの者どもは一人残らず御家の敵と心得なければなりませぬぞッ！」

利勝に大喝され、すっかり悄気《しょげ》返った家光を尻目に、老中の二人は家光の御前より下がった。畳廊下を歩む。利勝が前、井上正就が後ろだ。

「大炊様」

井上正就が土井利勝を呼び止めた。利勝が振り返る。井上は畳廊下の上で正座した。

「お世継ぎ様のお言葉、この主計頭には、得心のゆくものにございました」

「主計頭殿は、お世継ぎ様にご同心か」

利勝は立ったまま半身になって問い返した。この態度の違いが二人の身分の隔てを示している。同じ老中であるが、これほどまでに身分が違う。なんといっても土井利勝は徳川家康の隠し子だ。

井上は答える。

「関ヶ原と大坂の陣で、多くの大名家が改易となり申した。他にも、改易となったキリシタン大名がおりまする。今、世には牢人どもがあふれ返っておりまする」

牢人たちは、軍事訓練を受け、実戦経験もある戦争の専門家だ。武器を手にしたまま職もなく、飢えて、流浪している。自分たちをこんな境遇に落とした徳川家を恨みながらだ。

「対処をひとつ誤れば国家転覆の危機を招きかねませぬぞ」

土井利勝は眉根をひそめた。

「だからなんだと申すか。牢人たちを海の外に捨てろと？」

「ご明察にございまする。本朝に居場所のない牢人たちをシャムに送り出しまする。牢人どもがカンボジアを勝ち取ればそれも良し。本朝の封土が増えまする。牢人どもが敗北しても、それもまた良し。厄介者が死に絶えてくれて、なによりのことにございまする」

「それはならぬ」

「なにゆえにございましょう」

土井利勝は、井上正就の非人道的な思案を非難したわけではない。べつのことを問題にした。

「牢人どもは徳川の敵じゃぞ。これらの者どもが戦に勝って異国に封土を得て、兵糧、武具を蓄え、日本に攻め戻ってきたなら、なんとする」

土井利勝の顔色が悪い。強い不安にかられていることが窺える。

「シャムは恐ろしいほどに物成りが良い。米が年に四度も収穫できると聞く。鉛も硝石も採れる。そのうえ船まで造っておる。そんな豊かな国を、関ヶ原の西軍牢人と豊臣恩顧の牢人どもが、あるいはキリシタンが、手に入れたならばなんとする。それらの者どもが日本に攻め戻ってきた時に、果たして我らは勝つことができるのか」

井上正就には返す言葉もない。利勝は「ふんっ」と鼻息を吹いた。

「二代様（家光の父の秀忠）には、シャムにもカンボジアにもお味方せぬように進言する。ご渡海（海外派兵）など以ての外じゃ」

利勝は踵《きびす》を返すと、秀忠の政庁である西ノ丸御殿に戻っていった。

三

「邪魔をするぞ」

夕刻、ヨゾウの塒《ねぐら》に山田長政がやって来た。柱を四本、川の泥に立てた上に床と屋根をのせている。食器も調度もない。窓から夕陽が差し込んでいた。

「懐かしいな。わしもシャムに来たばかりの頃は、こんな家で暮らしておった」

ヨゾウは露骨に険しい面相を向けている。

「なにか用か」

「うむ。頼みがあるのだが」

ヨゾウは小馬鹿にしたように笑う。

「日本町の頭領サマが奴隷に頼み事とはな。天と地がひっくり返るぜ」

ヨゾウはプイッと横を向いた。長政は断りもなく床に座る。身の丈六尺の大男だ。薄い床板がギシギシと鳴った。

「スペインが間もなく攻めてくる。マカオやルソンに出入りしておる商人たちは、皆、そのように噂をしている。スペイン人がいかに隠そうとも、目敏《めざと》い商人ならばすぐに見抜くからな」

兵糧や弾薬の買い付けがある。アユタヤ攻略を目論んでいることが露顕《ろけん》してしまうのだ。

「しかし、ただ今のシャムは知っての通りに兵が少ない」

「だから、なんだってんだ」

「今度の戦でシャムの兵の数千がカンボジアによって囚《とら》われた。奴隷にされてチャット・モックから船に乗せられ、異国に売られていくらしい。我らはチャット・モックに攻め込み、シャムの兵を奪い返し、アユタヤに連れ戻す。この策を成就させるためには、チャット・モックを良く知る者の案内が要るのだ。これを見てくれ」

長政は懐から地図を出して床の上に広げた。

「チャット・モックを知る商人に描かせた。どうだ。不備はあるか。あるなら教えてくれ」

ヨゾウは地図と長政の顔を交互に見た。長政は訴える。

「お前の仲間の日本人奴隷もいるはずだ。わしはその者たちも救いたい。頼む。力になってくれ」

長政は頭を下げる。ヨゾウは目を背けた。

「俺は奴隷だ。言うことをきかせてぇのなら、殴るなり蹴るなり、焼き鏝《ごて》を当てるなりすりゃあいいだろう。どうして頭なんか下げやがるんだ」

「お前は武士だろう」

「よしやがれ」

ヨゾウはふいに、背筋を伸ばして座り直した。

「そういうあんたは武士じゃねぇだろ？　徳川の旗本だなんて言われちゃいるが、とてもそんな御大層な家の生まれには見えねぇぞ。第一、武士なら奴隷なんぞに頭を下げたりするもんかよ」

ヨゾウは「ふん」と鼻を鳴らした。

「お前は武士になりたかったんだろうが、オレは、武士ってやつが大嫌いでな。武士ってやつは、御恩だとか奉公だとか抜かして、矢玉の飛び交う中に飛び込んで行きやがる。オレはそういう馬鹿どもが大っ嫌いなんだ」

「いかにもそのとおりだ。わしは武士になりたいと思い、生まれ育った商人の家を飛び出した。そしてシャムまで流れてきた。そんなわしをソンタム王はオークルワンにしてくださった。わしは御恩に報いるために命をも省みずに奉公する。スペイン勢を迎え撃つのだ」

「命がいくつあっても足りねぇな」

「いかにもそうだろう。わしだって死にたくはない。だからお前の力が要る」

「勝手なことを抜かす。だからオレは武士って奴がきらいなんだよ。あの御方もそうだったぜ」

「あの御方とは」

「お前ぇにゃあ関わりがねぇ。地図を見せてみろ。長話している間にすっかり薄暗くなっちまったじゃねぇか」

ヨゾウは地図を引き寄せて顔を寄せた。

「この水路に船は通せねぇ。こっちの水路が繋がってるのはこの川じゃねぇ。湖に繋がってる。だがその湖は底が深いから大船でも渡れるぜ」

「確かか」

「さんざん川底の泥攫《さら》いをさせられたんだ。川筋ぐらい憶えていらぁ」

長政は矢立《やたて》の筆を取った。ヨゾウの話を聞き取りながら地図に筆を走らせていく。
＊

メコン川を巨大なガレオン船が遡上《そじょう》していく。オランダ東インド会社の社旗を掲げていた。

「あなたもなかなかに強引ですな、オークルワン・チャイヤスン殿」

アユタヤ市オランダ商館の長、ヨースト・スハウテンが流暢なシャム語で言った。

「チャット・モックの襲撃に我らの船を使うとは。カンボジアでのオランダの商売に障りが出ますぞ」

「日本の船ではメコン川を遡上することはできません。途中の砲台から弾が飛んでくる」

だから長政はヨースト・スハウテンに頼み込んでオランダの船を借りたのだ。上層の船倉にはインドやペルシャから運ばれてきた荷が積んである。カンボジアの商人が喜びそうな品目ばかりだ。

しかし下層の船倉には日本人義勇隊の面々が武器を手にして隠れていた。

スハウテンはニヤリと笑った。

「我々が関与したことが露顕したなら、オランダはカンボジアでの商売ができなくなります」

長政も不敵に笑い返した。

「カンボジアでの商売よりも、スペイン、ポルトガルとの戦争の心配をしたほうがよろしいのでは？　スペインがシャムのいずこかに港を得るようになれば戦争はオランダの負けです」

スペイン・ポルトガルとオランダはヨーロッパで戦争をしている。東アジアの交易は軍資金と戦略物資を獲得するための競争だ。

「江戸の大君はスペイン、ポルトガルがお嫌いだ。逆にオランダ人には目をかけておられる。ここは日本に味方をして、一緒にスペインを叩くのが上策ではございませぬかな」

スハウテンは肩をすくめた。

「やれやれ。これだからアユタヤの大官は恐ろしい。何もかもお見通しですな。よろしい。我らもスペインとの戦いに本腰を入れるといたしましょう」

チャット・モックの町が近づいてきた。カンボジアの役人が臨検に乗り込んでくるはずだ。長政は下の船倉に下りた。最下層の火薬倉は暗い。灯火が使えないからだ。曲者が身をひそめるにはうってつけであった。

「今宵、やるぞ」

長政は、岩倉平左衛門と今村左京に率いられた襲撃隊十数人に向かって言った。ヨゾウにも目を向ける。

「良く来てくれたな。案内を頼むぞ」

ヨゾウは闇の中で答えない。わずかに頷いたように見えた。

上層甲板からカンボジアの役人の声が聞こえてきた。荷検《あらた》めが始まった。火薬蔵までは下りてこないと思うが、皆、息をひそめて気配を殺した。

四

闇の中をヨゾウは走った。港の方から喧騒が聞こえてくる。鉄砲の音がした。長政たちの襲撃が始まったのだ。街に放火もされたらしい。夜の雲が赤く照らされていた。

カンボジア人も異変に気づいた。戸を開けて道に出てきて、口々に喚き散らしている。ヨゾウは物陰から物陰へと縫って走った。カンボジア人たちは誰もが港に目を向けていて、こっそりと走るヨゾウに気づいた者はいなかった。

奴隷の牢は沼地の岸辺に建てられていた。見張りの役人がいる。ヨゾウは腰の短刀を抜いた。無造作に忍び寄り、一突きで殺した。鍵を奪う。牢の扉を開けた。

「やいっ、ここを出ろ！　助けに来たぞ」

日本語で叫ぶと、闇の中に横たわっていた者たちが起き上がった。

「オレだ。ヨゾウだ。港にアユタヤ日本町の頭領が来ている。シャムの囚人《めしうど》を救いにきたのだ。一緒に逃げるぞ！」

闇の中の奴隷たちが「ヨゾウか？」「助けに来てくれたのか」などと言っている。

「港まで走れ！」

ヨゾウはそう命じてから牢の裏手に走った。

「ヨゾウ、何をしておるのだ」

奴隷仲間が心配してやってくる。ヨゾウは一本の木の根元を掘り返している。

「七蔵か。オレはここに大事な物を埋めた」

「おう、そうじゃったな。置いて行くわけにはゆかん」

二人は両手で地面を掻いて、木箱のひとつを掘り出した。ヨゾウが担ぐ。

「さあ走るぞ！」

二人は港を目指した。港は放火で燃えている。


「ヨゾウ！　こっちだ、急げ！」

山田長政を乗せた船が桟橋を離れようとしている。カンボジアの船を強奪したのだ。百丁櫓の川船で、乗っている者も、櫓を握る者も、救出されたシャムの虜囚《りょしゅう》であった。

ヨゾウと七蔵は急いで船に飛び乗った。櫓を握る百人が一斉に漕ぎだす。オランダのガレオンが盛んに発砲し続けている。甲板でスハウテンが「撃《フュー》て《レ》！」と叫んでいる。川面に巨大な水柱が上る。

カンボジアの軍船がひっくり返った。シャム兵たちは歓声を上げて沸き返った。

港はいたるところが炎上していた。川面にも火のついた船が流れている。長政の船は炎の間をすり抜けて河口へ向かった。最後尾を、大砲を撃ちながら、スハウテンの船が守っている。

二刻（四時間）ばかりで襲撃は終わった。チャット・モック日本牢人衆からの反撃はなかった。武富長右衛門は日本に赴いていて留守である。有能な将がいなければ兵は力を発揮できない。

メコン川の河口の沖では、長政の浅間丸をはじめシャムの大船が待っていた。捕虜や奴隷たちは船を乗り換えて、シャムへの帰途に就いた。

＊

メナム川の川関所に長政と木屋半左衛門が座っている。建物から川面の様子が一望にできた。無数の川船が列を作って川を下っていく。

「あれは明国の商船たい。スペインが攻めてくるかもしれん言うて、逃げ出したと」

「相変わらず明国人は見切りが早いな」

「山田様《さぁ》も少しぐらいは見習ったほうがよかと。スペインの大軍が攻め込んできた時、最後まで踏み止まるんは山田様じゃと、アユタヤの大官たちが言うておったと」

「名誉なことだ」

「命ば、粗末にするのを名誉じゃち言うんは、日本の侍だけたい」

「しかしスペインは、なぜ、そうまでしてアユタヤを欲しがるのだろうか」

「江戸の上様がスペイン人とポルトガル人の日本入国ば禁じとるばい。なんぼ命じてもキリシタンの布教ばやめんと言うて、お怒りになっとうと」


この年、フィリピンのマニラ総督が長崎に入ったが、将軍秀忠は使節の謁見を許さずに追い返した。スペインとの国交断絶だ。スペイン・ポルトガルとの交易が途絶えたその隙間にオランダが入り込んだ。日本で産出される金と銀とを商って東アジアの権益を拡大する。

カトリック教国のスペイン・ポルトガルは、プロテスタント教国オランダの台頭に焦りを隠せない。そこで日本とオランダ間の海上通商路を断つべく世界最強の海軍力を動員したのだ。アユタヤ攻略はその一環であった。

「シャム兵は、先の戦で受けた痛手が大きい。兵たちもすっかり怖じ気づいておる」

長政は言った。敗戦の恐怖が兵の闘志を萎えさせてしまった。地方の太守たちもこれ以上の軍役の負担はできかねると言っている。農民を兵に取られてしまうと農業経済が崩壊してしまうからだ。

「ポルトガル人銃兵隊《クロム・ファラン・メンプーン》は、敵側に回るだろう。あてにするどころの話ではない」

「オランダの水軍（海軍）は、どうなっとっと」

「オランダのガレオンは、バタヴィアやタイオワンを守ることのほうが大事だそうだ」

オランダはバタヴィア（インドネシアのジャカルタ）と台湾に港を築いて根拠地としている。スペイン領のマニラやポルトガル領のマカオと激しい戦闘を繰り広げていた。よって貴重な戦力をアユタヤの防衛に割くことはできない、と、通達してきた。

長政は半左衛門に目を向けた。

「お主のことだ。アユタヤが攻め取られても一向にかまわぬ。スペイン人と商いをすれば良い、などと考えておるのであろうな」

「そげんこつはなかぞ。スペインと商いばしてはならぬ、というんが、上様よりのお達したい」

「オランダの力が借りられぬのならば、我ら日本人義勇隊と、アユタヤの禁軍のみで戦うしかあるまい」

「勝算はあっとか」

「あろうがなかろうが、死力を尽くして戦うまでだ」

＊

ついにスペインの大攻勢が始まった。まずはオランダとの小競り合いからだ。

一六二四年、オランダ艦隊がスペイン領のマニラ港を封鎖するべく出撃したが、敗北した。オランダ船の一部がアユタヤに逃走してきた。

オランダ勢を追ってドン・フェルナンド・デ・シルヴァ提督の率いるスペイン艦隊がメナム川の河口に進出する。ガレオン一隻にジャンクの多数を随伴させた大艦隊だ。そしてオランダの船をだ捕した。

シャム王国内でスペイン艦隊が軍事行動をとったのだ。ソンタム王は激怒した。スペイン艦隊に使者を送り、オランダ船の解放とドン・フェルナンド・デ・シルヴァの出頭を命じた。

しかしシルバァは応じない。のみならずスペイン艦隊はアユタヤへの遡上を開始した。


アユタヤは恐慌状態に陥った。スペイン人の暴虐ぶりはつとに有名だ。財産のある者は財産を纏《まと》めて、ない者は着の身着のままで逃げていく。王宮に大官が招集され、緊急の朝議が開かれた。長政も駆けつけて会議に参与した。

最初から会議を主導したのはシーシン親王だ。熱弁をまくし立てる。

「ここはいったんアユタヤを放棄して、内陸部の都市に遷宮すべきだ！」

兵部大臣のオークヤー・カラーホームが訝《いぶか》しげな目を向ける。

「王宮を捨てろとの仰せか。いかなるご所存か」

「我が意図するところがわからぬのか、カラーホームよ」

親王はフンッと鼻を鳴らした。それから続けた。

「シャムの水軍は弱い。スペインの大艦隊を退ける力はない。アユタヤへの侵攻を許してしまうに違いない。これに異存のある者はおるまいな？」

シーシン親王は議会の一同を見渡した。反論できる者はいなかった。シーシンは続ける。

「スペイン船に積まれた大砲は強力無比だ」

これまた、誰にも反論できない事実であった。

「これは軍議ゆえ、あえて不吉な物言いをいたすぞ。王宮が砲火に晒される。金箔張りの屋根を撃ち抜かれ、柱はへし折られようぞ！」

王の玉座は、崩れた梁の下敷きになる。皆、その光景を想像して震え上がった。

「だがしかし！」

シーシン親王は大きな声を張り上げる。

「スペイン勢にも弱みがないわけではない。スペイン勢の弱点は陸兵が少ないことじゃ。一度に船で運ぶことのできる兵の数は限られておる！　ここはいったんアユタヤを明け渡し、王には内陸に遷宮いただく。スペイン兵を内陸に引き込むことができれば、我らは大軍、スペインは寡兵。スペインは地理にも疎い。スペイン兵を殲滅《せんめつ》することが叶うであろう！」

理路整然としている。なるほど必勝の策だ、と、長政も感じた。

シーシン親王は鼻高々に胸を張っている。「どうだ？」と言わんばかりだ。オークヤー・カラーホームがおそるおそるソンタム王に顔を向けた。

「王の御叡慮《ごえいりょ》は、いかがにございましょう」

あとは王の決断に委ねる。王の意志を問うたのだ。

ソンタム王は不機嫌極まりない顔をしていた。

「ならぬ」

そう言いきった。

「なにゆえ！」

シーシン親王が王に目を向けた。嚙みつきそうな顔つきだった。実の兄弟とはいえ、王に対して向けて良い表情ではない。ソンタム王は弟に顔を向けた。

「朕は王ぞ。王宮より逃げ出すことはできぬ。王宮を捨てるは、国家の社稷《しゃしょく》を捨てたも同然だ」

「王よ！　この地に留まるはあまりにも危険」

「黙れ。逃げぬと言ったら逃げぬ」

まるで子供の言い合いだ。長政にはソンタム王の気持ちも理解できる。王はカンボジアで敗走させられた。それだけでも王の威厳が損なわれた。さらに続いて今度も逃げ出したならば、いよいよ国民と貴族たちの信頼を失ってしまう。

激しく口論する兄弟の間に老臣たちが割って入る。

「王よ、親王は、王の御身を案じればこその物言いでございまするぞ」

「親王よ、ここは退席をなされよ」

白髪を振り乱して大慌てでだ。朝議は大荒れのまま、閉会となった。

騒然とした王宮で、武官（軍人）の者たちだけが慌ただしく走り回っている。長政の許に兵部大臣オークヤー・カラーホームが歩み寄ってきた。

「シーシン親王殿下は内陸に向かわれることとなった。スペイン軍を迎え撃つ用意をなさるためだ」

「親王殿下のお考えはごもっともと心得まする。きっとスペイン勢に打ち勝つことが叶いましょう」

「だが王は御動座なさらぬ」

「王家の社稷を支える王のお覚悟、臣は心を打たれました」

「オークヤー・チャックリー（首相兼軍司令官）はアユタヤに残る。禁軍を率いておるとはいえ、その兵力でスペイン勢を撃退することはできないであろう。そなたはどうする」

カラーホームは意味ありげな目を向けてくる。長政が決然と答えた。

「臣の身命は王とともにあります。王のお側に留まりまする」

カラーホームは「ふふっ」と笑った。

「そなたは異国人。この国を捨てて逃げても不思議ではないのに、シャムの貴族よりも忠義である。不思議な男よな」

長政は胸を張って頷いた。自分を拾い上げ、貴族にまで列してくれたのがソンタム王だ。恩義に報いるために、命を捨てて戦う。

＊

早船を使って伊藤久太夫が戻ってきた。その船は激しく傷つき、多くの負傷兵を乗せていた。船着場に日本人義勇隊が集《あつま》る。傷ついた船を引き寄せ、負傷した日本兵を運んだ。

日本兵とシャム兵は船内に飛び込んだが、格子に阻まれて船倉に突入できない。格子の上を右往左往していたところへスペイン兵の反撃が始まった。格子の下から槍と鉄砲が突き出されてくる。槍で突かれ、鉄砲で撃たれて、たちまちのうちに斬り込み隊は全滅させられてしまったのだ。

「まさしく牢の檻のごとくに頑丈でございました。蹴り破ることなどできませぬ」

この時代のヨーロッパの船乗りたちが、もっとも恐れたのが現地民の斬り込みだ。ヨーロッパ人たちは最新兵器の銃砲戦ならば必勝だと考えていたが、槍や刀を手にした現地民に斬り込まれると、多勢に無勢で分が悪い。ことに日本の武士の斬り込み戦術は恐れられていた。恐れているから対抗手段も思いつく。それこそがルソン船の格子甲板であったのだ。

「拙者は川に飛び込んで逃げるのに精一杯……」

伊藤久太夫は無念の涙を流した。長政は慰労する。

「よくぞ生きて戻って報せてくれたな。お陰で我らはスペイン船の工夫を知ることができた。これは手柄ぞ。けっして恥じることではない」

伊藤は平伏して下がった。組頭たちは、ざわざわと私語を交わして落ち着きがない。岩倉平左衛門が髭面をしかめた。

「よもや、このような策を巡らせてこようとは……」

スペイン艦隊は川を遡上してくる。バーン・コークからアユタヤまでは五日かかる。伊藤が早船で戻るのに一日かかった。つまりあと四日で艦隊がアユタヤに姿を現わす、ということだ。

戦うのか、降伏するのか、逃げるのか、四日のうちに決断しなければならない。

長政は腕組みをして無言のままだ。陣所は息苦しい沈黙に包まれた。

長政は船着場に向かった。荷揚げ場の広場にシャム人たちが五十人ばかりで集っている。輪の真ん中で一人の男が熱弁をふるっていた。

「プラーではないか」

長政の象をあずかる象使いだ。出合った時から十三年。若者だったプラーもすっかり貫禄を出している。日本町頭領に仕える象使いは実入りも良く、かなりの顔役だ。他の象使いたちを束ねる役目を務めていた。

集っているシャム人は象使いだけではない。川船を扱う水主《かこ》たちもいる。

「皆、ここで何をしておる。もうすぐスペインの大艦隊が押し寄せてくるぞ。アユタヤは戦場となる。家族を連れて早く逃げろ」

するとプラーが唇を尖らせて言い返してきた。

「そういう旦那は、なんで逃げないんだ」

「わしはソンタム王に一命を奉《たてまつ》った。王が踏み止まるからには、わしは王を守って戦う」

「そんならオレたちも逃げねぇぞ」

プラーが言い、シャム人たちが「そうだそうだ」と声を上げた。プラーは胸を張った。

「オレは日本町頭領、オークルワン・チャイヤスン様の象使いだ。旦那を置いてはどこにも行けねえ。旦那の行く所へ象を連れて行くさ」

「今度の行く先は戦場だぞ。生きて帰れるかどうかわからぬ。それをわかって言っているのか」

「おいおい旦那、何年の付き合いだと思ってるんだ。旦那の命知らずはみんな知ってるよ」

象使いと水主たちは白い歯を見せてドッと笑った。

「象と川船がなかったら戦にならねぇだろう」

「オレたちに任せとけ。よく働くぞ」

「旦那の行く所へなら、どこへだって行くぜ！」

頼もしい顔で笑っている。長政の胸がつまった。目の奥がツンと熱くなった。

「お前たち……ありがたいぞ……！」

拳で目を押える。

「なにゆえわしに、そうまでして尽くしてくれるのだ」

プラーが言う。

「だんなは給金を誤魔化さねえ。オレたちが良く働けば駄賃も弾んでくれる。旦那はオレたちの旦那だ。オレたちの旦那はあんたしかいねぇんだ」

象使いと水主たちが叫ぶ。

「日本町が大きくなって、オレたちの暮らしも良くなった」

「日本町がなくなったら、オレたちも食い上げだぜ」

「オレたちは一蓮托生だ！」

そのとおりだ。と長政は思った。日本町は日本人だけのものではない。

――否、支えられていたのは我ら日本人のほうだ。

長政はプラーの腕を取って握った。

「わかった。死ぬも生きるも我らは一緒だ。仏陀に誓うぞ！」

プラーが大きく頷き、皆は歓呼の拳を突き上げた。

長政は居館に戻る。門内に入ると女たちの賑やかな声が聞こえてきた。長政は不思議に思って声のするほう——妻の館に向かった。日本町頭領である長政の屋敷には幾つもの建物があって、そのうちのひとつがタンヤラットの〝部屋〟なのだ。

女たちが集っている。義勇隊組頭の妻や、日本町の豪商の内儀たちだ。バナナの葉に針で紐を通して、なにやら、せっせと作っている。

「何をしておるのだ」

長政が入っていくと、女房たちがお喋りと作業を止めて平伏した。タンヤラットが笑顔を向けてきた。

「皆で灯籠《クラトン》を作っていたのです。もうすぐ灯籠流し祭《ローイ・クラトン》ですもの」

「クラトンだと」

シャムでは毎年秋に、川や湖沼に灯籠を流す。水の精霊に対し、水の恵みの感謝を籠めて、あるいは沐浴《もくよく》や洗濯などで川の水を汚すことへの謝罪を籠めて、お供え物を入れた灯籠を流すのだ。灯籠はバナナの葉を蓮の花の形に編んで作る。タンヤラットの部屋には女たちが作った灯籠がすでにいくつも置かれていた。

女たちは、今、アユタヤに迫る危機について何も知らないのか。

否、そんなはずがない。岩倉や今村の女房の姿もある。長政は腰を下ろした。

「皆は、なにゆえに逃げぬのか。諸国の商人は家族を連れ、家財をまとめて逃れた。それどころかシャムの貴族たちまでアユタヤを離れる始末じゃ。皆も急いで逃げるが良い」

タンヤラットはシャム人特有の微笑みを浮かべた。

「わたしは逃げませぬ。王を捨ててどこへ行けというのでしょう。王がアユタヤにある限り、わたしもアユタヤに留まりまする」

いかにも王族らしい、毅然《きぜん》とした物言いだ。長政は女房たちに顔を向ける。

「お前たちはどうする。辨喝喇海《べんがらうみ》（インド洋）まで陸路を逃げればオークヤー・カムペーンペット様が匿《かくま》ってくださる。わしからカムペーンペット様に書状をしたためよう」

すると岩倉平左衛門の古女房が「がはは」と笑った。この豪快さは似たもの夫婦だ。

「関ヶ原の戦で殿様がお負けになって、あたしら夫婦は命からがら日本を逃げた。ようやっとアユタヤに落ちついて、こうして人がましい暮らしができるようになったんだ。余所へ移って一からやり直しなんて、そんなの嫌だよ」

女房たちが一斉に頷いて同意する。長政は同意しがたい。

「スペイン人は冷酷無比。摑まったなら奴隷として売り飛ばされるぞ」

岩倉の女房が答える。

「摑まるもんかね。刺し違えてやるさ。どうにもならなくなったら自害でもするかね」

タンヤラットは笑顔だ。

「そのような無惨なことにはなりませぬ。スペイン兵は、日本人義勇隊が追い払ってくれます」

無邪気にそう信じ込んでいるわけではない。こうしている間にも港から、アユタヤを逃れる者たちの喧騒が聞こえている。アユタヤの滅亡が迫っていることは一目瞭然だ。それでも夫たちを信じ、大切な日常を守ろうとしている。

タンヤラットは王族とは名ばかりの末葉、王宮で侍女をしていた。女房たちは日本での戦に敗れ、あるいはキリシタンであったがために日本を追われてアユタヤに流れ着き、ようやく平穏な暮らしを手に入れた。自分たちが手にした暮らしを慎ましく愛おしんでいる。

長政はその場に座った。

「灯籠流し祭《ローイ・クラトン》か……。何年も見ておらぬな。ううむ？　去年のわしは、どこで何をしておったのだろう」

タンヤラットは「ふふっ」と笑った。

「あなた様は、いつでも駆け回っていますもの」

「アユタヤの精霊に対しても申し訳ないことだ。今年こそはわしも慎んで灯籠を流すとしよう」

長政はバナナの葉を手に取って、女たちと一緒に灯籠を編み始めた。

五

ヨゾウは港で荷を運んでいた。金持ちたちは可能な限りの家財を持って逃げようとしている。荷はとてつもなく重かった。

メナム川の真ん中で悲鳴があがった。荷を積みすぎた船が転覆したのだ。金持ちとその一家が川面で大騒ぎしている。流れ行く荷にしがみついて一緒に川下に流されていった。

ヨゾウは何を見ても、何の感情も湧かないし、表情も変わらない。言われるがままに荷を運び続ける。早朝から働き続けて、さすがに疲れた。木の根元に座り込んで一息つく。その目の前に大きな影が立った。ヨゾウは顔を上げた。そして質した。

「あんたは逃げねえのかい」

「逃げぬ」

「なんでだ。この戦は負けだぜ」

「わしは王より御恩を受けた。王に恩義を返す。それより他には、なにも考えておらぬ」

ヨゾウは、ふいに、苦笑した。

「同じことを言った御方がいたぜ。判で押したみてぇに同じだな」

「わしの他にも、同じことを言った者がいた？　誰だろうそれは」

「お前ぇにゃあ関わりのねぇことよ」

ヨゾウは顔を上げた。目の前の男、山田長政は太陽を背にして立っている。その顔を見ようとすれば日差しが目に入って眩しい。ヨゾウはフンと鼻を鳴らした。

「川下の関所が破られたそうだな」

「誰から聞いた」

「伊藤久太夫とかいう小僧よ。若い奴はすぐ頭に血を昇らせやがる。奴隷のオレに『一緒に戦ってくれ』などと抜かしやがった。まったくどうかしてるぜ」

「伊藤はお主の武芸に一目置いておる。伊藤はバーン・コークでの戦いに敗れた。次の決戦での復仇を誓っておる。勝つか、討ち死にするか、二つに一つと思い極めておるのだ。だからお主の力を借りたいのだ」

「馬鹿め」

ヨゾウは吐き捨てた。

「戦に負けたからなんだってんだ。若いんだから、これからいくらでもやり直しがきくだろう。お前も同じだ」

「わし？」

「お前ほどの器量があれば、カンボジアででもビルマででも、いくらでも出世ができるだろうよ。日本人の三千人を引き連れていくなら尚更だ。どこの王様も大喜びでお前を貴族にしてくれるぜ。

どうでもアユタヤに留まりてぇってのならスペイン軍に仕官したっていいんだぜ。スペインの将軍も邪険にはしねぇだろうからな」

「そうなのだろうな」

長政は少し、考えてから答える。

「賢い者なら、きっとそうするのであろう。うむ。わしは賢くないのだろう。今、アユタヤに残っておるのは、とんだ大馬鹿者ばかりだ」

「なんで笑ってるんだ。本当に馬鹿だぜ」

「いちど腹を括るとなぁ、どうにも心地よくてならぬ」

「オレが仕えた殿様も、今のお前みてぇに笑ってたぜ」

ヨゾウは遠い目をした。遥か昔の記憶が蘇る。戦場の光景が目に浮かんだ。殿様が馬に乗って駆けていく。ヨゾウはすかさず馬に鞭を入れた。遅れぬように走る。敵の大軍が迫ってきて——

「そう言うお前はどうなのだ。なにゆえに逃げぬ」

長政に問われてヨゾウは我に返った。

「ケッ」とつばを吐いた。

「どこへ逃げたって同じだ。どこへいっても居心地が悪い。おれは奴隷だ」

「なにゆえ、そうまでしておのれを卑下するのだ」

ヨゾウは黙って考え込んでから、ボソリと答える。

「死に遅れたからだぜ。死ぬべき時に死ななかった。……それからオレは、生きてるんだか死んでるんだか、自分でもわからなくなっちまった。なんのために生き長らえているのかもわからねぇ。だからオレは奴隷をやってるのが一番なんだよ。奴隷は何も考えなくていいんだ」

「自害をすれば良いではないか」

ヨゾウは目を据えて長政を睨み返した。

「馬鹿野郎。オレは、ご主君が死んだ時に死ねなかった。戦場《いくさば》で、はぐれちまったんだよ」

ヨゾウの脳裏に、あの合戦の風景が蘇った。濛々《もうもう》たる砂塵《さじん》。槍と槍とが打ち合う音。鉄砲の一斉射撃。騎馬隊の駆け抜ける轟音――。

「はぐれたオレは、急に心細くなった。だから逃げちまったんだ。『ご主君は生きて逃げたのに違えねぇ』そう自分に言い聞かせた。ここで犬死にしてなるものか。殿と落ち合ってもう一戦――なんていうのは言い訳だ。オレは一人で勝手に逃げたんだ。逃げ延びてから、殿は、あそこで死んだって知ったんだ……」

ヨゾウはガックリと肩を落とした。

「いまさら腹を切って『死出の旅路のお供を仕る』なんて言えたもんかよ」

涙が湧いてきた。

「オレはもう、生きることも、死ぬことも、できねぇんだよ」

「ヨゾウ」

長政はヨゾウの前に屈み込んだ。

「それならば、わしと一緒に死んでくれぬか」

「やっぱりだ。そう言うと思ったぜ。お前はオレの殿様と同じことを言う」

ヨゾウは両目をきつく瞑《つぶ》る。首を横に振った。

「駄目だ」

「なぜだ。わしが徳川の者だからか。お前の主君は、徳川の敵だったようだからな」

「そんなんじゃねぇ。今さら徳川も豊臣もあるもんかよ。オレは、生涯、たった一人の御方にしかお仕えしないと誓ったんだ！　その殿様と一緒に死ねなかった野郎が何を抜かすと笑うだろう。そうとも。オレはその御方を捨てて逃げちまった。殿様は死んだ。だからオレは、殿様にお暇を願い出て、他の誰かに仕えることもできねぇんだ……」

ヨゾウは号泣した。涙が溢れて止まらない。

「ヨゾウ、お前は十分に苦しんだぞ。そろそろ許されてよかろう。わしはそう思う。ヨゾウ、わしは生きては帰らぬつもりだ。わしと一緒に来い。お前をあの世の主君の許に届けてやろうぞ」

「それがいいのかもしれねぇな」

ヨゾウは拳で涙を拭って立ち上がった。

「いいだろう。ここらでひとつ、華々しく討ち死にするのも悪くねぇ。ただし」

「ただし、なんだ」

「オレは、オレの殿様の旗を背中に立てて戦いたい。それを許してくれるのなら、スペイン相手に討ち死にしてやってもいいぜ」

「よかろう。その旗はどこにあるのだ」

「カンボジアから持ち帰ったんだ。待ってろ」

ヨゾウは塒に戻ると汚い箱を携えてきた。蓋を開けると中には旗が納められていた。ヨゾウは旗を広げた。長政は旗の紋を見た。

「六文銭か」

「そうだ。オレはこの旗を背負って戦う」

長政は「うむ」と頷いた。

「ヨゾウ、お前にはまこと名があるのだろう。なんという」

「真田左衛門佐《さなださえもんのすけ》が馬廻《うままわり》、山浦与惣右衛門《やまうらよぞうえもん》だ」

＊

松明《たいまつ》が火の粉を噴き上げている。甲冑を着けた男たちが草摺《くさずり》を鳴らしながら走ってきた。夜空は雨雲に覆われている。風はなく、大気は暑く蒸していた。

遠くから大砲の音が聞こえてくる。長政は川関所の陣屋を出た。陣屋の前の広場に日本人義勇隊の組頭たちが居並んでいる。シャム人の象使いたちもキッと眦《まなじり》を据えて立っていた。早馬《はやうま》の武者がやってきた。長政たちの前に膝をついた。

「申し上げます！　スペイン水軍は南方の二里、メナム川の西岸に兵を揚げましてございまする！」

続けて別の武者が入ってくる。

「岸に上がったスペイン勢はおよそ二百！　騎馬二十五！　鉄砲二十丁ほどに見受けられまする！」

武者たちは低頭して本陣を出ていった。岩倉平左衛門が髭を掻きむしる。

「上陸したスペイン兵は先陣であろうな。本隊は船に乗って攻め上がって来るはずじゃ」

今村左京が渋い表情で考え込んでいる。

「西岸に上陸した、ということは、ポルトガル町との合流を目指しているのだろう。ポルトガル人は寝返ると心得たほうがよかろうぞ」

ポルトガル町はメナム川の西岸にある。スペイン王家はポルトガル王家を併合している。スペインとポルトガルは別の国だが、同じ王を戴いているのだ。

木屋半左衛門も本陣にいる。ひとりだけ甲冑を着けていない姿だ。

「ポルトガル人銃兵隊《クロム・ファラン・メンプーン》は、どげんなっととか」

長政が答える。

「抜かりはない。ソンタム王はポルトガル人銃兵隊をスパンブリーに向かわせた。名目は〝地方豪族の反乱を押えるため〟だが本当はアユタヤから遠く離しておくためだ。ポルトガル町はオークヤー・チャックリーが象隊を率いて目を光らせておる。ポルトガル人も迂闊には動けまい」

木屋半左衛門は納得して頷いた。岩倉は髭面をしかめた。

「お味方の中に、あからさまに敵側の者がおる、というのは厄介じゃのう」

「そげんことじゃが……」

木屋半左衛門は長政に目を向ける。

「大坂牢人ば、配下に入れたんは、納得できんとよ」

「大坂牢人？　あの者たちのことか」

長政は目を前に向けた。ちょうど山浦与惣右衛門たちが馬に跨がって本陣の前を通りすぎようとしていた。カンボジアで奴隷にされていた者たちだった。六文銭の旗を背負っている。

「真田の牢人ば、配下に組み入れたこつが江戸に知れたら、あーたの立場が悪くなっとよ」

「日本町《ここ》で暮らしておるのは、関ヶ原牢人、大坂牢人、キリシタンばかりだ。徳川に手向かいした過去を咎めたならば、誰一人として残らぬぞ」

「中でも真田は格別たい。あーたたちはずっとシャムにおったから知らんじゃろうけれど」

「大坂の話は聞いておる。大御所様の陣に襲いかかって敗走させたそうだな」

「上様も、たいそうお怒りたい。真田の者《もん》への落ち武者狩りは今でも続いとうとよ」

木屋は声をひそめた。

「あーたは老中の井上様にお目ばかけていただき、金銀ば受け取っておっとよ。そいだけじゃなか。お世継ぎの家光様からの覚えもめでたか。将軍家のご機嫌を損ねるんは得策じゃなかぞ。真田の者は、首ば切って、江戸に送るがよかたい」

「江戸の上様も大事だが、アユタヤ王も大事だ。大坂牢人たちは我らとともに戦うと言うてくれた。首を落とすことなど、考えられぬ」

「ならば、戦が終わってからでも良か。賢く立ち回らねばならんとよ」

長政は何も答えなかった。

本陣に伊藤久太夫が駆け込んできた。

「申し上げます！　スペイン艦隊が動き出しました！　上陸したスペイン兵の列に合わせて遡上を始めております！」

今村左京が「むむっ」と唸る。

「川岸を行軍する兵を、船の大砲で援護しながら進む策か！　厄介だぞ。シャムの誇る戦象隊も大砲で撃たれたならば敵《かな》うまい。いかにする、頭領！」

長政は沈黙し続けている。

翌日の早朝、日本人義勇隊は渡し舟を連ねてメナム川の西岸に渡った。泥まみれになって川沿いを進む。朝日が東の平原から上った。広いシャムの平野には山がひとつもない。太陽は湿気の濃い大気の中で赤く染まっていた。

山浦与惣右衛門は馬を静かに進めていた。シャムには馬が輸入されており、王家の厩《うまや》で飼われていたが、シャム兵は騎馬よりも象での戦いを得意とする。この合戦ではもっぱら日本兵に馬が下賜された。

カンボジアやラーンサーンで奴隷をしていた男たちが、今は甲冑を着け、上手に馬を走らせている。皆、かつては一角の武士だった。身分を隠して悲惨な暮らしに耐えてきたのだ。

――甲冑姿で戦に臨む日が再び巡りこようとは……。

与惣右衛門は朝焼けの空を見上げる。

――左衛門佐様、御照覧あれ。この与惣右衛門、今度こそ、見事に討ち死にを遂げてご覧に入れましょうぞ。

大坂で果たせなかった約束を、今日こそ果たす。

「やい与惣右衛門、なにをぼうっとしとるんじゃい」

隣を進む騎馬武者から声をかけられた。奴隷の同輩、金井七蔵《かないななぞう》だった。

「ぬかるみが酷いぞ。馬草鞋《うまわらじ》を二重に履かせてきて良かったわい」

卑屈な奴隷だった男が、今は馬上で不敵に笑っている。

「大坂の平野も泥まみれだったが、ここはもっと酷いのう」

与惣右衛門は手綱を引き締めた。

「なんの。これしきのぬかるみで手綱を誤る我らではない」

真田家は信濃の牧監《もくげん》（朝廷が経営する牧場の管理者）を祖としている。家来たちも一人一人が馬術の達者だ。与惣右衛門は鞍の上で伸び上がって前方を眺めた。桃色の朝靄《あさもや》が広がっている。霞の向こうに敵の大軍が布陣していた。

――あの日の大坂も、このような眺めであったな。

今度こそは決して死に後れまい。晴《ハレ》の戦場で誉とともに死なん。

――山田仁左衛門、礼を申すぞ。

振り返ると本軍に象が見えた。象の鞍には〝朱印の旗〟が立っている。

長政が采配《さいはい》を振り下ろした。象に積まれた太鼓が打ち鳴らされる。日本人義勇隊とシャム兵の全軍が進み始めた。

金井七蔵が馬上で笑っている。

「スペインとは初めての手合わせじゃな。どんな戦を見せてくれるのか、楽しみじゃわい！」

スペイン勢も横に広がって進んでくる。鉄砲を手にしたスペイン兵を前列に配し、その後にはポリスタ兵（クリスチャンのフィリピン人からなる傭兵）が槍を連ねて続く。さらにその後ろには銀色の甲冑を着けた騎馬隊が見えた。

シャム勢も泥を蹴立てて進んでいく。スペイン軍が足を止めた。前列の鉄砲隊が片膝をついて銃を構えた。

筒先が一斉に白煙をあげる。銃声が轟いた。シャム人からなる禁軍の歩兵たちがどよめく。

「なんの、まだ鉄砲弾は届かぬぞ」

与惣右衛門は呟《つぶや》いた。

シャムの大気は湿気が濃密だ。弾や矢は勢いよく飛ばない。さらに火薬も湿気てしまう。ますます鉄砲は噴き上がらないのだ。歴戦の強者、与惣右衛門はそのことを知っていた。

与惣右衛門のとなりでは、金井七蔵が鞍の上で伸び上がって観戦している。

「スペインめは、ずいぶんと遠くから無駄弾を撃ってきおるなぁ」

スペイン勢の意図を見抜く。

「ありゃあガレオン船が追いつくのを待ってるんだなぁ。船の大砲の助けを借りながら戦いたいのだ。だから今はシャム勢に斬り込まれたくないんだ。そのための牽制よ」

メナム川をスペイン艦隊がオールを漕いで遡上している最中だ。

与惣右衛門は「ふん」と頷いた。

「ならばこっちは、スペイン船がやってくる前に敵を蹴散らせばいいだけだ」

「じゃがのう、シャム兵の足はすっかり竦《すく》んどるぞ」

「景気づけに一駆けするか。鉄砲玉など、そうそう当たりはせぬところを見せてやろう」

「面白い」

金井七蔵は槍を歩兵に預けて、代わりに弓矢を手に取った。与惣右衛門も同じようにする。馬を進めて隊列の前に出た。金井が笑う。

「我らの抜け駆け、山田の御大将に叱られはせぬかな？」

「なんの」

与惣右衛門は馬を走らせた。敵陣を目指して突き進む。

「どうせ生きては帰らぬつもりじゃ」

ぬかるむ野原をものともせずに敵陣に迫る。スペイン兵が動揺している。慌てて鉄砲に火薬を籠めはじめた。

与惣右衛門は矢をつがえては引き絞り、敵兵を目掛けて放った。矢を受けたスペイン兵が悲鳴を上げる。与惣右衛門は敵陣の前で馬首を横に向け、矢を放ちながら敵前を駆ける。金井も遅れじとついて来る。二騎でさんざんに矢を射かけて、馬首を返して離脱した。

鉄砲で撃ちかけられたが当たるものではない。ひと暴れして引き返してきた与惣右衛門たちを、シャム兵が歓声を上げて迎えた。金井がつたないシャム語で、

「鉄砲玉、当たらない！　進め、進め！」

と鼓舞した。シャム勢が進軍を再開する。


両軍の接敵から半時（約一時間）。メナムの河畔で戦いが繰り広げられている。時間との勝負だ。シャム勢は無理攻めを繰り返し、スペイン兵は追い返そうと必死に踏ん張る。否応もなく激戦となった。戦場のいたる所で血飛沫が上った。


凄まじい衝撃が兜に当たった。与惣右衛門は真横に吹っ飛ばされて落馬しそうになり、鞍の前輪にしがみついて堪えた。

「与惣右衛門、しっかりしろッ」

金井七蔵が駆け寄って来る――そういう蹄《ひづめ》の音が聞こえる。耳はウァンワァンと聾《ろう》している。目もよく見えない。

金井の手が伸びてくる。鎧の衿を摑まれて、鞍の上に引き上げられた。少しずつ意識がはっきりしてくる。兵たちのあげる喚き声が聞こえた。煙硝の臭いが鼻をついた。

与惣右衛門は金井に訊ねた。

「殿は、いずこ――」

「山田殿か？　山田殿の象は……」

金井が首を巡らせて探している。与惣右衛門は、違う！　と叫びたかった。

——わしが聞いておるのは真田左衛門佐様のことじゃ。

叫ぼうとして、ここが大坂ではないことを思い出す。戦象が地響きを上げて走り抜けていく。兜に触ると弾が当たった箇所が大きく凹んでいた。肩にも痛みを感じた。鎧の袖に矢が刺さっていた。与惣右衛門は矢柄を摑んで無理やり引き抜いた。傷口が開いてさらに痛みが激しくなった。

「……いまひと駆け！」

馬を進めようとすると、馬の前に金井が割り込んできた。

「たわけ！　少しは休め」

「なんの、わしはまだまだ——」

「お前がよくても馬がよくないわい！　見ろ、泡を吹いておる。少しは馬を休ませぃ」

そこへ矢が飛んで来た。馬が暴れる。与惣右衛門と金井七蔵は分かれた。

「敵襲！」

前線で誰かが叫ぶ。戦場の轟音《ごうおん》が迫ってきた。スペイン兵の射撃。与惣右衛門の周りで兵が倒れる。フィリピン兵が槍を連ねて迫ってきた。槍を突きつけられる。与惣右衛門も馬上槍で打ち払った。硝煙が吹きつけてくる。右も左も敵。金井七蔵はどこに行ったのか、わからない。

与惣右衛門は槍を振るって敵兵を殴る。今度は背後から「わあっ」と喚声が上がった。シャム兵が突進してきた。フィリピン兵と槍を合わせて押し返す。

「行けッ、押せッ」

与惣右衛門は日本語で叫んだ。槍が迫る。打ち払う。右も左も怒鳴り声。鉄砲の音が耳でわんわんと唸っている。腕に血が流れた。肩の傷が広がっている。息が上がって気が遠くなる。

――今度こそは死ねる！

何年と何カ月、戦場で死ぬ日を待ち続けたことか。与惣右衛門は馬を励まして前進する。敵を殴る。槍を受ける。槍は鎧の胴を削って脇にそれた。

今度は逃げぬ。死ぬために戦う。殿は死んだ。これから殿のいる所に行く。

大砲の音がする。うぬッ、徳川め。遠くから撃ってくるとは卑怯なり。豊臣方の火薬《ひぐすり》は、とうに撃ち尽くして、ない。

「ガレオン船だ！」

誰かが叫んだ。ガレオン船とはなんだ。与惣右衛門は目をあげた。黒々とした楼《ろう》と高い帆が目の前にそびえ立っていた。

――おお、城だ！

城の天守閣に見えた。

――大坂の城。太閤様の城。城を枕に討ち死にすると皆で誓った。

大砲が火を噴く。味方の兵が薙ぎ倒される。野原の彼方で喚声がする。あれは、敵か味方か。

象が駆けてくる。鎧兜に陣羽織、ひとりの武者が跨がっている。

――左衛門佐様！

与惣右衛門は後を追おうとした。だが、体力が続かない。馬も泡を吹いている。

象は進む。敵の一斉射撃も、ものともしない。白煙をかき分けて突き進む。

「左衛門佐様！」

与惣右衛門は叫んだ。行ってはならぬ。生きては戻れぬ。しかし左衛門佐は止まらなかった。いかに呼んでも、止まってはくれなかった。

今度も同じだ。真田左衛門佐信繁《のぶしげ》は——否、山田長政は、死ぬことを恐れずに突き進む。

与惣右衛門は命を惜しんだ。だから生き残った。だから奴隷の身に落ちた。当然の罰だ。生涯にたった一人の主君と定めたその御人を、裏切って逃げた。

今度こそは、同じ過ちを犯すまい。

与惣右衛門は長政の背中に向かって叫んだ。

「最期まで、お供を仕るッ」

長政の象にスペインの騎兵が迫ってきた。与惣右衛門は歯を食いしばって馬を走らせた。槍を振るう腕に力がない。馬ごと体当たりする。騎兵は馬から転落した。与惣右衛門も馬から落ちた。体力の限界だ。

「あと一押し！　進めッ、進めッ」

長政が叫んでいる。周りの兵を励ましている。

与惣右衛門は立ち上がる。ここで置いて行かれたら、また、ひとりだけ生き残る。そんなのは嫌だ。スペイン騎兵にしがみつき、押し倒し、脇差しで首をかき切って殺した。

後ろから誰かに突き飛ばされた。与惣右衛門は倒れる。もう立てない。いよいよここでお終いか。

与惣右衛門にぶつかってきたのは日本の鎧武者だった。鉄砲玉からかばってくれたのだ。

象の上で山田長政が叫んだ。

「見よ！　敵が退いて行く！　我らの勝ちじゃ！　敵を川岸に追い詰めよ！」

——勝っただと？　我らが？

シャムの戦象隊が進む。聞こえているのはシャム語の雄叫びだけだ。スペイン勢は逃げていく。

与惣右衛門は自分の両手を見た。敵と自分の血にまみれている。しかし、確かに指が動く。与惣右衛門はまだ生きていた。

——待ってくれ！　わしはまだ、討ち死にを遂げておらぬのだ！

叫びたかった。だが声にならない。立ち上がると目眩《めまい》がした。天と地が回っている。

与惣右衛門は倒れ伏した。

六

「川船に分乗せよ！　これよりスペイン船に斬り込む！」

長政は日本人義勇隊に命じた。川面にはすでに船が用意されている。百人の水主で百丁櫂《かい》を漕ぐ大型船だ。シャム人も危急存亡だ。決死の顔つきで櫂を握っている。日本兵は急いで船に乗り移った。

「恐ろしいのはガレオン船の大砲のみじゃ！　筒先の向きをよく見て舵を切り、大砲の弾を避けて進め！　敵は大型船で小回りが利かぬッ、恐れるに足りぬぞ、行け、行けッ」

長政が声を嗄らして下知すると、シャムの船頭が太鼓を叩いて拍子を取った。太鼓に合わせて櫂を漕ぐ。船の速度が上がっていく。

スペイン艦隊もこちらの意図に気づいたようだ。ガレオン船では警戒の鐘が打ち鳴らされている。

スペイン船団が陣形を変えた。

長政は船上に立って敵の様子を見定めている。

「ガレオン船を真ん中にして、ルソン船が円陣を組みおったな」

「頭領！」

伊藤久太夫が叫ぶ。

「ルソン船は甲板に格子を並べておるに相違ございませぬ！」

バーン・コーク砦の戦いでは、シャムと日本の兵たちは為す術もなく敗退させられた。

「迂闊に斬り込むことはできませぬぞッ」

しかし長政は余裕の笑みを浮かべている。

「なぁに。敵に策あらば、我らも策はある。むっ、ルソン船が鉄砲を撃ってきおった」

ルソン船の船体に開けられた狭間から白煙が噴き上がった。うなりを上げて砲弾が飛び、近くの川面で水柱があがった。

「急げ、急げ！」

長政が命じ、船頭が太鼓を早く打つ。水主たちも必死の形相で漕ぐ。日本兵に銃弾が当たった。凄まじい金属音がして兜で黄色い火花が散った。日本兵は弾かれたように倒れた。

「しっかりしろ！」

長政が抱き起こすと、日本兵は「ううむ」と唸った。

弾は鉄兜を貫通することができなかったようだ。

「なんのこれしき。関ヶ原で浴びせられた猛射に比べれば、小雨のようなものにござるよ」

そう言うと自らも鉄砲を取り、敵に向かって撃ち返し始めた。

その間も水主たちは櫂を漕ぎ続ける。ルソン船に急接近した。

「鉤縄を投げよ！」

長政が命じる。一斉に鉤縄が投げられて敵船に鉄爪をかけた。縄を伝って鎧武者たちが乗り込んでいく。長政の船だけではない。岩倉や今村、他の組頭たちの船も、それぞれ別のルソン船に接舷した。鎧武者が次々とよじ登っていく。

その間、ルソン船からの抵抗はほとんどない。日本兵が船内に突入するのを待っているのだ。スペイン兵たちは格子の下で舌なめずりしているのに違いない。

長政も縄を伝って上った。船縁に手をかけて覗き込む。なるほど、牢のような格子が甲板中に敷きつめられていた。それを確かめた長政は、配下の者たちに命じた。

「灰を投げ込んでやれ！」

兵たちは皮の袋に灰を詰めたものを腰から下げていた。口を開いてぶちまける。格子の隙間から船内へ大量の灰が投げ落とされた。

スペイン兵たちは槍と鉄砲を構え、目を見開いて格子を見上げている。そこへ灰が落ちてくるのだからたまらない。たちまちにして目に入る。口にも鼻にも入ってくる。スペイン兵は目を開けていられず、息もできずに噎《む》せかえった。鉄砲で狙いをつけるどころではない。

甲板下の混乱を見た長政は「今だ！」と格子甲板に飛び下りた。携えてきた斧を振り上げて、力任せに打ち込んだ。二度、三度と叩きつけているうちに格子が砕けた。

長政の周りでも兵たちが斧を振るっている。この船だけではない。岩倉が乗り込んだ船でも、今村が乗り込んだ船でも、同じようにして格子甲板が破壊されていった。

人が通れるほどの穴が開いた。長政は手拭いで口を覆うと、灰が目に入らないように瞼を細めて、下層甲板に飛び降りた。

銃を手にしたスペイン兵たちが慌てている。長政は斧を振るって襲いかかった。

「うおおおおッ！」

手当たり次第に殴りつける。スペイン兵は銃を横に持って受け止めようとしたが、かまわずに何度も殴る。敵の兜の上から殴って兜ごと頭を叩き潰した。

次々と日本兵が飛び込んできて暴れ始めた。スペイン兵が手にした武器は槍。格子甲板を通して攻撃するための長い柄だ。接近戦では邪魔にしかならない。鉄砲も撃つが、目がよく見えないので日本兵と見間違えて味方を撃つ始末。しかも一回撃ったら最後、再装塡している暇はなかった。

長政は船の奥へと敵を追い込み、突き進みながらも冷静に下知する。

「いちばん下の船倉に火薬樽があるはずだ！　火縄で火をつけろ！」

この火縄にはシャム名産の硝石が擦り込ませてある。一度火が着くと水をかけても消えない。長い火縄を導火線にして、遅延《ちえん》爆発させようという策だった。

スペイン兵も剣を抜いて応戦してくる。斧で応戦していると、下から大声が聞こえてきた。

「火を着けました！」

日本語なので味方の声だとすぐわかる。長政は皆に命じる。

「逃げるぞッ、船から離れろッ」

格子甲板によじ登り、舷側を乗り越えるとメナム川に飛び込んだ。

直後、水中に潜っているにもかかわらず爆発音が伝わってきた。水が激しく揺れる。凄まじい水圧だ。耳の鼓膜が破れそうになった。長政はできるだけ長く水中に潜っていようと手足で水をかき続けた。

味方の船の近くまで泳ぐ。川面から顔を出すと、

「頭領！」

日本兵たちが腕を伸ばしてきた。彼らの助けで長政は船の上に引き上げられた。

ルソン船が炎を噴き上げている。火薬樽に引火して次々と爆発した。火達磨《ひだるま》になったスペイン兵

が悲鳴を上げながら舷側を乗り越え、川に落ちた。

炎上しているのは一隻だけではない。日本兵に襲われたルソン船が次々に爆発炎上していく。

スペインの兵や水夫たちは船を捨てて川に飛び込む。操船する者を失った船が流され始めた。川上の炎上船が旗艦のガレオン船に衝突する。爆発の炎がガレオン船を包み込んだ。ガレオン船上の兵が吹き飛ばされる。帆に火がついて燃え上がりはじめた。

凄まじい光景だ。長政たち日本兵は、茫然として見守った。

「頭領！　浅間丸だ！」

日本兵の一人が川面の彼方を指差して叫んだ。十門の大砲を積んだ浅間丸が自慢の大砲を撃ち放ちながら迫ってくる。甲板には木屋半左衛門が立っているはずだが、ここからは見えない。

浅間丸だけではない。日本町の武装商船が大砲を撃ちまくりながら迫ってきた。水主は倭寇あがりで船戦に慣れた者たちばかりだ。砲弾はガレオン船に次々と着弾した。

ガレオン船は次第に傾いていく。ついには転覆し、メナム川の川岸に座礁した。

「やったぞ！」

長政は叫んだ。船上の日本兵たちも、シャムの水主たちも、武器や拳を振り上げた。川岸にはオークヤー・チャックリーの軍勢も集っている。皆で歓呼の声を上げる。象も鼻を振り上げて勇ましい雄叫びをあげたのだった。

七

ルソン船の残骸が黒い煙を上げている。与惣右衛門は河原の泥の上にへたり込んでいた。

戦は終わった。いつしか夕刻になっている。周囲にはスペイン人の死体が転がっていた。

――わしは、またしても死に損なった……。

気を失って、目が覚めた時には戦が終わっていた。与惣右衛門は茫然と川面を見ている。もはや何も考えられない。

誰かが泥を蹴立ててやってきた。

「おい、生きておるのか。しっかりせよ」

「これは酷い怪我だ。今、手当てをしてやるぞ」

日本語だ。日本人義勇隊の者たちだろう。十数人が河原を歩き回っている。怪我を負って身動きできなくなった者を助けにきたのだ。他にも怪我人が戸板に乗せられて運ばれていった。

黒い影が歩み寄って来た。そして「おう！」と叫んだ。

「与惣右衛門、生きておったのか」

与惣右衛門はその男を見上げた。

――山田長政……。

長政は笑っている。与惣右衛門は、なにゆえか、涙をこらえきれなくなった。

「わしは、わしは……、またしても、死に損なった！」

腰の短刀を抜く。首に押し当てようとすると、長政が驚いて掴みかかってきた。

「与惣右衛門、何をするかッ」

与惣右衛門は振り払おうとしてもがいた。

「止めんでくれッ。わしは殿のお傍に行く！」

「何を抜かすか！」

長政は怪力で与惣右衛門の短刀を奪った。

「今は死ぬべき時ではない。死ぬべき時ではないからお前は生きておるのだ。自害なんぞをして、真田左衛門佐殿が『天晴れ与惣右衛門、よくぞ死んだ』と褒めてくれると思うか！」

「わしは、この戦で、とうとう死ねると思うた！　喜んで死ぬつもりじゃった。わしはもう、この世で生きていとうはないのじゃ！」

「馬鹿者ッ。立て！」

長政は与惣右衛門の襟首を摑んで立たせた。

「よぅく見よ！　この景色を目に焼き付けるのだ。これが今日、お前が守った国だ！」

夕陽が地平に没しようとしている。大平原に建てられた無数の仏塔の金箔が輝いていた。

「これがお前の国なのだ。お前はもう〝大坂で死ぬべき者〟ではなくなった。アユタヤで生きるのだ！」

長政の手が離れた。与惣右衛門はその場にへたり込む。

「わしは、生きておってもいいのか……」

長政の顔を見上げる。長政は大きく頷き返した。

「わしと一緒に来い」

川船が岸に着けられる。義勇隊の者たちが怪我人を運び込んでいく。

与惣右衛門は心の中で叫んだ。

――左衛門佐様！　我が生涯で、主君はただ一人、あなた様だけと誓ったこの与惣右衛門！　面目無いことにもう一人、お仕えしたい御方ができてしもうた！

涙が止まらない。泥だらけの拳で何度も何度も顔を擦った。

夕陽が平野に沈んでいく。空まで黄金色に輝き始めた。

第六章　ソンタム王の死

一

アユタヤに侵攻してきたスペインの艦船は、その多くが破壊された。旗艦に乗船していた司令官、ドン・フェルナンド・デ・シルヴァも戦死した。春にはカンボジアで大敗を喫したシャム王国であったが、今度は一転しての大勝利である。国威も高揚する。シャム王国に対して挑戦的な外交姿勢を見せていた近隣諸国は一斉に鳴りを潜めた。

ソンタム王はこの戦勝をおおいに喜んだ。長政に対して昇進の勅《ちょく》を下した。

長政は王宮の広間に平伏する。王が宣言した。

「オークルワン・チャイヤスン山田長政を、オークプラに昇進させ、セーナーピモックの名を授ける。これよりはオークプラ・セーナーピモックを名乗るがよい」

長政は叩頭《こうとう》して受けた。オークプラはシャムの貴族階級の第二位。第三位のオークルワンに就任してから一年も経っていない。異例の人事だ。しかも、欽賜名《きんしめい》はセーナーピモックであった。これはシャム語で〝軍隊の長〟を意味する。

長政がセーナーピモックの名を受けたことにシャムの全土が驚いた。

王は長政を〝国防の勲臣〟だと考えている。それほどまでの信頼を寄せている。この事実を内外に知らしめる叙勲《じょくん》であったのだ。

日本町も沸き立った。長政の居館に組頭たちが集まる。

「頭領、ご出世、まことにおめでとうございまする！」

二十人の組頭たちが一斉に挨拶を寄越してきた。日本人義勇隊も今では六百人の大部隊に成長している。長政の武威とアユタヤの富を慕って、多くの牢人が近隣諸国からやってきたのだ。長政は快く迎え入れた。兵が増えるごとに組を増やし、武功の者を抜擢して組頭に任じた。

兵が増えれば俸給も増えるが、原資に事欠くことはない。川関所の役得は言うまでもない。さらに長政は大船を何艘も所持して交易に励んでいる。将や兵に与える銭は山ほどあった。この合戦で手柄を立てた者たちには存分の褒美を与える。みんな蕩けるような笑顔であった。

「皆の者、よく働いてくれた。わしの出世は日本町全体の出世である。左様心得よ」

長政は杯を取った。皆で飲み干す。

戦国大名の家中もこんな風情であったのだろうか。頼もしい郎党に囲まれて気分が良い。長政は組頭たちを見回した。

「むむ？　山浦与惣右衛門の姿が見えぬな。どうしたのだ」

またぞろ厭世観《えんせいかん》に囚われて出奔したのか、と、心配になった。

伊藤久太夫が答える。

「与惣右衛門殿は、今日も川関所に詰めておりまする」

「左様か。こんな時ぐらいは仕事を忘れて酒宴に顔を出せばよかろうに」

「骨惜しみなく、よく働かれまする」

奴隷の頃は仕事に没頭することで過去を忘れようとしていた。今は、人としての生き甲斐を取り戻し、潑剌《はつらつ》と働いている。

長政は言う。

「山浦与惣右衛門と金井七蔵は、大坂牢人組の組頭に任じるつもりじゃ。カンボジアやルソン、バタヴィアなどにも大坂牢人が大勢隠れ住んでいると聞く。わしは、その者たちを救いに行く。大坂牢人をひとつに纏めたならば、きっと大きな力になる」

と、その時。港から日本人義勇隊の一人が走ってきた。館の階段の下に膝をついた。

「申し上げます！　ただいま港に、スペイン国マニラ総督の使者が着到いたしました！　ソンタム王への謁見《えっけん》を求めておりまする！」

長政は目を怒らせる。

「スペイン人じゃと？　戦支度の軍船で来たのか」

「否。使いの者は平服にて、護衛の兵を十五人ばかり召し連れておるばかりにございます。他にバテレンが三名、付き添っておりまする」

「わかった。王宮に報せる。スペイン人たちは関所の館に留めておけ」

「心得ましてござる！」

男は港に走って戻った。

長政も「船を用意せよ」と命じた。金箔で飾られた貴族の船だ。オークプラの格式の船を、本日、下賜されたばかりであった。

「やれやれ。酒すら落ちついて飲めぬ。席の暖まる暇もないぞ」

愚痴をこぼしながらも精気に満ちた顔つきで長政は酒宴を後にした。

マニラ総督府から送られてきたのはシャム王国に対する問責使だった——とヨーロッパ人の記録には書かれている。スペイン船団を攻撃したことを非難し、捕虜三十人の解放を要求した、ということになっているのだが、実際にそんな猛々しい物言いができたとは思われない。

東アジアのスペイン勢力は劣勢に立たされている。日本の市場からは締め出され、アユタヤの占領に失敗し、虎の子の艦隊を失った。

スペインがいちばん恐れているのはオランダとアユタヤが連合してスペイン・ポルトガル領を攻めることだ。アユタヤ王家との関係改善を急がなければならなかった。


キリシタンの僧衣を着けた男が長政の前に立っている。

「マニラ教区に籍をおく教父、ロマン・ニシと申します」

長政は「ふむ」と言った。

「日本語がたいへんにお上手でござるな」

「お褒めいただき嬉しく思いますが、拙僧は日本で生まれた日本人です。ニシは西東の西です」

ロマン・西はほんのりと笑った。

スペイン人の使節と一緒に来たパードレだ。長政は着席を勧めた。この館にはテーブルと椅子も置いてある。伊藤久太夫がブドウ酒をギヤマンのグラスに注ぎ、盆に載せて持って来た。

互いに敬意を払って杯を口にした後で、長政はロマン・西に向かって言った。

「捕虜解放の口利きを拙者に頼みにきたのだとしたら、それは無駄ですぞ。王の御心を和らげるのは難しい。拙者としても、スペイン人を許す気にはなれませぬ」

陳情をされても困る。最初にはっきり伝えておくのに限る。

西はそれでも微笑で答えた。

「拙僧がアユタヤに来たのは、捕虜の救出だけが目的ではありません」

「では、なんなのです」

「拙僧は、日本人のキリシタンたちが大勢、この町で暮らしていると知りました。カンボジアからもキリシタンが逃れてきたようですね。キリシタンには教会が必要です」

「日本町に教会を作りたい、ということか」

「そのとおりです。日本町の頭領たるあなた様のお許しを頂戴したい」

「布教を許すかどうかは王がお決めになることだ。拙者は王命に従う。王が許すと仰せになれば邪魔だてはしない。そう約束しよう」

ロマン・西は礼を言って宿所に戻った。代わりに伊藤久太夫が入ってきた。

「キリシタンのパードレなど、追い払ったほうがよろしかろうと心得まするが」

長政は腕を組んで思案している。眉間の皺が深い。

「たしかに、困ったことではあるな」

徳川幕府はキリシタンを敵視している。ロマン・西が言ったように、南洋の地には大勢の日本人キリシタンたちがいた。彼らは徳川幕府によって日本を追われた者たちだ。徳川幕府から見ればキリシタンは、キリストを信じているというだけで罪人なのだった。

長政がキリシタンに融和する姿勢を見せたならば、幕府が不信感を抱く。長谷川権六や井上正就からの送金が途絶えるかもしれない。

「だが。この地はアユタヤ王家が支配する国だ。キリシタンの布教を許すか許さぬか、それは王がお決めになること。わしの口からとやかく言えるものではない」

大坂牢人のことも問題だった。木屋半左衛門は「斬首して首を日本に送るべきだ」と言い張っている。その言い分も理解できる。

――だが、今はスペインとの戦の真っ最中。兵は一人でも多く欲しい。

大坂牢人は貴重な戦力だ。実戦を経験し、迫害され、それでもしぶとく生きてきた。こういう兵は強い。

徳川幕府への忠節を第一に考えるのなら、キリスト教の布教を許すべきではないし、与惣右衛門たち大坂牢人は斬首したほうが良い。アユタヤ王と江戸の幕府の方針が真っ向から反目している。

「……どうしたものか」

どれだけ思案しても、良案はまったく浮かんでこなかった。

＊

年は改まって一六二五年。

スペインとの交渉は暗礁に乗り上げている。それでも使節団はしつこくアユタヤに居すわっていた。ロマン・西の嘆願はソンタム王の裁可を得られた。日本町に教会の建設が始まった。キリシタンの日本人たちが自発的に作業に参加している。男たちは大工仕事に励み、女たちは焚き出しに精を出す。みな生き生きとして、その表情には限りない喜びを感じさせていた。

――こんなにも多くのキリシタンが日本町で暮らしていたのだな。

長政も驚いている。

——わしは今まで、戦と商いのことばかりを考えておった。これからは皆の信仰についても考えてやらねばなるまい。

などと思った。

そんなある日。王宮から伊藤久太夫が血相を変えて戻ってきた。川関所の役所に走り込んでくる。

「頭領、老后様のお呼び出しにございまする！　急ぎ王宮にご出仕くださいませ」

老后とはソンタム王の母親のことだ。前国王の后《きさき》である。長政は怪訝な表情を浮かべた。

「王宮で、なにか大事が出来《しゅったい》したのか」

「我らは宮廷の門番ゆえ、詳しいことは量りかねまするが、王族の皆々様が騒然となさっておわしまする！」

「わかった」

長政は王宮へと急いだ。川船の櫂《かい》を全速で漕がせる。

途中で戦象が数頭、水路沿いの道をのし歩いているのを目撃した。壮士が鞍に乗っている。

「オークルワン・マンコンではないか」

シーシン親王の侍臣。シャム国第一の豪傑だ。薄い上衣がはち切れそうだ。分厚い筋肉が鎧のように全身を覆っていた。

「すると、あれはシーシン親王配下の戦象部隊か」

王族が兵を動かすとは、まったくもって只事ではない。市民たちが驚き慌て、戦象の群れから逃げていく。戦象隊の後ろには、革の鎧を着けて槍を手にしたシャム兵たちが従っていた。

「我らも急げ」

長政は漕ぎ手に命じた。アユタヤ市街は高い城壁によって囲まれている。石垣の下の水門をくぐって市街に入り、水路を進んだ。マンコンの象隊よりはずっと早く宮廷にたどり着くことができた。

宮廷の門では老后の侍女が待っていた。血相を変えている。

「オークプラ・セーナーピモック。老后のご命令です。ライ殿を捕縛してください！」

長政の脳裏にライの整った顔が浮ぶ。人形のように無表情な若者だ。老后の兄の子。ソンタム王にとっては従兄弟だ。カンボジアの戦いで長政とともに王を守って奮闘した。その勲功が認められ、王家の宮内官に取り立てられている。

「ライ殿が何事か、しでかしたのでござるか」

「私の口からは、詳しくは申せませぬ」

長政は侍女の案内で奥へと進んだ。ライが乱心し、剣などを振り回している様を想像した。斬り合いになるかも知れない。腰の日本刀を抜刀しやすいように差し直した。

ところがである。ライは老后の前に折り目正しく座っていた。正面奥の壇上に老后がいる。苦悩する顔つきでライと向かい合っていた。

老后が長政に気づいた。長政が挨拶するより先に声を発した。

「オークプラ・セーナーピモック！　よくぞ参じてくれました。急いでライを拘禁しなさい。日本人義勇隊の手で収監して、オークヤー・ヨムマラートやオークヤー・カラーホームの手には、決して渡さぬように！」

なんのことやらわからない。オークヤー・ヨムマラートはシャム王国の法務大臣で裁判長だ。オークヤー・カラーホームは兵部大臣兼アユタヤの警察長官である。ライは司直の手に身柄を拘束されるような、大罪を犯してしまったのか。

ライは澄まし顔で端座している。拘禁する必要があるとは思えぬ、涼やかな佇まいだ。

「何が起こったのです」

「説明は後です！　日本人義勇隊の手で捕らえて、王命があるまで誰にも引き渡してはなりませぬ！」

老后はここで声をひそめた。

「シーシン親王には、もっとも警戒をしなさい」

それがいちばん大事なことであるらしい。長政はマンコンの象隊を思い出した。マンコンはライを捕らえるために出動したのか。

何が起こっているのかはわからぬが、老后直々のご下命を断ることは難しい。

「畏まりました。王命があるまでライ殿をお守りいたします」

そう答えるとライを立たせて部屋を出た。表門が騒がしい。伊藤久太夫が走ってくる。

「オークルワン・マンコンの戦象部隊が入城しました！　シーシン親王の令旨《りょうじ》であることを言い立てて、ライ様を捕らえると申し立てております！」

「王命がなくば何者であろうも通せぬと答えよ。押し問答で時間を稼ぐのだ。その間にライ殿を別の門より逃がす」

伊藤久太夫は戻っていく。長政はライを連れて裏門に向かった。

長政は船を使って日本町に戻った。日本人義勇隊の陣所にライを匿《かくま》った。

異変はアユタヤ中に伝わっている。オークヤー・カラーホームの警察隊が出動し、象や兵が大路を走り、水路にも兵船が行き交った。ライだけは涼しい顔だ。タンヤラットを目にして、

「おひさしいな。お元気でござったか」

などと悠長に挨拶をした。タンヤラットはライに対して好感情をもっていないようだ。引き攣《つ》った笑顔で応対している。

長政はライを自分の寝所に隠し、自身は日本町頭領の政務所に腰を据えた。

非常時には、大将の居場所は誰の目にも顕かにしておかないといけない。建物の屋根に〝朱印の旗〟を立てさせた。白地に赤い丸の旗が翩翻《へんぽん》と翻《ひるがえ》る。

王宮に残した義勇隊から詳しい報せが届けられた。ライが犯した罪状についてだ。それを聞いた長政は瞠目《どうもく》した。

「シーシン親王の愛妾《あいしょう》に手を出した、だと？」

王宮は広い。いくつもの建物があってシーシン親王の屋敷も建てられている。そこで暮らしている美女をライが誘惑した――というのだ。義勇隊の武士は報告を続ける。

「シーシン親王は激しくお怒りになり、ライ様を殺すと息巻いておわしまする！」

シーシン親王は良く言えば果断《かだん》。悪く言えば短気者だ。ライを捕らえるまで、その怒りは治まらぬに違いない。

――面倒な話に巻き込まれてしまったぞ……。

長政としては臍《ほぞ》を嚙む思いだ。ライは司直の手に預けるのが正当である。法においても、人の道においても、それが正義だ。

――老后様はライ殿を偏愛しておわすが……。老后様の横車《よこぐるま》が、はたしてどこまで通じようものか……。

老后の横車に長政と日本町も載せられてしまった。横車が押しきれなくなった時、長政と日本町も破滅する。

――シャムにやって来てこのかた、今が一番の窮地だぞ。

自分では何もできない。老后の政治力を祈るしかない。長政はタンヤラットを呼んだ。

「ライ殿は、いかに過ごしておられるか」

「先ほど眠りに就かれました」

「寝た？　こちらの気も知らずに呆れたものだな」

できることなら寝ている枕を蹴り飛ばしてやりたい。

「ライ殿とは、いったい、いかなる御仁なのだ。かつては牢屋敷に入れられておったと聞いたが」

タンヤラットは元は老后の侍女で今も可愛がられている。よって王室の事情に通じていた。

「ライはソンタム王より八歳の年下で、幼少の頃から小姓として王に仕えておりました。王も、実の弟のように可愛がっておわしました」

貴族の子息としては順当な経歴だ。

「ところがです。ライは十六歳の時、喧嘩で宮廷の衛士を殺しました」

「なんだと？　そんな話は聞いておらぬ」

「あなた様が交易で長崎に向かっていた時の話です。王宮で起こった出来事でもあります。王室にとっては不名誉な話。口禁令が布かれ、王宮の門を守る日本人義勇隊にも伝えられておりませぬ。ライ殿は捕縛され、投獄されました」

王の従兄弟ともあろう人物が、人を殺して投獄とは。タンヤラットの話はまだ終わらない。

「老后様はライを哀れと思し召しになり、王を説き伏し、王の恩赦によってライは牢から出されました」

シャム王国には司法会議があり、裁判長や裁判官も任命されて先進的な司法制度が整えられていたのであるが、王の意志が法よりも上位に置かれている。王は仏の化身と見做されているので、王の意見が第一に優先された。

「その後で大事が発覚したのです。ライの衛士殺害はただの喧嘩などではございませんでした。ライはシーシン親王の殺害を目論んでいたのです」

シーシン親王のお命を狙っていたところを衛士に見咎められ、揉み合いになった末に衛士を殺してしまった――というのが事件の真相だという。

「親王殺害を目論んでいたとあっては、さすがの老后様も、救いの手を差し伸べることが叶いませぬ。ライは牢獄へ戻され、カンボジアとの戦に出征するまで閉じ込められていたのです」

「シーシン親王がライ殿を目の敵にするのには、そういう理由があったのか」

対カンボジア戦の本陣でシーシン親王とライは衝突寸前になった。その様子を長政は見ている。

――軍功が認められて牢から出され、宮内官に復帰できたというのに、今度はシーシン親王の愛妾を誘惑したのか……。

ライの振舞いは常軌を逸している。

――なにゆえそうまでしてシーシン親王に突きかかっていくのか。

外国人には知らされない秘密をアユタヤ王家は多く抱えているようだ。

二

翌朝。ライに赦免《しゃめん》の詔勅《しょうちょく》が下った。日本町にも報せが走る。寝ずの警戒をしていた日本兵たちも、ほっと安堵の息をついた。

長政は政務所の庭に立っている。昨夜はここが日本町の本陣で、長政も一晩中詰めていた。燃え尽きた篝火《かがりび》が白い煙を上げていた。岩倉平左衛門が目の下の隈を擦った。

「お許しが下ったとは驚いた。シャムの政《まつりごと》は奇々怪々じゃのう」

まったく同感である。

奥からライが出てきた。こちらは良く眠れたようで、すっきりとした顔つきだ。

「オークプラ・セーナーピモック。世話になったな。礼を言う」

なんと返事をすれば良いのか。「いつでもお越しくだされ」とは言いたくないし、「二度と面倒をかけないでいただきたい」と答えれば角が立つ。

長政はライを見つめた。ライも無言で見つめ返してくる。人形のように整った顔だ。腹の底がまったく窺い知れない。

長政は質した。

「なにゆえシーシン親王の愛妾に手を出したのです」

ライは「ふっ」と微笑んだ。

「何を問われるのかと思ったら――」

「なぜなのです」

ライは真顔に戻って答えた。

「欲しかったからだ」

「欲しかった、とは？」

「わたしは子供の頃から、欲しいと思ったものは、矢も楯もなく欲しくなる。そういう性分なのだ。

後先のことなど考えぬ」

　ライを迎えるための象が、門の前に到着した。ライは長政の横を通って門に向かう。すれ違う時にふと、足を止めた。

「オークプラ・セーナーピモック。そなたはわたし好みの男だ」

「なんと言われた」

「わたしはきっと、そなたのことが欲しくなる。気をつけることだな」

　謎かけのような言葉を残し、ニヤリと笑うと門から外へ出て行った。


　シャム王国の法に照らし合わせれば、ライの罪状は明白。王宮風紀紊乱《びんらん》の罪によって死刑となるところであった。老后をはじめとする王族たちの助命嘆願に王の心が動いた——ということになって、ライは減刑され、自宅謹慎を命じられた。

　憤懣《ふんまん》の収まらないのがシーシン親王である。居館に閉じ籠もって朝廷にも顔を出さない。シーシン親王の身になって考えれば当然だ。と長政も思う。名誉と面目を潰されたうえに法による正義の回復もない。


　王は午後、王宮に大官を集めて朝議（国会）を開く。貴族序列の第二位に列した長政も参与した。長政が回廊を歩んでいると、向こうから巨漢がのし歩いてきた。長政も身の丈六尺の大男だが、相手はそれよりもさらに大きい。

「マンコンか」

　シーシン親王の侍臣、シャム第一の豪傑だ。

マンコンは長政に気づいてジロリと不遜な目を向けてきた。長政は貴族第二位のオークプラだが、礼節などはまったくない。長政の前に立ちはだかる。長政も睨み返した。

マンコンが言う。

「あの日、日本町がライを匿《かくま》ったことを、親王はすでに御存知である。親王はお怒りだぞ」

そうであろうな、と長政も思う。

「日本人《イープン》」

マンコンの顔が怒気で赤く染まる。

「シーシン親王殿下は、王位継承者の第一位。いずれこの国の王となられる。日本人よ、その時にどうなるか覚悟をしておけ」

そこへ別の大官たちが通り掛かった。諍《いさか》いを見咎められてはまずいと思ったのだろう、マンコンはサッと恭敬《きょうけい》を装うと静かに歩き去った。

長政はマンコンの背中を見送る。なりゆきとはいえ、アユタヤ王家の内紛に極めて深くまで、巻き込まれてしまったようだ。だが、他にどうする手立てがあったというのか。

——我が主君はソンタム王。王のご下命に従って働くのみだ。

長政はそう自分に言い聞かせた。

＊

宮廷で不穏な騒動があったものの、市街《ムアン》の暮らしは平穏そのものである。戦争が終わり、南洋（東シナ海）は平和を取り戻した。すると勢いを取り戻すのが交易だ。

長政の平時の仕事は商人だ。何隻もの大船を使ってシャムの産物を運び、売りさばく。扱う商品は日本向けの鹿皮、鮫皮、蘇木《そぼく》、沈香《じんこう》、錫《すず》などなど。ソンタム王よりの信頼も厚く、徳川幕府よりの信頼も厚い。シャムと日本の間の貿易を一手に引き受けている。

長政は商船をさらに増やした。長崎からきた兄弟、九郎と甚三郎に船を預けて貿易を任せる。二人は商人としての屋号を岸辺屋とし、岸辺屋九郎右衛門、岸辺屋甚三郎として活躍を開始する。

この時、東洋世界の国際通貨は中国の銅貨から日本の金銀に移り変わろうとしている。日本の商人の面目躍如《めんもくやくじょ》だ。

スペインの商人は日本への入国を禁じられ、アユタヤを敵に回している。まったく商売にならない。マニラやマカオの商館を維持するので精一杯だ。無敵艦隊を擁して世界中に植民地を獲得したスペインだったが、この東アジアでは顔色がない。挫折を余儀なくされている。これ以降、オランダ、イギリスなど新興国の後塵を拝することになっていく。

長政たち日本町の快進撃は止まらない。近隣の島々には米を輸出する。

南洋の島々では作物が良く取れない。雨があまりにも多く降りすぎて田畑の土を海に流してしまうからだ。表土流出という。農地を維持できない。シャムの平原で取れる米の多くが輸出され、南洋の人々の食卓を支えた。それどころか長政は、スペインの港にまで米を運んで売った。

カレル・リーフェンスゾーン提督が率いるオランダ艦隊が、スペイン人の港、マラッカを封鎖した時の話である。封鎖線を突破して荷を運び入れようとした船があったので、オランダ軍艦は攻撃を加えて拿捕《だほ》した。ところがそれが長政の持ち船だったのだ。

提督は長政との関係が悪化することを恐れた。スペイン軍向けの兵糧米なのだから没収して当然のところを、長政に遠慮して返還し、のみならず商売の手伝いまでしたという（マラッカ以外の場所で米が売れるように手伝った、という意味だろう）。船は丁重にアユタヤに返し、『長政殿が米を商うことに文句はありませんが、オランダの港に運んでくださるなら、スペイン人より割高に買い取りますので、スペイン人には売らないでいただきたい』と丁寧な書状まで添えたと記録にある。

オランダ人が長政に細心の注意を払っていたことがわかる。同時に、スペインに兵糧米を届けるぐらいであるから、アユタヤ王家とスペインとの関係も、だいぶ修復できていたこともわかる。ロマン・西たち宣教師の真摯な活動が好感を持って受け止められ、ソンタム王の怒りを和らげたのかもしれない。

三

月日は流れて一六二八年夏。スペイン艦隊の襲撃から四年が過ぎた。アユタヤは平和と繁栄を謳歌している。ヨーロッパからも、アフリカからも、ペルシャからも、インドからも、明国からも、日本からも、商人たちが産物を運んでやってくる。金貨、銀貨、銅貨が飛び交い、王家は利潤で寺院を建立し、仏塔には金箔を張りつめ、仏像の額や両目には巨大な宝石を埋め込んだ。

スペイン艦隊の撃退に成功したことが大きな安全保障になっている。アユタヤは強大な軍事力によって守られている——という信用を勝ち取った。世界中の商人や大金持ちは、安心してアユタヤに資産を持ち込むことができた。大金が運び込まれるのだ。それによってますます商業が発展する。世界一の商都。世界一の豊かさ。夜になっても寺院の金箔が眩しくて眠りに就くことができない、などという伝説が語られたほどであった。

そして長政は貴族の身分の最高位、オークヤーに昇進した。アユタヤ王朝の大官として実権を握ることとなったのだ。

一隻の大船がアユタヤの港に入ってきた。

「これは見事な船だ！」

四十がらみの中年男が目を見開き、賛嘆している。髷《まげ》を結い、小袖と袴、絽《ろ》の羽織を着けた日本人だ。名を高木《たかぎ》吉兵衛《きちべえ》という。長崎町年寄、高木作右衛門《さくえもん》の親族である。作右衛門の代理でアユタヤにやって来た。長崎の高木家は朱印商人だ。海外貿易をさらに手広く手掛けようと考えている。そのために必要な大型船の建造を、シャムに依頼してきた。

シャム人は造船技術の面でも東アジア随一の腕前を誇っている。世界中の船がアユタヤに集ってくるからだ。木造帆船は嵐に遭うとすぐに破損して修理が必要となる。シャムの船大工たちが修理のために駆り出される。結果として船大工たちは世界中の船の最新技術に触れる。技術を理解して習得する。

長崎町年寄の高木作右衛門は、船を発注するにあたって、山田長政に口利きを頼んできた。長政は快く請けてチャイアーの船大工を紹介した。チャイアーはクイ岬の南に位置する町だ。シャム最大の造船地であった。長政が誇る浅間丸を造ったのもチャイアーの船大工たちだった。

かくして完成したのが積載量百二十万斤を誇る未曾有の大船だ。明国のジャンクと、ヨーロッパのガレオンの良いところを取り入れた設計で、舳先と後楼が大きくせり上がっていた。

高木家の番頭、吉兵衛は、ただただ、賛嘆している。

「かくも立派な船をお造りいただけるとは……。山田様のご威光があってのことにございます！

長崎でも、かほどに見事な船は見たことはございませぬ。鼻が高ぅございまする！」

長政は「うむうむ」と頷いた。

「日頃から世話になっておる長崎の町年寄殿よりのご依頼だ。あだやおろそかにはできぬ。それがしもチャイアーに乗り込み、船材選びから口を挟んで、吟味をさせていただいた」

長政にとって長崎との紐帯《ちゅうたい》は大切だ。労を惜しむものではない。オークヤーの権威を行使して船大工たちを動かした。かくしてめでたく完成した大船が今日、高木吉兵衛に引き渡されたのだ。

「早速にも〝朱印の旗〟を掲げられよ。わしはあの旗が大好きでな」

白地に赤い丸の旗。徳川幕府より下賜された朱印貿易船の目印だ。

長政は荷揚げ場にも目を向けた。たくさんの木箱が積まれてあった。

「ご依頼の鹿皮千八百枚と蘇木二千斤も揃えてある。船に運び込まれるがよろしかろう」

「懇《ねんご》ろなご手配を頂戴し、なんとお礼を申したらよいものやら……」

「なんの。これが我ら日本町の商いでござる」

長政は笑顔で応えた。


高木吉兵衛はアユタヤで買いつけた荷を積んで日本に戻るのだが、まだ港に届かぬ荷もあった。しばらくの間、日本町に逗留する。長政は伊藤久太夫に歓待を命じると、自身はチャイアーに向かった。船大工への支払いを済ませるためだ。行き来だけで七日もかかる。

異変を知らされたのは十日後のことであった。チャイアーに船がやって来た。武士の十人ばかりが乗っていた。長政腹心の船乗り、五島の源蔵が舳先《へさき》で喚いている。

「日本町頭領、オークヤー・セーナーピモック様は、いずこ！」

長政は造船所の小屋にいた。声を聞きつけて船着場に向かう。長政を見つけた源蔵がひときわ大きな声を張り上げた。

「頭領、一大事ッたい！　スペインの軍船がアユタヤば襲いよったとよ！」

「なんじゃとッ」

長政はいきなりに駆けだした。船に飛び乗る。その船体には鉄砲玉を受けた跡がいくつも残されてあった。スペインの追撃を振りきって、ここまでやって来たことが窺われた。

長政は激怒すると同時に歯ぎしりした。

「スペインめ！　わしがアユタヤを離れた隙に、このような狼藉を！」

長政は、急ぎアユタヤに向かうよう、源蔵と水主に命じた。船は海の大波に揉まれながら苦労して回頭し、メナム川の河口に向かった。

河口に入ろうとすると、ちょうど川を下ってきたスペインの大艦隊と出くわしてしまった。ガレオン船が八隻、縦に隊列を組んでいる。長政の乗る船に気づいて発砲してきた。

「逃げっとよ！」

源蔵が水主に命じる。急いで舵が切られた。直後、船の近くで水柱があがった。船は激しく揺さぶられた。

長政が怒鳴り返す。

「引き返してはならぬッ。アユタヤに急ぐのだ！」

ソンタム王と日本町が心配でならない。舵棒に飛びついて船の向きを戻そうとする。その長政に源蔵がしがみついて梶棒から引き剥がした。

「無茶たいね！　あげん大艦隊の間ば、すり抜けることはできんとよッ」
舵手に命じる。
「何ばしちょっとか！　急いで逃げっとよ！」
舵手は必死に梶棒を押した。その間も砲弾が降り注ぎ、巨大な水柱がいくつも立った。

五月十四日、ドン・ファン・デ・アルカラーソ提督の率いるスペイン艦隊がアユタヤを襲撃した。ガレオン船八隻、ガレー船四隻、そのほか多数の平底船からなる大艦隊であった。

この時、オランダの艦隊はポルトガル領マカオの港を封鎖していた。スペインの大艦隊はオランダ艦隊と決戦するべくマニラの港を出帆した――はずだった。ところが艦隊はマカオには向かわずにアユタヤを襲撃したのだ。アユタヤ王家と長政たちが放っていた間諜《かんちょう》は見事に欺かれてしまった。

スペイン艦隊は易々とメナム川に侵入した。キリストの使徒を自任するスペイン人は、アユタヤで受けた屈辱を忘れていなかったのだ。異教徒への復讐は熾烈を極めた。メナム川にはバーン・コーク砦と、もう一箇所の砦があったが、砲撃によって全壊し、焼亡した。スペイン艦隊はほとんど無傷でアユタヤに迫る。

アユタヤ市中は恐慌状態に陥った。逃げ出そうとする人々を乗せた船で川面が渋滞、船は互いに激突して沈没する有り様。アユタヤ水軍と日本町の浅間丸も混乱に巻き込まれて出撃できない。

スペイン艦隊はアユタヤに到着するなり猛砲撃を開始した。この時に被害を受けたのは主に日本町とその港であった。船着場に砲弾が降り注ぐ。新造されたばかりの高木作右衛門船が炎上、転覆した。他にも大小の船が失われた。

襲撃から五日後。長政はようやくアユタヤに帰還した。

長政が最初に目にしたのは、港に沈んだ大船だった。水面から斜めに突き出した帆柱に朱印の旗が引っかかっている。白地の布が無惨に汚されていた。

——朱印船と知りながら攻撃したのか！

長政は衝撃を受けた。オランダも、ポルトガルも、明国の海商も、朱印の旗を見れば海賊行為を控える。それなのにスペイン人はこの蛮行《ばんこう》に出た。

——許してはおけぬ！

長政は激しい怒りで身を震わせた。

＊

朱印船、スペインに攻撃さる。その凶報は長政によって長崎に伝えられ、長崎から江戸に伝えられた。長崎奉行の長谷川権六も説明のため急いで江戸に向かった。

この事件に最も激しい衝撃を受けたのは、三代将軍、徳川家光であった。

「わしが朱印状を与えた船が沈められた……じゃとッ？」

本丸御殿大広間。壇上で立ち上がる。座していられぬほどの憤激だ。

段下の広間に控えているのは老中の土井大炊頭《おおいのかみ》利勝、ならびに井上主計頭《かずえのかみ》正就。さらに敷居を隔てた下ノ間には、長崎奉行の長谷川権六が平伏していた。

土井利勝はどんな時でも落ち着きはらっている。家光に向かって、

「まずはご着座を。お心をお鎮めくださいますよう」

と、諭した。しかし家光の怒りは治まらない。

「座してなど、いられようかッ！」

カッと目を剝いて絶叫した。

「スペイン人は、我が父の叱責を受けて長崎を離れ、恐れ慎んでおったではないかッ！　にもかかわらず今回の暴挙！」

握り拳を震わせて歯ぎしりする。

「さては……このわしを、若年者と見て侮《あなど》りおったかッ！」

家光はこのとき二十四歳（満年齢）。父の秀忠より将軍職を譲られて、三代将軍に就任している。

家康や秀忠の代にはスペイン人もポルトガル人も将軍家の権力を恐れ憚《はばか》り、将軍の命に唯々諾々と従ってきた。家康と秀忠はキリシタンを憎み、あるいは恐れて、追放令を何度も出した。さらに秀忠は四年前、マニラ総督の外交使節を追い返した。国交断絶である。徳川幕府はスペインとの戦争も覚悟したが、スペインはなんの対抗手段も示そうとはしなかった。

ヨーロッパ最強と謳われたスペインですら徳川幕府には手も足も出ない。若い家光はそう考えた。父の快挙が誇らしかった。

ところがだ。

「わしに代替わりした途端に手向かいをしてこようとは！　スペインは、このわしを虚仮《こけ》にしておるのかッ」

家光は〝生まれながらの将軍〟を自称したが、わざわざそんなことを口に出すことそのものが、劣等感の裏返しである。馬上天下を取った名将の家康。天下の覇権を固めた内政の達人秀忠。偉大な祖父と父に比して、家光には確たる功績もなく、おそらくは能力もない。自分でもわかっている。

他人がそのように見ていることも察していた。劣等感の固まりであるからこそ、屈辱には敏感だ。

「スペインめ、わしを侮った者が、いかなる罰を受けるか、とくと思い知らせてくれようぞッ」

老中二人と長谷川権六は何も言えない。家光が怒り疲れるのを待つしかなかった。

家光は壇上をイライラと歩き回った。顔が真っ赤だ。いささか正気を失っている。

「そもそも！」

と怒鳴る。

「アユタヤの日本町は何をしておったのだッ。なにゆえスペインの狼藉を許したのかッ」

怒りの目が長崎奉行長谷川権六に向けられる。ここにいる中でアユタヤの事情にいちばん通じているのは権六だ。もちろん事情を伝えるために江戸まで来たのだが、家光がここまで激怒しているとは思わなかった。八つ当たりで斬首にされてしまいそうだ。

「長谷川、答えよ」と、井上正就が命じる。致し方なく権六は平伏して言上した。

「スペイン勢はガレオン船八隻にガレー船四隻の大軍勢……。百戦錬磨の牢人衆といえども敵し得なかったものと心得まする……」

「戦上手で知られた山田長政がありながらか！」

「まことに面目無き次第にございまする……」

「ううぬ、許せぬ！　許せぬぞッ」

誰に対して許せぬと言っているのかわからない。家光の目は血走っている。

「これは戦ぞ！　日本とスペインの戦じゃあッ。我らは一敗地に塗れた。この屈辱をいかにせんッ！」

老中二人と長谷川権六は御前より下がり、すごすごと別の座敷に移った。座敷は暗い。土井利勝が人払いを命じたので侍臣やお城坊主の姿もない。恐ろしいほどに静まり返っていた。

土井利勝が憂鬱そうに顔をしかめている。

「上様のお言葉にも、一理ある……」

その呟きを耳にして井上正就が驚いた顔をした。

「まさか土井様まで、スペイン懲罰の兵を起こすべし、とのお考えではございますまいな？」

「そのような事、できようはずもない。スペイン、ポルトガルは大国ぞ。マカオ、マニラばかりか東のメキシコにも領土を構えておる。総力を上げての戦となれば、日本に勝ち目はない！」

この時代の徳川幕府は海外と交易している。異国との戦争も視野に政治を行っていたのだ。日本人の歴史では珍しく、地球全体を包括する視野を持っている。家康はヨーロッパから輸入した大砲を使って大坂城を砲撃し、攻め落とした。ヨーロッパの実力を知らないわけがない。

「戦はできぬ。しかし外様大名への聞こえもある。上様が下げ渡した朱印状が踏みにじられたのだ。これを黙過することができようか。大名どもの侮りを受けることとなろう」

徳川家は絶対的な権威を確立しようと苦心している最中だ。三葉葵《みつばあおい》の紋所を見せつけられたなら何者であろうとも恐れ畏《かしこ》まって平伏しなければならない。そういう社会を創出しようとしている。

朱印状と朱印の旗は将軍家御用船の証。三葉葵と同様の敬意を払われるべきだ。ところが今回スペインは、徳川将軍家の権威をまったく無視して朱印船を攻撃し、沈没させた。

「大海原でならばともかく、アユタヤの港で沈められてしまった。諸外国の商人が見ている目の前でだぞ。商人どもは故国に帰って事の顚末《てんまつ》を吹聴するに違いない。我が国の威信が、将軍家の権威が、いかほど損なわれたことか……。まったく取り返しがつかぬ！」

伯父と甥だ。怒った様子が家光に似ていなくもない。

「外様大名どもが徳川家に従うのは、徳川家が強いからだ。じゃが『スペインのほうが強い』となればどうなろう。外様大名の中には、スペインと手を結び、徳川に謀叛を企む者どもが必ず出てくる。この件、早急に手を打たねばならぬぞ」

井上正就はおそるおそる質した。

「ならば軍兵を渡海させまするか」

「渡海は厳禁じゃと申しておろうが！　故太閤の轍を踏むことになる」

土井利勝は突然、いつもの冷徹な顔つきに戻った。

「受けた恥を雪《すす》ぐには、恥をかかせ返せばよい。それで事が済む。長谷川」

長崎奉行長谷川権六に目を向ける。権六は「はっ」と平伏した。利勝は質した。

「長崎には今、ポルトガルの商船が来ておったな」

スペインとポルトガルは同じ人物を王として戴いているが、政府も国民も別物だ。幕府はポルトガルに対しては、まだしも融和的に処遇していた。だからポルトガル船が長崎で貿易をしていたのだ。

「出航を許すな。桟橋につなぎ止めて晒者にするのじゃ。我らを侮ればどうなるか、諸国の商人どもの目に焼き付けてやるが良い！」

ポルトガル商人に嫌がらせをすることで『徳川幕府はスペイン・ポルトガルを恐れていない』と誇示する策だ。姑息ではあるが、幕府をあげて戦争に打って出るよりははるかに良策に違いない。

「すぐさま長崎にご下命を伝えまする」

長谷川権六は慎んで命を受けた。土井利勝は「うむ」と頷いた。

「これで幕府の面目は立つ。あとは、いかにして上様のお怒りを宥《なだ》めるかじゃ。今のままでは上様は『マニラに兵を送る』と言い出しかねん。それは亡国の道じゃ」

土井利勝は長々と思案してから、言った。

「何者かに、責めを負わせねばならぬ」

長谷川権六が聞き返した。

「何者か、とは？」

「山田長政をおいて他におるまい」

井上正就と長谷川権六は揃って怪訝な顔をした。土井利勝はかまわずに続ける。

「上様は、この一件を日本とスペインとの合戦と見ておわす。そして日本が敗れた。しかし長政は生きておる。敗戦の責めを負って自害するべきではないか？　それが武士《もののふ》というものだ」

長谷川権六は焦った。

「お待ちくださいませ。山田長政は商人でございまするぞ」

「上様は、そうは見ておわさぬ。常々より長政のことを『頼もしき侍大将だ』と仰せになっておわす。決してお心得違いではない。長政には朱印状を下げ渡してあるのだ。将軍家の御用を拝命しておるのだから徳川の家来で間違いはない」

土井利勝は鋭い眼光で権六を睨んだ。

「山田長政は、日本町の大将でありながら朱印船を守り抜くことができなかった。腹を切らせよ。長政が死して詫びれば上様のお怒りも鎮まろう。無闇に兵を異国に送るとは仰せられるまい」

「しかし山田長政が腹を切るかどうか……」

「切らぬと言うのなら殺せ。殺したあとで『切腹した』ということにすれば良い。わしがそのように取り繕ってやる」

利勝は言うだけ言うと座敷から出ていった。反論は聞かない、という態度であった。

座敷には井上正就と長谷川権六が残された。井上は権六に質した。

「土井様はあのように仰せだが、……山田長政が腹を切ると思うか？」

権六はズイッと膝を進めた。

「無理なるお話と心得まする。山田長政が唯々諾々と腹を切るとはとうてい思えませぬ。かの者は徳川家のお旗本ではございませぬ。シャム王国の貴族にございまするぞ」

「うむ。我らがシャムの貴族に腹を切れと命じた、などと知れたら、今度はシャム王がお怒りになるぞ」

「下手をするとシャムとの戦になりかねませぬ」

「スペインとシャム、双方と戦うことになるのか。厄介きわまる」

「山田長政の家来衆は、関ヶ原、大坂の牢人衆。それに加えてキリシタン。上様の命に抗うことがあろうとも、従うことなど、ありえぬ者ばかり。長政が『詫びの印に腹を切る』と申しましょうとも、家来衆が切らせはいたしませぬ」

長谷川権六はさらに膝を進めた。

「アユタヤとの交易は、公儀に巨万の富をもたらしてくれまする。山田長政殿はシャム王の寵臣《ちょうしん》。長政殿のおかげでシャムとの交易が上手く運んでおるのでございます。長政殿を除くことは、百害あって一利もございませぬ！」

徳川幕府の財政が全期間を通してもっとも豊かであったのは、ちょうどこの時期、家光の治世の初期だ。徳川幕府の財政を支えていたのは、実は貿易であった。そもそも朱印船貿易という制度を作ったのも、貿易で得られる利益を徳川家で独占しようとしたからだ。

そんな事は井上正就も承知している。井上は決断した。

「土井様のお指図ではあるが、この件、承服しかねる」

長谷川権六は大きく頷いた。

「上様へのご説得、なにとぞよろしくお願い申し上げまする」

長崎の繁栄もかかっている。長谷川権六も必死であった。

四

アユタヤ襲撃の余燼《よじん》もまだ収まらぬ、その年の十月。アユタヤに不穏な噂が流れ始めた。

王がお疲れであるらしい。アユタヤ王は毎日、群臣の前に姿を現わす。名君ソンタム王は就任以来、ほぼ欠かすことなく王の務めを果たしてきた。ところが、ここ数日、居館に籠もって姿を見せることがなくなった。王の心労が深いことは誰でも理解している。スペインとの和平も進まず、緊張を強いられたままだ。さらに季節の変わり目でもある。誰にとっても疲れが出やすい時期だった。だからであろう。最初は誰も、さほどの心配をしてはいなかった。

王はまもなく政庁に復帰した。群臣も国民も愁眉を開いた。だが……。

「王のご様子がおかしい」

群臣たちはすぐに気づいた。些細なことで近臣たちを叱責して、朝廷から退出させる。そうやって叱られた近臣たちは、二度と出仕をしなくなる。

「牢に送られたようだ」

「秘かに処刑されたというぞ」

などと悪しき噂が囁かれた。

貴族や大官、役人たちはそれぞれ領地を所有している。役職を罷免《ひめん》されれば没収される。没収されるのは領地ばかりではない。豪華な屋敷や私財、召使たちも没収だ。すると市街《ムアン》では大きな騒ぎになる。誰の目にも権力者の失脚や罷免が明らかとなるからだ。

大官や廷臣たちは困惑した。罷免された者たちは、いかなる罪科によって処罰されたのか。それがまったくわからない。

王の御心が窺い知れない。玉座に座った王は、瘦せ衰えて目の下に隈を作っている。唇は紫色だ。幽鬼のような顔つきでジロリジロリと目玉を動かし、群臣たちに目を光らせている。

「カイ・チャップサン（マラリア）か」

山田長政は考え込んでしまった。

メナム川を見張る川関所。川の様子が一望にできる。船着場はスペイン艦隊の砲撃で破壊されたが、ようやくにして復旧がなった。荷を運ぶ船が無数に行き交っている。巨大な夕陽が川面を照らしていた。

王の病はマラリアに違いない。幻覚や幻聴に悩まされる病だ。失態もないのに厳罰を受けた貴族や役人たちは王の妄想によって罰せられたのだ。ソンタム王の父、エーカートッサロット王も、晩年、妄想に取りつかれ、跡継ぎに定めてあったスタット親王を処刑している。

シャム人はマラリアの抗体を持っていることが多いのだが、それでも恐ろしい病気である。別の病気が引き金となって合併症状で重篤化する。スペインとの戦いが、ソンタム王の心身を蝕んでいったのに違いなかった。

「いかにすべきか」

思案したけれども良案などはまったくない。神仏の加護を祈るばかりだ。

伊藤久太夫が入ってきた。こちらも血相を変えている。

「頭領、ソンタム王が……」

急いで走って来たようで、息を切らせていた。

「ソンタム王が、オークヤー・シーウォラウォン様を罷免なさいました」

長政は絶句した。オークヤー・シーウォラウォンは宮内大臣と訳すべき重職だ。王と王家の宮廷生活を管轄する。王の官房長官でもあり秘書官でもあった。誰よりも王に近しい人物であるはずだ。そのシーウォラウォンが、なんの予告もなく罷免された。

やはり王は病んでいるのだ。もはや疑いもない。今、この時期に、王の生活を支える宮内官が機能を喪失するのはまずい。長政は伊藤久太夫に質した。

「シーウォラウォンの後任は、どうなっておるのだ」

伊藤は一瞬、微妙に表情を歪めさせてから、答えた。

「ライ様がお就きになられるとのことです」

――ライか！

長政も驚いた。この人事をどう理解するべきか。長政は正直なところ、ライを好ましい人物だとは思っていない。腹の底が知れない、と考えていた。

――ともあれ明日の朝議で、王が御心を明かしてくださるだろう。

長政は自分にそう言い聞かせた。

ところが王の考えが明かされることはなくなった。王は翌日、宮廷で昏倒し、そのまま病床の人となったのだ。王宮の奥深くに籠ったまま出てこない。大官も役人も、侍医が伝えるわずかな消息でしか、王の様子を知ることができなくなった。

そんなある日、ライが長政の館を訪ねてきた。

「姉上、お久しゅうございますな」

ライはタンヤラットを〝姉上〟と呼ぶ。姉弟も同然に育った——などという過去はない。シャムでは年齢の近い友人を兄や姉、弟や妹と呼ぶ。王家に連なる者同士としての親しみを感じているのだろうか。

「老后様も姉上のお顔を見たいと仰せにございました」

「喜んでご機嫌を伺いに参じます、とお伝えください」

長政はライを上座に座らせて、自分たち夫婦は下座に座った。

「オークヤー・シーウォラウォン殿。ご昇進、おめでとうございまする」

「あ、いや、そのような改まった挨拶は無用に願いたい」

ライは整いすぎる顔を横に向けた。

「そもそも、先代のシーウォラウォンの死にざまが不穏であるゆえ……。職を継いだわたしも、素直に喜ぶ気にはなれぬ。諸人の中にはこのわたしが策を弄して先代を罪に陥れた——などと悪しざまに申す者も多いと聞く」

確かにそのように囁かれている。ライのこれまでの素行が悪すぎたからだ。それでも長政は言った。

「悪い噂を立てる者はどこにでもおります。わたしは、そのような讒言《ざんげん》は信じませぬ」

「あなたにそう言ってもらえて、わたしは百万の味方を得た心地だ」

微笑んだライの顔は、妙な無邪気さを感じさせた。やはり二十八歳の若者である。

「かつて、あなたに斬りかかったことを、まだ詫びてはいなかったな」

「王への忠誠からなされた事。あなたさまの勇気あるお振る舞い、賛嘆こそすれ、恨んだことなどございませぬ。あの時のあなた様は十一歳の子供。身の丈六尺の大男に、よくぞ斬りかかったものだと感心します」

ライは「ふふっ」と笑った。

「恐ろしかったぞ。子供なりに、王の御身をお護りしようと必死だったのだ」

それからライは、急に悲しげな目つきとなった。

「今でもわたしは王の御為のみを考えて、尽くしておる。その気持ちに変わりはない」

長政も悲壮な顔つきとなった。

「王のお加減は、お悪いのですか」

「お悪い」

ライはますます暗い顔つきとなった。

「本来なら、王のご容体については口外を禁じられておるのだが……、王は『オークヤー・セーナーピモックにだけは包み隠さずに伝えよ』とのお言葉でござった。それゆえに答えよう。あなたも口外はくれぐれも無用に願いたい」

ライは病床での王の様子を語りだした。マラリアは高熱と錯乱を繰り返す病気だ。あまりにも酸鼻な闘病生活である。長政とタンヤラットは息をするのも忘れて聞いた。うすうす予想していたとはいえ、衝撃であった。

それからライは切り出した。

「オークヤー・セーナーピモック。王が、直々にお尋ねになりたい事がある、との仰せなのだ。参内を願いたい」

「すぐさま駆けつけまする」

「これは内密の諮問であるぞ。大官たちにも、諸役人にも知れてはならぬ。姉上による王へのお見舞い、という態で願いたい」

「心得ました」

と、タンヤラットも答えた。


王は寝台に横たわっていた。骨と皮だけになってしまったかのように痩せている。

タンヤラットはあまりの衝撃に気を失いかけた。倒れるところを老后が手をさしのべて支えた。

タンヤラットは老后に支えられながら王の病室を後にした。

長政は横座りをして三叩頭した。ライが王に顔を寄せて耳元で囁いた。

「オークヤー・セーナーピモックが御前に参じてございまする」

ソンタム王は瞼を開けた。枕から頭を上げる。眼窩の落ちくぼんだ目で長政を探した。

「セーナーピモックよ。そなた、確かに、そこに控えておるのか。これは幻覚ではないのだな？」

マラリアの症状のひとつに幻覚がある。ソンタム王は現実と幻の区別がつかなくなるほどに、幻覚に悩まされているようだ。王の寿命は旦夕《たんせき》に尽きようとしている。長政の目で見てもわかる。そんな馬鹿な、と叫びたい。英雄人傑のソンタム王がこんなに早く死ぬはずがない。王は長政より二歳も若いのだ。

「オークヤー・セーナーピモック……。待っておったのだぞ」

嗄れた声だ。一気に老人になってしまったかのようだった。

「王のお呼びと承り、急ぎ駆けつけましてございまする」

「うむ。そなたはいつでも朕への復命を第一と考えておる。忠義者だ」

「恐れ入りまする」

王は咳き込んだ。侍臣が薬液の入った瓶を持って歩み寄る。薬を飲ませようとしたのだが、王はそれを手で制した。そしてまた喋りだした。

「シャムでは長子の幼き場合、家は兄から弟へと受け継がれる……。我が子のチャーターはまだ幼い。朕が死んだならば王家を継ぐのはシーシンとなろう。セーナーピモックよ、聞いておるか」

「臣はここに。王のお言葉、承っておりまする」

「大事な話じゃ。聞き漏らすなよ」

突然、王の目に憎しみの光が宿った。

「朕はシーシンが嫌いだ」

――嫌い、とは……。

理屈や道理ではない。感情が受け付けない、ということか。

「セーナーピモックよ。朕は良き王だったと思うか」

「この上もなき、至高の王にございます」

「朕は商業を振興させて、我が国を、これまでにない富国に育てあげた。朕は、我が手で大きく育てたこの国を、シーシンにだけは譲りたくない！」

　シーシン親王は、人柄、学識、勲功、人徳ともに非の打ち所がない。王族も、大官も、諸役人も、国民の間でも、シーシン親王が王位を継ぐことに異を唱える者はいないだろう。今、シャムは危急存亡の秋《とき》にある。幼少の王ではスペインを相手に外交、戦争の指揮を執ることができない。それでも王はシーシン親王に王位を譲りたくないと言うのか。

　思い返せばシーシン親王は、兄であるソンタム王を蔑《ないがし》ろにするところがあった。四年前のスペイン襲来事件ではアユタヤを放棄するようにと薦めた。手塩にかけてアユタヤを育て上げ、だれよりもアユタヤを愛するソンタム王にとっては許しがたい暴言だったのかもしれない。

　王は震える指を伸ばした。

「もっと近くに寄れ……。そなたの姿が良く見えぬ。声も聞こえぬのだ……」

　長政は寝台の傍に寄って平伏した。

　侍臣が窓にかかった布を開けた。夕陽が差し込んでくる。ソンタム王と長政を照らした。

　王は視力を失っているらしい。指が揺れている。迷子の子供のように不安げな顔つきだ。長政が王の手を握ると、安堵したように微笑んだ。

「そなたは忠義者であった」

　王は過去形でそう言った。

「我が国の群臣も、王に対しては、忠誠を誓っておる。王の命には、従う。だがそれは〝王座にある者〟への忠誠だ。ソンタムという人間に忠義なのではない。わかるかセーナーピモックよ。もしも朕が王座を降りたとしよう。誰か別の者が王座につく。さすればこの国の者たちは、王座に就いた何者かに忠誠を誓うのだ。朕に忠誠を誓う者などいなくなる。だがセーナーピモック、お前だけは違う。お前は、朕が王座より追われたとしても、朕に忠誠を誓ってくれるであろう」

長政の両目から滂沱《ぼうだ》の涙が溢れだす。王の手を握り締めた。

「臣は、いかなることがありましょうとも、ソンタム王の臣にございます！」

「そうであろう。朕は嬉しいぞ」

王の目尻からも細い涙が流れた。

「セーナピモック。朕を護ってくれたのと同じように朕の子を護ってくれ。お前だけが頼りだ」

「我が一命に代えましても、王の血統をお護りすると誓いまする！」

「その言葉を聞いて朕は満足じゃ」

ソンタム王は目を閉じる。長政は王の腕をそっと寝台に戻した。

侍臣が寄ってくる。

「王はお休みになられます。オークヤー・セーナーピモック殿、お下がりくださいませ」

長政は三叩頭した。いつまでも王の傍にいたい。身を引き裂かれる思いで病室を離れた。

涙を拳で拭い、宮廷内の回廊を歩んでいると、柱の陰からライが現われた。

「オークヤー・セーナーピモック殿」

厳しい顔で凝視してくる。

「わたしは王命に従い、シーシン親王を弾劾する。お世継ぎの座から引きずり下ろす。シーシン親王を担ぐ者どもを皆殺しにしてでも果たす覚悟だ。オークヤー・セーナーピモック殿、そなたのご助力は期待できようか」

長政はライを見つめ返した。

五

翌日、アユタヤの朝廷に貴族の面々が集められた。王の御出座はかなわない。代わりに『王の言葉を伝える』と称して、宮内大臣オークヤー・シーウォラウォン（ライ）が上座に立った。

大官たちは王に対するのと同じように平伏して、王の言葉が伝えられるのを待った。

「王よりのお言葉である。『王家の後継者に相応しいと思われる人物は誰か。それぞれの思うところを答えよ』とのご下問である」

群臣たちは互いの顔を見合わせた。

「継承者はシーシン親王だ。他にふさわしい弟君はござるまい」

そう答えたのは兵部大臣兼、アユタヤ警察長官のオークヤー・カラーホームであった。軍事の長としては当然の意見であろう。幼君では戦争を遂行できない。

カラーホームの意見は、この状況ではまったくの常識だ。弟の中から後継者が選ばれるとして、ソンタム王の弟たちは何人もいたのだが、カンボジアとの戦争で多くが戦死した。よってシーシン親王しかいない。

「わたしもオークヤー・カラーホームと同感である」

そう答えたのはオークヤー・キエン。オークプラ・ターイナーム。オークプラ・シーナオワラット。オークプラ・チュラー。オークルワン・タムトライロークなどなど。宮廷の錚々たる面々であった。

ソンタム王の長子、チェーター親王を推したのは、オークヤー・シーウォラウォンとオークヤー・セーナーピモックの二人。つまりライと長政だけだ。圧倒的な差といえた。

ところがである。

ライと長政がチェーター親王を推したことで群臣の顔色が変わった。この二人がソンタム王の寵《ちょう》臣《しん》であり、深い信任を得ていることは誰でも知っている。この二人にだけはソンタム王は真意を伝える。王の思いがチェーター親王擁立にあることに気づいたのだ。

しかもである。何人もの宮内官たちが柱の陰で何事かを書き留めている、そんな姿がチラチラと見えた。大官たちが誰を推したのか、記録に留めようとしているのに違いなかった。

群臣たちは途端に言葉を濁しはじめた。

「臣には、確たる信念はございませぬ……」

「どなた様が王位にお就きになられようとも、ひたすらお仕えいたすのみ……」

「臣のごとき卑官が王位の継承に意見を述べようなどと、僭越極まると存じまする……」

などなど、慎んでいるふうを装って、意見を口にしなくなった。

ライは、一同を見渡した。

「諸官のご意見は、確かに王にお伝えいたす」

そう言って散会を命じた。

長政が日本町に引き上げようとすると、慌ただしげな足どりでライがやってきた。王宮では誰であろうと走ることは許されない。足音を立てるだけで処罰された。よってライの様子は極めて異常であった。

「どこへ行かれるのだ、オークヤー・セーナーピモック」

「日本町に帰るのですが」

「帰るなどと、なんと呑気な。『王の血統を守護し奉る』と誓ったことをお忘れか」

「忘れてなど、おりませぬ」

ライは顔を近づけてきた。小声の早口で喋りだす。

「わたしが〝鹿の門〟を開ける。あなたは日本人義勇隊を率いて王宮に入り、王の身辺を固めていただきたい」

「なんと！」

長政の顔色が変わった。

「謀叛が起こったのでございましょうか」

「まだ起こってはおらぬが、これから起こる。謀叛を未然に防ぐため、王宮を固める必要があるのだ。オークヤー・カラーホームにも王のお気持ちは伝えてあった。にもかかわらずカラーホームは『シーシン親王を立てる』と明言した。シーシン親王とカラーホームが結盟しておるのは明白だ。シーシン親王とカラーホームは兵を率いて乗り込んでくるに相違ない。王宮を押えられてからでは遅い。彼らに押えられる前に我らの手で押える。急げ！　日本人義勇隊が忠節を見せるのは、今、この時ぞ！」

長政はライの目を凝視した。無言で思案した後で、やはり無言で頷いた。

日本人義勇隊の六百人が王宮に雪崩込んだ。全員が黒々とした甲冑で身を包んでいる。組頭の武将たちは面頬《めんぽお》で顔を隠していた。まさに鬼だ。槍を掲げ、鉄砲を構えた恐ろしげな姿である。廷臣や女官、仏僧やバラモン僧たちが怯えて逃げまどった。

「我らは王命により参内いたした！　これより王の御寝所をお護りいたす！」

長政は宮殿内に告げて回った。王の病室を護ることが第一。第二にチェーター親王の身辺を守る。チェーター親王の館には岩倉の隊と今村の隊をはりつけた。

ライがやって来た。

「王宮を押えることはできたな。しかしまだ勝負の行方はわからぬ。カラーホームが兵を集める気配がある」

長政は頷いた。

「カラーホーム様は愚人ではござらぬ。着々と手を打たれることでしょう」

兵部大臣のカラーホームは国軍の兵を動員する職掌を付与されている。

「カラーホーム様が本腰を上げたなら、日本人義勇隊六百人だけでは心許ないものがございますぞ」

「ならばこそ、そなたに相談があるのだ。日本町が所有する船を貸してくれ」

「何に使われるのです」

「禁軍（王家の直轄軍）を動かす。王の直轄地で集めた軍兵をアユタヤまで運ぶために船がいるのだ」

「されど禁軍は、戦争の時をおいて他に、動かすことの許されぬ決まりでは？」

「閲兵式を挙行するのだ。王が、兵の調練をその目で確かめたい、との仰せだ」

今の王にそのような気力体力があるはずがない。演習を口実にした動員であることは明らかだ。

長政の心は次第に重く、暗く、沈んでくる。オークヤー・カラーホームはシャムの重鎮、名将であった。スペインとの戦争では長政を信じて兵を預けてくれた。王家に対する忠誠の面でも疑いのない人物なのだ。

「カラーホーム様の兵船が邪魔をしてきたなら、いかがいたしましょう」

「沈めよ」

ライは冷たい声音で言う。長政が同意しかねる様子を窺わせると、重ねて冷たい口調で告げた。

「群臣たちの意見は、〝シーシン親王が王位に就くべし〟で大勢を占めておる。我らはそれをひっくり返そうとしておるのだ。無理を承知で押し切るしかない」

長政には返す言葉もなかった。


ライが招集したシャム兵の一万四千が日本の船に乗せられてアユタヤに入った。ライは四千名を宮中に入れ、一万人を市街《ムアン》に配した。王室の戦象三百頭も動員される。市街はたちまち騒然となった。


夜になった。日本町には篝火《かがりび》が焚かれている。道や、水路の角には、槍を手にした兵が立っている。いまにも戦が始まりそうな気配であった。

夜が更けても長政は眠りに就けないでいた。王位継承争いの行方も心配だったが、他にもう一つ、長政を悩ませる問題が発生していたのだ。長政は起き上がるとタンヤラットの寝室に向かう。明かりが灯っている。寝台の横に息子のオインが座っていた。

長政は寝台を覗き込んだ。

「母上は眠ったのか」

オインは「はい」と答えた。

「先ほどまで苦しんでおられましたが、ようやく静かに眠られました」

オインはこの年、十五歳になる（満年齢）。長政がシャムに来て三年目に生まれた子だ。父親に似て体格は良いが、まだまだ幼げな容貌だった。

長政は心配そうに妻の顔を見守る。タンヤラットはソンタム王の病状を見て、衝撃で倒れた。

――無理もない。このわしとて、涙を堪えきれなかったほどだ。

スペイン船襲撃の一件もあった。日本町は激しい砲撃を受けた。頭領の妻としてタンヤラットは皆の避難を指示し、消火活動を命じ、焼け跡の片づけや復興の指揮を執った。死者の骸を茶毘に付し、葬儀も行った。もともとおとなしやかな性格で、気丈でも活発でもない。幾重もの心労が重なったのだ。

「ゆっくりと休ませよう。王宮で起こっている異変などは、話して聞かせぬようにな」

長政は息子に命じた。

タンヤラットの侍女がやって来た。寝室の外の回廊に膝をつく。

「旦那様、木屋半左衛門様がお越しにございまする」

「こんな夜更けにか」

「先ほどマラッカより船でお戻りになられたとのことで、すぐにも旦那様とお話がしたいとの仰せです」

「わかった」

長政は表御殿に向かった。大身貴族の長政は、敷地内にいくつもの館を建てている。

板の間に木屋半左衛門が座っていた。きちんと小袖を着け、袴を履いていた。長政は木屋の前にドッカと座った。

「妻が寝ておるのだ。静かに頼むぞ」

それには答えず木屋は、

「山田様《さぁ》は、いったい何ば、始めおったとか」

険しい声音で質してきた。久闊《きゅうかつ》の挨拶もなかった。

「日本町には篝火が焚かれ、義勇隊の衆が甲冑姿で練り歩いとっと。この騒動はいったい何事であっとか」

「王がお倒れになられたのだ」

長政は事の顚末をかい摘んで伝えた。

「かような次第で、我らはチェーター親王を守護し奉っておる」

木屋は呆れたような、怒ったような、複雑な表情となった。

「やくたいのなか事ば、しなさる！」

「やくたいない事とは、なんたる物言い！　そなたとて許さぬぞ！」

長政も憤激する。身の丈六尺の猛将が総身に怒りを漲《みなぎ》らせるが、木屋は一歩も引かない。

「シャム王家の世継ぎ争いに日本人が首ば突っ込んでどないすっとか！　災厄が降りかかるだけったい！」

「我らは王家の臣だぞ！　王家の存亡に兵を挙げて参じるは当然のことだ！」

木屋は長政の顔を凝視した。――コイツは何を言っているのだ、という顔つきだった。

「そもそもオイたち日本人は、どげんなわけがあって、アユタヤに来ておっとか？　商いばすっために、アユタヤに来ておっとよ」

「商いができるのは、王のお許しがあればこそだ。王は我らに、鹿皮も蘇木も米も卸してくださる。日本人が王に忠誠を誓っておるからこそ、王は、日本人がアユタヤで身代を太らせることをお許しくださるのだ！」

「忠誠、おおいに結構たい。王家に対して忠勤に励むだけならば、オイにも異論はなか」

「ならば、なにゆえわしのやり様に異議を唱える！」

「王家に忠勤ば励むならば、次のシャムの王様が決まるんば待って、新しか王に忠勤ば励めばよかと！　チェーター親王が王位にお就きになったならばチェーター王に忠勤を励めばよか。シーシン親王が王位にお就きになったならばシーシン王に忠勤を励めばよか！　なにゆえ日本町がどちらか一方に肩入ればせんとならんとか！　シーシン親王が王位に就いたなら日本町はどうなっとか！焼き討ちばくろうてしまうったい！」

聞いている長政の怒りは、辛抱の限界を超えようとしている。

「おのれの腸《はらわた》はそこまで腐っておったのか！　勝ち負けが決まった後で勝ったほうに擦り寄ろうとは浅ましきふるまい！　まるで――」

商人のようではないか、と言いかけて長政はふいに冷静さを取り戻した。

木屋半左衛門は商人なのだ。日本町にいる者たちの大半が商人だ。

――そうか。これが、ソンタム王の仰せになっていたことか。

王座に就いた人物に忠誠を誓っているのであって、ソンタム王という個人に忠誠を誓っているのではない、と王は言った。つまりはこういうことなのだ。

長政は急に疲れを覚えた。静かな口調で告げた。

「わしにはそういう生き方はできぬ。この町の牢人衆もな。牢人たちはソンタム王という主君を見つけてしまった。よってソンタム王の郎党としてしか、生きられぬ。武士とはそういうものだ」

「あーたは駿府の紺屋の子ではなかか」

「それを言うな。わしはもう、後戻りができぬのだ」


木屋半左衛門は帰っていった。長政はその場に一人で座っている。黙然と考え込んだ。

十七年前、わしは、どこに行くのかもわからぬ船に乗せられた。そしてアユタヤにやって来た。

――わしは再び、どこへ行くのかわからぬ船に乗っておる。

だが、と長政は考え直した。

――舵は、このわしが握っておる。櫂を漕いでおるのは日本人義勇隊の六百人だ。わしは、わしの思う所へ進んでいくことができようぞ。

チェーター親王を王位に就ける。さすれば長政は功臣の第一等だ。

――日本町はますます栄える。わしの力で王家の産物を安値で卸し、日本から送られてきた荷は高値で買い取らせる。アユタヤの誰も文句は言うまい。否、決して言わせぬ！

シーシン擁立派には決して負けない。負けられない。そう決意した。

＊

二十日が過ぎた。王宮は日本人義勇隊の六百人に押えられ、市街《ムアン》は禁軍の一万四千名が占拠している。アユタヤ王朝の貴族たちは市街の館に住んでいる。市街に兵を配されてはシーシン擁立派も身動きができない。自分自身が人質にされてしまったようなものだ。

兵部大臣オークヤー・カラーホームも、首相兼国軍司令官オークヤー・チャックリーも、屋敷から出られなかった。シャム国内の自領には麾下《きか》の大軍が控えているけれども、まったく連絡がつけられない。

勝負はあった、と感じ取ったのか、群臣がチェーター親王の許に集まりはじめた。ご機嫌伺いである。長政の役所にも仲介を求めて押しかけてくる。長政は快く応じると、諸官をチェーター親王の居館まで案内した。その中には意外な顔ぶれもあった。オークプラ・シーナオワラットとオークプラ・チュラーだ。先日の会議では『シーシン親王こそが後継に相応しい』と意志表明をした。そんな二人も恥を忍んで頼ってきたのだ。

長政は嫌味を言うこともなく、嫌な顔もせず、快くチェーター親王の御前に案内した。味方は多いに越したことはない。

もしやするとこの二人、チェーター親王を暗殺するために送り込まれてきたのでは、などと案じる声もあった。しかし長政は動じない。チェーター親王の周りには腕利きの牢人――日本の武芸者を張りつけてある。シャムの貴族が襲いかかって来たところで返り討ちにできる自信があった。

チェーター親王の居館はますます賑やかになり、それにひきかえシーシン親王の居館には誰も近寄らない。門前を日本兵が練り歩いているので恐ろしくて近づけたものではない。

ついにシーシン親王が音をあげた。居館から逃亡したのだ。

六

長政は目を剝いた。

「シーシン親王が出家しただと？」

長政はチェーター親王の居館の一室にいる。ここから日本人義勇隊を指揮している。日本人たちは御本陣と呼んでいた。

岩倉平左衛門が平伏している。

「托鉢僧《たくはつそう》の列に紛れて居館より逃げ出し、そのまま寺に匿われました！」

無念の形相である。まんまと誑《たぶら》かされて逃亡されたことが悔しくてならないのだ。

長政は、さすがはシーシン親王だ、と感心している。

「よくぞ我らを謀《たばか》ったものだな」

敵ながら天晴れ、と言うより他にない。

そこへオークヤー・シーウォラウォン（ライ）が入ってきた。

「話は聞いた」

「申し開きのしようもござらぬ」

長政は向き直って平伏する。岩倉平左衛門などは、恥辱と申し訳なさとで顔も上げられない。

ライは静かに座った。

「まあ良しとしよう。出家なされた、ということは、王位への未練を捨てた、ということだからな」

「我らの勝ちでござるか」

「そう考えて良かろう。大官たちも皆、同じように受け取るに相違ない。じゃが、困ったこともある。シャムの法では僧は殺せぬ。処刑ができぬ」

長政はギョッとなった。

「ソンタム王は、弟君のシーシン親王を処刑なされるおつもりなのですか」

「王の御意志がどうあろうとも、僧侶になったからには処刑できぬ。わたしはそう言っているのだ。やれやれ、禍根を残すことになった」

ライは表情ひとつ変えていない。


それから数日後の一六二八年十二月十二日。ソンタム王の崩御が公表された。享年三十六歳。王座にあること十九年。シャム王国をかつてない富国に成長させ、スペインの侵攻を撃退し続けた一代の英傑。その早すぎる死であった。

翌十三日。チェーター親王は群臣より〝臣下の誓い〟を受けた。シャム王国第二十三代国王、チェーターティラート王の誕生である。満十五歳（十四歳説もある）の少年王であった。

即位の数日後、チェーターティラート王は日本に外交使節を送り出した。王家の代替わりと自らの即位を徳川幕府に伝えるためだ。王としての最初の仕事が日本との外交だった。長政の意志が働いていることは言うまでもない。長政は、新王の元勲としての発言力を高めている。

＊

ソンタム王を失ったことは、長政にとって、生きる目的を失ったのも同然であった。

悲しみで全身の力が抜けた。人目を憚《はばか》らず、どこでも、誰の前でも、泣き崩れそうになる。

――泣いておる場合ではない。わしにはチェーターティラート王を守護し奉るという大役がある。王は若い。忠臣が支えねば、国を背負って立つことはできない。

――こうしている間も、スペインは虎視眈々とこの国を狙っておる。タウングー朝ビルマも、クメール朝カンボジアも、油断がならぬ。

泣きべそをかいている場合ではない。これではソンタム王との約束が果たせない。長政はおのれを鼓舞しようと必死であった。

しかし、長政を悲しませ、悩ませる事態が重なった。タンヤラットが重病であることが判明したのだ。床についたまま起き上がることができない。長政は激しく動揺し、後悔した。

――わしの気配りが足りなかった……。

タンヤラットが発症したのは、王の病室に見舞いに行った、あの日だ。病み衰えた王の姿に衝撃を受けて気を遠のかせたのだと思い込んでいた。落ち着きを取り戻せばそれで回復するはずだと勝手に決めつけていた。

ところが、あの日以来、タンヤラットは衰弱し続け、今では床が上らなくなっている。

――早めに良き薬師に診せておれば……！

病の軽いうちに対処できたかも知れない。

――王の病ばかりを案じて、妻の病には目がゆき届かなかった。

なんたる愚か者か。長政は妻の寝室に入った。タンヤラットは昏々と眠っている。静かに息をついている。長政は寝台の横に座り、妻の手を握った。

「わしは、良い夫ではなかったな……」

王家の安寧、ソンタム王の栄光、日本町の繁栄、自分の出世、そんなことばかりを考えて、タンヤラットとの生活を蔑ろにしてきた。

「わしはそなたを、アユタヤ一の男の妻にしてやりたかったのだ」

その結果はどうだ？　妻の病も気づいてやれぬ、愚かな夫になってしまった。タンヤラットはこれで幸せだったのか。幸せな夫婦だったと言えるのか。タンヤラットは目を覚まさない。

伊藤久太夫がやって来た。戸口の外の回廊に膝をついた。

「王宮に異変があったらしゅうございます。オークプラ・シーナオワラット様とオークプラ・チュラー様がお越しにございます」

伊藤の表情は険しい。

「お二方のご様子は尋常ではございませぬ。激しく取り乱し、怯えておられまする」

長政は妻の手を寝台に戻して立ち上がった。


オークプラ・シーナオワラットとオークプラ・チュラーは、元々シーシン擁立派だったのだが、長政の仲介によってチェーター派へと鞍替えした。朝議にも参与する重臣で、年齢も四十代。地方に大きな領地を構える郷紳でもある。だが今は顔色もない。

「オークヤー・セーナーピモック！　我らをお助けください！」

長政の姿を見るなり、二人は膝行《しっこう》してきて平伏した。長政もいささか驚いてしまった。

「どうなさったのです。御手をお上げくだされ」

貴族の二人を、貴族に相応しい敷物の上に座らせて、自分も対面して座った。

オークプラ・シーナオワラットとオークプラ・チュラーは挨拶を省略する。格式を尊ぶシャムの貴族としては極めて異常なことだ。チュラーが満面に汗を滴らせながら訴え始めた。

「オークヤー・カラーホームが捕らえられた！」

長政は一瞬、言葉を失った。

「……なんですと？」

「捕吏が向かったのはカラーホームの屋敷だけではない！　オークプラ・ターイナームとオークルワン・タムトライロークの屋敷にも捕吏が押し込んだ！　二人とも摑まったのだ！」

続けてシーナオワラットが血の気の引いた顔で訴えはじめる。

「三人ともが先王のご諮問に答えて、シーシン親王こそ後継に相応しいと答えた者たちじゃ！　これはチューターティラート王による、我らへの復讐なのか！」

目の前の二人もシーシン親王を後継者に推した。発言はライの部下によって書き留められている。

シーナオワラットが敷物を蹴立てて擦り寄ってきた。長政にしがみつく。

「我らも捕縛されるのか！　お答えくだされ！」

長政には答えようがない。まったくなんの話も伝わっていない。

「お二方ともお気を鎮められよ。あなた方はチューター親王の宮殿に挨拶に赴かれ、御前にまかり出て詫び言を申し上げたではございませぬか。チューターティラート王がお二方のお目通りを許した、ということは、お許し下されたということです」

一度許した臣下の罪を問うことは、王者としてありえない。王は至高の存在であるから、一度自分が決めたことは自分でも覆《くつがえ》すことはできないとされている。

そういう理屈でこの二人の身は安全なはずだった。

「ご心配ならば、しばらくわたしの屋敷にご逗留なさい」

シーナオワラットが長政の膝にすがりつく。

「なにとぞチューターティラート王とオークヤー・シーウォラウォン様にお取りなしくだされ。我らに叛意はまったくない。セーナーピモック殿にはおわかりでござろう。我らを助けてくれ！」

二人の貴族は涙を流して訴え続けた。

長政は日本製の鎧帷子《よろいかたびら》を身につけた。さらに甲冑をつける。鎧は一人では着ることができない。伊藤久太夫が手伝う。長政は矢継ぎ早に命じた。

「わしは王宮に参内してくる。油断はならぬ。兵どもに厳しく言いつけておけ。具足を着け、槍の鞘を払い、鉄砲には弾薬を籠めておくように。この館の守りはお前に任せる」

そこへオインがやってきた。

「父上、母上が激しく咳き込んでおられます」

長政は「む……」と唸った。病床を見舞っている余裕はない。

「父はこれから王宮に行く。王宮に良き薬師がおれば、母の許に遣わせよう」

薄情の言い訳にもならない。長政にもそれはわかっている。

＊

宮廷の門は大混乱だ。千人単位のシャム人部隊、百人を擁する日本人義勇隊、市街《ムアン》から脱出しようとする人々、道を威圧する戦象の列――でごった返していた。

長政に近仕する侍が大声を張り上げる。

「オークヤー・セーナーピモック様のご参内である！　無礼するな！　道を空けよ！」

長政に気づいた日本人義勇隊がシャム兵や庶民を押し退けようとしたが、かえって混乱を生むばかりだ。長政は王宮に入るまでかなりの時間を浪費させられてしまった。

甲冑姿のまま宮殿の回廊を進む。甲冑の金具がガチャガチャと音を立てた。甲冑の分だけ重くなったので足音も大きい。廷臣や侍女たちの目に長政の振舞いは恐ろしく映った。不作法などというものではない。禍々しい災厄そのものだ。

それでも宮内大臣オークヤー・シーウォラウォン（ライ）は、いたって無表情に長政を迎えた。

「呼びにやろうとしていたところだ。そちらから来てくれて助かった」

長政からも悠長な挨拶などはない。

「この騒動、いったい何事でございましょう。諸人はオークヤー・カラーホーム様が捕らえられたと噂しておりまする」

「その噂は、まことのことじゃ」

「なにゆえ！」

長政が嚙みつくような形相で迫ると、シーウォラウォンは、ほんのわずかに不快そうな顔をした。

「チューターティラート王の御下命だ」

長政は首を横に振った。

「こんな事をしてなんになりましょうか。アユタヤの力が損なわれるばかり。我らがいがみあっておる間にもスペインは虎視眈々とこの国を狙っており申す」

「セーナーピモック殿は、スペインをもっとも恐ろしい敵だと考えているようだな……」

「いかにも。当たり前でございましょう」

「チューターティラート王のお考えは違う。王にとって一番の敵はシーシン親王だ。あなたがスペインを恐れ、憎むのと同じように、王はシーシン親王とその一派を恐れ、憎んでおわす。『恐れるな』と言われて恐れることがやめられようか。セーナーピモック殿はいかが？」

「スペインへの恐れを忘れることなどできようもない。シャム人がスペインを恐れぬようになったならば、即ち亡国でござるぞ。油断しきったシャムはスペインに攻め込まれまする」

「わかっておられるではないか。王も同じお気持ちなのだ」

「そもそも」とシーウォラウォンが続ける。

「シーシン親王の出家がまずかった。寺の中に匿われておったのでは手出しができぬ」

そう言われると、王の逃亡を許したのは日本人義勇隊の手抜かりであるから、長政としては黙り込むしかない。

「シーシン親王に対して手出しができぬのであれば、シーシン親王の手足となって働く者たちを潰すしかない」

冷酷に言いきってから、思い出したように、

「それが王のお考えである」

と、つけ加えた。


長政は居館に戻った。組頭たちを呼びつけてライから聞いた話を伝えた。

「明日、オークヤー・カラーホーム、オークプラ・ターイナーム、オークルワン・タムトライロークの裁判が行われる。この三名を奪い返すためにシーシン親王一派が攻め寄せてくるかも知れぬ。厳しく守りを固めよ」

岩倉平左衛門は鼻の穴を大きく広げて勇みかえった。

「いよいよ天下分け目の一戦にござるな！　腕が鳴り申す！」

今村左京も静かに闘志を燃やしている。

「シャム王国の世継ぎ争い、雌雄を決するのは我らの働き次第。さながら保元の乱でござる」

天皇家の世継ぎ争いに関わって平清盛と源為義が戦った。今シャムで起こっているのは保元の乱の再現だ——と今村左京は言ったのだ。

「武士の誉、これに勝るものはなし！」

「おう！」

と岩倉が鎧の胸を拳で叩いた。

「武士として生まれた甲斐があったというものじゃな！」

岩倉と今村は意気軒昂だ。だが長政の表情は暗い。岩倉が気づいて訊ねた。

「いかがなされた。なんぞ気がかりでもござるのか」

長政は「ううむ」と唸って考え込む。

「司法会議こそ開かれるが、お三かたに下される裁きはすでに決まっておる。死罪だ。まことにそれで良いのか。お三かたともに先王の忠臣であり功臣だ」

ことにオークヤー・カラーホームの功績は大である。スペインの侵攻に直面しながら動ずることなくシャム一国をまとめあげた。日本人義勇隊が奮戦できたのも、カラーホームが後方を支えてくれていたからだ。

「チューターティラート王はお若い。先王の臣の支えが要るはず。お三かたの処刑は、シャムにとって大きな痛手となろう」

それを聞いた岩倉は渋面となった。

「頭領、ここでの情けは禁物でござる。保元平治の乱に例えれば、平清盛が頼朝と義経に情けをかけたのと同じ。情けをかけられた側が感謝すると思うたら大間違い。こちらの息の根を止めにかかりまするぞ」

今村が「拙者も同じ考えでござる」と言って続けた。

「事ここに至って逡巡は無用。心を鬼にして突き進むのみ。決して後戻りはできませぬ」

長政はどうあっても〝紺屋の倅〟だ。生まれながらの武士である二人のようには非情に徹することができない。

岩倉は「よろしゅうござる」と言った。

「明日の警固は我らにお任せあれ。頭領は奥方様の看病に専心なされるがよろしかろう」

長政は力なく頷いた。


翌朝の早くに、ロマン・西が長政の館にやって来た。

「奥方がご病気と耳にいたしまして、拙僧の医術がお役に立てば……と愚考つかまつり、推参《すいさん》いたしました」

若い日本人修道士に薬箱を持たせている。キリシタンのイルマンは病者に治療を施すことを宣教の柱に据えている。

長政は首を傾げた。

「わしの内儀はキリシタンではござらぬが？」

「神《でうす》は、たとえ異教徒であっても隔てなく愛をお恵みくださるはず。拙僧はそう信じます」

「なるほど、ありがたい神だ」

長政は西をタンヤラットの病室に入れた。診断の後で西は、シャムの薬師が〝タンヤラットに処方した薬を確かめた。とくに異論はなかったようだ。

長政と西は、長政の居室に移った。

「内儀をどう診た」

「心ノ臓が弱っておりまするな。ゆっくりと身を休めることが第一でございますが……」

ロマン・西は王宮の方角に目を向けた。今頃はカラーホームを断罪する司法会議が開かれているはずだ。

「ただいまのシャムの情勢では、心穏やかに養生することも叶いますまい。男の我らでも胸が潰れそうになりますする」

「こうなった責めの一端は、わしにある」

「けっして、オークヤー・セーナーピモック様を責めているわけでは……」

「わしの心もまた、穏やかではないのだ」

西は少し考えてから、続けた。

「拙僧の心に神《でうす》がおわしますように、あなた様のお心にはソンタム王がおわしまする。ソンタム王のお言葉によく従うことをお勧めいたします。あなた様に心の平穏をもたらしてくれましょう」

「なるほど」

ソンタム王の命に従ってチューター親王を立てた。遺命に従ってチューターティラート王を守り立ててゆくしかない。

日本兵が庭に駆け込んできた。

「申し上げまする！　オークヤー・カラーホームたち三名、王への謀叛の咎により死罪！　即刻、処刑されましてございまするッ」

長政は思わず立ち上がった。

「即刻の処刑……だと？」

「遺骸は王宮の門に晒されまする！　岩倉様、今村様が手配りをなさっておわします」

長政は茫然としている。

処刑は宮廷の門のひとつ、ター・チェーン門の前で行われた。首と手足を切断し、それぞれの部位を別の門まで運んで晒したという。処刑された三名の所領と私財はチューターティラート王の擁立に奔走した臣に分配された。

空席となったオークヤー・カラーホーム（兵部大臣兼、アユタヤ警察長官）にはライが就任する。恩賞としての人事であることは明らかだ。

ライがカラーホームとなったことで、今度はシーウォラウォン（宮内大臣）が空席となったわけだが、その席をライの弟が埋めた。

七

オークプラ・シーナオワラットとオークプラ・チュラーが、何度も何度も、長政の前で低頭した。

「我らも死罪となるところを、セーナピモック殿のご尽力で救われました。これからはあなた様を父と思って慕いまする」

シーナオワラットが言った。〝父と慕う〟とは、この国における最大の敬意の表現だ。

長政は答える。

「お許しくださったのはチューターティラート王にござる。これからは共に力を合わせて王を支えてまいりましょうぞ」

貴族二人は涙を流して再び深々と低頭した。


長政は宮廷に出仕した。ター・チャーン門の前に大きな黒い染みが広がっていた。処刑された三人が流した血であろう。庶民たちも皆、避けて通っている。

市街と王宮には、いまだ日本人義勇隊とシャム兵が駐屯していた。警戒は解かれていない。

大官たちによる朝議（国会）は午後に開かれる。午前中には各国の商人たちが王に挨拶をするための時間が設けられている。つまり、商人たちが王の御前より下がるのと入れ換えに大官たちが王宮に入るのだが、ここで長政は表情を曇らせた。

――商人たちの姿がない……。

誰ともすれ違わない。ソンタム王の時代、王の御前には商人たちが群がりながら押し寄せていた。朝議の開廷時刻が遅れることまであったのだが。

――商人たちは皆、難を避けて、王宮に近寄らぬのだ。

それはアユタヤの経済力の低下に直結する。

――我らが第一に成すべきことは、国の平穏を取り戻すことだ。

長政はそう決意して広間に入った。朝議も閑散としていた。シーシン親王を擁立した者たちは、大官の位を剝奪されたか、あるいは逃亡した。出仕しているのは最初からチューターティラート王を推していた者たちばかりで、それは絶望的なまでに少数だった。

成人した王弟ではなく幼い王子を後継者にする――というソンタム王、ライ、長政の企てがいかに無謀なものであったのか、今更ながらに思い知らされた。シーシン親王が次期国王である――誰もがそう考えて疑いもしなかった。この国のすべての者たちがシーシン親王のご機嫌を取るべく、彼の許に擦り寄っていたのだ。

それなのに突然「それはチューターティラート王に対する謀叛である」とされた。混乱しないはずがない。

長政が恐れているのはスペイン軍の再侵攻だ。

——いま攻められたならば、アユタヤを守りきることはできぬ。

この状況はスペインにも伝わっているに違いない。長政の悩みは深かった。

朝議が閉会となり、大官たちはそれぞれの役所に戻る。長政はカラーホームを追いかけた。処刑された先代に代わってライが就任したばかりだ。つい「シーウォラウォン様」と呼びかけそうになる。

「オークヤー・カラーホーム様」

ライは足を止めて振り返った。

「なにか御用かな」

いつもと同じ冷たい表情だ。この男は不安を感じていないのか。このとき長政は三十八歳。ライは二十八歳である。

「王の御前に臣下が集まりませぬ。ただいまの有り様、たいへんによろしくないと愚考つかまつりまする」

ライは「うむ」と頷いた。

「セーナーピモック殿は、如何にすべきだとお考えか。遠慮なく申されよ」

「恩赦があってしかるべきと考えまする。シーシン親王を擁立せんとした者たちを許し、御前に呼び戻すのです」

「それは王も同じお考えだ」

「おお！」

長政は目を輝かせた。さすがはソンタム王の子だ。物分かりが良い。

ライも憂慮の表情を浮かべた。

「朝廷の有り様には、王もお心を痛めておわす。そもそもの話、シーシン親王はチューターティラート王に対して一度も戈《ほこ》を向けてはいない。自ら後継者の座を下り、寺に入ったのは、恭順の証とも受け取れよう」

「王が、そのように仰せなのでございまするか」

「いかにも。シーシン親王は、王にとっては叔父。頼りになる親族。王の統治をシーシン親王が支えてくれるのであれば、心強い」

閑散とした王宮の有り様を見て、若い王は心細くなったのか。

「王は、シーシン親王に書簡を送り、宮廷に戻るようお命じなされる。……命じるとはものの言い様で、懇願なされるのに近い」

「良ろしき御叡慮と存じまする」

「シーシン親王のご身辺に気をつかってもらいたい。親王を担いで一旗あげようとする者がおる。そのような者に担ぎ上げられてしまったが最後、王や親王の御意志とは関わりなく、謀叛の旗頭とされてしまう」

「なるほど、油断がなりませぬな。心得ました。シーシン親王殿下のご身辺に日本人義勇隊を配しまする」

「頼んだぞ」

ライは足音もなく自分の役所に帰っていった。長政は低頭して見送った。

ところがである。シーシン親王は籠った寺院から一歩も外に出ようとはしなかった。王の手紙を無視したのだ。

「困ったぞ」

ライが宮廷で長政を呼び止めるなり、そう言った。この男にしては珍しいことに苦悩の様子を窺わせている。

「シーシン親王からの返書はない。王は深く悲しんでおられる」

「王は、お怒りではございませぬのか」

「はじめはお怒りであったが、近頃は、叔父に見捨てられた悲しみのほうが大きいご様子だ」

「それはおいたわしい」

チュータターティラート王はまだ十五歳の少年だ。巨大な玉座にポツンと一人で座っている。心細くもなるであろう。

「セーナーピモック殿、わたしはなんとしても、王と親王の仲を取り持ちたい。ソンタム王の御意志に従ってチュータターティラート王にご即位いただいたが、伯父と甥が引き裂かれたままではよろしくない」

「まことに」

「ついてはそなたに頼みたい。シーシン親王の御前に赴いて説いてもらいたいのだ。王の御真意をお伝えすれば、シーシン親王は必ずや王宮に参じてくだされよう」

「臣にそのような大役を？　王族か、シャムの大官のほうが相応しいのではございませぬか」

「今、王が頼りとしておるのは、セーナーピモック殿と、憚《はばか》りながらこのわたしだ。いうなれば二大巨頭だな。その一方がシーシン親王の御前で頭を下げれば、シーシン親王のご機嫌も直るに相違ない——と、王が仰せになられたのだ」

「王命とあれば、慎んで承りまする」

「よろしい。セーナーピモック殿にも思うところはあるであろうに、王命を果たすことのみを第一にお考えなされる。まさに忠臣。その気性があればこそ王はセーナーピモック殿をご信任あそばすのだ。シーシン親王もセーナーピモック殿の物言いならば、信用なさるに相違ない」

「手前の如き微官には過ぎたお言葉。身の縮む思いにございますが、大役は果たしてご覧に入れましょう」

「頼んだぞ。今のお言葉、王にお伝えいたす」

二人は別れた。


長政は単身、シーシン親王を匿う寺院に乗り込んだ。僧たちが緊迫した目を向けてくる。長政の来意を計りかねているのだ。シャム人の目に映る日本人は〝人殺しを平然とやってのける鬼畜〟である。戦国時代の殺伐たる気風のままに武器を操り、殺人の技能を磨く日本の武士がソンタム王に重用され、異国との戦争に投入された。

シャムの仏僧たちが毛嫌いするのも当然だ。日本人が来てからというもの戦争が絶えず、アユタヤには常に血の臭いが漂うようになった、などと思っているのに違いなかった。

長政は寺院の参拝という建前で寺に入る。シーシン親王への害意はないことを示すため長政は大小の刀を腰から抜いて仏僧に預けた。

「何をしに来た、日本人《イープン》」

巨漢がヌウッと立ちはだかった。マンコンであった。

「この状況でもシーシン親王の侍臣を続けておるとは、たいした忠義者だな」

長政は感心しかけたが、考え直した。

――シーシン親王がこうした男たちに担ぎ上げられているから、チューターティラート王はシーシン親王への疑いを拭い去ることができないのだ。

悪臣たちがシーシン親王を煽動《せんどう》している。悪臣たちとは手を切っていただき、宮廷に戻ってもらわねばならない。若い王の治世を支えることができるのは、やはり第一に王族だ。

「王よりのお言葉をシーシン親王殿下にお伝えしに参った。お目通りを願いたい」

「などと申して野蛮な日本人め。殿下を暗殺しに来たのではないのか」

「王の名において参じたのだ。王の名誉に賭けて狼藉は振るわぬ。ましてここは寺院。尊い仏の御前ではないか。寺院を血で汚すなど考えぬ」

マンコンは長政の目をじっと睨んでいたが、嘘は言っていないと判断したのか、「よかろう」と言った。

長政はマンコンの案内で寺院の奥へと通された。

シーシン親王はすでに頭を剃り上げて、僧侶の姿で座っていた。

——これはなんとも、おいたわしい……。

などと、長政は思ってしまった。

シーシン親王は暗殺を恐れて寺に逃げ込み、俗世を離れた。そう仕向けたのはソンタム王とライと長政だ。それでも親王がいたましく思えてならなかった。戦場での奮戦や、宮廷で政治を先導する姿を知っているだけに尚更辛い。

長政は身を投げ出すようにしてシーシン親王の御前に平伏した。

一方のシーシン親王は、けがらわしい虫けらでも見るような目で長政を見ている。

「なにをしに参った」

長政は答える。

「チューターティラート王の御叡慮でございまする。なにとぞ王宮にお戻りくださりますよう。国政の手助けをしていただきとうございまする」

「虚言を弄すな。信用などできようものか」

「王のお言葉が信じられぬ、との仰せにございまするか」

「日本人の言葉が信じられぬと申しておるのじゃ。人を殺すことも厭《いと》わぬ極悪非道な輩。よくぞ仏の前にその顔を出せたものだ」

「わたしがパマー(ビルマ)人やカンボジア人やスペイン人を殺したのは、ひとえに、アユタヤ王家の安寧を守るためにございまする! アユタヤに来朝して十七年、ただひたすらに、ソンタム王の御為に尽くして参りました!」

シーシン親王は「むう」と唸った。

「お前の忠節、認めてやらぬでもないが、しかしお前はシャムの風習を蔑ろにし、真の王位継承者たるこのわしを廃した。許せるものではない」

「すべては先王のご遺命にございまする。先王はあなた様の兄上ではございませぬか。弟として兄の命に従うは、天下の道理にございまする」

「兄は死んだ。わしが王となり、お前もわしの言に従うべきだ」

「わたしの主君はソンタム王をおいて他にはございませぬ」

「それではまるで、主人にしか懐かぬ犬と同じではないか！　人間ならば、主君亡き後は次代の王に従うべきだ。死んだ先王の命令を奉じて真の王位継承者たるわしに楯突くなど、人間の振舞いとは思われぬ！」

「日本の侍は、たとえ犬と罵られましょうとも、主君と定めた御方にしか仕えませぬ」

長政は再び親王に平伏した。

「なにとぞ僧衣をお脱ぎになり、王宮にお戻りくださいませ！　シャムはスペインに狙われておりまする。チューターティラート王を補佐してくださる御方が要るのでございます」

「スペインの魔の手が迫っておることを知りながら、幼少の王を立てたのはお前たちではないか。勝手な物言いをいたすな！」

「今は、シャムの人心をひとつに纏めねばなりませぬ。それができるのは、あなた様をおいて他にございませぬ」

「そこまでわかっていながら、なぜわしを廃し、チューターを王に立てたのだ！」

「ソンタム王の御遺命にございまする」

話がまったく噛み合わない。長政もそれは自覚している。

「親王殿下。殿下のお命は、このオークヤー・セーナーピモックが一命に代えてお守りいたします。

日本人義勇隊をお側に侍《はべ》らせまする。なにとぞ、王宮にお戻りくださいませ」

シーシン親王は怒った目で長政を睨みつけていたが、やがて大きく息を吐いた。

「そのほうの存念はわかった。我が甥、チューターティラートの願いも理解した。よかろう。王宮に戻ってやろうぞ」

「親王殿下！」

「わしの身を護ると申した今の約束、決して違えるでないぞ。お前を信じよう」

「ありがたき幸せ……！」

長政は平伏して身を震わせた。

さすがはソンタム王の弟だ。王位に就いたならばきっと名君となったであろう。なにゆえソンタム王はシーシン親王を後継者に指名してくれなかったのか。長政にはそれが惜しまれてならなかった。

＊

長政はシーシン親王を擁して王宮に向かった。身辺を固めるのは日本人義勇隊である。王宮からも伊藤久太夫が率いる一隊が迎えに出て来た。長政は伊藤を招き寄せた。

「親王殿下には、誰一人として近づけさせてはならぬ。指の一本たりとも触れさせてはならぬぞ。皆にも伝えよ」

「心得ました」

伊藤は宮廷を守る義勇隊に伝えるために走った。

シーシンが宮廷の門をくぐる。宮内官の一人が恭《うやうや》しげに装束を掲げてやってきた。シーシンの前で低頭する。

「あなた様はこれより王家の摂政となられまする。なにとぞ僧衣をお脱ぎになり、摂政たるに相応しき偉容をお整えくださいませ」

王が政務を執れない非常時には摂政が代理を務める。チューターティラート王はシーシン親王を摂政に任じるつもりらしい。長政は安堵した。これならシーシン親王の面目も立つだろう。

シーシンは僧衣を脱ぎ、皇族としての姿を取り戻した。頭こそ丸めているが、冠をつければ目立たない。

「オークヤー・セーナーピモックよ。わしを王の御前に案内せよ。良い機会じゃ。王に申し上げたいことがある」

王に対していったい何を訴えようというのか、多少不安である。

聞き返そうとした、まさに時であった。シャム人の衛兵隊が駆けつけてきた。革の鎧を着けて槍を手にした姿だ。シーシンと長政を取り巻いた。

長政は驚き、激怒した。

「何事かッ。ここにおわすはシーシン親王殿下であるぞ。無礼は慎めッ」

衛兵隊を率いてきた隊長が答える。

「シーシンならびにオークヤー・セーナーピモック。謀反の罪により捕縛する」

「なんじゃとッ」

怒鳴り返したが即座に槍先を突きつけられた。長政は動転した。日本人義勇隊の者を目で探す。

「伊藤ッ、岩倉ッ、いずこにあるッ」

日本人義勇隊の兵力で押し返し、この場を脱するより他にない。

柱の陰からライが現われた。長政は槍と兵越しにライに向かって叫んだ。

「オークヤー・カラーホーム！　これは、いかなることかッ」

ライは、この男にしては極めて珍しいことに、困惑の表情を浮かべていた。

「聞いての通りだ。そなたにも謀反の嫌疑がかけられておる。シーシン親王を担ぎ上げ、チュータ
ーティラート王を追い落とそうとした疑いだ」

「そんな馬鹿な。親王殿下に野心はない」

長政はシーシン親王を見た。親王は顔色を青黒くさせている。長政を睨みつけてきた。

「やはり貴様、このわしを寺院より引き出して処刑せんという魂胆だったのだな。日本人など信じ
たわしが馬鹿だった」

「これは何かの間違いにござる。お約束通り、御身は我らがお守りいたす！」

叫んだ長政に、親王ではなくライが答えた。

「セーナピモック、愚かしい真似はやめよ。ここでお前と日本人義勇隊が刀を抜けば、王に対する
謀反は真実であった、ということにされてしまうのだぞ」

庭に戦象隊が入ってくる。大人数の兵が隊列を組んでいた。シャム人の大軍は王宮を瞬時に制圧
する。日本人義勇隊も身動きできない。

アユタヤ市街の治安維持はオークヤー・カラーホーム、すなわちライの職掌下にある。この兵を
動かしたのはライに違いない。

「ライ、わしを騙したな」

「セーナーピモック。日本人義勇隊に『決して動くな』と伝えよ。我らは騒擾《そうじょう》を望んでおらぬ。司

法会議に委ねるのだ。正邪は会議で明らかとなろう」

兵たちがシーシン親王を連行する。長政は歯ぎしりした。

伊藤久太夫が駆けつけてきた。シャム兵に遮られる。伊藤は兵の槍に囲まれた長政を見て叫んだ。

「頭領！」

「動くな！」

叫んだのは長政ではなくライだ。

「日本人義勇隊に禁足を命じる！　王宮を出て日本町に戻り、逼塞《ひっそく》せよ！」

伊藤久太夫がライを見て、次に長政に目を向けた。（どうすれば良いのですか）と目で訴えている。長政は首を横に振った。

「オークヤー・カラーホーム様の言いつけ通りにいたせ。皆にも伝えよ。日本人義勇隊は無実じゃ。シャム王家への謀叛を疑われてはならぬ」

長政は兵に促されて王宮から連れ出された。


長政は牢屋敷に収監された。

牢とはいえども長政は貴族だ。こそ泥が入れられる土牢ではない。清潔な床と屋根のついた建物だった。しかし厳重に監視され、出入りや面会はまったく許されなかった。

市街《ムアン》から騒擾の気配は伝わってこない。日本人義勇隊もシーシン親王の配下たちも、今のところは、おとなしくしているようだ。

そこへライがやって来た。牢の格子を隔てて長政と向き合う。長政は格子越しに激しく詰め寄った。

「これはいったいどういうことだ！　お主はわしを罠に嵌めたのかッ」

　ライは眉根を寄せている。

「どうしてこうなったのか、わたしも知りたい」

「白々しく申すなッ。寺院に守られておる間はシーシン殿下を捕縛できない。だからわしを使って殿下を寺院から引き出したのであろうが！」

「落ち着いて聞け。『日本人義勇隊はシーシン親王を奉じて謀叛を起こす。その謀を巡らせているのはオークヤー・セーナーピモックだ』と訴え出た者がいる」

「そのような讒言《ざんげん》、我らの王が取り上げるはずがない」

「余人の訴えならば、聞く耳をもたれなかったであろう。しかしこの訴えは日本町から出されたのだ」

「なにっ」

「日本人自身が、日本人の中に謀反人がいる、と自訴してきたのだ。これほど確かな訴えが他にあろうか。王としても司法会議に諮るしかなかったのだ」

　長政は愕然とした。全身が震えだす。

「いったい誰が……そのような嘘を！」

「わたしも知らない。王と、司法大臣《オークヤー・ヨムマラート》だけが知っている」

「日本町に、う、裏切り者がおるのか」

「それこそわたしが問いたいことだ。オークヤー・セーナーピモック、日本の中に、そなたを除きたい、死んでもらいたいと願う者がいるのか？　日本では、いったい何が起こっておるのだ」

　高木作右衛門船撃沈事件で長政の評価が一変したのだが、江戸から遠く離れた長政は、まだそのことを知らない。だから心当たりがまったくない。

　ライは牢格子に顔を近づけてきた。牢番にも聞かれたくないのだろう。小声で語りだす。

「今、アユタヤのいたるところで、オークヤー・セーナーピモック謀叛の噂が囁かれておる。このままではいけない。あなたは間違いなく処刑される。早急に手を打たなければならぬ」

　長政はある意味での合戦馬鹿だ。陰謀に対処する術をもたない。

「どうせよ、と言うのです」

「明日、司法会議が開かれる。会議の場で……そなたは、いかに振る舞うつもりか」

「シーシン親王殿下と、わし自らの潔白を訴える！」

「それは良くない。打つ手としては最悪だ。そなたはシーシン親王と結託していると疑われているのだぞ？　そなたが親王を庇《かば》ったならば『それ見ろ、やっぱり結託しているのだ』と言われるに決まっておるではないか。そなたに対する心証は悪くなるばかりだ」

「ならば、どうせよと言われるのか」

　ライの目が鋭く光った。

「シーシン親王殿下は、見殺しにするしかない」

「なんじゃと」

「そなたの口から親王殿下の謀叛を訴えるのだ。『言葉巧みに親王に取り入り、日本人義勇隊が味方をするから決起なされよ、と騙して謀叛を促したところ、親王は野望を露《あらわ》にさせて話に乗ってきた。よって王宮に誘い出して司直の手に引き渡した』と証言すればよい」

「馬鹿な！　殿下は謀叛罪で処刑されようぞ！」

「嘘をつかなければ、そなたも処刑される」

ライは牢格子を両手で握り締めた。

「シャム王国の行く末を第一に考えてくれ。王は幼い。王お一人で国を担ぐことはできぬ。それは王ご自身も理解しておわす。よって王は、シーシン親王と、わたしと、あなたを頼りになされた。我ら三人が国を支える三本柱となるはずであった。しかしシーシン親王は誣告《ぶこく》された。王は激しくお怒りになっている。もはや親王をお救いすることはできぬ。柱の一本は失われた。オークヤー・セーナーピモック！」

長政に目で訴える。

「ここでそなたに死なれてしまったら、柱は二本、失われることになるのだ。わたし一人では王と国を支えることはできぬ。シャム王国は滅亡してしまう！」

長政は激しく震えている。返答できない。ライはさらに畳みかけてきた。

「そなたとわたしはソンタム王の病床で、チューターティラート王をお守りすると誓った。ここで死んでしまったら、そなたはソンタム王との約束を果たせなかったことになる。それでも良いのか」

長政はガックリと肩を落とした。全身に力が入らない。前のめりに倒れそうになって、両手を床についた。まるでライに向かって手をついたような姿になった。

ライは「うむ」と頷いた。

「そなたの弁護はわたしがする。シーシン親王の寺院に行くように頼んだのはわたしだ。最初から示し合わせての計略だったことにしよう。安心してくれオークヤー・セーナーピモック。そなたを処刑させたりはしない」

ライは帰っていった。長政は言葉もなく俯いている。

大切な物が崩れていく。それを防ぎ止める手立てがない。長政は無力であった。

夜。オークヤー・カラーホーム（ライ）の屋敷には煌々と篝火《かがりび》が焚かれていた。部屋の中にまで光が差し込んでいる。ライは酒が好きであった。ペルシャやアフリカから持ち込まれたアラク酒を好む。酒気（アルコール度数）の極めて高い蒸留酒だ。

「やはり酒は西域の産物に限るな……。近頃ではコーチやバタヴィアでも芋で蒸留酒が造られておるが、この味わいには遠く及ばぬ」

同じ部屋で相伴に預っているのは日本人だ。冷たい微笑を浮かべている。

「カラーホーム様がお望みなら、我ら日本町、金蔵を空にいたしましても、最上の美酒をお取り寄せいたしましょう」

この場には二人しかいない。密談も思いのままだ。

「カラーホーム様……」

頃合いを見てその日本人――木屋半左衛門が切り出した。

「なにゆえ山田長政をお救いなさいますのか。あの男は剣呑にございます。いずれはシャム王国の障りとなるに相違ござらぬ」

ライはチラリと目を向けて、微かに口元だけで笑った。

「こちらも日本人に問いたい。なにゆえ姑息な策を弄してまでセーナーピモックを葬り去ろうとするのか。あの者は日本町の頭領であろう。シャムと日本との交易は、かの者の力量がなくば立ち行かぬぞ」

「日本の新しい将軍が山田長政に失望しておわしまする。長政に責めを負わせて取り除かぬ限り、日本より送られてくる金銀は年々減ってゆきましょう」

木屋は身を乗り出した。

「なにとぞカラーホーム様のお力で山田長政を始末して下さいませ」

ライは酒杯を呷って渋い顔をした。

「ならぬ。チューターティラート王を支えておるのはセーナーピモックと日本人義勇隊だ。考えてもみよ。セーナーピモックを処刑すれば義勇隊は王家に背く。チューターティラート王も、わしも、孤立無援となり、シーシン親王の手の者に討たれてしまう。あるいはスペインが攻めこんでくる。スペイン勢を撃退できるのは、セーナーピモックと日本人義勇隊だけだ」

ライは冷たい目で杯を眺める。

「セーナーピモックには、わしとシャムのために働いてもらわねばならぬのだ」

八

翌朝、司法会議が開かれた。この会議は最初から結論が決まっている。シーシン親王の謀叛は事実とされて有罪が決定した。王への反逆は死刑である。親王は処刑場に引き立てられていく。一方、長政は無罪放免となって解放された。

ところがである。親王の処刑の寸前に、チューターティラート王より救済が入った。シーシン親王の死罪は取り消され、ペッチャブリーへの配流に減刑された。

その報せを長政は日本町頭領の役所で知った。

「ライが手を回してくれたのか。ありがたい。誠実な男じゃ。チューターティラート王の御心の深さもたいしたものじゃ。さすがはソンタム王のお子であるな」

長政は感動すらしている。

「いつかは王と親王の誤解も解けよう。手を取り合ってシャム王国を弥栄《いやさか》に導いてくれようぞ」

岩倉平左衛門や今村左京たち組頭も集っている。岩倉は顔をしかめている。

「それは、甘いお考えだぞ頭領。ライが親王を生かしておくとは思えぬ。ライはその昔、親王の暗殺を企てた。さらには愛妾《あいしょう》を誘惑した」

今になって思えば、それらはすべてソンタム王による陰謀だったのに違いない。それは誰でもわかっている。名君ソンタムの名誉を傷つけないために黙っているだけだ。公然の秘密というものであった。

「そしてまた此度、ライは親王を死罪に追い込もうとした。親王がライから受けた屈辱を忘れ去るとは思えぬ。必ず復讐せんとするじゃろう。それはライもわかっておるはず。両者が並び立つことはできぬ定めなのじゃ」

大坂牢人の山浦与惣右衛門も「そのとおり」と頷いた。

「豊臣家が滅んだのは太閤殿下が家康に心を許したからじゃ。……おっと、頭領は徳川方であったな」

「かまわぬ。存念《ぞんねん》を申せ」

「されば申し上げる。太閤殿下は家康に幼い秀頼君の行く末を託した。しかし結果は豊臣家の滅亡じゃ。ただいまのシャムの有り様は、かつての大坂と同じだ。頭領が幼君を守り抜きたいとのお考えであるならばシーシン親王に心を許してはならぬ。心を鬼にして討ち取るべきじゃ」

「そのほうの申しようも……わかる。じゃが、わしは、そこまで非情に徹しきれぬ」

長政は悩んだ。悩んだ末に答えを出さずに立ち上がった。

「タンヤラットの病床を見舞ってくる。皆は酒盛りでもしていてくれ」

出て行こうとすると伊藤久太夫が入ってきた。

「頭領、謀叛の噂を流した者を突き止めました。長崎より来た商人です。が、すでにアユタヤを離れております。逃がしてしまいました」

「その者、なにゆえ、あのような噂を流したのか」

「皆目、見当もつきませぬ」

長政はため息をついた。いつになく疲れている。こんな時、微笑みで長政を励ましてくれた妻も病人だ。


ペッチャブリー地方はマレー半島の付け根にある。アユタヤから直線距離で三百キロメートル。船でメナム川を下って海に出てから、海路を二日。懸隔《けんかく》の地だ。シーシン親王はそのペッチャブリーに送られた。表向きには配流である。しかし〝蟄居《ちっきょ》〟を命じられた場所は、地中に深く掘られた縦穴の底であった。

井戸のように深い穴の底に下ろされる。どうにか座ることができるだけの広さしかない。身を横たえることもかなわず、土の壁に背中を預けて眠る。全身は強張り、血流が悪くなって手足は痺れ、安眠などできたものではなかった。牢に入れられるよりも過酷な刑だ。一日中、日の差さない穴の底。頭上に見える入り口が明るい時が昼間で、暗くなったら夜だ。

食べ物と水は縄で下ろされてくる。大小便をするための桶も縄で引き上げられた。

だが、一日に三度の食事は二度に減らされ、さらに一度だけとなり、水だけとなり、ついには水すら下ろされなくなった。

シーシンは自らの運命を覚《さと》った。チューターティラート王と君側《くんそく》たちがなにを企んでいるのかを理解した。

シーシンは、一度は王位継承権者の第一位であった。その人物を死刑にしたのでは世間の評判が下がる。しかもチューターティラート王にとっては血のつながった叔父である。「シーシン親王は病死した」と公表する。だから餓死させる。餓死させた後で「シーシン親王は病死した」と公表する。

気丈なシーシンも、あまりの仕打ちに涙を流した。

「王家に生まれ、王位を継ぐはずだったわたしが、一滴の水も与えられず、糞尿にまみれながら死んでいくのか……」

仏の定めた宿命なのかもしれないが、これほどの仕打ちを受けねばならない悪行を犯した憶えはない。

せめて水だけは飲ませてくれ、と、半狂乱になって訴えたが、頭上からはなんの返事もない。シーシンは、さめざめと泣いた。

と、その時であった。何かの音が聞こえた。最初はなんの音なのかわからなかった。ガスッ、ガスッ、と、休むことなく連続している。

シーシンは、ハッと覚った。

――穴を掘る音じゃ！

何者かが穴を掘り、シーシンのいる縦穴に近づいてくる。

――わしを助けようとしておるのだ！

シーシンも自分の居場所を報《しら》せようとして土壁を叩いた。

そしてついに土壁がボコッと崩れた。泥まみれの真っ黒な顔がヌウッと突き出されてきた。

「マンコン！」

「親王殿下！」

救いに来たのはオークルワン・マンコンであった。

地下牢の遥か遠くに縦穴を掘り、そこから延々と横穴を掘り続けたのだ。牢を見張る兵に見つからないようにしながらである。人間業とは思えない。それでもマンコンは成し遂げた。シャム王国第一の豪傑。敵味方の兵からは〝魔術使い〟と恐れられた男だ。たしかに魔術使いと呼ばれるに相応しい奮闘であった。

「マンコン、よくぞ助けに来てくれた！」

「このマンコンが来たからには、もう安心にございます！」

シーシンとマンコンは闇の中で涙を流して抱き合った。

「殿下、牢番には気づかれぬように、ここから逃げまするぞ」

マンコンは穴の中から死体を引っ張りだした。縄でくくって引きずってきたのだ。

「近くの墓場に投げ捨てられていた者です。身寄りがないのでござろう」

次には死体に向かって語りかける。

「すまぬが、親王殿下のために奉公してくれ。その代わり、お主の供養はわしがしてやろう」

シーシンに装束を脱ぐように言って、その装束を死体に着せた。年格好が近い。しかも暗い穴の底だ。牢番の目を誤魔化すことができるはずだ。

死体を残して親王とマンコンは脱出した。数日の間、牢番たちは、親王の脱獄に気づくことができなかった。

＊

シーシン親王はペッチャブリーで挙兵した。直属の兵を集めてマンコンを大将とし、近在の村落、砦を攻め落として根拠地とした。シーシンは書状をしたためる。自分が受けた仕打ちを明かしてチューターティラート王の非道を訴えた。書状は、王族、大官、地方藩屏の領主、郷紳《きょうしん》たちに届けられた。呼応する声が各地からあがり、貴族や豪族が兵を率いて集ってきた。チューターティラート王と、ライ、山田長政の専横を快く思わぬ者たちが続々と挙兵する。たちまちにして二万の大軍勢に膨れ上がる。シーシン親王は諸将に推戴されて王位に就いた。シャム国内に二人の王が出現したのだ。

急報は続々とアユタヤに届けられた。アユタヤの人心は激しく動揺している。

王宮を警固していた伊藤久太夫が日本町に戻ってきた。鎧姿で船から下りる。船を漕ぐ者たちも皆、鎧姿だ。船着場を守る岩倉平左衛門とその配下の者たちは槍や鉄砲を手にしていた。

「どうであった」

岩倉が桟橋まで下りて伊藤を迎える。伊藤は険しい顔つきで答えた。

「各地の領主はシーシン親王に忠誠を誓っております」

王宮で集めた情報を語りだす。

「オークヤー・チャックリーの去就も定かではありません。シャム人たちは皆、親王に心を寄せているると見たほうがよろしかろうと存ずる」

オークヤー・チャックリーはシャムの首相兼国軍の司令官。地方都市の総督でもある。大軍を動かす権利を持っている。

「頭領はどちらにいるのです？」

岩倉は伊藤の問いに答える。

「タンヤラット様の病室だ。大きな声では言えぬが病が重い。ロマン・西殿が言うには、もはや回復は見込めぬ、そう長くは持たぬ、とのことでな」

「悪いことが重なりますね。頭領は、采配を取ることができるのでしょうか」

長政が愛妻家であることは、日本町の者なら誰でも知っている。伊藤は天を仰いだ。

「ソンタム王の死。奥方様の病。頭領のお心を悩ますことばかりです」

岩倉は髭面をしかめた。

「かといって泣き言は困るぞ。日本町と日本人義勇隊は、今こそ頭領のお指図を必要としておるのだ。どれ、わしが行って喝を入れてこよう」

岩倉が館の奥に向かおうとすると、その長政が回廊を渡ってやって来た。伊藤を見て「おう」と言った。

「これより王宮に出仕する。供をいたせ」

伊藤久太夫はおそるおそる訊ねる。

「奥方様のことは、よろしいのですか」

「そのタンヤラットに叱られた。王室の一大事だというのに妻の看病にかまけておる男がどこにおる。そんなことではソンタム王より受けた恩義に応えることはできぬ、とな」

岩倉が大きく頷いた。

「さすがは奥方様じゃ」

長政も力なく頷き返した。

「ロマン教父も、ひとまずは大事ないと請け合ってくれた。さぁ、王の許に急ぐぞ」

長政は船に乗り移った。


チューターティラート王は玉座の上で、青い顔をして震えていた。

長政は心底からいたわしく感じた。王は十五歳。まだまだ子供だ。

しかもである。こんな突然に王位に就くことになろうとは本人も思っていなかったのだ。ソンタム王や長政たち大人の勝手で王にされ、それだけでも大変であろうに反乱の脅威にさらされている。二万もの大軍が命を狙って押し寄せてくる。たまったものではないだろう。

――悩んでいたわしが馬鹿だった。王をお守りできる者は、わしの他におらぬのだ。

長政はそれまでの懊悩《おうのう》をきっぱりと捨てた。

「このオークヤー・セーナーピモックが参上したからには、ご心配には及びませぬ。朝敵シーシンを討ち取ってご覧にいれまする！」

チューターティラート王は安堵の顔つきとなった。

「頼りにしておるぞ。亡き父王は『困った時にはセーナーピモックを頼れ』とご遺言を残された。頼むぞセーナーピモック。お前だけが頼りだ」

頼りという言葉を何度も使った。長政は胸が熱くなった。

王の御前より下がる。ライが回廊を渡ってやって来た。長政はライに質した。

「大官たちが御前に控えておりませぬ。役人たちもだ。皆、シーシン親王の許に集っているのですか」

　ライは隠すことなく答えた。

「シャムの者たちは皆、我らの敵になった、あるいはこれから敵になるかも知れぬ。と、左様に心得たがよかろうな」

　長政の目をじっと覗き込んでくる。

「そなたと日本人義勇隊は、信じて良いのか」

「もちろんです。私の一命はソンタム王に捧げ奉った。王の遺命を奉じることしか考えておりません」

　続けて吐き捨てるような口調で、

「仮に、の話、シーシン親王殿下に降参したとしても、容れられるはずがないでしょう。わたしは血祭りに上げられる」

「そのとおりだ」

　ライは真面目な顔で言った。それから続けた。

「信用が置けるのは外国人だけだな。わたしはカラーホームの地位にあるが、配下のシャム兵をどこまで信用して良いのかわからぬ」

「なんと弱気な。シーシン親王は二万の大軍勢ですぞ」

「策はある」

「どのような」

「今、言ったではないか。頼りにできるのは外国人だけだ、となあれを見よ。心強い味方がやってきたぞ」

異相の老人が宮殿に入ってきた。長政を見ると白い歯を見せて笑った。

「久しいな！　今の身分はオークヤーか。出世したものだな日本人《イープン》よ」

「オークヤー・カムペーンペット！」

アフリカ出身のイスラム商人にしてアユタヤ朝の貴族。象の三百頭を率いる陸運の王者、オークヤー・カムペーンペットであった。歳はもう六十を過ぎている。髪は白い。しかし快活な笑顔は初めて会った頃と少しも変わらなかった。

ライも大きく頷いた。

「そなたたち二人に大将を務めてもらう。日本人とイスラム教徒でシーシン親王の軍勢を攻めるのだ。もちろんわたしも禁軍を率いて出陣する」

シャム王室、危急存亡の秋《とき》にあたって王室を守護するのが外国人とは。亡きソンタム王も、こうなるとは夢にも思っていなかっただろう。

高級貴族である長政は王宮内にも役所を構えている。今は、日本人義勇隊の本陣として使用し、反乱軍の乱入に備えていた。

長政はカムペーンペットを本陣に誘った。カムペーンペットともう一人、老体のイスラム教徒がついてきた。

カムペーンペットは昔ながらに人好きのする笑顔だ。

「あなたと一緒に戦うのは十六年ぶりね。あなた、立派になり、わたし、歳を取った」

「わたしの出世は、カムペーンペット様のご支援があればこそです。お教えいただいた商売の鉄則は、片時たりとも忘れたことがございませぬ」

長政の貿易商としての第一歩は、カムペーンペットの資金援助によって始められた。その後も日本産の金銀とインド洋の交易品とを融通し合って、互いに利益を上げてきたのだ。

「ふふふ。嬉しいことを言ってくれる。年寄りは、若い者に煽《おだ》てられるのがいちばん嬉しいね」

そう言ってから、従えてきた老人を紹介する。

「シャイフ・アフマド・クーミー。シャム王家からもらった欽賜名《きんしめい》はプラヤー・チェークアマットラッタナーティボディーだよ」

かなりの高齢で白いひげを生やしている。目つきの鋭い男だ。

「アッサラーム・アライクム」

長政も握り返した。

「ワ・アライクム・サラーム」

カムペーンペットは目を細めて二人を見守っている。

「セーナーピモックよ。シャイフはわしの副官だ。辨喝喇海《べんがらうみ》（インド洋）の交易を任せておる。よろしく頼む」

「こちらこそよろしく頼みます」

長政とシャイフは、今度はシャム風に答礼し合った。

「さて、軍議です。こちらへ」

長政は二人を別室に招いた。テーブルが置かれてシャムの地図が広げられている。

「ペッチャブリーはここ。シーシン親王を中心に、シャム人の将と兵の二万が集っておりまする。一方、我らの兵力は、日本人義勇隊が八百人」

長政の威勢を慕って牢人たちが集っていたが、戦力として期待できるのはこれぐらいの人数だと長政は考えている。

「それにあなたの象隊、三百頭」

カムペーンペットは「ううむ」と唸った。

「いかにも少ないね」

「カラーホーム様が禁軍を派遣して下さいまするが、それでも一万が精々でしょう。しかも禁軍のシャム兵がシーシン親王と本気で戦うかどうかは疑わしい」

カムペーンペットはそれでも笑顔を長政に向けた。

「セーナーピモックよ。あなたは戦上手だ。なんぞ良案があるのであろう」

「いかにもございます。我らには、シーシン親王の軍にはない力がある」

「それはなにかな？」

「速度です。シーシン軍の主力は歩兵。自分の足で歩けるだけの早さしかない。しかしわたしは船を持っている。あなたは象を持っている。わたしは船で兵を移動させ、敵の背後に上陸させることができる。あなたは象でマレー山脈を踏破して敵の背後に回り込むことができるでしょう」

「なるほど。カラーホームが率いる禁軍と合わせて三方向から敵を挟撃《きょうげき》する策だね」

「敵は大軍ではござるが、三方向に兵力を割かねばならず、さすれば大軍の利は失われまする」

「よかろう。敵を分断させ、翻弄し、戦場を引きずり回して疲れさせ、疲れ切ったところで粉砕する。そういう策だね」

「ご理解が早くて助かります」

「よろしい。次は戦場で会おう」

カムペーンペットは気が早くて行動も素早い。切れ者の商人に共通する特徴だ。軍議を済ますと会食もなく飛びだしていく。シャイフ・アフマド・クーミーも帰って行った。

入れ代わりになるようにして、ロマン・西が入室してきた。

「ご出陣ですか」

「うむ。席の暖まる暇もない。キリシタン武士も連れて行く。出陣前には特別なミサがあると聞く。よろしく頼む」

「引き受けました。それと、もうひとつ」

「なにか」

ロマン・西は深刻そのものの顔つきとなった。

「タンヤラット様のご病状ですが、あなた様が御帰陣なされるまでは、とうてい持ちますまい。御出陣の日が最期の別れとなりましょう」

長政は茫然とした。全身の血が引いていく。立っていることもかなわず、椅子に腰を落とした。

第七章　王位を巡る戦い

一

長政は川関所で組頭たちに命じる。

「兵糧米と弾薬《たまぐすり》をかき集めよ。馬や象の飼い葉も忘れてはならぬぞ。大戦《おおいくさ》となろう」

組頭たちは勇み立っている。「おう！」と力強く答えた。

長政は組頭たちの顔を一人一人、じっくりと見回した。頼もしき面構えの男たちだ。

——わしは配下に恵まれた。男児の果報に過ぎる。

貧しい紺屋《こんや》の少年時代や、駕籠《かご》かきだった頃のことを思えば夢のようだ。

——戦の是非などわからずとも良い。わしはこの者たちと戦えるならばそれで良い。

水軍奉行に任じた五島源蔵と、九郎右衛門、甚三郎の兄弟に命じる。

「勝敗を分けるのは船じゃ。いかに迅速に兵と荷を運ぶか、それが勝負の分け目だぞ」

船主《ふなぬし》の三人は自信満々に胸を張った。源蔵が答える。

「お任せくだされ。日本町の船頭が総出で仕事にかかるったい」

金屋源三郎、大坂屋助作、綿屋市郎兵衛など、倭寇《わこう》あがりの海商たちもいる。彼らの不敵な面構えを見て長政は、――これで勝てる。と自信を得た。

その時であった。関所役所の外から喧騒と怒声が聞こえてきた。長政は顔を向けた。

「なんだ？　喧嘩か」

急いで外に出る。河岸の荷揚げ場で男たちが数十人、激しく揉みあっていた。

殴り合いの喧嘩をしているのはシャム人であった。象使いなど荷揚げで働く者たちだ。その中にはプラーの姿があった。揉みくちゃにされている。

長政と組頭たちが駆けつける。長政は喧嘩の輪をかき分けた。

「なんだこの騒動は。プラーよ、お前がいながら、なんたる醜態」

プラーは顔を酷く殴られている。目が腫れ上がり、唇が切れていた。日本町の港ではシャム人が大勢働いている。プラーにはシャム人たちの束ね役を命じてあった。

倒れそうになったプラーを長政は腕で抱き留めた。

「いったい、なにゆえこんな騒ぎとなっておるかッ」

長政に一喝されてシャム人たちは静まり返る。ところがだ。

「なんじゃお前たち。その目は。なにゆえ、そのような目でわしを見る」

シャム人たちが一斉に白い目を向けてきた。敵意の籠《こも》った眼差しだ。長政は動揺した。

この町のシャム人はただの労働者ではない。戦場では戦象を扱い、歩兵として一緒に戦う。苦楽を共にした仲間だ。長政はそう信じていた。それだけに敵意を向けられて驚いた。

「旦那……」

プラーが腕の中でかすれた声を出した。

「シャム人は、もう、オイラや旦那の言うことは聞かねえ」

「なぜだ！」

「旦那は、やっちゃいけねぇことをした。シーシン親王殿下と戦うなんて……シャム人には、とてもできねぇ」

長政はシャム人たちをもう一度見た。彼らはシーシン親王を支持しているのか。長政の頭に血が上った。

「チューターティラート王をお世継ぎに定めたのはソンタム王だ！　シーシン親王を退けたことは非道にも見えようが、すべてはソンタム王がお決めになったこと！　シャムの国民ならば従わねばならぬ！」

王室で後継者争いが起こった理由を庶民は知らない。ライと長政の専横だと誤解されている。理由を伝えれば納得してチューターティラート王に忠誠を尽くすに違いない。長政はそう考えた。しかし、シャム人たちの表情は変わらない。白けた目で長政を見ている。

「シャムの王はチューターティラート王である！　王命に従わぬのは謀叛だぞ！」

長政は重ねて訴えた。それでも何も変わらなかった。義勇隊の日本人たちが駆け寄ってくる。

「ええい、働け！　荷を運べと申すに！」

一人の牢人が馬に使う鞭を振り上げてシャム人を打った。長政は仰天した。

「やめよ！　打つな！」

シャム人に対する大きな侮辱だ。これがきっかけとなってシャム人たちが暴れ出した。人数が多い。日本人義勇隊も押し戻される。拳や棹《さお》で打たれた。石も飛んでくる。

義勇隊は激怒した。戦国往来の牢人だ。気が立つと見境がつかない。抜刀して応戦した。

プラーが叫ぶ。

「やめてくれッ」

刀を抜いた牢人の前に立ちはだかった。直後、矢が飛んできてプラーの背中に突き刺さった。

プラーが身を仰《の》け反らせる。ドオッと倒れた。

「プラー！」

長政はプラーを抱き起こした。岩倉平左衛門が鉄砲隊を率いて駆けつけてくる。数十丁の鉄砲を空に向かって撃った。シャム人たちは一斉に逃げ出した。シャム人の中に半弓を持った男がいた。日本人を狙った矢がプラーに当たってしまったのか。

長政はプラーを揺さぶる。

「しっかりしろ！」

矢は深々と刺さっている。長政は力任せに引き抜いた。血が噴き出す。長政は岩倉に向かって叫んだ。

「ロマン・西殿を呼べ！」

医師の力が必要だ。義勇隊の者たちが西を探して走り去った。

プラーは薄く目を開けた。唇を震わせる。

「旦那……、今度のは、いけねぇよ……。シャム人はみんな怒ってる……」

プラーの顔から血の気が引いていく。長政は戦場で多くの死を見てきた。もはや助からないとはっきりとわかった。長政の両目に涙があふれる。

「プラーよ、わしは道を誤ったのか」

プラーは頷く。もう声も出なかった。

「プラー、わしはどうすれば良い？　いかにすれば皆の心をつなぎ止めることができるのだ！」

プラーは何かを言おうとした。伝えようとした。しかし何も言わずにこと切れた。長政の腕にプラーの重みがぐったりとかかった。

「プラー！　死ぬなッ。わしは、お前から教わらねばならぬことが、まだまだたくさんある。シャムの民がなにを思い、なにを望み、なにを憎むのか、わしに教えてくれ！」

長政はプラーの骸を抱きしめた。涙がとめどなく流れる。義勇隊の者たちも無言で立ちすくむ。長政の慟哭《どうこく》はいつまでも続いた。

出陣の日程は決まったが、日本人義勇隊は出陣できない。シャム人たちが逃散し、荷の積み込みがままならないからだ。日本人自身が甲冑《かっちゅう》を脱いで荷を担ぐ。作業は遅々として進まなかった。

岩倉平左衛門も頭を抱えている。

「頭領、困ったぞ。戦象を扱える者がいない」

日本町でも象が飼われているけれども、象使いはシャム人に任されていた。

「日本人は象が苦手じゃ。どう扱えば良いのか、皆目わからぬ」

長政にも良案はなかった。プラーの死に打ちのめされている。頭がまったく働かない。

五島源蔵が走ってきた。立派な船主に育ったが、コシャクラシイ（小癪な）顔つきは若い頃のまだ。

「頭領。象使いば、見つけてきた。カンボジア人ったい」

カンボジア人の男たち十数人を連れている。源蔵は、気の利いた働きぶりを長政に褒めてもらえると思っていた。ところが長政は虚ろな顔をしている。源蔵は驚いて岩倉に顔を向けた。

岩倉は渋い顔つきで頷き返した。

「ご苦労じゃった」

貧しげな身形《みなり》の男たちに目を向ける。

「なにゆえカンボジア人がアユタヤにおるのじゃ」

源蔵が答える。

「カンボジアも戦続きったい。戦が嫌で、安穏なアユタヤに逃げて来た、と言うとるばい」

「カンボジアはシャムの敵国じゃぞ。気心が知れぬのぅ」

「他にしようがなかろうもんよ」

二人の話を聞いていた長政が、ようやく顔を上げた。

「そうだな。他にしようがない。この者たちは戦に出ても良いと言っておるのか」

源蔵はカンボジア語で象使いたちに質した。象使いたちが答える。

「戦象も扱える、言うとります。ただし給金しだいだ、と言うとります」

岩倉が顔をしかめた。

「こっちの足元を見おって！」

「仕方があるまい」と長政は言った。

「給金はたっぷりと弾んでやれ。惜しんではならぬ。戦場では我らの命を預けるのだ」

銭で心を繋ぐしかない。

「まずは荷を船に積ませろ。急ぐのだ。約束の期日までに戦場に着かねば、オークヤー・カムペーンペット様が孤立してしまう」

陽は西に傾いている。時は待ってくれない。

＊

タンヤラットが寝台に横たわっている。長い闘病で痩せ衰えていた。

タンヤラットは窓の方を見ていた。それからゆっくりと長政を見た。

「外が、騒がしかったようですが……」

タンヤラットはプラーのことを家族同然に愛していた。その死を報《しら》せることは、長政にはどうしてもできなかった。

「いつもの喧嘩じゃ。日本の侍は気が荒い。困った奴らじゃ」

タンヤラットは微笑んだようであった。

「あなた様にとっては大切な郎党。日本人は皆、気の良い者たち。大事に可愛がってあげてくださいませ」

長政の目頭が熱くなる。

「皆を可愛がるのは頭領の妻たるそなたの役目。そなたは日本町の女頭領だ」

言葉が詰まった。咽《むせ》び泣きそうになる。

「そなたのお陰で日本町はひとつに纏まっておるのだ」

「あなた様はアユタヤで一番の男。わたしはその妻。あなたのご苦労は王家の弥栄《いやさか》のため。わたしは夫の出世のため。なにを厭《いと》うことがございましょう」

タンヤラットは震える手を伸ばした。長政の手を握った。

「あなた様への悪口はわたしの耳にも届きまする。されどわたしは知っています。あなた様は王家への忠節を第一に考えるお人。わたしは王家の女。わたしはあなたを誇りに思います」

「その王命だが、此度ばかりは受けるか否か迷っておる。そなたを置いて行くことはできぬ」

長政は顔を伏せた。

「そなたの身が案じられ、わしは、存分の働きができそうにない……」

タンヤラットは黙って聞いていた。やがて長政の大きな手を揺さぶった。

「チューターティラート王を支えているのはあなた様。あなたは王家の柱ではございませぬか。心を迷わせてはなりませぬ」

それから、病人とも思えぬきっぱりとした口調で続けた。

「わたしは王家の一族。王命が果たされぬことを、喜びはいたしませぬ」

「左様であったな。わしが愚かであった」

仁左衛門はタンヤラットの手を握り返した。

「此度の合戦、オインも連れて行く。初陣だ。チューターティラート王も喜んでくださり、オインに兜をお授けくださった。オインに対し『頼りとしておる』とのお言葉もかけてくださったぞ」

タンヤラットは大きく頷いた。長政はタンヤラットの手をそっと戻した。

「ならば、行って参る」

寝室を出ようとしたところで、タンヤラットに呼び止められた。長政は振り返った。

タンヤラットは長政をじっと見つめていた。そして言った。

「あなたと結ばれて、わたしは幸せでした」

目を閉じて、それから、日本語で告げた。

「ソナタノタメナラバ、コノイノチ、ノツキルトモ、オシクナイ……」

長政はハッと息を飲んだ。初夜の床で囁いた言葉だ。日本語で〝我が身よりもお前を愛している〟という意味だと教えた。

長政の目から滂沱《ぼうだ》の涙が溢れ出た。タンヤラットに向かって頷き返すことしかできなかった。

日本人たちの出陣の用意はできている。隊列を組んで槍を立てていた。長政は本陣に向かって進む。

（死ぬな、タンヤラット！）

心の中でそう叫んだ。

＊

日本人義勇隊はペッチャブリーの野に着陣した。アユタヤとは異なり起伏に富んだ地形である。野原には陽炎がかかっている。彼方にシーシン親王の軍が布陣していた。陽炎の向こうで軍旗が揺れていた。

長政は象の上にいる。プラーはいない。首に跨がる象使いは初対面のカンボジア人だ。プラーならば安心して命を預けることができた。しかし今度の合戦は、そうはゆかない。

岩倉平左衛門を乗せた象が近づいてくる。

「頭領、カムペーンペット様の軍勢はいずこだ？」

マレー山脈を踏破してインド洋側から回り込んでくる手筈となっている。その軍勢は見えない。もしやすると、すでに合戦となって蹴散らされた後なのでは……。などという不安が脳裏を過《よぎ》る。

日本人義勇隊の進軍は予定よりかなり遅れていたのだ。

「頭領。今村と源蔵たちが率いる船はまだ到着しておらぬ」

長政は、今村左京、五島源蔵、九郎と甚三郎の兄弟に、シーシン派の船を襲って沈めるように命じた。シーシンの軍勢は総勢二万の大軍だ。毎日大量の兵糧米を消費する。運ばれてくる米や武器弾薬を船ごと沈める。兵糧攻めでシーシン勢を締め上げる——という策だった。

倭寇あがりで船戦に慣れた日本水軍は強い。シャムの船を次々と沈めた。ところが船戦にかまけているうちに、今村隊の到着が大きく遅れてしまったのだ。

長政の本隊のみが戦場に突出、孤立している。それに気づいたシーシン勢が堂々と兵馬を連ねて押し出してきた——というのが今の状況だ。岩倉平左衛門は敵陣の様子を睨んでいる。

「軍鼓を盛んに打ち鳴らしておる。歩兵の足どりは力強い。闘志が漲っておるぞ」

シャム人たちが土煙を濛々《もうもう》と蹴立てて行軍している。

——我らはシャム人を、本気で怒らせてしまったのだ……。

正しい振舞いだと信じて行った〝シーシン親王の追い落とし〟がシャム人を憤らせている。

——プラー、わしはどうすれば良いのだ……。

シャム人の怒りを宥《なだ》めるには、シャムの社会と風習に通じた者の知恵が必要だ。しかしそれを教えてくれていたプラーはもういない。

「カラーホーム様（ライ）が率いる禁軍の姿も見えない。我らだけでここに布陣するのは剣呑だぞ。ここはいったん、退くべきではないか」

岩倉もいつになく慎重だ。長政は同意しない。

「我らが勝手に退却することはできぬ」

「三方向から包囲するという策、上手く運べば良いが、悪くすると我らのみが総掛かり（総攻撃）

を食らってしまうぞ。二万の大軍に攻められたなら、二日と持たずに皆殺しにされよう」

「山浦与惣右衛門！　金井七蔵！」

長政は騎馬隊の組頭を呼んだ。二人が馬首を揃えてやってくる。

「御前に」

山浦と金井は真田信繁（幸村）の遺臣で馬を上手に乗りこなす。長政は二人に命じた。

「騎馬隊を率いてカムペーンペット様とカラーホーム様の軍兵を見つけて参れ。見つけたならば、我らがすでに着陣していることを伝えるのだ」

騎馬武者ふたりは「心得申した」と答える。配下の騎馬隊を率いて走り去った。

――見事な武者振りだ。

長政は感心する。一時は奴隷に身をやつしていた大坂牢人だったが、その頃の卑屈さはどこにもない。

――わしも落ち込んでなどおられぬ。皆のために奮起せねば。

自らにそう言い聞かせた。

「先ほど、高台の村の麓を通ったな。あの村、なかなかに良き地形であった。あそこに陣所を築くとしよう」

岩倉も同意する。高台に砦を造れば、敵の総掛かりにも耐えることができるだろう。

「よきご思案」

「陣を移ーす！」

岩倉は全軍に伝えた。長政の部隊は一斉に向きを変えると、高台の村への移動を開始した。

村に入ると村人たちが血相を変えて逃げ出した。夜盗の集団に襲われたかのような怯えぶりだ。

岩倉が村人に告げて回る。

「我らはチュータティラート王の命を受けた者！　王軍である！　皆、怯えるなかれッ。我らに手を貸せッ」

砦の構築に力を借りたい。水や食料を運んでもらいたい。しかし村人は蜘蛛の子を散らすように逃げた。残された村人は足腰の弱い老人たちだけだった。日本の兵とカンボジアの象使い。シャムの村人の目には侵略者にしか見えなかったのだろう。こんな時、村人に愛想良く接して味方につけるのもプラーたちの役目であった。長政は暗澹《あんたん》として立ちすくむ。

「嘆いていても仕方がない。我らだけで土塁を造れ。柵を並べよ」

ただでさえ少ない兵を作業に回せば、敵への備えが手薄になる。だが仕方がない。

「我ら日本人義勇隊。南洋最強、などと思い上がっておったが、我らの戦勝は我らのみの力ではなかった。シャム人の支えがあったればこそ、我らは存分に力を振るうことができたのだ」

ボソボソと呟くと、「頭領！」と大きな声が降ってきた。岩倉平左衛門だ。

「なにを弱気な！　頭領には我らがついておるッ。シャム人の力を借りずとも勝てる！」

岩倉平左衛門はグイッと踏み込んできた。

「山田仁左衛門殿よ、そこもとが日本町の頭領となるより以前、南洋の日本人たちは、誰の力を借りることも叶わず、自身の力だけを頼りに戦い、生き抜いてきたのだ。我らは皆、そうやって生きてきた。我ら日本人の力を信じてもらいたい！」

敗残の牢人だった日本人は現地人から白い目で見られ、口も利いてもらえず、貧困のどん底でもがいていた。それが南洋の日本人の暮らしだった。

「そこもとは格別のお人だ。ソンタム王に愛され、シャム人の貴族からも庶民からも信用され、カムペーンペットのような異国人にも愛されておる」

「わしが、皆に甘えておったと申すか」

「そうではござらぬ。頭領の人徳じゃ。甘えておるのは我らのほう。わしら日本町の皆が、頭領に甘えておったのだ。さて、これより日頃の恩返しでござるぞ！　頭領は大船に乗った心地でおれ」

岩倉は踵を返す。

「空堀を掘れーッ。土をかき上げて土塁を造れッ。敵はすぐにも攻めてこようぞッ。急げ、急げ！」

二

翌朝、山浦与惣衛門と金井七蔵の騎馬隊が戻ってきた。村に作った陣所で山浦が報告する。

「カムペーンペット様の軍兵はご健在！　西に三里あまり彼方の山中を進軍しておわします。我らの着陣を報せまするると、シーシン勢の背後を突く、と、お約束くださいました！」

長政は「うむ」と大きく頷いた。続けて金井七蔵の報告だ。

「オークヤー・カラーホーム様の軍勢も北より迫っておりまする。本日の夕刻にはご到着なさいましょう」

「それも良き報せじゃ」

計画した通りに三方向からの挟撃体勢が整いつつある。

岩倉平左衛門も「得たり」と頷いた。

「期せずして、我らが囮の役目を果しておるようにござるな。シーシン勢は我らのみに気を取られ、背後や側面への気配りがおろそかになっておる」

高台の村から敵軍の様子が見える。隊列をこちらにだけ向けている。今、背後や側面を突かれたならばシーシン勢は容易に崩れるだろう。

「じゃが……」

と金井七蔵が言った。

「我らは小勢。大軍が総勢で押し寄せてきたなら、持ち堪えられぬ」

「なんの」

岩倉が胸を張った。

「大軍で籠もっておるかのように装えばよい。偽兵に幟旗《のぼりばた》を持たせて練り歩かせるのだ」

非戦闘員の者たちを兵のように見せて敵を驚かせる。

「砦の中に大軍が籠もっておると見れば、敵も迂闊に攻めては来るまい。時を稼いでいる間に、カムペーンペット様とカラーホーム様の軍勢が到着する」

「良い策だが……」

長政は首を横に振った。

「誰に旗を持たせて歩かせるのだ？　この村に百姓衆はおらぬぞ」

偽兵を演じるのは、もっぱら、土地の庶民だ。しかし村の者はいない。兵を演じてくれる人がいない。岩倉も黙り込んだ。陣所は陰気な静寂で包まれた。

＊

日が高く昇った。彼方から「わあっ」と喚声が聞こえてきた。続けて「敵襲ーッ！」と日本兵が叫んだ。長政は高台から敵勢を見た。大軍が津波のように押し寄せてくる。象と兵の足が土埃を上げていた。

――この村から逃げた村人たちは、シーシンの陣に逃げ込んだ。我らの兵の少ないことが敵に知られてしまったようだ。

日本の牢人衆が相手でも数の有利で勝てる。シーシンの兵はそう信じ、恐れることなく大胆に攻めてくる。

先頭を戦象が駆けている。大兵肥満の壮士が跨がっていた。シャム第一の豪傑、マンコンだ。

長政は即座に命じた。

「柵の前に楯を並べよ！　鉄砲衆と弓兵を配するのだ！　敵を村に近づけさせてはならぬ！」

シーシン軍は寄せては返す波のように襲いかかってきた。撃退しても撃退しても攻め寄せて来る。

「撃て！　追い払えッ」

長政は最前線の柵で兵たちを叱咤する。日本兵は鉄砲を撃ち、矢を放ち続けた。戦国往来の古強者だ。弾と矢は的確に敵兵を撃ち抜いた。

シーシン軍は日本兵の猛射を浴びて次々と倒れた。甲冑は革製で矢は防げても鉄砲弾には不十分だ。合戦が始まって一刻（二時間）が過ぎる。柵の前には死体の山ができた。

それでもシーシン勢は押し寄せてくる。次々と新手を繰り出してきた。その兵力は二万を超えている。撃っても、射ても、際限がない。敵兵は雲霞《うんか》のように湧いてくるのだ。

鉄砲は加熱しすぎて火薬を籠めることができない。矢も残り少なくなった。敵が退いた隙を見て柵から飛び出し、敵兵の死体に刺さった矢を回収せねばならないほどだ。

気温も高い。日本兵たちは大汗を流している。水瓶の水を杓で掬って飲む。そのまま頭からぶっかけて、身体を冷やそうとする者もいた。

「また来たぞォ！　持ち場に戻れぇ！」

岩倉平左衛門が叫んだ。戦象と歩兵の群れが攻め寄せてきた。日本兵は疲労困憊、休息もままならない。岩倉平左衛門が皆を励ます。

「オークヤー・カラーホーム様とカムペーンペット様の軍勢が到着するまでの辛抱だ！」

援軍が来れば攻守は逆転、包囲陣が完成する。そう信じて戦わせる。

長政も楯の後ろでクロスボウを構える。もはや将も兵もなかった。総勢で戦わなければならない。シーシンの兵が雄叫びを上げる。長政はクロスボウの引き金を引く。矢がシャム兵を貫いた。それでも射られたシャム兵は止まらない。怒りに満ちた顔で柵の前まで駆けてきて、ようやくそこで力尽き、前のめりに倒れた。

巨象の上でマンコンが歩兵を指揮している。マンコンは象の上で長槍を振り回した。そして象を突進させて来る。その象がまた巨大だ。並の象より五割増しの体軀があった。

長政は「いかん！」と叫んだ。柵は戦象の体当たりに耐えられない。突き破られたら最後、象と敵兵が雪崩込んでくる。日本勢の陣が蹂躙されてしまう。

岩倉平左衛門もマンコンの突進に気づいた。

「狙えッ、撃ち落とせッ」

矢と鉄砲が放たれた。マンコンは大きな楯を軽々と扱い、飛んできた矢弾を跳ね返した。楯の表に鉄板が張られている。マンコンの怪力でしか扱えまい。日本兵が唖然茫然としている。次には恐怖にかられた。兵たちの顔色が変わった。

「ええいッ、臆するな！　射よ、撃ち続けろッ」

岩倉が声を嗄らして叫ぶ。そこへ騎馬隊が馬蹄を轟かせて駆けつけてきた。

「わしらに任せろッ」

大坂牢人の山浦与惣右衛門だ。泥を蹴立ててマンコンの戦象に襲いかかった。馬上から矢で射かける。

マンコンは「ふんぬ！」と楯を振るい、至近距離で放たれた矢を弾き飛ばした。「小癪な！」と叫んだのは大坂牢人、金井七蔵だ。馬上槍で突きかかる。マンコンは鞍に差してあった大槍を握った。気合もろとも振り下ろし、金井の槍を打ち払った。なんという力か。槍を払われた金井は姿勢を崩す。馬まで脚を乱れさせた。

マンコンは大槍を振るって奮闘し続ける。真田遺臣の騎馬隊でも為す術もない。近づくことが叶わない。

マンコンは柵を蹴破るべく、ますます象を進めさせた。長政は自分の戦象に飛び乗った。

――マンコンの象は、象の体当たりで止めるしかない！

そう決意して象の首に跨ってから、背後の象使いがプラーではないことを思い出した。言葉もろくに通じぬカンボジア人だ。果して戦えるのか。

――思い悩んでいる暇はない！

長政は戦象を前に進ませた。象使いに行きたい方向を示す。長政の象は陣地の柵から出てマンコンの象に迫った。クロスボウに矢を装塡した。マンコンを狙って構える。

マンコンも長政に気づいた。目を剝いて「日本人《イープン》め！」と叫ぶ。長政はクロスボウの引き金を引いた。矢が放たれた。

マンコンは楯を構えた。矢が楯の鉄板を貫いて突き刺さる。マンコンは「むむっ」と唸った。

長政は次の矢をつがえる。マンコンは鞍に据えつけてあった投げ槍を取った。肩の上で構える。肩の筋肉が膨れ上がった。

「ドワーッ！」

気合もろとも投擲《とうてき》した。槍は唸りをあげて飛んだ。長政は咄嗟《とっさ》にクロスボウで打ち払った。激しい衝撃を腕に感じる。なんというマンコンの怪力か。クロスボウが壊れてしまった。

真田遺臣の騎馬武者たちもマンコンを取り囲む。馬上槍で攻撃しようとした。

マンコンは投げ槍を摑んでは投げる。槍が騎馬武者の喉に刺さった。甲冑で守られていない部位だ。狙いすまして見事に命中させたのだ。さらには槍を振り回し、騎馬武者たちを打ち払い、馬上から叩き落とした。

長政は戦慄する。さすがはシャム随一の豪傑。魔術使いと恐れられた武芸の腕だ。

長政は壊れたクロスボウを捨てた。鞍に差してあった薙刀を手にする。

「進めッ」

カンボジア人の象使いに命じた。象使いは怯えている。プラーならば「マンペイライ！」と言って象を進めたことだろう。今にして思えば、なんと勇敢な男であったことか。

長政は重ねて強く「進め！」と命じた。象が動き出す。

「マンコンの象の右側を駆け抜けろ！」

長政は薙刀を構えた。象の勢いを乗せて一撃を叩き込むのだ。薙刀の刃がギラリと光った。

マンコンも長政の突進に気づいた。真田遺臣たちを軽く打ち払って馬ごと薙ぎ倒してから、象使いに「突進！」と命じた。

長政とマンコンの象が走る。長政は薙刀でマンコンに斬りかかった。マンコンは不敵に笑った。

長政の斬撃を槍で軽く打ち払うと、象を鋭く踏み込ませた。長政の象に横から体当たりをぶちかましてきた。

「うわーっ！」

長政は叫んだ。長政の象が倒れる。長政も地面に叩きつけられた。象の鞍が長政の足を上から押さえ込んでいた。さらには象の体重まで、のしかかっていた。

「足が抜けん！」

マンコンの象はいったん走り抜けたうえで回頭した。マンコンは長槍を構え、動けなくなった長政を認めてニヤリと笑った。

長政は象使いに向かって叫ぶ。

「象を起こすのだ！」

ところが象使いも気を失っている。象は自分で起きあがろうとするが、足が泥を掻くばかりだ。

マンコンの象が迫ってきた。槍の穂先が光る。長政の足はどうしても抜けない。

——我が武運も、これまでか！

その時であった。日本の騎馬武者が駆けつけてきて、マンコンの象の前に立ちはだかった。

目の前に割り込まれ、マンコンの象が驚いて嘶《いなな》く。マンコンも激怒した。

「愚か者どもめ！　馬で象の行く手を塞げると思うか！」

騎馬武者は馬ごとはね飛ばされた。やはり象と馬とでは重さが違う。鎧袖一触《がいしゅういっしょく》だ。

ところが、次々と日本の騎馬武者が群がってくる。巨象を取り囲み、弓矢と槍で攻める。象の足や胴をしつこく刺した。

「おのれっ、姑息な日本人どもめ！」

さすがのマンコンも辟易した様子だ。

「頭領ーッ！」

岩倉平左衛門の象が突進してきた。マンコンの象に体当たりする。マンコンの象は執拗すぎる攻撃を嫌がって逃げ出した。象使いの指図にも従わない。

マンコンは口惜しそうに歯噛みして、最後の投げ槍を放った。槍が岩倉平左衛門に突き刺さる。岩倉は象の上から転げ落ちた。

「平左衛門！」

長政は絶叫する。岩倉の胸に槍が刺さっている。長政は渾身の力で鞍を持ち上げて足を抜いた。痛む足を引きずりながら岩倉の許に駆け寄った。

「平左衛門！　しっかりしろッ」

鎧を摑んで揺さぶると岩倉はかすかに目を開けた。

「よかった。頭領、ご無事で……」

そう言いかけて血を吐いた。顔がみるみるうちに蒼白になっていく。長政は岩倉を抱き起こそうとした。自分たちの陣――柵の内側に引き込もうとした。シーシン勢の矢が飛んでくる。敵兵が殺到してきた。

砦の柵が内側から開けられた。牢人たちが砦内の持ち場を離れて駆けつけてくる。それに気づいた長政は叫んだ。

「馬鹿者ッ、砦に戻れッ。出てくるな！」

それでも牢人たちは駆け寄ってきた。足を怪我した長政と、瀕死の岩倉を砦に運び入れようとする。敵の大軍は殺到してくる。矢も雨のように飛んでくる。牢人たちは長政を庇い、矢の飛来する前で両腕を広げて立った。その身体に無数の矢が突き刺さった。

「なにをしておるかッ、わしに構うなッ、逃げよ！」

目の前で次々と牢人たちが倒れていく。敵の歩兵たちが槍を構えて迫る。その槍の前に金井七蔵が馬を割り込ませた。馬上槍を振るって応戦する。だがすぐに無数の槍で突き刺された。

「七蔵ッ！」

長政は悲鳴を上げた。七蔵に駆け寄ろうとした。だが、日本兵たちに鎧を摑まれて砦の内に引っ張り込まれた。

柵と楯が並べ直された。柵は藤蔓で縛られて固定される。柵の外では騎馬武者と牢人衆がいまだ奮戦している。彼らを迎え入れることはできない。柵を外せばそこから敵も雪崩込んでくるからだ。柵の外の味方は死ぬしかない。次々と討たれていく。

岩倉が長政に微笑みかける。

「間もなく、カムペーンペット様の軍勢が駆けつけて参られましょう。戦は我らの勝利……」

長政の目から涙があふれた。

「戦に勝っても、お前たちが死んだのでは意味がない！　なぜあんな無茶をした！　わし一人を救うために大勢が死んだ！」

「頭領は、かけがえのないお人でござる……。わしの命とは比べ物にならぬ……」

「商売ではないのだ！　人の命に高いも安いもあるかッ！」

「頭領」

岩倉は震える手を伸ばした。長政は握り返した。

岩倉は遠い目をした。

「頭領、あんたは他の男とは違ってた。一人で輝いてた」

「アユタヤは、どこもかしこも金ぴかで眩しい町だ……。だけどオレの目には、あんたがいちばん眩しく輝いて見えていた……。あんたは他の連中とは違うんだ。オレはわかる。ここにいる牢人どもも、みんなわかってるんだ。日本町を背負って立つことができる、そんなでっかい器量を持っているのはあんただけだ……。オレはあんたに……オレの……」

岩倉は激しく吐血した。

「平左衛門ッ！」

長政は岩倉を揺さぶった。岩倉はもう、二度と目を開けようとはしなかった。

＊

シーシン勢の猛攻は続く。戦象が柵に体当たりを繰り返す。さしもの牢人たちも逃げ腰だ。

「柵が破られたぞーッ！」

誰かが叫んだ。敵が砦の中に雪崩込んできた。

その時であった。鉄砲隊の発砲音が轟き渡った。シーシン兵が薙ぎ倒される。敵兵に動揺が広がった。太鼓が連打され、戦象隊から先に後退していった。

日本兵が彼方を指差して叫んだ。

「お味方だ！」

今村左京や伊藤久太夫が率いる別動隊が到着したのだ。鉄砲隊が火を噴く。さらには大砲まで荷車で運んできた。五島源蔵たち倭寇の衆が盛んに大砲を撃ち放った。シーシン勢の歩兵は肝を潰して逃げ出した。

「勝ったぞ！」

牢人たちが叫んでいる。小躍りしながら拳を突き上げていた。

しかし、長政に勝利の喜びはなかった。無数の死体が転がっている。日本町でともに頑張ってきた仲間が無惨な骸に成り果てていた。長政はその場に両膝をついてうなだれた。

三

シーシン勢は大きく後退して陣形を変えた。

戦場に到着したのは今村の隊ばかりではない。西の山地からオークヤー・カムペーンペットの戦象隊三百頭が現われる。北からはオークヤー・カラーホーム（ライ）が率いる軍兵も迫っていた。

カムペーンペットの象隊は進軍し続ける。包囲されたと気づいたシーシン勢は目に見えて動揺しはじめた。戦いが再開される。カムペーンペットの戦象隊が喇叭《らっぱ》を吹き鳴らして突撃を開始した。

ライの軍も野に姿を現わす。堂々と軍旗を立てて押し出してきた。

シーシン親王の軍兵はどちらを向いて戦えば良いのかわからない。どちらを向いても敵がいる。

三方向からの同時攻撃に耐えかねて、半日も持たずに潰走した。

*

長政は死んだ者たちを埋葬させた。強面の牢人衆が仲間を穴の底に横たえながら涙している。

山浦与惣右衛門は金井七蔵の骸に六文銭の小旗をかぶせていた。長政も埋葬を見届ける。

「金井は真田左衛門佐殿の遺臣だったな。すまぬことをした」

「なにがすまぬものか。わしよりも先に殿のお側に行くのだ。めでたいことじゃ。のう、七蔵や。殿に会《お》うたら、わしのことをよろしく伝えてくれ」

鋤《すき》を手にして土を掛ける。長政は天を仰いだ。

「日本を離れ、遠い異郷の土となるか。皆、わしを守って死んでいった。なんと虚しい死にざまか」

「なんと言われるか」

与惣右衛門が手を止めて長政を見た。

「みんな幸せ者じゃった。侍らしく誉ある最期を迎えることができたのじゃ。頭領のおかげだ。死んでいった者たちは、頭領に礼こそ申せ、恨み言などは申すまいよ」

与惣右衛門は土を被せていく。

「わしらは戦に負けて日本を追われた。命からがら逃げてきて、異国で奴隷にされちまった。奴隷の死にざまの惨めさときたら言葉にできねぇ」

与惣右衛門は土を掬っては七蔵の墓穴を埋めていく。額の汗を腕で拭った。

「日本では、侍サマだと威張りくさってたわしらだが、侍にできることといったら戦だけだ。商人たちみてぇに算盤が弾けるわけでもねぇ。水主たちみてぇに潮や風を読むこともできねぇ。侍なんて惨めなもんだ。とんだ役立たずさ。だからみんな、奴隷になるしかなかったんだ」

　与惣右衛門は土を盛り上げると鍬で叩いて形を整えた。

「頭領のお陰で、わしらは侍に戻れた。ハレの戦で死ぬことができた。シャムの王様を担ぎ上げる戦いだ。武士に生まれて、奴隷に落ちて、最後には名誉の戦を戦った。頭領がアユタヤにいてくれたからだ」

　与惣右衛門は長政を見た。

「頭領がいてくれたから、わしら奴隷は武士の誇りを取り戻すことができた。『敵も味方もとくと見よ、これが日本の侍だ』と胸を張って死んで行けたんだ。悔いも怨みもあるめぇさ」

　与惣右衛門は七蔵の刀を鞘から抜くと、盛り土に突き刺した。墓標の代わりである。それから一頭の馬を引いてきた。

「七蔵の馬だ。青っていう名だ。可哀相だが、ここに残してくわけにもいくめぇ。さぁ青や。アユタヤに帰るべぇ」

　与惣右衛門は馬の手綱を取って、七蔵の墓を離れた。

　長政はペッチャブリーの野に目を向けた。無数の墓が残されている。盛り土に刺さった刀が、夕陽の中で輝いていた。

シーシン親王と侍臣のマンコンはナコーンシータムマラート（マレー語ではリゴール）へ逃れようとした。

＊

リゴールはマレー半島の南部に位置する地域で、漢語では六昆と表記される。しかし主従はナコーンに到達することはできなかった。カムペーンペットの戦象隊に追いつかれて、捕らえられてしまったのだ。マンコンは槍を振るって奮戦し、近づく敵を殺し続けたが、シーシン親王が捕らえられたと知って武器を捨てた。「親王が捕虜となったのであれば、我も捕虜となってお供をする」と言い放ち、自ら縄目を受けたのだった。

シーシン親王はアユタヤに連れ戻された。

司法会議は死刑を宣告する。今度ばかりは恩赦《おんしゃ》もなかった。シーシンも自らが助かるとは思っていない。最後にチューターティラート王との面談を要求した。

「余が戦場で死を選ばず、屈辱に堪えてアユタヤに戻ったのは、我が甥、チューターティラートへの遺言があったればこそじゃ！　王に会わせよ！」

王となるはずだった男の訴えだ。シャムの大官たちも無下にはできない。チューターティラートに伝えられる。王はこれを受けた。司法会議の場に王座が設けられ、そこに姿を現わした。

シーシン親王は縄を受けた姿で地面の上に座らされている。傲然《ごうぜん》と胸を張り、まなじりを決して、王たる甥を睨みつけた。

「チューターよ、我が甥よ。そなたの叔父はこれより死ぬ。死ぬ前に叔父としてそなたに訓戒を残す。すべては王家の弥栄のためである。歴代の王が建国し、伝え、守ってきたこの国を、今後も我ら王家が統治する、そのためには、ライを信用してはならぬ！　外国人を用いてはならぬ！　まず第一にライは――」

「連行せよ」

ライが命じた。

兵たちがシーシンの両腕を摑んで立ち上がらせ、司法会議の広場から連れ出す。シーシンは喚き散らしていたが、その声は遠ざかり、やがて聞き取れなくなった。

シーシン親王はワット・プラメーンコークプラヤー寺院で処刑された。赤い布の上に座らされ、白檀《びゃくだん》の棒で胸を強打され、心臓を破壊される。これが王族に対する処刑方法であった。死体は布にくるまれ、穴に投げ込まれて腐るに任された。シーシン親王享年二十五。あまりにも無惨な死であった。

マンコンたち与党の貴族たちも同日、処刑された。マンコンは自分を縛った縄を気合もろとも引き千切り、「逃げる気になればいつでも逃げることができたのだ」と啖呵を切って、それから従容と死についた。

日本町に帰還した長政は戦死した仲間たちの葬儀を行った。遺族には見舞金を贈り、子たちが無事に家を継ぐことのできるように取り計らう。

その後で妻、タンヤラットの葬儀を行った。タンヤラットが熱心に帰依していた寺の僧侶たちがやってくる。仏壇に花が添えられて読経が始まった。会葬者はほとんどいない。シャムの王族や貴族たちはまったく悔やみに来ようとはしなかった。葬儀は日本人の牢人衆だけで行われた。

読経の続く中、長政はがっくりとうなだれている。タンヤラットと過ごした日々が思い出された。シャムの人々は、王家と庶民とで話し言葉が大きく違う。長政が王語（王宮の言葉）を習得できたのはタンヤラットのお陰だ。

新婚の頃、向かい合って言葉を教わり、手に手を取って文字を習った。その日の有り様が、つい昨日のことのように思い出された。長政がシャムの宮廷で活躍できたのは王語を流暢に操ることができたからだ。貴族としての礼節、振舞いも身につけていたからだ。今頃になって長政は、タンヤラットが自分のためにしてくれたことの重大さに気づかされた。

――わしは、タンヤラットのためにシャム第一の男になってやろうと決意した。そして今、このわしは、チューターティラート王の権臣となった。それなのに、タンヤラットの葬儀には誰も来ぬ。シャムの人々は長政に対して、敬して遠ざくの姿勢を貫いている。シーシン親王を死に追いやった罪は、それほど重く見られていたのだ。

シャムの庶民からも無視されている。プラーを失い、シャム人たちからの信頼も失った。

――タンヤラットはプラーを家族のように可愛がっていた……。皆、家族であったのだ。多くの者が死んでしまった。わしがやってきたことは、果して正しかったのか……。

長政の自問は終わることがなかった。

四

シーシン親王を失ったシャム国民は大きな喪失感にうちひしがれていたが、ただひとり、チューターティラート王だけは解放感に酔いしれていた。心の重荷が取り除かれた。チューターティラート王は十五歳だ。目に映る物のすべてが甘美なものに感じられていた。放縦《ほうじゅう》が始まる。美食を楽しみ、美酒を飲み、美女の裸体に惑溺《わくでき》する。欲望のすべてを解放させた。お気に入りの廷臣を集めて遊興し、賭け事を楽しみ、暴飲暴食し、そしてまた美女を抱いた。

もちろん名臣はいる。王の行く末を案じて諫言《かんげん》する。言葉を強くして説教もした。それに対する王の反応は激烈であった。諫言をした者たちを残酷な方法で処刑したのだ。若い王のやり方にも、言い分がないわけではない。シャムの王族、貴族、大官、役人の多くがシーシン親王を支持した。チューターティラート王からすれば、油断がならない。猜疑心にとらわれた王の目に、諫言は反逆と映ってしまう。王に対する反逆は死罪だ。若い王とすれば当然の処罰を加えているつもりであった。

この状況に苦言を呈して、王の過ちを正すことができたのは、ライと長政しかいなかった。だが長政はタンヤラットや仲間たちの死から立ち直ることができていない。

ライは、王の諫言とはまったく反対の道を選んだ。シーシン派だった者たちを摘発する。王の苛烈な処刑は望むところであったのだ。

ある日、ライが長政の館にやってきた。そして長政を見て驚いた。

「……ずいぶんと窶《やつ》れたな」

いつも無表情なライが目を丸くしている。それぐらいに長政の窶れぶりは激しかった。

「チューターティラート王を支えてゆかねばならぬというこの時に、そんな様では困るぞ」

長政も責任を放棄したわけではない。自分自身を鼓舞しようとしていたが、どうしても気力が湧いてこないのだ。長政は疲れ切った声音で質した。

「何事か、起こったのですか」

「起こった、と言うよりは、これから起ころうとしている、と言うべきだな。シーシン親王の残党がペッチャブリーで蜂起の気配を見せている。それに乗じて隣国のパッターニーもまた、不穏な動きを見せておるのだ」

パッターニーはマレー半島の南東部海岸地域を国土としている（現マレーシアの一部）。国境線ははっきりしない。リゴールの辺りはシャム人とパッターニー人が入り交じって生活していた。シャムの国情が乱れれば、当然のようにパッターニー人が勢力を拡大する。

シーシン親王の残党たちは『敵の敵は味方』の論理でパッターニー人と手を組んだ。異民族の力を借りてチューターティラート王に対抗しようとしている。ライはそう説明した。そして長政の目を覗き込んできた。

「そなたに出陣を頼みたいのだが……、その様子では難しそうだな」

長政は目を閉じた。そんなことはない、と自分に言い聞かせる。

「わたしが行きましょう」

アユタヤに居すくんでいても気が滅入るばかりだ。戦場を疾駆していたほうが気が晴れる。それにもう一つ、考えもあった。

――オインを鍛えねばならぬ。わしの息子が日本町の次の頭領となるのだ。このあたりで赫々《かっかく》たる武勲を立てさせて、新王のご信任を取りつけねばならぬ。

新しい王に新しい日本町頭領。新生アユタヤ王朝に相応しい組み合わせではないか。

長政は戦場で死んだ仲間たちを思った。彼らが残した家族が幸せに暮らせる日本町を作る。もっと大きくて豊かな町にする。次代を担う優れた統治者が必要だ。

――オインを一人前に育てよう。今日からわしは、オインと日本町を育てるために生きるのだ。タンヤラットが残してくれた一粒種だ。タンヤラットに報いるためにも、オインをシャム第一の男に育て上げる。長政はそう決意した。

「わたしが行きます。シーシンの残党どもを討ち取ってご覧にいれましょう」

「頼もしい。シャム兵の二万をつけよう。この際、残党どもだけではなく、隣国パッターニーの討伐をも成し遂げてもらいたい。王は、そのようにお望みだ」

「ご下命、しかと承り申した。王によろしくお伝えください」

長政は王に対するように叩頭《こうとう》した。

長政は早速、日本町の主だった幹部たちを集めた。日本人義勇隊の組頭たちと、長崎から来ている商人たちだ。長政の居館の広間。長政は正面の上段に進んで座った。

牢人部隊の組頭たちは長政と距離の近い〝上座〟に並んでいる。まるで大名の家来のように、長政に向かって平伏した。商人たちは下座に座らされていた。皆、腹中に憤懣を抱えた顔つきだ。長崎の貿易商といえば日本で指折り数える豪商たち。否、東アジアで有数の富商だ。それなのに牢人たちより格下に置かれている。不満を感じないはずがない。長政に向かって平伏はせず、軽く一礼しただけであった。

長政は全員に向かって宣言する。

「ペッチャブリーへの出陣が決まった。シーシンの残党どもを征伐する！」

組頭たちは「得たりや応」とばかりに勇み立った。

「蛇の生殺しは始末に悪い。禍根は断つに限る！」

「シーシンに与した土豪どもめ、根絶《ねだ》やしにするべし！」

「死んでいった者たちの弔い合戦よ！」

「我らが刈り取った土地は我らのものじゃ」

「頭領、いっそのことペッチャブリーにも日本町を作ってしまわれよ！」

「それは良い！　面白ぅなってきた！」

などと口々に喚いて気炎を揚げた。

長政は牢人たちの後ろに控えた商人たちにも顔を向けた。

「飼い葉と兵糧、軍用金を命じる。それぞれの身代に応じて供出せよ」

商人たちは不満と疑問を隠さない。商人を代表して木屋半左衛門が苦言を口に出した。

「先の戦から戻ったばかりではなかか。こうも戦ばかりでは、負担が重ぅてかなわぬたい」

長政は目を怒らせた。

「命に従えぬと申すか」

「いつからあーたはオイたちの主君になったとか？」

「これはチューターティラート王よりのご下命だぞ。抗弁すればシーシンの残党であると疑われる。気をつけてものを申せ」

そう言われてしまったら、誰も言い返すこともできない。木屋半左衛門と商人たちはムッとして黙り込んだ。

長政は皆に向かって言う。

「御世始《みよはじ》めのこの時、我らが存分の働きを示せば、王はきっとお喜びくださる。日本町への恩寵は一層深まり、我ら一同、ますますシャム国で重きを成すことができようぞ！」

牢人たちが沸き返った。かくして日本人義勇隊の出陣が決定した。

その日の夜。木屋半左衛門の店に長崎商人たちが集まった。糸屋太右衛門、高木吉兵衛、寺松広助などなどだ。長崎の豪商が送り込んできた親族や番頭で、アユタヤの出店《でだな》（支店）を任されている。

蠟燭《ろうそく》の炎が男たちの顔を照らす。皆、陰鬱な表情を浮かべていた。

糸屋が言う。

「近頃の山田様の物言いには辛抱がならぬ。まるで殿様にでもなったつもりではなかか」

全員が悔しげな顔つきで同意した。商人の世界にも〝顔役〟がいるが、それは同業者の中から最も力のある者が選ばれる。いわば同業者組合の組合長だ。主君ではない。糸屋は続ける。

「山田様は先王のお気に入りで、商いも仕切っておられた」

ソンタム王の信頼もあつい長政は、日本町の商売にとって欠かすことのできぬ人物であった。だから日本町頭領に担ぎ上げられた。長政も皆の期待に応えてよく働いた。

「ソンタム王が亡くなられてからというもの、山田様の振舞いはおかしい。承知できぬ！」

糸屋の物言いに、その場の商人たち全員が頷いた。商人の一人が、

「我らはしょせん異国人。その分際を弁《わきま》えず、王家の騒動に手を突っ込んでかき回すとは」

そう言って、首を横に振った。別の商人が頷いた。

「チュータ－親王が勝ったから良いようなものの、シーシン親王が勝っていたら、今頃どうなっていたことか……。毎日が綱渡りですよ。生きた心地もしません」

「商売や投機での勝ち負けならば厭《いと》うものではございませんが、戦の勝ち負けに振り回されるのは御免被りたい」

商人たちの不平は続く。商人たちを取り仕切っている木屋半左衛門が、おもむろに「ご一同」と声を発した。皆が半左衛門を注視する。半左衛門は十分に勿体をつけてから語りだした。

「ご一同のご負担は、戦に関わるものばかりではござらんたい。山田様はオインの元服式ば、大々的に挙行するっち伝えてきたとよ」

皆は首を傾げる。糸屋が訊き返した。

「元服式とは、なんやろうか？」

「山田様は、長子のオインば、日本町の次代の頭領に相応しい格式で元服ばさせて、併せてシャム王家にお披露目ばすると、言うておっとじゃ」

薄暗い部屋の中で商人たちの影がザワッと揺れた。糸屋が木屋半左衛門に問い返す。

「日本町の次代の頭領やと？　頭領の身分ば、勝手に譲られては困っとよ。次の頭領はオイたち全員の入れ札《ふだ》（投票）で決めっと。そいが商人の町の習わしたいね」

木屋半左衛門は冷たい眼差しを糸屋に向けた。

「山田様は、アユタヤで大名になったおつもりたい。武士の家では子が親の跡を継ぐ。山田様は頭領の座を、息子に継がせるつもりたい」

商人たちは憤慨したり、呆れ果てたりした。糸屋が聞く。

「山田様の子は、まだ十五歳。そげん子供に商いの何がわかっとか。アユタヤ日本町の商売は、たちまち立ち行かなくされてしまうとよ！」

皆も同じ思いであった。ザワザワと私語が続く。罵る声や、嘆く声が暗い部屋のあちこちから聞こえた。

「山田様には、いっそのこと討ち死にをしてもらいたい」

誰かがボソリ言った。この場の全員がハッとして顔色を変えた。発言者に顔を向ける。発言した人物――高木吉兵衛は、皆に凝視されてオドオドと焦った。

「いえ、その……手前の店の船が沈められたことで、三代様がたいそうなご立腹。ご老中の土井大《おお》炊頭《いのかみ》様が内密に『山田様を始末せよ』とお命じになられまして……。さもなくば三代様のお怒りは解けそうにない、との仰せで……」

糸屋は腕組みをして唸る。

「その密命はオイの店でも受けたとよ。ばってん、井上主計頭《かずえのかみ》様は山田様のことば、たいそうご贔屓にしていなさっと。日本から送られてくる金銀ば、差配なさっておわすっとは井上様たい。山田様は井上様のアユタヤにおけるご家来たいね。山田様ば殺して、井上様がお怒りになられたならどげんすっと？　オイたち、軽々には動けんとよ」

高木吉兵衛が満面に冷や汗を浮かべながら頷いた。

「江戸では、土井様と井上様の権力争いが熾烈だとか……。土井様か井上様か、勝敗が決すれば、我らも身の処しようがあるのですがね、今のままではどちらのご下命に従えば良いのやら、まったく量りかねまする」

商人たちの悩みは深まるばかり。結局その夜はなんの結論も出せずに散会となった。

日本人義勇隊は戦国の武将や足軽の生き残りだ。戦うことを生活の糧にしている。出陣は迅速を極めた。兵糧を集め、船に載せて送り出し、十日の後にはそのほとんどがアユタヤを後にした。

シャム人からなる禁軍も首都を離れる。アユタヤに残っているのは、オークヤー・カラーホームが率いる警察隊と、オークヤー・カムペーンペットの戦象隊の三百頭だけとなった。

アユタヤではシーシン親王派への糾弾が続いた。王に対する反逆は死罪。首と手足を切り離して晒す極刑だ。貴族たちは皆、震え上がった。犯罪捜査はアユタヤ警察の長官、カラーホームの職掌下にある。カラーホーム、すなわちライが謀叛の容疑者を見つけ出して弾劾する。するとチュータ―ティラート王は司法会議にかけることなく処刑を命じた。

若いチュータ―ティラート王とすれば、裁判の場に臨席して証人や弁護人の話を聞かされるのは退屈極まる。国を揺るがした内乱の後だ。被告人の数は膨大で、いちいち真面目に裁判をしていたならば何年かかるかわからない。チュータ―ティラート王も初めは真面目に裁判に臨んでいたのだろうが、すぐに根気が尽きてしまった。

仲間と遊び、酒を飲み、美女と戯《たわむ》れていたほうが楽しい。せっかく王位に就いたのだ。栄耀栄華《えいようえいが》を楽しまなければ嘘である。政治はライに、軍事は長政に任せておけば安泰だ。無邪気にそう信じきっていた。

しかし――。謀叛の疑いをかけられる側からすれば、たまったものではなかった。かつてシーシン親王に臣下の礼をとっていた、というだけで謀叛罪が成立する。シーシン親王は王位継承権者だったのだ。シーシンに対して臣下の礼を取らなかった者など、この国には一人もいない。

ひとたび逮捕されたなら、司法会議で自己弁護することも許されずに処刑される。

処刑されたくないのなら、逮捕されないようにするしかない。

逮捕されないためには、どうすれば良いのか。オークヤー・カラーホームに取り入るしかない。

ライと個人的な友誼を結んで捕縛から逃れるのだ。

かくしてライの屋敷には、王族、貴族、大官、役人、外国の商人たちが集った。皆で必死にライのご機嫌を取る。貢ぎ物が山と運び込まれてくる。酒宴は朝から深夜まで続けられた。ライの屋敷は、さながら王宮のごとき有り様となった。王族たちまで召使のようにライの着替えを手伝い、食事や酒の給仕をした。

五

日本人義勇隊とシャムの禁軍はペッチャブリーの野に布陣した。

「敵はどこにおるのだ」

長政は象の上から眺める。のどかな景色が広がっているばかりだ。討伐軍は日本人義勇隊八百人、シャム兵二万の大軍だ。総大将は長政。死んだ岩倉平左衛門に代わり、今村左京を副将に任じてあった。今村は浮かない顔をしている。

「敵が纏《まと》まって布陣していたなら、倒すのもそう難しくないが、少数ずつの伏兵（ゲリラ）となっているのだとしたら厄介ですぞ。チクチクと攻められてはうっとうしくてかなわぬ」

長政も「うむ」と同意した。

「我らも兵を小さく分けて野に放ち、敵兵を隈なく討ち取ることにしよう。良い折だ。オインに大将を任せようぞ」

今村が心配そうな顔をした。

「若君を、でござるか」

初陣である。指揮能力や武芸の腕前がどの程度なのかわかない。しかし長政は考えを改めようとしなかった。

「伊藤久太夫を副将につければ大事はあるまい。日本人義勇隊も、若い者たちの手に委ねる時が来たのだ」

今村も白髪頭だ。いつの間にか四十代の後半になっていた。

「そなたもこれまで良く働いてくれた。少しは骨休めをするが良い」

先の合戦では古株の仲間たちを失った。もうこれ以上、親しい仲間を失いたくない。

長政は息子を呼んだ。

「敵兵を探して討ち取れ。日本町の次代の頭領として、恥ずかしくない働きを見せよ！」

オインは「はいっ」と応えて駆けだした。

母親を失って悲嘆にくれていたが、やはり若い。野山を馬で駆けているうちに持ち前の快活さを取り戻している。

「伊藤久太夫、わしに続けッ」

勇壮に馬を走らせた。

――これで良い。

長政は大きく頷いた。

*

その頃、アユタヤでは大事件が起ころうとしていた。

オークヤー・カラーホーム（ライ）の館から喪が発せられた。彼の末弟が病死したのだ。たちまちにしてアユタヤ中から弔問客《ちょうもんきゃく》が集ってくる。王族、貴族、役人たちだ。喪家だというのに門前市を成すかのような人出となった。

ライも一人一人と挨拶することはできない。館の奥に引き籠もって出てこない。弔問客たちは「どんな時でも冷徹なカラーホーム様だが、さすがに弟君の死は、心身に堪えたらしい」と囁きあった。

誰も面会ができない中で、大蔵大臣のプラクランだけが奥の館に案内された。プラクランは本来であればライと同格なのだが、今ではまるで臣下のように遜《へりくだ》っている。

奥の私室にライは座っていた。横にはライの実弟で宮内大臣オークヤー・シーウォーラウォンがいた。プラクランは二人に向かって深々と低頭した。

「このたびのご不幸、衷心《ちゅうしん》よりお悔やみを申し上げまする」

弔辞《ちょうじ》を述べて、顔を上げて、ギョッとした。ライはまったく悲しそうな顔をしていない。凄まじい殺気を両目にたぎらせていた。驚怖したプラクランはシーウォーラウォンにも目を向ける。シーウォーラウォンもまた、実弟を亡くしたばかりとは思えぬ形相だった。

――このご兄弟は、何事かを成そうとしておられる……！

プラクランは直感した。自分がなにゆえこの場に呼ばれたのか、まったくわからずに怯えた。

「プラクラン殿」

ライが乾いた声音で言う。

「よくぞ弔問に来てくだされた。死んだ弟に代わって礼を申す」

プラクランはとりあえず急いで低頭する。ライは乾いた声でしゃべり続けた。

「わたしは弟の葬儀を三日の大葬をもって行う。葬儀の日にも足をお運びくだされたなら嬉しい」

プラクランはギョッとして顔を上げた。

「三日……と仰せになられましたか？」

プラクランが仰天したのにはわけがある。シャム国での葬儀は身分によって格式が異なる。大葬は王と王の家族のみに許された特別の格式であった。すなわち、ライが王の権威を簒奪《さんだつ》することを意味していたのだ。

「いかがでござるかプラクラン殿。我が弟の葬儀に立ち会っていただけようか」

ライが重ねて質した。ここで「はい」と答えたなら王に対する反乱罪で死刑にされる。「いいえ」と答えたならば王に対する反乱罪を〝でっちあげられて〟死刑にされる。

プラクランは完全に進退窮まってしまった。

＊

葬儀が始まった。ライが宣告した通りに大葬の礼で式が進められている。シャムの王族や貴族、大官や役人たちは、皆、真っ青な顔で臨席した。ライに「否」と言える者は、今のアユタヤには存在していなかった。ライは、すでに土葬にしていた父親の骸まで掘り起こし、併せて大葬にした。

シャムの高官たちは三日の間、ライの屋敷に通って葬礼に立ち会った。

市街《ムアン》でそんな事態が進行中とも知らず、若いチューターティラート王は遊び呆けている。王宮の池に船を浮かべて酒宴を催し、若い貴族を水中に突き落とし、溺れる姿を美女と一緒に大笑いをしながら囃していた。

　そこへ一艘の小舟が漕ぎ寄ってきた。小姓が乗っている。

「王よ、宮廷にお戻りくださいませ」

「うるさい！　朕は酒宴の最中だ。見てわからぬのかッ」

「お母上様がお呼びでございます。なにとぞお戻りくださいませ」

「……母上が？　ならば致し方ないな。おい、そやつを引き上げてやれ。酒宴は終わりだ」

　溺れる者を助けるように命じて、チューターティラート王は小舟に乗り移った。小舟は船首を返して王宮の建物に向かった。

　チューターティラートの王母、プラオン・ナリットが王宮の正殿で待っていた。ソンタム王の后《きさき》であった女性である。チューターティラート王にとっては唯一頭の上がらない相手であった。

　チューターティラート王は酔いしれて足どりもおぼつかない。母親を見てもろくに挨拶もできない有り様だ。国母プラオン・ナリットは美貌を険しくさせた。

「王よ！　なんという醜態ですか。そのご様子では、ただいまの市街で何が起こっているのか、まったくご存知ないのですね！」

　王は赤い顔を拳でゴシゴシと擦った。欠伸でも出そうな顔つきだ。

「何事が起こっていると仰るのです。政《まつりごと》はカラーホームが、戦はセーナーピモックが、万事取り仕切っておりまする。天下太平にございますよ」

「愚かな子！　本当にそうお思いなら朝廷に大官たちを招集してご覧なさい！　さすればアユタヤでいま何事が起こっているのか、あなたでもわかることでしょう」

　チューターティラート王は、何がなにやらさっぱりであったが、言われた通りに朝廷を開催してみた。大官たちの屋敷に報せが走る。しかし呼集に応じた者はいなかった。

チューターティラート王はようやくに異常を察した。

「何が起こっておるのだッ」

憤激して当たり散らす。

「マハートタイ、カラーホーム、シーウォラウォン、プラクランを呼べ！」

シャム政界の四本柱だ。それぞれの屋敷に向けて重ねての使者が走る。王は長い時間を待たされた。待たされた挙げ句、呼集に応じて登庁したのは、大蔵大臣のプラクラン一人だけであった。

チューターティラート王は癇癪を起こしている。プラクランを怒鳴りつけた。

「諸官は、どこで何をしておるのだッ」

母親はそれを知っていたのだが、息子にはあえて教えず、わざわざ家臣に問わせたのだ。この女性、いささか意地悪な性格であった。プラクランは恐怖で震え上がりながら、カラーホーム（ライ）の屋敷で何が行われているのかについて、包み隠さずに訴えた。

チューターティラート王は激怒した。

「天に二つの太陽がないように、この国に二人の王はいない。朕は正統なる王位を戴く唯一の王であり、諸官は朕に従う義務があると思っておった。それは朕の思い違いであったというのか！　朕は偽りの王宮を破壊し、偽王ライとその与党に対し、罰を与えるであろう！」

チューターティラート王の与える刑罰はただひとつ。死罪だ。プラクランは真っ青になって叩頭を繰り返した。

プラクランはその場で王の問責使に任命された。まっすぐカラーホームすなわちライの館に向かった。館は葬式の三日目だ。火葬の壇の周りに大勢が集っている。ライはプラクランを迎えると、宮殿で王が言い放った言葉を、そのまま伝えるように促した。

プラクランはありのままに伝えた。貴族、大官、役人たちもまた、震え上がってしまった。

ライも衝撃を受けた様子を装った。皆の目がライに集まる。ライの発言を固唾を飲んで待った。

ライはおもむろに訴え始める。自分と弟がチューターティラート王の扶育にどれほど努めてきたことか。ちなみにシーウォーラウォンの地位にある弟は、かつて王の家庭教師を務めていた。

ライは続ける。悲嘆の口調で始まった弁舌は、次第に怒りの色を帯びていく。

「シーシン親王を討ったわたしを極悪人と罵る者もいるだろう。シーシン親王への反抗は、チューター親王に王位に就いていただきたい、その一心で成した事！　王に対する忠勤であったことを知らぬ者は、この中にはおられぬであろう！」

皆、引き攣《つ》った顔つきで頷いた。「それは違うでしょう」などと言える度胸のある者はこの中にはいない。ここにいるのはライのご機嫌取りたちばかりだ。気骨のある者は一人残らず処刑されてしまった。

「そんなわたしを、王は、謀叛の疑いで処刑すると言う。ここにお集まりの諸卿も同罪だ！」

全員があらためて身震いをした。チューターティラート王による処刑をこれまで毎日のように見せつけられてきただけに恐ろしい。諸官は毎日、宮廷の門を通って王宮に通う。無惨な死体が晒されているのを目撃しながら暮らしていたのだ。

王はここにいる全員を処刑すると宣言した。王がいったん口に出したことは王自身でも取り消すことができない。諸官が受けた衝撃、恐怖は、筆舌に尽くしがたいものがあった。

――殺されたくない！　という思いで、この場の全員の心がひとつになった。

それを見定めてライは宣言する。

「わたしは、座して死を待つことを良しとしない！　どうせ死ぬ身であるならば、悪王の打倒に賭ける！　わたしが立てた王である。国に害を成す悪王であるとわかったからには、わたし自身の手で王座より引きずり下ろす！　皆の存念やいかに！」

諸官の顔を見回した。

「わたしと共に立つか？　それとも死を待つか？　いかに！」

示し合わせていたように――否、きっと示し合わせていたのであろうが、数人の者たちが声を揃えて「悪王、討つべし！」と叫んだ。あるいはことさらに恐怖を装って「死にたくない！　カラーホーム様のお指図に従うより他にない！」などと泣きわめいてみせる者もいた。

一人が賛意を示せば、我も我もと付和雷同する。他にどうする方法もないのだ。死にたくなければ謀叛に加担するしかなかった。かくして葬儀の場が、あっと言う間に反乱軍の本営となった。


ライの屋敷に木屋半左衛門が訪ねてきた。ライは居室に招き入れた。

半左衛門は平伏して言上する。

「ご用命の鉄砲、刀、甲冑の類、すべて整えてお持ちいたしました。お屋敷に運び入れておりまする」

「ご苦労だった。銭を受け取って帰るがよい」

「こたびの騒動、日本町でも大きな騒ぎとなっておりまする」

「左様であろうな。日本町に刃を向けるつもりはない。心安んじて商売に励むように申しつけるぞ」

「心得ました。されど……山田長政をペッチャブリーに追いやったうえでの挙兵とは、考えましたな」

ライはアラク酒の杯を手にした。

「王と王母に思慮分別があれば、長政が帰還するまで怒りを抑えて堪えたであろう。残念なことにあの母子には、たったそれだけの知恵もない」

杯をクイッと呷ってから続けた。

「とてもではないが、王国の行く末を託すことなどできぬ母子だ」

「仰せの通りにございます。……されど、日本人義勇隊のいない今、如何にして王家の近衛兵と戦いますのか」

「もう一人、大軍を擁しておる者がいるではないか。オークヤー・カムペーンペットよ」

三百頭の象を率いるイスラム商人を味方につけようと考えているようだ。

ライは不穏な目を木屋半左衛門に向ける。

「長政のいない今、日本町はどちらにつくのか？」

「どちら様にも、お味方申し上げまする」

半左衛門は涼しい顔で答えた。

「この政争、あなた様が勝とうが、チューターティラート王が勝とうが、我らにとっては同じこと。勝った御方にご贔屓を賜り、商売に励みまする」

ライは面白そうに笑った。

「そなたのように割り切った考えをする者も、日本人の中にはおるのだな」

「我らは商人。牢人衆とは違いまする」

「賢明である。長政めがそなたのような考え方をする男であったなら、いかほど心強いことか」

「山田長政は忠義の道に生きる者。ソンタム王の遺命を奉じることしか頭にありませぬ。利で釣ることはできませぬ」

「まことに困った男だ」

「ライ様。日本国の将軍家光公からは『山田長政を殺せ』と矢のご催促。そろそろご助力をいただけませぬか」

ライは「考えておこう」とだけ答えた。

六

翌日、ライは実弟のオークヤー・シーウォーラウォンを連れてカムペーンペットの屋敷を訪れた。現われたカムペーンペットの前で這いつくばって平伏し、叩頭する。カムペーンペットは驚いてしまった。

「どうなされた、お二人とも」

ライは、王に対するように三叩頭してから、慎んで答えた。

「あなた様のご出馬をお願い申し上げまする。ただいまのシャムの混乱を治めることができるのは、あなた様をおいて他にはございませぬ」

カムペーンペットは極めて有能な商人だ。情報収集能力に長けている。今のアユタヤで何が起こっているのかを知っていた。

「あなたがた、このままでは王の近衛兵に討たれる。だから、わたしに守って欲しい。そう言われるか？」

ライは「その通りです」と短く答えた。頭の良い人間に、嘘や誤魔化しや長い説明などはいらない。

「わたしたちシャムの廷臣は、我が身を守るため、チューターティラート王を討つと決しました。カムペーンペット殿には共に挙兵を願いたい」

「わたし、商人よ。しかも異国人。どちらが勝っても同じことね。勝ったほうと商売する」

それから「ふふふ」と笑った。

「わたし、いろいろ調べた。そしてわかった。あなたたち、勝算ないね。この戦、王が勝つ」

ライの目が怪しく光った。

「いかにも我らは窮しております。今のままではきっと負けるに違いない。しかし勝つ方法はあるのです。それは、あなた様が我らと一緒に戦ってくださること。あなた様の去就が勝敗を分けます」

カムペーンペットに思案する隙を与えずに、一気に続けた。

「わたしたちの父となっていただきたい。戦に勝ったあかつきには、シャムの王となっていただきたいのです」

この提案にはカムペーンペットも驚いた。海千山千で六十過ぎの豪商が目を大きく見開いている。

「わたしに、シャムの王になれと？」

「我ら兄弟、あなた様の子となりて、あなた様を推戴いたします」

「なるほど、そしてわたしが死んだ後、あなたが王位を継ぐって話ね」

「ご理解が早くて助かります」

「こっちも、あけすけに話してもらえて助かるよ。ふーん。面白いね」

カムペーンペットの顔に血が上っていく。血色が良くなり、鼻息も荒い。ライの目には、カムペーンペットの顔つきが変わったことがはっきりわかった。


ライの兄弟は帰っていった。代わりに、カムペーンペットの居室にシャイフ・アフマド・クーミーが入ってきた。ペルシャ出身の貿易商で、カムペーンペットの右腕と目されている男だ。

「話は聞こえていました。この話に乗るおつもりですか」

シャイフはいつでも冷たい顔をしている。ライや木屋半左衛門と同じ型の男だ。

一方のカムペーンペットは、いまにも顔が溶けてしまいそうなほどに笑っている。

「乗ったよ。わたし、シャムの王になる」

シャイフは訝《いぶか》しげな顔つきとなった。

「正気ですか。たとえ一時の王座を得たとしても、それを保つことは容易ではございませんよ」

「わかっている」

「我らは商人。他国の世継ぎ争いに関わっても、良い事などは何もないのです」

「それもわかっている。だけどねシャイフ。わたしは六十を過ぎたよ。人生は残り少ない」

日本では七十歳を古希と呼ぶ。古来より希《まれ》な高齢という意味だ。七十歳まで生きる者はほとんどいない。そういう時代だった。

「どうせ、もうすぐ死ぬんだ。だったら生きている間に、でっかい事を成し遂げたい。わたしは王になる。たとえ一日だけの王だったとしてもかまわない。王位に就けたなら、あとはもう、この世に思い残すことは何もない」

シャイフは答えない。批判も反論もしなかった。

＊

深夜、軍兵のたてる騒音がアユタヤの宮殿に近づいてきた。戦象の足音が地面を揺るがしている。象の吠える大声が夜空に轟《とどろ》いた。

「あの物音はなんだ！」

チューターティラート王が寝所から走り出てきた。宮殿の回廊を走る。城壁の向こうの空が明るく染まっている。無数の松明《たいまつ》が揺れ動いていることがわかった。

宮殿には三百人の親衛隊が宿直していた。シャムの兵士が革の鎧を着けて集ってくる。本来なら日本人義勇隊が詰めているはずだが、今はペッチャブリーに派遣されていた。

シャム人の隊長が報告する。

「オークヤー・カラーホームの謀叛にございまする！」

「なんじゃと！　なにゆえにカラーホームが……」

ライ一派は死刑にする、と宣告したのだから、窮鼠猫を嚙むの諺《ことわざ》通りに反撃してくることもあるだろうと予想していてしかるべきなのに、この若い王は何の対処もしていなかった。神聖なる王に手向かいする者などいるはずがない、と信じ込んでいたのだ。

宮廷の重臣も駆けつけてきた。大蔵大臣のプラクランだ。ライの館に王の怒りを伝えに行った男である。プラクランは若い王が取り乱しているのを見て取った。

「王よ、まずは落ちついてくださいませ」

「馬鹿を申すな！　落ちついてなどいられようかッ」

「王よ、一国の王が動揺なさっていては国が治まりませぬ。臣民たちまで動揺いたします。こんな時だからこそ、王は王らしく、どっしりと構えていなければなりませぬ」

プラクランは王を窘《たしな》めると、急いで続けた。

「先王が持てる財力を惜しみなく注ぎ込んで築き上げたこの王城。城壁は高くて厚い。諸門は堅牢を極めておりまする」

先代のソンタム王は、王位に就いた直後にオークプラ純広の反乱に遭っている。そのため王宮の守りを固めることには熱心であった。

「近衛兵《このえへい》の三百人が守るこの王宮、易々と陥落いたすものではございませぬ。明日にはアユタヤ周辺の王領より兵が馳せ参じて参りましょう！」

チューターティラート王は「うむ」と何度も頷いた。次第に落ち着きを取り戻した。プラクランは訴え続ける。

「臣がカラーホームの陣所に赴いて、カラーホームの言い分を聞き届けて参りまする。カラーホームのご処分は、明朝、朝議の場で王にお決めいただきまする。それまではなにとぞ早まったご決断のなきよう、願い奉りまする」

「お前がカラーホームの許に向かうと申すか。よし。カラーホームには『兵を退いて屋敷に蟄居せよ』と申し伝えるが良い」

「王よ、勅令をしたためくださいさい。さすればカラーホームも恐れ入るに相違ござらぬ」

「わかった。しばし待て」

チューターティラート王は宮内官を呼んで紙と筆を用意させ、反乱軍を叱りつける文言を書き並べた。プラクランが受け取って確かめる。

「これならば反乱軍もたちまち鎮まるに相違ございませぬ」

「そうであろう。よし、行け」

「王命のままに」

プラクランは書状を掲げて走り出した。そのまま王宮内を走り抜ける。

「王の使いである！　門を開けて通せ！」

書状を掲げた。松明に照らされて明るく輝く。門兵たちは勅令の文言を確かめると慎んで門を開けた。プラクランは外に出る。反乱軍の主将、オークヤー・カラーホーム、すなわちライの陣中に走り込んだ。

鎧姿のライが兵たちに守られて立っている。プラクランはその前に跪《ひざまず》いた。

「上手くゆきました。王宮までの門は、勅令によってすべて開かれておりまする」

「よろしい。よくやった」

ライは即座に「進め！」と将兵に命じた。

兵たちが喚声を上げて走り出す。開けられていた門内に突入した。

異変に気づいた王宮親衛隊が門を閉ざそうとする。その扉にカムペーンペットの戦象が突進し、体当たりを食らわせた。門を閉じようとしていた兵たちが吹き飛ばされる。

反乱軍は止まらない。そのまま宮廷の奥へ奥へと進んで行った。

なんとこの時チュータートーティラート王は深い眠りに就いていた。プラクランを送り出したことで安心したのだ。しかもこの日は夕前から酒盛りをしていた。泥酔状態だったのだ。

「王よ！　一大事にございまする！」

親衛隊長が寝所に駆け込んでくる。チューターティラート王は目を覚まし、事態に気づいて仰天した。寝所のすぐ近くで兵と兵とが怒鳴り合っている。武器を打ち合う音がする。王宮のあちこちに火が放たれて煙が寝所にまで吹き込んできた。

もはや抗戦は不可能だ。親衛隊長は王を連れて象に乗せた。

城壁には秘密の抜け穴がある。排水路に偽装した隠し門を抜けた。城壁の外側には深い水堀がある。象に泳がせて渡った。そのままメナム川をも渡河した。反乱軍は船着場を制圧していたが、王が単身、一頭の象だけで大河を渡るとは考えていなかった。チューターティラート王はまんまと逃亡に成功し、マカームヨーン地域（アユタヤ市外）に逃げ込んだ。

「王がいない！」

反乱軍は大騒ぎになった。

ライの目論見では、王の命を一気に奪うつもりであった。アユタヤの周辺には王家の直轄領があり、王に忠誠を誓う兵が何万人もいる。さらにペッチャブリーには山田長政が日本人義勇隊八百人とシャム軍二万を率いて駐屯していた。凶報が伝わればたちまちにしてライ討伐軍が編成されてアユタヤに襲いかかってくる。だから王は今のうちに確実に殺さなければならなかったのだ。

ところが王の姿がない。さしものライも焦燥を隠しきれない。苛立たしげに歩き回りながら兵たちを叱りつけ、王の居場所を探させた。

自らも王を探すべく広間に踏み込んだ。ライはそこでとんでもない光景を目撃した。

「何をしておられるのだ」

なんと玉座にオークヤー・カムペーンペットが座っていたのだ。王の冠を戴き、装飾品を身に着け、王のみに許される肘置きのクッションに腕をのせていた。

戦いはまだ続いている。王宮のあちこちから剣戟《けんげき》の音が聞こえた。炎があがり、白煙がたなびいている。

カムペーンペットは笑顔で答えた。

「我が息子よ。そなたの父は王となった。喜べ」

本気で言っているのだろうか。なんという痴《し》れ者《もの》か。ライは呆れた。しかしおくびにも出さずにカムペーンペットの前で跪いた。

「我が父よ。いまだ戦いは続いております。王位に就くためには大官の推戴が要りまする。ひとまず玉座よりお下りください。イスラム兵はあなた様のお指図を必要としております」

「それもそうだな」

カムペーンペットは拍子抜けするほどあっさりと頷いた。玉座から下りて王の装飾品は玉座に戻した。そして笑顔をライに向けた。

「わしが玉座に就いたなら、その次はお前の番だ。楽しみだろう？」

本物の阿呆なのか、油断のならぬ食わせ者なのか、さっぱりわからない。


翌朝には王宮の制圧は完了した。近衛兵の三百人は戦死するか、捕虜となるか、逃亡するかした。それでも王は見つからない。探索隊が市街《ムアン》に放たれ、さらには郊外にまで送られた。そしてついに王の居場所が判明した。

王は寺院に逃げ込んでいた。シャム人にとって寺院は極めて神聖な場所だ。シャム人の宗教観では、生きている今よりも死んだ後のほうが大切なのだ。仏に対して罰当たりなことは決してできない。だから寺院に逃げ込めば安全であった。誰にも手が出せないはずだった。

ところがだ。反乱軍の大将はイスラム教徒のカムペーンペットであった。イスラム兵は仏罰を恐れない。異教徒の宗教観など意に介さずに兵器を連ねて寺院に突入した。泣き叫ぶチューターティラート王を引きずり出し、王宮へと連行した。


ライたち反逆軍は王の処遇について談判した。王は仏の化身である。仏の化身を如何にして死刑に追い込めばよいのか。

司法会議にかけられる。司法会議はすでにライの独壇場だ。『王宮を捨てて脱出したチューターティラートは、王座を放棄することで退位の意志を示した。よってすでに王ではない』という結論に達した。

王宮を捨てた王は、それによって王位を失う――という法律や不文律が当時のシャム王国にあったのかどうか定かではない。反乱に加わった者たちにとっては、どうでも良い話であったろう。何がなんでも王を殺してしまわなければならない。殺さなければ殺されるのだ。

チューターティラート王は、叔父のシーシン親王と同じ場所、同じ方法で処刑された。胸を白檀の棒で打たれる。生母のプラオン・ナリットも同じく殺され、母子ともども穴の中に捨てられた。埋葬はされず、腐敗するのに任された。

死ぬに当たって叔父の最期の忠告を思い出したかどうか、それはわからない。

チューターティラート王。在位八カ月、享年十五歳の生涯であった。


シャムの王は空位となった。次の王を誰にするのか、群臣は決定しなければならない。

オークヤー・カムペーンペットはすでに王のつもりである。ライもカムペーンペットを短い期間だけ王位に据えるつもりでいた。しかし、カムペーンペットとイスラム兵が寺院に突入したことで目算が狂った。

シャム王国は敬虔な仏教徒の国である。寺院を穢したカムペーンペットに対する反発は凄まじかった。ライも国民の反発を恐れて、カムペーンペットを推戴することができなくなった。

カムペーンペットは「約束を守れ」とライに迫る。ライは同意することができない。結果、カムペーンペットとライの睨み合いが始まった。騒乱の第二幕である。アユタヤを舞台に再度の内乱が勃発するかに思われた。

ところが、両者の睨み合いはそこでいったん中止された。第三の存在がアユタヤに出現したのだ。山田長政がペッチャブリーから帰還した。日本人義勇隊八百人を乗せた船団が続々と入港する。ライもカムペーンペットも、突き上げた拳を慌てて下ろした。

アユタヤのすべての人々が、息をひそめて山田長政の出方を見守っている。

七

日本町にある山田長政の屋敷にオークヤー・カラーホーム（ライ）が面会を求めてやってきた。ライは今やシャム政界の第一人者だ。王を殺すことができるほどの実力がある。そんな男のほうから腰を低くして長政に擦り寄ってきた。シャムの人々は驚愕し、あらためて長政と日本町の実力を思い知った。

しかもライは、実弟の宮内大臣シーウォーラウォンと、謀叛の立役者にして腹心の大蔵大臣プラクランまで引き連れてきた。シャムの政府がまるごと弁明にきたかのような様相であった。

ライは長政の前で深々と低頭した。

「セーナーピモック殿とわたしは、ソンタム王より直々に遺命を拝した。チューターティラート王を守り立てるのが我らの使命。にもかかわらずこのような結果となってしまい、わたしは、なんと詫びたら良いのかわからぬ」

長政は半ば放心状態だ。異変の報せを受けて急いで戻った。ところが帰り着いた時にはもう、チューターティラート王は殺されていた。

長政にとってソンタム王は人生の恩人。生涯の主君と奉った存在だ。その遺命と遺訓を守り抜くことができなかった。もはや生きている甲斐すら見失いつつある。

長政は黙っている。その沈黙が三大臣にとっては恐ろしくてたまらない。日本人はすぐに激昂して日本刀を抜く。他人も殺すし、切腹もする。何をしでかすかわからないから恐いのだ。

大蔵大臣プラクランが冷や汗まみれで口添えする。

「い、いや……こうなってしまったことに、カラーホーム様の責任はない……。いかんともしがたい事態が次々と重なった結果でございまして……」

長政は濁った目をプラクランに向けた。

「なにが起こって、こうなったというのです……」

目を向けられただけでプラクランは震え上がった。長政の目には冷たい殺気が感じられる。プラクランは慌てて叫んだ。

「謀叛の首謀者はオークヤー・カムペーンペットじゃ！　お疑いなら調べてみるがよろしかろう！王宮に乱入したカムペーンペットは不遜にも玉座に座った。これがなによりの証拠にござる！」

長政は疲れきった顔でため息をつき、首を横に振る。

「そこもとたちはカムペーンペット殿と共に挙兵し、王宮を襲った。同罪だ」

「まっ、待たれい！　まずは話を聞いてくれ。我らは望んで王を攻めたのではないッ。これは自衛のためじゃった！」

プラクランは王まで欺いた得意の弁舌でまくし立てる。

「王は、シーシン擁立派の幻影に怯えておわした。王のお疑いは誰に対しても向けられた。王は妄想に囚われておわしたのじゃ。シャムの大官と貴族の誰も彼もがシーシン派の残党に違いないと決めつけなされて……疑いを持ったが最後、弁明も許さずに処刑なされる。貴族たちは皆、生きた心地もなかったのじゃ」

それは長政も知っている。長政はタンヤラットを失った悲しみで屋敷に閉じ籠もり、あるいはペッチャブリーへの進軍で忙しく、王を諫《いさ》めることをしなかった。

プラクランは額の汗を拭いながら、唾を飛ばして訴えた。

「カラーホーム様と我らは、罠に嵌められたのじゃ」

「罠とは？　どのような」

「カラーホーム様は、弟君を病で失った。その葬儀を、王は『王族の格式で行って良い』とお許しくだされた」

「まことの話か？」

「カラーホーム様とセーナーピモック殿はチューターーティラート王の仮父。このことは国民の誰もが知っておる」

ソンタム王はチューターーティラート王に遺訓を残している。『父の亡き後は、ライと長政を父のように敬い、その教えに従うように』というものだ。シャム国では他人同士でも義理の父子の契りをよく結んだ。

「であるから『王家の格式で葬儀を行っても良い』と言われた、という話に、誰も疑いを持たなかった！　我ら大官や役人たちも参列した。ところがこれは、カラーホーム様を陥れるための嘘だったのだ！　王はそのようなお許しを与えてはいなかった！　王は激しくお怒りになり、カラーホーム様と我々を『王家の権威を犯す謀反人』と罵り、処刑すると仰せになったのだ！」

「いったい誰が、悪しき策謀を企んだのか」

「カムペーンペットの陰謀じゃ！　そうとしか考えられぬ。その証拠にカムペーンペットは玉座を奪った！」

プラクランは擦り寄って来て、長政の膝に取りすがる。

「セーナーピモック殿ッ、我らは皆、謀られたのじゃ！　葬儀の参列者の全員が処刑される！　そんな無茶な話がござろうか。命と名誉を守るため、我らは心ならずも王に逆らった。逆らわなければ、どうにもならなかったのじゃ！」

プラクランはついに泣き崩れた。身を揉んで号泣し続ける。もちろん嘘泣きであったのだが、長政は激情家だ。様々な思いが一気に込み上げてきて、一緒に涙を流してしまった。

――なんたることだ！　ソンタム王に対し、申し訳が立たぬ……！

長政は我が身をも責めた。チューターティラート王を薫陶し、善導する義務があった。長政は他人を責めるよりも、まず自分を責めた。長政とはそういう男であった。

――ライやプラクランだけを罵ることはできぬ……。

長政はその場で泣き崩れた。涙が止まらない。拳で床を殴って泣き続ける。

そんな姿をライと実弟のシーウォラウォンが冷やかな目で見守っている。

＊

ライたちは帰った。代わりに今度はカムペーンペットからの書簡が届けられた。

こちらは簡潔明瞭である。『王位に就くので協力せよ』という内容であった。

長政は書簡を握りつぶした。怒りで拳が震えた。

――カムペーンペットめ、なにゆえこのような暴挙を……！

長政にとってカムペーンペットは人生第二の恩人である。そのカムペーンペットが手を貸せと言ってきている。他のことなら喜んで手を貸しただろう。

長政は力なく椅子に腰を下ろした。テーブルに肘をついて重たい頭を抱え込む。

ソンタム王には人を見る目があった。優れた人間を見つけ出しては抜擢し、要職に就けた。ライ、カムペーンペット、長政は、そうやって出世した。優れた男たちはソンタム王の期待に応え、王の下で良く働いた。ところがだ。才覚のある者たちは癖も強い。性格に一癖も二癖もある。野心だって人並以上にある。ソンタム王は名君であったがゆえに、癖の強い男たちを押さえ込んで使いこなすことができた。ところがソンタム王が死ぬと、押さえを失った男たちは自らの意志で暴れ始めた。かくして内乱へと発展している。

悩み悲しんでいるうちに夕刻となった。長政は机に座ったままで動かない。

シャイフ・アフマド・クーミーがやってきた。伊藤久太夫の案内で部屋に入ってくる。長政はようやく顔を上げた。シャイフはカムペーンペットの右腕の老人である。ペルシャの商人だがシャムの貴族でもあった。プラヤー・チェークアマットラッタナーティボディーの欽賜名を頂戴していた。

シャイフは挨拶もなく、いきなり用件を切り出した。

「セーナーピモック様におかれましては、よもやとは思いまするが、カムペーンペット様にお味方するおつもりでは、ござるまいな？」

長政の頭は良く働かない。

「そなたの物言い、まるで『カムペーンペットに味方をしてはならぬ』と言っているように聞こえるが……」

「その通りです」

長政は首を傾げた。

「そなたはカムペーンペットの腹心ではないのか。カムペーンペットの味方を募りに来たのなら話はわかるが、味方をするな、とは、どういうことか」

「カムペーンペット様に勝ち目はありません。よってわたしは彼に与しない。セーナーピモック様もカムペーンペット様には味方をなさらないように、と、ご忠告申し上げる。あなたがカムペーンペット様に味方をするのであれば、わたしはあなたと戦わねばならなくなる」

このことが言いたくて来たらしい。長政は察した。

「シャイフ殿はカムペーンペットを裏切るのか」

「わたしは商人です。貿易をするためにアユタヤに来ている。内乱に加担するのはお断りです。政争は商人の仕事ではない」

木屋半左衛門と同じことを言う。長政は憤りを感じた。

「シャイフ殿には忠義の心はないのか。世話になったカムペーンペットの恩に報いようとは思わぬのか」

「思いませぬな。我らは富を持つ御方に擦り寄って商いをさせていただく。それが商人と申すもの。強いて申せば我が忠節は神《アラー》に捧げ奉っている。カムペーンペット様とて同じであろうに。仏教徒の国の王になりたい、などと、愚かしいにもほどがある」

「そもそもカムペーンペットは何をお考えなのか」

「カムペーンペット様は耄碌《もうろく》なされた。老醜を晒《さら》しておられるのだ」

シャイフは冷たく言い放った。

「わたしはカラーホーム様やプラクラン様とともに歩む。あなたも良くお考えなされよ。あなたを相手に戦いたいと思っている者など、シャム王国には一人もいない。あなたが賢明な立ち回りをなされば、誰も傷つかず、死なずにすむ。あなたが怒りに任せて挙兵すれば、シャム王国の内乱は続き、アユタヤの栄華は失われるでしょう」

長政はシャイフを凝視した。シャイフも見つめ返した。黙ってしばらく睨み合った後で、長政は質した。

「カムペーンペットがカラーホーム様を罠に嵌めた、という話は本当なのか」

「なんのことです？」

「カラーホーム様のご舎弟の葬儀を王家の格式で執り行っても良いと王がお許しになった。しかしそれはカムペーンペットがカラーホーム様を陥れるための罠だった、という」

「誰からその話を聞いたのです」

「カラーホーム様からだ」

シャイフはしばらく考えてから頷いた。

「カラーホーム様がそう仰ったのであれば、そうです。それが真相です」

「確かな話か」

シャイフは頷いた。そして静かに帰って行った。

＊

――いったいこの国では何が起こっているのだ！

長政にはわからない。翌日から情報を集め始めた。カムペーンペットが玉座に座ったことは本当だった。近衛兵の生き残りを見つけ出して確かめたのだから間違いない。

しかし肝心の事がわからない。王とライの間で、本当は何が起こっていたのか。

王族や貴族の生活は、下々の目には届かない。王とライがどのような諍《いさか》いを起こしていたのか、彼らにしかわからないのだ。

――こんな時、タンヤラットがいてくれたなら……。

タンヤラットであれば王族の女性たちと接触して、たちまちにして王家の本音や本当の出来事を突き止めてくれたに違いない。タンヤラットは長政とシャム王家とを繋ぐ紐帯であった。その伝は永遠に失われた。長政には王室の事情がまったく伝わらない。正しい判断の下しようもない。

ライ、カムペーンペット、長政の、三つ巴の睨み合いは続く。

――このままでは良くない。ともあれ新しい王を決めなければならぬ。

長政はライに書簡を送って朝廷の開催を呼びかけた。ライは同意して、諸官と諸役人を王宮に招集した。

王宮には無惨な破壊と火災の跡が残されていた。長政は衝撃を受ける。ソンタム王時代の栄華を知っているだけに心が痛んだ。玉座は空席だ。カムペーンペットは出席していない。大官たちは普段、玉座に対して正面を向いて座るのだが、この時ばかりは車座となった。異常な会議の姿であった。

結局、この場は長政とライの対決となった。他の貴族や役人たちは固唾を飲んで見守るばかりだ。

「カラーホーム、シーウォーラウォンのお二方に問いたい。お二方はカムペーンペットの義子となっておられるが、それは、いかなるご存念があってのことか」

まるで司法会議を思わせる口調で長政はライ兄弟に質した。朝廷の場が凍りつく。群臣が顔色を変え、冷や汗を滲ませながら見守った。

ライが答える。

「あの時、我らはまだ、カムペーンペットの悪しき魂胆を見抜くことができていなかった。チューターティラート王に諫言を申し上げ、暴政を改めていただきたいと考えておったのだ。そのためには群臣が心をひとつにせねばならぬ。それゆえに我らとカムペーンペットは父子の契りを結んだ。今にして思えば浅慮であった」

「父と子の盟約はいまだに解消されておらぬようだが？　するとお二方はどなたを王に推戴なされるおつもりか。カムペーンペットが王となれば、次代の王はあなた、ということになるわけだが？」

「それではまるで、このわたしが王位を簒奪《さんだつ》するために、カムペーンペットの謀叛に加担したかのように聞こえる」

「王位にお望みはないのか」

「ない。と断言しよう」

ライは、つい、言ってしまった。ライ本人はいつもの無表情だが、シーウォーラウォンと群臣たちは動揺する。皆、ライを王にしようと働いていたからだ。

「左様ならば次の王は……」

長政は宮廷内に目を向けた。群臣の顔を一人一人、順番に見ていく。皆、長政の目を恐れて顔を伏せた。

「次の王は、チューターティラート王の弟君、アーティッタヤウォン親王をおいて他にはおわさぬ。わたしは左様に心得るが、皆様のご存念やいかに！」

アーティッタヤウォンはまだ十歳の子供だ。ソンタム王の血を引く王子は彼しかいない。王族の中には年長者もいて、王国を統治するのに相応しい年齢の者もいたが、長政はソンタム王の血を受け継いだ人物を立てることしか考えなかった。

群臣たちの目がライに向けられる。ライの返答次第では、さらなる内乱が勃発する。

ライは、やはり、表情ひとつ変えなかった。

「同意である」

とだけ答えた。

「よろしいのだな？」

「年若い王に不安を覚える者も多いであろう。だが、我らが心をひとつにして守り立ててゆけばよかろう」

長政は「うむ」と大きく頷いた。

「これにてアユタヤ王朝の弥栄《いやさか》は間違いない。めでたいことだ」

長政がそう言って会議を打ち切る。すかさずシーウォーラウォンが、取ってつけたような態度と顔つきで歓声を上げげた。それに答えて群臣たちが大声で喜びを訴える。アユタヤの王宮が歓呼の声で包まれた。

八

江戸城の本丸御殿。畳廊下を土井大炊頭利勝が歩んでくる。大名たちが道を譲って、家来のごとくに頭を下げげた。利勝は幕府の筆頭老中で、しかも家康の隠し子だ。二代将軍の秀忠、三代将軍の家光を支えて、実質的に幕府の頭領——真の将軍とでも呼ぶべき権勢を築きあげていた。

利勝は芙蓉之間《ふようのま》に入った。老中たちの執務室だ。通商と外交を担当する老中、井上主計頭正就が、ひとりで座っていた。

利勝も袴を捌《さば》いて座る。わざとらしく咳払いしてから話し始めた。

「今日も陳元贇《ちんげんぴん》が来ておる。あの男もずいぶんしつこい」

陳元贇は明国の高官だ。この年、四十一歳（満年齢）。

明国は女真族《じょしんぞく》（のちの清国）の侵攻に悩まされている。戦況は不利だ。まったく太刀打ちできずに、日に日に国土を喪失していた。弱り果てた明国は使者を日本に送った。援軍を要請する。これを日本乞師《にほんきっし》という。朕元贇は任務を帯びて日本に渡った外交官の一人であった。

明国軍がなにゆえこんなに弱かったのか、といえば、それは秀吉軍との戦いで兵を大勢失ったからだ。朝鮮救援のために送られた二十万人が帰国できなかったとも言われている。日本軍をかろうじて撃退した明軍だったが、次なる脅威の女真族と戦う力は残されていなかった。

自国の兵を皆殺しにした日本に救援を求めるのもおかしな話だが、徳川幕府は豊臣家に勝利することによってできた政権である。明国とは同じ敵（豊臣家）を相手に戦った同盟国――という建前になっている。明国は日本の武士の強さを知っている。援軍に期待するところは大だった。

　ところがこの時の徳川幕府は、というより土井利勝は、異国に兵を出すことに大反対であった。豊臣秀吉と同じ轍《てつ》を踏むことを恐れたからだ。

「上様にはわしからきつく言い含めてある。陳師の口車には乗らないように、とな。ところが尾張の五郎太《ごろうた》様が陳師に丸め込まれてしまい、すっかりその気になっておるのだ」

　尾張の五郎太とは、尾張大納言徳川義直《よしなお》のことだ。家康の子である。三代将軍家光より四歳の年長だった。家光は家康の孫であるから、叔父と甥の関係になる。

　尾張の徳川義直には甥の家光を侮るところがあった。当然に家光も義直を快く思っていない。二人の仲の悪さは土井利勝の頭痛の種だ。

「陳師はこともあろうに、日本の牢人どもに目をつけおった。牢人どもを援軍として送ってほしいと懇願しておる。悪いことにそれを知った五郎太様がその気になった。『わしが大将軍となり、牢人衆を率いて明国に渡っても良い』などと言っておる」

　関ヶ原と大坂の陣で発生した牢人に加えて、徳川幕府は多くの大名家を改易した。大量の牢人を発生させ続けていたのだ。その数は十万人とも、二十万人ともいわれている。大きな社会問題となっていた。

　井上正就は、土井利勝とは正反対の考えを持っている。

「拙者は、陳師の乞師《きっし》、一考に値すると考えますするが」

邪魔な牢人を海外に送り出して始末する。彼らが武運に恵まれれば、異国に土地を獲得し、日本の領土が増える。一石二鳥の良案だと考えていた。

土井利勝はジロリと井上正就を睨みつけた。

「やはり其処許が裏で糸を引いておったのか。陳元贇を五郎太様に引き合わせたのは、其処許じゃな」

井上は否定しない。

「大炊様。あなた様は異国との交易を閉ざすお考えだと聞き及び申したが、それがしはまったく同意いたしかねまする。交易の利を失うことは亡国の道にございまする。異国とは、常に強く結びつかねばなりませぬ。明国が我らに助けを求めてまいったのですから、兵を送って誼《よしみ》を深めるべきと存ずる」

「明国に援兵を送って、戦に勝てればよろしい。じゃが明国が敗れたならばなんとする？　女真族は日本を憎み、攻め込んで参ろうぞ」

「日本の武士は負けませぬ」

「なにゆえ左様に言い切れる」

「山田長政をご覧なされ」

「また山田長政の話か！」

「かの者は千にも満たぬ牢人を率いてシャムに権勢を築き上げておりまする。スペインの兵とも互角に渡りあっておりまするぞ。長政に命じてシャムの米、硝石、鉛を運ばせまする。豊臣勢が朝鮮で敗れたのは兵糧が上手く運べずに兵を飢えさせたからでござる。我らに山田長政がある限り豊臣家と同じ轍は踏みませぬ！」

土井利勝の顔つきはますます険しさを増していく。低い声で質した。

「そのほう、山田の話も、尾張の五郎太様に聞かせたのか」

「申し上げました」

「なんたることッ」

「土井様のお姿は、いささか臆病に見えまするぞ。牢人衆の二十万に尾張家五十二万石の兵を添えて送り出せば、女真族が相手とはいえ、勝利は疑いございませぬ！」

「その兵が、女真族と戦うのならば、まだしもの話じゃ」

「いかなる仰せで」

「五郎太様が二十万の牢人と山田長政を従えて、江戸に攻め込んできたならば、なんとする」

土井利勝は目を血走らせ、奥歯をキリキリと嚙み鳴らした。

「山田長政の配下は、関ヶ原や大坂の落ち武者ではないか！　キリシタンもおる。そのような者ども、とうてい信用できぬッ」

「今のお言葉は……」

井上正就も睨み返した。

「尾張大納言様も信用できぬ……とのお言葉にございましょうか。今のお言葉を尾張様とその御家中にお知らせしてもよろしゅうございますか」

「なんじゃと」

「日本は大国でござる。日本国内に閉じ籠もっておることなどできませぬ。土井様のなされよう、それがし、大いに不審でござる。日本は広く世界に打って出るべし。大量の牢人を抱えて狭い日本に閉じ籠もるは最も愚策。たしかにそれで公儀の権威は安泰でございましょう。されど日本は諸外国より取り残されまする」

井上正就は大きく息を吸って、さらに続けた。

「尾張大納言様は、それがしの見識にご同意くださいましたぞ」

土井利勝と井上正就は無言で激しく睨みあった。何も知らぬお城坊主が廊下を静々と歩んでいく。遠くから時を報せる太鼓の音が響いてきた。


井上正就は本丸御殿の畳廊下を歩んでいく。土井利勝とは決裂した。だがかまわぬ。井上は開き直っている。土井利勝も老いた。守勢に固執するのは老人の証拠だ。世の中の変化についてゆけない老人は、置きざりにするしかない。

将軍家光は土井の言いなりの愚人だが、尾張徳川家と紀伊徳川家の当主たちは英邁《えいまい》だ。進取の気性に富んでいる。尾張家や紀州家の御曹司たちを大将に据えて異国に向かって出陣する。軍資金や兵糧の心配はまったくない。異国との交易によって十分に確保できる。

――日本国の田で取れる年貢米だけで幕府を運営できるはずがない。愚の骨頂だ。

仮にできたとしても日本は貧国となり、百姓たちは年貢の苛斂誅求《かれんちゅうきゅう》に苦しむことになる。秀吉時代の豪華絢爛な日本国を維持したいと思うならば貿易を財政の柱に据えるしかない。海外に日本町を作り、日本の商人たちの拠点として、商人や牢人たちに活躍させるのが一番なのだ。

――わしはやるぞ。秀吉の時代よりももっと豊かで金銀の輝きに満ちた徳川幕府を造ってみせる！

井上正就は満腔《まんこう》に息を吸った。やる気が全身に漲《みなぎ》った。その時であった。

「主計頭様」

一人の旗本に呼び止められた。井上は足を止めた。

豊島刑部少輔信満《としまぎょうぶしょうのぶみつ》が立っている。千七百石の目付役だ。

「刑部殿か。なにか御用か」

豊島信満の顔色は悪い。額に汗をかき、思い詰めた顔をしていた。井上正就は不審に思った。

「いかがした。身体の具合でも――」

悪いのか、と聞こうとした瞬間、豊島信満が体当たりしてきた。腰だめに短刀を構えている。刃がギラリと光るのを、刺される寸前に井上は見た。

「むうッ！」

腹部に衝撃を感じた。豊島の衿を摑んで引き剝がそうとする。

豊島はさらに深々と刀を差した。

「皆様！　刃傷にございます！　お出会いそうらえ！」

お城坊主が叫んでいる。何人もが走ってくる足音が聞こえた。

井上はその場にドウッと倒れた。


徳川幕府の通商外交担当老中、井上正就は死んだ。さらに続けて井上の貿易政策を支えた長崎代官、長谷川権六も変死した。

徳川幕府は禁海政策（私的な貿易の禁止、海外渡航の禁止、キリスト教の禁止など、いわゆる鎖国）に向かって一気に舵を切っていく。島原の乱、慶安の変を経てキリシタンと牢人を鎮圧し、鎖国体制を完成させることになる。

第八章　南洋王の伝説

一

十歳の少年王が玉座に座っている。王冠は子供の頭には大きすぎる。朝議に臨んでも退屈そうで、床に届かぬ足をブラブラと揺らしていた。

これがシャム王朝、第二十四代国王、アーティッタヤウォン王の姿であった。

——なんとおいたわしい。

自分で擁立しておきながら長政は心を痛めた。遊び盛りの年頃だ。遊びの中で人格を形成させていく。そのためにご学友や小姓がつけられる。机を並べて共に勉学に励み、切磋琢磨する年頃ではないか。陰謀家の大人たちに囲まれていて、良い事などは何もなかろう。

しかもである。王としての最初の仕事はオークヤー・カムペーンペットの処刑なのだ。十歳の子供が死刑を宣告しなければならない。無惨な話だ。だが、それをしなければ王家を保つことができない。ソンタム王の栄光を後世に伝えることができないのだ。

——わたしにとってカムペーンペットは、第二の父にも等しき人物……。

自分が擁立した王が自分の恩人を殺す。長政の心は激しく乱れ続けている。

朝議は重臣たちの駆け引きによって進められた。カムペーンペットの追討と捕縛は日本人義勇隊に任されることになった。他に可能な組織がない。長政も同意するしかなかった。

最後に王が「よかろう」と甲高い声で叫んだ。それで閉会だ。王は椅子から飛び下りると広間から走り出ていく。大官たちは慌てて平伏した。王の後ろ姿を見送る。お付きの宮内官たちが追いかけていった。

「王よ、走られては危のうございます！」

窘める声が聞こえた。

ライは何を考えているのだろうか。長政は目を向けたが、ライは伏目のままで立ち上がり、何も言わずに静々と出て行く。実弟のオークヤー・シーウォーラウォンが後ろに続き、与党の大官たちがゾロゾロと列を成して従った。

「セーナーピモック殿」

声をかけられて振り返る。シャイフ・アフマド・クーミーが立っていた。今日はシャムの貴族として朝廷に参与していた。

「カムペーンペットの象隊についてはご案じなさるな。わたしがこっそりと連れ出します。カムペーンペットの屋敷には私兵もおりませぬ。安心して義勇隊を差し向けてください」

「お心遣い、感謝します」

長政はシャム風に手を合わせて感謝を伝える。その顔色は冴えない。

「イスラムの兵たちは、まことにカムペーンペット殿の傍から離れたのか」

「お疑いにございましょうか」

「いや。疑っているのではない。カムペーンペット殿を守ろうという忠義の者は、一人もいないのか」

「多少はおりましょうけれども、大多数はこの内乱に巻き込まれてウンザリとしております。何度も申すようですが、我らは商人でございますゆえ」

「カムペーンペット殿は見捨てられたのか」

「そういうことになりましょう。では、良きお働きをお祈りしております」

シャイフは去った。長政は広間に一人で残された。


カムペーンペットの象の三百頭が彼の屋敷から引き出された。その様子を伊藤久太夫が茫然として見守っている。

「これほどの象を屋敷内で飼っておったとは……。カムペーンペットの屋敷、どれほどの広さがあるのか見当もつかぬ。カムペーンペットの富と権勢、恐るべしだ」

象隊は遠くへ去っていく。イスラム兵たちも主人を守ることなく屋敷を後にした。

「そろそろ行くか」

伊藤久太夫は組下の兵、五十人ばかりを率いて門をくぐった。召使らしき老人が出迎えた。

「お待ちしておりました。事情はシャイフ・アフマド・クーミー様より聞かされておりまする。カムペーンペットはこちらです。どうぞ」

屋敷の奥まで案内してくれる。屋敷内はほとんど無人だ。数少ない召使たちが荷物を纏《まと》める梱包作業をしていた。

カムペーンペットは椅子に座っていた。薄笑いを浮かべ、入ってきた日本兵に向かって頷いた。

——謀反人とはいえども、さすがの貫禄だ。怯えもせず、慌てもしない。たいしたものだ。などと伊藤は思ったのだが、すぐに自分の勘違いだと気づいた。カムペーンペットはヒヒヒと笑いながら言った。

「王宮からの使者じゃな？　待っておったぞ。早速にもわしを玉座に案内いたせ。群臣どもは集っておるか？　即位式は盛大に行わねばならぬぞ」

伊藤は戦慄を走らせた。

——カムペーンペットの正気は失われている！

部下に見捨てられ、置き去りにされた老人は、正気を失うことによって過酷な現実から逃れたのだ。処刑の恐怖を忘れ去ることができたのである。伊藤は急に悲しくなった。日本町は貿易でカムペーンペットの世話になっていた。伊藤はカムペーンペットの前に跪《ひざまず》いた。

「王宮までご案内いたしまする。なにとぞ御動座を願いまする」

カムペーンペットは「うむ」と言って微笑んだ。

カムペーンペットは牢屋敷に収監された。厳重な見張りがつけられる。しかし見張りは無用であっただろう。カムペーンペットの配下であった者たちはインド洋の港に去った。誰も助けには来ない。司法会議にかけられることもなく死刑が決定された。少年王が令状に署名する。この決定に少年王の意志は無関係だ。

死刑を伝える役目はライが果たした。牢の格子の前まで行った。

カムペーンペットはライの姿を認めると激しく喜んだ。

「我が息子よ。どうなっておるのだ。即位式はまだなのか」

自分が牢に入れられていることすら理解していない。さしものライも憐憫《れんびん》の情を催した。

「即位式は明朝、行われまする」

そう嘘をついた。明日は死刑執行の日だ。

カムペーンペットは椰子《やし》の木に縛りつけられ、死刑執行官の刀で何度も斬りつけられた。一息には殺さずに全身を切り刻んでいく。謀叛に対する過酷な刑だ。死体はいったんバラバラにされた後、藤の蔓《つる》で縫い合わされて晒された。人の形こそ保っているが、血まみれの肉塊であった。

カムペーンペットの家族は奴隷に身分を落とされた。カムペーンペット家の私財と領地は、ライ、シーウォーラウォン、プラクランの三人に分与された。もちろん王が決めたことではない。大官たちがお手盛りで、自分自身に報償を与えたのだ。オークヤー・カムペーンペットの死によって一連の内乱は幕を閉じた。

＊

アーティッタヤウォン王の即位式を挙行する——とシャム国内に公布された。

シャム王国は、少数部族の王や、地方都市を治める貴族、広大な農地を経営する郷紳《きょうしん》、港を治める豪商などによって成り立っている。それらの諸勢力に対して『王の即位式に出席するように』との命が発せられた。

ライは諸勢力が招集に応じるかどうかを見極めようとした。諸勢力もアーティッタヤウォン王がライの傀儡《かいらい》だと見抜いている。つまりこれは、ライを独裁者として認めるか否かを問う召集令であったのだ。ほとんどの者たちが王の即位を祝い、アユタヤに赴く旨を伝えてきた。ただ一人、オークヤー・ナコーン（六昆《ナコーン》地方の長官）だけが『パッターニーの動向が不穏であるので赴任地を離れることができない』と断りを入れてきた。

シーシン親王の残党が蜂起した際にもパッターニー人は陰で暗躍した。そこで長政が鎮圧に向かったわけだが、長政はアユタヤに帰還している。後始末をナコーン長官が一人で背負っていた。ナコーン長官の言い分については、誰もが納得できることだと考えた。ライも特に問題にする様子もなかった。

カムペーンペットの死体が晒されている。肉が腐って蠅が何百匹も群がっていた。

門前の広場である。多くの人々がここを通る。目を向ける者はいない。うかつに憐れみの表情などを浮かべようものなら、たちまち役人が寄ってくる。謀反人の仲間ではないかと疑われ、詮議が始まってしまうのだ。だから皆、見て見ぬふりをして通る。誰に見守られることもなく、死体の腐敗だけが進んでいった。

長政は死体の前に立った。長政にはカムペーンペットの気持ちがわからない。

――なぜ、謀叛を起こしたのです。どうしてこんな無謀を……。

死体の前に無言で立つ長政を、役人たちが困り顔で見ている。なんの用があって刑場に来たのか。声をかけるべきなのか、とは思うけれども、声をかけられることを拒絶する険しさを漂わせている。長政の背後には日本人の牢人衆が無言で控えていた。この者たちがまた恐ろしい。悪鬼のように険しい面相だった。

長政は牢人衆に命じた。

「カムペーンペット殿のお亡骸を回教寺院に移せ」

回教寺院とはイスラム教のモスクのことだ。牢人衆は「はっ」と答えて死体の縄を解き始めた。役人たちは驚き焦った。

「お待ちくださいオークヤー・セーナーピモック様！　なにをなさるおつもりですか」

長政は厳しい目を向ける。

「カムペーンペット殿は我らの手で埋葬する」

「なりませぬ！　オークヤー・カラーホーム様の許可もなく勝手な振舞いをなされては――」

「わしはアーティッタヤウォン王の傅役《もりやく》だぞ。我が命令は王の命令と心得よ！」

役人たちまで縄を解く手伝いをさせられた。死体は荷車に乗せられて回教寺院に運ばれた。長政はイスラム教の教義に則って葬儀を行わせた。


長政はカムペーンペットの葬儀を強行した。世間の人々はカラーホーム（ライ）への面当てだと解釈した。カラーホームとセーナーピモックはシャム政界の二大巨頭だ。他の重臣たちが悉《ことごと》く死に絶えたせいで、結果としてそうなった。最終決戦が始まるのか。市街《ムアン》の住民たちはまたしても家財を担いで逃げ出していく。

ライも長政の挑発だと考えた。辞を低くして日本町に赴き、長政の屋敷に訪《おとな》いを入れた。実弟のシーウォーラウォンや腹心のプラクランを引き連れていた。

ところがだ。長政はライとの面会を拒絶した。理由は〝喪に服しているから〟だという。ますますもって面当《つらあ》てがましい。チューターティラート王への服喪であれ、カムペーンペットへの服喪であれ、その死の責任がライにあることは明白だ。

ライたちはすごすごと退散するしかない。ライの面目は大きく損なわれた。

——わけのわからぬ男だ。

ライは一人、館の居室でアラク酒を呷《あお》っている。

長政の行動が理解できない。シャム人であれば当然取るべき行動を取らず、理解不能な行動ばかりを取る。異国人だから当たり前だ、という話でもない。アユタヤには各国の商人が集っているが、長政のような男は他にいない。長政と日本人義勇隊だけが異色すぎるのだ。

——あの日本人たちが、なにを大事だと考え、なにを行動の規範とするのか、それを知らねばならぬ。

木屋半左衛門がやってきた。ライは居室に半左衛門を招き入れた。

「日本より船が到着いたしましたので、ご挨拶に参じました」

半左衛門は金銀の砂子《すなこ》を散らした漆器の箱に、小判を詰めて差し出してきた。

「それに加えまして、重大な報せがございます。日本で変事が発生しました。山田長政の後ろ楯たる井上正就様がご落命なさいました」

井上正就は朱印船貿易の立役者だ。日本から輸出される金銀を差配していた。日本の金銀は国際通貨だ。東アジアの貿易に関わる者ならば誰でも井上の名を知っていた。

ライは伏目がちに酒杯を見ている。

「日本でも、シャムでも、不幸が続くものだな」

木屋半左衛門は不穏な笑みを浮かべた。

「敵方の不幸は味方にとっては幸運。あなた様が山田長政を殺しても、日本よりの苦情は入りませぬ。三代将軍様は山田長政を快く思っておわしませぬゆえ」

山田長政の軍事力と商業力を支えていたのは井上正就から送られてくる金銀だった。その資金源が断たれたのだ。ライは冷たい目つきで思案した。それから言った。

「長政は屋敷から出てこぬ。どうにかして宮廷に引きずり出すことはできぬものか」

「方策はございまする。長政が謀叛を起こそうとしている、という噂を流しまする」

「またその手か」

ライは少しばかり呆れ顔となった。

「同じ手に何度もひっかかる馬鹿はおるまい」

「長政ならば引っかかりまする」

「なにゆえ左様に言い切れる」

「長政は忠義者でございまする。王家に対して謀叛を策している——という流言に黙って堪えられる男ではございませぬ。必ずや食いついて参りまする」

半左衛門は自信たっぷりだ。

「それともう一つ。長政には弱みがございます。そこを突かれれば必ずや、グラリと心が揺れましょう」

「それはなんだ」

「長子オインの行く末にございます。長政には私利私欲がございませぬ。それゆえに利で釣ることは叶いませぬ。ですが〝オインに利のある話〟であれば食いついて参ります」

半左衛門は秘策を語り始めた。

アユタヤ市内に不穏な噂が流れた。曰く、長政がオランダ人と結託し、アユタヤの占領を企んでいる、というのだ。シャム兵に動員がかけられる。

長政も、これは自分を陥れるための陰謀だ、と、理解している。

「シャム人は、なにゆえこれほどまでに陰謀を好むのか！」

憤怒の形相となった。本当に挙兵して王宮に攻め込み、陰謀家どもを皆殺しにしてくれようか、などとも考えた。しかしここで宮廷を二分する争いを起こしたならば、ソンタム王の遺命に逆らうことになってしまう。

——今はアーティッタヤウォン王を守護し奉ることが大事！　アーティッタヤウォン王のご成人までは軽挙を慎まねばならぬ。

そうとなれば誤解を解いておく必要がある。長政は王宮に出仕した。日本人義勇隊も決死の覚悟だ。長政には指一本たりとも触れさせない。シャム兵は恐れをなして遠巻きにするばかり。王の近衛兵も日本人義勇隊を咎めることはできなかった。

長政は大広間に踏み込んだ。大官たちが集っている。アーティッタヤウォン王が玉座に姿を現わした。

「オークヤー・セーナーピモック。よくぞ出仕した。そなたが来るのを待っておったのだぞ」

十歳の少年王は声変わり前の可憐な声で告げた。

「そなたが屋敷に閉じ籠もっておる間に、悪しき噂が流れた。しかし朕はそのような話を信じない。そなたは我が父と、我が兄に尽くしてくれた。そなたに限っては、謀叛など起こすはずがないのじゃ」

長政は身を震わせて低頭した。

「臣の忠節をお認めいただき、長年の苦労の報われた思いがいたしまする。この身の果報にございまする」

「うむ。ついてはもう一働きしてもらいたい。オークヤー・ナコーンを捕らえ、六昆《ナコーン》の地を平定して欲しいのだ」

——なんと……？

長政の総身が緊張する。感動したり緊張したり目まぐるしくて目眩を覚えた。

「王よ。臣は長らく屋敷に閉じ籠もっておりましたゆえ、ご下命のご趣旨を量りかねまする。なにゆえナコーンに兵を送らねばなりませぬのか」

それに答えたのは少年王ではなくオークヤー・カラーホーム（ライ）であった。

「オークヤー・ナコーンは王の即位式に出席しない。謀叛は明白だ」

長政は苦々しく思った。すべてがライの策謀なのだと理解できた。

——このわしをアユタヤから遠ざけようというのだな。

チューターティラート王の時とまったく同じだ。長政が遠征している間、ライは宮廷を好き勝手にできる。王を殺すことすらできたのだ。

そうはさせぬ、と長政は奥歯を嚙みしめて顔を上げた。

「恐れながら、臣はアユタヤを離れることはできませぬ。臣は病身にございまする」

明らかに仮病である。ぬけぬけと言い放ってライを睨みつけた。

「病が癒えるまでは、遠征など、できたものではございませぬ」

人を食った物言いだ。小馬鹿にしているようにも聞こえた。群臣は息をのんで見守っている。

ライは冷たい表情で続けた。

「オークヤー・セーナーピモックよ。ナコーンは難治の土地である。パッターニー王国と境を接しているからだ。ナコーンの安寧を取り戻すには、パッターニーを打倒する必要がある」

長政は白けきった顔つきだ。

「何年もの歳月を要する戦いとなろう」

その間、長政と日本人義勇隊をアユタヤから遠ざけておくことができる。ライのやりたい放題だ。長政にとっては領ける話ではない。

ライは薄笑いを浮かべた。

「オークヤー・セーナーピモックは、ナコーンを拠点としてパッターニーを占拠せよ。そしてパッターニーの地に日本人の国を建国せよ、と、王はお命じだ」

宮廷がザワッと揺れた。日本人に独立国の建国を許すというのか。アユタヤ王家が手を貸して。前代未聞だ。

長政も茫然と立ち尽くしている。これは何かの罠なのか。即答は、とてもできない。

二

長政は川関所の建物からメナム川を見つめている。川面を照らす夕陽は昔日と変わらぬ美しさだが、荷船の数は激減していた。ソンタム王の全盛期には川幅いっぱいに船が行き来して、衝突事故などを起こしたものだが、今の川面はいたって静かだ。風に吹かれて小波が立つばかりであった。

こんなにも広い川だったのか、と長政は少しばかり驚き、そして寂寥感に包まれた。

貿易船が来航しないので川関所の牢人衆にも仕事がない。仕事がなければ役得もない。納められる銭は激減した。ソンタム王の崩御から始まった内乱は日本町の金蔵を直撃した。そのうえ長政は多くの金銀、銅銭を軍資金として持ち出した。長崎商人たちの不平不満が高まっていることも知っている。商人たちばかりではなかった。牢人たちも報償が少ないことに憤っていた。

日本町の収入を増やしたい。ならばアユタヤの商業を振興すれば良い。アユタヤが平和で安定した商業都市に戻れば収入も増える。

——しかし大官たちは陰謀を逞《たくま》しくさせておる。心をひとつにする、ということをせぬ……。なにゆえ私利私欲を追求するのか。ソンタム王の遺児を守り立てようとしないのか。長政にはまったくわからない。

そこへロマン・西が入ってきた。長政は急いで威儀を整える。落ちこんでいる姿は見せられない。

「これは教父殿。ご一瞥以来でござるな。布教は進んでおられるか」

それから表情を悲しげに曇らせた。

「タンヤラットの看病では世話になり申した。お陰で妻は、安らかに逝くことができました」

西は拱手《きょうしゅ》して低頭する。

「わたしの医術では力が及ばず、残念なことでした」

「すべては神仏の定めたもうた宿命。あなたの看病に抜かりがあったと申す者はおりますまい」

長政は椅子を進めた。西と二人でテーブルを挟んで座る。西は言いづらそうにしながら、語り始めた。

「わたしの教会には、牢人衆の信者も、商人衆の信者も参ります。信者たちはわたしにいろいろな話をしてゆきます。日本町の中に、あなた様を除こうとする動きがあると聞きました」

長政は渋い顔で頷いた。

「それはわしも察しておる。わしがオランダと組んで謀叛を起こすと噂を流した者がおるのだ」

「井上主計頭《かずえのかみ》様がお亡くなりにございます」

「存じておる」

「日本から送られてくる金銀は、あなた様宛ではなく、木屋や糸屋などの商人宛に変わりました。あなた様は商売の元（原資）を断たれたも同然」

井上正就もオークヤー・カムペーンペットもこの世を去った。ソンタム王もすでにない。長政の商売を支えてくれた人々が、残らずいなくなったのだ。西は長政の顔を覗き込んでくる。

「今後、いかがなさるおつもりか」

「困ったことだと思っておる。有体に申して、思案はない」

「ならば南に参りませぬか。わたしは前々から六昆《ナコーン》やパッターニーで布教をしたいと望んでいたのです。あなた様がナコーンに向かわれるのなら、喜んでご一緒いたしましょう」

長政は考えた。ロマン・西はカソリック教会の一員だ。長政が窮していることをキリシタンの教団が見抜いて、長政とその軍事力を取り込もうと図っているのかも知れない。

「ナコーンやパッターニーにキリシタンの国を作るのか」

「新しい国を作るのです」

ロマン・西の目は、場違いなほどに美しく輝いていた。

「かつて、ビルマの傭兵隊長だったフェリペ・デ・ブリトはシアンを奪い取り、ポルトガル人の国を造りました。それと同じことをなされればよろしいのです。南洋に日本人の楽土を建国し、あなたがその王にお就きになる」

長政もシアンのことは良く憶えている。カムペーンペットと協力し、伊藤久太夫とその父母たちを救出した。

――フェリペ・デ・ブリトと同じことをすればよいだけなのか。

ポルトガル人の傭兵隊長にできたことなら、自分にできないはずがない。

ロマン・西の熱弁は続く。

「シャムの貴族は一代限りの身分。あなた様の亡き後、あなた様の子や孫に、セーナーピモックのご身分が相続されるとはかぎりませぬぞ」

長政もこの一年間に何人もの大官の失脚を目にしてきた。シャムでは貴族の身分は固定ではない。王の一存で与えられるし、剝奪もされる。権力闘争に敗れたならば家財のすべてを奪い取られ、家族は奴隷の身分に落とされる。

日本町頭領の座とセーナピモックの名がオインに伝えられる可能性は低い。だが、パッターニーの王となれば王家の領地と権力を子孫に残すことができるのだ。

日が暮れた。ロマン・西が帰るのとほぼ時を同じくして、ライが訪ねてきた。

長政は庭に松明《たいまつ》を焚くように命じた。今日は門前で追い返すことなく迎え入れる。両雄は無言で見つめ合った。長いこと睨み合った後で、ライが「ふん」と鼻から息を吹いた。

「お前のように頑固な男は見たことがない。日本人とは皆、そのようなのか」

やおら、口元に微かな笑みを浮かべた。

「パッターニーを攻め取り、日本人はその地に移り住むべしという王の命、受けるのか、受けぬのか、どちらだ。王命を受けぬのであれば、すなわち王の臣ではない。アユタヤから出てゆけ」

「どうあってもわしをアユタヤから追い払うつもりか。わしがアユタヤを離れればお前とシャムの大官たちはアーティッタヤウォン王を王位から追うに違いない。お前が王位を奪うのだ」

ライは否定しなかった。

「シャムでは群臣たちの総意が国政に反映される。それが政《まつりごと》だ」

「忠義はどこへやったのだ！」

「お前は不思議な男だ。わしはお前という男を理解しようとした。日本の武士が奉じる忠義とはなんなのか。わしなりに調べを尽くし、長い時間を費やして考えた。そしてどうやら理解した。お前は、自分のことを、山田長政だとは思っていない。ソンタム王の一部だと思い込んでおるのだ」

「何を言う。わしはわしだ。恐れ多くもソンタム王とこのわしとが、たとえ一部であろうと一体だとは、考えたこともない」

「お前は、事あるごとに『ソンタム王の遺命を奉じる』と口にする。ソンタム王の御遺志を果たすことを第一に考える。ソンタム王が果たせなかった望みを果たすため、シーシン親王を殺し、チュータ―ティラートを王位に就け、カムペーンペットを殺し、アーティッタヤウォンを王位に就けた。そして今は、ソンタム王の遺命に従わぬ者たちを――すなわちわたしや群臣たちを、成敗してやりたいと考えている」

ライは「ふふふ」と笑った。

「分際をも弁《わきま》えず、なにゆえシャムの親王や貴族を殺すのだ？　お前は自分の罪深さや僭越《せんえつ》を意識したことがないであろう。お前が自分自身をソンタム王になぞらえているからだ。ソンタム王は死んだ。しかしお前の中では生きている。お前は自分をソンタム王の意志を継ぐ者だと錯覚している。お前は日本人山田長政としてものを考えぬ。ソンタム王に成り代わって物事を考え、判断し、行動する。もはやお前は生きている人間ではない。ソンタム王の亡霊だ。あるいはお前が、ソンタム王の亡骸に取りついた悪霊そのものなのだ」

ライは長政をじっと見据えている。

「これが日本人のいう忠義だ。そうであろう？」

「日本人の忠義とは……」

長政は乾いた口を潤すために無意識に唾を飲んだ。

「……主君のために命を捨てて奉公することだ」

「なにゆえ自分の命を捨てることができるのだ？　誰でも命は大切だ。そんな大切なものをどうして捨てられようものか。日本の忠義者は主君を護るために死ぬ。わしにはそれが不思議でならなかった。なにゆえ日本の忠義者は、自分の命を他人のために無駄にできるのか。だが、わかった。人は、殴られそうになった時、顔や身体を腕で庇《かば》う。腕に怪我を負おうとも、顔や胴が無事ならば良い。そう考えるからだ。日本の忠義者はこれと同じだ。主君の身体を自分の身体だと思い違いをしている。主君を自分だと思い込んでおるから、自分の顔や胴を守るために腕である自分を犠牲にできる。自分を犠牲にしておいて『主君は無事だ。ああよかった』と言って死んでいく。おのれを主君の一部だと錯覚しているから、こんなことができる。喜んで死んでゆけるのだ。お前たち日本の忠義者は主君に取りついた悪霊だ。本体が無事ならばそれで良いのだ。……これは人間の考える事ではない」

ライは長政の目の奥を、心の底まで覗き込むような目で見つめる。

「なにゆえお前たちは人生を自分自身のために使わぬのだ。シーシン親王も、カムペーンペットも、わしも、シャイフ・アフマド・クーミーも、おのれの人生をおのれのために使っておる。それを見たお前らは、我らを『不忠者』と罵《ののし》るのだ」

ライは長政を嘲笑《あざわら》う。

「長政よ、お前は異国からシャムに流れてきた商人だぞ。武芸を買われて雇われた傭兵に過ぎぬ。おのれの分際を正しく弁えておるならば、シャムの新しい権力者に仕えて商売をし、兵として傭《やと》ってもらい、それでありがたがるはずだ。しかしお前は、このわしに頭を下げようとはせぬ。流れ者の外国人の分際でなにゆえだ。なにゆえお前は自分のことを、そんなにも偉いと勘違いをしておるのだ。教えてやろう。お前はおのれのことをソンタム王と同体だと思い込んでおる。だからお前は異国の商人の分際で、カラーホームであるわしの命に従わず、シーウォーラウォンやプラクランを見下し、謀叛に加担してシーシン親王を殺した！　このような不敬と大罪をなぜ犯すか！　おのれ自身をソンタム王そのものだと勘違いしておる者にしか犯せぬ非道だぞ！」

ライは一気にまくし立ててから、首を横に振った。

「日本人の忠義、わけがわからん」

哀れむような目つきに変わる。

「ソンタム王が生きておるのならば、王命に服すことは忠義である。王の手足として自分を犠牲にして働くことも、なるほど天晴れな振舞いだ。しかしソンタム王は死んだのだぞ？　お前が我が身と同体と考え、身命を犠牲にして尽くした主君は、この世にはおらぬ。死んだのだ！　今のお前は依代《よりしろ》を失った悪霊だ。シャムとアユタヤに漂って人々に災厄をもたらす悪霊となっておる！　目を覚ますのだ山田長政よ！」

ライは興奮して叫んだ。すぐにいつもの静かな口調に戻る。

「もう良いのだ長政よ。お前は十分に働いた。これからは自分のために生きよ。これは友としての言葉だ」

ライは立ち上がった。部屋を出て行こうとして振り返る。

「わしに取りついて、わしの手足として働きたいと申すのであれば、わしは喜んで取りつかれようぞ。よき考えだと思うが、どうじゃ？」

長政は答えない。ライは苦笑した。

「異国の商人め。まだ、ソンタム王と同体だった頃の自尊心を捨てられぬと見える」

ライは声を上げて笑った。彼の笑い声を聞くのは長政にとって初めてだ。ライは出ていった。

＊

翌朝、長政は朝議に出席して、ナコーン遠征の命を受けた。

アーティッタヤウォン王からは黄金のキンマ入れ、他にも大官の格式を示す装飾品や宝物が贈られた。もちろんこれらはライが用意させたものだ。十歳の少年王が事態を飲みこんでいたとは思われない。

「オークヤー・セーナーピモック、ナコーン長官の重責を果たし、アユタヤ王家の藩屏《はんぺい》として、アーティッタヤウォン王を支え奉ることを誓いまする」

バラモン僧が長政の頭に冠をのせた。

長政は、ナコーンに向かって出征することとなった。

ライに与する貴族たちも長政がアユタヤを離れることを喜んだ。長政と日本人義勇隊がいる間は落ちついて就寝もできない。それほどまでに忌み嫌われる存在になっていた。

貴族たちは長政に盛大な贈り物をした。ナコーンの領主となって二度とアユタヤに戻ってくるな、と言わんばかりだ。長政は王宮と日本町の行き来に川船を使っていたが、その船に大量の宝物が載せられた。市街の人々も豪勢な船に驚いている。大勢が見送りに集ってきた。金箔銀箔で飾られた宝物と山田長政をのせた船が王宮の船着場を離れる。皆に見送られつつ水路を下った。

その時であった。一陣の風が吹いて船を揺らした。山積みになっていた宝物が荷崩れを起こした。

舵を握った五島源蔵が叫ぶ。

「船が覆《くつがえ》るぞ！」

船は傾く。宝物は雪崩をうって崩れ、それに連れて船はますます大きく傾いた。

「て、転覆するッ！」

あまりにも多くの荷を積みすぎたのだ。船の復元力を超える加重がかかっている。長政の船は水路の真ん中で横転した。長政も水に投げだされた。船は覆ったまま戻らずに、お宝とともに流されていく。

「頭領をお助けせよ！」

長政は義勇隊の者たちに抱えられて岸辺に引き上げられた。日本人たちが大騒ぎをする様子を、シャム人たちが無言で見守っている。誰もが冷やかな目を向けていた。助けに走ろうとする者など、ただの一人も現われなかった。


長政と日本人義勇隊は、全身ずぶ濡れの惨めな姿で日本町に戻ってきた。長政は金の冠をつけ、高貴な装身具で身を飾っていたのだが、それらもすべて泥まみれだ。

誰もが不吉に感じている。ナコーンへの出陣にあたっての凶事だ。組頭たちは暗い表情で押し黙っていた。一人、長政だけが妙に明るい。清水を頭から浴びて泥を落とすと、笑顔で皆の前に戻ってきた。

「これで吹っ切れた。わしはアユタヤへの未練を捨てたぞ」

皆が不思議そうな顔で長政を見る。長政は晴れやかな顔で語りはじめた。

「アユタヤの神仏からのお告げに相違ない。『アユタヤで手に入れたものはすべてアユタヤに返し、裸一貫、ナコーンへ赴くべし』との、啓示に相違ない」

長政は自分の言葉に自分で大きく頷いた。

「流された宝物はメナム川の水神に捧げたと思えば良い。この川にはずいぶんと世話になった。稼がせてもらった。戦にも勝たせてもらったのだ。これがわしから水神への最後の供物だ。わし自身も頭から水に浸かって沐浴できた。生まれ変わった心地がするぞ。今日からは新しい門出じゃ。パッターニーの地で我が王国を造る。メナム川の水神がわしに『そうせよ』と命じられたのだ！」

組頭たちの顔つきもみるみるうちに明るくなった。

「わしらはどこまでも頭領について行く！」

「我らの国を打ち立てるぞ！」

「おう！　やるぞッ」

皆で拳を突き上げた。

長政を乗せた浅間丸と船団が日本町を離れた。時に一六二九年、九月上旬。従う者は牢人衆の八百人とその家族。それに加えてロマン・西を教父と敬うキリシタンたちであった。

三

　半月の行軍で長政は六昆《ナコーン》に到着した。軍旗は金色の地に赤い丸。それまでは朱印船の旗――白地に赤い丸――を旗印にしていた。だが今の長政はパッターニー王を目指している。王に相応しい金色の旗を立てるべきだと考えて地の色を金に変更した。金は王権の印である。まことに立派だ。南洋の日差しを浴びて風が吹くたびに輝いた。眩しいばかりの威容であった。

　さらに長政はシャム兵の六千人を糾合《きゅうごう》した。前回の出征でペッチャブリーに残しておいた兵たちである。カムペーンペットの謀叛とチューターティラート王の危急を知った長政は、日本人義勇隊だけを率いてアユタヤに急行したわけだが、その時に率いていたシャム兵たちはいまだペッチャブリーに駐屯していた。

　兵たちはアユタヤの政変と長政の心境の変化を知らない。長政が戻ってきたので、そのまま指揮下に入った。長政はライになんの断りも入れなかったし、ライからも格別の苦情は届かなかった。


　ナコーンは湿原の広がる国だった。アユタヤの景色とは異なる。彼方に山並みが見えるのだ。日本で育った者たちにとっては、景色の中に山があるという、ただそれだけで嬉しかった。

「わしは気に入ったぞ」

　長政は象の上で上機嫌だ。

「我らはパッターニーの土地を手に入れ、日本人の国を造る。大坂の太閤殿下でさえ果たし得なかった偉業だぞ！　皆、励め！」

檄を飛ばすと牢人たちが歓呼で応えた。皆、深い感慨を覚えている。ようやく自分たちの土地を手に入れようとしている。アユタヤで日本町がいかに栄えようとも、所詮、シャムの国での仮暮しだ。アユタヤ王がひとつ命を下せばたちまちにして追放される。だがこれからは違う。異国人の顔色を窺うことなく、自分たちですべてを決めることができるのだ。

――岩倉平左衛門よ、金井七蔵よ、見ておるか。

長政は空に顔を向けて問うた。

――わしはパッターニーに黄金の国を造ってみせる。日本を追われた牢人たちが、安心して暮らすことのできる国だ。

死んでいった仲間たちの夢が今こそ叶う。叶えてみせる。長政の意気はあがるばかりだ。

軍勢は進軍していく。すると大勢の人々がナコーン城から出てくるのが見えた。

「あれは、軍兵か？」

日本人義勇隊は緊張した。騎馬で物見（偵察）に向かった伊藤久太夫が駆け戻ってきた。

「一名も武器を持たず、甲冑を身につけておりませぬ！　我らを迎えるために城を出てきたように見受けられまする！」

長政は「うむ」と頷いた。しかしここは慎重に判断する。

「軍を止めよ。しばし様子を窺う。油断はするな。弓弦は張り、鉄砲には弾を籠めておけ」

長政の軍勢と、ナコーン城から出てきた者たちが田圃を挟んで向かい合う。

向こうから馬が二騎、近づいてきた。馬に跨がっていたのは中年男の二人であった。布製の冠をつけている。シャムの貴族の正装だ。長政は黄金の冠をつけている。対峙する姿はまるで王と臣下のようであった。男の一人が馬からおりて声を上げた。

「わたしがオークヤー・ナコーン（ナコーンの行政長官）でございます。こちらは副長官のオークプラ・ナリット。我が実弟にござる」

長政は象の上から見下ろして「うむ」と頷いた。配下の牢人たちに命じる。

「謀反人、オークヤー・ナコーンを捕らえよ」

「ははっ」と応じた牢人衆が駆け寄ってオークヤー・ナコーンに縄をかけた。オークヤー・ナコーンはまったく抵抗しなかった。代わりに訴えた。

「お願い申し上げる。ナコーンの民に情けをおかけください。民に罪はございませぬ」

この長官にも罪はない。謀叛の事実はなかっただろう。ライの陰謀だ。長政をアユタヤから追い払うための口実にされたのだ。それでも長政はナコーン長官をアユタヤに連行するように命じると、自身は兵を引き連れてナコーン城に入った。

抵抗はない。ナコーンの役人たちは日本人義勇隊の強さを良く知り、怯えていた。長政の戦歴は輝かしいものであったが、敵対する側からすれば恐怖以外のなにものでもなかった。

長政は城内の者たちに向かって大声で宣告した。

「わしはお前たちを討ちに来たのではない。アーティッタヤウォン王の命によりこの地を統治するためにやってきたのだ。我を迎える祝宴を用意せよ！」

その場にいたシャム人の全員が立ち上がって城内に散った。城を清めて武器をしまい、宴の準備を始める。長政は満足そうに頷いた。

今村左京が長政に訊ねる。

「リゴール副長官の処遇はいかがいたしましょう」

長政は即答する。すでに腹案を固めてあったのだ。

「罪には問わずに働かせてみよ。我らのために忠節を誓うのであればよれでよい、わしはパッターニーに国を造る。我が王朝で重く用いてくれようぞ。わしはソンタム王の統治を真似るつもりだ。ソンタム王は異国人であろうとも、良く働く者は重く取り立てた。その度量でアユタヤの繁栄をつくりあげたのだ。わしも出自を問わずに、有用な人物を用いるつもりである」

タンヤラットとプラーがこの場にいたなら長政の案に賛成するであろうか。それとも反対するであろうか。などと一瞬、考えはしたが、すぐに失念した。やらねばならぬ仕事はたくさんあった。

長政は宮殿に入るとナコーンの役人たちを集めた。役人たちは長政に向かって平伏した。長政はナコーン副長官を呼んだ。

「オークプラ・ナリットよ。これからも引き続きナコーン市街の統治を任せる。この地の弥栄《いやさか》は、そなたの働きにかかっておる。頼りにしておるぞ」

副長官は処刑を覚悟していたのだろう、滂沱《ぼうだ》の涙を流して叩頭《こうとう》し、感謝の意を示した。

長政は副長官や現地の役人たちを集めた。大きな地図を広げさせ、この地について執拗に質した。

ナコーンはシャム王国の土地だが、南部はパッターニーと接している。住民もシャム人とパッターニー人とが入り交じっていた。パッターニーの王はアユタヤ朝の内紛を知り、ナコーン奪取の好機と見て取って大軍を国境に集めている。ナコーンの住人の中にはパッターニー贔屓《びいき》の者も多い。秘かにパッターニー軍を引き込もうと工作している、という話であった。

長政は役人たちの顔つきを一人一人確かめる。この中にもパッターニーと秘かに通じた者がいるはずだ。パッターニーが優勢となればたちまち寝返り、長政たちを追い払おうとするだろう。

──まずは我らの強さを見せつけることだ。人間は力に靡《なび》く。

「ようし、決戦だ。パッターニーの軍勢を叩く。二度とナコーンに手を出せぬよう、完膚無きまでに叩きのめしてくれようぞ」

長政は不敵な笑みを浮かべた。

引き続いて日本人だけを残しての軍議となった。

「あまりにも無謀ではございませぬか」

今村左京が眉根を寄せた。

「日本人義勇隊は八百。シャム兵が六千、ナコーンで兵を募るにしても、気心の知れぬ者たち。万を超えるパッターニー軍と戦うには心許ない」

「いかにもシャムとナコーンの兵は頼みになるまい。実質、八百の日本兵で戦うこととなるだろう。それは覚悟のうちだ」

長政の言葉に今村や伊藤久太夫、山浦与惣右衛門たち組頭が動揺する。

「頭領――否、王よ！　あまりにも無謀ではございますまいか」

山浦が言う。伊藤久太夫も身を乗り出した。

「アユタヤに残った木屋半左衛門たちに兵を送るよう、命じてはいかがでございましょうか」

長政は片手で発言を制した。

「皆の者よ、よく聞け。ここで我らが居すくんでおったならばナコーンの人心を得ることはできぬ。ナコーンの者たちは今、我らの強弱を計っておるのだ。我らが怯えた様子を見せれば、たちまち裏切り者が続出する。さすれば我らは戦わずしてこの地より逃げ出すことになろう。パッターニーの地を奪い取り、国を造るどころではなくなる」

長政は決然として告げる。

「ナコーンの者たちに我らの強さを見せつけてやる。わしには策がある。任せておけ」

組頭たちは互いに顔を見合わせていたが、やがて大きく頷き返すと、

「我らは王のお指図に従うのみじゃ！」

と声を揃えた。


長政の子オインはナコーンの城内を歩いている。十五歳（満年齢）だ。警戒心よりも好奇心のほうが大きい。興味本位で城のあちこちを見て回った。

宮殿には良く手入れされた庭園があった。ナコーンは植物の美しい国だ。大輪の鮮やかな花が咲き乱れ、蝶やハチドリが飛び交い、木の枝には豊かな果実が実っていた。オインは誘われるように庭園の奥へと進む。そしてそこで一人の少女と出会った。少女は絹の薄布と腰布で身体を包み、長い髪を金の笄《こうがい》で止めていた。オインに気づいた侍女たちがサッと平伏する。少女だけは傲然《ごうぜん》と顔を上げたままだ。

「無礼者ッ。何者か！」

少女が叫んだ。オインも負けじと胸を張って答える。

「わしは、オークヤー・セーナーピモックの嫡子《ちゃくし》、オインだ」

侍女が少女に向かって囁く。

「新しいご領主様がご到着なさったのでございます。姫様、腰をお屈めくださいませ」

姫は唇を噛んだ。それでもオインに向かって拝跪《はいき》しようとはしなかった。悔しそうな目でオインを睨んでいる。オインは侍女に質した。

「いずこの姫か」

「ナコーン副長官の娘にございます……。なにとぞ厳罰はご容赦を……」

「厳罰など、考えてもおらぬ」

オインは姫に歩み寄った。

「そなたの父上は許されたぞ。我が父の家臣となった」

姫があとずさる。オインは手を差し伸べた。

「怖がることはない。わしはそなたの味方だ」

姫はじっと見つめ返してくる。オインはその手を握った。

四

長政は連日、海岸線を歩き回った。船を着けることの可能な場所、兵を下ろすことができる場所を探して回る。土地の者たちが新しい領主と知って挨拶に来る。長政は上機嫌に迎えると、酒などを馳走し、付近の地形や川筋、深い沼の有無などを質した。

そしていよいよパッターニーの大軍が国境を越えて進軍してきた。黒々とした軍兵と無数の旗が地平を埋め尽くす。物見に出ていた騎馬武者がナコーン城に駆け戻ってきた。

「敵の数、およそ一万！　戦象の数は四百五十ばかりに見受けられます！」

予想以上の大兵力だ。衝撃が城内に伝わる。シャム兵たちの顔色が変わった。

長政は日本人の組頭たちを従えて城内を進み、中庭に出た。

「兵どもの姿が見えぬな」

昨日までは中庭で練兵が行われていた。ナコーンで募った若者たちに牢人衆が武芸を教えていたのだ。ところが今日は姿がない。怯えて逃げてしまったのだ。今村左京は呆れ顔となっている。

「やんぬるかな。我ら八百のみで戦うしかないようですな」

「うむ。一戦で片をつけることはできぬ。正面からぶつかっては一騎当千のお前たちでも勝てぬ。万余の敵が相手だ。よく考えて立ち回ることこそが肝要だ」

長政は大股の足どりで城門を出た。大坂牢人の山浦与惣右衛門が歩み寄ってきた。

「シャム兵六千の中から面構えの良き者どもを見繕っておきましたわい。人数は六百。まずまず、戦の役に立ちましょう」

革の甲冑をつけ、槍を手にした壮士たちが並んでいる。なるほど勇壮な面構えだ。

「でかしたぞ、与惣右衛門。六百の兵は頼りになる」

するとなにゆえか与惣右衛門はニヤッと笑った。長政は見咎める。

「なにが可笑しい」

「いや……。殿様はここしばらくの間、ずっと塞いでおわしたが、戦になると途端に精気を取り戻された。華やいでさえ見える」

「左様か？　いや、その通りだ。総身に力が漲《みなぎ》っておる」

長政は与惣右衛門が選抜した精兵六百を百人ずつに分けた。戦に慣れた牢人を将に据える。これで配下は千四百人となった。もっともそれでもパッターニーの一万には遠く及ばない。

長政は総勢を二手に分けた。

「本隊の日本兵五百とシャム兵六百は、わし自らが率いて陸を行く。残りの日本兵三百人は船に乗れ。今村左京が将を務める」

ナコーンの港に浅間丸と軍船の三隻、合わせて四隻が停泊している。戦象や騎馬が船に移され、

歩き、パッターニー軍の待つ南の戦場に進んでいく。戦象と騎馬武者、歩兵たちが市街《ムアン》の通りを練り
出陣だ。太鼓が打ち鳴らされ、喇叭《らっぱ》が吹かれた。
長政も象に乗る。金字に日の丸の軍旗を掲げた。
兵たちが乗り移った。帆を上げて河岸を離れる。

パッターニー軍の一万と長政の本隊の千百人は平原を挟んで睨み合った。パッターニー軍の主力は戦象と歩兵だ。長政軍が寡兵であることは遠くからでも見ればわかる。太鼓や鐘を打ち鳴らしながら堂々と押し出してきた。先鋒隊だけで軽く千人を超えている。横に広く展開して矢を射かけてきた。長政の陣に雨のように降り注いだ。


長政は陣形を小さく纏《まと》めさせた。楯を頭上に掲げて矢を防ぎつつ、鉄砲での応戦を命じる。

「撃ち続けろ！　敵を近づけさせるなッ」

大軍と真っ向から激突したら敵わない。接近を許せば即座に負けだ。

日本兵の射撃は正確だった。敵の歩兵が次々と倒れていく。それでもパッターニー軍は怯まない。前進を止めようとはしなかった。逆に長政勢が押され始めた。ジリジリと後退を始めたのだ。

パッターニー王は軍鼓を大きく打ち鳴らし、前線の兵に突撃を命じた。兵たちは「わあっ」と喚声を上げ、槍先を揃えて突進する。日本兵も応戦した。槍と槍との叩き合いだ。兵たちの足が湿地を踏みにじり、泥水を散らした。

パッターニー軍は十倍以上の兵力を活かし、左右に大きく広がって長政軍を包囲しようとした。

長政は象の上から敵の動きを見ている。そして「退けえ！」と叫んだ。

長政軍は敵に尻を向けて逃げ出した。大軍に包囲される前に戦場を離脱しなければならない。押

し包まれたら全滅する。パッターニーの将兵がなにやら叫んでいる。彼らの言葉で「追え」と命じているのだろう。追り来る敵兵を一人ずつ射倒した。

日本人牢人衆は得意の鉄砲と弓矢でパッターニー兵を射殺した。パッターニー兵は〝足の速い者〟から順番に一人ずつ殺されていく。無秩序に追撃して、日本兵に追いついた者から射殺された。

パッターニーの将軍も「これではいかん」と感じたのだろう。散らばった兵を呼び集めると陣形を建て直した。長政勢は海岸線を逃げていく。パッターニー軍は粛々と追撃を続けた。

長政は象の上で地図を広げた。

「よし。この地に陣を布け。急いで柵を並べさせよ」

ナコーンに入城したその日から長政は領内を巡り、砦を造るのに相応しい場所を見つけて回った。この地には秘かに材木や工具も運び込んである。兵たちは木槌で杭を打ち込み、柵を作って楯を並べた。なにもなかった平野に砦が忽然と出現する。

「よし。これで半日は持ち堪えられるであろう」

すると伊藤久太夫が渋い顔をした。

「半日しか持ち堪えられませぬぞ。こんな柵など、象が体当たりしてきたなら、すぐに押し倒されてしまいましょう」

「半日あれば十分なのだ。頃合いや良し。敵が寄せてきた。十分に引き付けてから狙い打て」

パッターニー軍が前進してくる。伊藤は兵たちを叱咤する。

「ようく狙って撃ち返せ！　敵の矢は楯が防いでくれる！　落ちついて戦え！」

日本兵とシャム兵は鉄砲と矢での迎撃を開始した。砦の正面には深田が広がっている。突撃してきたパッターニー兵は腰まで泥に浸かって難渋している。そこを次々と狙い撃った。

パッターニーの将軍が憤激して戦象を進めてきた。象ならば深田も踏み越えることができる。長政は冷静に命じた。

「象の上の将を狙え！」

矢と鉄砲玉が集中する。将軍は血を噴き上げて象から落ちた。


時間は刻々と過ぎていく。パッターニーの大軍が戦場に到着し、長政の砦を囲んだ。長政軍も疲れを隠せなくなってきた。

敵の象がついに深田を渡り切った。柵を蹴り倒す。鼻を高く上げて咆哮する。象が倒した柵の隙間にパッターニー兵が雪崩込んできた。

「第二の柵まで下がれ！」

長政は砦の外郭の放棄を命じる。長政軍は砦の奥へと押し込まれていく。さしもの日本牢人衆も焦りを隠せない。伊藤久太夫が「退けッ、退けッ」と味方を逃がしながら自分も後退してきた。

「頭領、このままでは……」

長政は余裕の笑みを浮かべている。

「あれを見よ。来たぞ」

彼方を指差す。伊藤は振り返った。海の上に船が見えた。

「あれは、浅間丸！」

浅間丸が砲門を開いた。十門の大砲が火を噴く。砲弾はパッターニー軍に降り注いだ。鉄の弾が兵たちを薙ぎ倒す。パッターニー軍はたちまちにして大混乱に陥った。

日本軍の船団は五隻だ。浜辺に接岸して騎馬武者と兵を下ろす。パッターニー軍の背後に突然出現した軍勢だ。すぐさま突撃を開始する。パッターニー王は驚愕している。彼はいちばん安全な最後尾に布陣していたのだが、そこにいきなり斬り込まれた。武将たちは慌てて王を逃がそうとする。王の近衛兵が王を守りながら逃げだした。

　王の本陣が崩れたことを知り、パッターニーの全軍が動揺した。それぞれの部隊で将官が喚きながら旗を振る。「退け！」と叫んでいるのだと推察できた。

「今だぞ！　押し出せッ。鬨《とき》の声を上げよ！」

日本兵は肺の裂ける勢いで「鋭、鋭、応！」と叫んだ。

長政軍はパッターニー軍をさんざんに追い散らした。頃合いと見て長政は〝退き鐘〟を打たせた。それぞれの隊を率いる組頭が「退きあげぇ」と叫び、兵を纏めて長政の許に戻ってきた。

船から上陸した別動隊の今村左京もやってくる。長政の嫡子、オインを先頭に立てていた。オインは別動隊の大将ということになっている。実際に指揮しているのは年功者の今村なのだが。

長政は上機嫌で迎えた。

「両名とも大儀であった。見事な勝利だ」

オインは悔しそうにしている。

「あと少しでパッターニー王を討ち取れましたものを！　今村に止められ、取り逃がしました！」

「それで良いのだ。深追いは無用。今後も今村の言いつけに良く従うように」

「されど父上！」

「パッターニー王を討ち取ったならば、敵は引っ込みがつかなくなる。全軍が討ち死覚悟で突進してきたであろう。さすれば我らも全滅していた。オインよ。大軍を相手にした時にはゆるゆると戦うものだ。一戦で勝負を決しようとすれば、兵の少ない方が必ず負ける」

オインは不満顔を隠しもせずに引っ込んだ。長政は苦笑する。

――まだまだ尻が青いな。一人前の駆け引きができるようになるまで、わしが後見せねばならぬ。日本人がパッターニーに王国を築けばオインは二代目のパッターニー王となるのだ。鍛え直さねばならぬところが多いと長政は感じた。


一敗地に塗れたパッターニー王であったが、それでもパッターニーは大軍だ。陣形を建て直すと、翌朝には雪辱を期して進軍してきた。昨日の戦闘には参加しなかったパッターニー兵たちが先鋒を務める。無傷で元気一杯だ。

長政は兵を巧みに進退させる。退却を命じてパッターニー軍に自分たちを追わせた。昨日とは別の場所に作ってあった隠し砦に引きずり込み、海上を進めた別動隊を上陸させて奇襲させた。パッターニー軍は長政の策に翻弄されて、苦杯を舐めた。

さらに次の日。長政の作戦を理解したパッターニー軍は陣形を広く取って奇襲に備えるようになった。長政の本軍と対峙する正面軍は奇襲隊の接近に怯えて気もそぞろだ。それを見て取った長政は、軍勢をひとつに纏めて突撃を敢行した。パッターニー軍の中央を蹴散らして潰走させた。

長政は勝利を重ねた。しかし深追いを避けていたので特筆すべき戦果はない。パッターニーも決定的な敗戦を喫していないので退却しない。結果、対戦はずるずると続いて七日間にも及んだ。

パッターニー王はほとほと疲れ果ててしまった。兵たちの間にも厭戦《えんせん》気分が蔓延する。ついにパッターニー王は総退却を指示した。国境を超えて南の領国に去って行った。

八日目の朝、長政たちが目にしたのは放棄された敵陣からあがる白煙であった。パッターニー軍は柵や兵舎を自焼して去ったのだ。

「父上、勝ちましたぞ！」

オインが目を輝かせる。長政も大きく頷いた。

「勝鬨《かちどき》をあげよ！」

オインが「鋭、鋭、応！」と叫び、兵たちが一斉に唱和する。早朝の原野に歓喜の声があがった。

長政軍はナコーン城に凱旋した。ナコーンの市民は花弁を散らして凱旋軍を迎える。市街を練り歩いている最中、オインが馬から飛び下りた。ナコーン副長官の娘を見つけたのだ。若い二人は手を握り合う。長政が横目でそれを見ている。

――しょうがないやつだ。

あえて咎めることもしない。ナコーン副長官の娘であれば政略結婚の相手としてもうってつけなのだ。自然に愛し合ってくれるのであれば、尚更結構な話であった。

長政は勝利の一報を使者に託し、アユタヤのアーティッタヤウォン王に向けて送り出した。

しかしその報告書はアーティッタヤウォン王には届かなかった。少年王はこの時すでに、この世のものではなかったからだ。

五

長政が去ったアユタヤでは、アーティッタヤウォン王を護る者は誰もいなかった。

群臣の中から建白があがって『少年王を学問所に入れるべきだ』という発案が朝議にかけられた。王は十歳である。学ばなければならないことは多い。シャムの王は絶対権力者だ。その場の思いつきや感情で王命を下されたら国政が混乱してしまう。

この建白に反対する者はいなかった。アーティッタヤウォン王は王家の学舎（寺院の高僧から学ぶ）に移されて、帝王学を教授されることになった。かくして宮廷から王の姿が消えた。

これに驚き、困り果てたのは諸国の貿易商たちである。シャム王国の産物はすべて王家の専売品だ。王がいったんシャム国内の産物をすべて買い上げてから、商人たちに卸す。王が不在では商売ができない。商業活動が停滞する。シャム王国は商業で経済を成り立たせている。貿易が停止したならたちまちにして国庫が干上がる。貴族たちの収入の道も断たれてしまった。

貴族たちも悲鳴を上げた。少年王を戴《いただ》き続けることは亡国の道だ。国を統《す》べるに相応しい人物を王に擁立すべし、と言い立てた。オークヤー・カラーホーム（ライ）の屋敷に群臣たちが群がる。役人や商人、庶民も集まってきた。「王に即位していただきたい」と皆で、声を大にして訴えた。

むろん、すべてが芝居である。ライの腹心の者たちが煽動して、ライ待望論を巻き起こしていたのだ。王を学問所に入れたのも陰謀の一環であった。

しかしである。可燃物のないところに火を着けても燃え上がりはしない。「少年王では困る。今のシャムで国王が務まる者はライしかいない」という声は、シャムの国民の本音であり、熱望するところでもあった。

ライは「皆の熱意には根負けした」という顔つきで門を開いて館から出てきた。集まった者たちの前で訴える。

「皆の申すことは道理である。ただ今シャムは危急存亡の秋《とき》。内乱で受けた傷はいまだ癒えず、スペインは虎視眈々とこの国を狙っている。国土を復旧させ、敵国を退ける指導者が、今こそ求められている」

集まった者たちは拳を振り上げて叫ぶ。

「あなた様をおいて他になし！　どうか王位にお就きください！」

割れんばかりの声が地に満ちた。しかしライは同意しない。

「天に二つの太陽がないのと同様にシャムに二人の王はいない。あなた方はすでにアーティッタヤウォン王を戴いているではないか。わたしは王の摂政として王のご成人まで職務を代行しよう」

まっとうな物言いだが、ライの本音ではない。野心を隠すための方便だ。

群衆の中から声があがる。

「王は一人！　あなた様こそ王になるべし！」

「政務の果たせぬ子供が王位にあるべきではない！」

「我らはあなた様を王に望むのです！」

ライ腹心の者たちが示し合わせて叫んでいた。今度もまた、反論する者はいなかった。「そうだそうだ」と同意の声があがる。こうなるともう勢いは止まらない。ライを王位に就かせることが民意となる。大きなうねりとなってアユタヤを包み込んだ。

戦争と内乱の連続で、国民たちは皆、不安であった。ソンタム王の時代と同様の安定した社会を取り戻したい。泣き叫びながらライに王位就任を懇願する者もいたのだ。

ライは即答を避けた。屋敷に閉じ籠もる。「わたしは王位簒奪者《さんだつしゃ》とは呼ばれたくない」というのがその言い分だった。国民は恐怖と不安に苛まれた。日本の神話でいえば、天照大神が天の岩戸に隠れたのと同じような恐怖がシャムの社会を襲った。

邪魔な少年王を殺すしかない。このように短絡的に考える者も出てくる。暗殺者が王の学問所に侵入して王を捕らえた。ワット・プラメーンコークプラヤーに引きずっていく。シーシン親王とチユーターティラート王が処刑された場所だ。叔父や兄と同じように白檀の棒で胸を打たれて殺された。最後の言葉は「どうしてぼくが殺されなければならないの？」だったと伝えられている。

シャム王家、第二十四代国王、享年十歳。即位から三十八日後の出来事であった。

ライは群臣に迎えられて王宮に入った。古《いにしえ》よりのしきたりに従って王座に就く。王としての名はプラーサート・トーンと公布された。

プラーサート・トーン王はソンタム王の母方の従兄弟ではあるが、男系で見れば王家の血を継いではいない。よってここでスコータイ王家は断絶し、プラーサート・トーン王家が誕生したとみる考え方もある。

アユタヤからナコーンへ答礼の使節がやってきた。船には勝利を祝う贈り物や美女たちがのせられていた。それらはすべて新しいアユタヤ王から長政への贈り物であった。

長政はライよりの書状を受け取った。そこにはアーティッタヤウォン王の死と、プラーサート・トーン王の即位について記されてあった。

長政は書状を手にしてぼんやりと立っている。これでソンタム王の血筋は絶えた。ところが自分でも不思議なくらいに怒りも悲しみも湧いてこなかった。こうなることは、わかっていたのだ。長政がアユタヤを離れた時点で少年王は庇護者を失う。ライの野望成就を手伝う者は大勢いるが、王を守ろうとする者はいないのだ。

兵を率いて取って返して、ライの非道を詰《なじ》り、アーティッタヤウォン王の弔い合戦に及ぶべきか。

長政は「否」と首を横に振った。

――わしは、日本人のために生きると決めたのだ。

戦死していった者たちから託された希望。日本人が奴隷に落とされることなく、安心して暮らせる国をつくる。ソンタム王の遺命に振り回されてはならない。いつしか長政は、そう考えるようになっていた。

笑い声が聞こえてくる。城の庭園で誰かが遊んでいる。ナコーン副長官の娘とその侍女たちだった。オインは娘たちの中心で戯れている。若さと幸せに満ちた姿だった。

それに比べて長政の気分は塞がるばかりだ。

――疲れたな……。

ガックリとうなだれて頭を抱えた。


プラーサート・トーン王からの贈り物を運んできたのは木屋半左衛門であった。ナコーン城の長政の執務室に入ってきた。長政はテーブルにナコーンの地図を広げていた。半左衛門に気づいて「おう」と言った。半左衛門はすかさずその場に座って低頭する。

「ナコーン長官へのご就任、まことに大慶至極。この木屋半左衛門、心よりお喜び申し上げまする」

長政は苦笑した。

「よせよせ。昔馴染みではないか。堅苦しい挨拶など無用だ」

「されど、ただ今のあなた様はこの地の殿様でございますゆえ」

「殿様というものは存外に孤独だ。誰も対等につきあってはくれぬ。いつだって独りだ。せめて、そなたぐらいは、これまで通りに、友垣《ともかき》として付き合ってもらいたい」

半左衛門は立ち上がった。

「どけんなわけがあって、オイだけは格別なんやろうか？」

「そなたはわしに、言いにくいことでもズケズケと言ってくれる。憎いと思ったこともあったが、今となっては、ありがたく思うことのほうが多い」

半左衛門は、ちょっと寂しそうに笑った。

「あーたは幾つになられた」

「四十二歳じゃ。四十年生きた」

一六三〇年のこの年、長政は数え年で四十二歳、満四十歳になった。

「あーたがシャムに流れて来てから十九年。一介の牢人がとうとう一国一城の主《あるじ》となったとか。たいしたもんたい。本朝（日本）未曾有の英傑たいね」

「これで終わりではないぞ。わしはパッターニーの土地を手に入れ、パッターニーの王となるのだ。この地図を見てくれ」

半左衛門は覗き込んだ。

「治国の方策はあっとやろか？」

長政は紺屋《こんや》の倅《せがれ》で、駕籠《かご》かきで、牢人だった男だ。帝王学など身につけてはいない。

半左衛門の心配をよそに、長政は自信ありげに微笑んでいる。

「ソンタム王の治世を真似る。ソンタム王がなさっていたことをやり、ソンタム王がやり残されたことをやる。パッターニーをアユタヤに比肩する大都に育てて見せる。まずは港じゃ」

　長政は地図の一点を指差した。

「ここに港を造る。商人を集め、船大工も集める。見ておれよ半左衛門。パッターニーはものの数年で面目を一新するであろう！」

「その心意気ば聞いて安心したとよ」

　長政は「ん？」と首を傾げて聞き返した。

「なぜに安心するのだ。なにを不安に思っておった」

「プラーサート・トーン王とアユタヤの大官たちは、あーたが激怒して攻めかかって来るのではないかと案じておわすのだ。アーティックタヤウォン王ば、殺《あや》めてしもうたからな」

　長政も寂しげな顔つきとなる。

「今となっては詮方なきこと。わしは配下の日本人に安寧な暮らしを与えねばならぬ。ライと戦ったところで誰も幸せにはなるまい。チューターティラート王やアーティッタヤウォン王が生き返るわけでもない。弔い合戦など愚かしい話だ」

　長政は、なにやら吹っ切れた顔つきであった。

「あーたは変わったなぁ。ちょっと前までのあーたは、ソンタム王の遺命を奉じることしか頭になかった」

「ライに叱られたのだ。このわしは、まるでソンタム王の亡霊だ、となソンタム王のためではなく、おのれのために生きろ、と諭された」

「それで目が覚めたとか？　頑固者のあーたを改心させてしまうとは。プラーサート・トーン王はまっこと名君たい」

「そうかも知れんな」

しんみりと言って、長政は、皮肉げな笑みを半左衛門に向けた。

「そなたもすっかりプラーサート・トーン王に丸め込まれたようだな。王の命を受けて、はるばるとナコーンまで礼物を運んでくるとはご苦労なことだ」

「アユタヤの商人がアユタヤ王のために働くのは当然のこったい。他にどういう生き方があっとか」

「シャイフ・アフマド・クーミーも、同じようにして、ライに忠誠を誓っておるのか」

「イスラム商人も、明国の商人も、オランダの商人も、誰も彼もがプラーサート・トーン王の恩寵を賜って、アユタヤを守り立てておるったい。ソンタム王の頃とやってることは同じたい。なにも変わっておらんとよ」

長政は答えない。半左衛門は問うた。

「どげんな？　あーたもプラーサート・トーン王に忠誠ば誓う気はなかとか」

長政の目が泳いだ。半左衛門は続ける。

「あーたがアユタヤに戻ってくるなら、プラーサート・トーン王は重く取り立てて下さる。そう、お約束してくださったとよ」

「ライは悪人だぞ。仕えるに足る人物ではない」

半左衛門は呆れ顔となった。

「あーたは四十年も生きてきて、まーだわかっとらんとか？　悪人だから名君になれる、そういうこともあるったい」

そうかも知れない。ソンタム王のような人傑にして名君の双方を兼ね備えている人物は、滅多にこの世に現われない。ならば次善の策として悪巧みの上手な者を王に立てる。外国との紛争も、得意の悪巧みで乗り切ってくれることだろう。逆に善人のお人好しでは頼りにならない。シャムの貴族や役人たちは、皆、そう考えて、ライを王に推戴したのだ。

半左衛門は説得を続ける。

「プラーサート・トーン王は、あーたを高く買っていなさるとよ。朝議で難題が持ち上がった時なんぞ、『この場にセーナピモックがおれば……』と、呟かれることもあるったい」

長政の心が揺れた。プラーサート・トーン王の黒い頭脳に、長政の将才と日本人牢人衆の武力が合わさった時、シャムはかつてない強国となるだろう。アユタヤは繁栄の頂点を迎えるに違いなかった。

しかし。アユタヤに戻ったならば、牢人衆をシャム人の権力闘争に投入せねばならなくなる。

「わしは、この地に日本の国を建てることしか考えておらぬ。アユタヤにまでは手が回りかねる」

半左衛門は「残念たい」と答えた。

それから顔つきと口調を改める。

「プラーサート・トーン王からの贈り物を広間に並べてあるったい。お披露目の儀式ば済ませていただかなければ、オイはアユタヤに戻れんとよ。奥方の候補も連れてきておっと。奥方ば、決めていただかねばならんとよ」

「奥方だと？」

「あーたは今、やもめじゃろうがい。心配しなさったプラーサート・トーン王が、奥方の候補ば、寄越してくださったとよ」

タンヤラットが死んで以降、長政は独り身である。しかし余計なお世話だ。

「いらぬ。女たちは連れて帰ってくれ」

半左衛門は眉根を寄せた。

「それはいかがなものじゃろうな。お連れしたのはソンタム王の娘様じゃ」

「なんじゃと！」

長政は仰天した。半左衛門は声をひそめる。

「姫様も哀れな身の上たい。アーティッタヤウォン王の亡き後、王宮はプラーサート・トーン王のお身内で占められとうと。姫様の居場所はどこにもなか。毎日が〝針の筵《むしろ》〟たいね」

長政にも姫の苦境は推察できた。半左衛門は続ける。

「王の側近の中には『禍根を断つために、姫のお命も奪ってしまえ』などと息巻く者もおっとじゃ。アユタヤにおっては姫様のお命も危なか」

長政は即断した。

「わかった。ソンタム王の姫君とあれば是非もない。わしが守護し奉る」

「そいが良か。オイも肩の荷が下りたとよ」

長政は黄金の冠をつけてナコーン城の大広間に入った。広間にはアユタヤからの贈り物が陳列されている。贈り物をすべて並べて見せるのは、東洋世界で普遍的な作法だ。

長政が入ってきたので家臣たちが――日本人牢人衆の他に、シャム人やナコーン人から抜擢した者も――一斉に平伏した。

一人、ソンタム王の娘だけが傲然《ごうぜん》と立っている。長政を睨みつけて、低頭しようとはしなかった。

まあ良い。と長政は思った。

姫の心は今、乱れているのだ。父の死と兄弟の死、そしてアユタヤからの追放、さらには異国人と政略結婚。姫は十五、六歳に見える。ただでさえ多感で悩み多い年頃だ。

——この地で穏やかに過ごしていただき、心の傷を癒していただこう。長い年月がかかるかも知れぬが。

姫の面差しはソンタム王の若い頃に似ていた。長政はこの姫を庇護し続けようと心に誓った。

めでたい話は続いた。オインの婚儀が整ったのだ。相手はナコーン副長官の娘である。政略結婚に違いないが、本人同士も惹かれあっている。ナコーン副長官は長政の執務室にまで挨拶に来て、深々と謝礼した。この人物はナコーンの郷紳で土地の者たちからの信頼も厚い。パッターニーとの決戦では国を良くまとめあげた。兵糧を集めて前線まで送り続けたのだ。

有能な人物が親族となった。長政は満足であった。

「そなたの力を得て、我が統治はますます首尾よく進むであろう。今後とも頼りにしておるぞ」

ナコーン副長官は床に額を擦りつけた。

「お言葉、我が身の果報にございまする。ご信任に答えるため、わが生涯を捧げ、一心に務める覚悟にございまする」

「善哉《よきかな》」

ナコーン副長官が退出した。続いてソンタム王の娘が入ってきた。

長政は「おやっ」と思った。王女は上半身を薄布で隠し、腰に腰布を一枚巻いただけの姿だ。これは王に対する臣下の姿だ。左右の手のひらは顔より上で合わせている。手をどこで合わせるかで相手に対する敬意の上下を示す。自分の額より上で手を合わせるのは、仏像と王に対した時のみの作法であった。

ソンタムの王女が、かつての家来の、異国人にたいして最敬礼の姿をとっている。足は裸足だ。

——いたわしいことだ。

長政は同情した。この王女には、ソンタム王の娘として恥ずかしからぬ暮らしを送っていただこう。そう決意した。

——王子お二人の命を護ることはできなかった。せめて王女をお守りすることで、ソンタム王の遺命に報いたい。

王女は長政の座った椅子のすぐ近くで横座りとなった。距離が近い。これは妻だけに許される距離だ。王女は合わせた両手を長政に向けて、自身は深々と低頭した。

長政は「うむ」と頷いた。

「王女よ。わしは——」

哀れな娘に声をかけようとした、その瞬間であった。王女は合わせた両手の間に隠し持っていた刃物を握り直した。

「逆臣！　覚悟ッ」

いきなり斬りつけてくる。長政は油断しきっていた。椅子に深く腰掛けてもいる。咄嗟《とっさ》に避けることができない。左足のふくらはぎを斬られた。鋭い痛みが走った。

王女はさらに斬りつけようとして躍りかかってきた。長政はその腕を摑んだ。

異変に気づいた伊藤久太夫が兵を連れて駆け込んでくる。

「狼藉者ッ」

長政は「騒ぐなッ」と伊藤を叱った。王女の腕をねじ上げる。王女の手から刃物を奪った。薄いナイフだ。鋭く研いであった。

王女は泣き崩れた。兵たちが取り押さえようとすると、さらに激しく暴れた。

「逆臣ッ、よくも妾《わらわ》の叔父を、弟たちを殺しおったなッ。お前のせいでシャムは目茶苦茶になった！　大勢が死んだ！　大勢が苦しんだ！　なにもかもお前のせいじゃ。悪鬼《あっき》の如き異国人め、地獄に落ちるがよい！」

「それは違う――」

わたしはあなたのお父上の遺命に従っただけなのです。長政は、そう言おうとした。だが、結果として王女の言う通りになった。スコータイ王家は滅亡し、プラーサート・トーン王家に取って代わられたのだ。

――なにも言い訳はするまい。

長政は傷口を手で押さえた。皮膚は裂けて、筋肉までパックリと切られている。血が溢れて指の間から滴った。

兵が持って来た晒が傷に巻かれた。長政は顔をしかめながら命じた。

「この事、口外はならぬ。この怪我はパッターニーとの戦で負ったことにする。皆にもそのように伝えよ」

「王女の身柄はいかがいたしましょう」

「ソンタム王はわしの恩人だ。王女を手に掛けることは許さぬ」

処遇をどうするべきか、今は思いつかない。

王女はさんざん呪いの言葉を吐き散らしながら、兵たちに連行されて行った。

＊

それから三日ばかりが過ぎた。長政が受けた傷はなかなか塞がらない。

――わしも歳を取ったのだな。傷の治りが遅い。

若い頃は、怪我も病気もケロリと治ったのだが。四十を超えれば無理が利かない。シャムは暑い。熱気と湿度は傷の治りを遅くする。雑菌が湧いて化膿すれば命にも関わった。

痛みをこらえて長政は執務を続ける。港の拡充は急務だ。パッターニーへの警戒も怠ることはできない。こうなると、オインの若さと未熟さが気になってくる。オインは許嫁《いいなずけ》を愛することに夢中でナコーン副長官の館に入り浸っている。ナコーン副長官から、なにやらよからぬことを吹き込まれているのではないか、と心配する声も、古株の組頭たちから上がっていた。

――こんな時だからこそ、わしは気力を奮い立たせねばならぬ。

落ち込んでいては治る怪我も治らない。長政は政務に没頭しようとした。そうすることで傷の痛みと、王女から受けた罵倒を忘れようとした。

執務室に木屋半左衛門が入ってきた。ナコーン副長官もなぜか一緒にやってくる。半左衛門は別れの挨拶に来たのだ。

「オイの船はこれから出帆たい。アユタヤに帰っとよ」

「世話になったな。次に来る時には買い付けを頼む。必要な品はここに書いてある」

長政は手に入れたい産物の数々をしたためた紙を渡した。

「支払いは錫《すず》でする。ナコーンでは錫が良く取れる。わしは錫鉱山《すずこうざん》を開くつもりだ。山浦与惣右衛門がランサーンの鉱山で働いたことがあってな、鉱石の掘り出し方を知っておった」

半左衛門は微笑を浮かべて聞いている。

「あーたは本当に働き者たい」

「上に立つ者が働けば、配下の者は怠けることができまいぞ」

長政が声を上げて笑うと、半左衛門も微かに笑った。

「ところで、怪我の具合はどげんな？　治りが悪かと耳にした。もしかすっと、薬が合わんのかも知れんとよ。シャム人の薬は、シャム人にしか効かんばい」

長政は噴き出した。

「人の身体に違いがあるものか。シャム人に効く薬なら日本人にも効こうぞ」

「そうとは限らんたい。水だって、合う、合わないがあっとよ」

同じ水を飲んでも下痢をする者がいる。他国の水を飲む時には特に注意が必要だった。

「ちょうど日本から取り寄せた薬があっとよ。売り物にするつもりやったが、将来のパッターニー王への貢ぎ物にすると」

薬の入った壺を差し出した。

「心遣い、ありがたい」

ナコーン副長官が静々と歩んできて、長政の代わりに薬壺を受け取った。

木屋半左衛門は白い歯を見せて笑った。

「そいでは、こいでお別れたい」

「うむ。また会おう」

木屋半左衛門は去って行った。ナコーン副長官は薬壺をテーブルに置いた。新しい晒を用意する。

「木屋殿の言う通りかも知れません。日本の薬、お試しになることをお勧めいたします」

「そうだな。半左衛門の志だ。塗ってくれ」

ナコーン副長官は壺の中身の軟膏を木篦《きべら》で掬って布に厚く塗りつけた。

「晒をお取り替えいたします」

召使のように長政の前に屈んで、甲斐甲斐しく晒を解いた。傷口は塞がっていない。赤い血が流れる。

「滲《し》みるかも知れませぬ。ご辛抱を……」

薬のついた布を当てた。刺すような痛みを長政は感じた。歯を食いしばって堪える。副長官はさらに晒を上から巻いて、きつく縛った。


痛みが酷くなってくる。心臓が高鳴った。

――これは……！

長政は晒の上から傷を探ろうとして、愕然となった。足の感覚がない。指まで痺れだした。晒を取り去ろうとしたが、結び目を解くことができない。ナコーン副長官を呼ぶ。だが、舌がもつれて声が出ない。視界も暗くなっていく。

――ど、毒か……！

薬は毒薬だったのか。長政は倒れた。頭を強く打ちつけたが、その痛みもほとんど感じない。喉が塞がり、息ができない。

――わしは、死ぬのか……。

手を伸ばそうとした。何も摑めない。

――ソンタム王！　タンヤラット……！

心の中で叫んだ。二人の顔を思い出そうとした。すぐに意識は暗い闇の中に沈んで行った。

ナコーン副長官は王宮の庭園をひと巡りした。庭師を呼んで手入れの行き届かないところを指摘した。ナコーンの植物は毎年見事な花を咲かせるが、今年はいちだんと素晴らしい。ハチドリが飛んでいる。副長官は木の枝に成った果実をもぎ取って、皮の上から齧《かじ》った。

それから階段を上がって王の執務室に入った。長政が床に倒れていた。口から泡を吹いている。

「もはや、助かるまい」

屈み込んで長政の足を見る。毒が回って紫色に腫れ上がっていた。すぐに晒を解いて毒を洗い流して吸い出せば、命だけは助かったかもしれない。だが、もう遅い。手遅れだ。そのためにあれだけ時間をかけて庭を巡ったのである。

ここで副長官は初めて悲鳴を上げた。

「皆様っ、一大事でございます！」

日本人の組頭たちが駆けつけてきた。今村左京が、伊藤久太夫が、山浦与惣右衛門が、仰天して長政に駆け寄る。今村が抱き起こして揺さぶったが、長政は呻き声を漏らすばかりだ。

副長官は薬壺の蓋を開けて、また絶叫した。

「これは、毒蛇の毒じゃ！」

伊藤が壺を奪った。

「こんな物を、誰が持ち込んだのだッ」

「木屋半左衛門殿が……、しまった！　これは、プラサート・トーン王の陰謀か！」

「木屋はどこにおるッ」

伊藤が叫び、今村が首を横に振った。

「木屋の船なら先ほど港を離れた。今から追っても間に合うまい……」

伊藤が、山浦が、ガックリと膝を床につく。肩を揺さぶって泣き始めた。

六

十四日後、木屋半左衛門はアユタヤに帰還した。すぐさまプラサート・トーン王に拝謁する。

王は、手に持っていた書状をチラリと見せた。

「山田長政が死んだそうじゃ。リゴール副長官が早船で報せてきた」

後から出航した小舟のほうが早くに到着していたのだ。

プラサート・トーン王は窓の外を見た。その方角にナコーンがある。

半左衛門は淡々と報告する。

「山田長政は、王に仕えることを拒み申しました。よって、お指図の通りに毒殺いたしました」

「わしに仕えることを拒んだか……」

「あの男は不器用な生き方しかできませぬ。賢い立ち回りなど望むべきもないのでございます」

「なにゆえであろうな」

「人が善すぎたのでございましょう」

プラサート・トーン王は何も答えない。庭を蝶が飛び交っている。

半左衛門は驚いて目を見開いた。

「王よ、泣いておわすのでございますか」

「泣いている？　わしが、か」

プラサート・トーン王は指で目の下に触れた。涙の滴が指についた。王は不思議そうにそれを見た。

「これが涙か……。これが〝悲しい〟ということなのか」

生まれて初めて悲しいという感情を理解した。そういう顔つきだ。

「わしは、あの男が欲しかった。どうあっても、あの男をわしの手許に収めたかった。ところがあの男はソンタム王の遺命のことしか頭にない。王の遺児を守ることに一身を捧げおった。わしは、どうすればあの男を我が物にできるのかを考えた。王の遺児を殺せば良いのか。そう思って殺した。わしは王座を手に入れた。しかしあの男は、結局、わしに仕えることを拒みおった。わしはこれでも王なのか。なぜこんな思いをせねばならぬのだ」

プラサート・トーン王はため息をもらした。

「王座の、なんと虚しいことよ」

ナコーン副長官からの文を指で千切る。

「わしのものにならぬのであれば、いっそ殺してしまおう。わしはそう思った。あの男がこの世から消えていなくなれば、悩むことは、もうなにもない」

プラサート・トーン王はシャイフ・アフマド・クーミーを呼んだ。そして命じた。

「日本町を焼き払え。山田長政の息がかかったものすべてを、この世から消し去るのだ」

シャイフは伏目で「ははっ」と受けた。木屋半左衛門は仰天している。

シャイフ・アフマド・クーミーは王の命令を忠実に果たした。イスラム人部隊と王家の禁軍は松明を手にして日本町に雪崩込む。次々に火を放ち、日本人たちを女も子供も容赦なく、追い散らしていった。

メナム川を巨大な船が遡上《そじょう》してくる。帆柱では〝白地に赤丸の旗〟が夜風に靡《なび》いていた。浅間丸だ。木屋半左衛門を追ってリゴールからやって来たのだ。

見張り台の水主が目を剝いて悲鳴をあげた。

「にっ、日本町が……燃えておりますッ」

見渡す限りに広がる大河。川岸に広がる町が炎上している。炎が川面に反射して浅間丸を照らしていた。浅間丸の船上にはオインと日本人武将たちの姿があった。皆で驚き、どよめいている。伊藤久太夫が激昂した。

「何たることッ。我らの殿を殺しただけでは飽き足らず、我らの町に火をかけようとは！　許せぬッ。アユタヤ王宮に討ち入り、血の海にしてくれようぞ！」

オインが制した。

「待て。父は、そのような非道を望んではおわさぬ」

オインの言葉でハッと我に返った諸将は、足元の甲板――その下にある船室に顔を向けた。

長政は船室に身を横たえていた。

――日本町に火がかけられたか……。

長政が築きあげた商都が、今、この世から消し去られようとしている。

否、と長政は首を横に振った。

——わしが築いた、などとは、とんだ思い上がりだ。

アユタヤ日本町の栄華を築いたのは英邁なるソンタム王の力。そして日本から送られてくる金銀の力だ。自分はふたつの富の間を繋いでいただけに過ぎない。橋渡しをしていただけだったのだ。

——ソンタム王が、江戸の井上正就様が、長崎の豪商たちが、辨喝喇《べんがらうみ》海の豪商カムペーンペット様が、わしに富を与えてくれた。その力を存分に振るうことを許して下された。いつしかわしは、この富を、我が身の力だと心得違いをしていたのだ。

日本町はますます激しく炎上する。甲板で今村左京が、伊藤久太夫が、山浦与惣右衛門が、嘆き、憤っている。長政は大きく頷いた。

——日本を追われた牢人たちが、わしの許に集ってくれた。わしに力を貸してくれた。わしは至らぬ頭領であった。わしには過ぎたる郎党共であった。

長政の脳裏を、大勢の人々との記憶が過ぎ去っていく。

——プラーたちシャムの者たちにも助けられた。そして我が妻、タンヤラット……。皆、わしの許から去っていった。

長政は「ああ」と嘆息した。

——皆に去られたわしは孤独になり、皆から貸し与えられていた力を失った。こうなったのは愚か者への当然の罰だ。

オインが船室に入ってきた。無言で長政を見下ろしている。その横顔を長政は見つめた。息子に遺訓を残しておきたい。

——わしと同じように多くの人の力を借りるのだ。いずこかの王の許に推参し、臣下にしていただくが良い。その国の人々とは、上下貴賤の隔てなく、仲良くしてもらうのだ。そして日本に赴け。幕府の大官の為に働くと誓いを立てるのだ。

長政の思いはオインには届かない。オインと武将たちは長政を入れた棺を抱え上げた。甲板まで皆で運ぶ。オインは川面に向かって叫んだ。

「メナムの川神に、我が父の骸を捧げまする」

棺は縄で静かに川面に浮かべられた。水葬である。その様子を長政はオインの隣から見ている。

——良く働いてくれた身体であったな。

目を転じるとアユタヤの仏塔が見えた。黄金色に金箔の押された大仏がこちらに笑みを向けていた。長政は仏に向かって漂っていく。ソンタム王とタンヤラットの顔を思い出そうとした。が、すぐに意識は光に包まれて消えた。


日本町を焼き討ちしていたシャイフ・アフマド・クーミーは、大河に浮かんだ浅間丸に気づいた。モスレム兵が慌てて走ってきて、報告した。

「日本町から逃げ出した日本人を収容しております！　いかがいたしましょう。攻め寄せて沈めましょうか」

日本人を乗せた小舟が浅間丸に漕ぎ寄っていく。縄ばしごが下ろされて避難民を救い出そうとしていた。それを確認したシャイフは静かに首を横に振った。

「捨ておけ。日本人は、仲間を助け次第、この地を去るであろう。王家の信を失った異国人になにができようものか」

シャイフは後に、プラサート・トーン王家のオークヤー・マハートタイに就任する。マハートタイは民部大臣であり、シャム国の民政を司る高官だ。もしかするとその地位は、山田長政のために用意されていたものかもしれなかった。

焼き討ちを受けた日本人たちはナコーンに戻り、オインが二代目の領主とした。ナコーン副長官が補佐をする。しかしオインには未熟なところがあって、長政に長年仕えた牢人たちを上手く従えることができなかった。日本からの金銀の輸送も途絶え、アユタヤとの交易もできない。日本人たちは窮乏を余儀なくされる。不満はオインに向けられた。ナコーン副長官の煽動で内乱が勃発した。オインとその近臣たちはビルマに逃れた。

今でもビルマの山中には、日本人の子孫を名乗る人々が暮らしている。長政の血は、彼らによって今も受け継がれているのかもしれない。

〈参考文献〉

『輪切り図鑑　大帆船』S・ビースティー画　R・プラット文　北森俊行訳　岩波書店
『乗りもの歴史図鑑　人類の歴史を作った船の本』ヒサ クニヒコ絵・文　子どもの未来社
『復元船サン・ファン・バウティスタ号大図鑑』河北新報社出版センター
『朱印船貿易絵図の研究』菊池誠一編　思文閣出版
『和船Ⅱ』石井謙治著　法政大学出版局
『朱印船』永積洋子著　日本歴史学会編　吉川弘文館
『史実　山田長政』江崎惇著　新人物往来社
『タイ近世史研究序説』石井米雄著　岩波書店
『オランダ東インド会社と東南アジア』フーンス　フリート　コイエット著　生田滋訳　岩波書店
『南洋日本町の研究』岩生成一著　岩波書店
『山田長政　知られざる実像』小和田哲男著　講談社
『大清帝国と中華の混迷』平野聡著　講談社
『東インド会社とアジアの海』羽田正著　講談社
『タイ事典』日本タイ学会編　めこん
『タイ検定』赤木攻監修　めこん
『タイのしきたり』中島マリン著　めこん
『ぶらりあるきチェンマイ・アユタヤの博物館』中村浩著　芙蓉書房出版
『物語タイの歴史』柿崎一郎著　中央公論新社
『物語ビルマの歴史』根本敬著　中央公論新社
『物語ヴェトナムの歴史』小倉貞男著　中央公論新社
『物語スペインの歴史』岩根圀和著　中央公論新社

『物語フィリピンの歴史』鈴木静夫著　中央公論新社
『戦国日本と大航海時代』平川新著　中央公論新社
『宣教のヨーロッパ』佐藤彰一著　中央公論新社
『大航海時代の日本人奴隷』ルシオ・デ・ソウザ　岡美穂子 著　中央公論新社
『図説中国文明史9　明　在野の文明』稲畑耕一郎監修　創元社
『図説中国文明史10　清　文明の極地』稲畑耕一郎監修　創元社
『武器と防具　中国編』篠田耕一著　新紀元社
『徽州商人と明清中国』中島楽章著　山川出版社
『鄭成功』奈良修一著　山川出版社
『中国の海商と海賊』松浦章著　山川出版社
『海の道と東西の出会い』青木康征著　山川出版社
『長崎奉行の歴史』木村直樹著　ＫＡＤＯＫＡＷＡ
『海表叢書 巻五』成山堂書店
『Discovering Ayutthaya』チャーンウィット・カセートシリ編　タイ国トヨタ財団 人文社会科学教科書振興財団
『タイの住まい』田中麻里著　圓津喜屋
「タイ国社会における国王概念の変遷」森幹男

なお、愛知大学院国際コミュニケーション学部・加納寛教授には多大なる協力を頂きました。心より感謝致します。

本書は書き下ろしです。

［著者略歴］
幡 大介（ばん・だいすけ）
1968年、栃木県生まれ。武蔵野美術大学造形学部卒。テレビ局嘱託職員、CM制作会社などを経て、1995年より文筆業に。2008年『快刀乱麻 天下御免の信十郎１』で作家デビュー。時代シリーズを中心に、本格歴史小説、ミステリー界から評価の高い作品まで、幅広く活躍。大人気シリーズ「大富豪同心」は、NHKでテレビドラマ化。『猫間地獄のわらべ歌』『関八州御用狩り』『幕末愚連隊 叛逆の戊辰戦争』『騎虎の将 太田道灌（上・下）』など著書多数。

シャムのサムライ　山田《やまだ》長政《ながまさ》

2021年5月25日　初版第1刷発行

著　者／幡 大介
発行者／岩野裕一
発行所／株式会社実業之日本社
〒107-0062
東京都港区南青山5-4-30　CoSTUME NATIONAL Aoyama Complex 2F
電話（編集）03-6809-0473　（販売）03-6809-0495
https://www.j-n.co.jp/
小社のプライバシー・ポリシーは上記ホームページをご覧ください。

ＤＴＰ／ラッシュ
印刷所／大日本印刷株式会社
製本所／大日本印刷株式会社

ISBN978-4-408-53780-1（第二文芸）